Franzobel
Scala Santa

oder Josefine Wurznbachers Höhepunkt

Roman

Piper München Zürich

Ungekürzte Taschenbuchausgabe
Piper Verlag GmbH, München
Februar 2002

Umschlag: Büro Hamburg
Isabel Bünermann, Meike Teubner
Foto Umschlagvorderseite: Suzanne Lafont (»Souffleur«, 1992, Musée Département d'Art Contemporaire de Rochechouart)
Satz: Filmsatz Schröter GmbH
Druck und Bindung: Clausen & Bosse, Leck
Printed in Germany ISBN 3-492-23421-6

www.piper.de

für Dr. David V.

*Meist ist man so auf mögliche Geschlechts-
partner konzentriert, daß man das
Nebenher, den Restirrsinn nicht sieht.
Wie würde man erschrecken.*

I

Gegeißelte

I

Toselli und Fuentes, Vorspann

– Wer klopft da?

– Was will er?

– Mich.

– Dich? Daß ich nicht lache. Wegen mir kommt er. Bestimmt.

– Benehmt euch, Kinder. Sprecht nicht wie die Huren. Es kommt gar nicht wegen uns.

– Es?

– Du meinst, das wäre schon das Beben? Die Johannes-Offenbarung?

– Blödsinn. Merkst du nicht, es klopft.

– Du gehörst doch restauriert.

– Und du? Du billiger Carrara-Marmor.

– Abgeschliffener, verkalkter Klumpen.

– Dann brauch ich ja nichts.

– Brauchst du auch nicht.

– Also gut, bröckelt es Pius runter. Wenn das so ist.

– Wie sieht er aus? sperrt sich ihm einer der fünf Jesüsser ins Wort.

– Kräftig, jung und gut gebaut? ist in den sechs Augen der Pieta ein Glanz zu spüren – zum Steinerweichen.

– Dumme Nuß, poröse, feixt der Gegeißelte. Sein Heiligenschein vibriert.

– Du halt es bloß, gibt die Pieta zurück. Du mit deinen schwammigen Knien. Tatsächlich hat der Gegeißelte etwas verwaschene Knie. Die Schraube seiner Gloriole gehört nachgezogen. Aber wer kümmert sich darum?

– Gesindel, beißt der Pilatus im Ecce homo seine Lippen

aufeinander und meint die Verantwortlichen. Nicht die vom Denkmalamt, die vom Orden.

– Sein Name, kommt Pius auf den Klopfenden zurück, ist Ambros Semmelrath. Er ist Statistiker und kommt aus Wien. Die Treppen will er rauf.

– Was hat er angestellt? beißt sich Pontius Pilatus auf die Zunge. Steinhart.

– Zu uns kommen sie nur, wenn sie bis oben voll mit Sünden sind.

– Für euch ist das ohnehin keine Geschichte, bleibt Pius in seinem Steingesicht stecken.

– Wieso denn, keifen alle drei Figuren der Pieta im Chor.

– Kommt vielleicht was Derbes vor, sind alle fünf Jesüsser gleichzeitig zu hören.

– Denkt euch selbst was aus, bleibt Pius hart. Fragt den schlohweißen Alten, der die Aufsicht hat, oder die zwergwüchsige Putzfrau mit den Rauchschwaden am Kopf. Fragt die alten Weiber, die die Gänseblümchen in die Jesuszehen stecken. Oder die Japaner. Von mir aus auch die Deutschen mit ihrer *Italienischen Reise* unterm Arm. Wieso nicht die?

– Weil die gehen müssen, nicht von Dauer sind, nicht wie wir. Daher, fleht der Pontius, bitten wir dich. Weil du weißt, bleiben mußt wie wir.

– Also gut, hebt Pius in geschliffener Marmorsprache aus, aber nur kurz. Es ist eigentlich eine ganz einfache Geschichte.

– Kommt auch das Himbeerdenken vor? Die Bussi-Bussi-Frau?

– Und Enrico Santopadre? Was ist mit dem?

– Der, der damals in den Tagen der Gregorianischen Kalenderreform verschwunden ist?

– Natürlich. Alles. Der Julianische Kalender hatte laut Berechnungen zehn Tage zuviel, also beschloß man, auf den 4. Oktober 1582 gleich den 15. Oktober 1582 folgen zu lassen. Und in dieses Zeitloch ist Santopadre geplumpst, und seither ist er –. Doch davon später. Es ist nämlich prinzipiell eine kurze Geschichte. Nur wegen gewisser Dinge, die mir selbst noch nicht ganz klar sind, scheint sie etwas aus den Fugen zu geraten. Eigentlich soll es ja die Geschichte der Pepi sein, die Geschichte einer Minderjährigen, aus der eine Hure werden muß, die Geschichte einer Liebe und die Chronik vom nicht stattfindenden Glück, von der Vergeblichkeit. Aber weil schon einmal ihr Onkel klopft, ist es auch eine Geschichte von der Mathematik und vom Ende aller Zeit. Eine Geschichte vom Himbeerdenken und vom Krümmfaktor, von Lotteriegewinnen, Geheimbündlern, Städtetausch und vom Ministerium für anhaltende Lärmbelästigung. Ihr wißt ja, daß Geschichten Märkten gleichen und ich euch also, wenn ihr zu den Früchten wollt, zum reifen Fleisch der Hure Pepi, die Kisten nicht ersparen kann, die Standgebühr, das Abladen, Feilschen, das Schmutzige-Hände-Haben und den ganzen Dreck. Also geht es irgendwo in der Tiefe los, in Österreich. Wien, Kalauerplatz.

Mittagssonne bohrte sich in Florian Ziegelböcks Gesicht. Vom Himmel kam sie, stach durch die Fensterscheibe, schnitt sich in Gegenstände, sah ein Bild voll Kniender, und floh vor soviel Demut in die Scheide Ziegelböckgesicht. Der kam gerade noch dazu, die Augen zuzukneifen, den Bilderrahmen, den er mit seinem Hemdsärmel putzte, wegzulegen, zum Schutz den Unterarm zu heben. Au. Ein Einschnitt, dieses Licht, eine Besoffenheit, ein Überfall.

Als Florian die Augen wieder öffnete, trat ein kleiner, rotgesichtiger Mann in sein Geschäft. Photohandlung Ziegelböck. Die schwere, mit Panzerglas gefüllte Eisentür trat Klingelzeichen los, die tobten durch den Raum. Da. Ein Schuß, ein Echo, etwas Dumpfes, und Ziegelböck sah gerade noch, wie eine Masse an das Schaufenster seiner Photohandlung schlug, von dort aufs Pflaster rutschte und pampfig knallte. Er drehte den Kopf und schaute dem rotgesichtigen Kunden in den hellen Bart, sah Schuppenflechte, die wie Cornflakes das Gesicht bedeckte, dünne, lange Lippen und eine bockige, nach Bergsteigerwurst aussehende Nase. Angeekelt wandte er sich wieder ab. Draußen wuchsen Passanten einen Kreis um sein Geschäft und schauten. Sie hatten sich geduckt und kurz gewartet; als sie aber meinten, nichts könne mehr passieren, waren sie sofort aufgesprungen und neugierig zum Körper geeilt, ihn zu begaffen, zu begackern. Meine Güte.

Ein Mann, offensichtlich tot. Völlig schwarz gekleidet, wie für die eigene Beerdigung, als hätte er alles gewußt. Das Leben war aus ihm gescheucht, so lag er da, verwelkt, eingerissen wie ein verfallener Hühnerstall. Blut lief aus seiner Nase, seine Augen waren eingeschlagene Eier, Speichel tropfte ihm aus dem Mund. Überall Vogelscheiße. Um eine Aktentasche hatte sich sein Arm gekrampft. Der Körper lag darüber. Als hätte das Schicksal einen Ruck getan und wäre in ihn eingetaucht, beiläufig, um ihn aus der Bahn zu werfen, ganz. Als wollte das Schicksal sagen, seht, ich kann euch vor mir herrollen, auswalzen, in eine Form stechen, aus euch selbst heraus und aus der Welt. Als hätte ihm, dem Toten, um es nochmals in der Hühnersprache zu sagen, eine große Schere den Kopf abgeschnitten. Die Passanten staunten. Sie hatten wie die Schnecken nach einem heftigen Gewitterregen das Haus ihrer Neugierde gepackt, ihren Schleim in das Geschehen getrieben, waren geeilt dabeizusein, das Geschehen mit ihrer Stummheit einzuspinnen. Später es aufzubohren, auszusaugen. Anekdotenweise. Hatten sie so viel Selbstbeherrschung oder gar kein Gefühl? Nur anfassen wollten sie ihn nicht. Alle hatten davor Angst wie vor Salmonellen. Also gaben sie sich unberührt, suhlten sich in schwabbeliger, noch nicht zu Worten gekommener Gefühlsgelatine, träumten vom Salat. Niemand fühlte sich der Ersten Hilfe fähig. Sie wollten sich abwenden, zurück in ihre

Häuser kriechen. Allein der Hörndl-Spieß der anderen nagelte sie fest, nötigte sie, letzte Zuckungen zu sehen, wo keine waren.

Hugo Wurznbacher starrte auf das Blut, die Polizei, die Menge. Er hörte eine ausgeleierte, verwaschene Frau, die *Schweine* schrie: *Diese Schweine. Eiterklumpen!,* sich dabei um den Toten schlang, ihm ein paar knallte, heulte. War das nicht? Laetitia? Nein. *Nein, mein Gott, warum, mein Gott, womit habe ich das verdient, womit? Wie kann man nur? Das mir. Wie kann man mir das antun? Was? Was habe ich getan? Wer bringt jetzt Geld nach Hause? Wer spielt mit den Kindern? Er stirbt. Ich aber. Ich bin vernichtet. Wer kümmert sich denn schon?* Da füllte sich der Kreis mit Ohnmacht, Mitleid, Wut, und jeder der Umstehenden außer Wurznbacher wäre wahrscheinlich bereit gewesen, den Schuldigen auf der Stelle zu erschlagen. Manche spuckten bereits in die Hände, verrieben den Speichel, wölbten die Brust, schüttelten Autoschlüssel. Und fast allen stockten sich Gedanken an das Familäre, jenes sonderbare Glücksgefühl, das sonst nur einer gelungenen Entleerung nachweht, Alleluja, eine Gänsehaut aufzieht. Nur Wurznbacher sah in den Himmel. Der weiße Kondensstreifen eines Flugzeugs strich ihn durch. Fliegen, dachte er, ist gar nicht möglich. Alles Einbildung. Manche Menschen glauben ja auch an ein Weiterleben in einem anderen Körper, nennen es Reinkarnation. Das wäre furchtbar.

In der Auslage des Photogeschäftes blitzte etwas Weißes, das Augenpaar von Florian Ziegelböck. Nur nichts übersehen. Seine Blicke griffen förmlich nach dem Schaugenuß, versuchten, ihn zu halten, rutschten kurz davon und hatten, ehe er sie wieder fing, den Gefühlsmorast geschaut, der ihm seinen Höhepunkt verhieß. Als wäre dort eine Fahne aufgepflanzt: Florian Ziegelböck, hier, das ist dein Höhepunkt, höher geht es nicht. Von nun an gehts bergab. Von nun an geht es dem Ende zu, dem Untergang, der Pleite. Aber das war bloß ein Gedanke in der Art, wie man bei Ohrensausen denkt, daß es einem ewig bleibt. Idioten haben oft solche Gedanken. Zweifellos war Florian Ziegelböck ein solcher. Photographenkrankheit. Millionenmal *Bitte lächeln* sagen, *s Vogerl kommt.*

Zwischen den Photos durch sah er in die Menge. Draußen taten Polizisten so, als hielten sie die Schaulustigen zurück. Die Polizisten, dachte der Idiot Florian Ziegelböck, sind doch Idioten. Auch die meisten der von ihm Photographierten hielt er für Idioten. Wer sonst läßt sich photographieren? Idioten. Trotzdem hängte er sie ins Geschäft. In den dicken goldenen Rahmen taten Familien auf Steinbruchfröhlichkeit, dabei gingen gleich nach dem Klick Geröllawinen die Gesichter runter. Als wollten die Enkel den Großeltern dauernd sagen: *Euch verdanken wir uns jetzt. Ihr Idioten. Wir danken.* Daneben Brautleute mit bäurischen Frisuren, rosa gesurten, eingepökelten Gesichtern. Pensionierte Professoren mit Pfeifen-in-der-Hand-Gebrechen, Bücher auf dem Schoß, Ich-habe-mich-ein-Leben-lang-enthalten-Blick. Und mittendrin?! Der gleiche weichgesottene Hintergrund, die gleiche bei Photographen so beliebte Eierfarbenschmiererei – doch was für eine Frau! Mein Gott! Wurznbachers erster Eindruck war beinahe abgestoßen von dem Glanz, dem Schönen. Langaufgeschossen, dreieckig das Gesicht mit großen, in die Bresche springenden Zähnen, erschreckend gelb, viel Zahnfleisch drumherum. Geschwollene Lippen in der Haut, schändlich blaß, fast käsig, mager. Welk der Blick, ja einschläfernd – als würde das ganze Gesichtchen einschließlich der Augen ständig mit einem Löschblatt abgetupft. Und Hugo Wurznbacher, Vater von drei Kindern, verlor sich im brünetten, flachgelegten Haar, in der Schneewittchenhaut. Er sah das Kugelkinn, den Lagermund und erlag dem Zwang, sie anzustarren, seine Gedanken in sie reinzupressen, unentwegt auf dieses Bild von Weib zu schauen.

Gott sei Dank verlangen Photos nichts. Man kann sie

anglotzen, solange man will. Die Auslagen der Photographen sind die Pranger der Gegenwart, die modernen Opferstätten. Und Menschen wie Florian Ziegelböck, denen es wie allen Idioten überhaupt nicht um die Abgebildeten, sondern bloß um die Qualität ihrer Photos geht, entscheiden, oft ohne die Betroffenen zu informieren, wen sie entblößen, offenbaren. Wurznbacher schnaubte. Nie zuvor hatte ihn ein Gesicht derart gepackt. Dieser Frau mußte er begegnen – und zwar bald. Seine Gedanken begannen ihr schon Stricke um den Leib zu wickeln, sie mit festen Seilen an seiner Seite zu vertauen. In ihrem Lachen sah er sich bereits verlieren, mit den Augen ihr Zahnfleisch schon berühren. Schon war er so in seinem Zuckerwattenkokon versponnen, daß er die Sanitäter gar nicht bemerkte, die ihre Erste-Hilfe-Kurse in den Toten pumpten, Witze aus ihm rissen.

– Wie schwach der Mensch ist, sagte einer, sein Name war Toselli, nicht einmal letzte Worte hat er.

Besser so, sagte der andere, sein Name war Fuentes, sonst wär er gleich ein Heiliger. Nimm den heiligen Laurenzo. Als er geröstet wurde, damit er seinem Glauben abschwor, bat er, schon dem Tode nahe: *Auf dieser Seite bin ich gar, nun dreht mich bitte auf die andere.* Aber das hörte Wurznbacher nicht. Und auch die anderen sahen bloß das verblödete Grinsen von Toselli, so als hätte er nicht mehr alle beisammen. Niemand merkte, wie die angebliche Angehörige mit der Aktentasche unterm Arm verschwand. Niemand hätte jetzt noch sagen können, wie sie ausgesehen hatte.

Am wenigsten der Kunde im Ziegelböck-Geschäft. Bruno Scheidewasser. Der hatte seine glasigen, heraustretenden Augen in seinen Fotos stecken, war darin abgetaucht. Hecheln lief ihm aus dem dünnlippigen Mund, war doch auf den Bildern die Bussi-Bussi-Frau zu sehen, in die er sich während seines letzten Rom-Besuches Hals über Kopf verliebt hatte. Wie eine Sintflut war die in ihn eingedrungen und hatte ihn überschwemmt mit sich. Dabei hatte sie nur gemacht, was sie jeden Sonntagnachmittag auf der Piazza Navona machte: Geschäft.

Aus der erhöhten Perspektive eines umgedrehten Kübels, auf dem sie stand, warf sie, wie Buben flache Steine, Kußhände in den vorbeidefilierenden Touristenstrom, daß diese Wellen schlugen, sprangen, ihr ein paar Scheine in die Brandung spülten. Die meisten Schaulustigen des sich kontinuierlich verdickenden und dann wieder versickernden Halbkreises blieben nur für Augenblicke, in denen die Bussi-Bussi-Circe mit dem nickenden Zeigefinger einzelne Auserwählte zu sich lockte, um ihnen Bussis aufzustülpen, die Wange hinzuhalten und die Molkerei, was Reisebegleiter emsig photographierten. Dabei wäre doch das Rouge Beweis genug, der Lippenstift am Hemd, der obligate Versuch, ihr ins Gestühl zu zwicken.

Nicht so Bruno Scheidewasser. Der hatte sich nicht nach vorn gedrängelt, nicht versucht, mit bereits in der Hand wehenden Scheinen ihre Liebe zu erkaufen. Er hatte geduldig auf seine Chance gewartet, in der Zwischenzeit 17 Filme Bussi-Bussi-Frau geknipst, dann einen Notizblock rausgezogen und so getan, als inspiriere sie ihn zu hochfliegenden Gedanken. Wie alle Idioten hatte er gehofft, daß schon sein bloßes Äußeres die Bussi-Bussi-Frau zur Liebe animieren würde.

Breitbeinig war er dagestanden und hatte gehechelt wie ein Hund vor einer in die Höhe gehaltenen Wurst. Nur seine verwaschenen Jeans waren ihm runtergehangen, trotz aller Aufregung, so breitbeinig hatte er sich gar nicht hinstellen können. An seiner ausgeleierten schwarzen Kunstlederjacke und dem verwaschenen Leibchen, das sich straff über seinen Bauch spannte, sollte sie ihn doch, so hoffte er, erkennen. An seinen sensiblen Augen, die er ihr freimütig bot, als er die Sonnenbrille abnahm und in die Bügel biß, müßte sie doch sehen, daß er nicht war wie all die übrigen, denen es bloß um die Befriedigung niederer Triebe ging, die sich bloß an ihr laben und die Situation eiskalt mißbrauchen wollten, aus denen die Gier quoll wie die Kerne aus überreifen Feigen. Sie mußte doch erkennen, sagte sich der Idiot, daß es ihm, Bruno Scheidewasser, um etwas anderes ging, daß er es ehrlich meinte und sie wirklich, wirklich liebte.

Bestimmt, dachte er noch im Gehen, hatte sie ihn nur deshalb nicht nach vor zu ihrem Kübelmund geholt, weil sie seine edlen Gefühle nicht glauben konnte, sicher hat das Leben sie oft genug enttäuscht. Man mußte sie nur ansehen. Wie dünn sie war. Noch vor 50 Jahren hätte sie eine glaubhafte Hungerkünstlerin abgegeben. Sicher hatte sie Angst vor einer Enttäuschung, einem nicht zu haltenden Versprechen. Auf die Idee, daß sie ihn bloß für einen Idioten halten könnte, kam er natürlich nicht. Im Gegenteil, er sagte sich, daß er sie nicht enttäuschen werde, daß er noch einmal nach Rom fahren und nicht länger zulassen werde, daß sie sich als Bussi-Bussi-Frau den gierigen Feigenkernen der Touristen aussetze. Mit nach Wien werde er sie nehmen und für ihren Unterhalt sorgen. Das stand fest.

Nur schade, daß die Photos durchwegs unscharf waren. Aber das war einzig die Schuld von diesem Ziegelböck, diesem Dilettanten. Der schaffte es sogar, ihn als schlechten Photographen hinzustellen, wo doch jeder, der von der Materie auch nur eine Kleinigkeit verstand, sofort sah, was für ein begnadeter Photokünstler Scheidewasser war. Schade, daß er trotzdem noch immer als Streifenpolizist arbeiten mußte, das Salär nur knapp für beide reichen würde. Mußte die Bussi-Bussi-Frau am Anfang eben putzen gehen. Das war noch immer anständiger, als sich in Rom auf einen Kübel zu stellen, Wildfremden Kußmünder zuzuwerfen und sich dabei Geld in die Wäsche schieben zu lassen. Das war doch kein Beruf. Eine Schande war das. Noch nicht einmal eine Dienstleistung.

Und dabei haben wir ihn verloren, unseren photographierenden Polizisten. Das heißt, wir haben ihn gehen lassen, ohne ihm zu folgen, sind wir doch mittlerweile in der Bolzmanngasse angelangt, wo in einem Hof die Pepi spielt. Und die ist natürlich wichtiger als das abgestandene Scheidewasserdenken, das schon fault und Mücken anzieht. Die Pepi ist noch frisch.

2

Sekt, Natur

Stumpfe Wolkenbänke, windzerrissen, fraßen den Horizont. Manchmal fand das Sonnenlicht ein Loch, riß Schlünde auf, die Welt gleich zu verschlingen, auch die schäbige. Gemeindebaurealität. Lack blätterte von den Bäumen wie vom Spielgerät. Umfangen von einer kakaobraunen, vom Wetter ausgewaschenen Wand, Gründerzeit, stand eine zementierte Sandkiste. Kinderland. Da hockte sie drin, die Pepi, modelte Kuchen. Barfuß wie ein klumpiges Stück Grießkoch. Bloß ein dünnes Kleidchen, Blümchenmustertüll. Irgendwo wurde Laub verbrannt, das schwelte, füllte die Luft mit naß-brandigem Geruch. Buben spielten schreiend Fußball, ein Hund bellte groß und hohl.

– Und so, da ist der Teig, der Ofen da, und so, das wird den Papa freuen, und wenn die Pepi schon so backen kann, und *hmm, das schmeckt*, mit Kieselsteinen, *hmm, wie fein*.

– Ist die Pepi auch eine Idiotin, will die Pieta wissen.

– Aber geh, lacht der Pius, die ist doch noch ein Kind.

Ihre brünetten Locken wippten auf und ab, Speichel schäumte im rosa Kugelmund, lagerte sich aus, hochgebogene Lippen, und im kleinen Näschen blühte der Atem – wie Gedärme warm. Die Wangen waren gefleckt. Montparnasse, nein Mopsnase. Selten hatte die Welt so ein verdorbenes Hurengesichtchen ausgespuckt, so eine Fleisch gewordene Frivolität. Sechs Jahre alt. Genug. Der Rumpf ein weißes, rindenloses Brot, beinahe Osterpinze. Wie reingesteckt die Arme, Beine, zum Abreißen einladend lang. Die Zehen hingetupft. Kaulquappen ihre Finger, schon mit Horn, die griffen nach dem Kleidchen, hoben die Blumenwiese hoch. Nieder. Die Pepi kauert, sich, im Sand der Blick. Posieren.

Nun denn, hü-hott! Zwischen ihren Beinen, mitten heraus aus diesem Strich von Leib, sprudelte Wasser in den Sand, dunkelte ihn, streute ihm Perlen, Kußhände, machte ihn handlicher, greifbarer, fest. In eine Gießkanne war Pepi jetzt verwandelt, das sparte Zeit. Sonst hätte sie Wasser holen müssen. Wie? Mit einer Kanne. Die war? Sie sah sich um. Sie sah den Sand, die Bäume, Bänke, Häuserwand. Da, da war die Kanne, da Schuhe, Schaufeln und die Kuchenform. Ihre Schuhe waren das nicht, es waren viel größere, und Hosenbeine steckten daran, nein, noch mehr, gleich ein ganzer Mann. Der saß ihr gegenüber, schaute sie an. Die Pepi lächelte. Verlegenheit. Der Mann lächelte zurück, das heißt, er sah durch sie hindurch, schaute in ihr Kleid hinein, ihr mitten in den Bauch, das rindenlose Brot, das Innenfleisch. Das kitzelte – so sehr dehnte er den Strich zur Fläche aus. Wie Pizzateig. Jetzt lachte die Pepi noch viel mehr, fühlte sich durchzogen, schamhaft, aufstehen wollte sie, gehen.

– Nein, bleib, kam aus dem Mund des Mannes. Nein, bleib, kam aus den dicken Lippen, Schnittlauchhaar. Und seine schwieligen Hände mit den schmutzigen Fingernägeln hoben ihr das Kleidchen hoch. *Man kann ja fast nichts sehen vor lauter Blumenwiese überall.* Die Pepi lächelte. Ein Erwachsenengesicht setzte sie sich auf, was Ernstes. Sand klebte auf ihrer bloßen weißen Haut, zwischen den Zehen. Der Mann aber war ganz in seinen Augen aufgegangen, schüsselgroß, sein ganzer großer Körper hatte sich langgemacht im Blick, sich gestreckt und in die Pepi reingesteckt. Er war ein Strahl, ein Blick, der schnaubte, ein Tier. Ein Tier hatte er bei sich. Jetzt sah die Pepi es. Was Längliches. Was kleines Rotes hielt sich der im Schoß und streichelte es. Ob das gefährlich war, davonflog, biß? Ich möchte auch, dachte die Pepi, dieses Tier berühren, wie lieb, ich möchte auch es streicheln dürfen. Augen hatte es nicht, nur einen Mund. Nach Würmchen sah es aus, nach Fisch. So lieb, so klein, gerade recht zum Puppenmutterspiel. Schon wollte sie ihre kleinen Händchen danach strecken, da begann der Mann zu jammern, röcheln, nein und ach, nein bitte, der lange Blick wurde eingefahren, kürzer, seine Hand streichelte, ja rieb beinahe wie besessen, als gälte es, einem Tierschützer zu imponieren. *Nein* und *ach*. Dabei gefiel dem Tier das nicht einmal, es ekelte sich und spuckte. Es spuckte fast einen Meter weit. Pepi schrak zurück. Na servus. Der Mann stand auf, hastig, packte sein Tier ein, das plötzlich klein geworden war, und ging.

– Keinem was sagen, hörst du. Keinem, nix.

Aber wem sollte sie nichts sagen, und warum? Was? Der ist lustig, dieser Mann, ob er wohl wiederkommt, mit seinem Keinem-sagen-nichts, mit seinem Tier? Ob es immer spuckt? Immer wenn Pepi es streicheln will? Manieren sind das. So stocherte sie in den großen, weißen Tropfen, die sie an frische Zitronenglasur erinnerten, an Weihnachten und Lebkuchen.

Der Mann, sich pausenlos vergewissernd, ob sein Hosenstall auch zu war, sich keine Flecken bildeten, schlich gebückt zum Hof hinaus. Am liebsten hätte er seinen Kopf ganz zwischen den Schulterblättern versteckt. Tristesse erfüllte ihn. Wie hätte sich das erst verstärkt, wenn er geahnt hätte, daß sein In-Richtung-Pepi-Onanieren jemand gesehen hatte. Die Borsten seiner Oberlippe wären einzeln abgefallen, die kleinen, bernsteingelben Patzen, die den mit außerordentlich verwachsenen Zähnen angerammelten Mund umsäumten, wären wie eine Straße explodierender Knallfrösche aufgesprungen, sein fettes Schnittlauchhaar wäre ergraut. Der Schlag hätte ihn getroffen. Da ihm aber nichts dergleichen schwante, konnte er sich eine Zigarette anstekken und grinsen. Der rechte Zeigefinger konnte mehrmals den Gipfel der Selbsterkennung erklimmen, das Loch im Hosensack, den Schritt, Geruchsproben einsammeln, Fetzen einer Fahne, sie zur Nase mitbringen und hissen. Die freilich war betört. Schön, wie das stinkt, sehr angenehm.

So flog die Mittagspause des Schlosserlehrlings Zdenko Faulhaber ihrem Ende zu. Gleich mußte er wieder Dorne auf Blechplatten montieren, die dann später zur Taubenabwehr auf Biedermeierhäusern eingesetzt wurden. Zdenko mochte diese Arbeit nicht, aber es war immer noch besser, als Taubenscheiße wegzukratzen, wochenlang im Dreck zu liegen und dabei von irgendwelchen dekorierten Komplexlern angebrüllt zu werden oder die Ärsche von zu sabbernden Gerippen verkommenen Exuniformierten auszuwischen. Zdenko spuckte aus. Ein paar Schritte warf er ein, bei denen er ein Bein nachschleifen ließ, dann schnitt er einige Grimassen, übte einen Hinkenden, grölte ein wenig, stellte sich verrenkend blöd. So, nämlich den Idioten spielend, wollte er die Musterungskommission überlisten, untauglich sein. Alles, nur nicht eingezogen werden, nur nicht zum Bundesheer. Vage hatte er Vorstellungen, Träume, Hoffnungen. Noch hatte sich nichts davon erfüllt.

Das Weiße eines Augenpaares funkelte ihm hinterher, leuchtete ihn aus als Spinner. Noch nicht einmal bis drei zählen können und Faxen machen. Dafür hatte der, dessen Identität wir vorerst nicht preisgeben, sich nicht versteckt. Anzeigen! Wenn man sich nicht selbst in einer zweifelhaften Situation befände, müßte man dieses Männchen ins Gefängnis bringen, zählte der Beobachter die Schritte Faulhabers. Er zählte, wie oft die Pepi in den Sand schlug, wie viele Leute durch den Hof gingen, und buchstabierte Frauennamen vor sich hin: B-e-t-t-i-n-a, M-a-r-t-i-n-a, ließ sie auf der Zunge sich zergehen.

Die Pepi, in Selbstgespräche versunken, bestreute die dikken Tropfen der vermeintlichen Zitronenglasur so lange mit Sand, bis alles Weiß in Schwarz umschlug, verschwand. Das wollte nicht in ihr Sechsjahrehirn, also grub sie den Tropfen hinterher. Ganze Fuhren Sand holten ihre Hände raus, türmten einen Haufen auf, stießen bis zum Ellbogen rein und weiter, bis zur Schulter, und ihr Haufen wuchs und wuchs. Tiefer wollten sie, die Tröpfchen finden oder sehen, was da unten war, tief am Grund. Weil so ein Grund doch ein Ende haben mußte, einen letzten Sinn, ein Tropfenauffanglager, eine Letztstation.

– Du machst dich schmutzig, Kind, kam plötzlich eine Stimme raus. Schmutzig machst du dich. Eine Stimme, die aus dem Inneren der Erde zu kommen schien, eine Stimme, wie wenn man in einen Tonkrug bläst, Zarah Leander gleich. Dabei kam sie gar nicht aus der Grube, sondern gehörte einem alten Mann mit weißem Schatten im Gesicht. Goldene Zähne applaudierten da heraus. Seine Nase war übermütig und nach vor gebeugt, stieß beinahe an die Unterlippe an, sah aus, als wollte sie ihm auf die Zunge wachsen, ein Notvorrat für schlechte Zeiten sein. Solche Leute hatten Kriege miterlebt. Und ihre Nasen erst. Die wußten ganz genau, was Hungersnöte sind, hatten sich dafür vom Mund gespart, dazusein, wenn es drauf ankam. Eine Vorratskammer im Gesicht. Doch auch das Kinn stand dem nicht nach und eilte Richtung Mund, schoß nach vor, sah wie ein steckengebliebener Penis aus, der aus dem Inneren des Halses nach außen drängte und bloß noch von der Bindehaut zurückgehalten wurde – sonst schösse er an der Nase vorbei durch Raum und Zeit. Die Pepi lächelte.

– Lach nicht, Hure.

Heinrich Gerngross erkannte das Unzüchtige sofort. So klein und schon einschlägig verzogen, ja versaut. Die Hosenträger zogen ihm die Hose bis zum Nabel, spannten das Schlüsselbein hinzu. Seine eingefallene Gestalt, der nur Kinn und Nase standen, war gebogen wie ein S. Der Bauch nach vor, weit zurückgelehnt die Brust, woraus der Hals rann, lang und gockelig, schließlich Kinn und Nase wie die Greifer einer Beißzange im Gesicht, das eine Farbe hatte wie vergilbte Akten, mit Altersflecken übersät. Aus den Ohren drängten Haarbüschel. Und wie er nach Worten schnappte, Moral aus seiner gebückten Haltung rauszureißen, stand die Pepi schon breitbeinig da, hob ihr Kleid.

Da sah der Rentner die angespeckten Knie, die kleinen, obszön in der Mitte gescheitelten Schwarten, die Schlitze, Christbaumständer. Einen Luftballonverschluß von Bauchnabel. Kurz stockte ihm der Atem, und Gerngross fühlte nur den Puls, der schlug ihm an den Hals, die Schläfe, befahl den Speichel fort, trocknete den Mundraum aus, ließ ihm bloß ein Wort gefrieren: e-ekelhaft. Für ihn waren Frauen seit jeher etwas Minderes. Darum war er auch in den 60ern zum Islam konvertiert, weil dort die Unterlegenheit der Frau verbrieft war. Und er, Heinrich Gerngross, fühlte sich stets als etwas Besserers. *Es gibt Menschen zum Befehlen und Menschen, um Befehle auszuführen.* Seit ihm am 26. Oktober 1972 der damalige Vizebürgermeister der Stadt Wien, ein gewisser Hans Bock, für seine aufopfernde ärztliche Tätigkeit im Ausland, das »Goldene Ehrenzeichen für Verdienste um die Republik Österreich« verliehen hatte, verbiß er sich noch mehr in diese Selbstgefälligkeit. Dabei hatte Gerngrossens medizinische Tätigkeit vor allem darin bestanden, illegale Abtreibungen vorzunehmen, was er selbst als *nach Gold kratzen* bezeichnete. Wurde er für diese Kürettagen angezeigt, ließen seine politischen Gesinnungsgenossen in der Ärztekammer und bei der Polizei die Meldung einfach verschwinden. Gerngross war ein überzeugter Nationaler. Ein Rassist, der den Zweiten Weltkrieg damit verbracht hatte, als Schiffsarzt in Asien zu spionieren.

1940 kaufte er in Thailand 1500 Rhesusaffen, um sie nach Hamburg zu verschiffen, wo man ihm für jeden Affen das

Hundertfache bezahlte. Man brauchte die Tiere zur Erprobung eines Serums gegen Kinderlähmung. Unter Vorspiegelung falscher Tatsachen drückte er sich vor der Einberufung und bereiste die Weltmeere, um sich aber sofort nach Kriegsende in Wien einzufinden und sich von einem befreundeten Arzt einen schweren Nervenschaden attestieren zu lassen. Dem Amtsarzt spielte er den heimgekehrten Frontkämpfer vor, das Naziopfer. Seither bezog er eine monatliche Invalidenrente. Aber dennoch fühlte er, der sein Leben lang immer nur Streit gestiftet hatte, um die Streitenden dann auch noch zu verpetzen, sich als höherwertig, als Befehlserteiler. Er, der sich die Ideologien umhängte, wie es ihm gerade paßte, und der immer eine windige S-förmige Haltung vertreten hatte, hielt sich für etwas Besonderes, etwas Geradliniges. Seine ganze Freude war der Streit, das Rechtbekommen. Psychiater hätten ein Querulantensyndrom diagnostiziert. Da verfing sich sein Blick in der nackten Pepi, biß sich fest. So etwas hatte er schon lange nicht gesehen. Die elegante Schönheit eines Nagels. Er konnte ihn zwar noch sehen, aber nicht mehr ziehen. Da begann er, laut zu fluchen, ging. Wie eine Beißzange.

– Auswurf der Menschheit, du. Du Sünde, du. Du Fotze.

Pepi war sprachlos. Wohin damit? Wo einordnen? Wie sich verteidigen? Auch der Versteckte stutzte. Wolken formten ein Massiv. Tauben scheuchten hoch, und eine eben ankommende Alte meinte: Der kann doch nicht, mein Kind, der kann doch nicht. Der konnte nie. Da kann die Nase wachsen, was sie will, das Kinn. Hundertmal kann er wie eine Beißzange aussehen, nageln kann er nicht, konnte er auch nie, nie hat der sich sein Nägelchen verbogen, eine durchgehämmert, nix. Und die Alte krümmte demonstrativ ihren kleinen Finger. Ihr Übriges krachte in einem Staubmantel, mit schwarzblauen Venen angefüllt, mit braunen Flekken übersät. Eine Stimme, als würge man sie. Ein Gesicht, als schlucke sie Kröten. Eine Mensch gewordene Gruft mit

Einlegearbeiten aus Porzellanzähnen. Ein Drachen, aber lieb auf ihre Art.

– Der kann doch nicht, der konnte nie. Operieren müßte er sich lassen, so wie ich. Aber das traut er sich nicht, der Gerngross, hat Angst. Stell dir nur vor, Angst vorm Operieren? Angst vor der Narkose? Ich nicht. Ich könnte mich jeden Tag operieren lassen, zweimal, mir macht das nichts. Jeden Tag könnte ich. Solang sie etwas finden, die jungen Doktoren, bitte. Bitte gern. Ich bin ja ein gefundenes Fressen für die, ein Disneyland. Operiert zu werden ist ganz toll. Wenn ich daran denke, wie die Finger der jungen Ärzte mir das Fleisch zerteilen. Wahnsinn.

Ein kleines Wägelchen schob sie mit sich, mit Einkäufen gefüllt. Und obwohl ihr der Mantel bis zum Knie ging, sah man doch unheimlich ausgeprägte O-Beine, die der Seitenansicht einer Gabel glichen, tat sich doch unterhalb der Knie ein Bogen auf wie sonst nur bei Japanerinnen. Löchrige Strümpfe, durch die die Venen schimmerten. Alte Turnschuhe, kariertes Kopftuch, eine Anstecknadel *Ich spende für den Stephansdom.*

Was bei anderen peinlich war, war ihr nie was gewesen. Valentina Buschenpelz hatte jahrelang im Kloster gelebt, ganz auf Gott fixiert. Jahrzehntelang hatte sie bloß im Äußeren gelebt, in der Oberfläche dieser Liebe, ihren Rändern. Mit Betformeln den Körper ausgeleert. Dann hatte sich einer bei ihr eingeschlichen, einer aus Fleisch und Saft, in ihre Kammer erst, dann in ihr Bett. *Heiraten*, hatte er gesagt, heiraten will ich dich, und Kinder will ich haben. Kinder von dir. Die Säfte in dein Bett schmieren. Riechen. Dich. Schon jetzt. Dich inspizieren. Also hatte sie den Gegenstand ihrer Liebe eingetauscht, ihr Gelübde aus sich gekehrt, in sich hineingesehen und Triebe wahrgenommen, eine ungeahnte Motorik. Sie war sich vorgekommen wie ein aufziehbares Spielzeug, dem wer die Plastikhaut genommen hatte, so daß man plötzlich die Mechanik sehen konnte. Und mit diesem Antrieb trat sie aus dem Kloster aus. Doch da war der Hallodri schon dahin. Wollte auf einmal nichts mehr wissen, war schon weg. Und es stellte sich heraus, daß ihr Antrieb eben reichte, um auf glatten Böden gerade mal nicht stillzustehen, umwelttauglich aber war er nicht. Schon bei der kleinsten Unebenheit drohte er, mitsamt der ganzen Person umzukippen, damit die letzten Kräfte seiner Feder ins Leere liefen, die Plastikräder nur die Luft bewegten. Schas für nix. Das war die Gefahr. Die Rache Gottes, dem sie untreu geworden war.

Seit damals war die Buschenpelz allein. Das war das Ergebnis. Zwar hatte sie ihren kleinen Radstand immer wieder in den Fuhrpark der Partnervermittlungen gebracht, aber mit dem passenden Gefährt war sie bislang noch nicht zusammengekracht. Alle auf diesen Wegen kennengelernten Gefährten waren höchstens dazu nütze, ihr ein paarmal die Garage durchzuputzen. Sonst zu nichts. Also hatte sie auf die Verkehrsnetze der Partnervermittlungen bald wieder verzichtet und versucht, alleine durch die unwegsamen Gefühlsschluchten zu reisen. Weil sie dabei mit ihrem aufziehbaren Fedcrantrieb freilich nie sehr weit kam, probierte sie bald die kuppelnde Wirkung diverser Zusatzantriebe. So prahlte sie etwa oft mit ihrem Sparbuch, machte im *Schluckloch* ganzen Stammtischen das Denken naß. *Das viele Geld, ja meiner Seel, kein Losungswort, ich weiß, daß das gefährlich ist, aber von Ihnen, meine Herren, wird mir doch keiner etwas stehlen. Im Küchenkasten hab ichs, auch wenns gefährlich ist, ja meiner Seel, weil darauf keiner kommt. Keiner, hören Sie, keiner kommt darauf, daß das Sparbuch bei den Würmern steckt, im Mehlvorrat. Aber keiner auch. Ich weiß, weiß ja selbst, daß das gefährlich ist, aber meiner Seel, von Ihnen, meine Herren, bricht mir doch keiner ein.*

Und tatsächlich kamen sie. Der Reihe nach. Der Hausmeister und Rätselheftleser Ladislaus Stangl kam ebenso wie der Rauchfangkehrer Bohumil Bohrer oder der Maurergehilfe Anton Ansetzer. Sogar der Straßenbahnfahrer Ferdinand Ferk war schon bei ihr, sie zu beerben. Aber? *Aber was? Gibt ja nichts.* Allen mußte sie gestehen, daß das Sparbuch bloß ein Wink gewesen war, eine Nimm-mich-mit-Gebärde, das Stück Käse in der Falle. Denn eigentlich besaß sie nichts, nur sich. Würde sie tatsächlich was besitzen, wäre sie doch sicher nicht so blöd, das jedem auf die Nase zu binden. Aber wenn der Herr schon einmal da war, sollte er doch auch was mitnehmen, zur Erinnerung. Auch wenn nichts da war außer ihr. Fleisch ist Fleisch, und wenns nichts kostet. Alt vielleicht, aber noch nicht abgelaufen. Weich. Und wenn es finster ist, ist es sowieso egal. Auch konnte sie sich das Gebiß rausnehmen, und die Sanftheit ihrer Lippen bis zum Gaumen dehnen, daß –. Das überzeugte dann auch alle. Der Reihe nach. Den Hausmeister und Rätselheftleser Ladislaus Stangl ebenso wie den Rauchfangkehrer Bohumil Bohrer oder den Maurergehilfen Anton Ansetzer. Sogar den Straßenbahnfahrer Ferdinand Ferk. Ja, manche kamen sogar ein zweites Mal. Aber jetzt war länger schon keiner mehr dagewesen, weshalb die O-Beine aber trotzdem noch nicht zusammengingen. Die gefielen der Pepi. Und wie das Wägelchen hinterherbröckelte, die alten Füße behutsam vorwärtstunkten, die Gestalt noch immer murmelte: *Der kann doch nicht. Der konnte nie. Nicht einmal das Sparbuch hatte ihn gelockt. Heinrich Gerngross, dieser alte Eierkranke.* Und wie sie sich der Pepi endgültig aus dem Blickfeld schlich, kam ein Ersatz dafür: *Essen!*

Eine schrille Stimme warf sich in den Hof, pendelte zwischen den Wänden hin und her, nahm auf der Schaukel Platz, wippte mehrmals, sprang dann ab und kam zu Fall. Mitten in einem Schneckenhaus von Ohr: *Pepi, Essen!* Also streiften ungelenke Bewegungen die Sandkruste von ihrer Haut, schüttelten Brocken aus dem Kleid, dem Haar, und Pepi nahm, die kleinen Zähne auf die Unterlippe beißend, mit großen Schritten ein steiles Treppenhaus in Angriff. Am Schmiedeeisen hielt sie sich, aus dem spitzbübische Teufel grüßten. Löwenfratzen brüllten aus dem Stein der Wand, den Sprüngen im kaputten Marmorboden. Gründerzeit. Das Licht ging an, füllte das sogar tagsüber düstere Treppenhaus, das in großzügigen Kurven nach oben schnaubte, bis in eine massive Eingangstür hinein. Der Schatten schlich ihr hinterher, legte sein Ohr an, horchte, sah durch den Türspion wie in eine andere Welt. Verzerrt.

Am Küchentisch wucherte der breite Bart des Vaters, pflanzte alles zu. Bis in die Suppe hing er hinein, dunkel, kraus und schwer.

– Moment, platzt nun einer der Jesüsser heraus. Ich kenne mich ja jetzt schon nicht mehr aus. Viel zu viele Personen kommen vor. Zuerst stirbt einer, eine Frau gibt sich als seine aus, stiehlt ihm die Tasche, dann die beiden Idioten Ziegelböck und Scheidewasser, die Bussi-Bussi-Frau. Hugo Wurznbacher, der sich in ein Bild verliebt, Pepi, Gerngross, die Buschenpelz. Wo führt das hin? Wo soll das enden? Wie beim Rabattmarkensammeln gehts hier zu.

– Psst, beruhigt ihn Pius. Sehen wir zuerst, was Pepis Vater macht. Auch schließt sich hier ein kleiner Kreis, weil er der Hugo Wurznbacher ist, derselbe, der vor Stunden unter den Schaulustigen über der Leiche vorm Ziegelböck-Geschäft gestanden, sich in die dort ausgestellte Photographie einer jungen Frau verliebt hat.

Nun kugelten seine heißen Augen ihm im Gesicht herum, begrüßten Pepi kurz, bevor er stimmgewaltig *Herr, wir danken, was du uns bescheret hast* und *Amen, Mahlzeit* brüllte. Das war das Signal. Mit lautem Gestocher fielen die Brüder über die Leberknödel her – als wären sie Indianer und die Suppenteller Siedler. Auch Pepi versuchte, mit dem Löffel etwas abzustechen, aber der Knödel kämpfte wie ein Igel, wollte weder gehälftet noch zerrissen sein.

– Nicht auf das Kraut vergessen! schaufelte die Mutter Löffel um Löffel in die Teller ihrer Kinder. Dampf stieg auf und legte sich in die Gesichter.

– Mag kein Kraut, beschloß der Franz.

– Du ißt, was auf den Tisch kommt!

– Mag auch kein Kraut, stimmte die Pepi ein.

– Wenn die Mutter sagt, Kraut ist gesund, sagte Lorenz und schaufelte das Zeug löffelweise in sich rein.

– Dann?

Aber keiner kam mehr dazu, den Satz zu Ende zu bringen, alle mampften und kauten und schlürften oder machten sonstige Einspeichelungs- und Zerkleinerungsgeräusche. Ellbogen flogen durch die Luft. Essensteile stürzten hinterher. Ein ständiges Schmatzen und Kauen. Am Ende waren auf diversen Kleidungsstücken Suppenränder, Krautfäden und Knödelkolonien zu sehen.

Der Vater zündete sich eine Zigarette an und rülpste. Vergorene Unruhe kam dabei heraus. Sein geripptes Unterhemd spannte sich über die kringelig behaarte Haut. Schwere Hände lugten da hervor, eine hielt sich an der Zigarette fest, die andere biß sich in den Schoß der Mutter. Dabei dachte er an das Gesicht, das er beim Ziegelböck gesehen hatte, setzte es auf den Körper seiner Frau. Der war zierlich, milchig, rund. Bestand der Vater nur aus eingekräuseltem Bart und einer dicken, aus dem geröteten Gesicht flammenden Knuddelnase, war die Mutter ganz eine andere Gattung Mensch. Das Helle ihrer Haut war so mit Sommersprossen übersät, daß sie insgesamt wie gestockter Brei aus in Milch gelösten Haferflocken erschien. Helle rote Haare liefen aus ihr raus, sprangen über den Nacken, surften in hohen Wellen bis über die Schulter hinaus, überschlugen sich dort noch. Wenn der Vater Feuer war, auch innerlich, dann war sie die Löschmilch, mit Eidotter verrührter Topfen. Sie lächelte.

Ihre Zähne waren vom schwarzen Tee mit Rändern überzogen. Vorsichtig schlichtete sie die Teller übereinander, lud sie im Spülbecken ab. Das Besteck nahm sie heraus, hielt es ins heiße Wasser. Die Hand des Vaters immer noch im Schoß.

– Laß mich, geh. Kauf lieber eine Spülmaschine.

Und während die Kinder Essensreste über den Tisch schnipsten, bugsierte der züngelnde Vater die Mutter ins Schlafzimmer, daß es gleich darauf loderte, knarrte und quietschte, als wäre ein Erdbeben im Gang, als brodelte die Erde, lägen ein Vulkan und eine Molkerei im Clinch. Der eine köchelte und stöhnte, während die andere versuchte, ihn mit all ihrer Käserei zu löschen. Dennoch schien das ganze Haus zu vibrieren, sogar das Besteck schepperte im Becken, das Geschirr. Im furnierten pseudoaltdeutschen Einbauschrank wackelte der Nippes, die gerahmten Marylin-Monroe- und Sisi-Poster schaukelten an den Wänden. Bloß die Tapete mit den dunkelroten, herzförmigen Rosen blieb ungerührt und still. Nur wenn man sie länger ansah, konnte man meinen, daß sogar sie sich bewegte.

– Jetzt spielen die schon wieder Abwaschmachen, maulte die Pepi. Franz und Lorenz lachten, wie Niesen hörte sich das an. Später war der Kopf des Vaters gekühlt, während die Mutter zerzaust und aufgerauht erschien. Sie tranken dann Kaffee und rauchten. Zwischen den sich rasch bildenden Nebelschwaden saß Lorenz inmitten der roten und blauen Linien seiner Schulhefte. Ein Klecks inmitten unendlicher Parallelen, mit Schönschrift überfüllt. Franz und Pepi gingen in den Hof. Da lagen plötzlich tote Tauben, aber die beachteten sie nicht. Wieder füllte die Pepi ihre Kuchenformen mit Sand, goß Wasser diesmal mit der Gießkanne darauf. Der Franz dagegen hatte sich kleine Autos mitgebracht, fuhr damit herum.

– Weißt du eigentlich, wo du ein Mädchen bist und ich ein Bub?

– Ja.

– Und? Wo? Warum?

– Weil. Weil. Weil ich es weiß und –. Mehr sag ich nicht.

– Gar nichts weißt du.

– Aber wie. Und ob.

– Blödsinn. Oder weißt du etwa, knöpfte Franz an seiner Hose, zog seinen Piephahn raus. Weißt du das? Wie ein Würstel sah das aus, wie ein kleines Häutchen, wie ein letzter Finger. Und dann erklärte er, daß Männer Spatzen hätten, Franzis, Frauen aber Burschis zum Pipi.

– Burschis? Und warum?

Das wußte er selbst noch nicht genau. Die Pepi hätte auch gerne ein kleines Franzi zwischen ihren Beinen wohnen gehabt. Das war doch ungerecht, rieb sie an ihrer Spalte, ob sich nicht doch eins finden ließ. Vielleicht kam dann auch der Burschi raus. Aber wo sie sich auch hingriff und was sie auch tat, nichts rührte sich.

– Das ist gemein.

– Mach dir nichts daraus. Später wachsen dir dafür die Busen.

– Busen? Wachsen? Mir? Das war alles erstaunlich, verwirrend, und die Pepi war sehr davon berührt.

– Brüste, wie sie Mama hat.

Aber die Pepi wollte keinen Busen. Ein kleines Fränzlein wollte sie. Verärgert lief sie wieder in die Wohnung. Im Stiegenhaus tropften ihr die Mama und der Lorenz ins Gesicht. Sauertöpfische Geschäftigkeit, Finger an den Mund.

– Psst, sei leise, Vater schläft.

– Aber der Franz hat ein Würmchen, und ich, ich will auch eins.

– Psst, wir müssen jetzt zur Oma ins Spital.

Auf die Couch war der ganze Vater hingelegt und schnarchte. Aus dem vielen roten Fleisch brodelte der Atem, seine dicken Lippen köchelten, flachgelegt der krause Bart, die Lider zu, verknickt. Das ganze Gesicht, nun, will man ehrlich sein, so etwas Ordinäres, Vertiertes findet man nicht leicht. Und doch auch schön dabei. Gelungen irgendwie – auf seine Art. Das gerippte Unterleibchen machte Kurven um das von der Hose irgendwie zusammengehaltene Fleisch. Socken standen vor, teilweise in Hausschlapfen gepackt. Aus Kunstleder waren die, in Brezenform. Sicher träumte er vom Vormittag, vom photographierten Frauengesicht.

Die Pepi nahm sich Papier, setzte sich an den Küchentisch und zeichnete – ihn. Auch die mit Cord bezogene, kaffeebraune Couch, die Bierflasche, die auf dem Teppich stand, der den zerschlissenen alten Fußbodenbelag verdeckte, die dunkel furnierten Einbaumöbel, altdeutsch, den Fernseher, das gehäkelte Deckchen darüber, das rosa schimmernde Porzellanpferdchen darauf, das je nach Wetter seine Farbe änderte. Da! Da fuhr ein schriller Ton in Mark und Bein. Es klingelte. Der ganze Vaterkörper zuckte, erlebte Konvulsionen, einen kleinen Anfall von Epilepsie.

– Wer kann das sein? Er rieb sich den Schlaf aus dem Gesicht und tapste mißgestimmt in Richtung Tür. Der Franz, wer sonst, war Pepi überzeugt.

3

Frau Hornaus im Hochstand

– Haben Sie schon einmal über das Leben nachgedacht? Was Sie hier machen? Warum nicht alle glücklich sind? Wieso es Schmerzen gibt und Leid? Warum das Unglück in der Welt ist und wozu? Gott weiß eine Antwort, hat für jeden einen Sinn. Für alles.

Nein, Franz war das nicht.

– Waren Sie schon einmal vom Leben durchgeglüht?

– Wissen Sie, daß Jesus extra für Sie gestorben ist? Sie. Extra Sie hat er erlöst. Sie persönlich. Für Ihre Sünden hat er Leid ertragen. Für Ihren Platz im Paradies? Sie wurden persönlich auserwählt. Haben Sie kurz Zeit?

Und der Vater, noch vom Schlaf verwirrt, noch nicht ganz bei sich, bat zwei debil grinsende Persönchen herein. Aurelia und Zita paßten gut zu ihren Namen. In pfeffer- und salzfarbene Mäntel gehüllt, dicke Brillen im beflaumten Gesicht, dünne Lippen, abstehendes Ohrenpergament, dezent mit Gold behängt. Wanderschuhe. Nach Lavendel und chemischer Kleiderreinigung rochen sie. Abgelagertes, fast verkarstetes Leben in gebückten Gestalten.

– Meinetwegen setzen Sie sich halt. Der verknitterte Vater holte sich ein Bier, die beiden Damen lehnten ab.

– In der Bibel steht auf alles eine Antwort, sie nimmt uns das Gefühl des Ausgeliefertseins, nicht, wortwörtlich steht da alles drin. Wir sind Produkt des Schöpfungsakts. Auch Sie. Und bloß weil der Mensch gesündigt hat, hat Gott ihn vertrieben. In der Bibel stehts. Lesen Sie darin?

– Nein, brummte der Vater, ärgerlich, daß er so überrumpelt worden war, auch wollte er nicht sehen, was der Mensch verbrochen hatte. Erbsünde? Bibelrotz? Das war doch alles bloß ein Mist.

– Der Mensch hatte die Entscheidung, und der erste vollkommene Mensch, Adam, hat sich für die Lüge entschieden, für das Nichtgehorchen. Deshalb hat Gott ihn aus dem Paradies vertreiben müssen, weil er nicht geliebt hat, nicht gehorcht. Für die Sünde hat er sich entschieden, dieser Adam. Wir aber, wir dürfen keine Unzucht treiben. Gott weiß alles, was wir denken und tun. Seinen eigenen Sohn hat er geopfert, hat ihn extra ans Kreuz genagelt wegen uns. Nicht. Damit er uns von unseren Sünden befreit. Nicht.

– Was für Sünden denn?

– Die Schuld, die wir auf uns geladen haben. Wir sind schuldig auf der Welt, schon daß wir hier sind, unterstreicht das. Nur eine Lösung kann es für uns geben, die des Paradieses. Unsere ganze Existenz hier wäre sonst doch ohne Sinn, wir würden sterben und vergehen, verfaulen würden wir, und nichts, wenn Sie verstehen, nichts würde übrigbleiben, all unser Tun wäre geschluckt. Sinnlos wären wir. Zinnober, grinste Aurelia unverständlich in sich hinein.

– Und? Als hätte jemand hineingeblasen, begann nun unter der Ascheschicht der väterlichen Verschlafenheit wieder etwas zu glühen, Kohleblättchen wirbelten hoch. Wärmer wurde es. Stoffwechsel.

– Und wir, glänzte es aus Zita, wir von den Zeugen leben darauf hin, wir leben gottgerecht, versuchen das Sündhafte in uns zu minimieren.

Beiden leuchteten die Augen, milchig trüb, wie Mottenkugeln eben leuchten können. Die altmodischen Schuhe standen fest am Teppichboden, das Leder wundgegangen, Kerben eingegraben, dicke Furchen, abgetretene Plastiksohlen. Die Hände hatten an den großen Knöpfen ihrer Mäntel rumgespielt, weiße Blusenteile eckten da heraus. Perlenkettenimitate baumelten in wundgebeteter Gelblichkeit an ihren faltenzersägten Hälsen, beide waren vielleicht 50, schon darüber. Aurelia und Zita, die gut zu ihren Namen paßten.

Voller Freude sahen sie auf den ans Kreuz genagelten Erlöser im Herrgottswinkel, den die Mutter ihrem Onkel Otto abgebettelt hatte. Der hatte das gut 100 Jahre alte, handgeschnitzte Stück in Tschechien gekauft und es als leidenschaftlicher Atheist als Zielscheibe für sein Flobertgewehr benützt. Das erklärte die Löcher im ohnehin schon leidend dreinsehenden Christus – was hätte er erst sonst für ein Gesicht gemacht. Aber einen solchen Frevel ahnten die Zeuginnen natürlich nicht. Sie hielten die kleinen Löcher für die Wohnstätten heiliger Holzwürmer. Vom dicken Glas wuchtiger Brillen waren ihre Nasen breitgedrückt, die Wangenhaut hing schlaff herab, nur Aurelias Dauerwellen waren halbwegs frisch. Zitas Haar sah aus wie Zuckerwatte, hochgesteckt. Ein Hauch von Sakristei und Beichtstuhl ging von beiden aus, ein Oblatengeruch. Pepi ekelte. Den Vater auch. Doch stieg da etwas in ihm auf, die Glut, der Wunsch nach Reinigung, nach Abkühlung, der Wunsch, in diese Lippenstriche einzutauchen, die Jacketkronen zu berühren, die vielen Falten ihrer Haut, den Zölibatsgeruch.

– Wollen wir mitsammen bumsen? Er wußte selbst nicht, wie das kam. Christus war auferstanden. Woher? Als hätte sein Denken eine Umleitung gemacht. Als hätte das Fleisch direkt aus dem Mund gesprochen, ohne Prüfung durch das Hirn. Und dann gleich mit diesem *Bumsen*, das ohne Beschönigung so herausgeplumpst war, daß es sich tatsächlich nach Stoßen und Nehmen anhörte, nach etwas Schäbigem.

Die beiden Damen waren überrascht. Ein Knacken nur vernahm ihr Kopf. So schmerzlos zart, als sei eine dünne Eisdecke zerbrochen. Sie fürchteten um ihr Damesein, ihr Atem zitterte, die Finger zupften an der Kleidung, als wollten sie einen Faden Antwort aus dem Stoffgewebe ziehen. Sollten sie Empörung spielen? Sie schauten sich an. Nahmen ihre Brillen ab, als wollten sie sagen Bitte schön. Bitte, schöner sind wir nicht. Sehen Sie. Das muß ein Irrtum sein. Sie räusperten gegen die Stille an, aufstehen wollten sie und gehen. Ein wahres Räusperkonzert enspann sich da. Kaum war die eine fertig, setzte schon die andere an, zweikehlig räusperten sie, die eine länger als die andere. Hmmphmp. Hmm. Hmmphmp. Hmm. Zum Schluß saßen sie da wie zwei elektrische Rasierer, die darauf warteten, daß ihre Sicherungen durchbrannten. Hmmphmp. Hmm. Hmmphmp. Hmm. Der Vater legte seine schweren Arme auf sie drauf, hielt seinen Ekel fest, den Wunsch nach Reinigung, plötzliche Stille. Schweigen. Als fiele ein unangenehmes Hintergrundgeräusch, an das man sich mit der Zeit gewöhnt hatte, plötzlich weg. Als hätte sich das Ministerium für anhaltende

Lärmbelästigung wieder einmal eine besonders perfide Art der Konzentrationsverunmöglichung einfallen lassen. Ruhe.

– Wir dürfen doch nicht tun, was Sünde ist. In Versuchung, nicht, in Versuchung wollen Sie uns führen. Satanas.

– Aber woher denn? Wo soll denn da die Sünde sein? Liebe ist das doch. Liebe, von der auch der da immer spricht, nickte der Kopf des Vaters kurz in Richtung Kreuz. Da färbten sich die Wangen der beiden Unberührten rot. Die Lider senkten sich, zu Boden sahen sie, gleich in die Hölle rein, sie bohrten. Aufgehen solle er, sie gleich verschlucken, würden sie doch den Verdammten angehören, immer in der Hölle schmoren, verloren sein. Ihre Seelen würde niemand retten können. Verloren wären sie. Verkauft.

Was solls. Was war die Ewigkeit verglichen mit dem Jetzt? War sie wirklich so erfrischend, wie man sagte? Kühlte sie die Wunden ihrer Seelen? Oder war vielleicht auch sie nichts als ein Eiswürfel, den man am Lagerfeuer schmilzt? Die Gegenwart war plötzlich stärker, ließ die Gedanken an die Ewigkeit zerschmelzen, hetzte ihnen das Blut durch den Körper, trieb ihre Erwartungen hoch. Stand nicht schon bei Hesekiel? *Wer grub der Regenflut eine Rinne, einen Weg für das Donnergewölk, um Regen zu senden auf unbewohntes Land, auf die Steppe, darin niemand wohnt, um zu sättigen die Wildnis und Öde und frisches Gras sprossen zu lassen? Hat der Regen einen Vater, oder wer zeugte die Tropfen des Taus? Aus welchem Schoß ging das hervor?* Hesekiel. Nein, Hiob wars. Egal. Sind wir Öde, Aurelia? Wildnis, Zita? Nein! Die Rinne sind wir und der Weg. Warum also darf nicht der Regen in uns laufen, wenn er meint, rinnen und abfließen zu müssen. Und dafür ist so ein Regen schließlich da. Rinnen und einfließen. Warum sollten wir wie Dämme sein, wie Dumme obendrein?

– Nur das Kind. Das Kind! Das Kind muß fort. Kinder haben im Regen nichts zu suchen, ersaufen gleich. Auch das Feuer ist für Kinder nichts. Weniger fürchteten Zita und

Aurelia um die Reinheit der unbefleckten Pepi-Seele, als daß die kleine Schlange sie auslachen könnte, wenn sie erstmals von der Frucht des Baums naschten. Also wurde die Pepi ins Kinderzimmer geschickt, von wo aus sie natürlich lauschte. Von einer Stange wurde da gesprochen, und ob sie Platz fände. Die Damen sagten was von feucht. Sie sagten *groß* und *o, mein Gott. Versuchung. Sünde. O, la, la!* Der Vater keuchte, sagte *so etwas* und *diese Möpse. Gar nicht zugetraut. O, mein Gott. Ich habs gewußt. Geahnt, wie gut das ist. Wie gut.* Und dann vibrierte wieder alles, als wenn Weinzwang, der Arbeitskollege des Vaters, in der Nähe wäre – aber der kommt erst später.

Die Pepi aber dachte, die Tanten hätten Hündchen mitgebracht. Sicher hatte wieder wer Geburtstag oder etwas in der Art. Schon sah sie sich damit stolzieren, das kleine Möpserl in der Hand. Da schnaubte, jaulte etwas auf. Das paßte gut in Pepis Traum, in dem sie längst mit ihrem Hündchen unzertrennlich war.

Als sie wieder zu sich kam, saß der Vater allein am Tisch, damit beschäftigt, einer Knackwurst das Fell abzuziehen. Das war durchsichtig wie ein Nylonstrumpf und zart, mit winzigkleinen Härchen drauf wie Babyhaut. Schlaff und leblos lag sie da, erinnerte an ein Kondom, ans Häutchen einer aufgestochenen Blase, nur die Metallklammer schimmerte silbergrau hervor. Der Vater nahm einen großen Schluck Bier und machte *Ahh.* Die Säure trieb ihm Wasser in die Augen. An die Photographierte dachte er. An dieses makellose, beim Ziegelböck ausgestellte Gesicht. Was für ein Weib! Gäbe es ein Ministerium für Irritation, dann müßte man davon ausgehen, daß es hier dahintersteckt. Da es aber ein derartiges Ministerium nach aller Wahrscheinlichkeit nicht gab, konnte er seine Hitze getrost auf diesen Rost blasen, versuchen, sie herauszuschmelzen, durch das Gitter aller Hindernisse durch. Wie sie wohl reagieren würde, wenn er plötzlich vor ihr stünde? War sie verheiratet? Familie? Was für eine Stimme? Ob sie groß war? Klein?

– Wo, wollte die Pepi wissen, sind denn die Frauen?

– Das, wenn ich. Was? Wer denn? Welche Frauen?

– Die Frauen, die den Mops mitgebracht haben.

– Die hast du geträumt. Da waren keine Frauen, und Möpse überhaupt schon gar nicht. Hörst du, keine Frauen, schnitt der Vater seine Wurst in dicke Scheiben, poröses Rosafleisch, schlichtete sie auf sein Brot, strich Senf darauf, schleckte sich die Finger. Dieselben dicken Griffeln tauchte er in ein grünstichiges Aquarium, stocherte darin herum, fuhr mehrmals daneben, erwischte endlich etwas und holte einen dicken Goldfisch raus. Aber? Was? Das war doch? Der Goldfisch war ja grün. Dann mußte er wohl doch eine Essigtunte sein. So eine Gurke. Der Vater biß hinein, es knackste wie bei einem Knochenbruch, Tröpfchen verfingen sich in seinem Bart, seine dicken Lippen glänzten. So ein ordinärer Mensch. Ein Blick wie brennende, von Buschmenschen geworfene Pfeile. Kurz brannte in der Iris etwas nieder, schrie ein Dorf heraus. Ein Massaker. Ob das sein Ehrgeiz war, sein Hunger? Schon als Kleinkind hatte er den unbedingten Nahrungsdrang. Das *Man-ernähre-mich*. Da kam seine Frau mitsamt den Söhnen. Anna Wurznbacher zündete sich eine Zigarette an, den langen, stieren Blick des Vaters abzubrechen. Franz und Lorenz grinsten.

– Die Oma, die ist tot.

Wie irrsinnig zerstückelt die Gegenwart doch war. Und alles wurde unter demselben Wolkengewölbe zelebriert, wie Leben. Der quadratische Kriminalkommissar Sixtus Ponstingl-Ribisl wußte hier noch nicht, weshalb ihn das Schicksal mit einem vertrottelten Chirurgen zusammenführte, dessen Schlampigkeit beim Ausfüllen des Totenscheins ein Konsultieren der Leiche Edelburg Semmelrath erzwang. Dabei wurde schnell festgestellt, daß die besagte betagte

Dame zu Lebzeiten ein Pandämonium sämtlich möglicher Todesursachen gewesen war, und somit aller Wahrscheinlichkeit nach ganz von selbst verschieden ist. Also räumte der Chirurg auch ein, daß es ihm leid tue. Da er dies in für Chirurgen typischer, abfällig zynischer Weise tat, bekam die Entschuldigung kaum Gelegenheit, sich in Ponstingl-Ribisl festzuhalten, sondern rutschte gleich wieder hinaus, ließ den Kommissar in seiner unausgefüllten nach quadratischen Belägen schreienden Tristesse zurück. Sixtus Ponstingl-Ribisl hatte wirklich Besseres zu tun, als Mißverständnissen hinterherzujagen. Schon der Erschossene vor der Photohandlung Ziegelböck war ihm Rätsel genug. Keinen Ausweis hatte der bei sich. Keinem ging er ab. Nur ihn und die Staatsanwaltschaft ging das an. Nicht einmal das Ministerium für Bodenkultur und Dung hatte um die ungebundene Leiche angefragt. Keine Indizien deuteten auf eine Lebensgeschichte hin. Bloß ein Name war ihm in die Achselhöhle tätowiert, das heißt, Name ist vielleicht bereits zuviel gesagt, zwei Worte waren es: *Atnasal Acsal.* Was das bedeuten sollte? Auch hätte sich Ponstingl-Ribisl lieber eine Oper angesehen als die verwachsten Züge dieser nach Formaldehyd stinkenden Leichen. Ponstingl-Ribisl war neben den Quadraten auch ein glühender Opernfan.

– Erschreckt jetzt nicht, beschwichtigt der Pius, wenn jetzt noch jemand dazukommt, aber alle sind sie notwendig, um insgesamt im klopfenden Ambros Semmelrath zu kulminieren.

Also wurden am nächsten Tag die Pepi und der Franz zu einer ausgebreiteten, voluminösen Frau gegeben. Eine Kolossin, ja ein menschgewordener Elefant. Schon ihre Unterschenkel waren dick wie Kinderkörper. Darüber hatte ein Gott ganze Wolkendynastien in Strümpfe reingedreht. Oberhalb des Bauchs spannten sich gigantische Ballons, und Arme hingen ihr noch raus mit jeweils zwanzig Kilo, mindestens. Ihr Hals war wie das Kinderspiel, bei dem es gilt, Ringe über einen Stecken zu werfen. Nur hier waren die Ringe Schläuche puren Fettes. Nahtlos draufgesteckt der Kopf. Dem hingen dicke Pölster um aufgedrehte Lippen. Dafür wirkten ihre kleinen grauen von nur wenig Brauen geschützten Augen freundlich, fürsorglich. Überhaupt hinterließ die Elefantin, sah man von den Schwingungen im Boden ab, im Ganzen gesehen, und sofern man genügend Abstand hatte, einen durchaus freundlichen Eindruck.

Warum sie so dick war? Hatte sie Angst, nicht wahrgenommen zu werden? Oder wollte sie alle Welt verschlingen? Sie sich einverleiben? Ihr glattes Haar jedenfalls war straff über den Kopf gezogen und gerann in einem großen Knödel, der wie ein zweiter Kopf am Schädel thronte. Einer Kasperltheaterfigur nicht unähnlich. Insgesamt konnte man meinen, das Weib sei aus Kleiderbügeldraht gebogen, mit Tüchern bezogen und aus Pappmaché geformt. Wie sonst sollte man es sich erklären, daß diese Masse bewegbar war, wo sie doch zusätzlich noch ihren schweren Namen schleppen mußte: Ludovica Hasentütl.

Zwei Kinder hatte sie, die Anna und den Ferdl. Indem sie auch auf andere aufpaßte, verdiente sie sich das Notwendigste, was man so braucht. Der Rest ging für Zwischenmahlzeiten drauf. Ihr Mann hatte ihrer Masse nichts entgegenzusetzen gewußt und sich verkrümelt. Zur Polizei war er angeblich gegangen, aber Genaues wußte man nicht.

Aber das war ja auch kein Mann. Ein Würstl war das, und sonst nichts. Da plagt man sich den ganzen Tag, man tut, man rackert, macht die Arbeit, die man nicht sieht, und das ist dann der Dank, daß man sitzengelassen wird, stehengelassen in der dünnen Luft des sogenannten Lebens. Das hat man dann davon. Wer hat denn die Kinder zur Welt gebracht? Wer hat sie durchgefüttert, ihnen die Scheiße aus dem Arsch gewischt, die Kotze von der Brust? Wer hat sie eingesalbt und stundenlang und Nacht für Nacht sie in den Schlaf gewiegt, damit der Gnädige sie lieb findet und weckt? Was hat man dann davon? Aber einen Dreck.

Realität ist ein Geräuschklumpen, Geruch. Die Kinder spielten eine Ecke mit Barbiepuppen, Plastikungeheuern zu, hörten die Monologe der Frau Hasentütl wie aus weiter Ferne. In einem an sich gewaltigen Topf, der aber im Verhältnis zur Frau Hasentütl wieder normal erschien, erhitzte sich ein Stück Butter, das bald brutzelte und eine gehackte Zwiebelwürfel-Pyramide verschlang. Nun versperrte ein schwerer Dunst die Küche, biß sich in die Augen, zwickte und schloß ab. Den Kindern kamen Tränen, ihre Augen trieben aus, bekamen Ableger. Der Pepi blühte ein seltsames Gewächs: Angst. Vielleicht, befruchtete diese ein fliegender Gedanke, ernährte sich die Elefantenfrau von Kindern? Vielleicht hatten Pepis Eltern sie samt dem Franz verkauft, sich nur den Lorenz behalten, weil ihnen ein Kind schon genügte? Und nun würde dieses Ungeheuer sie verspeisen. Warum sonst war die so dick? Sicher war sie eine Kannibalin. In den Zwiebeln würde sie die Pepi und den Franzl schmoren, salzen und mit Kraut anrichten. Paprika darüber, fertig ist das Kinderszegediner.

Argwöhnisch waren Pepis Blicke in die Kolossin wie in einen großen Polster eingesunken, sahen, wie sie Pfefferoni schnitt, ein Stückchen naschte, wartete und angewidert das Gesicht ausschüttete. Pfui Teufel. Der Rest wurde in den Topf geklopft. Es dampfte, wild und fauchend. Die Pepi versuchte dem Franz mit Handzeichen die Gefährlichkeit zu deuten, der aber sabberte nur und verstand nicht. Aber da hatte die Frau Hasentütl auch schon Fleischwürfel parat. Dann würden sie zumindest heute noch verschont bleiben, freute sich die kleine Wurznbacherin und verlor sich wieder in ihrem Spiel, zog die Puppe aus und an, stellte dabei fest, daß auch die kein Tierchen hatte. Vielleicht war ja der Franz die

Ausnahme? Der Sonderfall? Und wie sie noch so dachte, wurde ihr Traum mit Gulasch angefüllt, sammelte Speichel sich im Pepimund. Eine Kollekte. Da wurde dem geflüsterten Mittagsdunst ein Notgroschen von Mann gespendet, ein kleiner, dünner mit gelblich zäher Haut und Schuppen auf den Schultern. Briefträger Körberl hieß er, war gewohnt, bei der Frau Hasentütl sein zweites Frühstück einzunehmen, das hauptsächlich aus einem doppelten Sliwowitz bestand. Den schüttete er sich in seinen Schlitz. Und weil es schon so gut nach Essen roch, wollte er sich opfern und vom Gulasch was probieren, seinen Sammelbüchsenkörper aufzufüllen. Körberl zählte zu der Sorte Mensch, die essen konnten, was sie wollten, ohne zuzunehmen.

– Aber was werden die Hausparteien?

– Wie alle Österreicher reden auch diese beiden so, als bereite es ihnen Schmerzen, als wären sie innerlich gepreßt, gestaucht von den vielen Bergen, die sie umgeben.

– Genau, schließt sich einer der Jesüsser an, als koste es sie alle Kraft. Als würden sie am liebsten verstummen, nur noch in sich hineinsickern.

– Oder, bemerkt der Pontius im Ecce homo, sich in Witzeleien ergehen. Was eine spezialisierte Form der Stummheit ist.

– Genau, fährt Pius fort, erteilt nun aber wieder der Hasentütl das Wort:

– Was werden die Hausparteien?

– Sinds eh gewohnt. Brauchen ihre Post auch nicht, nur Rechnungen. Nur die Buschenpelz, die alte Ziege, wird wieder was meckern. Gerade die.

– Die, dies nötig hat.

– Und warum? Weil sie auf Liebesbriefe wartet, alte Närrin, dabei, wer schreibt der schon? Nur Krankenhäuser schikken Kostenvoranschläge für Operationen. Da müßte einer ja völlig schwachsinnig sein, wo jeder weiß, daß ihr sogenanntes Sparbuch nur Erfindung ist.

Und dabei näherten sich die Briefträgerknochen immer mehr dem Elefantinnenfleisch, in das der Körberl tauchen wollte, daß er sich mit seinem postalischen Rüsselchen bereits darin verschwinden sah. Und die Hasentütl berührte ihn schon fast mit ihren dicken Lippen, umfaßte mit ihren Gedanken bereits die blaue Briefträgeruniform, spürte sich bereits darin herumtasten, den Notgroschen von Mann abgreifen, ob nicht doch irgendwo mehr daraus zu machen sei. Hauptsache, ein Mann. Mit kreidebleichen Silberknöpfen einer Uniform. Tiptop. Was will man noch? Wer den Groschen nicht ehrt, ist den Körberl nicht wert.

– Kinder, wollt ihr nicht ins Wohnzimmer?

Die beiden Larvenwesen Anna und Ferdl verstanden das. Ja, es schien, als hätten sie nur darauf gewartet, die Pepi und den Franz in den Nebenraum zu führen. Das war ein mit ochsblutfarbenem Teppichboden ausgelegter Raum, in dem eine alles beherrschende grüngraugeplüschte Sitzgarnitur residierte. Ihr an der Seite ein mit Beethoven-Büsten, Porzellanelefanten und Teeservicen gefüllter Einbauschrank, ein Fernsehgerät, dem der Ferdl automatisch in den Bauch drückte, damit es den Musikkanal ausspuckte, was ein zwanghaftes, mechanisches Klopfen mit den Füßen auslöste. Der Ferdl war etwas älter als die anderen, hatte bereits richtige, erdnußgroße Zähne im Gesicht. Etwas überproportioniert wie Pflastersteine. Richtige Hauer. Auch sonst war er nicht übertrieben schön. Ein hochaufgeschossener Junge mit einer roten Alkoholikerhaut, auf der ein Kornfeld gelber Haare stand. Er stotterte ein wenig. Dennoch nannte ihn seine Schwester nur Monsieur. Die Anna hatte aschblond gewelltes Haar, wirkte im Vergleich zu ihrem Bruder blutleer, aber zart. Zwei geputzte blaue Augen leuchteten in ihrer bleichen Haut. Vielleicht nannte sie ihr Bruder deshalb Frau Marquise.

– U-und, was sp-spielen wir?

– Vater-Mutter-Kind.

Das war allen recht. Die Pepi griff sich eine Puppe und hutschte sie an ihrer Brust. Du bist mein Kind, sang sie. Mußt tun, was ich dir sage.

– S-so doch ni-icht, w-wo käm da-as K-kind denn her. V-vielleicht au-aus der Luft? Und Monsieur und Marquise Hasentütl erklärten ihr, daß man ein Kind erst macht, bevor man es bekommt.

– Hnn? Doch da hatte sich der kleine Stotterer bereits die Pepi gegriffen und ihr das Kleidchen ausgezogen. Höschen hatte sie keins an. Selber knöpfte er an seiner Hose.

– Was wird das, wenn es fertig ist?

Auch die Anna hatte sich und den Franzl ausgezogen, sich auf den Boden gelegt, alle viere weggestreckt, kurz wie ein Nudellöffel ausgesehen, und dann, auf Nudeln hoffend, den sprachlosen Franzl zu sich hinabgezogen. Und siehe da, der Löffel wurde so bereitgestellt, daß die Marquise sich winden, ihre Gabel daran drehen, Nudeln aufziehen konnte. Bescheidene Bewegungen vollführten sie und keuchten, stöhnten, daß die Pepi dachte, das tut weh.

– Nein, nein, pfauchte der Franz, das tut gut, nicht weh. Gut tut das.

Da hatte auch Monsieur Ferdl schon einen Köpfler in die Pepi wie in einen Swimmingpool getan. Mit kräftigen Zügen sie durchschwommen, umschlungen und abgerieben seine Haut. Die Pepi fühlte sich in dieser Umklammerung etwas abgestanden, wie Brackwasser, sie roch den nackten Buben, und ihr war, als wäre sie ein Trockenschwimmgerät. Etwas Spitzes stach ihr in den Bauch. Ein Anker? Ein Ruder? Auch war ihr das Ferdl-Gesicht zu nahe, richtiggehend in sie eingesickert, daß zum Erkennen nichts mehr blieb. Die beiden Augen sahen aus, als wären sie ein einziges und dafür riesig. Monsieur Zyklop. Seine Nüstern wölbten sich, und warmer Speichel tropfte ihm aus dem Mund.

– Ah-ah-a.

– Aha? Eine Sturmflut schien sie nun zu überrollen, der Ferdl umklammerte die Pepi fester, stieß mit seinem Auge Hilfe flehend sein Becken in sie rein, wurde schneller, wieder, wollte gar nicht von ihr lassen, wieder, schwappte alles von ihr zu. Kaum noch zu Luft kam sie. Und wieder. Wann war es denn genug? Der Pepi war es schon zuviel. Ihr war wie einem Katzenschwanz, der in eine Krebsschere geraten ist. Das zwickte. Wieder. Sie klemmte ihre Arme zwischen sich und seine Brust und stieß ihn weg, den Nichtschwimmer, versuchte es. Er, wie um sein Leben ängstlich, klammerte sich nur noch fester. Wieder. Und wieder nicht. Ah. Ahh. Da endlich sah ers ein. Ließ von ihr ab und wälzte sich herunter wie ein großer Stein.

– So, sagte die Anna und stopfte sich mit einem Polster aus, jetzt haben wir uns jede unser Kind gemacht, jetzt können wir in die Hoffnung übergehen. Die Pepi tat es ihr gleich, zog ihr Kleidchen an, stopfte es mit einem Polster aus. Der kitzelte auf ihrer Haut, gab ihr das Gefühl von Unbeweglichkeit und Schwangerschaft. Aber was wollten die Buben dabei tun? Männergespräche führen.

– Ma-achst du-u es denn d-der Pepi nie?

– Was?

Und der Ferdl erklärte, daß das, was sie eben getan hatten, die Erwachsenen immer tun. Nur küßten die sich vorher eine Stunde, mußten in ein Kino gehen, Abendessen. Das ganze Brimbramborium. Aber die hatten ja auch Haare unterhalb vom Bauch. Die Anna grinste.

– Haare unterhalb vom Bauch? Du meinst da um die Spalte? Der Pepi ekelte, sie wollte überhaupt nicht küssen und auch keine Haare unten darauf.

– U-und dann, erklärte der Monsieur, wa-achsen den M-Männern Rohre, und mit d-denen fu-uhrwerken sie in ihre Frauen. Wie Fiaker. U-und so entstehen die Ki-inder, werden angekarrt.

– Was? Mit Rohren kutschieren sie in ihre Frauen? Das konnte die Pepi nun wirklich nicht glauben. Wo denn? Wie? Standen die Fragen wie eine große Leinwand aufgespannt in ihrem Kopf. Aber die Anna erklärte ihr mit brockenhaften Reden, daß die kleine Spalte aufgehen würde wie ein Hühnerarsch, wenn man ihn an Feiertagen mit einer Knödelfülle stopft. Um das anzuzeigen, wachsen dann in Dreiecksform die Haare. Wie ein Verkehrsschild sieht das aus, *Achtung, Vorfahrt*, damit jeder sieht, hier kommt etwas, ein Weg. Hier kann gefahren werden. Bauchhöhlenverkehr. Der Ferdl wußte das. Der hatte diese Suppe oft geschlürft. Er behauptete sogar, er hätte es schon einmal mit einer Erwachsenen getan. Aber das glaubten weder die Pepi noch der Franz. Da erzählte der kleine Monsieur, wie er einmal von der Frau Hornaus einkaufen geschickt worden war, und sie ihn nachher in ihre Wohnung gebeten hatte.

– Die Frau Hornaus, grölte die Pepi, lebt jetzt bei uns.

– Kann sein, murmelte die Anna bedeutungsschwanger, als ob sie von der Katastrophe, auf die alles zustrebte, schon etwas ahnte.

Die Frau Hornaus war eine attraktive Frau mit viel Schminke im Gesicht, dunkelrotgelocktem Haar und einer auffallend runden, knorpeligen Nase. Meist trug sie einen kurzen Rock, der ihre muskulösen Waden und Speckknie zeigte, eine Leopardenbluse dazu. Und auf die hatte sie dem Ferdl seine Hand gelegt, und *Na, Burschi, ist das schön* gesagt, dabei gelacht. Und der Ferdl war sofort rot wie eine gekochte Rindszunge geworden, was aber nicht aufgefallen war, bei seiner Tomatenhaut. Und dann hatte die Frau Hornaus dem Ferdl auf den Bauch gegriffen und gesagt, daß er sich sein Hemd in die Hose stecken solle, weil sich das nicht schickte, und dann hatte sie so getan, als wolle sie ihm helfen, hatte aber in Wirklichkeit nur seine Hose aufgemacht und sich sein Stenglein angesehen, gelacht. Dann hatte sie *Na, Burschi* gesagt, und dasselbe mit ihm gemacht wie vorhin wir. Die Anna lachte, aber die Pepi glaubte ihr kein Wort. Was wollte denn so eine erfahrene, mit allen Dingen des Lebens durchzogene Frau Hornaus mit so einem kleinen karottengesichtigen Monsieur? Warum überhaupt sollten Erwachsene das tun, wo sie doch nicht mit Puppen spielten. Ganz geheuer war ihr das nicht.

Dem Franz aber geriet die Frau Hornaus auf die Wiese seines Hirns. Sie legte sich ins hohe Gras und flüsterte dem Franzl zu *Na, Burschi, ob dir das auch gefällt?* Dann lief sie ihm davon, rannte durch Wiesen, Wälder, kletterte auf einen Hochstand. Der Franzl hinterher. Na, Burschi. Schon sah er den Nagellack auf ihren Zehen, roch daran, griff in die Richtung ihrer Beine. Depiliert. Wollte. Aber bevor er sie erreichen konnte, stand die Frau Hasentütl an der Tür, riß den Hochstand ein, die ganze Wiese. Allen Wald. Der Herr Körberl sei jetzt weg, und die Kinder sollten kommen und ein Gulasch essen. Mit Spiegelei und Essiggurkerln, die nur so flutschen und knacken im Mund. Der Monsieur und die Marquise wollten ein Ketchup dazu, aber die Frau Hasentütl sagte, das paßt nicht zum Gulasch. Ja, sie verweigerte sogar den Senf. Später kam die Mutter und holte die Pepi und den Franz. Sie hatte sie also nicht verkauft. Oder hatte die Frau Hasentütl Mängel reklamiert?

Die Stadt zeichnete sich durch die Abwesenheit von Farben aus. Eine Wolkendecke hatte alles zugehüllt, leichter Regen setzte ein. Überall standen Menschen herum, warteten scheinbar auf den Bus. Tatsächlich hielten sie sich in den Ruinen ihrer Träume auf, in ihren Sorgen wegen Geld, Hoffnungen, daß nichts passiert, es nicht noch schlimmer kommt. Uniformierte hielten Passanten auf, wollten Ausweise sehen, Blut abnehmen und Urin. Manche warteten darauf, ihre Stöcke zu gebrauchen, zu zeigen, was sie konnten.

Noch in der Straßenbahn dachte Pepi an den Nachmittag.

Schon sah sie sich groß werden, ihre Spalte wie ein Brötchen aufgehen, mit Halmen rundherum und Männern, die sich auf sie legten, ihren Gips in sie zu spucken, kleine Hostien. Männer, die bloß noch ein Auge, blähende Nüstern waren, sie umarmten, ihre Haut zerrieben. Sicher tropfte ihnen der Sabber aus dem Mund, rochen sie nach Knoblauch, waren sie schwer, mit großen Bäuchen meist und schwitzten. Der Vater fiel ihr ein. Da ekelte sie sich besonders. Den Vater wollte sie nicht in sich haben, erst recht den Ekel nicht. Aber da war es bereits zu spät. Der Ekel siegte. Der Magen unterlag. Alles Gulasch kam zurück, die Essiggurkerl und das Spiegelei machten glucks, glucks und warfen sich wie eine Rotte Halbverhungerter aufs Kleid der Mutter, die sich fürchterlich genierte und entschuldigte, wo sie nur konnte – am liebsten gleich bis in den Arsch. Dabei hatten die anderen Passagiere ohnehin ein gleichgültiges Ich-will-davon-garnichts-wissen-Gesicht und höchstens Angst vor einem Fahrscheinkontrolleur. Nur der inkognito reisende Beamte vom Ministerium für Geruchsbelästigung freute sich über diese ungeplante Mithilfe aus der Bevölkerung. Die Primaballerina Kathi Gablfrühstück verzog ihr Schmetterling-Gesicht. So etwas war sie nicht gewohnt, roch doch plötzlich alles beißend nach Speiberling, nach diesem unzarten Geruch, der bösartig den Gaumen kitzelt, nach Grausen schreit und Übergeben. Ein Geruch, der einen anspringt wie die Zunge eines Hundes, wenn er hechelt. Da übergab sich auch der Franz, dem mit dem bröckchenvollen Schwall auch die Frau Hornaus rumpelnd aus dem Hochstand fiel, wohin er sie sich schon wieder hatte kraxeln lassen. Hechelnder Hund war ihr zuviel.

In ihrer Verzweiflung versetzte die Mutter ihren Kindern mehrere Ohrfeigen, was die Mehrzahl der Fahrgäste mit schmelzendem Grinsen goutierte. Sie sahen es gerne, wenn ein anderer die Nerven wegschmiß, und Züchtigung bereitete ihnen sowieso Vergnügen. Immer. Bloß der Schatten, den wir vom Hofszenario kennen, war betroffen. Nicht, weil wir seine Identität schon lüften würden, sondern alleine wegen des Geruchs, gegen den er nicht bloß zählen, sondern auch noch dividieren mußte – da konnte er an Bettina und Martina denken, was er wollte.

Die ebenfalls mitfahrenden Aurelia und Zita drehten ihre Augen in die Höhe, sahen weg. Der Himmel wollte auch sie züchtigen, nur würde sich der Himmel mit ein paar Ohrfeigen nicht begnügen, der Himmel wartete mit anderen Geschützen auf. Er suchte sie, war aber in den engen Häuserzeilen kaum zu sehen. Aber wenn er sie fand, und davon war auszugehen, dann gnade ihnen Gott, weil sie ungehorsam taten gegen ihn.

– Siehst du, das ist die, die Tochter von der Sünde. Sie hat uns nur gesehen, gleich gekotzt.

– Wir sind verloren, brauchen nichts mehr hoffen. Der Boden, auf den wir treten, ist aus Schlangen schon gewebt.

– So wird er uns nicht ziehen lassen, Verdammte, wie wir sind.

– Verfolgte. Das Paraffin in der Rachelampe Gottes, kurz vorm Verglühen.

Da zitterten Zita und Aurelia am ganzen Leib und mußten sich gegenseitig die Hände wärmen und gut zureden, sonst wären sie erfroren.

Zu Hause ließ sich die Mutter eine Badewanne ein. Das heiße Wasser kräuselte als Strick in den Email, schraubte sich hinunter, in eine Kappe *Badedas*. Da füllte sich der fette Dunst mit chemischer Sauberkeit. Ein Schluck von Moschusdüften. Es schäumte auf. Während die nackte Pepi schon im Heißen saß, zog sich auch die Mutter aus und stieg hinzu. Sie hatte zierliche Beine mit Doppelkinnen um die Knie, kleine Pölster an den Schenkeln, Stellen mit Orangenhaut, Pomelos, und tatsächlich war da ein Gekraus von blondem Haar. Wie herbstliche Getreidestoppeln. Dreieckig wie Gott persönlich, sein Vertrag. Um die Hüfte etwas Fettansatz, pflaumenblaue Flecken, die Brüste stramm nach vor, die Nippel scharlachrot.

So also, dachte sich die Pepi, sieht man erwachsen aus. Aber da wurde sie bereits mit Seife eingerieben, mit einer kleinen Bürste abgeschrubbt. Ein nasser, über die Mutterfinger gestülpter Waschlappen, ackerte ihr durchs Gesicht, Kopfwaschmittel kam ins Haar – und pflügte in den Augen um. Schon wurde mit Ochsenkraft sie in die Wanne eingetaucht, bis vorne die Fußsohlen anstießen, die Pepi zu keiner Luft mehr kam. Sie wollte sich dagegenstemmen, doch da war die Kraft schon wieder weg, hatte sich nur kurz gezeigt, angedeutet bloß, sich gleich wieder verkrochen. Die Mutter rieb ihr noch ein Pulver in das Haar, das angeblich gegen Läuse war, in Wirklichkeit aber bloß entsetzlich stank. Wieder wurde ihr der Kopf ins heiße Wasser eingetaucht. Dann war die Prozedur vorbei. Zum Glück.

Wie farbloses Dörrobst sahen nun ihre Fingerkuppen aus. Eingeschrumpelt war die ganze Pepi. Sie roch nach Anti-Laus, wollte aber trotzdem noch nicht aus der Wanne, wollte die Mutter sehen, ihr ins Dreieck greifen, schauen, was tatsächlich aus der Spalte da geworden ist. Ob was herauszulocken war? Aber die Mutter drängte die verschrumpelten Pepi-Zehen weg. Offensichtlich fielen ihr die plumpen Forschungsbestrebungen ihrer Tochter gar nicht auf. Immerhin gelang es Pepi, kurz einen Brustnippel zu streifen, der sie an einen Radiergummi erinnerte, wie er an manchen Bleistiftenden steckte. Nur sehr viel größer, aufgerauhter, wie eine Himbeer in der Form.

Beim Raussteigen wurde es plötzlich schwarz im Pepi-Kopf, ein dumpfes Dröhnen nistete sich ein, ein Schwindel. Zum Glück war gleich ein Badetuch parat, ihn wegzuribbeln. Kleine dunkle Würstchen nudelten ihr dabei aus der Haut. Die wollte sauber sein? In einen Flanellpyjama mußte sie nun steigen, dann ins Bett. Die Mutter drückte ihr die

Lippen auf die Stirn, ein warmer Atem war da mit dabei, ein Hauch Gedärm, ein *Gute Nacht*. Die schwere Decke drückte sich auf sie, wollte sie ins Reich der Träume pressen. Doch die Pepi stemmte sich dagegen, wollte noch nicht schlafen, hatte Ameisen im Bauch, Heuschrecken im Kopf.

– Lorenz, flüsterte sie, Franz, schlaft ihr schon? Die grunzten nur, brachen aus ihren Träumen Formeln, die Frau Hornaus ab. Gebrabbel. Da hörte sie, wie nebenan der Vater mit der Mutter schrie. Er wollte etwas nicht, nur schlafen, seine Ruhe. Sie umgekehrt, frischgebadet, sprach irre durch die Wellen ihrer Spektakeltage durch, meinte, daß er überhaupt nicht mehr. Der Wille fehle ihm, das Feuer.

– Nein, brummte der Vater, höchstens fehlt der Reiz. Normal. Er fühlt Verpflichtungen. Das hemmt. Oder kann ich pausenlos den Kopf vertauschen? Die Pepi hatte keine Ahnung, was das zu bedeuten hatte, und schlief ein.

Die Mutter, ebenfalls ohne Kenntnis der Ziegelböckphotographie, wälzte sich auf ihre Seite, fühlte sich ungeliebt. Und wie sie die Augen schloß, sah sie den Vater sich entfernen. Seine ganze Masse ging mit ihm davon, sein schwerer Atem trug ihn fort, bald war er nur noch Grund und unterhalb, weit weg. Nur noch ein Fleck, ein Nichts, ein Stellenwert. Und weit hinter dem Komma, weit hinter der Null, geschah es, mußte es geschehen, unmerklich, eine Verwandlung schien da vorzugehen, eine Metamorphose, und daraus entsprang, nun größer werdend, ein paar Stellen überspringend, daß es angeritten kam, nein, nicht Ovid, dafür Herr Stangl. Der saß auf einem hohen, goldgeschirrten Roß, das stolz schien, so einen edlen Menschen auf sich sitzen zu haben. Und wirklich saß der Herr Stangl, der eigentlich bloß Hausbesorger und im Reiten sicher nicht geübt war, sehr gerade, so als hätte er einen Fahnenmast verschluckt, wäre sein Kopf gehißt. Mit was für einer Eleganz hielt er die Zügel. Das war englische Erziehung. Und richtiggehend ritterlich wölbte sich seine rausgestreckte Brust ins Wetter. Daraus reckte sich ein Hals mit einem langgedehnten Fahnen-Köpfchen drauf, dem obenauf die Haare flach gescheitelt waren. In der Mitte dieses Gentlemangesichtes aber saß sein ganzer Stolz, ein monströser, roter Schnurrbart nämlich, wie aus der Kaiserzeit. Der teilte das zugegeben an und für sich nichtssagende Gesicht, wurde jeden Abend in eine Bartbinde gelegt, war außerdem gefärbt. Nun hatte auch Ladislaus Stangl die Mutter wahrgenommen, lächelte, zwirbelte an seinem Stolz, kam dann direkt auf sie zu. Er hatte einen breiten Ledergürtel um, worin diverse Werkzeuge steckten. Unter die Achsel ein Rätselheft geklemmt.

– Form von Grüßen, höchstes Wesen. Grüß Gott, zog er seine Kappe, auf der *Frischmilch* und *Hausbesorger* stand. Als leidenschaftlicher Kreuzworträtsellöser unterhielt sich der Hausmeister vorwiegend in der Rätselsprache. Fragewort, Form von sein, Anrede, Wunsch. Was ist Euer Begehr? Die Mutter lächelte. Sie sah sich ihm die Hand reichen, damit er sie auf den Rappen zog, sie in die Arme schloß und küßte. Persönliches Fürwort, hörte sie ihn sagen, transitive Zuneigung, Form von du. Und sie errötete und übersetzte sich, ich liebe dich.

– Ich dich auch, kam geflüstert über ihre Lippen, sprang heraus. Sie ließ sich fallen, von seinen Armen tragen, wollte ihm schon *Nimm mich* sagen, von ihm hören: Form von Vereinigung. Da schnaubte etwas, schnarchte, bewegte sich das Pferd, und warf sie ab, daß es nur so rumste. Da machte sie die Augen auf und sah das Schnarchen samt dem Vater neben sich, wie er sich wälzte. Der Herr Stangl aber war davon. Sie seufzte. Ach, schloß sie erneut die Augen vor dem Dämmerlicht, kippte hinein in sich. Den Herrn Stangl wiederfinden, wollte ihn wieder neben sich, rief nach ihm, doch kam er nicht. Sie sah nach links, nach rechts, doch ihre Traumlandschaft war leer, kein Stangl weit und breit. Nicht über ihr. Und unterhalb? Da erst merkte sie den schmalen

Steg, auf dem sie stand. Und prompt fiel ein Zittern über sie, verdrängte alles Gleichgewicht, hob ihr die Beine aus, tippte sie an und tauchte sie hinab, so daß sie fiel, sich drehte, überschlug, nicht auf, bloß weiter, tiefer, ohne Ende, bis sie aufprallte, endlich zerschellte, nein, in einem Garten lag, wie Daphne einst verwandelt, nicht in einen Olivenbaum, sondern in ein weiches, grünes, mit großen Zuckerstreuseln bewachsenes Eukalyptusbonbon. Gleich kam ein Mund, zerlutschte sie.

Fluten von Hell und Dunkel ergossen sich. Es roch nach Flieder, faulem Blumenwasser. Die hohen Fenster betrachteten die Welt mit bunten, aber leeren Fensterscheiben. In der Einsegnungshalle knieten die schwarzen Weiber und drehten ihre Sprache, schraubten sie hinauf, der toten Edelburg Semmelrath ein Loch im Himmel aufzubohren. Daß sie durchschlüpfe, mitten in die Seligkeit hinein. In den Trauerkitteln überschlugen sich die Falten, zerschnitten war das Trauerfleisch, schlaff, fast leblos, nur die Wörter surrten wie eine elektrische Zahnbürste. *Und gebenedeit unter den Weibern bist du, und gebenedeit unter den Neidern, die da durch die Hölle schmoren, bin ich nicht würdig einzugehen, nun aber doch, sprich nur ein Wort, nicht daß du umkehrst. Auch wenn du mich siehst, niederste Sünderin, meine Seele ist gesund.* Das war der Hintergrund. Darüber pfiffen einem Orgelspieler Töne aus dem Holz, ein allgemeines Begrüßen war im Gang. Ein Händeschütteln ohnegleichen.

Pepi, an den Erwachsenen nicht interessiert, verlor sich in den schweren Ölgemälden, auf denen ein gemalter Halbnackter an ein gemaltes Kreuz genagelt wurde, das er auf den anderen Bildern noch getragen hatte. Und die Blutfarbe schüttete sich über seine gemalte Stirn, die gemalten Frauen warfen sich auf den gemalten Boden, weinten Tränen, auch gemalt. Wenigstens rasieren hätte er sich können. Diese

Schande. Und wie er angezogen ist. Fast nicht. Maler sind doch Schweine. Die Männer aber waren in ihren Rüstungen eingemalt, standen daneben, grinsten widerlich. Die sind gemein, dachte sich Pepi und zeigte ihre Zunge.

– Das habt ihr jetzt davon, ihr Grobiane.

– Pepi, gusch, zischte der Lorenz. Da drehte sich die ganze Trauergemeinde um, warf Blicke wie Gewitterblitze. Die Mutter legte sich einen Zeigefinger an die Lippen, *Psst*. Achtsam ging sie auf den massiven Holzsarg zu. Wie ein Ertrunkener, der auf den Grund des Treibsands tastet, unsicher. Die Kinder hinterdrein. Ein großes Photo stand auf dem wie ein Stromzähler mit Blei verplombten Sarg: Edelburg Semmelrath. Eine verbissene weißhaarige Frau. Die Mutter kritzelte ein Kreuz an ihre Stirn und knickste ein. Tränen zerschnitten ihr Gesicht. Nachdem auch der Lorenz, der bereits groß genug war, in das kleine Sargfenster gesehen hatte, wollten auch die Pepi und der Franz. Die Mutter hob sie. Also bekamen sie eine Glasscheibe vors Gesicht, worunter sich wächsern steif ein Hauch von Großmutter verbarg. In ein weißes Kleid war sie gelegt, sah aus wie Zucker, ein Eiklar Zufriedenheit dazugemischt, als ob ein allmächtiger Konditor ihre Verbissenheit, an der sie ein Leben lang zu nagen gehabt hatte, herausgelöst hätte, um sie mit einer süßen Creme zu füllen.

– Was für eine Frau, löste sich etwas Gestocktes in der Mutter, sprudelte ihr hoch. Jetzt liegt sie da, rührt sich nicht. Das ist gemein.

Was freilich noch weitaus gemeiner war, erfuhr sie nicht. Zum Glück. Wie sollte sie auch darauf kommen, daß sogar in ihre tote Mutter noch einer eingedrungen, sie verspreizt, gekommen? Erschlagen hätte sie ihn. Ertränkt, gevierteilt und vergiftet. Oder aus Wut und Ohnmacht ihm vergeben?

Der Leichenwäscher Luipold Nehoda war derart von seinem Trieb durchtränkt, daß er ihn in alles leerte, was ihm eine Falte bot. Zumindest fünfmal am Tag war er so gestaut, daß er überlief, zumindest fünfmal am Tag wurde Luipold wie ein Brausepulver in seinem Trieb gelöst und mußte, sich selbst nicht mehr erkennend, versprudeln. Das stieß auf. So verdünnisierte sich seine Frau, nicht, weil sie die täglichen Seitensprünge nicht mehr ertragen konnte, sondern weil ihr sein sich in jede Gelegenheit Verschütten über den Rand gestiegen ist. Danach verschuldete er sich bei Prostituierten, brach er in Gemüseläden ein, hatte einen ungeheuren Bedarf an toten Hühnern, bis er auf eine günstigere Möglichkeit verfiel, Leichenwäscher. Seither war er ausgeglichen. Tote gab es immer. Edelburg Semmelrath war eine nur von vielen.

– Schön und gut, grunzt der Judaskuß, aber was hat dieser Idiot mit Enrico Santopadre zu tun, oder zumindest mit dem, der draußen klopft? Müssen wir wirklich durch diesen Wust an Personen durch? Muß das sein? Diese Legion von Deppen, die im Tran ihrer Vorstellungen tümpeln. Wie Fettschichten abgelagert. Der reinste Trottelkongreß ist das. Wann passiert denn endlich was?

– Geduld, Geduld, brummt der Pius. Das Epos wird sich schon entfalten. Ich wundere mich oft, wie gefühllos Steine sind. Wie die großen Regisseure Hollywoods, der Cinecittà bloß auf Verwertung aus, auf Renommiersucht und Funktion. Ich war mein ganzes Leben mit den falschen Menschen, habe stets auf die richtigen gewartet. Und außerdem.

– Was?

– Ihr habt ja, meldet sich nun der Judaskuß, überhaupt kein Zeitgefühl. Sie vergeht unendlich langsam. Wir haben Zeit wie ein Reptil. Ja mehr. Wie Steine.

– Ist es, quietscht die Pieta, eine Pflicht, mit anderen zusammen zu sein? Ich glaube nicht. Doch wir. Was bleibt uns übrig? Also erzähl. Gregor von Nazianz der Jüngere, Patron der Dichter, helfe dir.

– Danke. Pius räuspert sich. Noch einmal. Er merkt, wie versteinert alles ist. Kleine Kieselsteine kommen hoch. Er spuckt.

4

Beichtgeheimnisse und Pompfüneberer

Der faulige Geruch, unzweifelhaft mit dem Öffnen seines Mundes zusammenhängend, stieß in die Nase Pfarrer Hutwelkers hinein. Offenbar war sein Zahnfleisch wieder welk. Bald würde er wieder die Nadeln der Betäubungsspritzen in sich spüren müssen, das Sägen unter seiner Schädeldecke, das aufgequollene Gesicht. Die dummen Kommentare. Zahnärzte, so war es Hutwelkers Erfahrung, nützten die Gelegenheit zur widerspruchslosen Kommunikation unbarmherzig aus. Während der andere Schmerzen leidet und sich nur unzureichend mit leichten Modulationen seiner Schreie verständigen kann, nötigen sie ihm Kommentare zu intimsten Themen ab. Zahnärzte, so Hutwelkers Überzeugung, sind die Spießgesellen des Teufels. Nie hätte er sich mit ihnen eingelassen, wenn es nicht unbedingt erforderlich geworden wäre. Mehrmals. Viel zu oft. Und schuld war einzig seine Köchin Klementine Zitzelfeigler mit ihren dauernden Rindfleischvariationen. Rindfleisch mit Tomatensoße, Tafelspitz mit Erdäpfelschmarren und Spinat, Madambre, Steak, Rindfleisch mit Fisolen oder sonst einem Gemüse, Rostbraten, Kalbsbraten, Rindfleisch mit Semmelkren, Rindfleisch in der Suppe. Rindsschnitzel.

Und immer blieben Fasern in den Zwischenräumen seiner Zähne, wurden faulig und Nahrung der Karies. Und alles bloß, weil er einmal, ein einziges Mal gesagt hatte, daß Schweine keine reinen Tiere seien. Schweine, hatte er gesagt, sind nahe an der Sünde. Schweine versperren dem Geist den

Weg zu Gott. Rinder sind dagegen sauber, näher dran am Allerhöchsten. Rinder sind katholisch, Schweine der Islam, die Andersgläubigen. Aber natürlich wußte auch Klementine Zitzelfeigler, daß Hochwürden nichts so sehr erotisierte wie Rindfleisch auf dem Teller. Und wenn sie sich dann noch Schnupftabak in ihre breiten Nasenflügel zog, verlor er völlig den Verstand, so sehr war er dann seiner Köchin hinterher. Erwischen freilich ließ sie sich nie. Genausowenig wie sie ihrem Pfarrer merken ließ, daß sie selbst, aus Angst vor der Materie, eine Vorliebe für Rindfleisch hatte. Sie fürchtete die Rache der Lebewesen. Die große Gleiche. Den Aggregatzustand.

Wer nämlich, war Klementine Zitzelfeigler überzeugt, viel Geflügel ißt, darf sich nicht wundern, wenn er eines Tages mit dem Flugzeug abstürzt. Logisch. Das war auch der Grund, warum sie Insekten nicht erschlug. Nicht einmal Motten oder Mücken. So etwas rächt sich. Auch aß sie keine Fische, Muscheln, Krabben. Sollte sie nämlich, die bisher noch nie geflogen war, doch einmal, weil die Zahl der geflügelessenden Passagiere überwiegt, mit einem Flugzeug mitabstürzen, und bekanntlich stürzten die meisten Flugzeuge ins Meer, würde sie, gesetzt, sie überlebte, zumindest von den Meeresbewohnern nicht gefressen werden. Einzig Rinder und Schafe konnte man bedenkenlos verzehren. Das waren gutmütige, knopfäugige Viecher, die verziehen. Also ihrer Meinung nach lagen da die Inder komplett falsch. Ganz verkehrt. Aber davon wußte Pfarrer Hutwelker, wie er so in den Zwischenräumen seiner Zähne kramte, natürlich nichts.

Ihm reichte bereits, daß sich seine an sich aufgeklärte, weltaufgeschlossene Köchin jeden 15. April in eine ganz dem Heiland ergebene Stigmatisierte verwandelte. Einen vollen Monat dauerte dann dieser Spuk, in dem die Klementine täglich außer Montag vierstündige Ekstasen durchlebte, in denen sie die Ereignisse am Kalvarienberg schaute. Große katholische Brocken. Ekstase ist ein Wort griechischer Herkunft und bedeutet Außer-sich-sein, aber was Klementine dann täglich Punkt 18 Uhr durchlebte, war schon fast Besessenheit, fast geil. Ihre Lippen preßten sich zusammen, bald zog sie sie hinauf, bald blähten sie sich furchtbar. Das ganze Spektrum möglicher Ausdrücke lief über ihr Gesicht. Mal wirkte es gedunsen, mal ausgezehrt. Blut floß aus ihren Augen. Sie schrie entsetzlich, *Nimm mich, ja*, hob den Oberkörper, streckte flehentlich die Hände. Kreischte. Ihr Antlitz war verzerrt wie eine Maske. *Jesus*, zuckte ihr Körper. *Jesus bleib, nicht stirb für uns. Nicht jetzt.* Sie erlebte die Geißelung des Herrn, litt mit, mit jedem Stoß. Und plötzlich, wie die Häscher Christus die Dornenkrone auf das Haupt stießen, sprangen die Wunden auf, färbte sich ihr Kopftuch rot. Sie durchlebte die Leiden Christi, große Blöcke Schmerz. In ihr. Heraus. Wunden sprangen ihr ins Fleisch, die wie glasiert aussahen, beinahe leuchteten, und von denen ein balsamischer Geruch ausging. Gotti. Wie eine Prügelschrift. Sie eiterten nicht und heilten nicht, als wären sie nur zum Ansehen da. Reklame. An Händen und Füßen blutete sie. Mein Gott. Ebenso am Herzen, wo die Lanze des Pontius Pilatus den Jesus durchbohrt hatte.

Jener räuspert sich verlegen, murmelt etwas von Longinus. Fünf Jesüsser zucken mit den Schultern. Tja.

Klementine Zitzelfeigler schrie während der Ekstasen ein Kauderwelsch von unverständlichen Rufen, in denen bekannte Sprachforscher aber, die das Phänomen untersuchten, unzweifelhaft aramäische Sätze erkannten: *Elai, Elai, lema schebaktami. Kadosz! Kadosz! Kadosz!* Ihr war das unangenehm. Der Heiland spricht ja eine Sprache, die ich selbst gar nicht verstehe. Sagt mir, was er durch mich sagt. Ein Ausländer. Aramäisch wurde zur Zeit Christi gesprochen.

Selbst aß und trank sie während des ganzen Monats nichts und war zur Propheterie fähig. So sagte sie zum Beispiel wiederholt voraus, daß Pfarrer Hutwelker Papst werden würde. Auch gelang es ihr, geweihte von ungeweihten Hostien zu unterscheiden, echte und unechte Reliquien zu trennen und vieles mehr, was auch Illusionisten könnten. Sie selbst betrachtete sich als gefügiges Werkzeug des Erlösers, das keinen Willen hat, als zu dienen, zu gehorchen. Alles wünschte sie in Gott und für Gott. Nur beim ersten Ausbruch ihrer Wunden schrie sie auf, als liefe ihrer Wirklichkeit was über: *Das brauche ich ja nicht. Jesus. Wozu ist das gut. Das hat auch die heilige Theresia vom Kinde Jesu nicht gehabt. Warum ich? Zehn Zwerge auf dem Pferd. Worauf kommt es denn an? Doch nur darauf, zum Heiland zu gelangen. Heiland. Dich allein sollen wir lieben. Austernmenschen, die wir sind. Du bist unser Öffnen, unser Schlürfen. Dich für immer, immer lieben. Ja, ich will. Doch diese Wunden? Dieses Brechen? Muß das sein?*

Regelmäßig am 15. Mai verschwanden die Wunden und Ekstasen und aus der gottschauenden Klementine wurde wieder die dem Leben aufgeschlossene, rindfleischsiedende Pfarrersköchin. Sie war somit die erste Temporär-Stigmatisierte in der Geschichte der römisch-katholischen Kirche, die bislang gezählte 343 Stigmatisierte kannte, wovon 65 heiliggesprochen worden sind. Und alleine deshalb war das zuständige Episkopat eher vorsichtig mit einer vorschnellen Anerkennung.

Diese Stigmen sind nichts für anständige Leute. Meistens Schwindler. So mußte Klementine unzählige Prüfungen und Tests über sich ergehen lassen, die einen Betrug weitestgehend ausschlossen. Zahlreiche ärztliche Diagnosen bestätigten, daß die Wunden spontan während der Ekstasen aufbrachen, bluteten und später rasch verheilten, ohne Spuren zurückzulassen. Mikroskopische Untersuchungen ergaben, daß das Blut echt war. Von anerkannten Psychiatern konnte sowohl Autosuggestion als auch jede Form der Geistesstörung ausgeschlossen werden. Als gesichert galt, daß in ihr ein kleiner Kampf stattfand, der sie in sich selbst sperrte, in den Hirnlappen des Wunders, worin die Halluzinationen hausen, die Realitäten ausfransen, davonflattern.

1993 wurde sie den ganzen Monat von im Schichtbetrieb arbeitenden Schwestern beobachtet, die einwandfrei bestätigten, daß sich Klementines Nahrung auf die täglich eingenommene heilige Hostie und die zum Hinunterspülen notwendigen sechs bis acht Tropfen Weihwasser beschränkte. Die Menge des Urins wurde ebenso gemessen wie ihr Abort. Bei letzterem gab es nichts zu messen, an Urin wurde für 30 Tage insgesamt 525 ccm gemessen, was ungefähr der Hälfte einer normalen Tagesmenge entspricht. Eine solche Beschränkung ist normalerweise nur bei stärkster Insuffizienz beider Nieren möglich und führt meist rasch zum Tod. Auch bestätigten die Schwestern, daß Klementine mit wöchentlich zwei Stunden Schlaf auskam. An Händen und Füßen legte man ihr Verbände an, um sicherzugehen, daß sie sich nicht selber ihre Wunden kratzte. Doch nichts.

So wogte die Wissenschaft um sie herum, ohne Quelle, ohne Ziel, wie der Ozean. Endlich aber mußte sogar das strenge Episkopat unter der Führung Bischof Finoccis klein beigeben und Klementine Zitzelfeigler als erste Temporär-Stigmatisierte bestätigen. Und obwohl man bislang jede Publizierung vermieden hatte, fanden sich bereits jetzt jährlich Tausende Pilger, die an das Wunder von Währing, so heißt der Wiener Gemeindebezirk, in dem sich Hutwelkers Pfarre befand, glaubten. Freilich durften den Ekstasen nur ausgewählte Persönlichkeiten beiwohnen, und auch die nur gegen Voranmeldung.

Für Pfarrer Hutwelker war dieses Sprechen Gottes durch seine Köchin aber eher Prüfung als Segen. Die dauernden Prophezeihungen waren ihm peinlich. Und jetzt mußte er sogar mit Bischof Finocci nach Rom fahren, um dort über seine stigmatisierte Rindfleischköchin zu referieren. Wer hätte das jemals gedacht. Hinzu kam, daß gerade von den kirchlichen Herrschaften nur wenige bereit waren, an das Wunder von Währing zu glauben. Obwohl seine Klementine alle Prüfungen vorzüglich bestanden hatte, gingen doch alle religiösen Herren unabhängig voneinander davon aus, daß es sich um einen Schwindel handelte. Einen geschickten allerdings. Man hatte ja genug Erfahrungen. Erfahrungen sind Parasiten, die sich in einem festsetzen. Wie ein Aufpasser werden sie in einem installiert.

– Hochwürden, es wäre an der Zeit.

– Ja, was denn, fauchte er den Mesner an.

– Na, die Beerdigung.

– Ja, richtig. Und Pfarrer Hutwelker ließ sich einen Schummelzettel mit den Daten der Verstorbenen geben. Das tat er immer, sogar, wenn er wie heute die Einzusegnende persönlich gekannt hatte. Ja, sogar dann, wenn er wie im Fall der Edelburg Semmelrath selbst das Sakrament der Krankensalbung gespendet hatte. Schließlich wollte er auf alles vorbereitet sein, gab es kaum etwas Unangenehmeres für ihn als ein plötzlich auftretendes schwarzes Loch – gerade jetzt, wo man ihn beobachtete wegen der Zitzelfeigler, ihn die Ministranten haßten, die einen derartigen Lapsus sicher ausgenützt hätten. Diese Albino-Kröten. Er verstaute den Schummelzettel im Armband seiner Uhr. Dann schlüpfte er in seine Soutane, klatschte sich einige Tropfen Rasierwasser ins crevettenrosane Gesicht, fuhr sich mit den Fingern schnell durchs Haar und überlegte, ob er nicht noch eine Notdurft zu verrichten habe.

Hatte Pfarrer Hutwelker schon größte Angst vor den schwarzen Löchern des Nichtwissens, so wurde er geradezu panisch bei dem Gedanken an ein plötzliches Müssenmüssen während der heiligen Messe oder der Verleihung der Sakramente. Das käme mehr als ungelegen. Das war auch der Grund, warum er sich auf Rom nicht freute. Diese Italiener hatten ganz schmuddelige Häuseln, Schissen im Stehen. Ganz entsetzlich. Da würde er sicher Durchfall bekommen. Und er stellte sich vor, was wohl der Papst in so einer Situation tat. Hatte doch schon er, Pfarrer Hutwelker, Probleme, sich für alle seine Lebenslagen einen Fluchtweg zum WC freizuhalten. Aber wie machte das erst dieser alte Herr, dem, wo er auch hinkommt, Tausende von Menschen den Weg zum Klo verstellten? Überall standen sie, und schrien jubelnd: Hier kommst du nicht durch, alter Mann, und wenn du zehnmal in die Hose machst. Hier nie. Oder trug er etwa eine Windel unter seinem heiligen Gewand?

Der Pfarrer biß die Zähne und seine Gesäßbacken zusammen, setzte sich eine betretene, hochwürdige Miene auf und betrat die Einsegnungshalle. Die Trauergemeinde erhob sich, und wie auf Kommando begann die Blasmusik mit einem Marsch alle Ritzen auszufüllen. Ministranten flossen aus ihren Schlupflöchern und schlossen sich Hochwürden an. Von Haus aus eingeschüchtert, sahen die Sargträger drein – als wäre ihnen alles Leben amputiert, wollten sie mit ihren verwitterten, kantigen Gesichtern die Sinnlosigkeit aller menschlichen Bemühungen darstellen, nur niemals betroffen sein. Als wäre jede einzelne ihrer großen Hautporen mit Verzweiflung angefüllt – und nicht mit Talg. Die verschlissenen grauen Uniformen taten ihr übriges. Schuhsohlen, die erbärmlich knirschten. Lächerliche Knöpfe. Epauletten. Und, um dieses Zerknitterte und Zerklüftete immer wieder alt aussehen zu lassen, den Teint nur ja in seiner grauen Milchigkeit zu belassen, lebten die meisten eine spezielle, vor allem aus Rahmsuppe und altem Kümmelbrot bestehende Pompfüneberer-Diät, die Obst und Gemüse ebenso ausschloß, wie sie jegliches Sonnenbad verbot. Solarien waren der Zunft ohnehin verpönt.

– Edelburg Semmelrath, hob Pfarrer Hutwelker erste Sätze seiner Totenmesse aus, Edelburg Semmelrath, die bei ihrer letzten Ölung noch wie in Trance das Kreuz geschlagen hat, Edelburg Semmelrath, nimm du, o Herr, sie, die arme Sünderin wieder bei dir auf, verzeih ihre Verfehlungen, bekenne dich zu deiner Tochter, deiner letzten Dienerin, Mitglied im katholischen Frauenbund, sowie im Bund der Kriegerwitwen, im Hubertusgesangverein, Naturschutzbund, bei den Adventkranzflechtern, Philatelisten und – und am Ende war die ganze Grube ihrer Aktivitäten ausgehoben, wurde vom Pfarrer so emphatisch Weihwasser über den Sarg gesprengt, daß auch den daneben stehenden Sargträgern fette Tropfen ins fahle Thomas-Bernhard-Gesicht und auf den mausgrauen Anzug klatschten.

Während sie sie abwischten, erhob sich schon die kleine Delegation des Sängerbundes und begann zu dehnen: Gläubiger Hoffnung und opferbereit / geben der Seele wir liebes Geleit. / Selig im Wiedersehen / will sie zum Vater gehen. / Näher, mein Gott, zu dir, näher zu dir. // Vater, erbarme dich, Gütiger du, schenke der Seele doch ewige Ruh. / Tilge durch deine Huld / all unsre Sündenschuld; / Näher, mein Gott, zu dir, näher zu dir. // Tönen Posaunen einst / laut durch die Nacht, / was einst schon Staube war, wieder erwacht. / Führ uns dann himmelwärts, / nimm uns ans Vaterherz. / Näher, mein Gott, zu dir, näher zu dir. // Gaben und Bittgebet bringen wir dar / für die Verstorbenen auf dem Altar. / Nach ihres Lebens Lauf nimm sie im / Himmel auf. Näher, mein Gott, zu dir, näher zu dir. // Engel und Selige leben bei Gott, / kennen nicht Mühsal mehr, Trauer und Tod. / Finden nach all dem Leid / Gottes Glückseligkeit. / Näher, mein Gott, zu dir, näher zu dir. // Chöre der Himmlischen / jubeln dem Herrn, / loben und preisen ihn, / dienen ihm gern. / Singen auch wir vereint, / wenn er im Brot erscheint. / Näher, mein Gott, zu dir, näher zu dir.

Ohne einer nächsten Strophe Luft zu gönnen, donnerte der Kameradschaftsbund mehrere Salutschüsse in den sich mit muskelstrotzenden Wolken plusternden Himmel. Der ließ sich das aber keineswegs gefallen, sondern kehrte gleich den starken Mann heraus, wies mit Nieselregen die Knallköpfe in die Schranken – so als wollte er sagen, denkt an den Winter 43, Saubande, eingebildete, denkt an die Normandie, das was damals euer Vierer sagte – auf gut oberösterreichisch: oagoanga is. Jedesmal, wenn ihr es wieder wagt, hier etwas angehen zu lassen, werden euch die Blasen eurer Opfer auf die Köpfe schiffen. Hier brennt nichts mehr an. Damit das klar ist. Ein für allemal.

Dann setzte wieder die den Trauerzug ziehende Blasmusik ein und spielte, wie es sich Edelburg Semmelrath gewünscht hatte, *La Paloma Blanca*. Und tatsächlich schiß sofort wie auf Kommando eine weiße Taube in den Trichter der Tuba, aus der darauf nur noch jämmerlichstes Gequetsche kam – wie bei einer schweren Lokomotive, wenn sie bremst. Der derart entstellten, aber immer noch würdig schreitenden Blasmusik folgte (gewissermaßen als Kohlewagen) ein an Duchamps Flaschentrockner erinnerndes Eisengestell, auf dem die Kränze der Kondolierenden hingen. Dahinter dann der Sarg, der Pfarrer samt seinen Ministranten sowie die Trauernden, die Tote zu ihrer letzten Ruhestätte zu geleiten, was sich viel besser anhört als Zwischenlager. Denn in der Praxis werden Gräber gleich aufgelassen, sobald sich niemand mehr findet, der für die Unkosten aufkommt. Aber zu wissen, was dann mit den Gebeinen ist, verlangt man besser nicht. Denn davor baute sich ein Prellbock von Verwandtschaft auf. Die Mutter, ihre Geschwister, Franzl, Lorenz, Onkel und Tanten, Cousins und Cousinen. Die Totenehre untergräbt man nicht. Was ergibt sich schon, wenn man die Einzelheiten wieder addiert? Zerriebenes. Geruch. Und als die Glocken ihr Gebimmel aus der Höhe streuten, war noch alles in Bewegung, marschierte Richtung Senke. Bloß die Pepi war zurückgeblieben und sah zu, wie sich der Trauerwurm mehr und mehr von ihr entfernte. Es ging ihr auf die Nerven, wie alle gegenseitig nach Stellen suchten, wo sie den anderen reinkriechen konnten, wie sie alle auf den Funktionsfaden ihrer Verwandtschaft gereiht waren, das ganze Zeremoniell mitmachten. Aufstehen. Niedersitzen, Knien, Singen, Beten und dann auch noch Marschieren – ohne Widerspruch. Alle. Nur die Pepi nicht. Zwischen den hölzernen Betbänken hatte sie sich verkrochen und gewartet, bis die letzten Trauernden die Aufbahrungshalle verließen. Nun war sie alleine mit den dicken, schon gelöschten Kerzen, dem schweren, goldgeränderten predigtplatzenden Buch, alleine mit der Weihrauchluft.

Die Sonne hatte sich durch die trainierten Wolken durchgeboxt, sah, was geschehen war, und wollte, da sie schlechte Stimmung nicht vertragen konnte, das Geknickte wieder aufrichten. Sie kitzelte Hochwürden derart in der Nase, daß sich dieser nur mit Mühe sein Hatschii gerade noch in der Hand verreiben konnte, einen ganzen Auswurf. Rotzerei. Wer weiß, wo die sonst gelandet wäre. Das gefiel dem Bodo Keuschnigg. Der Ministrant verspürte gerade ein penetrantes Jucken an seinem Geschlecht, das sich zu einem großen Stück Fleisch erhoben hatte und seine Hose samt dem darüberliegenden Meßgewand in ein Pfadfinderlager spannte, als wäre der Lümmel losgeschickt, aus dem Körper raus zu spionieren. Als hätte ein Hot-dog-Würstl sich erhoben, durch die Schichten Blätterteig zu brechen. Wie gerne hätte Bodo Keuschnigg da seine Hände in die Hand genommen und die Nägel sich ins Fleisch gerammt, wie gerne hätte er seine Haut so lange wundgekratzt, bis nichts mehr da war, wo sich ein Beißen hätte einnisten können. Aber er konnte ja das Kruzifix, das er zu tragen hatte, nicht einfach in die Erde rammen und sagen, so, Freunde, tut mir leid, aber ich muß mich jetzt erst einmal an den Eiern kratzen, dann kanns weitergehen. Nicht einmal anmerken lassen durfte er sich etwas, sonst konnte er sich sein Trinkgeld sonstwohin stecken. Trauernde sind pingelig, verstehen keinen Spaß, und ein sonstwohin gestecktes Trinkgeld ist nicht viel wert. Da kam ihm der niesende Hutwelker gerade recht. Der lenkte ab.

Bodo Keuschnigg konnte Hochwürden nicht leiden und wäre schon längst wie ein Holzspan aus dem rundherum gewachsenen Eiter seines Ministrantendaseins ausgeschieden, wenn nicht seine Mutter, die Bäurin Karola Keuschnigg, eine von der Religion besessene, ja geradezu fanatisierte Frau, auf dem unbedingten Verbleib bestanden hätte. Sie lebte unter ihrem Katholizismus wie eine Fußferse, nachdem sie sich im neuen Schuhwerk eine Blase aufgerieben hatte. Alles war gedämpft, gepolstert und erschien ihr äußerlich, weit entfernt. Aber Frau Keuschnigg wußte ja auch nicht, daß die Ministranten nicht bloß in den Messen knieten, sondern auch dem Bischof zum Vergnügen dienten. Von den jährlichen Schauungen der Zitzelfeigler wußte sie, von den bischöflichen Verfehlungen nicht.

Mindestens einmal pro Woche brachte Pfarrer Hutwelker die Ministranten in eine separat für diese Zwecke eingerichtete beziehungsweise so gut wie nicht eingerichtete, nämlich nur mit einem Doppelbett und einem Fauteuil möblierte Wohnung. Dort mußten sie sich unter den gierigen Augen des Herrn Bischof Heftchen ansehen und ihm dann zeigen, wie ihr kleiner Stifter darauf reagierte. Bunte Heftchen waren das, dünnes Papier. Menschen wurden da gezeigt, unbekleidete, wie sie es miteinander trieben. Große Portionen weißer Haut. Drüsen. Säfte. Automatismen. Nur wenn ihr kleiner Stifter gar keinen Ausschlag zeigte, bekamen sie einen Klaps auf den Hintern, wurden heimgeschickt. Ansonsten bestimmte der Bischof das einschlägige Exerzitium, das sogar soweit gehen konnte, den Religionsgründer in den Mund zu nehmen. Verständigt werden mußte er in jedem Fall, der Religionsgründer. Und nur den guten, sogar körperlichen Verbindungen des Bischofs war es zu danken, daß er auch prompt und jedes Mal in ansehnlicher Größe in Erscheinung trat. Aber wehe, verkündete der Bischof immer unheilvoll, ihr sagt einmal irgendwem etwas davon. Dann gnade euch Gott. Der Religionsgründer baut auf eure unbedingte Verschwiegenheit, auf euren bedingungslosen Gehorsam. Der Religionsgründer vertraut auf euch. Er ist die Weltformel, der Bewußtseinsfleck.

Bischof Finocci selbst war ein ausnehmend häßlicher Mensch. Eine gigantische, geplatzte, mit Furunkeln vollbesetzte Knubbelnase, kleine, gierige Äuglein, abstehende Ohren und ein nichtssagender lippenloser Mund, so daß er insgesamt selbst ein wenig wie sein Religionsgründer aussah. Und als ob das nicht gereicht hätte, hatte er auch noch zwei sich kreuzende Vorderzähne und, als ob sein Schöpfer in ihm ein Kreuz gemacht hätte wie in einen Lottoschein, ausgeprägte X-Beine. Auch sein restlicher Körper neigte zu Überkreuzungen und X-Bildungen. Seine Haarspitzen waren beim Verlassen der Wurzel gespalten. Nieren wie Lungenflügel überkreuzten sich. Speiseröhre und Halsschlagader zeichneten ein X in seinen Hals. Ein Angekreuzter. Einer, wie er selber glaubte, von den 144 000 geretteten Seelen der Offenbarung des Johannes.

Die sich ekelnden Ministranten konnten das Religionsgründer-Getue nur ertragen, weil sie wirklich glaubten, daß es sie reinige, wenn sie den gespaltenen Fleischstab in die Hand nahmen. Weil sie wirklich dachten, die Berührung würde sie von ihrer Sünde loskaufen. Dennoch hatten sie oft gedacht – jeder einzelne für sich –, daß man die Erwachsenen alle totschlagen müßte, sie selbst niemals so ein Erwachsener sein möchten. Was sie letztlich aber wurden. Alle. Trotzdem war es von Hutwelker boshaft, dem Bischof seine Ministranten wie einen offenen, ankreuzbaren Kreis zu servieren, damit der sein X darüber schlug. Auch wenn keiner wußte, warum der Pfarrer dies tat oder gar tun mußte. Welches Geheimnis Hutwelker so bewahrte, indem er dem Bischof die Buben lieferte. Wofür er dieses Schweigen kaufte. Dabei war da gar keine große Entscheidung notwendig, kein ständiger Konflikt, nichts Schwelendes, Gedankenfett. Hutwelker handelte aus dem Bauch heraus. Instinktiv hatte er entschieden, alles zu tun, damit sein Geheimnis gewahrt bliebe. Er hatte es sofort gewußt. Schon als die Weiche seines Lebensweges näher auf ihn zugekommen war, hatte er gewußt, wofür er sich entscheiden, in welche Richtung es ihn treiben würde. Sich selber preiszugeben käme nie in Frage, egal wofür. Und wenn es die Unschuld aller Ministranten auf der ganzen Welt gekostet hätte. Und sogar wenn es für ihn die ewige Hölle bedeutet hätte, anstatt des Himmelreichs. Er konnte gar nicht anders. Das stand fest wie im Hintergrund die Berge, die gleich faulen Eiern ihren Gestank austeilten. Aber wenn Hutwelker sich selber vorspielte, daß er mitten in einem Konfliktsumpf zu versinken drohte, dann war das nichts anderes als das plumpe hysterische Bemühen eines geübten Schwimmers, wegen einer dummen Wette oder was, den Nichtschwimmer zu spielen. Ertrinken konnte er nicht. Nicht einmal, wenn er wollte.

Das Licht war nun sanft und klar. Der Himmel überwältigend. Vorsichtig ließen die Sargträger der Firma Pompfüneberer die schwere Kiste in die Senke. Sie hatten Angst, auf den feuchten Brettern wegzurutschen, womöglich selber in der Grube zu landen, sich in den Seilen zu verfangen, lächerlich zu sein. Dann nahmen sie die Kränze vom Duchamp-Gestell, schlichteten sie um die Grube. Pfarrer Hutwelker drückte dem übriggebliebenen Fleisch der wächsernen Großmutter das Gleitmittel letzter Worte in den Weg. Wir haben, und du hast, wir sind, und du, von dieser Welt genommen nun, wir sind, du bist. Gott hab dich selig. Amen. Und die Glocken läuteten am Himmel an. Die Blasmusik spielte den schon vertrauten Trauermarsch, mit einer krähenden Tuba untersetzt, und Erde wurde aufgegabelt, entsetzte sich im Flug. Und jeder Trauergast warf ein paar Tropfen Weihwasser und Erde auf den Sarg, sah kurz hinunter in das feuchte Loch. Sah nichts. Wie Eisenbahnkupplungen wurden dann die Hände in die Hände eingestellt, sahen sich betretene Gesichter an, von denen manche am Lachen bissen, ihren

Schmerz zu ventilieren. Herzliches Beileid wünschte man. Die Verwandten bedankten sich. Menschen, die einfach zu ihrer Zeit im Leben stehengeblieben waren. In den Fünfzigern, den Sechzigern, auch später. Es stank nach ausgehobener Erde, nach durchtrenntem Regenwurm, Schnecken und nach Tod.

– Schön hat Hochwürden gesprochen.

– Und so einfühlsam, so wirklich nah.

– Mit Mitgefühl.

Auch Franz und Lorenz schüttelte man die Hand. Herzliches Beileid. Sie hatten auch das Stehen schon satt. Da hatte es die Pepi gut, die hat sich schön verdrückt. Wo war sie überhaupt?

Ihr Vater, Hugo Wurznbacher, sah ins Leere, kratzte sich. Seine Fingernägel pflügten durch den Bart, die Haut, bis sie gefüllt waren mit Speckgesicht. Dort, wo die Nase in die Wange überging, hatte sich ein bernsteingelber Eiterpatzen in sein Fleisch geschworen, jedem, der ihn sah, zu drohen. Er puhlte mit der Zunge durch die Ritzen seiner Zähne, überlegte. Sollte er schon heute zu dem Photographen gehen? Ihm auf die Füße treten, diesem Ziegelböck, damit er ihm die Anschrift dieser Dame gäbe? In jedem Fall wollte er in ihr Gesicht noch einmal sehen, die kleinen Schattenbuchten um die Augen, die Gräben um den Mund, daß es ihn kühlte.

Gut, daß er nicht mit auf die Beerdigung gegangen war. Er hatte Einsegnungen noch nie vertragen. Schon der Geruch. Die ölig dicke Heuchelei und das schmierige Betroffentun, die faseligen langen Reden, das geschluckte Gähnen überall, die gestaute Blasmusik. Das Heilige. Das haßte er. Kein Feuer, nirgendwo.

Nicht einmal beim Leichenschmaus wollte er dabeisein. Wenn er bloß an die Verwandtschaft dachte, stieß sie ihm schon auf. Ihr Speckwangengegrinse, das die billigen, ungarischen Jacketkronen zeigte, das daran raufgerollte Zahnfleischbluten, den Zölibatsgeruch aus Magensäure, Mottenkugeln, Caritas. Und fortwährend putzten sie sich ihre Schuppen von den Schultern, rieben sie sich Dreckwülste aus dem Gesicht. Stillhalten, schien es, kannten diese Semmelräte nicht. Sie waren wie Spielzeuge, die sich dauernd bewegten. Immer mußten sie mit den Knien wackeln, ihren Zähnen knirschen, mit den Fingern knacksen, mit dem Eßbesteck im Teller kratzen, ihre Uhren aufziehen, mit den Ringen spielen, den Fingern gegen die Tischplatte trommeln, mit der Zunge schnalzen oder ähnliches. So kommen sie auf einen zu. Laut polternd, daß ihnen kaum auszuweichen ist. Schon wenn man sie sieht, muß man sich Sätze überlegen, mit denen man sich schützt, sonst ist man ihnen völlig ausgesetzt. Diesen biederen, sich durchwegs für etwas Besseres haltenden Gesichtern, diesen Semmelraths, die ihn, den aus einfachen Verhältnissen stammenden Wurznbacher, immer zur Provokation gereizt hatten, verführt, mit kleinen Sticheleien so lange an ihrer gestelzten Balanciertheit zu kitzeln, bis sie umfielen, ihnen die Scham ins Teigige ihrer Gesichter spritzte, ihr Magen kippte. Kippen sollte. Lockten doch auch sie mit ihrer käsigen Art fortwährend das Unanständige, Duckmäuserische aus ihm heraus, es einzufangen, zu erschlagen und dann an ihre Sätze dranzubinden – wie leere Dosen an die Autos Frischvermählter. Ihre Reden hetzten sie wie eine Treibjagd über ihn, und immer die Verstorbene als Treiberin voran.

Wurznbacher hatte seine Schwiegermutter Edelburg Semmelrath nie leiden können. Ihr unentwegtes Naserümpfen, Naseputzen verabscheute er zutiefst. Sie war immer gegen ihn gewesen, von Anfang an. Bereits bei ihrer ersten Begegnung wußte er an der Art, wie sie die Nase hochzog, daß sie, diese strenge, bis ins Haar verrotzte Frau mit der vom vielen Schneuzen roten Nase, die Beziehung zwischen ihm und ihrer Tochter nicht bejahen konnte. Nie. Nie würde sie,

Edelburg Semmelrath, Witwe des hochangesehenen Medizinalrats Seraphin Semmelrath, Entdecker des Knabenkrauts zur Regulierung der Laktation sowie Besitzer der größten Sammlung von Säugetierpenissen, erlauben, daß ihre Anna eine Wurznbacher würde. Warum auch? Übersprang doch Hugo Wurznbacher nichts von dem, was sie ihrem Schwiegersohn als Schnur spannte. Hugo war weder vermögend noch brachte er Manieren oder einen Titel mit. Wenn er wenigstens ein verarmter Adeliger wäre. Nicht einmal das. Er war dort aufgewachsen, wo abends die Männer ihre nackten Oberkörper aus den Fenstern kippen, eine Bierflasche in der Hand, dort, wo die Frauen mit Leopardenblusen und getönten Haaren Phantasien beim Frisör versitzen, wo Jugendliche in Gruppen zusammenstehen, witzeln und sich an den Eiern kratzen, Autos reparieren, Wände besprayen oder in einem Ecklokal ihr Geld verspielen. Dort, wo sich am 1. Mai alle eine rote Nelke in die Falte zwischen Ohr und Schädel stecken, wo täglich ganze Heere in blauen Monturen losmarschieren, den Tag hinter Fabriksgittern zu schuften, hinter Stempelkarten und Gewerkschaftssozialisten, Arbeit unser zu beten, die du bist im Himmel, jetzt und immerdar. Geheiligt werde dein Reich, dein Name und deine Herrlichkeit. Arbeit. Dort, wo man den Sozialismus mit der Schulmilch kriegt, wo es zum Sozialismus-Leisten, über den alles geschlagen wird, keine Alternative gibt, sogar wenn der daraus geformte Stiefel über die Hufe des Nationalen oder die Flossen des Demokratischen gezogen wird. Wen drückts?

Also war auch Wurznbacher mit Sozialismus angeschlagen, hatte obendrein den Atheismus umgehängt. Und so paßte er zu den Semmelraths wie der Fuß in eine Gugelhupfform. Hatten doch diese immer alle brav ihr Stück vom Gottkuchen genascht. Nie hätte einer es gewagt, vom Kuchen nicht zu schwärmen, ihn zu tadeln. Aber genau das hatte Wurznbacher getan. Ausgerechnet an Edelburgs Geburtstag mußte der Prolet verkünden, daß ihm der katholische Kuchen nicht schmecke, er die ganze Erlösung und alles Paradies, mit dem man dem Volk Rosinen in den Mund schob, für einen ausgemachten Humbug halte, für nichts als Machtgier, Menschenhaß, Verachtung. Das war Edelburg zuviel. So viel konnte sie gar nicht vertragen. Die Spucke blieb ihr weg. Aus Rache hatte sie die Hochzeit boykottiert, die Enkelkinder, mit denen Anna sie zu beruhigen suchte, nicht akzeptiert. Eine atheistische Familie war ihr zuwider, Proleten sowieso. Da konnten die Pepi, der Lorenz und der Franz in der Genetik noch so viele Semmelräthe sein. Noch am Totenbett verzieh sie nichts, niemandem.

Oft hatte sie tagelang auf ihrem Fensterbrett geklebt, hatte den Tauben etwas monologisiert. *Der hat unsere Anna nicht verdient. Hat einfach sie genommen, gottloser Heidenmensch, gottloser, aber das ist nicht Gerechtigkeit, der Herrgott prüft uns nur. Zumindest eines Tages –*. Die Tauben hatten nur genickt, aber weniger, ihr recht zu geben, mehr, die Kuchenkrumen aufzupicken. Aber wehe, wenn ihr einer dieser geflügelten Klumpen zu nahe gekommen wäre. Vor nichts hatte sie mehr Ekel als vor Taubenkrallen. Virenüberträger! Wo die herumsteigen. Überall! Mindestabstand, hatte Edelburg mit ihrem Stock gedroht.

Die alte Bisgurn, verfluchte Hugo Wurznbacher sie. Endlich ist sie tot. Er glaubte an keine Existenz danach. Wenn man hin ist, ist es aus. Dann fehlt jeglicher Zusammenhang. Schluß. Basta. Er schnaubte.

– Was machst für ein Gesicht, zerschnitt ihm Pfefferminzgeschmack den Grübel. Baruch Weinzwang hatte ein Talent zur Rücksichtslosigkeit. Mit seinem wild zwischen den Backen herumgeworfenen und seit Stunden jeglichen Geschmacks zerbissenen Kaugummi kam er angeblasen, Gemeinheiten loszulassen. Wurznbachers Arbeitskollege war ein notorischer Nörgler, der es liebte, allen auf den Nerv zu treten. Man hatte neben ihm immer das Gefühl, er wolle einen zittern machen, zitterte er doch selbst am ganzen Leib. Wie der Ausläufer eines Erdbebens kam er einem vor, dabei war es nur Kaugummikauen, das einen erzittern ließ. Wiewohl er es war, der eine Quelle für Nebeneinnahmen in ihrer Berufslandschaft entdeckt hatte. Hugo Wurznbacher wäre nie dahin gekommen, aus der bundesstaatlichen Prothesenwerkstatt, in der beide arbeiteten, jene Form zu schlagen, die die Kies-Lichtung auftat. Den Moos.

Waren sie sonst beschäftigt, Nasenspitzen, Ohrläppchen oder Fingerglieder, die ein Unfall armen Schweinen ausgerissen hatte, nachzubilden, kamen jüngst auch Brüste hinzu, die impotente und frauenfeindliche Chirurgen armen Weibern wegoperiert hatten, um sich so für etwas zu rächen, was sie selber nicht mehr konnten. Da lag es für Weinzwang quasi auf der Hand, Dildos zu verfertigen und an einschlägige Lokalitäten zu verkaufen. Wurznbacher half und kassierte mit. Sie produzierten Tausende von falschen Schwänzen. Alle Größen. Alle Farben. Was die Kunden wünschten. Nicht immer wurden sie dafür bar bezahlt, manchmal mußten sie auch mit Naturalien fürliebnehmen. Man beachte, klopft sich Pius an die Brust, daß diese etwas veraltete Formulierung hier durchaus Sinn macht.

Ein solches Beispiel für den Tauschhandel war der Feiste Fridolin, der in seinem Geschäft nicht nur Videos, Magazine, Matrosenpuppen, Strapse und ähnliches vertrieb, sondern eben auch die bundesprothesenwerkstattlichen Liebesknochen. Die Betonung liegt auf stattlich. Außerdem vermietete er in extra dazu hergerichteten Hinterzimmern seine Schwestern, von denen er ein ganzes Lager zu haben schien. Zum Glück sahen sie ihm selten ähnlich, hatten nie seine wäßrigen Augen und den Karpfenblick. Die meisten waren vollbusig mit aufgepumpten Lippen, Dauerwellen und sahen polnischen oder tschechischen Dorfschönheiten gleich, so auch die gegenwärtigen, Bettina und Martina. In diesem Schwesternnest also durften sich auch Pepis Vater und Baruch Weinzwang bedienen und bedienen lassen. Die beiden Prothesenbauer waren aber mit dieser Lösung bald schon nicht mehr einverstanden. Geld, meinten sie, wäre ihnen lieber.

– Aber, plusterte der Feiste Fridolin seine Backen auf wie Kiemen, die Ware ist ja quasi nur auf Kommession, so sagte er, Kommession, was weiß denn ich, aber mal ehrlich, ob ich davon etwas in das Weibsvolk bring. Doch ihr, das müßt ihr sehen, ihr bringts euch gleich in meine Schwestern ein, verschüttet euren Laich. Aber mal ehrlich, ist das jetzt etwa nichts?

Da hatte er natürlich recht. Aber wer weiß, überlegte Wurznbacher, wo der seine Schwestern herhat? Wer weiß, in was für Frauenhäusern die schon ausrangiert und abgestempelt worden sind?

– Ich jedenfalls, kratzte sich Weinzwang in der Hose, würde, wenn ich welche hätte, meine Schwestern nicht vermieten. Ich meine, nicht an so welche wie uns.

– Wieso?

– Na wenn, dann müßten sie auch Klasse haben, roch er an seinen Fingern.

– Ich würde meine Anna –.

– Ja?

– Hmm.

– Was ist mit der Kleinen?

– Was für einer Kleinen?

– Na, mit der Josefine?

– Die Pepi?

– Was soll er denn einmal werden, der Fratz?

– Ich hab gedacht, sie einmal auf eine Bordellschule zu geben, damit sie Geld nach Hause bringt, war mit einem Mal ein Leuchten in Wurznbachers Augen, nackter Glanz.

– Das klingt –.

Da trat ein älteres Paar in die Prothesenwerkstatt. Millimeterlächeln. Wurznbacher und Weinzwang dachten gleich, daß, so wie die aussahen, sie nur wegen einer Penisvergrößerung kommen konnten. Der von oben bis unten rundliche Mann rollte ein kleines Bäuchlein mit, ein Kranz stand ihm auf seiner Glatze, eine Kugel von Nase im Gesicht, gedrungene, hingetropfte Statur. Nichts Eckiges schien an ihm zu sein. Abgerundet seine Erscheinung. Der Gegensatz dazu die Frau, die ihm über den Kopf gewachsen war. Auf der einen Seite war sie in ihrem blonden, mit Dauerwellen eingefaßten Gesicht recht hübsch. Auch wenn die Nase etwas spitz geraten war, dünnlippig der Mund, blieb sie, solange man nur diese eine Seite von ihr sah, ansehnlich. Doch wehe, man bekam die andere zu Gesicht. Dort hatten sich unter der Nase, am spitzen Kinn und auf der Wange ganze Warzenkolonien angesiedelt, große schwarze Platten toter Haut, zerstörtes Leben. Wie mit einer Metallfeder stieß es einen weg. Entsetzlich. Soviel Verbitterung, dachte sich Wurznbacher, konnte man doch gar nicht lieben. Da würde ihnen auch die Gemächtverlängerung nicht helfen. Aber bitte. Bevor eine der beiden Frauenhälften oder die darin eingefaßte Kugel Mann dazu etwas sagen konnte, standen die Protheseure bereits an einem großen Schrank, Karten und Skizzen diverser *membra virile* rauszukramen. Auch zerlegbare, quergeschnittene Modelle wurden aufgestellt.

Oh look –. Bevor die Frau aber zu Ende staunen konnte, unterbrach sie der Mann mit hörbar englischem Akzent:

– Ist es richtig, nicht, man bekommt doch Babys hier, nicht?

– Babys? Wenn sie es so nennen wollen. Sicher.

– Wir haben yes gedacht, älter nicht als sechs, acht Monate.

– Wir haben nur neue!

– Oh no. Wunderbar. Und die Augenfarbe? Haare? Kann man sich aussuchen?

– Wieso? Meinen Sie vielleicht?

– Kinder! Yes.

– Hier gibt es Brüste, Hände, Nasen, Ohren. Hier ist eine Prothesenwerkstatt, kein Kindergarten.

– Wir dachten, yes, fuhr der Runde fort, daß eine Prothesenwerkstatt ein Ort ist, yes, wo es Babys, nicht?

– Wir dachten, stach die Warzenkolonie hinterher, eins zu adoptieren, yes.

– Was?

Bevor der Vater noch fragen konnte, was ihnen so ein Baby denn wert wäre, hatte sie Weinzwang schon wieder hinauskomplimentiert.

– Widerlich, ließ er eine große Kaugummiblase platzen. Diese arroganten Zwiebackfresser kommen zu uns wie in ein Entwicklungsland und wollen unsere Kinder adoptieren. Verstehst du das? Warum schweifen sie aus. Solche Leute verursachen mir Krämpfe im Kopf. Wieso bleiben die denn nicht in ihrem eigenen Dreck, in ihren Kolonien. Aber nein, da haben sie Angst, daß später einmal die wirklichen Eltern kommen, ihnen die Kinder nie gehören. Dabei ist doch das der Sinn vom Adoptieren. Den Kindern immer vorzubeten, wir haben was getan für euch, wir haben euch gerettet, also seid gefälligst dankbar, haltet euren Mund. Das ist der Sinn: sich Schuldner aufzuziehen. Leibeigene.

– Mich hätte trotzdem interessiert, was es ihnen wert gewesen wäre.

Während draußen das muskulöse Wolkenspiel mit Sonnenlicht durchsetzt war, durchzogen von wilden blonden Streifen prügelnder Helligkeit, sah Pepi sich in der Kapelle um. Nebenbei blätterte sie durch ein Gebetsbuch und sah die Noten, Texte, die sie wie Ameisen verstand. Da fiel ein kleines buntes Bild heraus. Der aufs Kreuz genagelte Yoghurt-Körper war darauf. Ein Schmerzen runzelndes Gesicht, als hätte er beide Beine in siedender Milch. Augen, hohl wie ein leergeblasenes Ei. Pepi blätterte sich durch die Büchlein, die Gebetsbänke und hatte bald einen kleinen Bilderstapel, den sie sich in die Unterhose steckte. Dann schlich sie vor bis zum Altar, bewunderte den schweren Brokat, das Goldgesticke, dicke Kerzen und den kleinen goldverzierten Schrein. Sie wollte mit ihren patzigen Fingern sehen, was er verbarg, doch kam sie so hoch nicht. Auf einen bereitstehenden, lila gepolsterten Hocker zu steigen traute sie sich nicht. So schlich sie weiter. Hinter einem schweren, bronzierten Vorhang fand sie einen Block an fester Kühle, Kirchenrequisiten, Modergeruch. Da war ein geschnitzter Christus, der, oje, jetzt hatte sie ihn von seiner ans Kreuz genagelten Hand gerissen. Es hatte knacks gemacht. Knacks, als hätte man die Schädeldecke eines kleinen Tieres eingedrückt. Knacks. Schnell legte sie ihn wieder weg. Dann waren da noch Zinnkreuze, Ölbilder, eine betende Maria aus Gips, der Pepi, weil sie soviel beten mußte, den Kopf streichelte. Da fiel sie runter und zersprang in sich und in der feuchten Dunkelheit. Fürchterlich. Ein Geräusch war das, als fiele ein Stück Kuchen um, sehr sanft. Für Pepi aber war es, als würden Trilliarden von verdammten Seelen aus der Hölle schreien. Sie zitterte, hatte ein Empfinden für die Nähe und den Schmerz. Zum Glück hatte keiner es gesehen. Weiter schlich sie, fest gegen die Wand gedrückt, damit der große Eisenjesus sie nicht sah. Auch der hing steif am Kreuz. Das schien hier üblich. Dann verfing sie sich in einem dunklen, blumig verschnitzten Kasten, der, das hatte ihr der Lorenz schon erklärt, ein Stuhl zur Beichte war. Die Beichte ist so eine Art Böse-Gedanken-Scheißen, wofür einem dann Gott den Mund abwischt, eine Strafe auferlegt. Die Buße ist so eine Art von Schild, das den Wasserstand vergangener Überschwemmungen anzeigt. So hoch.

– Früher, als ich noch ein Mensch war, wird Pius kurz privat, saß ich einmal in Trastevere, trank Wein und sah ein Schild: Bis hierher stand bei der Überschwemmungskatastrophe 1792 der Tiber. Was, fragte ich den Wirt, so hoch? Zwei Meter? Gibt es das? Ach was, sagte der Wirt und zeigte bis zu seinen Waden, so hoch, 20 cm, nicht so. Das Schild habe ich raufgehängt, damit es nicht dauernd von den Kindern runtergerissen wird.

– Hmmphmm.

Pepi öffnete die Mitteltür und stieg ins kleine Kämmerchen, in dem sonst der Priester saß, sah auf die rußgeschwärzte sündenschwarze Decke. *Ach lieber Gott, ich habe viele Sünden schon gehabt, stell dir nur vor, ich habe Mutter-Vater-Kind gespielt, dafür, ich bete jeden Tag, na ja, zumindest hin und wieder, ich habe Gespräche belauscht und Essen ausgespuckt, auch Käfer hab ich schon zertreten und es nicht bereut. Ich hab auch, stell dir mal vor, mir schon an Stellen greifen lassen, an die ich selber mir nicht darf.*

– Wo zum Beispiel?

Pepi war perplex. Ihr war zumute wie einem Gerüst am Rummelplatz, das nichts dagegen tun kann, daß man sich hinsetzt und wippt. So schaukelte sich dieser Satz in ihr, hallte nach, machte ein paar Überschläge, zahlte nichts. Sie war über die helle Stimme überrascht, die wie Mayonnaise klang und so gar nicht zu ihrem Bild von Herrgott paßte. Als sie dann auch noch das blutgeäderte Weiß zweier glasiger Augäpfel hinter dem gelochten Gitter sah, war es mit ihrer Gottesvorstellung ganz vorbei. Da fuhr ein Schreck durch alle ihre Glieder, wirbelte herum und kam als heller Ton zurück. *Ihhhh.* Sie kippte aus dem Beichtstuhl, rannte zum Altar, sank keuchend auf die Knie, schlug Kreuze an die Stirn und flüsterte: *Tu mir nichts, nein bitte, bitte tu mir nichts. Ich –.* Da wurde sie von einer mit geschwollenen Blutgefäßen durchzogenen Hand gefaßt, und von einer hellen Schmierstimme gehoben: *Aber nein, ich tu dir nichts.*

Es war gar nicht der liebe Gott, auch nicht sein Gabriel,

sondern nur ein kleiner Diener, nämlich der Mesner Severin Roßleimer. In seinem grünstichigen Fischgrätanzug und den geflochtenen Krokodillederschuhen sah sein zerknautschtes Gesicht unter den Schmalzlocken, Haar-Ruinen, recht elegant aus. Auch wenn es den Eindruck machte, als würden ihm unsichtbare Hände oder ein Staubsauger das Kinn und die Backen so nach vorne ziehen, daß dort nur noch Platz für einen kleinen dicklippigen Mund und eine eingedrückte Nase blieb. Was im ganzen aussah wie eine aufgestellte Grapefruithälfte. Außerdem war Severin Roßleimers Haut sehr stark gerötet und mit gesprungenen Adern durchlebt, wahrscheinlich weil er höflich war. Er war den steingebrannten Jägermeistern und Obstlern immer zuvorgekommen, auch den Wein hatte er stets mit Wodka unterstützt – damit er Gehalt bekam.

– Hab keine Angst, mein Fräulein. Tu dir schon nichts.

Und Pepi, die nicht recht wußte, wobei sie nun eigentlich ertappt worden war und wie schuldig sie sich fühlen mußte, brachte kein Wort heraus. Es fiel ihr schwer, sich aus der Situation herauszuwinden. Am liebsten wär sie wortlos weggegangen. Doch das ging nicht. Ihre Füße stockten. Nur Speichel floß ihr in langem Faden aus dem Mund. Den wischte ihr Roßleimer mit einem Stofftuch von den Lippen. Und weil er schon dabei war, rieb er ihr auch die eingetrockneten Gedanken aus den Augenecken, Grünes von der Oberlippe, Schlieren aus den Wangen. Dabei spürte Pepi etwas Eingetrocknetes im Stoff, rauh und aufgesprungen. Nach Zwiebel rochen seine Finger.

– Jetzt sag mir einmal, wie du heißt.

– Pepi.

– Pepi? Diesen Namen sag ich gern. Hast Hunger, Pepi?

Freilich hatte Pepi Hunger. Mit dem Wort Hunger hörte sie förmlich ihren Bauch unbescheiden grummeln, fühlte, wie Geschmäcker im Mund zusammenliefen, sich berieten, nach was riefen. Dennoch schüttelte ihr Kopf: *Nein, nein.*

Eine Art Reflex, der ihr für solche Fragen anerzogen worden war. Nur nichts von Fremden nehmen. Nichts, hatte ihre Mutter eingraviert.

– Magst du Käse? Milch?

Und obwohl sich ihr Kopf noch immer schüttelte und sie einen Vokal aus ihren Lippen kramte, der eine gewisse Ähnlichkeit mit einem kopf- und schwanzlosen Nein besaß, folgte sie doch, wie von unsichtbarer Hand gezogen, den Krokodillederschuhen, den grünstichigen Hosen samt allem Mann darin. Als hätte der Staubsauger, der sein Gesicht nach vorne zog, auch sie erfaßt. In der Sakristei wurde sie auf einen Stuhl gesetzt, zu einem groben Holztisch hingerückt. Ein großes Glas mit Buttermilch, eine dunkle Schnitte Brot und ein Teller mit einem großen weißen Kubus wurden ihr serviert.

– Käse, erklärte der Küster und strich Butter in das Brot, um es der kleinen Prinzessin feierlich zu reichen. Es gefiel ihm, wie das eingeschleimte Brot den Mundraum füllte, herumgeschlagen wurde, immer wieder aus dem offenen Gesichtlein lugte. Käse nachgeschoben wurde. Buttermilch, die einen breiten weißen Streifen auf die Oberlippe zeichnete, den zarten Flaum betonte. Pepi hatte kräftige kleine Finger, mit denen sie das Brot fest packte und es immer wieder in ihr Mündchen stieß. Unmäßige Augen, die kullerten und sich verdrehten, wenn einmal reiner Käsegeschmack auf das Maß all ihrer Dinge, die Zunge, kam. Manchmal wollte sie auch etwas sagen, es mit Wörtern ausmessen, dann spuckte sie ein bißchen, ließ es bleiben. Der Mesner hing ihr in der Verdauung, war begeistert vom Geruch, dem frischen Kind, das sich mit Käse, Buttermilch und Brot verband. Dazu die Tröpfchen, weiße Tröpfchen, die ihr vom Trinken nun schon auf der Wange standen. All das nötigte den Küster schwer, sein Atem hatte sich schon in dem Kind verfangen, seine Augen kamen nicht mehr weg, er spürte, wie ihn etwas juckte, spürte, ja begriff ein Greifenmüssen. Spürte seinen ganzen

Körper aus dem Sessel rutschen, unter dem Tisch hindurchrutschen, durch den Verdauungstrakt bis nach Paris, hinein in diesen Urmeter, hinein in diesen Mund, die kleinen Zähne, die Vorläufer für ein richtiges Gebiß, Eiffelturm, die Sinne ihm entgleiten, dieses Kind. Das Maß aller Dinge. Wie klein es plötzlich war? Wie groß dagegen er, wie viel, wie starr, wie furchtbar heiß.

Und plötzlich läuteten die Glocken und spielte die Blasmusik eine schreckliche Version von La Paloma Blanca, als hätte jemand in die Tuba reingeschissen, fühlte er einen kleinen Knebel aus sich steigen, und, fiel ihm wieder ein, diese Beerdigung, die dunkel angezogenen Menschen, das Essen, das sie nun erwartete, das Kind, das sich da vor ihm überfraß und wieder in die Gruppe der Kondolierenden geschmuggelt werden mußte. Kupferrot in seinem Gesicht.

5

Im Taubenschlag

Bei Schmerzen, Leiden ist es wie mit Wunden, gleich sind welche da, die sich ansiedeln, einnisten, davon leben. Edelburg Semmelrath war weite Fläche, Zeit. Die Unendlichkeit war nun auch in ihr. Das mechanische Lachen, die Unterwürfigkeit, das Warten blieben zurück. Geflüsterte Nachmittagshelligkeit. Anna, die Mutter, hielt, damit nicht auch sie noch abhanden kamen, Franz und Lorenz an der Hand. Annas Brüder, Quasimodo Leopold und Giselher Attila, waren damit beschäftigt, den Sargträgern der Firma Pompfüneberer, den Musikern und Ministranten Trinkgelder zuzustecken. Pfarrer Hutwelker wurde, wie es Brauch war, eingeladen, der Verstorbenen ein letztes Mal die Ehre zu erweisen. Alle anderen auch. Hysterisches Händeschütteln. Man wollte anekdotisch wirken, war aber vor allem laut, flach und unbeholfen, wie erschlagen von dem Druck, Familie zu sein.

Beim Kalabresendorfer war der Trauergemeinde ein Extrazimmer reserviert. Und doch dauerte es schier ewig, bis alle Leberflecken, Warzen, Muttermale, Tanten, Onkels, und sonstige blasenschwachen Grade bis hin zu den entfernten Wehwehchen, Freunde, Bekannte und sonstige professionelle Konduktesser ihre Plätze eingenommen hatten. Ecce! Auch die Pepi war jetzt wieder da. Ihre zerrissene Strumpfhose, die Krusten auf der Wange, schleimverschmierter Mund, Brösel ausgetrockneter Milch und die Heiligenbildchen in der Unterhose. Gemeinsam mit ihren Brüdern und einem Joschi, einem äußerst unscheinbaren, zahnbespangten Kind (angeblich aber ein Mathematikgenie wie einst der kleine Gauß), wurde sie an einen separaten Kindertisch gesetzt, an dem mit Schienbeintritten und Brüllen argumentiert wurde. Da sich vom Haupttisch niemand darum kümmerte, mußte das Serviermädchen Patricia Herrgott-Wixinger, das dabei zahlreiche als Schienbeintritte gedachte Aperçus an ihre Knie bekam, mehrmals ein Machtwort sprechen, daß es auf den Kinderwangen nur so klatschte. Da riß dann für Minuten der durchgehende Geräuschfaden, der sich quer durch den Kalabresendorfer spannte, sogar der Haupttisch war dann regelmäßig irritiert und lüftete, um die Stille zu verbreitern, seinen Geräuschteppich aus Reden, Lachen und jenem anderen Gewirk, das die Trauernden gegenseitig in sich hineinsprachen.

Die Mutter war neben einem athletischen Glatzkopf zu sitzen gekommen, der sich als Cousin Roland vorstellte, ungeheuer eitel war und ihr gleich zu Beginn seine muskulöse Hand auf den Schenkel legte, als wäre sie dafür bestimmt. Auf der anderen Seite Onkel Ambros, den wir bereits vom Klopfen unseres Anfangs kennen. Da war er wieder, ein verklemmtes, zum Tragen einer schweren Brille verdammtes Weichbild von Mann, das in der Tourismusbranche arbeitete. Wenigstens legte der seine fremdenverkehrswerbenden Hände auf seine eigenen Schenkel. Daneben Tante Laetitia, eine leicht hysterische, dem Alkohol nicht abgeneigte Frau mit einem großen Schönheitsfleck im Gesicht, aus dem fröhlich die Haare sprossen. An ihrer Seite Gudrun, ihre vielleicht 16jährige, mindestens ebenso zerbrechliche wie hübsche Tochter, die Anna noch als Kind kannte. Und was die jetzt für Dinger hatte! Apparate waren das. Ganz ungeheuerlich. Anna überlegte, wie jetzt wohl ihre Stimme klang, ob sie schrill und hell war oder angebrannt, geselcht? Dann war da noch Werner, der einzige in der Familie, der studieren hatte dürfen, sich darauf mächtig viel einbildete, und auch jetzt seine Skripten im Schoß liegen hatte und leise vor sich hin murmelte: *Mord, davon Versuch, Totschlag, davon Versuch, Tötung eines Kindes bei der Geburt, fahrlässige Tötung, fahrlässige Tötung unter besonders gefährlichen Verhältnissen oder unter Berauschung insgesamt, davon unter besonders gefährlichen Verhältnissen, unter Berauschung, unter beiden, Aussetzung, Körperverletzung, schwere Körperverletzung, Körperverletzung mit schweren Dauerfolgen, Körperverletzung mit tödlichem Ausgang.*

Eine ganze Weile lang hatte Onkel Otto mit seinen glasigen Trinkeraugen nach dem Streber gegriffen und versucht, sich an ihm festzuhalten. Dann zündete er sich eine Zigarette an und bemühte ausholende Bewegungen um Luft. Mehrmals hatte er ein *Was* als Enterhaken ausgeworfen, aber immer wieder war er abgerutscht. Bis endlich ein *Was quasselst du denn da?* über die aufgeblähten Lippen kam.

Mit tödlichem Ausgang. Nur ungern unterbrach Werner seine Studien und erklärte in einer Lautstärke, einer Heftigkeit, und so herablassend, daß es auch alle anderen hören mußten, daß ihm, dem Bezirksrichterstellvertreteranwartschaftskandidaten morgen eine wichtige Prüfung bevorstand, in der er sämtliche strafbaren Handlungen heruntersagen können mußte. Aber wie aus dem Effeff. Außerdem war die Beerdigung ja nicht vorhersehbar gewesen. Wer konnte denn ahnen, daß die Oma sterben würde: *Absichtliche schwere Körperverletzung,* hatte er sich gleich wieder in sein Manuskript versenkt, *fahrlässige Körperverletzung insgesamt, davon nicht qualifizierte leichte Körperverletzung.*

Was geht er dann mit, dachte Laetitia.

Davon unter besonders gefährlichen Verhältnissen, unter Berauschung, unter beiden, nicht qualifizierte schwere Körperverletzung, davon unter besonders gefährlichen Verhältnissen. Wie eine verirrte Fliege schwirrten die Verbrechen durch den Raum: *unter Berauschung, unter beiden, Gefährdung der körperlichen Sicherheit, Raufhandel, Quälen oder Vernachlässigen unmündiger oder wehrloser Personen, Im-Stich-lassen eines Verletzten, Unterlassung der Hilfeleistung, strafbare Handlungen gegen Leib und Leben insgesamt, Schwangerschaftsabbruch, Freiheitsentziehung, erpresserische Entführung, Nötigung.* Endlich begann Patricia, die Suppe zu servieren. Es waren Töpfe heißer Flüssigkeit, auf der Weißbrotscheiben schwammen. Drinnen dümpelten Bröckchen von Faschiertem, was im Ganzen danach schmeckte, als wollte auch die Suppe nochmals auf den Anlaß verweisen. Das weiße Brot aufs Leichenfleisch. Die Bröckchen Hackfleisch auf die Erde. Aber, dachte sich Anna, was solls. Mama konnte Suppen sowieso nie leiden. Dabei hub gerade jetzt Pfarrer Hutwelker an, sich nochmals für die Einladung zu bedanken. Der gottgesandte Mann war mittlerweile in Zivil, was einen ampelroten Kaschmirmantel bedeutete, darunter ein lachsfarbenes Sakko und, worüber man sich später am meisten mokkieren würde, ein Sweatshirt mit der Aufschrift *Wimbledon 99.* Gut, daß man nicht wußte, wozu. Er hatte nämlich eine Karte fürs Ballett: *Das Treiben der Leopoldinen, ein getanzter Schwank mit Riesinnen, Koboldinnen, Zwittern, Mißgeburten und Homunculi,* und freute sich darauf. Wäre nur sein Zahnfleisch gesund, nicht dieser Gestank in seinem Mund, die Rindfleischfäule.

– Schade, begann er, daß Edelburg Semmelrath, unsere liebe Freundin, nicht mehr unter uns weilt, um sich an diesem vorzüglichen Süppchen zu erfreuen. Sie war, wie wir alle wissen, eine leidenschaftliche Liebhaberin von guten Suppen.

Genau das, wie alle wußten, war sie aber nicht. Sie hatte Suppen nie ausstehen können.

Wie zum Trotz monologisierte nun auch Werner wieder lauter, des Pfarrers Rede zu durchmischen, was eine Art Zipp-Sprache ergab, wie bei einem Reißverschluß: *Schwere Nötigung, ein feiner Mensch, gefährliche Nötigung, abberufen, Täuschung, oft habe ich sie in die Kirche gehen sehen, Hausfriedensbruch, für die Armen hat sie gespendet, strafbare Handlungen gegen die Freiheit insgesamt, ein Vorbild, üble Nachrede, alle liebten sie, keine Sünden, davon unter qualifizierter Öffentlichkeit, ich bin mir sicher, sonstige strafbare Handlungen gegen die Ehre, daß der da oben eine Einsicht hat, bin ich mir sicher, Verletzung des Briefgeheimnisses und Unterdrückung von Briefen, er hat es mir schon zugesagt, Verletzung des Fernmeldegeheimnisses, daß es ihr gutgeht, Mißbrauch von Tonband und Abhörgeräten, er hat ihr eine Wolke reserviert, Verletzung der Privatsphäre und bestimmter Berufsgeheimnisse insgesamt, gleich bei den Heiligen, Sachbeschädigung, schwere Sachbeschädigung, es geht ihr gut, Datenbeschädigung.*

– Bravo. Man hob die Gläser, prostete auf Edelburg.

– Da wird ein Wein sein, begann Onkel Otto zu lallen, und du kannst nimmer rein. Gudrun schmunzelte, während ihre Mutter Laetitia sich über die Qualität der Küche zu beschweren begann. Dabei mußte die Lebensmittel-Allergikerin froh sein, wenn sie ein Essen überhaupt vertrug. Das Schimpfen diente ihr zur Ablenkung, war schon wie ein Teil von ihr. Eine Verlängerung. Während sie noch bedächtig in den Resten herumstocherte, hatte Patricia schon begonnen, die Teller abzuräumen, wobei ihr von einem äußerst pausbackigen Jungen geholfen wurde, dem Onkel Ambros verstohlen ins Gesäß blickte. Dabei hatte auch Patricia zwei wunderbare Krautköpfe im Hintern, Blutorangen zur Brust. Ihre schmale Taille war wie von einer unsichtbaren Zange gepreßt, die dranhängende Patricia zu schlenkern. So entstand ein Hüftschwung. Mamma mia. Augen hatten sie umfangen. Die dazugehörigen Münder kauten an großen Anissemmeln, die es nur bei Konduktessen gab, und präsentierten sich in den Schnittmustern ihrer Persönlichkeit. Cousin Roland erzählte von Reisen, die ihn bis Malaysien, Burkina Faso, Indonesien und ähnlich unaussprechliche vorder- oder hinterasiatische Gegenden gebracht hatten, während er seine linke Hand mehr und mehr in Richtung Annas Schoß treiben ließ, wovon die andere Hand durch wildes Gestikulieren abzulenken versuchte. Oder war es Wind, der helfen sollte anzutreiben? Bevor sich Anna, der bereits der Wein ins Blut gestiegen war, dagegen wehren konnte, ging Onkel Ambros Bemerkung, daß es sich auch lohne, in Österreich Urlaub zu machen, wie eine Lawine runter.

– Aber der ist doch bloß wegen der Mädchen, entfuhr es Tante Laetitia, die das eigentlich nur denken wollte und sich entschuldigend gleich eine Hand vor den Mund hielt, als hätte sie gerülpst. Gudrun lächelte. Sie fühlte sich sehr wohl. So wohl, daß sie vor lauter Freude die angenähte Stoffknospe ihrer Bluse abriß. Alles, nur um nicht zu lachen.

– Wir haben etwa, ließ Onkel Ambros sich nicht irritieren, das Museum für Beschlag, Beschirrung, Sattelung und Orthopädie bei Huf- und Klauentieren. Es stimmt nämlich nicht, daß man bei Regen nur im Zimmer hocken kann. Es gibt das österreichische Gendarmeriemuseum oder das Museum der Tiroler Kaiserschützen in Innsbruck.

Da konnte Gudrun nicht mehr an sich halten, prustete laut los und dabei vor lauter Unbeherrschtheit eine Mundladung Cola auf den Tisch. Gleich flog ihr eine Handfläche ins Gesicht.

– Dummes Kind, klatschte es.

Sofort beugte sich peinliche Stille in den Raum. Eine Aureole aus Schweigen bildete sich. Nur im Dunklen, die Beine amüsierten sich. Wie durch ein Wunder waren die Skripten des Bezirksrichterstellvertreteranwartschaftskandidaten von der Colataufe verschont geblieben: *Diebstähle insgesamt, davon nicht qualifizierter Diebstahl, schwerer Diebstahl, Diebstahl durch Einbruch, gewerbsmäßiger Diebstahl und Bandendiebstahl, Entziehung von Energie, Veruntreuung, Unterschlagung, dauernde Sachentziehung, Eingriff und schwerer Eingriff in fremdes Jagd- oder Fischereirecht, Entwendung, Raub insgesamt, davon einfacher Raub, minderschwerer Raub, schwerer Raub, Erpressung, Betrug insgesamt, davon einfacher Betrug, schwerer Betrug, gewerbsmäßiger Betrug.*

Warum erweckt sie den Anschein, daß sie sich umlegen läßt, hatte sich die Rolandhand durch die Kleidung durchgemogelt und war irgendwie mitten auf dem Annaland zu wohnen gekommen, ließ sich nieder, begrüßte sie, fuhr die Grenzen ab, zog einen Bogen, inspizierte, kam zurück, baute etwas an, bestellte und schüttelte an ihr, als wäre sie ein Bäumchen voll mit dicken Früchten, Paletten dicker Farben. Doch war sie auch ein Baum, knarrte das Wurzelholz, waren die Früchte doch noch grün, sie hätte gern gestöhnt, zumindest *Ahh* gesagt.

– Ahh, ist das heiß. Das war das Rindfleisch, der Semmelkren, Rotkraut und Kartoffelschmarren. Ein traditionelles Leichenessen, das in seiner Zusammenstellung an die vier Elemente erinnern sollte. Rindfleisch die Erde, Rotkraut das Feuer, Kartoffelschmarren, wegen des enthaltenen Kümmels, der gut gegen Blähungen ist, die Luft, und schließlich Semmelkren das Wasser, das sich wegen seiner Schärfe in den Augen sammelt.

Dessen ungeachtet, begannen alle sofort wie wild zu schneiden und hineinzuschaufeln, zu schlichten und sortieren, kosten, *hmm* zu sagen, war doch das der Sinn des Tages, ja des Todes. Jedes Menschen. Nur Gudrun sah ungläubig drein, wußte nicht, ob es nun Zufall oder Strafe war, daß der mit Besteck abgesteckte Platz vor ihr tellerlos geblieben war. Zaghaft hob sie mehrmals zu einer Deutung an, ach bitte, signalisierte da ihr Arm, ich auch, waren ihre Augen aufgerissen, Hunger, doch man ignorierte sie, ließ sie die Ohnmacht spüren, die Minderwertigkeit. Die beladenen Tablette von Patricia, dem Schankburschen und dem Wirt, Meinrad Kalabresendorfer, der mit seiner vogeligen Art die anderen beflügelte, schienen unbeirrt an ihr vorbeizuschweben. Sie fühlte sich unwichtig, vergessen. Ein aus ihrer Kindheit übriger Klumpen Erinnerung taute ihr da auf, schmolz, ein böses Gefühl von Verlorenheit, etwas, das ihr schlagartig klarmachte, alle Welt war gegen sie. Alle mampften. Erschienen ihr nur gierig, klein und dumm. Verrottet richtig. Sie hatten alle etwas, woran sie sich halten konnten. Nur Gudrun nicht. Sie wurde nur geduldet und mißbraucht. Verloren war sie. Abschaum. Dreck. Ein Ekel stieß ihr auf. Wut und Ohnmacht wie bei körperlichem Schmerz. Ein Widerwille gegen dieses ganze Leben. Eine Nichtigkeitsidee. Eine Ahnung von Vergänglichkeit, vom Untergang. Da. Da wurde ihr mit einem beiläufigen *Entschuldigung* ein voller Teller hingestellt. Was war nun das Leben wieder schön, alles Ungute verlaufen. Und wie das schmeckte. *Hmm.*

– Trotzdem, stieß es Onkel Otto auf, kann man in diesem Land nur saufen. Bei diesem trüben Wetter, dieser Dinglichkeit. Ein Glas. Ein Alkohol. Und Prost. Wo man auch hinkommt, sieht man nichts als Verständnislosigkeit, böse Absicht, Neid und Eigennutz.

– Oder Verbrechen, warf Werner ein. *Betrügerischer Datenverarbeitungsmißbrauch, Erschleichung einer Leistung, davon aus Automaten, Versicherungsmißbrauch, Untreue,*

Geldwucher, Sachwucher, betrügerische Krida, Schädigung fremder Gläubiger, fahrlässige Krida, Vollstreckungsvereitelung, Hehlerei.

– Österreich, mischte sich Laetitia ein, ist ein großer Schnörkel. Nachdem Gott die Welt erschaffen hatte, fiel ihm auf, daß sie sehr schmucklos war. Also nahm er die Tortenspritze, machte ein paar Tupfen drauf, Österreich. Ein lebendiger Schnörkel sind wir, eine sich bewegende Form.

Da setzte ein Gänseschnattern ein, war jedermann bemüht, möglichst viele Hahas auszustoßen und weitere witzige Bemerkungen zu fabrizieren. Otto sagte, daß gar nicht die Politiker regierten, sondern die Beamten mit ihren höchsten Tieren, den Ministerialräten.

– Wir sind eine alpenländische Bananenrepublik. Unsere Bananen sind die Schi. Nur Schifahren, sonst kann man hier nichts tun. Die Vertrottelung ist öffentlich, sie zeigt sich daran, was die Leute sagen, was sie tun. Willenlos, schwammig und allgemein, ein bißchen hiervon und ein bißchen davon. Schifahren oder Altersheim.

– Das ist nicht wahr, verteidigte Onkel Ambros mit vollem Mund das Land. Man kann zum Beispiel ins Peter-Rosegger-Museum in Krieglach gehen, der war zwar auch angeblich Päderast.

– Wer sagt das?

– Deswegen hat er ja die evangelische Kirche in Mürzzuschlag gestiftet. Die einzige protestantische Kirche, in der ein Bild Marias hängt. Für Kinder ist die Erlebniswelt Plüschtierzoo in Seeboden interessant. Das Tauchmuseum Hallstatt, das Weinviertler Museumsdorf in Niedersulz oder das Museum des Wiener Männergesangsvereins. Bildungsmöglichkeiten überall. Das Lokalmuseum Beethoven und Erdödy in Jedlesee. Das erzbischöfliche Dom- und Diözesanmuseum Stephansplatz.

– Aber wieso, wieso, wieso sollen wir denn ins Museum gehen? grunzte Anna vor Glück. Sie war knetbar wie Kerzenwachs. Angezündet von den ganzen Reden. Feuer, Flamme auf der Höhe.

– Genau, grinste auch Roland ins Gespräch hinein. Er war der Docht. Er hatte sich einwickeln lassen.

– Was machst du eigentlich, fragte eine rauchig-dunkle Stimme, von Beruf? Das war Gudruns Klang, als spräche sie in einen Tontopf rein, wunderbar.

Geldwäscherei, im Familienkreis begangene strafbare Handlung gegen fremdes Vermögen, Glücksspiel, Brandstiftung, fahrlässige Herbeiführung einer Feuersbrunst, vorsätzliche Gemeingefährdung, fahrlässige Gefährdung von Menschen durch übertragbare Krankheiten, besurrte Werners Fliegenstimme weiterhin den Hintergrund, als wäre er vom Ministerium für anhaltende Lärmbelästigung bestellt.

– Ich bin, sagte Ambros, Statistiker für den Tourismusbund.

– Das heißt?

– Das heißt, verrieb er seine Salbe, daß wir dank dem großartigen Mathematikgenie Friedrich Gauß und der von ihm entdeckten Wahrscheinlichkeitsrechnung, auf der unsere wunderbare Statistik fußt, die Besucherzahlen auswerten und sehen, was zu fördern ist, was nicht. Ich bin gerade bei den öffentlich zugänglichen Einrichtungen von touristischem Belang.

– Museen? sah ihn Gudrun leicht verächtlich an.

– Museen, Sammlungen, Ausstellungen, Sonderausstellungen usw.

– Was ist das Bestbesuchte? stocherte Tante Laetitia in ihrem Erdäpfelschmarren.

– Das Kunsthistorische hat 1,384 Millionen im Jahr, aber auch das Benediktinerstift in Melk hat fast eine halbe Million.

– Und wo geht keiner hin? zog Gudrun ihre Ringe aus, spielte damit.

– Ins Museum für das Blindenwesen gehen 502 Besucher

im Jahr, schoß es aus Ambros akkurat. Seine Sprache war ein Zielfernrohr, während die anderen, wie er empfand, wild mit einem Mörser drauflosballerten, in der Hoffnung, irgend etwas wohl zu treffen, war seine Wortwahl akkurat und treffend.

– Pervers.

– Auch in die Gedenkstätte für Heimito Doderer gehen nicht viel mehr.

– Na ja.

– Gar nicht zu reden vom Rauchfangkehrermuseum oder vom Bezirksmuseum Penzing. Auch das Feuerwehrmuseum Tulln ist schwer im Defizit. Onkel Ambros nahm einen kleinen Schluck von seinem Bier. Und dann gibt es natürlich noch die Stätten, in die zwar Schulklassen, aber keine zahlenden Besucher gehen, wie zum Beispiel das Holzlehrschau-, Holzhacker- und Holztrift-Museum Karlstift, der Vogelpark Schmiding oder das Almwirtschaftsmuseum Nationalpark Nockberge.

Er war nun ganz in seinem Element, schwamm darin. Ganz beglückt vom Interesse, das sich unerwartet vor ihm aufgetan hatte. Otto hickste. Großnichte Gudrun scharrte ihn mit offenen Augen aus. Nichte Anna schien von seinem Reden ganz verzückt, Neffe Roland grinste, und Schwester Laetitias Verdauung wurde derart angeregt, daß sie alle Hände voll zu tun hatte. Sogar der eben zur Toilette eilende Quasimodo Leopold lächelte. Nur Werner murmelte unbeeindruckt Eselsohren in sein Manuskript: *Störung der Totenruhe, mehrfache Ehe, Ehebruch, Entziehung eines Minderjährigen aus der Macht des Erziehungsberechtigten, Verletzung der Unterhaltspflicht, Vergewaltigung, geschlechtliche Nötigung, Schändung, Beischlaf mit Unmündigen, pornographische Darstellung mit Unmündigen, sittliche Gefährdung von Personen unter 16 Jahren, gleichgeschlechtliche Unzucht mit Personen unter 18 Jahren, Blutschande.*

– Der Weinlehrpfad Falkenstein, hielt Ambros entgegen,

die Ausgrabungsdokumentation 6000 Jahre Wohnberg Oberleis samt Aussichtswarte.

Zwischendurch räumte man die Tische ab, schleppte Tabletts voller Gläser, Teller und brachte eine große, mit Buttercreme gefüllte Biskuittorte, die von einer schweinchenrosanen Zuckerglasur überzogen war. Dazu Kaffee. Das Serviertrio wurde nun auch noch von der Wirtin ergänzt, die mit fleischigen Händen Milchkännchen und Zuckerdosen brachte. Zu viert servierten sie Liköre und Kaffee, verteilten Teller für die Torte. Gäbelchen. Scheinbar, dachte Giselher Attila, vermehrt man hier mit jedem Gang auch die Servierenden, um so den sprichwörtlichen Appetit zu versinnbildlichen, der ja angeblich erst mit dem Essen kommt. Der Freizeitdetektiv Giselher, der es liebte, anderen nachzuspionieren, hatte jedes Detail notiert, jeden einzelnen hatte er genauestens studiert, mit seinen Augen ausgezogen und geprüft. Wäre ein Mord passiert, er hätte sofort alle Verdächtigen und ihre in Frage kommenden Motive herunterbeten können. Aber leider passierte kein Mord. Leider mußte er seine Beobachtungen für sich behalten.

Er hatte nämlich genau gesehen, wie Pfarrer Hutwelker dem Serviermädchen Patricia in den Hintern kniff, allerdings dermaßen ungeschickt, daß man sich fast fragen mußte, ob hinter dieser Geste nicht eine Absicht war, ob sie nicht gesehen werden wollte? Weiters sah er, wie Onkel Otto mehrmals die riesige Brüstung der neben ihm sitzenden Gudrun streifte, was diese nicht bemerken wollte, während ihre Mutter, Laetitia, dem Roland schöne Augen hinmurmelte, die bei diesem aber in kein Loch gefallen sind. Er war ganz mit Anna abgeriegelt, die nun ihrererseits mit der Hand in der Hose sich zu revanchieren suchte, woran aber, warum nur, Roland kein Interesse zu haben schien. Liegen hier, mutmaßte Giselher Attila, organische Gebrechen vor? Oder war er sich ihrer künftigen Liebesdienste schon zu sicher? Es entging Giselher auch nicht, daß sein

Bruder Quasimodo Leopold verdächtig oft nach Gudrun sah und genau dann in Richtung WC ging, als auch sie bereits eine Blase in ihren Sessel rutschte. Alles andere, schien es, war plötzlich still, wie eingefroren, die schwere, ruß- und schweißgetränkte Tapete, das dunkle Mobiliar, die mit Essen überfüllten Gäste, das wie Tauben gurrende Personal, die Holzdecke, die Zeit, ja alle, nur Giselhers Gedanken zählten ab, sortierten und berechneten, um jedem Mord voraus zu sein. Wenn er denn käme. Der Rest war mit Verdauung beschwert, hatte sehr zu kämpfen. Ambros schluckte eine Pille. Laetitia sagte *nie wieder* zu sich selbst, *wie kann man so viel fressen?* Pfarrer Hutwelker machte ein Bäuerchen. Grüße an Dyonisos. Absolution. Selbst der Kindertisch war zu vereinzelten Sprachfetzen geflockt, die wie Rauchringe im Raum hingen, und Werner, der viel lieber Umberto Eco gelesen hätte, monologisierte noch immer in einem fort: *Mißbrauch eines Autoritätsverhältnisses, entgeltliche Förderung fremder Unzucht, Förderung gewerbsmäßiger Unzucht, Zuhälterei, Menschenhandel, öffentliche unzüchtige Handlungen, Tierquälerei, Urkundenfälschung, Versetzung von Grenzzeichen, Gebrauch fremder Ausweise, Hochverrat.*

Onkel Ambros hielt ihm tapfer seine letzten Tourismusschilder entgegen: *Das Felsenmuseum Bernstein, der Richard-Billinger-Gedenkraum St. Marienkirchen oder der Möbelschauraum samt angeschlossener Möbelgalerie Reiterer.* Gudrun war noch immer am WC, da verabschiedeten sich schon die ersten, die Mutigsten. Denn alle hatten Angst zu gehen, dem Tratsch der anderen Platz zu machen. Warum hocken wir beisammen? Nur aus Angst. Angst, daß in unserer Abwesenheit die anderen böse reden. Angst vor Tratsch, vor grober, plumper Heiterkeit.

Das Licht wurde unmerklich gedämpft. Oder waren einfach ein paar Glühbirnen ausgebrannt? Roland steckte Anna einen Zettel zu. Die Kinder wurden aufgeweckt. Giselher Attila, der eine rührende, aber etwas naive Sehnsucht hatte, die Menschen von ihren Wegen abzuhalten, wollte sie zum Bleiben zwingen, weil doch gleich etwas passieren würde. Ein Mord. Doch die anderen weigerten sich. Man soll sich nichts vorglauben lassen.

Pfarrer Hutwelker konnte nun wirklich nicht mehr länger, jeder Teil seines Körpers drängte hinaus, wollte die *Leopoldinen* sehen. Onkel Otto lallte und hickste, Ambros richtete sich seine Krawatte, da kam Quasimodo Leopold mit einem Lächeln im Gesicht, wie man es nach langer komplizierter Verdauung erlebt. Auch Werner murmelte hinaus: *Widerstand gegen die Staatsgewalt, tätlicher Angriff auf einen Beamten, Siegelbruch, Bandenbildung, Verhetzung, falsche Beweisaussage vor Gericht, Verleumdung, Bestechung, Nichtbefolgung des Einberufungsbefehls, Dienstentziehung durch Täuschung, Ungehorsam.*

Auch Gudrun kam zerzaust, mit leicht gerötetem Kopf zurück. Das wars. Man zog sich an und ging, trug die Tote mit sich mit, mit Sätzen und Gedanken. Früher hätte man die in den Wind gestreut.

Als alle fort waren, schimpften die Wirtsleute über die schlechten Manieren der Leute, die nicht einmal bei einem Kondukt aufessen, aber sich die Reste einpacken lassen und noch frech behaupten, es ist fürn Hund. Er, der Wirt Meinrad Kalabresendorfer, würde Hunden nie etwas geben. Bei ihm bekamen die Tauben alle Reste. Das sind, so sagte er sich, intelligente Tiere. Wenn man die Tauben beobachtet, kann man viel mehr über die Menschen lernen, als man glaubt. Nicht umsonst ist die Taube Symbol für den Frieden, oder zum Beispiel ihr Hang zur Monogamie. Der gefiel auch seiner Frau. Da sah sie sogar über die Krankheitserreger im Taubenkot hinweg, die darin enthaltene Salpetersäure, die alle Baulichkeit zerfraß. Wenn sie das Wort monogam hörte, verzieh sie ihrem Mann sogar, daß er sich weigerte, Dorne zur Taubenabwehr auf dem Hausdach anzubringen. Dann verzieh sie ihm sogar die Blicke, mit denen er die Seviererinnen schnabulierte, sah er doch selbst wie eine Taube aus. Die spitze Nase, sein vogeliger, auf dünnen Beinen ruhender Bauch, dazu die Knopfaugen. Oft genug benahm er sich danach. Fühlte er sich schlecht, sagte er sogar, er hätte das Taubenschlagsyndrom. Auch schnarchte er ganz ungewöhnlich, nämlich mit *gurrgurr*.

Dunkelheit war eingefallen, der Himmel wie geteert. Nur einzeln helle Flecken, Sterne genannt. Angeblich Sonnen. Dabei war es so, daß jemand über unseren Käfig ein Tuch geworfen hatte. Die sogenannten Sterne waren Löcher nur im Stoff, sonst nichts.

Pfarrer Hutwelker eilte in die Staatsoper zu den *Leopoldinen,* seinen Kaschmirmantel vorzuführen. Naturgemäß schauten die Garderobieren aber mehr aufs Trinkgeld als auf die ihnen anvertraute Kluft. Auch die anderen Besucher beachteten ihn nicht. Zu sehr waren sie mit der Präsentation ihrer eigenen Garderobe beschäftigt. Noch wußte niemand, daß man die heutige Vorstellung später als legendär feiern würde. Bekam doch die Primaballerina Kathi Gablfrühstück noch im ersten Akt einen so herzigen, aber den ganzen Abend nicht mehr unter Kontrolle zu kriegenden Schluckauf, daß bei dem Gedanken an das fortwährende Erbeben des kleinen Ballerinenkörpers noch Jahre später manche Herren in wahre Wonnen der Verzückung gerieten. Übrigens sollte in dieser Vorstellung auch Kommissar Sixtus Ponstingl-Ribisl sitzen, der so seine Schafsgedanken aus einem mathematischen Rätsel treiben wollte, das der Sohn eines seiner Mitarbeiter, ein gewisser Joschi, aufgestellt hatte. Angeblich war die kleine Kröte begabter als der junge Gauß:

Ein Drittel der arbeitsfähigen Bevölkerung Gmundens muß auch an einem Sonntag arbeiten. Zwei haben sich aber frei genommen. Von den übrigen muß ein Drittel um vier

Uhr früh von zwei Busfahrern zum Arbeitsplatz gebracht werden. Bereits eine halbe Stunde später müssen zwei weitere Busfahrer erneut Gmundener an ihren Arbeitsplatz bringen. Diesmal sind es nur ein Drittel so viele wie beim ersten Termin. Noch einmal ein Drittel so viele dürfen noch eine halbe Stunde länger schlafen und werden dann von nur einem Busfahrer zur Arbeit gebracht, obwohl sie auch in drei bis vier Personenautos passen würden. Wie viele Einwohner hat Gmunden insgesamt, wenn genau ein Drittel davon arbeitsfähig ist? Übrigens ist die Zahl jener, die zu Fuß zu ihrer Arbeit gehen können, höher als jener, die den Bus benützen müssen.

Trotz aller Rechnerei verfing sich in Ponstingl-Ribisl kein Ansatz einer Lösung. Gab es überhaupt eine? Das kleine mathematische Monster behauptete es jedenfalls. Wer oder was ist das eigentlich, fragte er sich. Ein halbverrückter Halbwüchsiger, der mit fixen Ideen herumläuft. Oder wahrhaft ein Genialer, der durch Intuition das fehlende Eck aller Quadrate findet, das, was allen Gelehrten bislang entgangen ist? Die Weltformel? Ponstingl-Ribisls Gedanken krochen an der Sache herum und konnten sie doch nicht recht erschließen. Da kam das Ballett gerade recht.

Selbstverständlich waren die *Leopoldinen* ausverkauft. Wir kennen aber von der grölenden, klatschenden, schwitzenden Masse vorerst nur den Leichenwäscher Luipold Nehoda und den Pornoladenbesitzer Feister Fridolin. Nehoda hatte auf der Galerie einen Spalt in der Polsterung entdeckt, der sich gut zur Leiche degradieren ließ. Schon konnte er darin heimisch werden. Der Feiste Fridolin sortierte hier den Nachwuchs seiner Schwestern. Einzeln nahm er eine nach der anderen, biß hinein und hielt sie gegen das Licht. Er erkannte, behauptete er wenigstens, welche der Ballerinen fallen, auf die schiefe Bahn geraten, ins Rollen kommen und ihm zukugeln, und welche kantig bleiben, höhere Töchter werden, heiraten und ihm entgehen würden. Es hilft nichts, dachte er, die Interessen aller Menschen stehen einander entgegen, bekriegen sich, spießen sich auf, ja werden sich zum Schluß womöglich ganz vernichten. Aber wer weiß, wie es aussähe, wenn alle für sich dahindümpeln könnten. Wie in einem Restaurant-Aquarium, aus dem der Gast sein Mittagessen wählt?

Etwas später war der schwere, feuchte Gedanke bereits vergessen, die mißmutigen Gesichter, die Schlange vor dem Pissoir, der abblätternde bechamelfarbene Öl-Anstrich, das viele Menschenfleisch, die idiotischen Gespräche, musikalische Unwahrheit. Kathi Gablfrühstück gickste, und aus den Mündern tropfte Speichel. Eine langverlorene Vertrautheit taute wieder auf, gickste und war einfach schön. Augen wurden feucht, dem Pfarrer Hutwelker schälten sich Bilder von riesigen, gigantischen Nüstern um die Sinne, Rindfleischmärchen sah er sich entstehen, Zitzelfeigler-Halluzinationen, Szenen aus dem Hohelied kitzelten an seinem Gaumen: Horch! Mein Geliebter! Sieh da, er kommt. Er springt über die Berge, hüpft über die Hügel. Fleisch vibriert. Der Gazelle gleicht mein Geliebter, dem jungen Stier. Und Kathi gickste. Ja, draußen steht er, späht durch unsere Fenster. Der Geliebte spricht zu mir: Steh auf, meine Freundin, meine Schöne, komm doch! Komm! Laß dich verzehren. Das Vorgestellte wackelt. Meine Taube im Felsennest, versteckt an der Steilwand, dein Gesicht laß mich sehen, deine Stimme hören! Komm doch, komm. Denn süß ist seine Stimme, lieblich sein Gesicht. Es riecht nach Nest, nach ausgepacktem Luipold Nehoda. Der Geliebte ist mein, und ich bin sein. Der Feiste Fridolin. Ein Fisch. Ein Siegel. Leg mich auf dein Herz, wie ein Siegel an deinen Arm! Kathi gickste. Stark wie der Tod ist die Liebe, die Leidenschaft ist hart in der Unterwelt. Hart im Polster drin. Nehoda. Leidenschaft. Ihre Gluten sind Feuerzungen, gewaltige Geräte. Flammen. Auch mächtige Wasser können die Liebe nicht löschen; auch Ströme schwemmen sie nicht weg. Nicht einmal Symphonien.

Böte einer für die Liebe den ganzen Reichtum seines Hauses, nur verachten würde man ihn. Ein ganz trockener Mund, zuwenig Speichelfluß. Ein Pfarrerglück. Unter dem Lachssakko strahlte es. *Wimbledon 99.*

Und niemand ihrer Anbeter wußte, daß die Gablfrühstück aus St. Pölten kam, der Landeshauptstadt Niederösterreichs, wo man den heiligen Pölten verehrte, den Schutzheiligen aller Polytechniker und Querulanten, der verballhornt übrigens auch in Pötzleinsdorf, Poltawa, Pöltingbrunn und am Pöstlingberg namensstiftend war. Ihre Jugend hatte die Gablfrühstück aber in Oberösterreich verbracht. In einer Gegend, in der es so viel regnet, daß sich die Bevölkerung nur mit trockenem, mit viel Mehl zubereitetem Gebäck zu helfen weiß. Aber auch die Menschen selbst sind dort porös wie Bimsstein. Ja, sogar die Witze, die sie machen, sind so staubtrocken, daß man meint, sie können etwas von der Feuchtigkeit aufsaugen, dem vielen Regen. Der Name des Ortes ist übrigens Fucking, mit u gesprochen – das hat mit dem gleichgeschriebenen auf a betonten englischen Wort nichts zu tun. Wahrscheinlicher ist eine Herleitung von fuchtig, die angeblich auf einen jähzornigen Bauer namens Paul Vetter zurückgeht, dessen Urururenkel wir später als Paolo Grassi begegnen werden. Alles andere würde zu weit führen.

Aber zum Schluß werden sich die entgegengesetzten menschlichen Interessen vernichten. Sie sind doch stinkendster Morast, Schlechtigkeit. Selbst das All ist bloß Verfinsterung, ein Schatten auf der Gudrun-Seele, der wir nun kurz ins Tagebuch reinsehen. Was hätte Ponstigl-Ribisl für diese Möglichkeit gegeben, aber der konnte das vorläufig noch nicht.

Es war Abend. Gudrun lag im Bett. Die Filzkügelchen des Flanellpyjamas auf ihrer Haut. Sie brodelte, zitterte, lag ganz ruhig da. Bewegungslos. Dachte, daß sie sterben müsse.

So zerlaufen war sie, unverstaut. Mit Gedanken alles Fleisch zersetzt, mit Tränen aufgeweicht, mit Traurigkeit. Sie hätte gerne gegen eine Wand getreten, gerne Zähne ausgeschlagen, durchgebrannt in ein Gesicht, die Schmerzen weitergegeben, nicht für sich behalten, Rache gerufen und wem in die Eier getreten, wollte sie sich revanchieren für das Weiche im Gesäß, das Ziehen da zwischen ihren Schenkeln, das Nicht-sitzen-Können, denken nicht, immer nur daran. Sie kratzte sich, rieb wund die Haut, auch das Papier, ritzte die Spitze ihrer Füllfeder, drückte sie nieder, daß ein dicker blauer Streifen runde Tinten-Kurven voller Maschen schwang, heute etwas krüppelhaft und hager:

Liebes Tagebuch. Ich bin, du kennst mich ja. Jetzt stell dir vor. Ich gehe, bin alleine, umhaucht von warmer Luft. Plötzlich ist die Atmosphäre angerückt, schwer und drückend, wie sie hängt. Ich allein, keine Menschenseele weit und breit. Es ist vollkommen still. Kein Lüftchen regt sich. Feucht ist es und heiß. Die Hitze kriecht mir durch die Kleider, das Hemd, die Hose. Wie Tausende von Ameisen fühlt sich das an. Ein Schauer läuft mir über ins Genick, die Wirbelsäule runter. Gleich darauf schwitze ich noch wie verrückt. Der Schweiß tropft aus meinen Haaren, rinnt mir über den Hals, als würde ich glaciert. Die nasse Bluse klebt an meinem Körper. Ich glaube zu müssen. Eine Haarsträhne verklebt mir das Gesicht. Ich hebe die Hand, sie zurückzustreichen. Da. Etwas ist da, ist hinter mir. Was? Ich dreh mich um, sehe nichts. Aber der Nacken spürt es. Die Haarsträhne spürt es. Der Blick. Ich spüre den Blick. Das Herz, es rast. Das Blut, es pocht. Wo will es hin? Mir aus dem Fleisch heraus. Meine Knie, sie zittern. Stoßweise mein Atem, Schmerzen in der Brust. Meine Augen aber sehen nichts, noch immer nicht, untersuchen jeden Gegenstand. Da. Da ist etwas. Etwas lauert da. Lauert im Unterholz. Ich fühle es, fühle es in mir, tief drinnen. Ahnungen. Ängste steigen auf. Schreie wollen mir heraus, doch ich beherrsche mich. Da ist ja nichts. Du, sage ich mir selbst, du machst dich lächerlich. Doch weg. Schnell weg. Weg muß ich von hier. Ich setze an, doch schwer wie Blei, als hätte man mir Quecksilber in die Beine geleert, wollen sie mich nicht tragen, faule Trümmer, unbeweglich sind sie, taub. Mit Mühe nur. Einen Fuß, den anderen davorgestellt. Fast eingeknickt. Es schmerzt. Stell dir vor. Denk dir, du bist ich. Das Blut, es kommt, läuft ein. Rennen. Schneller rennen. Noch schneller rennen. Den Augen schnell davon. Ich zittere, spüre die Angst, die angefachte. Es bläst etwas hinein und lodert auf. Es brennt. Ergreift Besitz von mir. Ich denke nicht mehr, fühle nicht mehr, tue nicht mehr, sehe nicht mehr, bin nicht mehr, bin nur noch Angst und nichts als Angst. Nur Angst allein. Die Luft ist plötzlich dünn, so dünn, daß ich keuche. Meine Lungen bersten, ihre Flügel stieben auseinander. Zu welchem Ziel? Ich keuche wie verrückt. Weiß nicht, warum, weiß nicht, wohin. Weshalb? Es folgt etwas, kommt nahe, näher. Es. Da rauscht das Blut schon in die Ohren, deckt das übrige, ja deckt es zu. Etwas Schwarzes schiebt sich vor die Augen, eine Luke, eine dunkle. Wie wenn in einem Diabetrachter, beim Wechseln ein Bild steckenbleibt. Nur umgekehrt. Schwarz wird mir. Schwarz. Da muß ich hingefallen sein, liebes Tagebuch. Ich halte mich wo an. An Schmerzen. Die zerreißen etwas, dringen in die Eingeweide. Tun weh. Das einzige Gefühl. Schrecklichkeit. Ich schnappe nach. Will Luft. Kein Ton entweicht, kein Tönchen. Nur feste Arme, liebes Tagebuch. Ich schlage, kratze, trete. Mit aller Kraft. Will mich befreien. Nur Gesten, der Fremde zu begegnen. Fremder Atem rundherum, Alkoholgeruch, Männerschweiß und kalter Rauch. Ekelhaft. Denk dir, du bist ich, der ganze Ekel hüllt dich ein. Das Gesicht an meiner Schulter, Bart kratzt meine Haut, alles verschwitzt. Es tropft. Es stinkt. Es klammert sich. Reißt mir die Jacke auf. Die Bluse, hält mich fest. Preßt sich an mich, fällt ein in meinen Nacken, meinen Rücken, meinen Namen, feucht. Ja, eine Zungenmaus läuft über meinen Hals, pfui, widerlich.

Will pelzig meinen Mund erreichen. Ich drehe mich. Drehe mich weg. Denk dir, du bist ich. Klebrige Spur von seinem Speichel, meinen Tränen. Salziges Wasser ergießt sich über mein Gesicht. Ich bin verloren. Aus. Sprich nur ein Wort, und meine Seele ist gesund, aber du bist nicht würdig, daß du einkehrst in mein Haus, bitte, bist du nicht, du dehnst die Zeit. Die längste meines Lebens. Es packt mich an den Haaren, schlägt mir ins Gesicht. Es schnalzt. Meine Wangen, liebes Tagebuch, glühen von den Ohrfeigen. Ein entsetzlicher Schmerz in meinem Kopf. Ich stürze, schlage auf. Ein dumpfer Schmerz. Die Hose reißt. Ein Loch, es klafft. Eine warme Flüssigkeit sickert aus den Haaren, wird Boden, Staub, klebrige Masse, Grind. Kommt aus meiner Nase. Etwas Weiches sticht mir ins Gesicht. Ein Büschel Haare, dunkel wie die meinen. Er, das ist das nächste Dia. Er bei mir. Zerfetzt die Bluse. Mich. Seine Hände. Gleiten über meinen Rücken. Pressen. Seine Schenkel zwischen meine. Verzweiflung. Ich schlage ihm Verzweiflung ins Gesicht. Zerre seine Haare. Bin zu schwach. Er klammert sich. Leckt mein Gesicht. Sein Geruch. Nach Schweiß. Nach Alkohol. Fast übergebe ich mich. Ekelhaft. Ich wimmere, wimmere ekelhaft. Pfui Teufel. Schmerzen ziehen ein. Ungeheure Schmerzen, Tagebuch. Du hast leicht lachen. Ein Singen da in meinen Ohren, es sackt aus, und ich zusammen. Fliesen unter mir. Seine Finger, nächstes Dia, gehen auf Entdeckungsreise, graben sich ins Fleisch, klammern sich fest. Er röchelt. Röchelt Speichel überall. Liegt ungeheuer schwer, komplett auf mir. Ich schlage Luft, ja kratze Luft, beiße Luft. So schwer, kein Atem mehr. Entschlossen ist sein Griff, dreht mir den Arm, dem Rücken zu dreht er ihn ein. Und ohne Chance ich. Es knackst. Gelenke bersten, und er wippt dazu. Verschlimmerung. Springt plötzlich auf, tritt zu und schlägt. Und Schmerz. Kein Und. Ich krümme mich. Ich winde mich, bis Staub in Mund und Augen ist. Weine, blute, wimmere. Setzt er erneut mir zu, sich rauf, mein liebes Tagebuch.

Rauht mich auf. Streicht rissig, rauhe Hände mir über die Brust. Ich zweifle, ver, verzweifle. Suche nach Gedanken, nach einem Zufluchtsort im Denken, einem Schlupfwinkel im Kopf, aber dort sind alle Türen zu, alle Ausgänge versperrt, mit großen Projektionen überladen, schweren Bildern, die sich decken. Ekel schüttelt mich. Hastiger. Der leere Blick, das lasche Kinn. Das ist doch bloß ein Traum. Ein Traum. Ich presse, liebes Tagebuch, presse die Oberschenkel fest zusammen, doch ich erwache nicht, im Gegenteil, seine Hand, sie schiebt sich rein und spreizt. Halb über und halb durch. In die Unterhose mußdassein. In krauses Haar. Halb über und halb durch. Entsetzen. Immer weiter, weiter vor. Die Hand. Den Klingelpunkt, das Feingeschliffene von Haut. Meinen Popo. Ich bäume mich, nein, heule alles Feuchte aus dem Hals. Trockenheit. Halb über und halb durch. Das Schwein stöhnt laut, schlägt Fingernägel ein, in mich, und schleckt sie ab. Befeuchtet Wände, ächzt. Sein Leib hinein, so viel. Ein stechender Geruch von Männerklo. Bwuhää. Ich krampfe, es tut weh. Er zittert, grunzt wie ein Tier. Wenn nur andere Gedanken kämen. Vor und zurück. Dia für Dia. Ein ganzer Film. Es baumelt. Stemmt sich in die Höhe. Das pochende Herz steckt mir im Hals. Ganz langsam reibt er jetzt, langsam, tief, und ich vergesse mich, falle wo hinein, der fremde Gegenstand, das andere in mir. Da ist der Atem wieder da und stinkt mir Brechreiz ins Gesicht. Er knetet meine Brust, beißt mir die Schulter wund, mußdassein, martert mich mit Stößen. Packt. Reißt was auseinander. Mich. Mein liebes Tagebuch. Hält an und brunft. Stößt auf, es abelt, bosselt. Lauter unbekannte Wörter. Ich fühle sie in mir. Wie finster es nun ist, und wie alleine ich jetzt bin. Ich will sofort, sofort mich waschen. Das heraus. Das Fleckige aus mir. Und seinen Atem weg, sein Stöhnen, sein Gesicht. Alles, was er dagelassen hat. Ich breche. Schlage mit dem Kopf gegen den Boden. Alles rauszuhämmern, alles raus aus mir.

Und während ich dir das, mein liebes Tagebuch, in deine Seiten schreibe, fliegt ein pelziger Nachtfalter um meine Nachttischlampe, setzt sich zu mir, ins Weiße deiner Seiten. Lange Fühler hat er, massiv ist er gebaut. Mir ist, als sähe er mich an. Da denke ich zurück, klatsche dich zusammen, erschlage ihn mit dir. Ein dunkler Fleck. Staub von seinen Flügeln. Seine Leiche, die Füße weggestreckt. Sieht schrecklich aus, zuckt noch ein wenig, doch das läßt mich kalt. Fast lache ich. So viel mein liebes Tagebuch, für heute. Deine Gudrun, der es reicht.

6

Das Jawort

Liebe? Plötzlich hast du für alles Platz. Die schönsten und ungeheuerlichsten Momente durchdringen dich, leuchten dich aus. Liebe? überlegte Anna Wurznbacher. Was ist das schon? Ihr Herz pochte so laut, daß sie sich selbst nicht mehr verstand. Liebe? Ein Meer von Grashalmen, das im Wind wiegt, man darin versinkt. Liebe? Die diversen Augenblicke summieren sich auf eine unerklärliche Weise. Plötzlich wird alles tief und eins, voller Zusammenhang. Wer sich verliebt, hört auf zu denken. Die Mayonnaisesonne schmiert ihn ein und macht ihn glitschig, ganz verblendet. Träge. Sein Wille zerfließt im Sumpf der Liebe und ertrinkt. Wer sich verliebt, sollte am besten gleich aufgehängt werden. Das Herz müßte ihm herausgerissen werden. Liebe? Legitimierter Wahnsinn und sonst nichts. Was sind denn schon unsere kleinen Gefühle im Vergleich zu den großen Kreisläufen der Natur? Was kommt dabei heraus? Nur Unfug. Nichts Gescheites. Schiffbruch auf allen Seiten, Eifersucht, Geschrei. Mit kleinen Klapsen trieb Frau Wurznbacher ihre Kinder an, das hat man dann davon, den fleißigen Lorenz, diesen

Streber, Franzl mit dem tranigtrüben Blick und Pepi mit dem Speichel-Mündchen. Alle drei taumelten schlaftrunken die Straße rauf, das Stiegenhaus, die Teufel im Geländer, kleine Schritte, die sie Richtung Pyjama setzten, mit Schlaf sich zu bedecken, einem Maulvoll Paradies. Kalt war ihnen. Eine Gänsehaut hatte sich auf ihren Knochen aufgespannt, als würde sie von Tausenden kleiner Schnüre in alle Richtungen gezogen. Sie hauchten nur noch, sagten leise *Gute Nacht*.

– Wo ist denn Papa?

– Nicht da. Vermutlich, dachte Anna, sitzt er wo und säuft. Weiß der Teufel, wo er ist. Ihr Herz, es schlug. Den Rolandzettel noch immer in der Hand, schweißnaß. Sie hatte ihn sich aufgehoben, einen schönen Moment dafür gespart. Machte es sich eigens, die Kinder schon im Schlafe wissend, auf der Couch bequem. Jetzt nahm sie sich ein Herz. Führte sich die Hand mitsamt dem Zettel nahe vors Gesicht, blinzelte, so daß sie noch nichts sehen konnte. Roch daran. Rolandgeruch. Herzte ihn. Ließ die andere Hand darübertasten. Rolandschrift. Sah kurz hin, gleich wieder weg. Was da wohl stand. Was wird schon stehen? Name und Adresse halt. Herzlos wie immer. Was denn sonst? Mit allem wollte sie rechnen, um nicht enttäuscht zu werden. Die Erwartung war der empfindlichste Teil ihres Körpers. Eine Art von Wunder. Sie schnaubte grobe Klumpen, ihre Glieder zitterten, starken Harndrang spürte sie, hellwach. Da sah sie hin: Roland Leander Fleck, freischaffender Architekt, Rosenpfortenweg. Das war in schwergewichtigen Antiqua-Buchstaben gesetzt. Hoffentlich sehen seine Gebäude nicht so aus. Und auf der Rückseite war in das dicke, faserige, vanillepuddingfarbene Papier etwas geritzt, eine kleine, schuldbewußte Schrift: *Komme gleich, noch heute, wenn dus schaffst. Ich halte es ohne dich nicht aus. Brauche deine Gegenwart.* Anna jubelte das Herz, es sprang. Tränenflüssigkeit sammelte sich in den Ecken ihrer Augen, die Blutgefäße berauschten sich mit Rot, sie war furniert mit Freudensprung, ein Astloch Glück. So drehte sie am Radio, Tango wurde rausfaschiert. Vencido, con el alma amargada, sin esperanzas, saciado de la vida, solloza de la vida, solloza en su bulin el pobre payador sin hallar un consuelo a su dolor. Colgada de un clavo, la guitarra en un rincón, la tiene abandonada de sus amigos, ya no le importa nada. Tirado en la catrera no hace mas que llorar.* Kleine Tanzschritte drehte sie dazu, suchte sich eine Flasche Wein, zündete sich eine Zigarette an und war von ihrem Schicksal so begünstigt, so gerührt, daß sie fast ihr Glas ausschüttete, sich in die Zunge biß, um nicht laut loszuschreien vor Glück. Kringel stieß sie in die Luft. Es stank nach Glück, nach der Aufschrift: Ihr, die ihr in diesen Zustand tretet, seid befreit. Die Luft war dünn, das Meer der Liebe brandend unnachgiebig, ohne Ende und unglaublich schön.

Über der Eingangstür ins Schluckloch hing ein rustikales Eichenbrett, folgenden Spruch in die Stirn gebrannt: Ihr, die ihr in diesen Zustand tretet, laßt alle Hoffnung fahren. Das hing da schon zu einer Zeit, als Wien noch nicht derart verschandelt war, wie es uns heute ist. Aber das Verschandelte seiner Stadt hatte schon der alte Wirt beklagt, wie auch sein Großvater 100 Jahre zuvor, als Wien noch ein Weinberg war. Vermutlich baute vor Tausenden von Jahren einer eine Brücke über die Wien, und schon der erste, dem er sie zeigte, beklagte sich über diese Scheußlichkeit. So ging es weiter bis zum heutigen Tag. Nichts ist ihnen recht, den Wienern.

* Niedergeschlagen, mit der Seele verwelkt, ohne Hoffnung, satt vom Leben, weinend vom Leben, weinend in seinem Kämmerchen der arme Sänger, ohne Trost für seinen Schmerz zu finden. Auf einem Nagel hängend, die Guitarre in einem Eck, von seinen Freunden verlassen, ist ihm alles egal. Liegend auf seiner Falle, tut er nichts mehr als weinen.

Ihr, die ihr in diesen Zustand tretet, laßt alle Hoffnung fahren.

Der Vater saß mit Baruch Weinzwang an der Bar, trank Bier. In seine Gedanken eingesunken, kritzelte er an einem Bierdeckel herum, und war sogar bereit, seine heißen Wünsche nach dem Feuer, dem ihn verbrennenden Frauengesicht, mit Vorträgen über Philosophie, Gott, den Begriff des Ich und ähnlichem abzukühlen. Doch es nützte nichts. Noch immer glühte in ihm das Verlangen. Dabei wußte er ja selbst am besten, wie teuflisch schnell aus jungen, knackigen Dingern, denen man alles versprechen und zu Füßen legen möchte, verbrauchte, ausrangierte Schachteln werden, auf dem Weg, hoffnungslos zu verfallen – wie in den Regen gekommene Kartonagen. Oft reichten schon zwei, drei Sommer, die Verschachtelungen auszupacken, aus jungen Himmelsbräuten verwachsene, fettgepölsterte Verpackungen zu machen. Wer also sagte, daß die Photographierte noch sie selber war? Immer noch Laura Cornetti hieß? Sie dehnen sich, weiten sich aus und werden so wie faules Obst, beinahe ungenießbar. Vielleicht, weil ihnen das selber nicht geheuer ist, in jedem Fall aber, um weiterhin respektiert zu werden, beschäftigen sich die meisten dann mit Hexerei, um ihren Männern mit bösen Flüchen drohen zu können. Die Kochkunst übrigens ist eine säkularisierte Form davon.

Während er diese Pakete öffnete, hatte er gedankenverloren einem grimassenschneidenden jungen Burschen zugesehen, der ihn nun mehr und mehr von der Photographierten und den Schachteln distanzierte.

– Siehst du den dort. Eine Frechheit, fiel es auch Weinzwang auf.

– An was für Kerlchen schon was ausgeschenkt wird, der ist doch viel zu jung.

Hugo Wurznbacher fand es merkwürdig, daß zwei Menschen an das gleiche denken konnten und auch noch im selben Moment davon zu sprechen anfingen. Aber wer weiß, was noch alles möglich wäre, wenn er erst seine Kräfte wiedererlangte – mit Hilfe dieser Frau. Dann gnade Gott.

Zdenko Faulhaber, so hieß der Bursche, sah Weinzwang blöde an, verdrehte seine Augen, kratzte sich unter der Achsel, schrie *Uhhhuu* und begann zu zucken.

– Der ist ja deppert, brannte aus dem Vater etwas raus.

– Der bringt uns um. Das Würstel, schlugen Weinzwangs Glieder aus.

Mittlerweile hatte Faulhaber begonnen, sie mit Bierdekkeln zu bewerfen, mit einem schweren Kerzenhalter zu bedrohen. Eine böse Fratze. Tintenfisch.

– Zdenkerl, brav. Beruhig dich, oder ich schmeiß dich raus. Das war der Kellner, der ihn kannte und der wußte, daß er bloß für die Musterung übte. Tatsächlich war der Schlosserlehrling sofort still. Setzte sich, und hatte nur noch einen schrägen Blick parat.

– Huhhuu. Arschlöcher.

Stille. Ein kurzer Augenblick, als wären alle ausgetreten, alle Gäste in einen leeren Augenblick gesperrt. Man hörte nichts. Das dauerte. Langsam erst kamen sie zurück, begannen der Reihe nach zu reden. Ferdinand Ferk war zu hören:

– Ich weiß gar nicht, was sie machen. Sie arbeiten hauptsächlich nachts, haben gerne Reizwäsche an und empfangen vorwiegend Männerbesuche. Ob sie so was wie Seelsorgerinnen sind? Jedenfalls haben sie die schönsten Namen auf der Welt. Bettina und Martina, und hübsch sind sie, fast schon ordinär. Ich finde sie ganz –.

Da betraten die beiden Brüder Quasimodo Leopold und Giselher Attila das Schluckloch, beide sahen sie ihren Schwager nicht. Gott sei Dank, seufzte Wurznbacher, die wären mir gerade noch abgegangen, mit ihren spinnerten Ideen. Beide hatten bloß noch einen schwarzen Haarkranz auf dem Kopf, der eine spiegelglatte Glatze offenbarte. Buschige Brauen, eine lange, von der Seite ungewöhnlich runde

Mandarinen-Nase, Hosenträger, Bergsteigerhemden, sahen sie insgesamt aus wie eine Mischung aus Clown und Profikiller. Nur eigenartig, daß das Annas Brüder waren. Hoffentlich, dachte Wurznbacher, sehen sie nicht die Sprüche im Pissoir, erkennen nicht die Nummer unter der den finanzkräftigen Gliedern angebotenen Frau. Das wäre peinlich.

– Weißt du, zitterten nun wieder die Weinzwang-Arme los, daß ich häufig schlechte Träume habe.

– Und?

– Ich weiß nicht, ich meine, ist das unser Sinn von Leben? Dildos herzustellen?

– Wieso? Hugo Wurznbacher war, als würden Weinzwangs Sätze nur in weiter Ferne klingen, als würde er sie in der Nähe gar nicht hören.

Dieser Weinzwang war ein weiblicher Kerl, etwas zitterte an ihm, etwas Unruhiges machte sich breit. An einen Hermaphroditen erinnerte er, an etwas Unentschiedenes, einen Pudel. Wurznbacher dachte an die Frau auf dem Photo. Laura Cornetti. Römerin. Wohnhaft in der Via Montecuculi. Wie schwer es gewesen war, dem Florian Ziegelböck die Adresse rauszulocken, mit welcher Geschichte er ihn ködern mußte. Und dann das. Rom? Als ob er einfach so nach Rom könnte. Und wer wußte, was sie für eine war? Cornetti, Croissants, Medialunas, Kipferln zu deutsch, aus Freude über die siegreichen Türkenkriege eingeführt. Wahrscheinlich waren ihre Ahnen Bäcker.

– Ich träume dann, blies Weinzwang seinen Kaugummi auf, von Schergen, Folterknechten, einem Richter, der mich ohrfeigt, mich auffordert zu gestehen.

– Was? Mich einfach in den Zug setzen? Einfach so nach Rom fahren? In die Via Montecuculi gehen? Bei Cornetti läuten? Was?

– Der Scharfrichter zeigt mir seine Zangen, die er, phantasierte Weinzwang, glühend macht und ins Fleisch mir zwikken wird. Ich zittere. Einer seiner Knechte rasiert mir inzwischen alle Haare, damit kein böser Geist sich drin verfängt, dann muß ich in das Peinkleid steigen. Ich bebe, höre Geistliche, die beten, bin ein Zitterrochen schon vor Angst. Der Richter ermahnt mich zu gestehen. Gibs zu. Ich weiß nicht, was. Mir schwinden die Sinne.

Es ist typisch für Weinzwang, daß, wenn er einmal den Mund aufmacht, ein ganzer Redeschwall aus ihm herauszustürzen scheint, der ihn selbst und alles andere zu überfluten trachtet und insgesamt den Eindruck macht, als wäre seine Lippe zu einer gigantischen Blase angeschwollen, die jemand aufgestochen hat und die sich nun ergießt:

– Auf eine Folterbank werde ich geschraubt. Von allen Seiten werden Schreckensschreie auf mich losgelassen, dunkel ist es, moderig und feucht. Neben der speckig ausgerundeten Wurstfratze des Richters sitzt eine Ratte, quiekt. Der Folterknecht legt dann die Daumenschrauben an. Jetzt muß ich gestehen, flüstert Weinzwang.

Wurznbacher scheint das alles fern zu sein, und doch rückt es ihm näher wie eine Ahnung, ein längst verlorengegangener Teil, als wäre ihm in einem früheren Leben ähnliches passiert. Als wäre die Art, wie er von Ziegelböck den Namen Laura Cornetti in Erfahrung gebracht hatte, gleich gewesen.

– Ich gestehe alles, führte Weinzwang weiter aus. Doch man glaubt mir nicht, nichts fällt mir ein. Zugestöpselt meine Kehle. Es folgt dann Schlag auf Schlag. Man zieht die Daumenschrauben an, klopft, um den Schmerz zu steigern, mit einem Hammer auf die Platte. Stricke werden um meine Gelenke gewickelt, hin- und hergezogen, daß sie mir das Fleisch durchsägen. Das schmerzt. Ganz ungeheuerlich. Die spanischen Stiefel werden angelegt, auf Schienbein und Waden gepreßt und zugezogen. *Via Montecuculi.* Zur Verschärfung werden noch Holzkeile zwischen die Beine getrieben, Fleischstreifen aus dem Rücken geschnitten, gesalzen. Ich gestehe alles. Bin verloren.

Wurznbacher will ihn unterbrechen, einen Stöpsel in den Schwall treiben. Cornetti reicht. Mehr will er gar nicht wissen. Aber Weinzwang nimmt ihm freundschaftlich den Stöpsel aus der Hand, legt ihn beiseite in die Zeit. Ihm ist, als hätte er das nicht geträumt, sondern als wäre es ihm tatsächlich widerfahren – mit Hugo Wurznbacher als Folterknecht.

– Es folgt der nächste Schritt, die ziemlich peinliche Befragung. Ich zittere. Man packt mich, zieht mich an die Decke hoch, beschwert die Beine, 30 Kilo links, 30 Kilo rechts. Die Arme sind schon aus den Gelenken gesprungen. Nur die Knorpel halten noch, die Fasern. Der Schmerz steigert die seelische Tätigkeit ins Unermeßliche, kippt, so daß ich jodle, Engel sehe, Transzendenz. Jedes Leid schmilzt zur weißen Wonne einer Daseinsgloriole. Alle Schmerzen sind ein Niemand, eine Lichtung, sägen nieder, geben frei. Schmerzen sind ein falsches Dafürhalten, ein verfehlender Vergleich. Türkischer Honig. Namen gehen mir durch den Kopf. Namen, die ich noch nie gehört habe. Adrian Zwack und sein Diener Paolo Grassi. Roberto Benvenuti, ein junger Bursche, den jemand vom Moped reißt. Jemand betet Stiegen rauf. Dann seh ich eine Frau, die auf einem Kübel steht, Kußhände in die Menge wirft, vom Himbeerdenken träumt – man nennt sie Bussi-Bussi-Frau. Zehn Tage seh ich, denen Enrico Santopadre hinterher ist, zwei Sanitäter namens Toselli und Fuentes. Ich kann nicht sagen, wo sie herkommen, was sie von mir wollen. Ich schwitze, bin kaputt, ein Krüppel, werde nie mehr so wie früher sein. Begreife es noch nicht. Man läßt mir Zeit, die Folterer lassen mich hängen, gehen essen.

– Du liest zuviel in deinen Mittelalterbüchern. Du spinnst dir da etwas zusammen. Schau mich an, Wurznbacher glühte innerlich, ein delikates Rot kroch in seine Backen, ich hab mir vom Feisten Fridolin eine lebensgroße Aufblaspuppe geben lassen. Die macht mir Spaß. Ein Feuerchen flackerte in seinen Augen. Ich stelle mir dann vor, daß sie Laura Cornetti ist. Und dann wird sichs zeigen. Denke mir, daß ich in Rom schon bin. In Rom, verstehst du das. Wurznbacher sah seinem Kollegen fest in die Augen, worauf es diesen riß, als hätte er einen elektrischen Schlag bekommen.

In genau demselben Moment fiel, eben als Roland L. Fleck, Otto und Ambros Semmelrath davorstanden, eine an der Außenmauer des Schlucklochs angebrachte Gedenktafel zu Boden und barst in zehn Teile oder mehr. Ambros kannte ihre Inschrift auswendig: »Hier hat am 28. 1. 1889 Josef Bratfisch, Volksliedsänger, Kunstpfeifer und Leibfiaker von Kronprinz Rudolf, sein letztes Frühstück vor der Mayerling-Tragödie eingenommen. Hätten ihm die Palatschinken, der Käse und der Speck nicht so geschmeckt, wer weiß, die Geschichte Österreichs hätte anders ausgesehen.«

Otto und Roland drängten, um nicht mit den Scherben in Verbindung zu stehen, ins Lokal. Ohne Wurznbacher zu sehen, setzte man sich zu den Brüdern Quasimodo Leopold und Giselher Attila, bestellte Bier. Und obwohl ihre Gedärme noch mit dem Leichenschmaus gefüllt waren, hatte man doch schon wieder Appetit. Ambros, der unter Verstopfung litt, wollte irgendwas mit Kraut. Die Brüder neigten mehr zu Gulasch, und Otto dachte seiner Leber zuliebe an ein Kohlgericht. Nur Roland hatte keinen Hunger, bloß ein Bild im Kopf, Geruch an seinem Finger. Anna. Ob er wohl nach Hause sollte? Er rechnete, was niemals seine Stärke war. Eine halbe Stunde da, und eine halbe Stunde dort, dann war sie erst zu Haus, und bis die Kinder schlafen, noch einmal, wer weiß, ob sie dann kommt, und wenn, dann hat er Zeit. Genug.

– Wieso hätte die Geschichte Österreichs sonst anders ausgesehen?

– Schuld ist die Köchin Wladi Salten, setzte Ambros wieder ein. Hätte sie den Leibfiaker nicht mit derartigen Portionen abgefüllt, er hätte die adeligen Freunde Rudolfs verständigen können, die hätten ihn davon abgehalten, seine

Geliebte Mary Vetsera und sich selbst zu erschießen. Der Kronprinz hätte seine revolutionären Ideen durchgesetzt, es wäre zu einer konstitutionellen Monarchie gekommen, einen Ersten Weltkrieg hätte es nie gegeben. Alles sähe anders aus. Österreich, Europa, die ganze Welt.

– Aber die Zeit, bemerkte Quasimodo Leopold, die Zeit. Wir sind nur Gast in ihr.

– Und was, wollte Otto wissen, ist mit dem Aufstand der Massen? Mit der sozialistischen Revolution?

– Und dabei, ließ sich Ambros nicht lange unterbrechen, ist das die offizielle Version.

– Wie sieht die inoffizielle aus?

– Tatsache ist, daß Wladimira Salten noch drei Jahre für Josef Bratfisch kochte, dann, 1892, verstarb der ehemalige Leibfiaker, der seit der Mayerling-Geschichte trübsinnig und still geworden war. Man sagt, er nahm die Wahrheit mit ins Grab.

– Welche Wahrheit?

Während Wurznbacher noch im Gummimund seiner aufblasbaren Liebschaft hing, in Rom, zitterte Weinzwang bereits wieder in seinem Verlies und ließ mit wirrem, fahrigem Blick die verschiedensten Foltermittel seinen Leib entlangspazieren: Rutenstreiche, das Brennen mit Schwefelhölzern, das Absengen noch vorhandener Haare.

– Dann wird mir ein salziger Fischsud eingeflößt, daß ich nach Wasser schreie, gluckste er, der alles mochte, was ihn zittern machte, Gruselromane und Gespensterfilme. Schwefelhölzchen treibt man unter meine Fingernägel, zündet sie an. Ich aber schreie *Wasser, Wasser*, was ich kann. Darauf flößt man mir fünf Liter ein, bis es mich beinah zerreißt. Ich kann meinen Stuhl nun nicht mehr halten, er enteilt, fällt auf eine extra dafür bereitgelegte Folie.

– Aber das ist jetzt wirklich keine Abendunterhaltung mehr, sah Wurznbacher, wie ihm bei diesem Hintergrund das Bild seiner Cornetti mehr und mehr entglitt. Der Ziegelböck. Nein, so war es nicht.

Weinzwang glättete sein wirres Haar:

– Auf einer dafür bereitgelegten Folie wird alles aufgefangen und für den nächsten Delinquenten aufbewahrt. Mir dagegen. Schau einmal, sagt mein Richter, der dir übrigens etwas ähnlich schaut. Da haben wir den Kot von deinem Vorgänger, ein Sterbender wie du. Dann bekomme ich die Mundbirne hineingedrückt, ein spezieller Schraubstock, der, wenn er angezogen ist, mir die Wangen spreizt.

– Und weiter? Wurznbacher hatte nun wieder Gefallen an den Ausführungen gefunden. Zu kitzeln begann es ihn. Im Blut, unter der Haut. Was noch?

– Nichts mehr. Ich gestehe und erwache.

– Was? Du wirst nicht mehr gefoltert, gar nicht hingerichtet?

– Manchmal, aber dann ist es nicht richtig, manchmal treibt man mir noch einen Pfahl durch meinen After, vorsichtig, so daß keine inneren Organe verletzt werden. Im Rücken tritt die Stange wieder aus. Man stellt sie auf und läßt mich daran hängen, bis mir die Vögel, aber das ist nicht richtig, das Herz herausreißen. Manchmal auch liege ich hingestreckt am Boden, und unter die Gelenke hat man spitze Keile eingeschoben, wie Schwellen von der Eisenbahn, bloß spitzer, kleiner. Und dann kommt der Scharfrichter, ein gedrungener, rundlich gebauter Mensch mit kleinen Vogelaugen, einem geronnenen Lachen, das spitze, schiefe Zähne zeigt. Er hat einen stieren Blick und betet viel, wie eine Taube schaut er aus. Die Menge aber, die sich schnell gebildet hat, vergnügt sich mit Gesang und Bier. Auf Papptellern gibt es Currywurst mit Senf. In Scheiben geschnitten, um die aufgebrachte Weiblichkeit nicht in Versuchung zu führen. Heiliger Sebastian, Schutzpatron aller Gemarterten, bitt für uns. Heilige Gwendolin, Schutzpatronin aller Wurstesser, bitt für uns. Der Schmerz ist er selber, er ist der Suchende und das Gesuchte, der Schmerz ist der Vogel und das Nest, das Wesen ist der Schmerz und seine Eigenschaft, sein Adjektiv, sein Verb, sein Substantiv, der Schmerz, der er selber ist, ist er selber, er ist der Flug und das Jagdgefilde, der Jäger und die Beute, das Alpha, Omega, der Schmerz ist er selber, der Erste ist er selber und das Letzte. Und da nimmt der Scharfrichter, breiiges Lächeln im Gesicht, ein großes, an einer Stelle mit einem Zinken beschlagenes Rad und stellt sich damit breitbeinig über mich. Die Menge, von den Würsten und dem Bier schon träge und nach Bewegung lechzend, beginnt nun rhythmisch zu stampfen, zu klatschen, *Opfert ihn* zu schreien, als wären sie wildgewordene, vom kommenden Sturm aufgepeitschte Vögel. Das Erste und das Letzte. Er stößt zu und durchtrennt mir so den Unterschenkel. Der Schmerz ist er selber. Rhythmisch ist das Klatschen. *Opfert ihn, opfert ihn.* Wieder stößt er. Selber ist der Schmerz. Er hat nun nichts mehr zu verlieren. Am Ende hat er mir achtmal die Knochen gebrochen und flicht man mich in sein Rad, dreht meine Gelenke in die Speichen, daß mir alle Glieder ziehen, beißen, ich höre noch die Folterknechte ordinäre Witze reißen, bevor mir die Sinne schwinden, nur noch sporadisch tauchen Fratzen auf, Fetzen guter Stimmung, das Rad wird aufgestellt, vermodern läßt man mich, von Vögeln fressen.

Der Vater hatte währenddessen an einem Dildo herumgespielt und die Konturen, die sein Freund ihm zeichnete, mit buntem Filzstift angefüllt. Da war es wieder, dieses Brausen in ihm drinnen. Diese Hitze. Diese Glut.

– Nichts, stellte er fest, nichts vergißt man so schnell wie Schmerzen.

– Die Wahrheit, sagte Ambros steif, ist folgende. Man hat gerechnet, Statistiken aufgestellt und ist sich also klargeworden, Franz Joseph an der Spitze, Kaiserin Sisi an seiner Seite, daß man den Rudolf-Sohn nicht weiterspinnen lassen darf, unterm Strich nichts übrigbleibt, als ihn zu eliminieren. Sonst wäre die Monarchie nicht mehr zu retten. Kronprinz Rudolf war ihr Preis. Man hat ihn einfach kaltgemacht.

Zahlen waren immer bedauernswert. Nie fanden sie ein Ende. Immer gab es höhere, rundere, primelndere. Zahlen waren arme Schweine. Giselher, der gerade die Bierdeckel im Lokal zählte, stieß auf die Hände seines Schwagers, die klumpig über die Plastikeichel strichen. Sonderbar. Er hatte den Mann seiner Schwester immer als Grenzwert empfunden, wenn nicht gar als negativ, als Brausen irgendwie, instinktiv wandte er sich wieder ab, machte mehrere Bocksprünge in seiner Wahrnehmung und zählte die Herzen im Tapetenmuster, bis er in die Augen seines Bruders blickte: Stumm, verschleiert, distanziert, dabei sinnierend und von kalter, zeitloser Traurigkeit. Quasimodo trippelte unruhig mit seinen Fingern über den Tisch, strich sich über die Glatze, als ob dort etwas wäre, das sich im nicht mehr vorhandenen Haar verfangen hätte. Er war unruhig, als ob es schon Zeit für etwas wäre. Aber Zeit wofür? Beide sahen in ihrem Gegenüber ihre eigene Parodie, angeekelt stachen sie mit Gabeln nach den in ihrem Gulasch schwimmenden Semmelbötchen, die es wie den Bruder aufzuspießen galt, sie, die Semmeln, durchs Gulasch zu schleppen, um eine größtmögliche Menge Saft in den Mund zu bekommen.

– Warum nehmt ihr keinen Löffel? Otto grinste.

– Aber das ist doch keine österreichische Gulascheßkultur, ließ Ambros sofort sein Kraut fallen, um zu einem Großmonolog über die Kunst des Knödel- und Semmelreißens auszuholen. Er war erschüttert, mehr noch, außer sich.

– Wenn ich an meine Jugend zurückdenke, man hätte löffelnde Gulaschesser gelyncht. Und das war auch richtig so. Gulasch löffeln? Otto? Da muß ich mich doch wirklich wundern.

Otto lallte irgend etwas von wegen Spiegelfechterei und

Pseudoeßkultur. Alle lachten, fühlten sich geborgen, gut gelaunt. Bloß Roland war ganz abgeseilt, hatte sich von seinem Körper gelöst, von diesem Wirtshaustisch, seiner Verwandtschaft und sich in Annas Angesicht verstiegen. Er merkte, wie seine an sich leere Hülle damit ausgefüllt war, voll, er nur noch an sie denken konnte, nach Hause wollte, sehen, ob sie käme, schon da war, sie umarmen. Dabei, das wußte er, wird sie nicht kommen können, vielleicht auch gar nicht wollen. Sie wird ihn ebenso alleine lassen, wie ihn dann auch der Schlaf alleine lassen wird. Betteln wird er, daß er zu ihm käme, doch der Schlaf ist unbarmherzig. So wird Roland Leander Fleck seine Matratze wundliegen und sich ins Leintuch schrauben, dann wird er kurz so tun, als wär sie da und würde auf ihm sitzen, ihn in den Schlaf reiten mit peitschenden Sätzen, Imperativ, seinem Namen wird er Ehre machen, aber nützen wird es nichts. An seinen Pappmodellen wird er was verändern, seine Energie benutzen, gleich einen großen Tempel der Liebe ihr hinstellen, mit Rolltreppen, Glasfassaden, Aufzug und allen Schikanen. Herzförmigem Schwimmbecken am Dach, Palmenhaus, Planetarium. Und morgen wird er alles auf den Müll werfen. Zertreten. Brüllen, an Gegenständen seine Wut auslassen.

Da konnte er gleich hierbleiben und seine Verwandtschaft so lange in sich hineintrinken, bis kein Platz mehr war für Anna, ihre Kinder, ihre Schwierigkeiten, die ihn nichts angingen, ihn gar nicht interessierten. Mit der Faust gegen den Tisch hauen. Das Bierglas auf die komischen Brüder werfen, dafür, daß sie so eine Schwester groß werden lassen hatten, die ihn derart in Versuchung führte. Ihn reizte durch ihre Existenz. Seine Wangen glühten wie geschmolzenes Eisen, purpur war sein Kopf, gleich würde er explodieren, aufsteigen, wie eine Rakete durch den Raum zischen. Roland war ein jähzorniger Charakter. Einer, den die Wut alles zusammenkrümmen ließ. Die Finger ballten sich zur Faust. Der Kopf wurde dann gebeugt und an die Brust gelegt, und je nach Krümmfaktor war der ganze Rolandkörper gleich einer Springfeder gespannt, die Wut, den Zorn hinauszukatapultieren. Wie ein billiger Kugelschreiber, kurz bevor er aufgeschraubt wird.

Sonderbar, dachte er für sich. Man sieht an seinem Vater etwas, was man niemals werden will. Ganz anders will man sein. Anders sprechen, anders aussehen, anders sein, nur wie der Vater nicht. Doch am Ende? Am Ende ist man ganz genau wie er. Jähzornig. Vom Krümmfaktor abhängig wie der Zuckerkranke vom Insulin. Genau dieselben Eigenheiten, die gleichen Züge im Gesicht. Sehr sonderbar. So ärgerte er sich vor allem über sich. Projizierte seine Wut auf Anna. Diese Schlampe, die Verführerin. Was ist sie denn? Nur eine, die sich gleich zwischen die Schenkel greifen läßt. Pfui der, die er eben noch geliebt. Was will man auch tun, wenn eine Frau sich wie eine Ertrinkende an einen klammert, gleich geliebt werden will. Ich, ich habe nie geliebt, bin kalt wie ein Insektenforscher. Die Liebe ist mir zu eingenommen von sich.

Da riß ihn ein Zeitungsverkäufer jäh aus seinen Träumen. Roland entkam ein Schrei. *Weg!* Stille. Alle sahen kurz zu ihm. Das war ihm peinlich. Sein Kopf wurde maraschinorot. Oje. Denn eigentlich war Roland eine Wetterfahne, einer, der mit Schneckenhörnern auf dem Kopf herumlief, nur um zu wissen, wo der Wind herwehte. Einer, der sich nie verplapperte, immer freundlich war, nie eine andere Meinung hatte, über alles reden konnte, sich eine Maske aufsetzte, einen Filter, der die Wut und Spannung seines Krümmfaktors gar nie nach außen dringen ließ. Meist beherrschte er sich, zertrümmerte erst, wenn er zu Hause war, die Einrichtung, hatte Anfälle, drehte durch. Der Inder mit dem Turban verbeugte sich, lächelte und wollte sich verdrücken. Doch Quasimodo Leopold war, um auf der Höhe seiner Zeit zu sein, an der Abendausgabe interessiert, kaufte ihm eine ab und blätterte sie hastig durch.

– Und?

– Und was?

– Ob es was Neues gibt?

– Eine Gasleitung ist explodiert. Die Regierung verabschiedet ein Steuerpaket. Man hat eine neue Methode zur Penis-Vergrößerung entdeckt.

– Schweine!

– Wie hat Rapid gespielt?

– Da, ein Banküberfall.

– Pha.

– Verloren?

– Meiner Meinung nach geht die Zahl der Banküberfälle deutlich zurück. Die Zeit der Ganoven-Helden ist vorbei.

– Auch die Filme. Es werden keine Gangsterfilme mehr gemacht.

– Nur Polizisten.

– Ein mit einer Packung Manner-Schnitten bewaffneter Mann hat heute nachmittag vier Millionen erbeutet.

– Hnnn?

– Der Maskierte hielt der Kassiererin den roten, zum Aufreißen gedachten Staniolstreifen hin und sagte: *Das ganze Geld her, oder das Ding da explodiert.* Die geschockte Bankangestellte, die den strikten Auftrag hatte, bloß kein Risiko einzugehen, überreichte ihm alles Geld, das nur zehn Minuten später von einem Geldtransporter abgeholt worden wäre. Der mit einer Schimütze maskierte Räuber flüchtete auf einem Fahrrad, wobei er sich an alle Regeln der Straßenverkehrsordnung gehalten haben dürfte. Augenzeugen wollen sogar gesehen haben, wie er an einer Stopptafel vorschriftsmäßig anhielt. Der Mann schien Zeit zu haben. Er sperrte die Banktür mit einem Nummernschloß ab, weshalb es zwei Stunden dauerte, bis die Feuerwehr die in der Bank Eingeschlossenen befreien konnte. Die Tatwaffe schenkte er der siebenjährigen Anna Hasentütl, die die Manner-Schnitten aufaß. Die Polizei fahndet nach einem cirka dreißigjährigen Ausländer mit Schimütze der Marke Hands-up. Da die Überwachungskamera zum Zeitpunkt des Überfalls gerade außer Betrieb war, wird vermutet –. Blablabla.

Einer hatte mitgezählt: Giselher Attila, der, wie schon klar sein dürfte, gut mit Zahlen umgehen konnte, wohingegen sprechen ihm Probleme machte. Leider. Aber hätte er mit Wörtern so umzugehen gewußt wie mit Zahlen, er hätte Redner werden müssen, nicht für die Einäscherungen, sondern fürs Parlament. So jedoch konnte er bestenfalls als Kunstrechner Furore machen. Doch leider ist dieser Beruf seit über einem Jahrhundert nicht mehr aktuell. Dieser Giselher Attila hatte also nicht nur die Anzahl der Buchstaben mitgezählt, sondern auch gleich das mengenmäßige Verhältnis zwischen Vokalen und Konsonanten zu den sprechenden Personen ausgerechnet. Mit derart sinnlosem Zeug vertrieb er sich die Zeit. Gut, er stellte nichts Schlimmes an, aber daß er zu den Idioten gezählt werden muß, läßt sich nicht verschweigen.

Die Welt selber ist ein Purzelbaum, ein Fehler und ein Unsinn, ganz pervers, ein Gruselkabinett und eine Folterkammer. Verständnis? Pha! Wenn mich meine Frau betrügen sollte, hatte Wurznbacher noch immer Glut in den Augen und die Folterbeschreibung auf der Zunge, würde es ihr nicht besser ergehen. Er hatte sich die Szenen eingebrannt. Bald soll klar werden, warum. Ein erster Wink war einstweilen der stiere Blick, der wie ein Horn aus ihm wuchs. Ein schmieriges, Unheil verheißendes Lachen.

Dabei huschte der unbeherrschte, ihm angetraute Schatten samt seiner rothaarigen Person in ein Taxi und flüsterte dem Fahrer Rosenpfortenweg. Das war die Liebe, war Paris. Ein Herz sich nehmen, das war das. Ein Herz aus Schokolade. Der Fahrer mit der Fischerkappe und dem Kaugummi. Die abgegriffenen, gerippten Ledersitze, der füllige Geruch nach kräftig-kaltem Zigarettenrauch vermengt mit Rückständen von transpiriertem Kaffee, die einschnürende Nacht, die der Rauch erst beißend machte, die Silberstreifen Mondsahne, das war die Liebe, konnte gar nichts anderes sein. Anna war das, in ihr wurde stark empfunden. Ihre Backen waren heiß, und nicht nur die.

– Ich aber, führte Weinzwang weiter aus, mit meinen zerschundenen Gliedern, meiner abgebrannten, angesengten Haut, den offenen Wunden, dem Fleisch, das man herausgerissen hat, den abgezwickten Hoden, dem zugenähten Schwanz, der Maulbirne im Arsch, dem Kot im Mund, der rausgerissenen Zunge, den gezogenen Nägeln, den abgeschnittenen Ohren und diesem kümmerlichen Rest. Ich aber knie hin und bete, erwarte diesen einen alles erfüllenden Schlag, wofür der Henker lange übt, die Menge grölt, der Pater murmelt, fette Currywürste spritzen durch die Luft, er fliegt, Posaunen flattern nach, das ist mein Kopf, er fliegt, und eine Fontäne schießt aus mir, ich sehe noch, die Augen aufgerissen, sehe noch mich selbst, so ohne Kopf, doch erigiert, und denke Schwein, das zittert. Das viele Sägemehl, alles mit Blut getränkt. Dann wird es dunkel, kalt, ist aus. Allotria.

– Prost, sagte da Hugo Wurznbacher, lachte, trank und ging aufs Klo.

Dort stand schon Roland Leander Fleck vor einer Pissoirmuschel und wartete. Bevor die Feder seines Muts noch aus ihm sprang, ihn in die falsche Richtung hüpfen ließ, ging er doch lieber nach Hause. Er spürte diesen Drang, spürte, er mußte. Dieses Leibziehen. Wußte selbst ja nicht, warum, nur, daß es nicht vernünftig war, sondern ein Trieb. Und dabei weigerte die Blase sich, die Schleusen aufzumachen.

– Na? Kommt nichts?

– Der Teufel weiß, wieso. Zu lange rumgesessen, weggedrückt.

– Du mußt ihn mehr von Frauen, wenn du verstehst, verwöhnen lassen. Ha.

– Keine Angst.

Die beiden kannten sich nur dem Namen nach und von Photos. Aus den Augenwinkeln erkannten sie sich nicht. Wurznbacher fiel bei seinem Reden die Cornetti ein. Vielleicht hatte er ja ihr Gesicht gar nicht recht gesehen. Vielleicht war sie nur ein Schlitz, der nach einer milden Spende schrie.

Roland las, während er auf das Ende der Verhaltung hoffte, den in die Wand geritzten Spruch: Wenn es einmal nicht recht geht, so rät dir ein erfahrner Brunzer, so bete ein, zwei Vaterunser.

In der Zwischenzeit stand Anna vor dem Türschild, der massiven Tür. Typisch Architekten, dachte sie, wohnen luxuriös, aber Zeit, eine adäquate Klingel auszusuchen, haben sie dann nicht. Also drückte sie auf einen abgegriffenen, alten Knopf, worauf ein schriller Laut aufschrie. *Tschiriii.* Sie war nervös. Ihr Herz nur eine tiefgefrorene Faust. Es fiel ihr schwerer, als sie gedacht hatte, sie litt unmenschlich und mußte sich fortwährend selbst ermahnen, damit ihr Herz nicht in die Hose rutschte. Gleich würde das Licht angehen, er angestolpert kommen, die Tür aufmachen, lächeln, wenigstens aus Höflichkeit. Doch dann? Sie wird ihm mit ihrem Gesicht in seine Nähe kommen, wird ihre Lippen so nahe an die seinen führen, daß er nichts mehr sieht. Seine Hand wird sie nehmen, gleich werden sich die Finger finden, wird sie einen Fuß heben, wie die Monroe in diesem Wieheißterdochgleich, wird sie sich fallen lassen, ihn leicht schubsen, damit sie schnell im Schlafzimmer auf einem Teppich landen, keine Zeit verlieren. Und wenn er ihr auch alles, was ihr Herz begehrt, sagt, verspricht, sie aufzunehmen, mit den Kindern, und wenn er immer wieder sagt, daß sie doch bleiben soll, trotz der Verwandtschaft, sie ein Herz und eine Seele, der Wurznschneider, -bacher doch nichts sei für sie, ein herzloser Mensch. Sie jemand braucht, der ihr auch

Liebe gibt. Sie umsorgt, behütet, herzt. Und wenn er ihr verspricht, daß sie ein Kindermädchen haben werden, eine Putzfrau, neue Kleider, wenn er ihr alles das verspricht, dann muß sie trockene Hände haben, einen klaren Kopf und schwere Beine, mit Logik angefüllt, nicht gleich abheben, davonfliegen. Ihr Leben war zwar nie das Optimum gewesen, doch deshalb gleich alles aufs Spiel zu setzen, ihr Herz zu verpflanzen? Nein, sie mußte. Heute zumindest mußte sie zurück nach Hause, schon der Kinder wegen. Nur. Vielleicht, wenn sie gleich morgen in der Früh mit einem Anwalt ihren Mann überrumpeln käme. Vielleicht. Aber trug dann nicht sie die Eheschuld? Nein, sie wußte ja, was der Angestellte der bundesstaatlichen Prothesenwerkstatt alles fabrizierte. Sie hatte sich doch selbst schon so eine Prothese gekauft. So einen Herzschrittmacher für die Fut. Beim Feisten Fridolin, und der hatte lachen müssen und ihr dann, weil sie sonst keine Ruhe gegeben hätte, gleich alles erzählt, den ganzen Fischsalat. Das war doch was. Eine feuchte Sache. Herzhaft. Etwas für die Hand. Wenn das nicht reichte. Roland wird sie fragen. Morgen wird sie Roland Leander fragen. Leander – wie das blumig klingt – viel schöner als Ladislaus Stangl, und Architekt, das ist was anderes als Hausmeister. Ob auch der Roland Kreuzworträtsel löst? Aber? Wo bleibt er denn? Wieso wird es denn nicht hell, und warum kommt er nicht? Wo kann er sein? Ob er kurz noch einmal rausgegangen ist? Warum? Sicher wird er Zigaretten holen. Etwas würde sie warten. Lange nicht. Sonst würde noch das Chaos aus ihr gekrochen kommen und die Ordnung ihr ersticken, den Sinn. Denn war Wurznbacher auch der Teufel selbst, so war er doch etwas, das man berühren konnte. Und war ihre Ehe auch die Hölle, hörte sich dort alles auf, jeder Gedanke, jedes Mitleid, Gnade, alles, war sie doch konstant, stabil, so daß man sich darauf verlassen konnte.

Die Liebe ist langmütig, gütig, Grund. Sie ereifert sich nicht, sie gibt nicht an, bläht sich nicht auf und handelt auch nicht ungehörig, was für ein Wort, sucht ihren Vorteil nicht, läßt sich nicht reizen, nicht zum Zorn, trägt nicht das Böse nach. Sie freut sich übers Unrecht nicht, sondern an der Wahrheit nur. Sie erträgt alles, glaubt alles, hofft alles, hält allem stand. Die Liebe, sie hört niemals auf.

Roland Leander, der ersehnte Liebhaber, immer noch im Schluckloch stehend, wollte sich verabschieden. Wischte seine vom Waschen feuchte Hand an seiner Hose, streckte sie Otto und Ambros hin, den beiden Brüdern Giselher und Leopold. Oder hießen sie jetzt Attila und –. Da hielt ihn der immer noch zeitunglesende Quasimodo fest.

– Hör mal, Roland, was da steht. Das mußt du unbedingt noch hören: In Deutschland lebt ein Mann, der allem so mißtrauisch entgegensieht, daß er alles zweimal macht. Er schreibt alle seine Briefe doppelt, zahlt zwei Pensionen bei zwei verschiedenen Versicherungen. Natürlich hat er auch zwei Frauen und mit jeder zwei Kinder. Stell dir vor, dem ein Haus zu bauen?

– Solange er nicht glaubt, er ist der Mittelpunkt der Welt, auf der Höhe seiner Zeit, ärgerte sich Roland über Quasimodo Leopold. Der hat genauso wie sein Bruder die Begabung, Leute vom Gehen abzuhalten. Ein Hirn wie eine Eieruhr, immer nur zu einem einzigen Gedanken fähig, der ihm dann ewig durch den Kopf rieselt. So lange, bis die Uhr wer wendet. Roland war sich nicht ganz sicher, wer von den beiden Brüdern den größeren Vogel hatte. Und was wollte er mit diesem Verdoppelten? Meinte er sich damit am Ende selbst? Sich und Attila?

– Er hat, steht da, sich alles zweifach angeschafft.

– Ich muß jetzt trotzdem einfach gehen.

– Bleib doch, das Beste kommt ja noch.

– Nein, wirklich, Leopold, ich muß jetzt, servus. Tschau. Und schon schlüpfte er hinaus, als ob er spürte, daß man auf ihn wartete, er sich sehr beeilen mußte. Da lief er wie ein Schiff auf Klippen einer Person in die Arme, die er –.

– Roland Leander Fleck!

– Woher? Natürlich, mein früherer Briefträger. Und Rolands Krümmfaktor war schon sehr beansprucht. Wie geht es Ihnen denn, Herr Körberl?

– Na, da wundern Sie sich?

– Wundern vielleicht nicht. Ich bin nicht so sehr der Typ zum Wundern. Oder haben Sie es schon geschafft? Sind Sie schon Millionär?

Und der kleine Mann überspannte Rolands Bogen, indem er ihm nicht nur von seinem neuen Lottosystem erzählte, sondern auch, daß er immer noch nicht aufs Land versetzt worden sei, wo er doch so gerne Dorfbriefträger wäre. Mit einem Mofa auf die Hügel brausen und bei jedem Wetter Eindruck bei den Hausfrauen schinden, so ein Mofa, meinte Körberl, wenn ich volle Kanne angefahren komme, daß sie pfeifen täten, wenn sie dürften, *Holla* sagen wird die Weiblichkeit. Zugegeben, gerade die Landbevölkerung hat ein geradezu bemerkenswertes Geschick, ihre unappetitlichsten Stellen zu betonen, ihre verwachsenen Zähne in den von der Inzucht aufgetriebenen, verblödeten Gesichtern. Dafür schlimm gefärbtes Haar, Jugendliche, die eineinhalb Modejahrhunderte hinterherhinken, mit ihren Accessoires auch noch auf ihre Herkunft pochen, Hirschhornknöpfe, schwere Perchtenschuhe und so Zeug, das, lieber Fleck, das weiß ich selbst, und trotzdem täte ich halt gerne da herumkutschieren, das ist schon etwas anderes als unsere Kalvarienberggasse, bei jeder zweiten Adresse einen Schnaps, und was für einen, nicht so hingestrecktes Branntweinzeug aus dem Supermarkt, sondern ganz erlesene Brände, daß dir das Gefühl aufsteigt, du hast eine frische Frucht, bis die Säfte –.

– Apropos, war nett, Herr Körberl, lief Roland einfach aus dem Gespräch hinaus. Das war natürlich nicht sehr galant, nicht im vollen Sinn des Wortes gentlemanlike. Aber sogar nachdem er 100 Meter zwischen sich und den Briefträger gebracht hatte, hörte er, wie dieser, der sich scheinbar in der Unterhaltung geborgen fühlte, noch weiter seine Sätze austrug, so als würde sein Empfänger noch immer neben ihm stehen.

Roland sprang in seinen Wagen, der Motor surrte, und er raste. Er drückte aufs Pedal, fuhr, was das Zeug hielt. Hätte man ihn angehalten, wäre er am nächsten Morgen ohne Führerschein in einer Ausnüchterungszelle erwacht. Aber die Liebenden, sie haben Glück. Die Liebenden denken, daß ihnen kein Schicksal was entgegenzustellen hat. Den Liebenden gelingt alles, ist alles vergönnt. Er murmelte: *Die Liebe ist langmütig, gütig, Grund. Sie ereifert sich nicht, sie gibt nicht an, bläht sich nicht auf und handelt nicht ungehörig, was für ein Wort, sucht ihren Vorteil nicht, läßt sich nicht reizen, nicht zum Zorn, trägt nicht das Böse nach. Sie freut sich übers Unrecht nicht, sondern an der Wahrheit nur. Sie erträgt alles, glaubt alles, hofft alles, hält allem stand. Die Liebe, sie hört niemals auf.* Er raste. Strich sich mit der Hand die großen Schweißtropfen von der Stirn, der Glatze. Er spürte, spürte Anna vor der Tür. Ihr langes dunkeloranges Haar, das Weiße ihrer Haut, die Sommersprossenfelder, worin groß die Augen blühten, blau. Oder grün? Augen nahm er nie sonderlich wahr. Er konnte nicht verstehen, was alle daran fanden. Er hing sich immer ins Gebiß, war sehr oralfixiert. Der volle Mund, die feinen Risse ihrer Lippen, das Kindliche an ihrer Nase, und die Zähne, einer an den Ecken war leicht schief. Die unglaublich charmante Art ihres Lachens, kleine Grübchen, die sich da plötzlich offenbarten und ihm sagten: Bau mich ab, baggere mich an, mach mich feucht im Keller. Sie war zart. So zart. Wie Porzellan, ein Wasserglas, so durchsichtig, und rein und unbefleckt, so heilig fast, mariengleich. Eine Kapelle, nein, ein Dom, eine Basilika. Er wollte sie. Wollte sie heute. Immer. Nie mehr hergeben. Nie mehr vermissen. Keinen Abend mehr. Immer neben ihr. Sie hatte die Probe schon bestanden, war sie ihm doch abgegangen. Vermißte er sie schon. Er würde sie zu sich bringen, ihr alles geben. Sie. Er fühlte es, sie war für ihn gemacht, und er für sie. Sein ganzes Bisheriges, es schien unverdünnt, viskosig, träge. Als wäre alles immer nur für sie. Als hätte er alles nur in ihre Richtung hin gebaut. Als wäre sie das Ziel, der Teil, der ihm verlorenging, die Lösung. Die Liebe ist langmütig, gütig, Grund. Sie ereifert sich nicht, sie gibt nicht an, bläht sich nicht auf, und handelt auch nicht ungehörig, was für ein Wort, sucht ihren Vorteil nicht, läßt sich nicht reizen, nicht zum Zorn, trägt nicht das Böse nach. Sie freut sich übers Unrecht nicht, sondern an der Wahrheit nur. Sie erträgt alles, glaubt alles, hofft alles, hält allem stand. Die Liebe, sie hört niemals auf. Die Bremsen quietschten. Er war da, endlich, sprang raus, hechtete zu seiner Wohnung, nahm sie in die Arme, küßte sie, versprach ihr alles, Liebe, immer, nur, sie war nicht da. Es roch nach ihr. Aber er fand keinen Zettel, fand kein Zeichen, nichts. Wo war sie?

Sie hatte lang genug gewartet, war gerade um die Ecke gebogen, als seine Bremsen quietschten. Wollte sich auch umdrehen, nachsehen, ob nicht er es war, und ließ es doch, einer inneren Stimme gehorchend, sein. Sie hatte sich zuvor schon dreimal umgesehen. Jetzt war es genug. Auch Roland, dachte sie, ist ein Hallodri. Leander? Alles Bluff. Auch auf ihn war kein Verlaß. Und überhaupt. Die Liebe? Was für ein Schwindel. Bestimmt ist er zu irgendeiner anderen, schwappte Eifersucht in ihr, überschüttete sie mit Feuchtigkeit, da war sie naß, nein, Tränen waren das, benetzten sie mit Wut, der Bock, am selben Abend noch zu einer anderen, zu einer Hure, einfach so. Aber sie hatte ja kein Recht auf ihn, er ging sie ja nichts an. Illusionen hatte sie sich hingegeben, in ein kleines Paradies sich führen lassen, das sich jetzt als Vorhölle enttarnte. Nun gings zurück. Das Gehen war jetzt gut. Das Gehen ging aus ihr. Beim Gehen ging es weg.

Wäre Roland noch gerannt, er hätte sie eingeholt. Doch glaubte er, sie sei nicht gekommen und er bedeute ihr nichts. Sein Krümmfaktor war zum Unerträglichen gespannt. Er schloß die Wohnung auf und ließ es springen, drosch mit aller Kraft die Türe zu. Dann nahm er Gläser, Teller und warf sie gegen die Wand. Dazu brüllte er *du dumme Sau*. Brüllte das allerentsetzlichste Geheul, als hätte man alle zahnenden Babys der Welt in einen einzigen Raum gesperrt. Mit den Händen schlug er gegen Kästen, trat gegen Stühle, Tische. Alles. Und bestimmt hätte er ein totales Chaos angerichtet, wenn er nicht versehentlich gegen eine Kante getreten wäre, was sehr schmerzte. Er humpelte. Brüllte noch immer. Wie erst würde er geschrien haben, hätte er gewußt, wie knapp sie sich verpaßten.

Das Herz, fast blieb es stehen. Der Mond, eine lautlose Erscheinung, zugleich von monumentaler Langweiligkeit, sah freudlos drein. Die Nacht war kalt und klar, große Bogenlampen leuchteten sie aus. Entfernt erklang der hohe Quietschgesang der Fledermäuse, der sich höhnisch in die Ohren Annas schlug. Katzensagen. Das Leben jedes Menschen, was ist es wert? Gleichviel, nämlich nichts. Früher, als sie jung war. Tanzen wollte sie, Photomodell werden, sie fand sich nämlich schön. Viel Geld verdienen und den Armen helfen. Aber heute? Nichts als Ernüchterung?

Fensterläden gingen auf und zu, Stimmen fielen in die Finsternis, und Lichter von Fernsehapparaten warfen sich auf sie, über sie, ihre Beine, die sie flink in den Asphalt trommelte. Nur schnell. Nach Hause jetzt. Der Bürgersteig war wellig asphaltiert, brüchig, manchmal sogar aufgerissen und mit Holzbrettern bedeckt. Der ganze Weg war eine einzige Baustelle, eine gigantische Operationsnaht, die da in die Stadt gestochen worden war. Und alles, um wieder irgendwelche Kabel zu verlegen. Wie hatte Roland beim Kalabresendorfer geflunkert? Er vermute, daß es irgendwo in der

Stadt ein geheimes Ministerium gab, das für die gerechte Lärmverteilung zuständig sei. Die Stadtbewohner haben, so sagte er, ein Recht auf den Radau. Und auch den Touristen, der durchreisenden Landbevölkerung und den städtetouristischen Schulklassen muß man etwas bieten. Und da gerade die Wiener von Haus aus nicht zum Radau neigen, bedächtig sind, sich jedes Wort fünfmal im Mund umdrehen, bevor sie es auch reden, hatte er gesagt, muß man amtlich etwas nachhelfen, sonst wird man nie für voll genommen, sonst findet der Städteaustausch ohne einen statt, ist man ein Dorf. Und was ist, so Roland, da leichter, als eine gerechte Baustellenverteilung. Alle denken, daß es um irgendwelche Kabel geht, dabei geht es einzig um den Lärm. Er habe das schon oft beobachtet. Gerade er als Architekt müsse mit diesen Lärmbaustellen ständig kämpfen. Wird doch, so Roland, ein Bauvorhaben nicht nach architektonischen Gesichtspunkten beurteilt, sondern einzig nach dem Lärm, den es bewirkt. Der Krach, das ist alles, was hier zählt. Man hätte nie eine U-Bahn gebaut. Der ganze Fortschritt, alles nur wegen dem Lärm. Roland hatte genaue Beobachtungen angestellt. Oft nämlich, wenn sich das Ministerium für anhaltende Lärmbelästigung zu sicher wähnt, werden nur drei Arbeiter hingestellt. Der erste reißt mit einem Preßlufthammer eine Mauer ein. Die anderen zwei bauen sie unter dem Rattern der Mischmaschine wieder auf. Aber nicht, daß man denkt, das Ministerium hat sein Tätigkeitsfeld auf Baustellen beschränkt. Nein, in alle Teile des Lebens ist es eingedrungen, hat sich ausgedehnt, gelärmt. Wie sonst sei zu erklären, daß er, der immer Ruhe wollte, egal wo er auch hinging, mit dem unsinnigsten Lärm konfrontiert würde, den man sich überhaupt vorstellen könne. Und damit meine er nicht die angebliche Bushaltestelle oder die Flugschneise. Er meine die Knopffabrik ein Stockwerk über ihm, in der bis spät in die Nacht hinein Knöpfe gestanzt wurden. Er meine die Karateschule unter ihm, aus der jeden Nachmittag zwanzigstimmige Brunftschreie kamen. Das Aufeinanderschlagen von Holzstöcken, das er anfangs noch für eine defekte elektrische Leitung gehalten hatte, oder das mürbe Geräusch berstender Ziegelsteine. Damit hatte man Roland geplagt. Roland, in den sie verliebt gewesen war.

Aber seither sind beiläufig auch schon wieder Hunderte von Jahren vergangen. Da blieb eine Ratte vor ihr stehen, und Anna, die Ratten zu den abscheulichsten Kreaturen zwischen Himmel und Hölle zählte, wollte in einer bei den Fledermäusen liegenden Stimmlage laut aufschreien, doch zum Glück für die Anwohner und zum Unglück für das erwähnte Ministerium blieb die Luft irgendwo zwischen Brustraum, Hals und Gaumen stecken. Da war die Ratte auch schon wieder weg, nur das Herz raste wie verrückt. Verdammte Viecher. Sie spürte das Knistern unter der Haut, wie es ein Holzscheit spürt, unter dem wer Feuer macht. Heftig atmete sie aus. Die Luft gefror, bildete einen großen Nebelklumpen und warf sich vor sie hin. So kalt war es. Ende September. Die Blätter hingen schon in allen Farben, hie und da roch es nach frischer Feuchtigkeit, nach Moos, nassem Gras und solchem Zeug. Aber nein, es roch ganz anders, ja es stank sogar, daß einem übel werden konnte, und tatsächlich mußte sie sich sehr beherrschen, daß sie sich nicht gleich an einen Baum lehnte und übergab. Dabei war bloß der mütterliche Leichenschmaus in ihr, die Negativ-Plazenta, die zu speien ihr frevelhaft erschien. So preßte sie den Kehlkopf, wenn es auch von unten klopfte, drängte und nach oben strebte, preßte zu, als verhinderte sie sich ein Kind. Und alles wegen diesem scheußlichen Geschöpf, diesem verkrusteten Pelzklumpen auf Krallen, dem scheußlich ordinären Rosaschwanz. So wie der Roland. Warum wollte er denn plötzlich nicht? Warum war er nicht da? Das habe ich doch nicht verdient. Ich, die ich mir vom Leben so viel erwartet habe. War er kastriert, oder war ihm bei der Geburt bloß eine Hode in den Sack gekommen? Nein, schwul war er. Na klar.

Aber weshalb? Der ganze Roland. Buhää. Wie er, wenn ich daran denke, stinkt. Nein?

Jetzt erst kam sie drauf, daß der Brechreiz von wo anders kam, mitten auf der Straße lag, lang und weiß und hingestreckt, aufreizend nackt und platt. Es war die frisch gezogene Mittellinie, mit orangen Hütchen vor den Fahrzeugen beschützt. Das stank so wie ein Vorgeschmack der Hölle. Eine Farbe zum Erwürgen. Anna wechselte die Straße. Sie mußte ohnehin Umwege gehen, um nicht, was ihr zu gefährlich war, ins Rotlichtmilieu zu kommen. Bestand doch der kürzeste Weg zwischen der Rolandwohnung, die natürlich in einem Nobelviertel lag, Rosenpfortenweg, und der ihren, Bolzmanngasse, aus Ausländerstrich, französischem Studentenviertel, Drogenstrich, Kalauerplatz, Schwulenmeile, Kinderstrich, Perversenzeile usw., mußte sie gängig damit rechnen, auch auf umständlichsten Wegen mit Aufforderungen konfrontiert zu sein, die ihr aus Scham mindestens zwei Adern platzen ließen. Heute aber hatte sie sich eine Aura geschaffen, eine zurückweisende Atmosphäre, die alles Entgegenkommende auf die andere Straßenseite weichen ließ. Als wäre ihre Persönlichkeit der Troß eines Staatsbesuches, dem man bloß Platz machen und verdutzt nachblicken konnte.

Zu Hause war ihr Blut in Fahrt, sie schwitzte, keuchte allen schweren Tag aus sich. Warf die Lederjacke hin, schlüpfte aus den schwarzlackierten Schuhen, rollte sich die weißen Strümpfe runter. Da stieg ein Hauch von feuchtem Nylon auf. Am Himmel zuckte ein Wetterleuchten. Ein entferntes Grollen war zu hören.

– Wo warst du denn?

– Wo warst denn du?

– Ich? Mit Weinzwang im Schluckloch, aber darum geht es nicht. Wo du warst, will ich wissen. Der betrunkene Vater sog heftig Züge seiner Zigarette in sich rein. Spuckte sie mit seinen Augen wieder aus, brannte innerlich. Wo du gewesen bist?

– Zigaretten.

– Ein halbe Stunde?

– Teufel, spionierst du mir?

– Wo?!

– Wie ich das Geld einwerfe, höre ich ein Röcheln, sehe, wie da einer liegt. Ein alter Kerl, häßlich, ganz verknittert so wie Packpapier, dunkelhäutig, jammert etwas, eine Sprache, die ich nicht verstehe, Spanisch, wie sich später rausstellt. Was tun? Ich laufe zum nächsten Telephon, warte bis die Rettung kommt. Die sagen, sie können ihn nicht nehmen, weil er ein Ausländer ist, wir müssen ihn ins Spital von den Barmherzigen Brüdern. Also steig ich in ein Taxi. Erbricht er sich, blutet. Wie wir endlich dort sind, stirbt er mit einem Lächeln im Gesicht. In meinen Armen! Na, du kannst dir denken, wie ich mich jetzt fühle. Das letzte, was er sagt, ist *Hasta la vista*. Das da drückt er mir an die Brust.

Anna zeigte ihrem Mann eine Brieftasche, die sie im Treppenhaus gefunden hatte. 200 Schilling waren drin. Ein spanisches Heiligenbildchen mit der Aufschrift: Oración. O Glorioso San Cayetano. Padre de la Providencia, no permitas que en mi casa me falte la subsistencia y de tu liberal mano una limosna te pido en lo temporal y humano. O Glorioso San Cayetano. Providencia, Providencia, Providencia.*

– Und das soll ich dir glauben? Du Schlampe, Nutte. Gib schon zu, du warst bei einem anderem, ich weiß es. Gib es zu, gestehe, dann verzeihe ich dir. Aber die Wahrheit muß ich wissen. Ich schwör, ich tu dir nichts. Die Wahrheit!

* Gebet. O glorreicher heiliger Kajetan, Vater der Fürsorge, lasse nicht zu, daß es am Notwendigsten mir fehlt, und deine Großzügigkeit bitte ich um eine Almose im Zeitlichen und Menschlichen. O glorreicher heiliger Kajetan. Gnade, Gnade, Gnade.

– Der Kubaner war –.

– Die Wahrheit!

– Na schön. Der Onkel Ambros, der Mitglied in einem esoterischen Geheimbund ist, du hast sicher schon einmal den langen Nagel auf seinem linken kleinen Finger gesehen, hat mir angeboten beizutreten. Also hab ich die Kinder heimgebracht, und er hat mir bei sich daheim erklärt, was die alles machen. Macumba und so Zeug. Magische Rituale. Man kann zum Beispiel die Energie, die niemand sieht, so lenken, daß man –.

– Die Wahrheit!

– Meine Schulfreundin, die Einstecher Sabine, du weißt schon, die sämtliche Romane von Knut Hamsun gelesen hat, verheiratet jetzt Bohrer heißt, weil sie einen Rauchfangkehrer genommen hat, die früher meine beste Freundin war, hat mich angerufen, weil sie ihr Mann verlassen will. Ist das nicht schlimm? Die beiden haben gut gepaßt, jetzt schlägt er sie, und sagt, daß sie ihm nichts mehr bedeutet, er nichts mehr für sie empfindet, weil er angeblich draufgekommen ist, daß ihre Ehe keine Fragen mehr enthält. Da war sie so verzweifelt, weil sie ja nicht weiß, was sie jetzt machen soll. Kinder haben sie noch keine, aber sie ist schwanger, hat es ihm aber noch nicht gesagt. Jetzt weiß sie nicht, ob sie es auch behalten soll. Ist das nicht tragisch? Jetzt sitzt sie nur daheim und streicht Textstellen in den Sisibüchern an. Dort wo der Leibfiaker vorkommt, ein gewisser Josef Bratfisch, der nach Sabines Meinung eine besondere Rolle –.

– Und ich sage, du warst bei einem anderen. War es gut? Eine Mauer lief sozusagen mitten durch Hugo Wurznbacher durch, erlaubte ihm nicht, den nüchternen Teil seiner selbst zu betreten. So war er ganz berauscht.

– Was? Da ist nichts gewesen.

– Wenn das so ist, prügle ich die Wahrheit eben aus dir raus. Schon spürte Anna, die in ihrem ganzen Leben noch nicht gezüchtigt worden war, eine dicke Hand in ihr Gesichtchen knallen. Unvorbereitet bot sie es auch noch offen dar. Das war doch die Höhe. Dabei fiel sie um. Fühlte sich gedemütigt, entehrt. Na gut, nur um ihn zu ärgern. Ich war bei einem. Sicher. Da war es wie ein Blitz. Da hat mans. Bewahre! Eine Mauer wie in China. Bevor sie weitersprechen konnte, prügelte der Vater wie ein Verrückter auf sie ein. Sein Gesichtsausdruck war trübe, unversöhnlich, vermengte sich mit einer Stimme aus der Vergangenheit. Ihr seid zur Feier der Hochzeit in die Kirche gekommen, weil ihr mit Gottes Hilfe euren gemeinsamen Lebensweg gehen wollt. Nun will ich eure Liebe segnen. So beginnen wir den Trauungsgottesdienst im Namen des Vaters und des Sohnes und des Heiligen Geistes. Die Fäuste warfen sich auf sie, waren wie losgetreten. Als wäre sie in einen Steinschlag geraten, droschen ihr die runden Klumpen in das Fleisch. Verdammte Mauer. Ist es wirklich notwendig, das Leben so zu verstehen? Barmherziger Gott, höre auf unser Gebet in dieser Stunde, laß die Ehe, die Hugo und Anna heute schließen, nicht nur ein Werk zweier Menschen sein, sondern ein Werk deiner Gnade und ein Bild deiner Liebe. Darum bitten wir durch Christus, unseren Herrn. Wie heißt er? Schlampe. Wer? Wie schmeckt er dir? Wie das? Die vielen Schläge, Schmerzen. Stimmen vermischten sich. Ihre Augen schwollen an, sie sah nicht mehr, fühlte fast, fast nichts mehr. Nur gedämpfte Stöße, Preßlufthämmer, Schlagbohrer, die an ihr passierten. Blut und Speichel. Black und Decker. Schlampe, sprich. In dieser entscheidenden Stunde eures Lebens seid ihr nicht allein. Ihr seid umgeben von Menschen. Menschen, die euch nahestehen. Menschen, die euch lieben, eure Nachbarn. Ihr dürft die Gewißheit haben, daß ihr mit dieser Gemeinde und mit allen Christen in der Gemeinschaft der Kirche verbunden seid. Zugleich sollt ihr wissen, Gott ist bei euch. Er ist der Gott eures Lebens und eurer Liebe. Er heiligt eure Liebe und vereint euch zu einem untrennbaren Lebensbund. Ich bitte euch zuvor, öffentlich zu bekunden, daß ihr zu dieser christlichen Ehe entschlossen seid. Etwas war in ihrem Mund. Geschmack! Geschmack nach Blut, Geschmack nach Schmerz des In-die-Zunge-Beißens, etwas Hartes. Sie spuckte. Hinter ihren heruntergefahrenen Lidern, den verschwollenen Augen, klirrte etwas, der Klang des ausgespuckten Zahns. Rippen wurden ihr gebrochen. Blutergüsse. Und es knackste. All das spielte sich an ihrer Oberfläche ab, sank gleich in die Tiefe. Bist du hierhergekommen, um nach reiflicher Überlegung und aus freiem Entschluß mit deiner Braut Anna den Bund der Ehe zu schließen? Jetzt sag es schon. Wer? Wie schmeckt sein Name? So wie reifes Obst? Willst du deine Frau lieben und achten und ihr die Treue halten alle Tage ihres Lebens? Ich bring dich um. Treuer Gott, du hast mit uns einen unauflöslichen Bund geschlossen. Wir danken dir, daß du uns beistehst. Segne diese Ringe und verbinde die beiden, die sie tragen, in Liebe und Treue. Darum bitten wir, durch Christus, unsern Herrn. Tief ins Fleisch. Das Metall bohrte sich ein. Sie war wie eine Walnuß. Anna. Wie ein Kern, den es zu knacken galt. Hugo. Die vielen Schläge. Sie in sich selbst gesunken. Eingerissen, knotenartig, verkrümmt. Kam denn nichts heraus. Keimte was? Und wenn es eine Seele? Wenn sie sterben sollte. Jetzt in dieser Stunde. Wenn die Öffnung. Wenn er doch die Öffnung fände, ihren Kern schon brechen könnte, sie sich offenbaren, aufgehen, nackt sich gegenübertreten, sein, und zwar gewesen. Aber noch war der Tod wie eine zu kleine Decke, aus der immer wieder ein Körperteil ragte, dem kalt wurde, der auch unter die Decke wollte, sich hineinstahl, und damit andere Stellen enblößte – und weckte. So schließt jetzt vor Gott und vor der Kirche den Bund der Ehe, indem ihr das Jawort sprecht. Im Namen des Vaters und des Sohnes und des Heiligen Geistes. Tränen. Wenn sie nur weinen könnte. Ganz in Rot. Er nahm das Bild von ihrer Trauung, beide lächelnd, 20. April 1989, in einem stabilen Messingrahmen eingefaßt. Wenn du es nicht sagst. Ich laß mich scheiden. Bring dich um. Ich fühle es, ich denke ruhig und flüssig. Böse muß ich sein. Sie aber und alle, die zugegen sind, nehme ich zu Zeugen dieses heiligen Bundes. Was Gott verbunden hat, das darf der Mensch nicht trennen. Und er schlug, als wäre er der Satan selbst, die runden Ecken Messingrahmen in sie rein. Ein eingefaßtes Hochzeitsbild. Ihr in den Kopf. Aufnahme Ziegelböck. Jetzt. Laßt uns beten, Brüder und Schwestern. Eine große Blutlache hatte sich gebildet. Dank sei Gott dem Herrn. Weichzeichner. Denn dein ist das Reich und die Kraft und die Herrlichkeit. In Ewigkeit. Ein Grinsen. Amen.

II

Die Pieta

7

Deluxe Royal

In Nabeln rollt sich der Dreck zusammen, in den Ritzen der Staub, der Menschentalg aus Tausenden Berührungen. Pius ist verklebt. Was gäbe er dafür, damit ihn jemand kratzt.

– Los, weiter, befiehlt der Bruderkuß.

– Genau, fordern die Jesüsser.

– Gemach, gemach, bremst Pius sie. Eine Erzählung bedeutet, Schlingen auszulegen und zu warten. Zu warten, bis die aus dem Ahnungslosen kommenden Personen reinsteigen. Dann muß man zuziehen, achtgeben, daß sich die Gestalten nicht verheddern, Leine geben, laufen lassen, um sie unmerklich, erst nach und nach zusammenzuführen.

– Und? Wie geht es weiter?

Der Morgen gerann zu einem Tag, die Sonne blinzelte über Kanten, ein Mordsradau von Schülern, Geldverdienern sprengte durch Stiegenhäuser, Straßen. Da war es wieder, dieses Brausen, leichtes Zittern. Ein alter Radiowecker verschluckte sich an einer runden Zahl, ging los. Das Grisettenlied löste sich aus der Ruheformation und marschierte in die Welt, das Chaos zu vermehren. Nein, kein Licht, nicht aufstehen, bitte, bissen sich die Lider ineinander, schlug die Hand gegen die Grisetten, wollte sich der ganze Körper nochmals drehen, hinauswinden und weiterschlafen. Nur ein Viertelstündchen. Mehr gar nicht, und wenn dafür die Hölle wartet. *Ja, so sind wir, die Grisetten*, ein Viertelstündchen. Doch es half ja nichts. Die Blase biß sich in ihn rein, ja schrie sogar. Heraus, hopp, hopp. Die Nacht ist aus, der Affe des Todes erschlagen. Ein neuer Tag beginnt, das Leben überhaupt. Und Sixtus Ponstingl-Ribisl mußte sich von seinen quadrierten Träumen lösen, durch die er mit der Primaballerina Kathi Gablfrühstück hickste. Einem neuen Tag mußte der Kommissar entgegengehen, sein bettwarmes Fleisch hinaustragen und Fälle lösen. Die Gmundener gingen ihm durch den Kopf. Ein Drittel plus zwei mal ein Drittel mal drei? Er stieg in seine Kleidung, setzte Kaffee auf, Milch und legte Höhepunkte von Belliniopern auf. Gleichzeitig mit der Ouvertüre landete ein Löffel Kristallzucker am Tisch. Mit Fluchen wischte er es auf.

Ständig werden Mißgeschicke neu geboren, das Leben zu pointieren. Er mußte, war er, während die *Somnambule* durch die Wohnung schmetterte, überzeugt, endlich eine Frau bekommen. So konnte es nicht weitergehen. Dabei war er bloß zu quecksilbrig, zu unentschlossen, feige. Etwas Schwermütiges haftete ihm an. Ein Mensch, sagte er sich, darf nicht so wählerisch sein, sonst kommt er zu nichts. Immer wenn sich mit einer was ergeben hatte, und es ergab sich dauernd irgendwas, konnte er mit seinen Worten sie auf seine Seite ziehen, amüsierte sie sich über seine Witze, lullte er sie ein in einem warmen Sprachteig aus gut gekneteten Worten, packte sie damit am Bauch und ließ sie nicht mehr los, bis sie ganz heiß wurde, nicht mehr papp sagen konnte und bloß noch wartete, daß er sie packte und aufbrach. Sie war dazu bereit.

Alle waren sie dazu bereit, immer. Nur kam es nie soweit. Sobald ihm eine das Mollige ihrer Lippen entgegenfuhr, ihm mit ihrem Atem näher kam, mit ihrer Luft, die zeigte, daß auch sie verdaute, anstatt Eukalyptus und Menthol zu sein, ihre Hände sich den seinen näherten, Finger plötzlich Sprünge, Soda-Risse waren und reine Gesichter sich in große Poren, verkrustetes Make-up auflösten, der Seidenglanz im Haar auf einmal nur noch ein gestammeltes Aufspalten war, ein Fraß, und Zähne in den Mündern wie abgebrannte Kerzen in Geburtstagstorten standen, Augen geschwollen und von verklebten Lidern umstellt, Ringe um den Hals, Rabenfüße, kurz, die ganze Schönheit sich als Mensch entpuppte, sah Sixtus Ponstingl-Ribisl einen Abgrund, fiel hinein, erstaunte, zog sich zurück in sein Quadrat, in sein gestautes Ideal, seine Diagonale.

So vergingen die meisten seiner Tage in Schluderei und Schlendrian. Verpaßte Möglichkeiten überall. Dabei liebte er die Frauen, aber sobald er eine haben konnte, roch sie ihm wie angebrannte Milch, wie eine *Norma*, die wer konvertierte. Dabei hatte er immer wieder Annoncen aufgegeben, Briefe geschrieben, telephoniert und sich getroffen. Und immer wieder ist er sich selbst gegenübergesessen, seinem Niezuvor-habe-ich-etwas-so-Scheußliches-gesehen, und immer wieder hat er sich über seine eigenen Geschichten unterhalten, hat sich aufgerissen, hergegeben, offenbart. Aber zurückbekommen hat er nie etwas, immer sprach er in ein Loch. Nur die Geschichte der Violetta Kittel, die der Reihe nach von ihrem Vater, ihrem Bruder, ihrem Freund vergewaltigt worden war, unter Zwangsvorstellungen litt, aber schließlich als Filmschauspielerin Judith Hopfer bekannt geworden war, wollte ihm eine Weile nicht mehr aus dem Kopf, wiederholte sich fortwährend in ihm. Aber was sollte er damit, er –.

Wieso roch es plötzlich so nach abgebissenen Zehennägeln, nach braunem Schaum und unangenehm Krustigem? War wieder einmal? Er sah den Nutzen nicht. War ihm doch tatsächlich wieder die Milch gegangen. Wie er zu einem großen rechteckigen Ärger anrennen wollte, kochten gleichzeitig Kaffee und Telephon. Die Espressokanne konnte er beiseite stellen, das Läuten nicht. Er litt es.

– Ponstingl-Ribisl. Hallo?!

Es war seine Assistentin Krumpl, die ihn zu einer Leiche rief. Und das auf nüchternen Magen. Zustände sind das! Zustände! Er konnte Leichen nicht vertragen. Erstarrte Lebewesen, die nur westen, starrten, bleich und sprachlos. Und man sah ihnen immer an, daß sie gelebt hatten, gern gelebt hatten, sich wehrten, weigerten, nicht sterben und zurück ins Chaos wollten, weil sie nicht glauben konnten, daß es besser wird, gar angenehm. Im Gegenteil, war Ponstingl-Ribisl überzeugt, das menschliche Leben, so undurchsichtig es auch wirkt, ist zu einer vorübergehenden Ordnung geronnen, zu einer durchschnittlich 70jährigen Stabilität, in der es zwar auch nichts als Schmerzen zu durchleben gilt, aber was sind diese Wehwehchen schon im Vergleich zum Chaos, das uns gleich nach dem Tod zerreißt, all unser Uns zerfetzt, uns runterreibt wie Haut nach einem Sonnenbrand, um uns allen Winkeln und Schlupflöchern der Materie zu offenbaren, sonst, war er sich in seinem Kriminologenhirn sicher, gibt es nichts. Keinen Gott, keine Gerechtigkeit. Kein Lob und keinen Tadel. Der Tod ist eine Pointe, die sich trifft und fügt. Alles ist einmal etwas gewesen, das dann Nichts geworden ist. Unquadrat.

Ponstingl-Ribisl war erst 34, doch er fühlte sich schon greisenhaft. Aus seiner 16jährigen Arbeit bei der Kriminalpolizei hatte er gelernt, daß es Gerechtigkeit nicht gibt, jede Berichtigung das Recht auf eine andere Seite sacken läßt. Und wenn man da an die Generationen von Affen, Halbaffen, Viertelaffen usw. dachte, denen allen pausenlos Unrecht widerfahren war, wie auch allen anderen ständig Unrecht und Gemeinheiten widerfuhren, ja das ganze Leben von Anfang an nichts als ein Unglücklich-gemacht-Werden ist –. Wie soll denn das jemals einer alles berichtigen können. Ein Gott müßte das sein, und ein Vergelter obendrein, einer der den Kreis quadrieren könnte. Aber an einen solchen Vergelter und Quadriergott wollte Ponstingl-Ribisl nicht glauben. Ein solcher aztekischer Gott der Vergeltung, der Schadenfreude und des Dominoeffekts konnte ihm keine Erlösung sein. Da freundete er sich lieber mit dem Chaos an, der Wurzelwelt. Dabei hätte er gerne geglaubt. Nicht um das Geglaubte ging es, sondern um den Glauben selbst, das Tun.

Wie gerne hätte er sich selbst damit gelabt. Den Angehörigen, die so eine Ermordung immer wie ein Keulenschlag hinstreckt, den Glauben weggefressen. Da standen sie auch schon. Einfache Leute. Bolzmanngasse. Das Finden einer Leiche überrumpelt immer, man sieht die Menschen, wie sie wirklich sind, mit Plüschpantoffeln, Küchenschürzen, blauen Flecken. Wie die schlechte Nahrung, die sie sich leisten, sehen sie aus. Wie fettes Fleisch in Plastikfolie. Dosengemüse. Außer ihrem Glauben haben sie meist nichts.

– Was gibts?

– Man hat die Leiche der kleinen Anna Hasentütl in einem Kellerabteil gefunden. Die Kehle abgeschnürt. Es ist wahrscheinlich, daß das Mädchen auch vergewaltigt worden ist.

– Unglaublich, hörte man ihre Mutter schluchzen. Das gute Kind. Zurück! Wer gibt es mir zurück. Wie kommt sie auch da her? Was macht sie da? Da hat sie nichts zu suchen. Abwatschen müßte man sie, wenn sie noch leben täte. Und dabei bekam der kleine Junge an ihrer Seite, Ferdl, eine Ohrfeige, daß es nur so krachte. Im Keller noch dazu, da hat sie doch gar nichts verloren. Was soll sie da verloren haben? Was?

– Dann ist sie also nicht von hier?

– Ach wo. In O –. Wir wohnen ja in Ottakring.

Sixtus Ponstingl-Ribisl suchte die Elefantin zu beruhigen. Das wird schon wieder, entfuhr es ihm. Dabei dachte er an das Chaos, ans Zerrissene, wußte genau, daß nichts mehr wird. Es war die ewige Finsternis, durch die die Ermordete nun irrte.

– Aber wo denn, wie denn, wann, zeigte die ihrem Rahmen entwachsene Kolossin, daß auch sie etwas verstand. Wie sollte denn das jemals wieder werden? Wie? Wenn die Anna tot ist, ist sie tot. Ich bitte Sie. Oder sind Sie ein Buderant vielleicht, ein Buderist, oder wie die heißen, die an Wiedergeburten glauben, die Anna aber, meine Anna, die ist fertig. So ein Schwein hat sie kaputtgemacht. Kaputt, verstehen Sie. Hin. Aber eines sage ich Ihnen, Sie finden das Monster besser, vorher gebe ich nicht Ruh, bis dem zukommt, was ihm zukommt, und wenn es die Todesstrafe ist. Oder vielleicht nicht? Ich bin nicht so, aber jetzt werd ich so. Weil das kein Mensch sein kann, der kleine Mädchen mordet. Ein Monster muß das sein. Und für ein Monster habe ich nicht so viel Mitleid, aber nicht so viel, zeigte sie die Spitze ihres kleinsten Fingernagels.

Und sofort ist eine Traube von Mietern um die Leichenmutter gewachsen, ihre Meinung zu unterstreichen.

– Recht hat sie, bissen sich Beißzangennase und Kinn von Heinrich Gerngross ins Geschehen. Da wird kleinen Kindern der Atem abgezwickt. Kindern, nicht einmal von hier. Auswärtigen. Nicht auszudenken, wenn das Mode wird. Wo führt das hin? Wäre ich nicht vom Krieg versehrt, ich würde selbst, persönlich würde ich losziehen, zu vergelten, was zu vergelten ist.

– Ach der, war Valentina Buschenpelz zu hören, der kann doch nicht, der konnte nie. Ihre Stimme klang wie die Feder eines Blechspielzeugs, die plötzlich ausgelassen wird, zurückleiert.

– Also meiner Meinung nach gefällt ihm das, dem Burschi, nicht, mischte sich nun auch das dickgeschminkte Hornausgesicht hinein. Gefällt dir das? Burschi, was ist?

– Aber was denn, was?

– Ein anderes Wort für Frechheit, und das an dieser Ortsangabe, mir scheint, Billard-Seitenwände sind im Zeitvertreib, ein Synonym für gewissenlos, war der Hausmeister Ladislaus Stangl empört. Das ausgerechnet hier, in seinem Haus, in seinem Keller, wo er selbst schon die Frau Hornaus, wie fast alle wissen, onomatopoetisches Wort für lauten Knall, davon die Leidensform. Gebumst. Rückte er seine Kappe zurecht, hier vorzustehen. Autorität. Hausbesorger. Wer hier was zu sagen hat. Oder was.

– Für mich gehört das Monster umgebracht. Ein Stück

Trüffel umgebunden und dann in einen Schweinestall geworfen.

– Aber wie kommt das Kind denn? Wie?

– Wi-ir sind hi-ier noch nie ge-gewesenen, tuckerte der blonde Ferdl an der Hasentütlhand. Der Bub war völlig außer sich. Einerseits wegen seiner toten Schwester, andererseits, weil er die Hornaus wiedersah, die Schenkel, und sie *Burschi* sagen hörte, daß der Ferdl gar nicht mehr zu sich kam, ein Schwindel ihn davontrug in die schönste Stunde seines Lebens. Als er die Augen wieder öffnete, war er nur noch die Fassade seiner selbst, zu allem wild entschlossen, wenigstens der Hornaus in den Schoß zu stürmen, aber seine Mutter hielt ihn fest.

– Das ist der Bruder von der Anna, erklärte die Kolossin.

– Wo ist eigentlich der Knechtl, wollte Ponstingl-Ribisl von seiner Assistentin wissen.

– Der befrägt die Hausbewohner.

Aber weder der Kommissar noch seine Assistentin Gundula Krumpl ahnten, daß Karol Knechtl ganz private Gründe hatte, sich von der Hofgesellschaft fernzuhalten. Lieber ließ er sich von verschlafenen Hausbewohnern Tratsch servieren. Es war überall dasselbe, Verdächtigungen wurden ausgesprochen, man hatte es immer schon gewußt. Man flüsterte. Nicht, daß man was Böses sagen wolle, die Hand am Mund, aber ein Mensch, der nie die Fenster putzt, Glühbirnen aus dem Hausflur, sonntags die Zeitung stiehlt. Sagen Sie selbst? Karol Knechtls Notizbuch war bereits mit Verdächtigen voll, als er bei Wurznbacher klingelte. Kurz war ihm, als ob er Schritte hörte, sich ein Auge hinter dem Türspion bewegte, ein Atem angehalten wurde, etwas schlurfte, schlich. Jedoch die Tür blieb zu. Nichts rührte sich. Karol Knechtl klingelte nochmals, schrieb wieder etwas in sein Büchlein, sah in den Hof hinab, mitten in die Opfertraube in deren Zentrum, holla, die dicke Hasentütl stand – wie ein Elefant im Zoo. Dick wie ein Osterkuchen.

Knechtl entsagte neuerdings dem Rauchen, das ihn immer etwas beruhigt hatte, und fühlte sich nun ständig unzufrieden und gereizt. Schon die kleinste Sache irritierte ihn. Erst recht die Hasentütl. Er war ein großer Mensch mit krausem Haar und vielen endgültigen Falten im Gesicht. Wülste, die sich um die Augen schlangen, Striche um den Mund, ums Kinn, als wären ihm einzelne Röllchen aufgeblasen, sah er einer halb aufgepumpten Luftmatratze gleich. Die Dicke lebt? Aber sind wir Lebenden nicht alle tot? Da unten, dachte er sich, stehen sie. Vorläufig. Schwächlinge in ihrer Art, ausgenutzte Kreaturen, Menschen, die wer anderer benützt, sich angeeignet hat. Er aber wollte Täter sein und tun. Taten wollte er verrichten, etwas schaffen, vorwärts bringen und beweglich sein. Etwas Endgültiges. Etwas Karolisches, nichts Geknechtetes. Nicht wie die Opfer immer auf der Stelle treten, warten, bis etwas passiert, sich mit Vorläufigem zufriedengeben. Ich tu nur, was ich will, nie werde ich getan. Ich hab gefunden, sagte er zu sich, es soll nicht sein, das Passive und Sich-Gehenlassen. Die Dicke da unten, nein, davon will ich gar nichts wissen. So etwas Dickes paßt auch nicht zu mir.

Mittlerweile, die Sonne knabberte schon an den Dächern, waren auch die porösen Lokalreporter angeschwemmt, dem Geschehen Schlagzeilen auszupressen. Eine Bestie von Wien, ein Unhold von Hernals und ähnliche Überschriften würden die Auflagen des nächsten Tages hinaufreißen. Morde waren bei der Leserschaft beliebt. Immer. Dabei, wußte Ponstingl-Ribisl, gab es überhaupt noch keine Anhaltspunkte, sein Quadrat zu ziehen. Theoretisch konnte jeder es getan haben. Sein Instinkt machte ihm allerdings den Hausmeister verdächtig. An den, beschloß Ponstingl-Ribisl, werde ich anknüpfen. Und das, obwohl er wußte, daß er sich auf seinen Instinkt beinahe nie verlassen konnte. Noch jedesmal hatte er sich ziehen lassen. Und jedesmal hatte dabei seine

Quadrattheorie komplett versagt. Sein Instinkt hatte ihm noch nie eine Lösung zugetrieben, im Gegenteil. Alle seine Kriminalfälle hatte er stets ausschließlich durch Glück und Zufall aufgeklärt. Immer war es bloß an Fäden, Unwahrscheinlichkeiten, Ködern gehangen, daß die Mörder ihm ins Netz gegangen waren.

Obwohl Ponstingl-Ribisl sich an der Oberfläche diesen Zufall nie eingestanden hätte, war er in seinem Innersten doch überzeugt, daß er im Grunde nichts anderes tat, als eben diesen Zufall abzuwarten. Alles Wiegen und Wägen war bloß das Markieren eines Weges, Spurensicherung, damit sich der Zufall nicht verlief. Er zog seine Quadrate, tat geschäftig, stellte Theorien auf, gab vor, er warte, bis es in ihm reife und hinausschlüpfe, dabei saß er nur rum und wartete, bis sich der Täter selbst stellte. So war es bislang immer. Wie gerne hätte er mehr dazu getan. Erst vor zwei Tagen hatte ihm die *Vorsehung* großes Geschick bei der Lösung einer kniffligen Aufgabe prophezeiht. Ursprünglich hatte er geglaubt, das Gmundener-Rätsel sei damit gemeint, nun aber war er voll der Hoffnung, der Fall Anna Hasentütl sei davon betroffen.

Die Vorsehung war eine bekannte Wiener-Wurstelprater-Institution, die an bestimmten Tagen Menschen in die Zukunft schaute. Berühmt geworden war die voluminöse Frau mit der kryptischen Behauptung, daß es Kardinäle regnen werde. Zuerst hatte die Presse sie verspottet, und dann war das von der Papstwahl kommende, mit Kardinälen vollbesetzte Flugzeug entzweigebrochen und hatte Kardinalskadaver ausgespien, die Vorsehung zu einer Berühmtheit gemacht. Komisch, hatte sich Ponstingl-Ribisl gedacht, als ihm diese berühmte Frau durch die Linien seiner Hand ackerte, was für große Nasenlöcher die hat, wie sie nach Rindfleisch riecht?

Sie traten nicht, sie drangen. Zita und Aurelia. Sie liefen

von der Sünde weg, kamen zurück, verliebt bis über beide Ohren. Dahin, wo Wurznbacher lebte.

– Und ich sage, er hat uns verstoßen, aus sich rausgestoßen, aus der Gruppe. Er wird zum Mahl einladen, und wir werden darben, in der Hölle braten werden wir, und das mit Recht, an unseren Sünden wird man uns aufspießen, uns rösten im Feuer unserer bösen Taten. Man wird die Unzüchtigen ins Feuer blasen, und der Herr wird dazu lachen. Der Herr hat 30 000 Assyrer umgebracht, da wird er mit uns zweien keine Ausnahme machen, er betrachtet nüchtern die Dinge, wie sie sind. Zerdrücken wird er uns, zerquetschen, hörst du. Wir haben uns den kleinen Freuden hingegeben. Wir wollten möglichst wenig tun und möglichst viel dafür bekommen. Wie schreibt Hesekiel? Wir sind verdammt. Für uns kann es eine Rettung nicht mehr geben. Und wenn wir zehnmal unsere Sünden in die Beichte tragen, wir haben Verbotenes genossen, die Sünde hat uns aufgespießt, wir haben uns gelabt daran. Freiwillig. Und es hat uns obendrein gefallen. Ja, wir würden es vielleicht sogar noch einmal tun. Wir bereuen mit der einen Hälfte unseres Hirns, und die andere drängt zurück ins Unzuchtsloch. Ist das nicht schrecklich? Ganz entsetzlich? Aurelia zupfte an den weiten Maschen ihres schweinfurtgrünen Pullovers und schlug ihren Buckel aus dem Monolog. Zita nickte schuldbewußt und monoton, so daß die großen Kunstperlenketten aneinanderklackten. Ihre Wanderschuhe waren abgetreten, die weißen Strümpfe löchrig. Rosa vollgedacht die Haut. Der Wind, als ob er sie sähe, sagte Huhu.

– Dieses Ding, hörte man sie murmeln, dieses unverschämte und verdammte Ding.

– Ein Ding der Hölle muß es sein, hörst du. Und wir müssen die Prüfung jetzt bestehen, wir gehen hin, und läuten an und sagen. Also? Was sagen wir ihm dann?

– Daß kleine Mädchen beim Pipi-Machen sich nicht zwischen die Beine sehen?

– Blödsinn. Wir sagen, daß wir nicht mehr sündigen. Nie mehr. Wir sagen, daß wir das Böse in uns überwunden haben. Und wenn er uns hineinbittet. Wir lehnen ab! Und wenn er sagt, daß wir kurz Platz nehmen sollen, dann lehnen wir genauso ab. Wir sagen nein. Wie wir auch ablehnen, wenn er uns Kaffee anbietet oder Bier. Und wenn er es gar wagen sollte, uns wieder zu berühren, dann stoßen wir ihn weg, mit aller Kraft, und wenn er an unseren Kleidern herummachen möchte, hörst du, dann stoßen wir ihn weg, mit aller Kraft, weil wir nicht zulassen, daß er uns aus unseren Mänteln hilft, wie wir genausowenig zulassen, daß er uns beim Blusenausziehen hilft, und wenn wir dann nur nackt in unseren Falten stehen sollten, und wenn uns nichts mehr bedecken sollte als der Unterrock, der Büstenhalter, dann klammern wir uns darin fest, stoßen ihn weg, mit aller Energie, und wenn er auch das noch ausziehen will, sehen wir nicht hin, wie wir auch nicht hinsehen werden, wenn er sich selber aus der Kleidung schält, weil wir ihn wegstoßen, wenn er uns streicheln will. Wir werden nicht hören, was er uns ins Ohr flüstert, weil wir weghören werden, wie wir auch wegspüren werden, wenn er uns seine Zunge in den Mund steckt, und wenn er uns berührt, werden wir genauso wegspüren, und wir werden nicht dabeisein, wenn er uns anfaßt, und wir werden es nicht merken, wenn er Sünde mit uns macht, wir werden nicht dabeisein. Nein. Niemals.

– Und wenn er uns nicht hineinläßt? Was dann? Wenn er sich nicht mehr erinnern will? Zita hatte das Gefühl geringer Festigkeit, Erniedrigung erfüllte ihren Körper. Wie ein Teich. Einsam schwamm darin ein Frosch und quakte unablässig den einen selben Wunsch; gefickt werden.

– Wir, tat Aurelia nüchtern, den gleichen Frosch in sich, wir sind es, die jemand nicht hineinlassen, weil auch wir nicht hineingelassen werden, weil man auch uns hinausgeschmissen hat. Da bogen die beiden ehemaligen Zeuginnen Jehovas um die Ecke in den Hof, sahen die vielen Menschen darin stehen. Kommissar Ponstingl-Ribisl, der den Pressemenschen Fragen beantwortete. Seine Assistentin Gundula Krumpl, die die Daten der anwesenden Hausbewohner aufnahm. Frau Hornaus in ihren Samtpantoffeln, Rouge auflegend, Ladislaus Stangl im blauen Drillich, aus dem ein Zahlstab schaute, ein Rätselheft. Ein Einkaufswägelchen voller Medikamente, dahinter Valentina Buschenpelz. Heinrich Gerngross, Beißzangengesicht. Frau Hasentütl, ihr Sohn Ferdinand. Gerade als sich Aurelia und Zita hineinmischen wollten, wurde von zwei Sargträgern der Firma Pompfüneberer ein Kindersarg aus Aluminium hinausgetragen.

– Mein armes Kind, begann Frau Hasentütl beim Anblick der an ein Gepäckstück erinnernden Totenkiste, mein armes, armes Kind.

Da zog Zita tiefbetroffen Aurelia hinaus. Beide würgten die Mischung aus Entsetzen und Eifersucht hinunter. Irgendwie glaubten sie, in dem Sarg müsse Pepi Wurznbacher sein.

– Siehst du, so wird es uns ergehen. So hätte es uns schon ergehen müssen. Das Ding, es wird uns spalten und zunichte machen. Auseinanderbrechen wird es uns. Kein Verständnis hat es, und gerade da gehörte ein Verständnis her. Und sie begann zu schluchzen, es zu unterstreichen. Aber es war seltsam, in ihre Krokodilstränen mischten sich auch echte Tränen, und auch die Tränen Aurelias mischten sich hinzu, so daß ein großes Heulkonzert entstand. Manchmal kam auch einer ein Lachen aus, so daß alle Leute, die sie sahen, glaubten, es müßten Freudentränen sein.

Zwei Stockwerke höher, in der Wohnung, wo eben noch ein Karol Knechtl angeläutet hatte, war plötzlich alles etwas, das vorher nichts gewesen war. Anna drehte sich den Kopf. Wie erst, hätte sie gewußt, daß drei Geschosse tiefer im selben Haus eine andere Anna ermordet worden war? Doch das blieb außerhalb von ihr.

– Ich bin eine Blume auf den Wiesen, eine Lilie der Täler. Eine Lilie unter Disteln unter den Mädchen. Ein Apfelbaum unter Waldbäumen ist mein Gatte unter den Männern, er liebt mich ja. In seinem Schatten begehre ich zu sitzen, weil ich ihn liebe. Und wenn er mich schlägt, dann nur um meinetwillen. Damit ich zur Erkenntnis komme, daß solche letzten Dinge die Liebe erst beweisen. Und wenn er das Unzüchtige aus mir herausprügelt, dann nur um meinetwillen, weil es recht ist. Und wenn mir alles ungerecht erscheinen will, dann nur, um meine Liebe noch zu stärken. Und nicht wie Roland, der Verräter. Der mich nicht liebt. Dem es genügt, wenn er von mir träumt und dabei masturbieren kann. Den ich suchte und nicht fand. Die anderen machen Gedichte über die Liebe, aber sie glauben nur an sich selbst und ihre Gedichte. Nicht so mein Mann. Hugo macht keine Gedichte. Hugo ist der Weinberg meiner Reben, er ist der Griff des Riegels, der Atem meiner Schreie, mein Geliebter ist er. Alles hat er mir gegeben. Ich bin ganz durch ihn. Seine Arme sind stählerne Stäbe, mit Fäusten besetzt, seine Schenkel Marmorsäulen, seine Wangen Libanon, vollbesetzt mit Zedern. Ihm bin ich versprochen, und er liebt mich, wenn er schlägt.

Die Mutter schluchzte. Sie hatte ihr mit Blutergüssen durchzogenes Gesicht in feuchte Essigtücher eingewickelt. Das Atmen tat ihr weh, jede Bewegung. Alles war ihr dasig, als hätte sie Beruhigungsmittel genommen und dazu getrunken. Sie hatte keinen Hunger, keinen Durst. Wollte nur nicht wieder brechen, Blut nicht wieder spucken. Nicht noch einmal aufstehen, niederknien, kotzen, runterspülen. Bewegen wollte sie sich nicht, nicht das Knacksen ihrer Knochen hören, nicht den Bruch. Derart mit Schmerzen überfüllt, spürte sie nichts mehr. Es tat nichts weh, nur spürte sie sich jetzt. Bis in den Kopf hinein. Jeder Gedanke rodelte ihr durch die Gänge, Heizungsrohre ihr Hirn, schmolz ihr ins Gesicht, machte sie trocken, müde. Als hätte man ihr alle

Ventile aufgedreht, ihre Hüllen abgebrannt, als wäre sie das Übriggebliebene, das Innerste von ungezählten Schichten, der nackte Kern. Die Stimmen der Kinder blieben äußerlich, ihre Bewegungen Tangenten in einer weit entfernten Welt. So saß sie starr in ihrem Kern, fiel ihr nicht mehr auf, wie der Franz auf einmal stotterte und Schluckprobleme hatte, Lorenz schweigsam war und immer bloß der Pepi in die Rippen stieß. Er sah in den Hof hinab und sah die Polizisten, sah sie nicht. Er, Lorenz, wollte sie nicht sehen, wollte nicht, daß Polizei zu ihnen käme. Lorenz wollte, daß alles blieb, so wie es war. Lorenz wollte der brave Junge der Familie sein. Die Angel, um die wie eine Tür sich alles schwang.

– Wende dich, befahl man in der Mutter, wende dich, Sulamith. Wende dich, wende dich, damit wir dich betrachten. Was wollt ihr an Sulamithen sehen? Das Knochen und das Krachen. Wie schön sind deine Schritte in den Sandalen, du Edelgeborene. Sag das nicht. Ich glaube dir nicht mehr. Deiner Hüften Rund ist wie Geschmeide, gefertigt von Künstlerhand. Wie kannst du so was sagen? Ein rundes Becken ist dein Schoß, Würzwein mangle ihm nicht. Ich muß dich doch sehr bitten, Roland, der du nicht gekommen bist. Dein Leib ist ein Weizenhügel, mit Lilien umstellt. Du lügst. Du sagst, du kommst, versprichst es, lockst mich an und hältst nicht Wort. Deine Brüste sind wie Kitzlein, Zwillinge einer Gazelle. Wie schön du bist, wie reizend. Du Liebe voller Wonnen. Wie eine Tanne ist dein Wuchs. Deine Brüste sind die Zapfen. Bleib. Roland, bleib mir fern, ich bitte dich. Geh weg. Geh aus den Gedanken. Mit dem Fieber geh hinaus und sage nicht, ersteigen will ich die Tanne. Nach den Zapfen will ich greifen, sag es nicht, nein, geh. Du Redl-Zipf-Gesicht, du Rolandkopf.

Er hatte meist ein leichtes, um die runden Lippen schwebendes Lächeln, lachsrosane Haut, eine feuchte Art zu sprechen. Aber mal ehrlich, Lachse, räumte der Feiste Fridolin seine Regale um, sind wunderbare Tiere. Vermehren sich an einem Ort, schwimmen dann ins Meer, fressen sich dort voll und kommen dann zurück. Das wiederholen sie so oft, bis es zum Sterben ist. Das sind Verhältnisse. Die Hose sackte ihm herunter. Die wissen, wo sie herkommen und wo sie enden, gesetzt, daß sie stromaufwärts nicht ein Bär erwischt. Aber mal ehrlich, Bären sind widerliche Tiere, garantiert nicht die hellsten, tolpatschig, träge, und dann noch dieser ekelhafte Fellbewuchs, kommen nie über ihre Verhältnisse hinaus, keine Chance. Trotzdem gelingt es ihnen, mit ihren fetten Pranken Lachse zu erbeuten.

Lachse waren seine Lieblingstiere. Bären haßte er. Die hingen dem Feisten Fridolin zum Hals heraus. Wen wunderts, sah er doch selber irgendwie den Lachsen ähnlich. Der große Schmollmund, die rausgetriebenen Knopfaugen, fliehende Wangen, eine nach hinten gezogene Stirn, das davonlaufende Kinn, so sah er aus wie ein menschgewordener Fisch. Selbst die Schuppenflechte auf der Haut und den an verdautes Plankton erinnernden Geruch konnte man an ihm bemerken. Eine fischelnde Natur. Seine kurzen Extremitäten glichen Flossen auf massivem Leib. Doch damit nicht genug, bevorzugte er noch lachsrosane Hemden, Socken und hätte am liebsten auch Hosen dieser Farbe angezogen. Aber weil er etwas gleichsehen mußte, war er meist in eine glatte Kunstlederjacke gepackt. Der Feiste Fridolin sprach selten viel, beschränkte sich meist auf tiefe Atemzüge. Am liebsten hätte er nur die Lippen bewegt und die Gedanken mit den Augen übertragen. Am liebsten nur Blpblp gemacht. Da viele seiner Kunden aber von vornherein das Gefühl hatten, etwas Verbotenes zu tun, wäre ein nur schnaubender und böse Blicke werfender Verkäufer fürs Geschäft nicht förderlich gewesen. Also war er gezwungen, sich hin und wieder Höflichkeiten auszuwringen. Eben jetzt kam ein sensibler, aber sehr arrogant wirkender junger Mensch, der sich nach Damenunterwäsche erkundigte; auch Schuhe wollte er, aber benützt, getragen müßten sie sein. Schweißgeruch würde ihm gefallen, Flecken von –.

– Moment, schnaubte der Feiste Fridolin und schwamm ins Hinterzimmer, in dem gerade Bettina und Martina, seine derzeitigen Schwestern, Socken strickten. Ohne viel zu fragen, griff er mit seinen Bärentatzen mehrere schmutzige Wäschestücke aus einem Korb, schwamm damit zurück und legte sie wie einen Laich auf den Ladentisch. Dem jungen Menschen stockte gleich die Luft. So nahe den begehrten Stücken, beinahe ihren Geruch zu atmen. Er zitterte. Nur noch Augenblicke trennten ihn vom Glück. So benebelt war er, daß er den vom Feisten Fridolin berechneten Raubzug gar nicht bemerkte. Er, der sonst sehr geizig war und dessen Glück darin bestand, bei der jährlichen Stromabrechnung Geld herauszubekommen, hätte für getragene Frauenunterwäsche jeden Preis bezahlt. Er beglich hastig, weltmännisch. Legte acht Scheine auf den Tisch. Spinner, dachte sich Fridolin. Spinner ich, daß ich ihm nicht mehr herausgezogen habe. Wie Plankton hat es ihn hier angeschwemmt. Ausgepreßt muß so ein Bürschchen werden. Mitleidlos.

– Beehren Sie uns bald wieder, schnaubte er ihm nach.

In der Tür stieß der übers ganze Gesicht strahlende Unterwäschekäufer mit einem anderen verschämt in den Boden Sehenden zusammen.

– Onkel Ambros?

– Werner, du? Hier?

Das also ist es, was er im Leben erreicht hat, dachte jeder vom anderen, in einen Pornoladen muß er gehen, schmutzige Sachen ansehen, womöglich sogar kaufen.

– Nur geschäftlich. Schon war er rot angelaufen und verschwunden. Jedes In-Erscheinung-Treten seiner Verwandtschaft erregte in Werner einen Schauer, aber hier, das war die Höhe. Und ausgerechnet der Tourismus-Onkel?

Na, das Geschäft möchte ich sehen, dachte Ambros und besah sich die betreffenden Magazine. Alles Hochglanz, schweineteuer. Es ärgerte ihn, daß alle Abgebildeten mehr oder weniger die gleiche Physiognomie und den gleichen Haarschnitt hatten. Wie immer versuchte er auch diesmal, Fridolin die Vorteile von Brüdern einzureden, aber dieser schüttelte bloß das Faltenwerk aus seinem Fischkopf.

– Denk doch einmal statistisch, Fridolin, du hattest doch auch Brüder, junge, meine ich. Theoretisch gesehen hat jeder zweite Österreicher Brüder, und die Chancen, daß davon welche jünger sind, stehen gut. 27 Prozent der Gesamtbevölkerung vergnügen sich zu drei Prozent ihrer Gesamtzeit, was dann ergibt –.

Doch Fridolin wollte davon gar nichts wissen. Die Sexualität interessierte ihn nicht. Wieder hielt er es lieber mit den Lachsen. Die Weibchen legen ihre Eier ab, über die dann die genetische Schlagsahne der Männchen kommt. Und gleich wird alles zugedeckt. Keine Berührung, kein Streicheln, kein Küssen, nichts, das nenne ich saubere Sexualität. Das nenne ich clean. Aber das sind ja auch Fische. Wir können viel lernen von den Fischen, von den Lachsen ganz besonders. Die sind gescheit. Da kamen zwei Mäuse herein. Aurelia und Zita. Lachse mögen Mäuse nicht. Erst recht nicht so scheußliche. Eine knochenlose, schlingpflanzenhafte Weichheit ging von ihnen aus, als rühre man in einem Teig herum.

– Was kann ich für Sie tun?

– Wir hätten gern, das heißt, fiepsten sie, nur wenn es gibt, Sie haben doch bestimmt, das heißt, so Geräte, die, wenn Sie verstehen, wir meinen –.

Fridolin sah gleich, was die beiden wollten. Duckmäuserisch, wie sie sich benahmen. Aber auch er hatte ein Anrecht auf Vergnügen. Zwar war es nicht mehr der Humor und das sorglose Scherzen seiner Jugend, doch leitete es sich davon her – er hatte folgenden Gedanken: Das Ziel der Lachse muß es sein, die Mäuse so lange zu empören, und zu pflanzen, bis sie ihre Scham zerreißt, bis daß sie platzen. Die glauben nämlich, sie wären die höherentwickelten Wesen, bloß weil sie am Land herumflanieren. Die halten sich für evolutioniert, weil sie in Löchern hausen, in widrigen Verhältnissen, dabei sind sie bloß die Opfer.

– Sie meinen sicher, meine Damen, einen Herrenslip. Wir hätten da für die Herrn Gatten einen Rio-Tanga, wenn Sie schauen, einen Maritim-Slip oder einen Leder-imitat-String. Nein? Dann suchen Sie bestimmt, ich hab es gleich erkannt, aufreizende Hüllen für sexy Beine, die, wenn Sie gestatten, sieht man Ihnen an. Da hätten wir Straps-Strümpfe, wenn Sie schauen, eine Netzstrumpfhose oder für besonders dominante Damen ein Latex-Straps-Corselet, dazu würde ich Ihnen dann den Hengstgurt empfehlen. Geschaffen für Gatten, wenn Sie schauen, die besondere Reize lieben. Die Kombination aus Ring und Manschette vermittelt Ihnen den unvergleichlichen Eiteiler-Effekt. Nein? Mit Genuß sah Fridolin, wie Röte in die Mausgesichter stieg, ihnen die Luft in der Mauseschnauze steckenblieb, sie strampelten, doch hilflos im Kielwasser dieser Rede trieben. Zita und Aurelia bekamen ihren Mund nicht zu. Sie schnappten bloß, staunten, fiepsten, was es alles gibt.

– Mr. Big, holte Fridolin noch weiter aus. Sie trauen es sich nicht zu sagen, aber mal ehrlich, ich sehe doch, daß die Herren Gemahle nicht immer so standfest sind, wie Sie zu wünschen berechtigt sind. Mr. Big ist eine ganz neue Massagecreme mit Potenzholz-Extrakt, das, wenn Sie schauen wollen, seit Jahrhunderten von südamerikanischen Indianern in seiner Wirkung hochgeschätzt wird. Nein? Ein Anal-Opener ist eher nichts für Sie. Ein Lippenstift in Penisform? Nein?

Das Wort Penis war zuviel. Wie wenn man ein Stück Zucker in eine randvolle Tasse wirft, damit sie überläuft, floß es aus den beiden, Aurelia taumelte, ein plötzliches Schwarz vor ihren Augen, sie tapste, war geblendet von dem Wort, flüsterte nur *Zita, Zita, rette uns*. Zita mußte heftigst husten. Sie hustete, bis sie ganz rot geworden war, bis sie sogar den durch die Magazine blätternden Ambros damit reizte. Widerlich, dachte sich der, diese ewigen Offensiven aus dem Ministerium für anhaltende Lärmbelästigung. Jetzt werden sogar schon Tanten losgeschickt, einem das letzte Vergnügen zu vergällen. Für so etwas wird Geld ausgegeben, aber die wirklich wichtigen Dinge werden ignoriert. Weder die Statistik noch der Verein für Klimatische Gerechtigkeit werden subventioniert. Die Tour de Fasch schon gar nicht. Nur Lärm und Husten. Erst kräftige Schläge auf den Rücken schlugen ihr den Korken raus. Na endlich. Danke, Herr.

– Feister Fridolin. Vielleicht der neue Sexkontakter auf Diskette? So finden Sie schnell, wenn Sie schauen, den richtigen Partner für ihre Neigungen und Interessen. Auch nicht? Aber an Intimschmuck sind Sie doch nicht –.

– Nein, wir wollen, riß nun der wieder ins Licht gelangten Aurelia der Faden der Geduld. Heftige Handzeichen begann sie zu machen. Wir wollen.

– Vibratoren. Wieso sagen Sie denn das nicht gleich? Erneut bekam Zita eine Hustenattacke.

– Also da hätten wir einmal unseren Orgasmus-Garant, ein stufenlos regulierbarer Lustrillenvibrator, wenn Sie schauen, das wäre der. Zita und Aurelia spürten, wie ein ganz kleines Stückchen Leben größer zu werden begann. Jemand hatte etwas Feuchtes angestellt. Und es pulsierte. Husten und Denken hatten in ihre Löcher sich verkrochen, übrig blieb eine Atmosphäre ganz aus Käse. Dann hätten wir noch Bully, den luftgepolsterten Power-Vibrator mit Klitoris-Noppen am Schaft. Hier den chinesischen Lustfinger, sehr preiswert, braucht keine Batterien. Oder den Doppel-Dildo mit Vibration, das könnte Sie interessieren? Wenn Sie schauen. Nein? Und ganz besonders zu empfehlen der Deluxe Royal in der luxuriösen Metallic-Ausgabe. Verzinkt. Wie? Nein, die Batterien sind im Preis nicht inkludiert.

Und nachdem ihnen der Feiste Fridolin alle Geräte mit wehenden Schleifen, Maschen und Bändern erklärt hatte, entschieden sie sich für den Deluxe Royal. Da war auch das Lachsgesicht zufrieden. War doch das der teuerste.

– Ja, das habe ich mir gleich gedacht. Damit machen Sie auch einen prima Kauf. Bestimmt. Sie werden sehen, meine Damen, wieviel Freude Sie damit haben. Empfehlen will ich Ihnen noch, ganz privat, wenn Sie gestatten, eine Gleitcreme. Wir hätten da im Angebot *Flutschi*, eine Love-Lotion mit Moschusöl. Nein?

Der Feiste Fridolin lächelte, nahm, nachdem die beiden Mäuse aus seinem Geschäft geschlichen waren, eine Dose Fischfutter, schüttelte sich ein Häufchen in die Hand, leckte es auf. Mmmm, gut.

8

Räuber und Schande

Die Null, sie durchläuft alle Stadien der Evolution, vom Einzeller kämpft sie sich über die Amöben durch bis zu den Fischen, kriecht an Land und wird Reptil, Säugetier, um auf der Glatze eines einzelnen zu landen, der von ihr schwärmt. Die Null, nichts ist außerhalb von ihr. Nichts ist ihr fremd. Das Leben und der Tod. Mann und Frau. Gott? Alles Null, sogar das Paradies.

– Meiner Meinung nach gibt es nach dem Tod nur Nichts. Nichts als eine große Null. Was ich für vernünftiger halte als ein Chaos, das keiner zählen kann. Ein Chaos, das nicht zu überblicken ist. Giselher Attila war mit seinem Bruder ins Schluckloch zurückgekehrt.

– Warum willst du denn fortwährend alles zählen? Quasimodo Leopold blickte in das glattrasierte Gesicht seines Bruders.

– Weil Ordnung wichtig ist. Man muß Bescheid wissen. Und wir wissen noch nicht einmal, wie viele Haare wir am Kopf haben. Da gehen vielleicht in einem Monat 1000 aus, und wir merken es noch nicht einmal. Man muß sich eine Meinung bilden können. Achtsam muß man sein und zählen. Nur so weiß man Bescheid, sonst wird man übers Ohr gehauen. Außerdem ist Zählen etwas Angenehmes. Man zählt, und es geht weiter, höher wird es und steigt an. Es ist, als würde man auf eine Treppe steigen, eine heilige Stiege, einen Berg. Das Zählen hat was Faszinierendes, etwas unglaublich Schönes, Ästhetisches, weitaus faszinierender als deine Zeit. Das Schlimme dabei ist nur, daß du schon zu verschlossen bist und den Glauben an das Zählen verloren hast. Dabei ist alles erst, wenn man es zählt, da erst beginnt es zu sein.

Quasimodo Leopold sah seinen jüngeren Bruder verwundert an. Die große Glatze, die aussah, als ob von unten ein großes Knie durch den Kopf tauchte, der Haarkranz rundherum, die buschigen Augenbrauen, das ganze Massive an ihm dran und in ihm drinnen, das alles war wie nach Quasimodos Ebenbild gemacht. Wie Zwillinge sahen sie in ihren großkarierten Bergsteigerhemden aus. Und doch war der andere ein ziemlicher Idiot. Unsere Mutter, dachte Quasimodo, hat gleich gewußt, daß Hertila der Dümmere von uns beiden ist. Immer hat sie ihrem Poldl eine große Karriere prophezeiht und immer vorhergesagt, daß er sich auch um seinen jüngeren Bruder kümmern wird, was ja jetzt auch stimmt. Ohne seinen Poldl hätte sich Hertila hoffnungslos verzählt. Man muß ja schon Angst haben, wenn man ihn auf die Straße läßt, daß er nicht seine Schritte, die Häuser oder Pflastersteine zählt und weißgottwo landet. Da war er selber schon aus einem anderen Holz geschnitzt, ein echter Semmelrath. Er mußte nicht werden, sondern war. Und zwar nicht etwas, sondern alles! Immer hatte die Familie zu Wahnsinn mit gelegentlichem Genie geneigt. Wobei er, Poldl, bestimmt auf die Genieseite gefallen war. Er spürte die Kraft in sich, Werke zu vollbringen, die größer waren als alle armseligen Kulturen, mit denen sich die Menschheit bislang geschmückt hatte. Noch wurde er belächelt, aber wenn er die Ewigkeit initiierte, würden sie ihn verehren, ihn anbeten wie einen Gott, ihm dankbar sein – für eine ganze Ewigkeit. Sie, die Menschheit insgesamt, die fürchtete, daß sich ein Loch auftat und sie verschluckte in Zeit und Raum. Sie, die alle Dinge fürchtete, weder Sinn noch Verstand hatte, auch keine Oberfläche, keine Zeit. Zu Füßen würde sie ihm liegen. Seine Knie küssen.

Schon jetzt besaß er einen Fonds, in den die anonymen Spenden flossen, womit sich ein gerechtes Leben führen ließ, sogar mit Hertila. Weshalb Poldl auch beschlossen hatte, den Tag des Übertritts für später aufzuschieben. Am 1. März in zehn Jahren würde es soweit sein, das Ende jeder Zeit. Die Ewigkeit. Schon jetzt verteilte er kleine Zetteln mit dem Datum und der Botschaft: *Wollen Sie die Ewigkeit? Wir initiieren sie. Weitere Anweisungen folgen. Spenden Sie*. Poldl plante eine große weltweite Propaganda. Alle mußten mit, mußten die *Anfangsjäger*, wie er seinen Fonds benannte, unterstützen.

Aber vorerst hält uns der nur auf, später kommen wir darauf zurück. Einstweilen reicht uns die Gewißheit, daß sie noch im Schluckloch saßen, sonst nichts anstellten. Wenden wir uns schöneren Dingen zu: Gundula Krumpl etwa, einer hochgewachsenen Blondine mit einer etwas zu langen, geschlitzten Nase, fülliger Unterlippe und einem wenig entwickelten Kinn. Kleine, spitze Puddingbusen, feste Pobakken wie überdimensionale Würstlenden, sehr charmant.

Als Gundula Krumpl nach Hause kam, empfing sie bösartigstes Miauen ihrer Katzen. Böselkraut und Ferdinand hatten aus Empörung oder Langeweile die Akazien und Rhododendren angeknabbert und die Katzenstreu im Schlafzimmer verteilt. An den Sitzecken hatten sie ein Massaker verübt, unschuldige Gläser in den Tod gestoßen, Tapeten skalpiert. Ein böser Blick Gundulas, der sagte, na wartet, euch werde ich das Fell abziehen, in einen Sack stecken und anzünden, schon waren beide Kreaturen sanfte Lämmer, schnurrten zum Erbarmen und strichen Gnadengesuche um Gundulas Fesseln.

– Ihr Gauner, habt ihr wieder auf die Welt geschissen, strich die Kriminalkommissariatshilfskraft Gundula Krumpl mit ihren ausschlaggeröteten, wunden Händen über die gestreckten Katzenkörper. Sie öffnete zwei Dosen Katzenfutter und schaufelte die übelriechende, gallertartige Bröckchenmasse in das Katzenspeisezimmer. Die beiden Kastraten der Marke Perser und Siam grollten auf das Essen, taten so, als hätten sie es selbst erlegt, obwohl sie ganz genau wußten, daß davon keine Rede sein konnte. Nicht einmal eine aufgezogene Stoffmaus hätten sie erwischt, viel zu dekadent. Aber vor der vollen Schüssel konnten sie die Selbstversorger spielen. So ausgekocht waren die. Kein Wunder, bei der Konsistenz des Dosenfutters, das aus eingedampften Knorpeln und Gedärmen stammte.

Gundula sah in den Spiegel, war entsetzt. So also läufst du den ganzen Tag herum. Du schenkst deinem Äußeren überhaupt keine Beachtung, überläßt es sozusagen sich selbst. Alles ging ihr auf und ab, war wellig und zerfahren. Entsetzlich, wie das Dunkle rauchig um die Augen schlierte, der Lippenstift bröckelte und nur noch wie ein jahrhundertealtes Ziegeldach an ihr hing; und erst die Haare, die aus allen Winden der Frisur entgegenstanden, anstatt sich glatt zu fügen und zu fallen. Entsetzlich. Schrecklich ihre Hände, die gerissen, offen und gehäutet waren. Eine Zurschaustellung ihres eigenen zerfetzten Wundenwesens. Sie mußte endlich etwas tun. Wann hatte ihr Arzt denn den Befund? Auf irgend etwas mußte sie allergisch sein. Sie sah sich an, die Löcher ihrer großen Augen, schwarze Warzen in den Wangen eines weißhäutigen Kindermädchens, kleine, rote Straßen, ölig. Fremd kam sie sich vor. Fremd wie ein Au-pair-Mädchen. Die zarte, etwas lange Nase, diese unverschämten runden Lippen, der durchtrainierte Körper, war das sie? Dabei hatte sie stets als schön gegolten, hatte immer Verehrer hinter sich. Was die wohl im Schilde führten? Sicherheitshalber war sie ständig auf der Flucht, entwickelte Strategien, sich nirgendwo zu verfangen, in keine Schlinge zu geraten, immer unverbindlich bleiben, sich umdrehen können, weg. Das stets freundliche Lächeln, das Ständig-verabredet-Sein, das Müssen, nur nicht einlassen, nicht öffnen, sich nicht auftun, nirgendwo, nur nicht verabreicht werden, zur Verfügung stehen, nie. Immer wollten alle was von ihr. Zigaretten, Auskunft, Tänze, ihre Gegenwart. Etwas, das den anderen ein bestimmtes Gefühl vermittelte, das Gefühl zu leben. Und je rarer sie sich machte, desto ärger wurde es, desto heftiger setzte man ihr zu, verfolgte und bedrängte sie. Vielleicht war sie deshalb zur Polizei gegangen: damit man sie in Ruhe ließ? Versprach sie sich Distanz?

Ach wo, sie spekulierte, war als pummeliges Kind aus ihrer Pubertät gefallen, mit den dicken, roten Wangen, dem unguten Gefühl und der dicken Mutter, eine geborene von Undzur, die noch immer mit ihr konkurrierte, ihr ihren Bekanntenkreis aufoktroyierte, weil sie, die Mutter, emotional eine 13jährige geblieben war. Sie nicht zu sich kommen ließ, sie behandelte wie eine Puppe, etwas, das ihr gehörte. Wie sich eben eine 13jährige den Dingen gegenüber benimmt. Unsachlich. Da war sie froh, die Tochter, hinauszukommen aus der mütterlichen Rahmenhandlung, egal wohin. Natürlich wollte die Mutter sie nicht lassen. Und noch dazu zur Polizei. Das war doch nichts für ihre Tochter, eine geborene von Undzur. Das widersprach doch allem, woran man ein Leben lang geglaubt hatte.

Die Mutter Rudolfine war in jungen Jahren ein stadtbekanntes Flittchen gewesen, eine, die es mit den ganzen damals noch unbekannten Künstlern trieb, Fifi nannte man sie, Fifi, die alles macht. Fifi, die eine Anlaufstelle war, wenn einer Geld brauchte, mal nichts zum Essen hatte, Fifi half, wofür sich alle damals noch unbekannten Habenichtse mit Zeichnungen revanchierten, die ihr heute ein Vermögen einbrächten. Leider hatte sie alles weggeschmissen. Einen echten Tschirr-Onkoli, einen Hundl, einen Schwarzmüller und sogar einen echten Einar Ulflein. Sie wußte sogar, vielleicht als einzige, wer im Sommer 1994 in die Lagerräume der Wiener Akademie am Schillerplatz eingedrungen war und 27 Bilder des bekannten Übermalungskünstlers und Akademieprofessors Ulflein übermalt hatte. Aber sie verriet es nicht, auch wenn sie dringend Geld brauchte, denn das Herstellen von Rahmen ist heutzutage nicht mehr lukrativ. Heutzutage kauft man Fertigbilder in Fertigrahmen, denn nur die passen zu den Fertigmöbeln, den Fertighäusern, Fertiggerichten, und was sonst noch alles fertig sein kann. Und mit denen, die man fertiggemacht hatte, mußte sich Gundula beschäftigen. Kriminalkommissariatshilfskraft.

Sie nahm ihre Pistole aus dem Halfter und war stolz auf sich. Sie nahm das Magazin heraus, hielt sich die Mündung an die Schläfe, zeigte sich die Zunge, zog den Abzug, machte Klck!, strich über ihre Haut, die Bluse, spürte das Metall zwischen ihren Knochen, den geriffelten Griff im offenen Fleisch, die kleinen Wölbungen, sie zitterte. Der Geruch nach frischem Leder, Uniform, Metall und Dienst, das schien ihr alles derart männlich, kräftig, stieg ihr hoch, wurde ihr zuviel. In ihren Fingerspitzen begann es zu zittern, in ihren Fußsohlen brach sich ein Beben Bahn, hinaufzureiten bis zu ihrem Herzen. Sie dachte an Polizeigriff, sich nicht rühren können, spürte das gewärmte geriffelte Metall in sich, überlegte Ohnmacht, Handschellen, Einsperren und Bedrohen. Ausgeliefert sein. Der Geruch verschwitzter Socken, mit Kaffee durchtränkt. Wurstsemmeln. Das Aroma längst verdauter Wurstsemmeln war plötzlich in ihr, lag ihr auf der

Zunge, schaute kurz beim Mund heraus und schrie sich aus. Sie kotzte.

Das war die Sexualität, das Unanständige, sie röchelte die Speisereste, daß ihr Rückenmark sich streckte, eine Kälte über ihren Körper lief, die Übermacht an Männlichkeit war das. Das Andere. Und wie sie sich über die Klomuschel beugte und die letzten Semmelreste auf der Soße sah, den eigenen Geruch, wurde ihr klar, daß das immer so weitergehen würde, wenn sie nichts dagegen unternahm. Immer würde sie alles Essen aus sich herauskotzen, würde ihr schlecht werden bei allem Männlichen. Ihre Hände würden ihr verfaulen, wenn sie nichts dagegen unternahm. In einer Katzenmeute wird sie enden, ihre Mutter wird sie überleben, sie in einen ihrer Rahmen spannen, sie ihren Kunden zeigen und sagen, seht, das war meine Tochter, die kleine Gundula, die nicht in ihrem Rahmen bleiben wollte, hinausgewachsen ist. Nein. Soweit darf es nicht kommen.

Reichte es nicht, daß diese Mutter Fifi oder Rudolfine Krumpl ihr immer, wenn sie im Weg gewesen war, den Kopf in die Klomuschel gesteckt und runtergelassen hatte? Immer wenn Gundula ihrer 13jährigen, verwitweten Mutter einen Mann, den sie sich mühsam erkauft hatte, nicht gönnte, riß sich die Mutter ihre Lachmaske herunter, gab es nur eins: Schädlwaschen. Immer wenn Gundula einen angetrunkenen Mann in der Mutter verhinderte, wurde sie im Klo getauft. Immer wenn sie den Männern sagte, die Mutter hätte Pssstpsstpsst, worauf sogar die Angetrunkensten davonstürzten, wurde ihr kleiner Mädchenkopf in den stinkenden, mit Schamhaar belegten Keramikkranz getaucht. Sie schrie: *Nein, bitte nicht, nein, Hilfe, ich ertrinke*. Doch es half nichts, den Kopf hinein, am Spülkasten gezogen. *Mehr bist du nicht wert, du gehörst runtergelassen, in den Kanal, das hast du verdient. Du Dreck. Du Scheißestück. Du stinkender Morast, personifiziertes Kohlgericht. Grammel du. Du bist im Weg.*

Dabei ekelte sich Rudolfine vermutlich mehr als Gundula, die das Ritual gewohnt war. Was war auch viel dabei? Hinein den Kopf, und runterlassen, fertig. Ein Hohn war bloß, daß ihr der Friseur, zu dem sie vierteljährlich durfte, stets zu ihrem wundervollen Haar gratulierte.

Der Ekel verflüchtigte sich wieder, in ihr taute alles. Sie erhob sich, sah die Katzen Böselkraut und Ferdinand zufrieden schlafen, genoß das rare Bild. Diese Tiere waren fast nie zufrieden. Sie meinten, das sei unter ihrer Würde. Dann begann Gundula mit etwas, das sie am liebsten tat, den Anrufbeantworter abhören.

– Um acht beim Kalabresendorfer, vergessen Sie ihre Unterlagen nicht, befahl Kommissar Sixtus Ponstingl-Ribisl. Im Hintergrund war eine Oper zu hören.

– Also, wenn ich dir sage, was mir gestern, sirrte die Schmetterlingsstimme ihrer Freundin Kathi Gablfrühstück übers Band, oi, oi, oi, wirst dus mir nicht glauben, also stell dir vor, der Fehler ist gewesen, daß ich zu Mittag einen Rinderbraten gegessen habe, beim Kalabresendorfer, man hat gesagt, er wäre nach einem alten Hausrezept von der Köchin des ehemaligen kaiserlichen Leibfiakers, Wladimira Salten, jedenfalls, ich weiß ja selbst am besten, daß mir Rindfleisch Gase macht, und vorige Woche war ich doch bei der Vorsehung, du weißt, die Wahrsagerin im Prater, und die hat mir gesagt, daß ich bald den Mann meines Lebens, aber soweit bin ich ja noch nicht, weil sie mir auch gesagt hat, daß ich nicht abheben darf, aufpassen muß, weil ich mich sonst lächerlich mache, aber gerade dadurch kann sich auch etwas ergeben, ich habe natürlich überhaupt keine Ahnung gehabt, wie das gemeint war, noch dazu, wo sie so bildhaft gesprochen hat, du weißt schon, wenn die dir bestimmte Seele im Sternbild der Kassiopeia, dein mystisches Gegenüber und so Zeugs, daß man wie immer alles hineindeuten kann, aber was mir gestern passiert ist, paßt genau dazu, bekomme ich also mitten unter den *Leopoldinen*, du weißt ja, daß das schon die ichweißnichtmehrwievielte Vorstellung war, bekomme ich plötzlich den Gigachzer, den Schluckauf also, und das war natürlich mörderpeinlich, du weißt, wie schnell mich was beschämt, und ich laufe ja immer auch gleich an, urpeinlich, und es ließ nicht nach, die ganze Vorstellung habe ich gehickst, jedenfalls war ich mir sicher, jetzt ist es aus, die schmeißen dich hinaus, Rinderbraten hin, Rinderbraten her, und Recht hätten sie gehabt, steht auch nach der Vorstellung schon der Direx vor der Tür und sagt, liebes Fräulein Kathi, liebes Fräulein Kathi, du kannst dir denken, was ich mir gedacht hab, und wenn einer noch dazu so anfängt, liebes Fräulein Kathi, gut, denke ich mir, aber eine Abfindung will ich, und wenn es eine kleine ist, die steht mir zu, das wäre ja auch noch schöner, da kann er liebes Fräulein Kathi sagen, was er will, außerdem muß er mir ein gutes Zeugnis schreiben, damit ich wenigstens nach Stuttgart, du weißt, die interessieren sich für mich, hole ich also tief Luft und sehe ihn so bös an, wie ich nur kann, klopft er mir auf die Schulter, so als wäre ich sein bester Freund, als hätte ich gerade eine Lobeshymne auf sein Haus geschrieben, na warte Freundchen, denke ich, so fängst du dir keine Kathi Gablfrühstück, liebes Fräulein Kathi sagen, auf die Schulter klopfen und dann nichts springen lassen, das kennen wir, das wäre ja auch noch schöner, aber da sind Sie an die Falsche geraten, lieber Direx, das ist sicher. Da sagt er: Das war das Beste überhaupt. Genial. Und küßt mich auf die Wange. So, sagt er, das Unschuldige und Triebhafte zu betonen, exzellent, du weißt ja, wie der spricht mit seinem angelesenen Vogerldoktorquatsch, jedenfalls, zum Schluß sagt er noch einmal, genial. Ja, Genial sagen, das kann er, Fräulein Kathi sagen kann er, auf die Wange küssen kann er, aber was kann er zahlen? So eine Vorstellung, das muß ihm ja was wert sein, das. Kurz und gut, meine Gage wird um einen Tausender erhöht. Ist das nicht super? Aber das ist noch lange nicht das Beste. Das Beste nämlich ist, nicht das ich alles glauben würde, was die Vorsehung verzapft, aber es ist schon erstaunlich, also paß auf, mich erwarten also am Bühneneingang so wie immer Kavaliere, aber diesmal. -*Tuttut.*

Ein Glück, war Gundula erleichtert. Der Anrufbeantworter hat mir den Verehrertratsch erspart. Eigentlich müßte ich die Sprechzeit noch verkürzen, damit ich nicht dauernd die ganzen Romane höre, in denen sie die Besten sind, die Ersten, Schlauesten. Denn die Geschichten, in denen sie nur erbärmliche Figuren sind, verschweigen sie. Sie sagen nichts, wenn sie die Letzten sind, die Dümmsten. Wenn die Polizei sie schnappt, ihnen die Hosen runterläßt und mit Gürteln in sie drischt. Sie selber weiß, wie oft so etwas vorkommt, wen man alles schon verdroschen hat. Aber aus irgendwelchen Gründen spricht man nicht darüber. Warum? Aus Scham? Oder ist es Schiß?

– Gundula? Werner hier. Da kroch von ihren Füßen die Wut in ihren Körper, hörte sie seine abgehackten Sätze: Also, die Prüfung ist bestanden. Du kannst mir gratulieren. Ich habe einen Katzenfütterungsapparat gekauft, der funktioniert mit einer Weckeruhr. Außerdem beabsichtige ich, an einem der nächsten Werktage mir den Film *Violetta* mit Douglas Dünnbier und Judith Hopfer anzusehen. Der soll sehr gut sein. Wenn du nichts dagegen hast, besorge ich zwei Karten und bringe dir dann auch die Katzengouvernante.

Dieser Trottel, schlug sie ihre Hand gegen den Anrufbeantworter, daß die Fingerkuppen schmerzten. Hat er noch immer nicht kapiert, daß ich nichts mehr von ihm will? Er ist ja lieb und meint es gut, nur mischt er sich halt ständig in mein Leben ein. Mit kleinen Geschenken drängt er sich hinzu und schnürt mich ein, obwohl er wissen muß, daß das nicht läuft. Wozu haben wir uns denn getrennt? Bei ihm aber scheint die Trennung erst die Liebe angefacht zu haben, plötzlich bin ich ihm beachtenswert, bildet er sich ein, er könne ohne mich nicht weiterleben, plötzlich will er alles tun. Er tut mir leid. Nur, was soll ich viel machen? Er bedroht mich. Seine Angebote, Geschenke, Fragen, was er machen darf; er bohrt sich mit seinem Aufdringlichkeitsstachel in mich, als ob ich ihn vergessen könnte. Dabei, es stimmt, das ist es, was ich will. Ihn vergessen.

Wenn er eine Blume wäre, würde ich ihn ausreißen samt seiner Zwiebel. Und wäre er eine Biene, ich würde sie zertreten. Nichts mehr von ihm wissen, diesem Werner, nicht mehr an die Zeit erinnert werden, als wir nebeneinander lebten, gegenseitig, ohne Worte, unverzahnt. Wie eine Krumplmade und die Larve einer Schlupfwespe, die sie von innen her auffrißt. So bin ich mir vorgekommen, als wäre diese Wernerlarve in mir drinnen, die mich aushöhlt, mir mein Fleisch auffrißt, bis am Ende nur noch Gehirn und Nervenstränge übrig sind – als letzter Happen, Leckerbissen. Obwohl er ja zu Anfang lieb war, mich von den Tranquilizern, Antidepressiva losgerissen hat, mit mir spazierenging, ins Kino, Honig um mein Maul geschmiert hat. Ich aber habe ihn benützt, von meiner Mutter loszukommen, habe ihn mir umgehängt wie einen Ausweis, nur damit man mich in Ruhe läßt. Wernerstock.

Wir hatten ja keine Kommunikation. Nicht, daß er mich einmal gestreichelt hätte, gesagt hätte *Komm*, nicht daß er mich gepackt hätte, wenigstens die Hand, nein, höchstens hat er mir ein Bussi auf die Wange appliziert, ohne Leidenschaft, wie man eine Marke auf ein Kuvert klebt, pft, das war schon alles. Er kann ja nur in Filmtiteln und Preisen reden, von seinem Douglas Dünnbier schwärmen, sparen. Immer, weil ihn vor meinen Kotzattacken geekelt hat, das Klo putzen. Aber nicht mit einem Klobesen, das ist zu unhygienisch, nein, mit der Hand. Als Mann hat er für mich versagt. Der ist ja ein Reinlichkeitsfetischist. Und was er immer mit meiner getragenen Wäsche aufgeführt hat. Wochenlang hat er sie versteckt und wasweißich damit gemacht. Oft sind meine besten Stücke für Monate verschwunden, dann waren sie plötzlich wieder da. Aber einmal hab ich ihn erwischt.

Sitzt da und riecht verträumt an einem meiner Socken, macht ein berauscht-glückseliges Gesicht, als ob er angesoffen wär. Bitte, ich hab nichts gesagt. Aber die Art, wie er sich schuldbewußt benommen hat, hat eigentlich schon alles ausgesagt. Die Ausreden, die ihm eingefallen sind, als ob ich ihm ins Innerste seiner Seele gesehen hätte. Aber mir kann er nichts vormachen, Werner nicht.

Dann haben wir zwei Jahre lang fast nichts gesprochen, nur stumm gelebt. Getrennte Betten, Blicke nur und Haß. Das ganze Unausgesprochene, das Aufgestaute. Jeder gibt dem anderen die Schuld, erblickt in ihm die gleiche Tragik, denselben Komplex. Und ich habe die Katzen gekauft, um etwas zwischen uns zu schieben, Badido, den Hirtenhund aus Pakistan, die zwei Beos Tescardi und Heinrich und außerdem die Hamster, nur um etwas zwischen uns zu haben, als Tierliebe getarnte Tätigkeiten. Nur ihm nicht in die Augen sehen, bloß ihn nicht berühren, weil mich geekelt hat. Wäre ein Regenwurm über meine Lippen gekrochen, hätte ich keinen größeren Widerwillen empfinden können. Und alles, was er mir am Anfang Liebe war, weil er mich von meiner Mutter losgerissen hat, von den Medikamenten, ist ins Gegenteil geschlagen. Haß. Ich wollte bloß noch, daß er geht, habe gehofft, gebetet und den Tag seines Auszugs innerlich gefeiert, triumphiert. Auch wenn es mich geärgert hat, weil er nicht ans andere Ende der Stadt gezogen ist, sondern eine Straße weiter nur. Er es sogar so eingerichtet hat, angeblich, weil er ein Kellerabteil benützt, daß er noch immer einen Haustorschlüssel hat, wahrscheinlich hat er den Hausbesorger bestochen. Tatsächlich geht es ihm darum, im Haus herumzuschnüffeln, seine Nase in die Geruchsspuren zu pflanzen. Geschenke an die Tür zu hängen, damit er ja nur nicht vergessen wird, ich ihn spüre, sein Beobachten. Wie ich ihn hasse. Ich hasse ihn.

Wann wird er denn begreifen, daß ich Ruhe will? Wann sieht er es? Was kann ich dafür, daß er keine Freunde hat? Er kennt ja niemand, bemüht sich nicht, lebt ganz allein, nur für sich. Man weiß nicht, was er denkt, was in seinem Kopf passiert, direkt unheimlich. Traurig aber auch. Etwa wenn er sich eine Geburtstagstorte kauft, um mit sich alleine zu feiern. Oder zum Telephon geht und tut, als würde er mit dem Bundespräsidenten sprechen, als würde der ihn einladen. Zum Golf. Das gibt ihm das Gefühl von Wichtigkeit. Dann ruft er die Zeitansage an, damit wenigstens jemand zu ihm spricht, fährt alleine nach Mallorca, setzt sich in die Sonne, läßt sich photographieren, wie er einsam ist. Eine traurige Figur. Trotzdem ist er überzeugt, ich komm zu ihm zurück. Auch wenn sein Mund nichts wissen will, von der Sehnsucht und der Arschlochleckerei, in seinen Augen schwimmt es doch.

Franz. Franz war anders. Plötzlich. Franzens Denken war nicht er. Aus irgendeinem Grund grinste er nur blöd, sprach leise, schwer verständlich. In Franz war etwas vorgegangen. An Franz hatte sich etwas verändert. Dabei sah Franz wie immer aus. Niemandem fiel was auf. Viel gesprochen hatte er nie. Wirklich herzlich werden konnte man ja nie mit ihm. Der Franz war tot. Seine Augen tranken Konturen in sich rein und liefen über. Der Franz, den alle zu kennen glaubten, war gestorben, bevor er noch beweisen konnte, daß er eigentlich ganz anders war. Dieser Franz, er war nicht mehr. Da war ein anderer. Ein Auch-Franz-Ich. Und dieser übernahm die Aufgaben von Franz, spielte ihn. Er sprach, was Franz gesprochen hätte, er aß, was Franz gegessen hätte, tat, was Franz getan hätte, sah, was Franz gesehen hätte, weinte, was Franz geweint hätte, lachte, was Franz gelacht hätte, aber Franz hätte nicht gelacht, dachte, was Franz gedacht hätte, aber Franz hätte nichts gedacht, Franz, er war nicht mehr. Bloß dieser andere war da in ihm, erledigte den Franz für ihn. Bloß dieser andere füllte den kleinen Franzenskörper – wie die Larve der Schlupfwespe die Made füllt.

Der eigentliche Franz war auf einen Dachboden gebracht, an einem Hochstand mit einer Burschi flüsternden Frau Hornaus vorbei, vorbei an Sonnenstrahlen, die ihre Stricke durch die Ritzen seilten, an Spinnweben vorbei, durch Mauern durch, durch schwere Türen, in ein letztes finsteres Kämmerchen hinein, eine letzte Treppe noch hinauf, in einem unbestellten dunklen Eck, da war der Franz über einen Balken hingelegt. Seine Augen feucht glänzend wie Gelatine. So lag er da. Aufgespießt. Zerfranst. Gekreuzigt. Der Rest war in einen Pferdehalfter eingedrückt, Sperma tropfte an ihm herab. Heraus kam ein anderer, der nichts mehr wußte, sich an nichts erinnern konnte, an keine Hand und keinen Griff, nichts Festes. Ein anderer, der von den Hieben nichts mehr wußte, nichts mehr von dem Stich. Ein anderer, der nur noch sah, was Franz gesehen hätte, wie der Lorenz bei seinen Hausarbeiten saß, Pepi ihre Puppe masturbierte. Die Mutter, die in ihren blauen Flecken kauerte, in einem Bad aus Wimmern, Schmerzen und Befehlen, daß sie gar nicht jammern brauche.

– Nein, einen Doktor braucht sie nicht. Es geht ihr gut, sie deliriert, Visionen hat sie, nein, sie stirbt nicht. Blaue Flecken? Sicher. Hilft nichts. Da muß sie durch. Hör mal zu, Baruch, ich sehe selber, was sie hat. Nein, keine inneren Verletzungen, ach wo. Es geht ihr halt ein wenig dreckig, weil sie gestern über den Durst getrunken hat. Hilft alles nichts. Sie fühlt sich nicht ganz wohl. Sie träumt. Das muß sein. Aber einen Doktor braucht sie nicht. Bist du verrückt? Hilft alles nichts.

Durch eine lange schlagende Ader schwamm die Anna, einen Spießrutenlauf machte sie durch, tauchte durch das trübe Wasser festgebissener Empfindungen, hielt die Luft an, kniff die Augen, spürte, wie ihr Herz aussetzte, sie sich drehte, drehte, drehte und in einem Turnsaalgeruch wieder zum Stehen kam. Sie war viel jünger, hatte sich die Haare parfürmiert, die Lippen angemalt, erstmals ein geblümtes

Kleid an, die Schultern schüchtern hochgezogen, den Blick starr im Parkett, da wollte sie hinein, sich in dieses Insich krallen, nicht aus ihrem Stehen treten, nicht nach vor, sich auch nicht drehen. In das Gesicht nicht sehen, das plötzlich da vor ihr gerann, einen merkwürdig aussehenden jungen Mann aus der glühendheißen Luft ihr schmolz: Ponstingl-Ribisl, der nicht viel größer war als sie. Sein Grinsen wollte sie nicht sehen, nicht seine Narbe auf der Stirn und nicht die dazugehörige Geschichte hören. Nicht seinen Kaugummigeruch, und seine Opern nicht, nicht seine Mathematik. Wie kann ein Mensch nur Sixtus heißen? Tanzen wollte sie, nicht lachen. Zur Musik wollte sie sich drehen, sich fallen lassen, ganz vergessen, in starken Händen schweben und entfliehen. Der Schule, der Mutter, den Brüdern und dem Namen Semmelrath. Wie ein Kreisel wollte sie beschleunigen, die Schwerkraft überwinden, hinauszentrifugieren, aus diesem Dasein weg. Und nicht die Narbengeschichte von Sixtus hören. Aber wo war er überhaupt?

Wahrscheinlich war das Blut schuld, das ihr in den Schläfen pochte, jedenfalls geschah etwas mit ihrem Sehvermögen. Plötzlich stand ganz ein anderer vor ihr. Einer mit Rasierwassergeruch, einer von den Lederjacken, Mopedfahrern, die nicht mehr in die Schule müssen, ein Zigarettendunst und Bierausdünster. Und? Wie kommt denn der in unsere Tanzschule? Nur einmal ansehen, hört. Nur einmal zupacken. Vorwärts, nicht so schüchtern, Herzchen. Doch tanzen kann er, hat auch einen festen Griff, und drehen kann er, daß es einem warm ums Herz wird. Nur einmal ansehen, hört, das sagt er, gleich greifen will er, ich spürs, ja küssen gleich, denn wozu sonst will er, daß ich mit auf seinem heißen Eisen fahre. Nur einmal ansehen, Herzchen, sagt er, hört, und hebt mir gleich den Rock und grinst, greifen will er gleich. Er will alles gleich, nur seinen Namen will er mir nicht sagen, lacht und meint, er ist der Satan selbst. Auf sein Moped steigen wir, dem ein notdürftigst mit Draht befestigter Auspuff runterhängt, er drückt den Starter, es heult auf, der Motor zieht. Ein Teufelsritt. Fest halte ich mich an, spüre den Wind, der wie ein Schrei an uns vorüberzischt, als ob er Anna schreit. Anna! Zurück! Das ist der Satan, der ist nichts für dich. Als ob die Landschaft immer kleiner wird, als ob der Tag in Nacht vergeht, als ob ich jemand frage, ob wir glücklich würden miteinander, der dann antwortet, gewiß, nur miteinander. Wir sind ganz bestimmt füreinander vorgesehen. Herzchen und Satan. Wir dürfen einander nie verlassen, ganz egal, was auch geschieht. Sind wir bestimmt füreinander, ganz egal, was –.

– Anna, komm zu dir. Anna. Du darfst nicht. Anna. Hörst du, du darfst nicht sterben. Doch da war es schon zu spät. Schüttelte der Vater nur noch den Leichnam seiner Frau. Die war davongebraust, raste durch den Tunnel, die Materie, durch Häuser, Höllen, Himmel, alle Welten. Alles war sie. Überall. Und alles konnte sie nun sehen, die Kinder, ihren Vater, Valentina Buschenpelz, mit ihrem Sparbuch prahlend, Toselli und Fuentes, die Bussi-Bussi-Frau, vom Himbeerdenken schwärmend, den Kaiser selbst, in Mayerling eindringend, wie er seinen Sohn erschießt, Mary Vetsera, Rudolfine Krumpl, Sushi-Röllchen essend, Ponstingl-Ribisl, über die Gmundener rätselnd, Bettina, Martina und den Feisten Fridolin, auch Roland, der von seiner Anna träumte, das Medium, rindfleischkochend, ihre Brüder, von der Zeit und Zahlen schwärmend, in Rom Laura Cornetti, Ladislaus Stangl, Rätsel lösend, und das Tagebuch ihrer Nichte, worin sie sich noch kurz verfing. Verflog.

Heute, liebes Tagebuch, habe ich wieder einen langen Brief an Douglas Dünnbier abgeschickt, den 78. Ich bin aber überzeugt, er liebt mich. Er antwortet nur deshalb nicht, weil er prüfen will, ob meine Liebe auch wahrhaftig ist. Er wird es sehen. Groß und stark ist sie, wie er. Die Veronika Bocksbusch hat gemeint, ich bilde mir das ein, er ist gar nicht in mich verliebt. Wie hätte er mich sehen sollen, damals am Flughafen. Die vergißt, daß ich laut gekreischt habe, bevor ich in Ohnmacht gefallen bin. Das muß ihm aufgefallen sein. Die ist nur neidisch und eine blöde Ziege noch dazu. Oder warum sonst hätte er die Hopfer in den Arm genommen und dabei leicht gezwinkert. Du verstehst mich, liebes Tagebuch, weißt, daß das ein Wink gewesen ist. Gudrun, wollte er damit sagen, Gudrun, ich liebe ja nur dich.

Das, was gestern vorgefallen ist, habe ich ihm lieber nicht erzählt, weil er doch denken soll, daß ich unschuldig bin, sonst mag er mich nicht mehr. Onkel Ambros war heute bei uns und hat mit Mutter gestritten, wegen irgendwas, das mich nichts angeht, haben sie gesagt. Dabei geht mich alles etwas an. Wahrscheinlich war der Onkel Ambros wieder einmal am Spinnen. Der bildet sich ja immer ein, daß alle gegen ihn sind, er ungerecht behandelt wird, in eine Verschwörung geraten ist und so ein Zeug. Dauernd seine Statistiken, als ob es jemanden interessieren würde, wer wie lange Zeitung liest, was für ein Bildungsgrad und so ein Quatsch. Das braucht der Dünnbier nicht, der sagt bloß *Ich liebe dich,* und alle liegen ihm zu Füßen, der hat so Durchschnittlichkeiten nicht notwendig. Statistiken? Der Dünnbier nicht.

Ich habe dann die Mutter auch daran erinnert, was sie mir versprochen hat. Hat sie gesagt, vielleicht. Vielleicht, wenn es nicht zu teuer kommt. Das heißt, sie hat schon ja gesagt. So gut als wie. Das ist ja auch kein Zustand mehr, alle Männer sehen mich an wie eine Aussätzige, und wenn ich ihr das Gestrige erzählt hätte, würde sie nicht mehr überlegen. Meine Riesendinger gehören verkleinert. Das steht fest. Bald, liebes Tagebuch, hat sie mir versprochen, gehen wir zu einem Arzt, weil, hat sie gesagt, wie der Dichter sagt, du weißt ja, daß sie bei jeder Gelegenheit diese Redewendungen einbaut, Eile Weile braucht und so ein Zeugs. So viel für heute, liebes Tagebuch. Deine Gudrun.

Dort wo Gudruns Trauben reif über den Stock hingen, hatte eine andere nur zarte Knospen. Als hätten unsichtbare Beißzangen die Nippel gepackt, leicht angezogen. Patricia!

Zustände sind das! Zustände! Gott sei Dank nicht endgültig, sondern bloß vorläufig. Karol Knechtl räusperte sich. Er war einer, der sich dauernd räusperte, wenn er nicht gerade von seinem Raucherhusten über einer Teppichstange ausgeklopft wurde. Er hatte eben sein Bierglas leer getrunken und gab dies mit einer knappen Handbewegung Patricia Herrgott-Wixinger zu verstehen. Ob sie es begriffen hatte? Man würde sehen. Sein silberstichiger Mohair-Anzug glitzerte, in italienischer Schuhmacherkunst standen seine Tennissocken, Ochsenblut, er zupfte an seinem Schnurrbart, der sich monarchistisch nach außen ringelte und wegen dem ihn die Krumpl immer nur *Schnurrliburli* nannte, weil sie das an ihre Katzen erinnerte, an Böselkraut und Ferdinand. Dabei wollte Knechtl gar kein Schnurrliburli sein, im Gegenteil, für einen feurigen Casanova hielt er sich, für einen Experten in der Popologie, der nur mit den Fingern zu schnipsen brauchte, und alle Katzen lagen ihm zu Füßen – mitsamt ihren Popos. Aber die Krumpl wußte ja auch nicht, was sie sagte. Die erregte sich an ihren Worten, rieb sich daran auf wie ein Zündholz am Schleifpapier. Soviel redete die. Da war er, Knechtl, schon aus knorrigerem Holz verwachsen. Da war kein Schwefel, der sich an irgendwelchen Worten hätte entzünden können. Er sprach überhaupt fast nie, hörte lieber zu, zupfte sich am Bart, räusperte sich und brummte gelegentlich, wenn man Schwefelköpfe an ihm rieb, *Mhmm*. Das machte ihn sympathisch. Alle hielten ihn für einfühlsam. Dabei war er meistens ganz woanders, setzte sich sein Mhmm-Gesicht nur auf, damit man ihn in Ruhe ließ. Wenigstens schnitzte er daraus Profit. Nicht nur, daß sein Gebrumme bei anderen den Eindruck erzeugte, man könne ihm bedenkenlos alles erzählen, weil man auf tiefstes, noch nie dagewesenes Vertrauen und Verständnis stoße, es half ihm auch bei seiner Arbeit. Und nicht nur dort, auch im Nebenbrot.

Er war nämlich noch bei einer Agentur beschäftigt, die ihn nächteweise an Damen vermittelte. Der klassische Gigolo wird beim Gedanken an das Weibliche in seinem ganzen Sein erschüttert, und er empfängt von der Damenwelt Befehle, als wäre er ihr Diener, einzig dafür auf der Welt. Der klassische Gigolo ist im allgemeinen von kleiner Statur und wenig zielbewußt. Nur mit Frauen verkehrt er wie mit einem Gott, verehrt und hofiert sie, betet sie an bis hin zur Selbstaufgabe. Knechtl ging es aber mehr ums Geld.

Er ging mit ihnen tanzen, hörte ihnen zu. Vor allem Witwen um die vierzig, fünfzig, die sich einmal etwas gönnten. Viele Hippopotamus-Damen, die mit ihren dicken Sonnenbrillen und der Nilpferdstatur auf keinem freien Liebesmarkt eine Chance gehabt hätten, und wenn, dann nur bei Coire-per-mammae-Fetischisten, Armaturhobler auf deutsch. Das Problem der Frauen war, daß sie erst dann wollten, wenn sie nicht mehr die Figur dazu hatten. Aber auch Magersüchtige und Hysterische zählten zu Knechtls Kundinnen, Damen der Gesellschaft, Studentinnen genauso wie Verkäuferinnen. Sogar Pastorinnen. Einmal wollte ihn eine fesseln und Spiele mit ihm treiben, doch das ging ihm zu weit. Die meisten wollten reden, tanzen, trinken und gehalten werden. Ihm dagegen war es mehr das Geld und seine Studien.

Die Popologie ist eine komplizierte Wissenschaft, die von den Rassenlehrern völlig übersehen worden ist. Sie geht davon aus, daß an der Gestalt des Arsches alle wesentlichen Eigenschaften einer Person abzulesen sind. Hauptsächlichst wird in drei Grundtypen unterschieden. In A, den kaum vorhandenen, fettlosen Fieselpo, der wie der verlängerte Oberschenkelmuskel wirkt. B, der eigentliche Weltpopo, bei dem sich zwei halbe Erdkugeln auf das Ende der Oberschenkel stülpen, im Idealfall mit leichtem Überhang. Wie Eiskugeln. Und schließlich C, den fett- und muskellosen Schleifarsch, bei dem ausgeleierte, aneinanderreibende Gewebefetzen einen Popo simulieren.

Diese drei Grundtypen werden mit Bäuchen und Oberschenkeln verschiedenster Fasson kombiniert, wodurch sich zahlreiche Details ergeben, die der geübte Popologe selbstverständlich aus dem Effeff, man sagt in der Popologie aus dem Aa, beherrscht. Je nach der Faltenform, mit der die Backe auf den Oberschenkel trifft, unterteilt man in *Sanguiniker, Sekretär und Semmel.* Auch die Fältchen ins Geschlecht hinein, Lage und Proportion des Fettansatzes sind in der höheren Popologie genauestens erfaßt. Es ist nämlich eine irrige Volksmeinung, den klassischen Hintern rund zu sehen, im Gegenteil, eher gleicht er zwei nebeneinandergestellten Dreiecken, die gemeinsam nochmals ein Dreieck zeichnen, deren Hypotenuse dann die waagrechte Backenlinie ist. Entscheidend aber bleibt, wie der Scheitel, die große Falte, in den Rücken übergeht. Im Idealfall mit kleinen Pfirsichhärchen, einer Gabel. Und schließlich noch die insgesamte Form. Wird, wenn man beide Gesäßbacken zusammenzieht, ein liegendes Dreieck gebildet, ein Quadrat oder ein aufgestelltes Rechteck? Handelt es sich um eine Raute? Welcher Proportion?

Im allgemeinen findet man Rechtecke, die bei ganz jungen Gänsen noch am flachsten sind. Je älter eine wird, desto höher wächst ihr Rechteck, bis es Quadrat wird, kippt. Das nur zur Einführung. Man glaubt ja gar nicht, wieviel Wunderbares an so einem Arsch sein kann. Und die Popologen vergöttern ihn. Monatlich finden Kongresse statt, referiert man über Themen wie »Der Arsch der Welt«, »Der analoge Einfluß des Popos auf die industrielle Revolution«, oder »Ärsche von Genies«. Ein Popst wird gewählt, an seine Seite Arschinäle, Bischöfe. Sogar ein Wappen hat man, gut getarnt, damit man nicht gleich die Internationalität und Macht dieser Vereinigung erkennt. Es ist der die Arschrosette symbolisierende fünfspitzige Stern im Kreis, der der Tarnung wegen manchesmal auch ohne Kreis wiedergegeben wird. Jetzt, um die Verbreitung der Popologie zu belegen, braucht man sich nur das gehäufte Vorkommen des Fünfsterns in den Nationalflaggen anzusehen. Die ganze Welt! Nur Popologen! Aber davon wußten die Feministinnen und Knechtls Polizeikollegen nichts.

Wo waren die denn überhaupt? Fünf nach und noch immer keiner da. Dabei hatte Knechtl extra einen Termin mit einer Dame abgesagt. Der Ponstingl, dieser Quadratarsch, das war der Richtige, einfach ein Treffen anzusetzen. Als könnte er sich nicht ausrechnen, daß das ungelegen kam. Wenn er in sein Ballett wollte, dann hatte sich ja auch keiner zu treffen, oder wenn er in die Oper ging. Aber der Ponstingl hatte einfach kein Zeitgefühl. Wie sich der schon anzog. Der war viel zu jung für einen Kommissar, viel zu jung. Rauchte nichts, trank nichts, wie wollte denn der einen Fall lösen? Vielleicht mit blöden Sprüchen? Pha, die Wahrheit, hatte er gesagt, die Wahrheit kommt immer an den Tag. Der würde sich wundern. Der war viel zu gut erzogen. Der wußte überhaupt noch nicht, was hier gespielt wurde. Nichts. Und damit lag Karol Knechtl vollkommen richtig.

Doch da kam er schon angetrabt, der Kommissar. Die hübsche Assistentin hinterdrein. Ponstingl-Ribisl hätte gern die Zügel schleifen lassen, sich in sie verliebt, entsprach sie doch ziemlich seiner Idee von Frau – außerdem lief alles darauf raus. Aber noch hielt er sich zurück, sagte er sich selbst:

– Ich kann mir ja ausrechnen, wieviel sie von mir will, die Krumpl. Die Geschichte meiner Narbe will sie wissen, sonst interessiert sie sich für nichts. Wenn ich ihr sage, daß Gmunden 4851 Einwohner hat, ists ihr egal. Und wenn ichs dem dicken Joschi unter die Augen reibe, diesem eingebildeten Möchtegern-Genie, diesem Reserve-Gauß die Ziffern einzeln in seine glänzend dicke Speckschicht drücke, wird das sie interessieren? Kein bißchen.

– Wir haben also, begann Gundula Krumpl den Stand der

Erhebungen flachzudrücken, folgende Ereignisse. Das Opfer heißt Anna Hasentütl, war sieben Jahre alt und hatte besondere Kennzeichen: keine. Das heißt, ihr Gesicht war etwas asymmetrisch, beinahe assyrisch geschnitten, und die Gerichtsmediziner haben eine voluminöse Deformation des Schädels festgestellt. Abgängig war sie nicht, weil man sie so rasch gefunden hat. Die Kehle war ihr abgeschnürt, ihre Unterwäsche zerfetzt. Spermakrusten klumpten ihr im Haar. Sie lag in einem Keller-Abstellraum versteckt, der Hausmeister hat sie gefunden, Ladislaus Stangl.

Gundula Krumpl hielt ihre Nase hoch ins Licht, zog ihre Lippe nach, ließ mitleidig den Blick herunterrollen, daß er wie ein Murenabgang den Kleinhäusler zuerst Knechtl traf, dann Ponstingl. Beide erstarrten vor so viel Arroganz. Gundulas Sprache war im Begriff sich auszudehnen, sich den beiden Benommenen um die Wahrnehmung zu wickeln wie ein Spinnenkokon:

– Ladislaus Stangl, übrigens ein fescher Mensch, mit einem glatten Scheitel, einem rotgefärbten Bart, der wie ein Strich ihm das Gesicht durcheilt. Dann hat er eine Kappe auf, Hausbesorger steht darauf, sehr elegant. Und doppelsinnig. Gundula lächelte. Seine Lieblingsbeschäftigung scheint das Lösen von Rätseln zu sein, zumindest hat er immer ein Kreuzworträtselheft bei sich. Im Keller war er, wie er zugegeben hat, weil er der Frau Hornaus nachgeschlichen ist, die einmal wöchentlich Zwiebeln und Kartoffeln aus ihrem Keller holen geht. Und weil ihr doch wer helfen muß, die in den dritten Stock zu tragen, bietet sich meistens der Herr Stangl an. Ein fescher Mensch übrigens.

– Die Frau Hornaus?

– Der Herr Stangl!

– Die Hornaus? Ist das die Dunkelrotgelockte mit der vielen Pasta im Gesicht, die sich dauernd so mit der Zunge über die Lippen fährt? faßte Kommissar Ponstingl-Ribisl die Betreffende in sein Quadrat.

– Genau.

– Die mit dem kurzen Rock, der Leopardenbluse? steckte sich Knechtl eine Zigarette in sein mit Kraushaar bewachsenes Blumentopfgesicht. Fuchtelte, ohne sie anzuzünden damit herum. Schöner Popo, quadratisch fast.

– An die Salome erinnert mich die, drehte Ponstingl-Ribisl an seinem Planquadrat. Das war so eine Eigenart von ihm, alle mit Opernfiguren zu vergleichen. Später sollte klar werden, wozu.

– Salome? Aus Knechtl qualmte eine Mundhöhle voll Denken. Er hatte für Opern kein Verständnis. Musik war ihm etwas Vorläufiges. Nur gut, wenn man dazu tanzen konnte, wenn sie aufforderte, den Weibern in den Schlitz zu steigen, dem strengen Nylongeruch, ja ins Intimparfüm. Der Bolero, das war eine Musik, mhmm. Da wackelten die Hintern. Aber die Salome? Das war für ihn irgendein Schnuckelchen aus dem Religionsunterricht.

– Die Salome, begann der Kommissar, hört dem Propheten zu und kapiert nicht das geringste. Eigentlich will sie mit ihm ins Bett. Freilich. Aber mit so Sprüchen wie *Geh in die Wüste und streue Asche auf dein Haupt* kann sie nichts anfangen. Der Herodes langweilt sie entsetzlich.

– Mhmm.

– Also will sie, weil sie nichts davon versteht, aber einen ausgeprägten Formsinn hat, die Oberfläche, den Prophetenkopf. Und wie sie ihn bekommt, beißt sie gleich hinein wie in eine Marille. Wenn das nicht verrückt ist. Freilich, diese Opernweiber sind mitunter alle nicht ganz dicht.

– Und was hat das mit der Hornaus?

– Na, die roten Haare.

– Nein! Die hat sich beim Stangl anders revanchiert.

– Hat sie ihn zum Essen?

– Ponstingerl!? Sieht die aus, als ob sie kochen könnte?

Gundula sah ihn an, als wäre sein Gesicht von einer Geschwulst entstellt.

– Nicht?

– Der Stangl ist ein Mensch gewordenes Fortpflanzungsorgan, ein lebendiges Kreuzworträtselheft, und wenn er sich nicht selber neben seinen Scheffel stellt, ist es meist, wenn die Hornaus Kartoffeln, Zwiebeln holen geht, daß sie zuerst ihm was runterholt, bevor er ihr was hinaufträgt. Vier Stockwerke. Die Hornaus hat das zugegeben. Sie sagt dann, na Burschi, schauen wir einmal, wie dir das gefällt, und er sagt nur, Doppelvokal.

– Aber wäre es nicht möglich, daß die kleine Hasentütl die beiden erwischt hat und –.

– Unsinn, was soll denn die kleine Anna da. Der Keller ist finster, feucht. Kein Kind steigt da freiwillig hinunter. Krumpl zog ihre Lippe hoch, sah Knechtl an. Herablassend.

– Ihr könnt sagen, was ihr wollt, machte Ponstingl eine große Geste, aber dieser Stangl macht für mich einen abstoßenden Eindruck. Oh, ich hab es gleich geahnt. Oh, wie ich es geahnt habe. Für mich ist er verdächtig. Wenn ihr mich fragt, war er es. Jemand der das wunderbare Quadrat als Buchstabenhalter in Kreuzworträtseln mißbraucht. Die Hausfrauen noch dazu. Für mich ist ers gewesen.

– Der Stangl war es sicher nicht. Der hat ein Alibi.

Was für eine Frau, war Ponstingl von dieser Krumplschen Verächtlichkeit so begeistert, daß er gleich hineinsprang, ein paar Züge schwamm und in ihr unterging, in dieser arroganten, ungesunden Blässe. Sie gibt sich so, als hätte sie nicht den Ansatz eines Körpers. Dabei füllt sie ihn komplett mit spitzen Trümmern zwischen Hals und Nabel, blond gesträhntem Haar und einer Hüfte zum Geigenbogen-darin-Spannen. Aber alles, was sie will, ist Ruhe haben. Ins Kino oder Restaurant will sie nicht gehen, die Oper interessiert sie nicht, scheinbar lebt sie nur für ihre Katzen, denen sie sogar das Fernsehen laufen läßt, damit sie sich nicht einsam fühlen, aber selbst? Und dabei eine gute Polizistin. Von ihrer Mutter müßte sie sich lösen, weil sie ganz in deren Einfluß steht, tut, was die ihr sagt. Es ist, als hätte sie ein Passiersieb über sich, das nicht alles durchläßt, ausfiltert. Sogar die Männer hat sie ihr abgeseiht, wie den bereits mit ihr verlobten, diesen Werner. Gut, der war natürlich auch mit seiner zusammenlegbaren einfältigen Art nicht mehr als ein besserer Hampelmann, aber trotzdem.

Einmal hatte Ponstingl-Ribisl Gundulas Mutter gesehen, einmal war er Gast bei Fifi Rudolfine Krumpl gewesen. Zwei, drei Jahre war das her. Ein seltsamer Versuch, sich bei ihm einzuschmeicheln, hatte doch die ganze Einladung nur den einen Sinn, Gundula bei ihrem Vorgesetzten beliebt zu machen. Das war dem Kommissar mindestens ebenso peinlich wie Gundula.

Wie angebacken saß Rudolfine da auf ihrem Stuhl, sprachlos und umschwirrt von jungen, von der Rahmenmacherin bestochenen Helfern, ihr die kleinen Dienste zu verrichten. Und so thronte sie wie eine Glucke über ihrer Brut, wie Maria Theresia persönlich, und war eifersüchtig auf ihre Tochter, weil sie sich selbst noch wie ein Mädchen fühlte, wie eine 13jährige, die alle Liebe will. Dabei 59 Jahre alt, 150 Kilo schwer. Aber mit ihren Geschenken, ihrem Biskuit und ihren Anekdoten gelang es ihr, jeden Neuankömmling in ihr Gezwirn zu locken. Sie hatte ja Beziehungen, kannte die halbe Welt, war mit der anderen auf du und du.

Auch ihn, den jungen Kommissar hatte sie sich angemaßt, an ihre Beziehungen anzuknüpfen, etwas einzufädeln und so seinem Vorgesetzten ein gutes Wort zu stricken. Sofort hatte er ihr angesehen, wie sich die Beziehungen in ihrem Gesicht zu kleinen Wülsten auftürmten, hoch genug, die Flachbrüstigen zu überrollen. Sofort hatte er, Kommissar Ponstingl-Ribisl, erkannt, daß diese Frau mit Intrigen und Machenschaften sich einen ganzen Hofstaat strickte, der fähig war, dem ganzen Land seine Maschen umzubinden. Erkannt, daß in dieser Rahmenhandlung Fifi Krumpl die Fäden zusammenliefen, ja ein Knoten war. Und Gundi war die Tochter der Verknüpferin. Wenn es das Ministerium für anhaltende Lärmbelästigung tatsächlich gäbe, hier wären seine Beamten anzutreffen wie auch alle Semiprominenz. Hier war das Zentrum. Kanzleiräte verkehrten hier, Schriftsteller und Prälaten. Sogar der gewitterumwölkte langjährige Burgtheaterdirektor Klaus Breiwarm war hier Gast gewesen. Angeblich hatte sie sogar ein Mordsgeschäft mit ihm gemacht.

Der Direktor war völlig verzweifelt gewesen, weil er eine Maske für einen Blinden brauchte, eine, bei der man das Weiße in den Augen sehen konnte, worüber die Wiener Maskenbildner völlig verzweifelten. Mit Schminke ging so etwas nicht, und weiße Linsen gab es nicht. Da sagte Rudolfine, sie überlege sich etwas. Und eines Tages stand sie so an einem Würstelstand, trank einen Kaffee, rührte mit einem Plastiklöffel um, betrachtete den, da fiels ihr ein. Sie nahm die Kelle von dem Löffel, schliff sie ab, bohrte ein Löchlein rein, probierte, kaufte eine teure Silberschmuckkassette, mit Samt gepolstert, legte zwei derart präparierte Löffelschäuflein rein, erzählte etwas von Maßanfertigung, Planungskosten, Bibapoh, überreichte sie dem Breiwarm mit Brimborium, der Schauspieler für den sie bestimmt waren, Traugott Wahre, probierte sie, war begeistert, und Fifi Krumpl kassierte ein Schweinegeld. So ging es dauernd zu bei ihr.

Aber diese Glanzlichter hatten auch Schattenseiten. Weil die Mutter zeit ihres Fifi-Lebens herumgehurt hatte, und sich von jedem in den das barocke Österreich aufleben lassenden Knoten ihres Körpers stechen ließ, ekelte der aufgeklärten Tochter vor dem Übermaß an Fleisch, bekam sie Ausschläge, Allergien. Auch jetzt, wo der Kommissar wieder aus sich auftauchte, kratzte sie sich gerötete Stellen an ihrer Hand.

– Im Haus, sagte sie mit rauchiger, nach Mate schmeckender Stimme, wohnt noch die Pensionistin Valentina Buschenpelz, eine ehemalige Nonne, die ständig beachtet werden will, dann aber nur erzählt, wann und wo sie sich das nächste Mal operieren läßt, wie viele Medikamente sie nimmt und daß es gar nicht stimmt, daß sie ein Sparbuch hat, auch wenn jemand das behaupten sollte. Scheinbar hat sie also etwas auf der Kante. Dann gibt es noch den Fotohändler Florian Ziegelböck, der ein durch und durch gutmütiger Mensch zu sein scheint. Zwei Polinnen namens Bettina und Martina –.

– Moment, moment. So schnell reiten die Walküren nicht. Ziegelböck? Ist das nicht der, vor dessen Geschäft dieser Italiener erschossen worden ist? Einen Moment lang sonnte sich der Kommissar in seinem Viereck. Einen Moment genoß er die Stimmung der Heldenarie. Gleich würde er der Reihe nach die Quadrate herauszaubern und vor den Bausteine glotzenden Assistenten zu einem logischen Turm aufbauen.

– Italiener?

– Ich erkläre Ihnen das später einmal. Noch war es zu früh für seinen Turm. Der Ziegelböck wird in jedem Fall notiert. Verdächtig. Jetzt kommen die Dinge schon ins Rollen.

– Die beiden Polinnen, knüpfte Krumpl ihren Gesprächsfaden dort an, wo der Kommissar seine Kette aufgespannt hatte, arbeiten illegal in Hinterzimmern beim Feisten Fridolin, dem man natürlich nichts beweisen kann. Offiziell gewährt er seinen Verwandten aus dem ehemaligen Ostblock Unterschlupf. Beide scheinen übrigens eine enorme Abneigung gegen Polizisten zu haben. Sofort, wie sie mich gesehen haben, haben sie ein Konzert wüster Beschimpfungen begonnen. Auf polnisch, weswegen ich nichts verstanden habe außer *Curwa* und *Puta*. Außerdem sind beide sogar fürs horizontale Fach besonders herausgeputzt, ganz widerlich.

– Also dem, fuhr sich Knechtl durchs Haar, als wäre er nach einem Schlummer aufgewacht, kann ich nicht zustimmen, meiner Meinung nach sind das ganz wunderbare Bräute, schon allein diese Hintern, ganz in der Proportion, und wenn Sie von Kniekehlen etwas verstünden, Krumpl, Sie würden diese vier H zeichnenden Kniekehlen samt den ihnen entwachsenden Waden und Schenkeln für den Höhepunkt dessen ansehen, was auf diesem Gebiet die Natur bis jetzt zu bieten hat.

– Freilich, spritzte sich der Kommissar etwas Mundspray zwischen die Zähne, mit den Leopoldinen –.

– Meine Herren, stach die Krumpl ihre spitze Nase in die sich blähenden Blasen anschwellender Männlichkeit, meine Herren.

– Freilich.

Knechtl räusperte sich verlegen.

– Außerdem gibt es noch eine Familie Wurznbacher und einen Briefträger Körberl. Die Wurznbachers waren nicht zu Hause, hatten einen Todesfall, sollen aber, laut Nachbarn, anständige Leute sein. Der Körberl sieht ein bißchen blutleer aus, spricht die meiste Zeit von einem Lottosystem, mit dem er den Jackpot knacken will, von Berechnungen, die er dazu anstellt. Außerdem flüstert er einem ständig Unanständigkeiten ins Ohr.

– Da ist er an die Richtige geraten.

– Also meiner Meinung nach, näselte die Krumpl, ist er höchst verdächtig, dieser Mann.

– Warum? Ponstingl-Ribisl schaltete Quadrate durch sein Hirn, prüfte die Gänge, wo was paßte, ging. Die Namen verwirrten sich in seinem Kopf, die beschriebenen Gesichter verflossen zu einem Teig, aus dem es die Verdächtigen auszustechen galt. Ladislaus Stangl, angeblich schied er aus. Dann war der Stern des Ziegelböck, der einen großen Platz ausleuchtete, und schließlich diese Körberlform, mit der ihn seine Assistentin stach. Mit dem kleinen Ferdl hatte sie gesprochen, Annas Bruder, der, so Krumpl, ein Neurosenbündel sei, weshalb er stotterte. Photos hatte sie ihm gezeigt.

Den Körberl hatte er gleich erkannt. Ja, sicher, der sei oft gekommen, habe mit seiner Mama Vater-Mutter-Kind gespielt. Ein netter Mann, der auch öfter einmal ein Paket für die Kinder aufgerissen habe, weil die auch eine Freude haben sollten und für Ersatzansprüche ja die Post aufkam. Dieser Körberl also, türmte seine Assistentin das Strohgeflecht zu einem Kartenhaus, war der erste Tatverdächtige, auch fehlte ihm das Alibi.

Aber warum sollte der Briefträger Körberl Atnasal Acsal erschossen haben? Konnte das zusammengehen, versuchte der Kommissar hartnäckig den rechten Daumen in den kleinen Finger seiner rechten Hand zu bohren. Gut, Ponstingl-Ribisl hatte das italienische Devotionalienbild bei dem Toten gefunden, das, so hatten Ermittlungen ergeben, aus San Giovanni di Laterano stammte, der alten Papst-Basilika. Die vier unter den Namen Acsal tätowierten Punkte hatte er gesehen, die eine die heilige Agnes verehrende Sektion scheinheiliger Freimaurer auszeichnete.

Die heilige Agnes war bekanntlich im vierten Jahrhundert dazu bestimmt, einen römischen Heiden zu ehelichen, was die Christin aber verweigerte. Als Strafe zogen die Römer, die schon immer ein unbarmherzig lautes Volk waren, sie nackt aus und stellten sie der Menge hin. Doch siehe, welch ein ersprießliches Wunder, noch bevor sich ein einziges Augenpaar auf die Agnes spannen konnte, ihre Titten, ihre Scham zu sehen, ließ der keusche Herr Gerechtigkeit erblühen und ihr in Sekundenbruchteilen den Haarwuchs so beschleunigen, daß keiner etwas zu Gesicht bekam. Keine Titten, keine Scham. Nur Haar und Haar und Haare überall. Ein Wunder also. Schon das war ungerecht, den Spannern ein Wunder vorzuführen. Die eigentliche Frage, überlegte Ponstingl-Ribisl, der das auch alles bloß gelesen hatte, aber ist, ob auch die restliche Körperbehaarung im gleichen Tempo angewachsen war. Dann, so stellte er sich vor, wären aus Achseln, Scham und Arsch die Haare rausgeströmt. Haar und Haar und Haare überall. Vielleicht auch von der Lippe, gewiß aus Nase, Ohr, vom Hals, den Unterschenkeln, ganz entsetzlich. Alles Haar. Knechtl grinste. Krumpl schnitt ein verächtliches Gesicht. Und was war mit den Lidern? Mit den Wimpern? Man sah, diese Legendenerfinder hatten es sich leichtgemacht. Aber warum? Warum sollte dieser Briefträger einen italienischen Freimaurer erschießen? Das paßte nicht in sein Quadrat. Aber Geduld, Geduld, beruhigte er sich selbst, wir werden schon noch bei einer Stelle rauskommen, wo alles paßt.

– Es gibt auch eine Wohnung, war die Zähigkeit von Krumpls Sprache noch immer nicht ans Äußerste gedehnt, die dem Bistum gehört. Zufällig war, wie sie dort angeläutet hatte, gerade der Bischof selbst im Haus gewesen. *Daß Sie endlich kommen, Hutwelker,* hatte er gebrüllt. *Was für ein Bubi bringen Sie mir heute mit? Den Bodo wieder? Ich hoffe nicht.* Was hatte er für ein erbärmliches Gesicht gemacht, als sie ihm ihren Ausweis hingehalten hatte. Seine gierigen kleinen Äuglein hatten sich noch mehr zusammengezogen, Blut war ihm in die gekreuzten Schichten seines Kopfes aufgestiegen, und er hatte gepfaucht, als hätte es ihn schon erwischt.

– Ich bin mir sicher, daß dieser ehrenwerte, in violette Seide verpackte Bindegewebekoloß in dieser Wohnung Unzucht zum Kreuze trägt, tönte Krumpls Stimme, während feine Falten ihr Spinnennetz um die Krumpl-Augen webten. Tatsächlich habe ich kurz darauf einen Hauch von verfaultem Zahnfleisch wahrgenommen, ein zugehöriges großes, weibliches Becken gesehen, dem ein Pfarrerkopf am Ende saß, einen Jungen hielt er an der Hand, den er, glaub ich, Bodo nannte. Der Pfarrer zerrte, und der Junge zischte. Das alles habe ich der Sitte mitgeteilt. Die haben bloß gemeint, daß da nichts geht. Sogar wenn der Bischof, Joachim Finocci heißt er übrigens, mit Minderjährigen fleischlich verkehrt, die Polizei nichts machen kann. Und warum, ist doch wohl klar. Das liefe in die Quere. Wozu sonst das Konkordat? Da sieht man es, das ist Österreich, ein Blutgerinnsel. Blut, das gestockt ist und nicht rinnt. Eine Plazenta.

Ponstingl-Ribisl zeichnete in Gedanken die Fußbodenquadrate nach, fuhr die Fugen entlang, die Ecken, schloß Verbindungen, als stünden verschlüsselt alle Lösungen darin, steckte mit einem Mal aber in hochgeschnürten Schuhen, wadenweißen Strümpfen, einem schlitzig schwarzen Rock. Wie ein Geigenkorpus die dazugehörige Person. Patricia Herrgott-Wixinger schlug diese Saite an, vibrierte schwere Biergläser auf den polizeibesetzten Tisch. Wer hatte Mineralwasser bestellt? Verscheißert werden wollte sie nicht. Flehend warf sie einen Blick, da kam Meinrad Kalabresendorfer angegurrt. Der sah auf seinen dünnen Beinen mehr denn je wie eine menschgewordene Taube aus. Ein Kuppelbauch wölbte sich heraus, eine spitze Schnabelnase im Gesicht, rundes Backenfleisch, geflohenes Kinn. Ein Kopf, der ruckend wippte. Die Hände auf dem Rücken, stach er seine Sätze in die Gäste, unbeirrbar, stur. Was bestellt war, war bestellt. Gleichzeitig griff er mit seinen dicken Stummelfingern ins Geschlecht seiner Bedienung, die ihn vielleicht aus eben diesem Grund gerufen hatte. Ah, das tat gut.

Ponstingl-Ribisl machte eine Klammer auf und multiplizierte sich hinein. Da sah er Quasimodo Leopold Zettelchen verteilen, einen zweiten etwas zählen. Auch vor 24 Stunden war Giselher Attila schon hier gesessen, damals um seine Mutter zu verspeisen. Aurelia und Zita sah er heftigst was bereden, eine Art Kerzenschachtel in der Hand, Onkel Otto außerdem einen Turm aus Bierdeckeln und Schnapsgläsern errichten. Gott sei dank konnte er nicht verstehen, was er sang:

Faulheit unser im Himmel, geheiligt werde das Nichtstun, wie im Himmel so auf Erden, unsere tägliche Muße gib uns heute, und vergib uns unser Streben, wie auch wir vergeben allen Ehrgeizlingen …

9

Aus Leidenschaft

Der Himmel war im Vorgefühl der abendlichen Kälte. Schwarze Vögel zeichneten geräuschlos ihre Muster hinein. Wolken, uniformiert und ohne Ziel, streiften durch den Himmel, drohten, schnitten Gesichter, ballten, als sie Anna Wurznbacher sahen, sich zur Faust. Zum Teufel auch. Ihre Augen waren aufgerissen, alle Farben abgehauen, alle Temperatur. Franz und Pepi zupften an den kalten Fingern, zogen daran. Mama, flüsterten sie leise, Mama, wach auf. Den Kopf hoben sie in die Höhe, wollten ihn gerade auf die Schultern setzen, wollten, daß er stehenbleibt, Mama, flüsterten sie hinein, als wäre der Körper eine Bibliothek. Mama, hörst du uns?

Der schwere Kopf fiel immer wieder auf die Seite, wollte die Kinder nicht mehr erkennen, nicht die Welt, die Wolken. So offen ihre Augen waren, es ging doch nichts mehr hinein. Zu keinem Schimpf mehr fähig war ihr Mund. Als ob sie schliefe und sich nicht wecken ließe, weggetreten wäre, nichts mehr beachten wollte. Die Kinder beutelten den Kopf, kniffen ihr ins Fleisch, aus Neugier die Pepi in den Busen, aber nichts bewegte sich, kein Leben kam zurück. Nichts als ein Speichelfaden aus dem Mund.

Der Vater roch das. Man erkannte den Teufel in ihm am starren Blick. Er spürte, der Wahnsinn lag ganz nahe. Gleich würde er über ihn herfallen und ihn verschlingen. Eine Hitze stieg ihm hoch, er kochte, spürte, wie was in ihm blies, die Glut noch röter machte. So ist das also, wenn man verrückt wird, dachte er und griff sich seine Kinder, trug sie ins Schlafzimmer, setzte sie auf Stühle, sagte, daß das noch das Beste sei. Mit Klebestreifen verklebte er ihre Münder, band ihnen die Augen zu, die Hände auf die Armlehne und die Beinchen an die Stuhlbeine. Auch den Lorenz hatte er bereits so angebunden. Im fahlen Licht sah man nur seine Silhouette, aber wimmern konnte man ihn hören. Die Hitze spürte man, den Vater, der verbrannte. Diesmal, saß ein dicker Dorn in Hugo Wurznbachers Seele, hatte er es übertrieben. Verdammte Eifersucht. Der eigenen Frau das Leben rauszuprügeln. Diesmal hatte er es übertrieben. Nun war er dran. Er wußte, er war geliefert. Weil er an Laura Cornetti gedacht hatte, war ihm der Carbonfaden Beherrschung durchgebrannt. Weil sein ganzes Denken in Richtung Cornetti glühte, verfluchte er die Mutter seiner Kinder. Nun war sie kalt, hinüber. Sogar die Polizei, hatte ihm die Buschenpelz erzählt, war schon im Haus. Angeblich wegen eines toten Kindes. Aber Wurznbacher kannte die, das war ein Vorwand. Sie waren ihm schon auf der Spur. Nun war er dran, war er geliefert. Bestimmt wußten sie schon alles, vielleicht hatte ein Nachbar spioniert? Alles gehört, die Anna gar gesehen? Er lief zur Eingangstür und riß sie auf.

– Jesus, mich derart zu erschrecken.

Dieser angebliche Bischof, der in letzter Zeit im Haus herumschlich, war also ein Spitzel. Rätselhaft, wie es ihm noch gelingen konnte, einen Meter von der Tür entfernt zu stehen, so zu tun, als ginge er vorbei. Dann bekreuzigte er sich dreimal und sah zu, daß er verschwand.

– Lump, rief ihm der Vater nach. Mir können Sie nichts vormachen. Ihre Sorte kenne ich. Ich weiß Bescheid. Da drehte sich der Bischof nochmals um, sah sehr verstört drein, lief davon. Wenn das kein Schuldbekenntnis war. So also sah es aus. Ob sie ihn abholten? Wann? Jedenfalls würde er bald dran sein, geliefert. Andererseits wollte sich von denen keiner die Finger schmutzig machen. Die warteten, bis er versuchte, die Leiche aus dem Haus zu schaffen, darauf warteten die. Dann zack!, schnappten ihre Fangeisen zu, *Sie sind verhaftet*. Aber darauf würden sie lange warten können. Diesen Gefallen würde er ihnen nicht tun. Er würde die Tote anders aus der Wohnung schaffen, sie verschwinden lassen, irgendwie. Danach würde er sagen, sie sei fortgegangen und nicht mehr zurückgekommen, er wisse nicht, wohin. Und ohne Leiche würde man nichts beweisen können. Nichts. Er würde sich die Cornetti holen, und mit der würde alles gut werden, seine angestrebte Richtung erst zutage treten, seine Bestimmung sich erfüllen, er erblühen. Aber wie schaffte man so eine Leiche aus dem Haus? Er sah sie an, wie sie da lehnte. Ganz eingeknickt, jämmerlich. Wohin mit ihr? Er überlegte, ob er sie einfrieren, verspeisen oder in scharfen Haushaltsreinigern auflösen sollte – aber das würde alles zu lange dauern.

– Na, schrie er ihr ins Ohr. Bist du jetzt bei deinem Heiland? Oder ist es einfach still und finster, blöde Sau. Wie du mir das antun kannst! Er roch an ihr, roch überhaupt an allem, griff sie ab, biß hinein. Aber sie blieb kühl, roch nach nichts, kauerte nur da, wie angebraten auf dem Stuhl.

– Gott der Herr straft uns für unsere Missetaten? Pha. Er zerrte sie ins Badezimmer, zog sie aus, warf die Kleidung in die Wäsche, ließ den überraschend schweren, ihm vertrauten Körper in die Badewanne sinken, betrachtete das weiße, mit Sommersprossen übersäte Fleisch, die blutunterlaufenen Stellen, die Knochen im Becken, die auf den Wangen. Eine schöne Frau. Florence Nightingale im Wesen. Doch wo war das hin, das Wesen? Verschwunden. Aufgrund ihrer Rothaarigkeit, war Hugo überzeugt, war sie mit dem Herzen eine Irin gewesen, Irland war ein Nest der Rothaarigkeit. Alle Rothaarigen stammen letzten Endes aus Irland, wo sich die Menschen erdreistet hatten, dem Sonnenuntergang etwas entgegenzusetzen, der schönen Farbe eine Glut. Und was war dabei herausgekommen? Ein Volk von Mohrrüben.

Mit einem Brotmesser stieß er hinein, war überrascht, wie leicht das ging. Dann zog er die Klinge wieder raus, sah ein paar Fasern, die sie mitgerissen hatte, aber nichts vom Blut. Das war blau bereits, sehr zäh. Wieder stieß er zu, fuhr mit dem Messer da im Leib herum, kam nicht weit, zog es heraus, stieß zu, zog es heraus, stieß zu, und noch einmal, und noch einmal, und fluchte, weil er dieser Toten nichts mehr konnte. Das Gespräch war einseitig geführt. Was er auch stach und in ihr wühlte, nichts zerteilte sich, nichts wurde weniger. Da griff er voller Wut ein Bein, bog und drückte die Zehen derart um, bis etwas knackste. Das war ein Argument. Und den Kopf griff er, wollte ihn drehen, drehen, bis er ab wäre. Doch kam er nicht sehr weit, nur dahin, daß er selber schluchzte. Alles war so unwirklich, so vollständig absurd, daß er damit nicht zu Rande kam, das ist bestimmt, sagte er sich selbst, Erinnerung, ein Traum, nein, Trance. Und dabei war er vollkommen in sich, ja, ruhte ganz in seinem Körper, als er mit dem Tapezierermesser die Oberhaut aufschnitt, den Fleischwolf auf den Klodeckel montierte und portionenweise seine Frau ins WC faschierte. Er paßte auf, daß das Gelee des nicht mehr frischen Blutes nicht auf Stoffe fiel. Sah sich selber, wie er nach und nach Teile aus ihr schabte, Knochen freilegte, Organe. Nach zwei Stunden Ewigkeit hatte er sich Krämpfe und einen Muskelkater zugetragen. Dafür waren nur noch Teile seiner Frau erkennbar, sah sie aus wie ein Bild aus einem Anatomieatlas.

Da schnitt er ihr die Haare ab, spülte auch diese portionsweise hinunter und hatte nun ein wahres Monsterbild von Mensch vor sich. Die Wangen ausgeschabt, die Augäpfel hingen heraus, der Bauch geleert, die Glieder nur noch Knorpel, Knochen, vermittelte sie ungefähr die Stimmung, die einen bei den jahrhundertealten luftgetrockneten Leichen in Sizilien befiel. Wurznbacher aber, mit dem Wahnsinn schon per du, spürte plötzlich ein Verlangen und einen festen Willen in sich stehen, der ihn in das kalte Geschlecht der Anna fahren ließ. Leichenschwitz lag in der Falte toter Haut, roch nach nichts. Er aber näherte sich dem inmitten der Zerklüftung unversehrten Mund, der leicht geöffnet war, sich kalt anfühlte, salzig schmeckte, fast wies Meer. Er zögerte, dann setzte er in diese Mundhöhle seine Zunge, berührte das kalte Moos darin – als wäre er in eine Gruft gestiegen, kühl und säuerlich. Dann packte er sich aus, schob zwischen die Zähne sich, fuhr ein paarmal hin und her, begann zu keuchen – so also war es, wenn man den Verstand verlor – und erlebte gleich ein Feuerwerk, ein Ganz-Gefühl, das alle Welt, ja alle Universen in sich zusammenfaßte. Ganz wunderbar. Er spritzte mitten in die Grotte. Derart gestählt fuhr er nun fort.

Nach weiteren zwei Stunden war bloß noch ein Gerippe da, vereinzelte Knochen, Müdigkeit. Zergatschtes Mark wie Marzipan. Der tote Mensch nur noch als Möglichkeit zu ahnen. Hugo hatte schreckliche Krämpfe, Schüttelfrost. Die Gebeine zerteilte er, so gut es ging, mit einem wassergekühlten, elektrischen Fliesenschneider, drückte einige durch den Entsafter, ruinierte eine Kaffeemühle und einen Küchenmixer, zerschlug die in ein feuchtes Tuch gewickelten Knochenstükke mit einem Hammer, und warf die so produzierten Bröckchen ins WC. Den Schädel aber trocknete er mit einem Föhn und bemalte ihn dann mit Heizkörperfarbe, damit er aussah wie eine Theaterrequisite. Auf diesen letzten Annarest masturbierte er zweimal.

Dann wusch er sich und alles, wusch das Blut, das auf den Fliesen klebte, dem Waschbecken, der Armatur. In den Handtüchern und auf dem Spiegelschrank – überall große Tropfen Annablut. Er hatte sie ausgelöscht, hatte seine Frau beseitigt, und zwar nicht irgendwie, nein, wie Scheiße weggespült. Hatte er sie vielleicht umbringen wollen? Aber überhaupt nicht. Sie selbst hatte ihre Backe hergehalten, ihn gebeten, hinzuschlagen, ja, gefrotzelt hatte sie ihn. Bedeuteten diese Backen nicht, schlag zu, oder bist du vielleicht kein Mann? Wußte sie denn nichts von seiner Glut? Wer konnte denn auch ahnen, daß sie die Situation gleich ausnützte und starb, das Luder. Eben eine Semmelrath, ganz wie ihre Mutter. Eine Laura Cornetti wäre auch nicht gleich gestorben.

Eine Laura Cornetti hätte auch nicht gleich ein unangenehmes Gespräch begonnen.

Ein süßer Strom floß durch seine Adern, in seinen Ohren bimmelte Glockengeläut. Das also war der Stand der Dinge. Nun war er wieder aufgeräumt, herrschten Verhältnisse, konnte er sich auf die Cornetti konzentrieren. Nichts würde man ihm jemals nachweisen, nie, weil es nichts mehr gab, das man ihm hätte nachweisen können. Obwohl er Spuren fürchtete, kleine Kratzer im WC-Abfluß, Blutflecken, Knochenbröckchen. Aber nein, nein, da waren keine Zeugen, nichts. Nur der Schädel, der nicht echt aussah. Den er auf den Müll werfen würde, später.

Da konnte sich die Polizei auftragen, was sie wollte, dem würde sie nichts entgegenhalten, nichts hinaufdichten. Wozu hatte er denn seine Laura Cornetti gefunden, ihren Namen aus dem Ziegelböck gepreßt, doch nicht, daß eine Polizei dazwischenfunkte. Wofür hatte er denn sein Blut, das ihm schon wieder durch die Adern jaulte, ihn wölbte, Fahnenstangen aus ihm raus. Lebendige Wärme durchströmte seinen Bauch, in den Lenden spürte er ein wildes Pochen. Das innere Zittern, die Unruhe unter dem Fleisch, der er nur eine Beruhigung wußte, Laura, doch die war in Rom, und Rom war weit. Daphne, seine aufblasbare Puppe, war kaputt, also brauchte er Ersatz, noch einmal, weil das Unberuhigte ihn sonst mitreißen, ihn zerstören würde auf Teufel komm heraus. Er konnte nicht täglich seine Frau erschlagen oder sich ein Hendl kochen – was übrigens auch nicht mehr funktionierte. Teufel auch. Da fielen ihm die Kinder ein, die gefesselt und blind in ihren Stühlen schliefen, und weil er ihnen nur das Beste wünschte, eins, zwei, drei, sie außerdem so hilflos wirkten, riß er ihnen das Klebeband vom Mund und stopfte ihnen, eins, zwei, drei, die Schreie, die heraus sich drängen wollten, mit seinem kleinen Bindeglied zurück. Das also war der Stand des Dings. Sein Sinn.

– Es ist traurig, ganz entsetzlich. Selbst mir, hebt Pius seine Stimme, dem getreuen Chronisten, verkrampft sich das Herz dabei.

– Weiter. Nur jetzt keine Sentimentalitäten.

– Gut, jetzt sind wir nämlich gleich in Rom.

– Wird ja auch Zeit.

Rom? Wenn es stimmt, daß alle Straßen hier zusammenführen, aber der Straßenbelag eine belegte Zunge ist, dann ist Rom der Arsch der Welt. Und heiß. In dicken Schlieren tropfte die Mayonnaisesonne vom Himmel, patzte fortwährend fette Tropfen auf die Menschen, die ziegelroten, beigen, orangen und sienaroten Häuser, das Meer von Autodächern, schmierte alles voll, sogar ein altes Plakat, das mehrere Methoden der Schnapsdestillation zeichnerisch darstellte und in Adrian Zwacks Rücken hing. Unser nächster Idiot. Als hätte man einen Stein in sein Gesicht geworfen, der ihm als Nase festgefroren war, ringelten sich die Falten über sein Gesicht. Adrian Zwack, der ungarische Gesandte und Neffe des Magenbitter- und Likörerzeugers Horacio Zwack, welcher mit Unigum weltweit reüssierte, war, wie viele kleingewachsene Männer, derart mit Ehrgeiz angefüllt, daß ihm sein Hinaus- und Höher-Wollen förmlich aus den Augen spritzte. So stand er unter Druck. Seine bogenförmige Nase, um die sich die Falten drehten, hatte er einmal in den Wind der weiten Welt gesteckt. Nun wollte sie sich davon nicht mehr lösen. Das viele Geld, der 19.-Jahrhundert-Geschmack, die Kapitänsjacke mit Goldknöpfen, das Reden über Pferde, Jachten, Autos. Zwack war davon begeistert. Sein Ziel war es, allen wichtigen Männern dieser Welt die Hand zu schütteln, sein Wunsch war es, selbst eine beneidenswerte Persönlichkeit zu sein. Wie dieses Schaffen und Neiden auszusehen hatte, wußte er aber noch nicht. Sicher war, daß die Erfüllung seines Berufsziels dazugehörte, Botschafter, Ambassador.

Um seine Karriere anzutreiben, hatte er sich stets in die Krisenherde dieser Welt gepeitscht, dorthin, wo Gefahr am Brodeln war, es brandelte, wo sich außer ihm niemand mehr hintraute, weshalb die Aufstiegschance dort am größten war. So hatte er die überwiegende Zeit seines Diplomatenlebens in Luftschutzkellern zugebracht, in abgebrannten Botschaftsvierteln, aufgebrauchten, stickigen Atmosphären, Notstandsunterkünften, Kriegsgebieten. Alles hatte er in Kauf genommen, hatte sich das Ärgste zugemutet. 15 Jahre lang. Das Ärgste. 15 Jahre lang war er auf langweiligen Empfängen herumgestanden, hatte Fischbrötchen in sich hineingewürgt und sich ein Lager von Redewendungen und Anekdoten zurechtgelegt, war stets bereit, schneller als sein Gegenüber zu ziehen, gerüstet, Magazine leer zu reden. Anekdotensammlungen. Kaum eine Sprache, die er offiziell nicht sprach. Er verwendete so veraltete Wörter und Fügungen wie *anheimfallen*, *fürbaß* oder *von Ingrimm angewandelt sein*. 15 Jahre lang hatte er sich die unmöglichsten Städte zugemutet, die unmöglichsten Menschen.

Alle drei, vier Jahre hatten die Außenamtsbeamten um Versetzung einzukommen. Wie Priester von Pfarre zu Pfarre mußten sie von Außenamt zu Außenamt, von Botschaft zu Botschaft wechseln, was verhindern sollte, daß sie seßhaft wurden, Wurzeln schlugen, mit den Einheimischen in Verbindung traten, Geschäfte in die eigene Tasche machten. Das war das Diplomatenleben, vagabundierend, unstet. Was niemand gefallen konnte außer vielleicht Zirkusleuten, Schauspielern oder dem Verein für klimatische Gerechtigkeit, der einen jährlichen Städtetausch vorschlug, der sich, so Ambros Semmelrath, Vorsteher des Vereins, so abspielen sollte, daß in jährlichen weltweiten Ziehungen ermittelt wurde, wer mit wem zu tauschen habe. Und wie ein Bienenschwarm müßte dann eine ganze Stadtbevölkerung in eine andere Stadt ziehen. Ganz egal, wie groß die wäre, welche Einrichtungen dort bestünden, ob das den Leuten recht wäre oder nicht.

Man könnte Florenz erwischen oder Helsinki. Lima, Chicago, Aachen oder Neusiedl. Man stelle sich etwa vor, die New Yorker müßten mit Luckenwalde tauschen, oder Leoben mit Mexico City. Das ganze soziale Leben einer Stadt müßte sich jährlich von neuem konstituieren. Besitz? Was gälte der? Das wäre ein Modell, ein schönes.

So war Adrian Zwack wie eine geschüttelte Mineralwasserflasche in all seinem Inneren aufgewirbelt, weil sich nirgendwo etwas setzen konnte, ohne sofort wieder von einem nächsten Ortswechsel durchgewirbelt zu werden, wodurch am Ende nur die Hülle blieb, der Sprudel und der Ehrgeiz, der in ihm brodelte. Aber wofür? Weshalb konnten er und seine Frau niemals leben wie normale Leute, einfach barfuß, nackt im Garten liegen, Würstel grillen, billig sein, ohne den Portier fürchten zu müssen: *Schau mal einer an, die Frau vom Botschaftssekretär, gar er – wie unsereiner.* Und augenblicklich würde so ein Tratsch die gesamte Erscheinung untergraben, die Fassade derart zerfressen, daß abstoßender, nicht anzusehender Ehrgeiz freigelegt wäre. Nicht auszuhalten. Und wofür? Wofür mutete er sich das zu, gab er seinem Ehrgeiz nach, sich nichts zu gönnen als das Leben der Diplomatie, im goldenen Käfig der Smalltalk-Gespräche und Äußerlichkeiten. Wofür? Er hielt die Antwort in der Hand.

Das Glücksgefühl im Hals. Das, was er 20 Jahre lang herbeigesehnt, wofür er sein Leben riskiert, auf Kinder verzichtet hatte, stand ihm schwarz auf weiß vor Augen, durchbrannte seine Kehle, seine Brust. Und doch klebte ihm auch Trübsinn im Gebiß, der leicht fahle Kanalgeschmack einer durchgekauten Vorstellung. Die Angst vorm Schluß, vorm Fertigwerden, davor, etwas endgültig erledigt zu haben, sehr bald ohne Ziel zu sein. Die Angst vor einer Leere, etwas, das ihn in die Mangel nahm, das Alter. Und dann fiel es über ihm zusammen. Die Zeit fiel über ihm zusammen. Alle Ordnung. Seine Familie fiel zusammen. Die Streben im Inneren seiner

Person, das Zwack-Gerüst. Alles fiel zusammen. Die Füße seines Ehrgeizes wollten noch weiterrennen, aber der Kopf war schon am Ziel. Die Brust wollte sich noch blähen, aber das Jackett war bereits voll. Er spürte, wie sich ein Schleier um seinen Verstand legte, und brachte nichts heraus als: Botschafter. Ich.

Adrian Zwack war also zum Botschafter, Ambassador, ernannt, wenngleich in Indonesien, doch immerhin. Er würde sein schönes Rom mit Djakarta tauschen, seine Designerläden und geliebten italienischen Weine und Nudelgerichte gegen ostasiatische Schwüle, von Klimaanlagen durchtriebene Hitze, Hühnersuppe, wäßriges Bier. Dafür würde er als Botschafter residieren, als erster Mann in der Vertretung, als Ungarnkönig. Wohlgelaunt strich er über den Rücken seiner Nase, faßte den Knubbel, zog daran, als wollte er sagen, Adrian, du alter Gauner, endlich hast du es geschafft. Natürlich kannst du dich anheischig machen, größere, bekanntere Botschaftsburgen zu erobern, aber nur gemach, gemach.

Wie eine Welle umkippender Dominosteine würde er in alle ihm erreichbaren Wege seines Schicksals fallen, bis er sich vielleicht am Ende gar als Staatspräsident bewundern konnte. Das, so zog er den Buckel seiner Nase in die Länge, wäre auch die größte Hoffnung seiner Frau, die ihre Füße nur ungern von Italien würde nehmen wollen – zu sehr war sie in der Lebensart verwurzelt, liebte sie das Klima, die Theater, Kirchen. Sie ging leidenschaftlich gern in die Kirche und auf Vernissagen, immer bereit, neue Kleider auszuführen. Bezaubernd war sie, oberflächlich, schön und außergewöhnlich praktisch zum Repräsentieren. Aber all das, was sich in Italien so wunderbar fügte, konnte in einem anderen Land sperrig sein, entgegenstreben, sich verspießen. Sie war leidenschaftlich katholisch, rassistisch, alles andere als tolerant und hatte, hätte Knechtl festgestellt, einen prima Po. Nie wäre sie bereit, in ein Land wie Indonesien zu gehen. Eher würde sie sich scheiden lassen und sich einen anderen suchen.

Nur wenn man, wie Adrian Zwack es gelernt hatte, ihr die Wahrheit dehnte und ihr sagte, daß Indonesien nur eine Zwischenstufe sei, vielleicht die letzte, vorletzte, und er dann sicher zum Präsidenten aufsteigen würde, konnte man sie überzeugen. In Budapest vom Balkon des Parlaments winken, das wars, was ihr gefiel. Gleich jetzt, gestärkt mit seiner ganzen Freude, würde er sie rufen und ihr so glücklich alles um den Finger wickeln, daß sie nur die Ohren spitzen, aber keine stumpfen Argumente ihm entgegenhalten konnte. Zwack plusterte sich wie ein Puter, die Falten um seine Nase verrieben sich zu einem Grinser. Als er zum Telephon griff, schlug sich eine Lautwelle in seine Ohren. Sie begann zaghaft irgendwo hinten, schwoll dann donnergleich, hielt ein paar Augenblicke, füllte alles an: *Zwackilein*. Das war seine Frau. In schnellem Trab ritten ihre hohen Schuhe die ebene, aber insgesamt kleine Erscheinung an den monströsen Schreibtisch ihres Mannes. Dort angekommen, verrückte sie gleich einige Bronze-Statuetten, durchwegs Griechengöttinen, so, daß ihnen Adrian, dem sie als nächstes auf die Stirn küßte, nicht mehr in den Schritt schauen konnte.

– Weißt du, Zwackilein, kam es wie die Gischt auf einer Meereswoge angepfiffen, wer nächstens im österreichischen Kulturinstitut gastiert und wer schon Karten dafür hat?

Erstaunlicherweise ragte aus Zwacks Brusttasche, wo Männer seines Standes sonst ein gepunktetes Tüchlein oder eine vergoldete Füllfeder mit eingraviertem Namen haben, ein elektrisches Zahnbürstel. Da zeigte sich, wie zerstreut er war. Österreichisches Kulturinstitut? Wieso? Leopoldinen? Was? Sein Indonesien blieb ihm im Hals stecken. Er schüttelte seinen Kopf wie Bettler ihren Becher, versuchte es herauszulocken, aber Indonesien hatte sich vor seiner zackigen, schnellen Frau versteckt, vor ihrer schrillen Stimme, die die Luft bis hinauf zum Himmel zerschnitt. Auch Zwacks Erotik hatte sich vor dieser Frau verkrochen. Da konnte er die Sache drehen, wie er wollte, das Verlangen nach seiner Frau hatte sich in ihm zusammengezogen und verkrochen wie eine Schnecke in ihr Haus. Dabei war sie noch immer äußerst attraktiv mit ihren brünetten, etwas ins Unanständige gehenden Locken, ihren in die weiße Haut gelegten Augen, den das Kugelkinn umsprengenden Muttermalen, diesem wunderrunden Po, der spitzen Brust – sie war immer noch eine Erscheinung. Dementsprechend benahm sie sich auch übertrieben. Sie schritt einher, als ob durch sie die Welt einen neuen Mittelpunkt erhielte, als wäre sie das Licht, das alle anderen Dinge in den Schatten stellte, die Sonne selbst. Sie benahm sich so, als würden in 1000 Kilometer entfernten Städten Männer wegen ihrer bloßen Existenz Kopf und Verstand verlieren, sich versündigen, alles wegen ihr riskieren. So verhielt sie sich. Zwack aber, der sie keineswegs mehr liebte, sondern sich bloß scheute, sie sich wegzudenken, war genug gebräunt. Er konnte sie ansehen, was er wollte, sie blendete ihn nicht mehr, seiner Vorstellung kam nichts mehr heraus. Nur ein Dazugehöriges, nichts, was er noch begehrte. Außerdem war seine attraktive, äußerst fotogene Frau auch eine rechte Tussi, die nichts konnte als teure Kleider kaufen, schnattern.

Das Unterkiefer, wenn sie sprach, löste sich, so schien es, aus dem Gesichtsverband heraus, und schnappte, schnappte, schnappte. Es schob sich vor und wurde größer, schien die ganze Welt, auf alles einsprechen zu wollen, breitete sich aus, marschierte. Quatschte alles zu wie ein nie enden wollender Regen. Beobachtete man es lange genug, wurde daraus eine Militärparade, ein unendlicher Schlauch uniformierter Sprache, hart und kalt wie Griffstangen in der U-Bahn. Was erzählte sie? Daß man ihren österreichischen Freund einladen müsse, der ohnehin nach Rom wolle, Roland Leander Fleck. So könne man sich revanchieren. Und bevor Adrian Zwack dieses aufschäumende Unterkiefer zum Stillstand bringen oder in einen Trichter mit Richtung Indonesien gießen konnte, war seine Frau, die nie Zwack hatte heißen wollen, und deshalb ihren Mädchennamen, der italienisch und sehr viel schöner war, beibehalten hatte, schon zum Telephonieren in ihr Zimmer gekiefert, ihren Freund einzuladen. Wien, dachte Adrian Zwack, kann ich nicht leiden, erst recht seit man dort Atnasal Acsal erschossen hat. Wie die Perlen einer ungeöffneten Mineralwasserflasche stiegen ihm ihre Wörter an die Oberfläche und verpufften ungehört. Die Wiener, dachte Zwack, haben die Ungarn immer unterdrückt. Die Wiener und die Italiener. Wer hat denn den Walzer und die Pizza erfunden? Die Ungarn! Was denn sonst bedeutet Margarita anderes als eine schlecht geschriebene Magyarita, kleine Ungarin? Na, und der Walzer? Das, wenn die Wiener wüßten?

Wien war ganz bedeckt. Ein Wolkenteppich hüllte alles ein, lag über der Stadt wie ein Tuch über einem Papageienkäfig, verfinsterte die Gemüter. Wie Papageien in der Nacht sprachen die Wiener nicht, hüllten sich in Mißmut, stopften, um ihr Leben zu ertragen, Unmengen Süßigkeiten in sich rein, Zucker jeder Form. Von den Bergen träumten sie, davon, daß die Gletscher eines Tages schmelzen und riesige Lakritzgötter freilegen würden, oder wenigstens gepflegte Badestrände, Tropenschönheiten, das Meer.

Ambros Semmelrath war den ganzen Tag bei einer Baustelle gestanden. Wie der Bagger schaufelweise Erde auf die Ladeflächen der Lastwägen geworfen hatte, hatte auch er den ganzen Tag in sich hinein geschaufelt, nie enden wollend. Er war weit entfernt von dem Absperrgitter gestanden, auch um die Passanten zu beobachten, die überall ins Stokken kamen, wo sich Menschenhäufchen aufschichteten. Die kleinen Buben, die ihre widerwilligen Mütter hinter sich her zerrten, oder die professionellen Baustellenvoyeure, die mit dem Geschehen bestens vertraut waren und sich wie fanatische Operngeher nur bestätigt sehen wollten. Zusahen, wie man Fundamente zementierte, sich die Schaufel in die Erde grub, ruckartige Bewegungen was nahmen, hoben, wo hineingriffen, etwas berührten, wo Männer hämmerten, schrien, schlugen, dieser gigantischen sich gebärdenden Gebärde etwas entgegenhielten, die Gebühr, das Reden. Wenn man liebte, war man immer berauscht. Einmal vom Mangel, einmal vom Zuviel.

Das alles hatte sich Ambros Semmelrath mit einem sonderbaren Gleichmut angesehen. Mit leicht gespreizten Beinen war er dagestanden, in einer Flanelljacke und mit einem schlappen Filzhut, der über einem Gesicht saß, das einst schön gewesen sein mußte. Eine gerade, spitze Nase, glattes, wenn auch runterhängendes, die Backenknochen betonendes Wangenfleisch, buschige Brauen über dunklen Augen, ein kleines Mündchen, an dem vorbei die Wangen fielen, wie bei einem Boxerhund. Ein wildes Wulsten hing vom Kinn. Mehrere Doppelkinne. Insgesamt ergab sich ein Denkmal melancholischer Traurigkeit, ein Fleisch gewordener Regentag.

Dabei rechnete Ambros, der in Summe gegen alle Welt und ihren Leichtsinn war, aber Touristik preisen mußte, lieber mit einer Siedlung allen Wissens, die er sich kultivieren wollte. Er konnte das Lachen nicht ertragen, hatte sich immer von aller Heiterkeit und Unbefangenheit angewidert abgewandt. Die Dummheit des Sports, das allgegenwärtige Besessensein vom Ficken, die Unterhaltungswut. Er strebte nach Bedeutung, nach Zusammenhang, nach Sinn und Lösungen. Sein liebster Satz war stets: »Jetzt aber ernst!« Von einer Ganzheit allen Wissens träumte er. Einer gemästeten Empirik-Gans, einer Weltformel. Von einer präzisen Gesamtheit, die sich im Leben nie, in der Statistik aber immer finden ließ. Was für ein Quatsch, die ganze Menschlichkeit, der ganze Zufall.

Zufall, darauf sprang er an. Der Zufall war der Teufel, die Versuchung, das negative Prinzip. Gott war Ordnung. Gott war zu errechnen. Gott war kein Rest, nichts Lustiges. Gott, das war der Ernst. Aber wie er so den ganzen Tag gestanden war und sich hineinbegeben wollte in die Welt statischer Ästhetik, Bauarbeiterschreie, er nach außen Gleichmut strahlte wie ein Walroß, nach innen aber die Gedanken sich in scharfe Scheiben schnitt, um sie wie eine Wurst in sich hineinzuschlingen, schmierten doch die Beine in den Bauch, war er am Ende froh, daß eine gute Freundin in der Nähe wohnte. Auf dem Weg zu ihr sah er einen Ritter in voller Blechmontur, ein eigenartiges Wappen auf dem Schild: drei Himbeeren und ein langer Fingernagel. Sicher ein Tourismusgag.

Das Licht war dämmrig, die Luft gestockt. Rudolfine Fifi Krumpl saß im Zentrum ihrer düsteren, mit Teppichen verhangenen Wohnung und hatte sich in ihrer Lieblingsbeschäftigung verfangen, dem Tratsch. In seinen Verästelungen, den feinen Anekdoten, hatte sie sich verstrickt. Ein fetter Eintopf stand auf dem Tisch, Brotreste und schalenweise abgebrannte Aschenwürmer ehemaliger Zigaretten. Weinkorken rollten herum, abgelöste Etiketten klebten auf der fleckigen Tischdecke, eingetrocknete Reste am Besteck. Ein schwerer Dunst wilden Gelächters hing im Raum, der von Rudolfines Geschichten immer wieder von neuem aufgefettet wurde, ihren Gästen das Zwerchfell einzuschmieren.

Neben Ambros saß Luipold Nehoda, der am Nachmittag beichten gewesen war und nun erzählte, was für ein Gesicht Pfarrer Hutwelker gezogen hatte, als er die ganzen mit Sperma angefüllten Löcher durch die Aussparungen der Sprechgitter gedrückt bekam. *Der ganze Beichtstuhl schien sich zu verziehen. Beim Namen Semmelrath erbebte er vollständig. Pfarrer Hutwelker verlor völlig die Besinnung, Rindfleisch stieß ihm auf.* Am liebsten hätte er sich übergeben. Wie ein Schmetterling im Kasten mußte er sich vorgekommen sein –

mit einer Nadel aufgespießt. Die Furchen wurden immer gröber, immer tiefer. Erinnerten an Nackthunde.

– Na, ihr könnt euch vielleicht denken, wie sehr mich dieses mit Spalten übersäte Gesicht zur Befruchtung inspirierte. Da lachten alle, bis sie Tränen in den Augen hatten. Oder war das schon der Zigarettenrauch?

Auch der Feiste Fridolin gluckste, daß ihm die Lachlaute wie Luftblasen aus den aufgeblähten Lachsbacken rollten. Er hatte seine beiden Schwestern Bettina und Martina mitgebracht, die zwar so gut wie nichts verstanden, aber dennoch dauernd stumpfsinnig kicherten, was ihre großen Erdnußzähne entblößte, die fleischigen Gesichter noch zusätzlich in die Breite drückte, sehr sinnlich. Das Ganze war von runden Nasen und weit ausschwingenden, blond gesträhnten Frisuren, der Versinnbildlichung aller Windsurferträume, wellig unterstrichen. Sie sahen so nach Unzucht aus, daß man schon beim Hinsehen das Gefühl hatte, eine Schweinerei zu machen. Mensch gewordene Sünden. Sie brachten keine Kinder zur Welt, trugen nichts zum Wohlergehen der Allgemeinheit bei, ließen keine Spur zurück. Man sah es ihnen an, sie wurden nur, ausschließlich und sonst nichts, gefickt. Das war ihr Sinn, Samengrab zu sein. So sahen sie auch aus. Als ob sich all ihr Inneres aus Spermien zusammensetzte, als ob es wurlte im Fleisch. Und wenn man dann schamhaft den Blick von ihnen stahl, kam er beim Ehrengast zu stehen. Dem Medium.

Diese ebenfalls große, ebenfalls voluminöse, aber jüngere Frau, die man für Fifis Tochter hätte halten können (worauf man bei der dünnen, blonden Gundula nie gekommen wäre), hatte man natürlich in der Hoffnung eingeladen, sie würde den anderen in die Zukunft sehen. Hatte sie Lust? Nicht im geringsten. Lieber hörte sie Fifis Geschichten zu, die das Medium noch von früher kannte. Hatte sie, die Hellseherin, doch selbst einmal der Rahmenmacherin als Aushilfskraft gedient. Daß die Rahmenmacherei einmal kein gutes Geschäft mehr sein würde, sich sonst aber in Fifis Hofstaat kaum etwas ändern würde, hatte sie damals nicht vorhergesehen.

Wie immer waren auch heute alle der Spinne Fifi ins Netz gegangen. Die lähmte sie, spann sie in den Kokon ihrer Anekdoten und saugte ihnen so das Blut ab. Eben erzählte sie die bewährte Geschichte ihrer Mutter, die ebenfalls Herrscherin über eine Tischgesellschaft gewesen war.

– Und als wieder einmal sechs, acht betagte Damen beisammensaßen und eine ihr Gebiß herausnahm, um es vorzuführen, nahmen aus Gründen der Komparatistik oder weiß der Teufel, warum, auch alle anderen ihre Beißerchen heraus. Und wie also jede alte Dame das Gebiß einer anderen bestaunte, und das waren ja noch wirklich Damen – mit Erziehung, Contenance kam der Bettgeher der Mutter rein, – damals hatte man noch Bettgeher. Ein fescher Mensch, der den Damen immer schon gefallen hatte, Damen sind ja auch nur Weiber. Also schnappte sich panisch jede irgendein Gebiß und stopfte es sich rein – und das muß ausgesehen haben, zum Verbeißen. Die ganzen Weiber, alle falsche Zähne, was heißt falsche, doppelt falsche, im Gesicht. Huhaa. Das Beste aber ist, daß der Bettgeher auch noch höflich war und jeder die Hand geküßt hat, mit Kratzfuß und Verbeugung hat er seinen Namen aufgesagt. Horak hat er geheißen, Horak, der vom Berge kommt, Horak oder so ähnlich, war sich Fifi nicht mehr sicher, jedenfalls konnten die Damen mit ihren falschen Gebissen ja nicht reden, sondern bloß *hmm hmm hmm* murmeln. Und meine Mutter, die als einzige noch echte Zähne hatte, hat sich schiefgelacht. Und weil sie boshaft war, hat sie auch noch Fragen gestellt. Na, man kann sich denken, was der Horak sich über diese Weiber gedacht hat, wie sie nur *hmm hmm* gemurmelt, die Augen verdreht und mit den Händen gedeutet haben. Sonderbar. Sehr sonderbar. Der Herr Horak ist übrigens auch tragisch umgekommen, Jahre später.

Meine Mutter hat ihm ja immer gesagt, es wird ein schlimmes Ende mit ihm nehmen. Hätte er sie ernst genommen, wer weiß, vielleicht wäre alles anders gekommen. Aber das hat er nicht. Er war inzwischen promoviert und selbständig. Kontainerunternehmer, sein Vater war noch Abdecker gewesen. Zur Gratulation hat meine Mutter ihm ein Bild geschenkt mit irgendeiner Stiege, die man nur auf Knien raufrutschen darf, weil es angeblich die Prozeßstiege vom Jesus ist, wo der Pontius Pilatus gethront und in die Menge runtergeschrien hat. Jedenfalls will der Herr Horak dieses Bild aufhängen, prächtig gerahmt, seine studierte Hand streicht über das dunkle Holz, zieht sich dabei aber einen Schiefer ein. Er flucht ein bißchen, beruhigt sich, zündet sich eine Zigarette an, holt Wundbenzin, eine Pinzette, zieht den Schiefer raus. Danach wirft er das mit Wundbenzin getränkte Tuch ins Klo, die Zigarette hinterher, na, das war blöd, denn es explodiert das Wundbenzin, verbrennt er sich die Oberschenkel und die –.

– Testikel.

– Er, vorsichtig wie er war, will nichts riskieren, ruft die Ambulanz. Die beiden Sanitäter, ich glaube, sie hießen Toselli und Fuentes, die beiden also fragen ihn, wie das passieren konnte. Noch während er ihnen die Geschichte erzählt, bekommen sie so einen Lachkrampf, daß sie die Trage fallen lassen, der Herr Horak samt seiner Bahre das Stiegenhaus hinunterfällt, sich beide Beine bricht, im Rücken einen Nerv einklemmt. Das, und das ist wirklich wahr, erfährt der operierende Arzt, der daraufhin ebenfalls so lachen muß, daß er mit dem Messer ausrutscht, ein lebenswichtiges Gefäß durchtrennt. Tot war der Herr Horak. Dabei wollte er besonders vorsichtig sein. Ob sie bei der Beerdigung und im Himmel auch so gelacht haben, weiß ich nicht. Aber noch auf dem Friedhof, in der Nähe seines Grabes, soll man Leute mit scheinbar grundlosen Lachausbrüchen gesehen haben.

– Na bitte, schließt Ambros, das Lachen ist doch eine

üble Sache. Statistisch ungesund. Ich denk mir immer Vorsicht, wenn ich jemand lachen seh.

– Ach was, meldet sich nun auch das Medium. Schuld ist doch nur die deutsche Bauweise der Klos, wo man zum Sezieren ausgelegt die Exkremente sieht, unverwässert. In Resteuropa gibts das nicht.

– Also, ich bin stolz auf meine Leichen.

– Eben. Die leistungsorientierten Deutschen, die an keine Wahrsager mehr glauben, müssen ihren Kot bewundern, um in ihre verdaute Vergangenheit zu sehen, statt daß sie sich die Zukunft aus der Hand lesen lassen wie die Italiener, die das den Ägyptern abgeschaut haben, sehen sie, die Deutschen, sich lieber ihre Scheiße an – und sind stolz darauf.

– Genau, stimmte Ambros zu. Jedenfalls freuten sich alle, waren sie doch nun endlich beim Thema. Schnell putzten sich alle die Handinnenseite, um nur ja das Medium nicht durch Dreckschlieren zu einer falschen Lektüre zu verleiten. Da war auch schon die feingliedrig zarte Hand von Luipold Nehoda, der, wie ihm das Medium prophezeihte, damit noch vielerlei beglücken würde. Seine lange, verästelte Lebenslinie wies auf Wechsel hin, zahlreiche Abenteuer, sah es aus, standen ihm im Haus der Liebe, wie das Medium sich ausdrückte, noch bevor. Eine ausgesprochene Begabung hatte er, in schwierige Situationen zu geraten. Während die stromlinienförmigen Kurven in der geschuppten Haut vom Feisten Fridolin ein Auf und Ab charakterisierten, ein Rauf- und Runterrennen im Haus des Lebens, wartete auf Bettina und Martina noch der Mann des Lebens. Eine Pause entstand, sogar eine lange.

– Ein Millionär? wollten beide mit ihrem vokalbetonten, das R rollenden Akzent wissen, aber das konnte das Medium nicht sagen, weil ihr diese nichtssagenden Linien eigentlich gar nichts bedeuteten. Wundgerieben sahen sie aus, so als würden sie dauernd eine Stange halten, abgewetzt. Nichts gegen die geometrische Struktur von Ambros Semmelrath, die war interessant, ließ auf Kompliziertes schließen, Herz- und Schicksalslinie fielen zusammen. So war er entweder Genie, Massenmörder oder Primat. Was sie ihm sagte, war freilich, daß im Haus des Seins Glück auf ihn wartete – wie auch auf Rudolfine Krumpl. Die sah ihrer Freundin aber an, wie wenig davon zu halten war.

Seit das Medium als Pfarrersköchin Klementine Zitzelfeigler Rindfleisch kochte und einmal jährlich ihre Stigmatisationen durchlebte, von denen übrigens nicht einmal Fifi wußte, ob sie echt waren oder gespielt, waren ihre hellseherischen Fähigkeiten doch merklich gemindert. Vielleicht vertrug sich der Rindfleischgeruch mit der Paragnosie nicht? Oder waren es die Kalvarienbergerscheinungen? Früher hatte sie noch einem Adrian Zwack vorhergesagt, daß er Karriere machen würde. Einem Meinrad Kalabresendorfer hatte sie eine reiche Wirtstochter zum Heiraten gesehen. Sogar einem Italiener hatte sie prophezeiht, daß er erschossen würde – behauptete sie jedenfalls. Sogar von Aloisis Plan, in die Akademie der bildenden Künste einzudringen, die Bilder von Einar Ulflein zu übermalen, hatte sie gewußt. Sie war wie eine Sektflasche, auch physiognomisch. Ein kleiner Kopf auf einem verhältnismäßig massiven Körper, was ihrem Geliebten Florian Ziegelböck sehr gefiel. Und auch mit den Prophezeihungen war es so, als ob man ihr den Korken zöge. Erst bohrte es, tat weh, als nähme man ihr einen metallischen Verschluß, schraubte ihn herunter, dann wurde sie geschüttelt, explodierte, und es floß, sprudelte und schäumte.

– Die Stiege übrigens, die dieser Horak aufhängen wollte, lief es aus Ambros, der Rudolfines Geschichte schon kannte und auf Prophezeihungen nichts gab, war die Scala Santa, 1589 errichtet.

– Die berühmte Scala Santa, unterbricht einer der Jesüsser die Erzählung.

– Jesus, natürlich, fährt Pius fort, die berühmte Scala Santa.

Einer mittelalterlichen Überlieferung zufolge kam sie 326 durch die heilige Helena, die Mutter Konstantins, nach Rom. Das war die Zeit des großen Reliquienschachers, wo jeder einen Kreuz- oder Lanzensplitter, einen Kreuznagel, Zehennagel oder gar das heilige Präputium, die Vorhaut Jesu Christi, gefunden haben wollte. Man könnte noch heute viel Geld verdienen, wenn man die Dornenkrone als Pilgerfang ausstellte. Doch zurück zur Scala Santa. Aus dem Palast des Pontius Pilatus stammten diese 28 Marmorstufen, die Jesus am Tag seiner Verurteilung mehrmals auf und abgeschritten ist. Domenico Fontana hat sie restauriert, daneben Treppen errichtet, die später unter Innozenz XIII mit Nußbaum vertäfelt worden sind. Eine kleine Kirche hat man drumherumgebaut, zwei Altarräume, gleich beim Eingang Marmorfiguren aufgestellt, unter anderem Pius IX, der auf der Stirn eine kleine Narbe hat, die trotz aller Restaurierungsbemühungen immer wiederkommt, wie übrigens auch bei allen anderen Darstellungen dieses Papstes. Keiner weiß, warum. Aber noch heute, erinnerte sich Ambros, der das Bauwerk samt Pius und seiner Narbe selbst bereits gesehen hatte, noch heute rutschen Pilger, Gläubige, Sünder und Touristen die 28 abgewetzten Stufen rauf, beten dabei auf jeder ein Gebet, um Ablaß zu erbitten. Sündenreinigung.

– Das will ich meinen, sagt der Ecce homo.
– Na und ob.

– Noch heute werden die Zehen der Jesusstatuen berührt, die am Fuße der Treppe stehen, steckt man Gänseblümlein zwischen die große und die Zeigezehe, bekreuzigt man sich dabei. Das Sonderbare aber ist, daß diese ganzen Menschen da auf Knien hinaufrutschen, als würden sie die Schöpfung um Verzeihung bitten, um Verzeihung für ihre Existenz, als würden sie noch flehen, o Gott, bestrafe mich, verzeih mir, daß ich bin. So aussehe wie du. Ein Sünder. Es hat etwas von einer ungeheuren Demut, von der stoischen Ruhe von Verurteilten, die mit verbundenen Augen auf den Genickschuß warten. Bitte erlöse mich. Und dann noch der Geruch, der sich in Ambros, der vor 30 Jahren dort gewesen war, eingefressen hatte. Scharf und schneidend – als wäre es wirklich Jesusblut, das sich da zersetzte. Vier kreuzförmige Messingkreuze sind ins Treppenholz gefaßt. Umrahmen, so heißt es, Blut, das vom Haupte Jesu tropfte und noch immer aussieht, als wäre es erst ein paar Stunden alt. All das stieg aus dem schweren Schwulst von Fifi Rudolfine Krumpls Wohnung in den Ambros-Sinn.

Sobald er Zeit hat, nahm er sich vor, mußte er wieder zur Scala Santa pilgern, die Stufen hinaufrutschen und wie alle anderen um Verzeihung bitten, um Gehorchen, Demut und Vergeltung, daß es wieder aufwärts ging. Dabei wurde er von einer grundlosen, aber heftigen Angst gepackt, daß er am liebsten gleich Hals über Kopf nach Rom gerast wäre. Aber kann Angst grundlos sein? Was war geschehen? Er hatte sich festgeplaudert, dabei darauf vergessen, seine Sache fortzuführen. Also vorwärts! Aber mit Gemach.

10

Der Kuß

Wasser erhitzte sich, kochte auf, wurde zu Dampf und pfiff. Ein Teekessel war mit Sätzen angefüllt wie *Erotik muß man leiden*. Erotik muß man leiden, sagte sich Roland Leander Fleck, als er mit einem Blick zum Stiere-Kriegen beim Fenster runter sah. Noch ganz benebelt war es in seinem Kopf, Anna pochte noch darin. *Du kannst dir ihrer sicher sein, weil du sie nicht liebst*, auch pochten die beiden Schwestern, die er als Ersatz aufsuchte, Bettina und Martina hießen die, hingeformtes Fleisch. Das Wasser köchelte. Fleisch, das zitterte, sobald man es berührte, große Schwarten, Polenblut, noch eben in die Form gebracht, mit dunklen engelsblonden Haaren zugedeckt, die weiße wie aus Brandteig geformte Haut, die mit dicken Lidern behangenen Augen, die runden Nasenpatzen im ovalen Kopf, Brüste wie der Deckel seiner Teekanne, rund und fest, glatt wie aus Wachs. Mit zwei derartigen Körpern hatte er sich selbst betrogen, fest gemeint, daß sie die Erinnerung an Anna herauszustoßen ihm vermöchten, ihr Geruch den Annaduft vertreiben würde. Wenn er mit ihren groben, kalten Zungen Bekanntschaft mache, war er sich sicher, wäre die Erinnerung an Anna schon verschwunden, verwunden, wenn ihn die runden Schamdreiecke dieser Polinnen in ihre Mitte nehmen und ihn herauspressen würden aus sich. Es pfiff. Überwunden wäre sie erst, wenn er dem Feisten Fridolin das Geld für seine Fischzucht gäbe, damit dieser ganz zufrieden gluckste.

Aber ein Scheißdreck war nun überwunden. Die Anna war noch immer da, schiß ihm mit ihren Grübchen in sein Denken, war ihm wie ein Wächter, hartleibig. Den Krümmungsbogen seiner Wut aufspannend. Wie die Karotte dem Esel hing ihm ihr Schamdreieck noch vor der Nase, dieses göttliche Symbol als Siegel der Dreieinigkeit. Roland liebte Dreiecke. Eigentlich hatte ja die runde Hostie eine völlig falsche Form, dreieckig müßte sie sein, ein Tramezzini. Am liebsten würde er nur dreieckige Häuser bauen – wie die alten Ägypter. Auch die Wut, der Zorn – dreieckig. Er kam nicht mehr weg davon, weil alles voll mit dem Schamdreieck der Anna war, die er, wie er sich entschlossen hatte, haben mußte, die er wollte. So verliebt war er, verliebt, daß man sich schämen möchte. Holen würde er sie sich. Aber ans Telephon ging niemand, zehnmal nicht, dann hatte er den Teufel, ihn, den Wurznbacher selbst, erwischt, der ihm ins Ohr brüllte, sie ist nicht da, fortgegangen, weiß nicht, wann sie kommt. Was nur bedeuten konnte, daß sie unterwegs war, unterwegs zu ihm.

Erotik muß man leiden, hörte er sich also sagen, als unmittelbar vor seinem Fenster zwei unappetitliche ältere Damen hielten, die aussahen wie Zeugen Jehovas, duckmäuserisch einen Dildo auspackten und darum stritten. Schon wollte Roland das Fenster öffnen, um zu verstehen, was sie sagten, als sein Telephon brüllte. Er stürzte hin.

– Ja, hallo? Doch statt der erhofften Anna war es Laura Cornetti, die ihn zu den *Leopoldinen* nach Rom einlud, wozu er prinzipiell zwar Lust hatte, aber mit Anna an seiner Seite noch tausendmal mehr.

– Die Leopoldinen, plapperte ihm das Unterkiefer der Cornetti durch die Leitung, kommen nach Rom und geben ein Gastspiel im österreichischen Kulturinstitut, und mein Mann, der immer so viel zu tun hat, will da nicht hin, mein Zwacki haßt Ballett. Da wäre es doch schön, wenn wir uns wiedersehen. In den Leopoldinen tanzt die Gablfrühstück, die durch Gickser berühmt geworden ist. Mir ist das schleierhaft, hier in Italien wird sie sich bestimmt blamieren, da kann sie hicksen, was sie will, aber –.

Ein Gedankenwirbel durchtobte Rolands Kopf. Er war wie ein Pferd vor die Kutsche ins Geschwätz gespannt, bekam die Sporen, war zum Zuhören verdammt. Wie machen diese Leute es, pausenlos zu reden, ohne Luft holen zu müssen. Wie peitschen sie die Sätze in die Luft, knallen sie sie hin. Aber diese Sorte chronischer Dauerredner wußte natürlich aus Erfahrung, daß das Opfer die kleinste Pause nützte, um auszubrechen, durchzugehen, raus aus dem Gespräch zu flüchten, und dann nicht mehr einzufangen war. Also setzten sie nie ab, hielten sich an ihre Strategie, die meist wie folgt aussah: Zum Einstieg eine kleine, befangen machende Frage: Du errätst nicht, wozu ich dich einladen will. Wie ein Stück Zucker hielten sie das hin, wie Angler einen Wurm. Gleich war man gespannt, biß an. Dann folgte, geschickt hineingewoben, aller Tratsch, der erzählt sein mußte, um erst zum Schluß wieder zur Ausgangsfrage zurückzukommen.

Zu den Leopoldinen, denen wurde der nächste Köder umgehängt, das Stück ist durch ein Ereignis weltberühmt, und wieder war die Angel ausgeworfen, folgte ein Exkurs über die Sisi-Biographie, Mayerling, die Mailänder Mode, und stell dir vor, das glaubst du nicht, das Personal, was das hier für Ansprüche stellt, um alles muß man sich selbst kümmern. Du weißt ja, was einer Italienerin niemals nachzusagen ist?

So hantelte sich die Cornetti von einer Fragensprosse zur nächsten, übersprang dabei alles Roland-Leander-Fleckhafte, galoppierte über alles Kommunikative, landete endlich an der Tränke einer schwärmerischen Seligkeit, daß sie kurz selbst auf ihr Grundprinzip vergaß und eine Pause machte. Das war die Gelegenheit. Diese Chance mußte Roland nützen. Gerne würde er kommen. Doch leider. Er hatte zu tun. Half alles nichts. Leider. Bis zum nächsten Mal. Baba, wie die Wiener sagen und wovon keiner weiß, was es bedeutet. Sicher ist, es hat nichts mit Papa zu tun. Daß es sich, wie manche vermuten, von bye-bye ableitet, ist nicht sicher. Ob die Cornetti es verstand?

Roland hatte diese Römerin als Gattin kennengelernt, als Gattin seines Geschäftsfreundes Adrian Zwack, der sich kaum um sie kümmern konnte. Frauen, pfiff es wie aus einem Teekessel in Roland, sind vor allem Dreiecke, eine fixe Idee, zum Wundenlecken da. Also zeigte er Laura Cornetti Wien, die Heurigen, den Stephansdom, die Kapuzinergruft, all die Sehenswürdigkeiten, die ein Wiener nie zu Gesicht bekam. Die interessanten Häuser führte er ihr vor, den Prater und die depressive Stimmung, die eingekalkte Melancholie, das Körperlose, Dumpfe, das einen in die Tiefe zog und das den in Form und Oberfläche wohnenden Italienern gänzlich fremd war, das sie nie verstanden. Für Fleck aber war sie damals, fünf, sechs Jahre war das her, nur interessant gewesen, um die Sammlung seiner Samencontainer zu komplementieren. Wollte er doch in Frauen möglichst vieler Nationalitäten eingeflossen sein. Das war ihm damals noch ein Ziel.

Das Geschnatter machte ihm sofort klar, daß sich die Cornetti nicht verändert hatte, nach wie vor das Nachgewatschelte von einem Unterkiefer war. Kein Vergleich mit Anna. Das war eine Frau, anlehnungsbedürftig, Schutz suchend, wie zum Anhängsel gemacht. Schlüssel wollte er ihr sein, Bund und Schild. Heiraten wollte er sie, ihre Kinder in ein Heim geben, die Welt ihr zeigen. Vielleicht auch in den Süden ziehen? Wenn ihn nicht die Auftragslage hielte, wäre er längst zum Mittelmeer entflohen, war ihm doch alles lieber als dies Österreich. Alles war ihm offener und besser, schöner als dies durch und durch in Neid und Frust getunkte, den Körper negierende Österreich. Die Architektur war woanders besser und das Essen. Die Frauen waren schöner, und die Menschen hatten bei weitem mehr Geschmack. Die Natur war freundlicher, erst das Wetter. Sogar der Lärm war lauter, erträglicher, selbst der Gestank war irgendwie würziger. Die Wartezeiten, wenn auch weitaus länger, verliefen freundlicher, lustiger, sogar die Bürokratie. Selbst die Klos, das Telephon. Alles war im Ausland besser, auch die Sprache, die er nicht verstand. Auch gab es die Psychosen nicht. Die ganzen Idioten.

Roland war ein Mensch der Tat, etwas Lebendiges, er hatte Kraft und Anstellwinkel, Zorn und Wut. Und schön war er, eine Erscheinung, bloß die Haare gingen aus – aber selbst die Sonne hatte Flecken. Auch ein paar Körner Eckigkeit waren dabei, ein paar Tropfen Eitelkeit. Seine Zähne, die er äußerst selten putzte, waren gelb von Zahnstein und leicht angefault. Aber was war das noch immer für ein Unterschied zu diesen anderen Lemuren, die es vom Stammbaum seiner Familie runtergeschüttelt hatte. Schon alleine diese Brüder Quasimodo, Attila. Der eine zählte unentwegt und litt an Perfektionismus, Ordnungssinn. Der andere verteilte Kärtchen mit der Aufforderung zur Ewigkeit, wobei er wollte, daß am 1. März 2009 um 9 Uhr 20 alle Lebewesen gleichzeitig die Luft anhielten, sich einen Augenblick lang nichts bewegte, die Zeit stillstand, weil dann, so glaubte er, kam Ewigkeit. Die Ewigkeit! Der Depp! Anfangsjäger nannte er sich. Auch das noch.

Idioten! Anstatt sich um ihre Schwester zu kümmern, ihr zu helfen, sich von ihrem Monsterehemann zu lösen, der sie zuschnürte, enger machte, ihr alles Leben wegbrannte, beschäftigten sie sich mit vollkommenem Unsinn. Anfangsjäger? Blödsinn! Anstatt sich um die Schwester zu kümmern, vertrieben sie sich ihre Zeit mit eigenen, unnützen Problemen. Was waren denn das für Brüder? Deppen waren das, zufällige Uterus-Mitbenützer, Sprossen, ein Gesindel. Ebenso dieser Onkel Otto mit seiner purpurnen, aus dem Gesicht gesprungenen Alkoholikernase, der monströsen getönten Brille, hinter der er sich versteckte. Und erst die bunten Krawatten, die er trug. Ein Zyniker. Blödeln konnte er, aber sich für seine Nichte interessieren? Nichts. Für die Revolution ins Schwärmen kommen, für die Lebendigkeit des Proletariers, das konnte er mit Gulasch, Bier und seinem Abscheu gegen alle Obrigkeit verknüpfen, mit jedem Unrecht, das er sah. Aber die Prügel in Annas Augen sah er nicht. Da war es ihm wichtiger, sich auf sein Moped zu setzen, stundenlang in Richtung Süden zu fahren. Da schwärmte er aus seinem Gewerkschaftshabitus hinaus, spürte den Himmel über sich, den Wind an seiner Wange, die Pappelbäume links und rechts, aber das Leiden seiner Nichte merkte er nicht. Da konnte einem ein Onkel Ambros noch lieber sein mit seinem Interesse an Statistik und Museen, da wußte man gleich, woran man war. Eine Tante Laetitia konnte einem da noch lieber sein mit ihrer zackig spitzen Art, Sprichwörtermanie. Lügen haben kurze Beine, sagte sie oft, aber daß auch Annas Ehe eine Lüge war, sah sie nicht. Sie sprach von Nächstenliebe, Harmonie und Jesus Christus, aber bereits ihre eigene Tochter interessierte sie nicht. Was die für Riesentitten hatte, richtig unheimlich. Zum Operieren fast.

Und dann erst dieser Werner, der bestimmt noch nie eine nackte Frau gesehen hatte. Mit seiner unglaublich verklemmten Art lebte er ganz gestaucht in sich, wie festgefroren, nichts hatte sich bei dem entfaltet – wie ein Bastelbogen, noch verpackt. Und dabei wäre er ein schöner Mensch, elegant, daß es einem warm wurde, aber von Leben keine Spur. Alles, was er erzählte, waren seine Paragraphen, seine Preise, wie er draufgekommen war, daß in den meisten Fertigverpackungen weniger als die angegebene Menge drinnen ist, er sich deswegen bereits beim Landesamt für Meß- und Eichwesen beschwert hatte, weil das einem Betrug am Konsumenten gleichkam. Auch mit seinen Sparmaßnahmen langweilte er, mit seiner Art, die leeren Zahnpastatuben aufzuschneiden, um die letzten Reste rauszukratzen, das konnte man von einem Werner erwarten, deutscher als die Deutschen sein, sonst aber nichts.

Nein, er selbst, Roland Leander Fleck, mußte sich um seine Herzensangelegenheit kümmern, er selbst, spürte er die Sonne im Rücken, mußte Anna herausholen aus ihrem Gefängnis, ihrem Ehestand. Sah denn niemand, wie verschüchtert sie war, das Unterdrückte da in ihrer Stimme, das Fleckig-Violette unter ihrer orangen Haut. Bestimmt schlug er sie, das war ihm zuzutrauen. Eine Frau brauchte zwanzigmal am Tag umarmt zu werden, und nicht die Unterwäsche waschen. Eine Frau brauchte Zärtlichkeiten, Lob und nicht ein Reden nur ums Geld, ein Abreagieren, weil doch eine Frau kein Strohsack war.

Sicher war ihr Mann ein Arschloch. Arbeitete in einer Prothesenwerkstatt. Als ob so etwas ein Beruf war. Aber zur Beerdigung seiner Schwiegermutter kam er nicht, wie er auch nicht dazu kam, Zärtlichkeiten für seine Frau übrig zu haben, alles was er hatte, waren Schläge und Verachtung, das konnte man schon an seinen Worten sehen. Jetzt, wenn er sich erinnerte, war es eindeutig. Diese Stimme? Richtig höllisch, infernalisch. Vielleicht hatte sie ja kommen wollen? Vielleicht hatte nur er, der Beelzebub, sie nicht mehr gehen lassen? Sicher hatte er sie zurückgehalten, ihr mit Weißgottwas gedroht, ihr alles Rolandische ausgetrieben. Dieses Schwein.

Da fand sich Roland geschwächt und zerschlagen vor seiner Hausbar wieder. Ein Wirbelwind verschiedenster Gefühle durchstürmte seinen Kopf. Er goß sich einen Cognac ein, stieß ihn sich hinunter. Es loderte etwas, gloste, brannte auf, flächendeckend durchquerte es mit *Aaaah* die Brust. Das tat gut. Den Fernseher schaltete er ein. Da war gleich eine andere Welt, eine Welt jenseits der Semmelraths und Wurznbachers, eine Gegen-Anna-Welt.

Raucher waren da, die gegen die neuerliche Erhöhung der Zigarettenpreise protestierten. Graue, blutleere Gesichter. Errechnet habe man, sagte eine sonore Semmelstimme, daß der Zigarettenkonsum eines durchschnittlichen Rauchers gegenwärtig ein Viertel seines Monatseinkommens auffresse. Tendenz steigend. Dann gab es eine österreichische Siegerin in einer neuen olympischen Disziplin. Nadine Nagler war Meisterin im Schwangerenreißen geworden, einer Sportart die mit Gewichtheben nicht das geringste zu tun hatte. Im Gegenteil. Die Schwangeren, je nach Monat eingeteilt, mußten versuchen, möglichst viele Knochenknackser aus ihren Konkurrentinnen zu reißen. Daß es dabei zu Frühgeburten kam, war selbstverständlich; die wurden vom Publikum mit Baby-come-back-Rufen begrüßt. Außerdem hatte ein Protestmarsch der vereinigten Schweinefleischesser stattgefunden, sie waren gegen das andauernde Appetitverderben marschiert. Wir wollen, grölten sie, von den Seuchen nichts mehr hören. Die Schweinepest ist uns egal. Was interessiert uns das. Über unsere Stelzen wollen wir uns freuen. Schnitzel essen, Bäuche, Fett. Die Schweinepest, sangen grobe, plumpe, fettig glänzende Gesichter, geht uns nichts an. Wie bei einem anschließenden Testessen im Wiener Schweizerhaus demonstriert worden war, hatte der unmäßige Verzehr von Schweinfleisch – als Vorführobjekte wurden tonnenweise Schweinshaxen verzehrt – keine unmittelbar gesundheitsschädlichen Auswirkungen. Einzig die männliche Standfestigkeit hatte sich bei manchen Probanden verhangen. Doch war auch dem mit der neuen Wunderpille Niagara schnell abgeholfen. Außerdem wurde gemeldet, daß im Mordfall Anna Hasentütl eine Klärung in Sicht sei, die vielleicht, so vermutete die Polizei, sogar im Zusammenhang mit dem Fall Atnasal Acsal stehe.

So ein Unsinn, vernichtete Roland die Welt mit einem Knopfdruck und gab der Idee nach, noch auf ein Bier ins Schluckloch zu gehen.

– Weil mit dem Unsinn habe ich Erfahrung, schon alleine wegen meiner Mutter.

Rachezeit. Merzedes. Der Himmel dunkler Waldhonig, langsam heruntertropfend. Orange Lichter murmelten vorbei, grell, als stießen Nadeln durch die Augenflüssigkeit. Es roch nach Lederpolster, alten Schulbussen, einem ausgesprochen häßlichen Mann mit großen Pusteln, vernarbter roter Haut, lichtem roten Bart darauf, fettigem Haar, in eine Polizeiuniform gehüllt: Bruno Scheidewasser. Er hatte diesen strengen, reaktionslosen Blick, der sich starr in sein Gegenüber bohrte, wodurch der Eindruck leichter Debilität entstand, etwas Bedrohliches. Sein Mund war ernst und neidzerfressen, die Winkel eingerissen, blutverkrustet. Er witterte das Böse überall. Die Welt war voller Gauner, Lügner und Banditen. Gelegentlich wackelte er grundlos, ohne es zu merken, mit dem Kopf.

Bruno Scheidewasser war ein braver, ehrlicher Mann, der bloß zu häßlich war, sich eine Frau zu finden, daher alles Geld in Peep-Shows trug. Er ernährte sich fast ausschließlich von Cornflakes und Kartoffelchips, weshalb auch seine

Haut Krusten bildete, abschuppte und aussah wie ein Schindeldach oder ein getäfeltes Haus im Bregenzer Wald. Innen drin roch es nach Käse, war er in die Bussi-Bussi-Frau verschossen. Vielleicht daher sein Peep-Show-strenger Blick, den er wie ein Gitter um den dahindämmernden Ziegelböck schloß, womit er sich endlich für die miserable Ausarbeitung seiner Bilder rächen konnte. Handschellen hatte er ihm angelegt. Kein Pardon.

Florian Ziegelböck schlich durch die Gedankenlabyrinthe mit dem Ausgang, daß er, wie immer er den Faden auch aufrollte, Vater werden würde, er dem Kind was bieten wollte, auch seiner Basilika. So oder Söckchen nannte er seine Tina, Klementine. Ein Kind? Kein Plankton, obwohl, wer weiß, bei dem, was Söckchen dauernd aß. Sicher war sie in einem früheren Leben ein großer Fisch gewesen, stopfte bloß Krebse, Crevetten, Langusten, Scampi in sich rein, auch Blätterteig-Kipferl schmeckten ihr, Schokolade-Skorpione. Vielleicht, grundelten seine Gedanken wie Seegurken durchs Wasser seines Hirns, liebte sie ihn ja bloß deshalb. Auch er war im Sternzeichen Skorpion. Aber ein Kind? Da war also, murmelte er den Lichtkegel des Verkehrs entlang, ein Fremder, etwas nicht Bekanntes hatte sich in ihren Bauch quartiert. Und es war nicht der Jesus, der sie angeblich jeden 15. April für einen Monat lang besuchte. Angeblich, denn Ziegelböck war sicher, daß diese jährlichen Stigmatisierungen genau derselbe Zirkus waren wie ihre Auftritte als Medium, die sie das restliche Jahr im Wurstelprater gab. Selber sagte sie zwar, nein, das sei schon echt. Aber Ziegelböck hatte sich abgewöhnt, alles zu widerlegen, außerdem war er jetzt mehr am anderen interessiert, am kleinen Odysseus, der seine Reise durch sie machte. Etwas Kleines war er, eine Haselnuß. Ein Jemand, der ihn brauchte und für den er leben wollte, damit dieser einmal ihn weiterleben würde. Das war so eine ganz spezielle Form von Glück, das sich das Schicksal da mit ihm erlaubt hatte. Es ließ ihn nicht als Endpunkt gelten, sondern vermehrte die Ziegelböcks um eine weitere Verästelung.

Nun zeigte sich, wie zynisch dieses Schicksal war, daß er ausgerechnet heute, zwei Stunden, nachdem er erfahren hatte, daß seine Basilika, die sich schon im Wechsel glaubte, im sechsten Monat schwanger mit ihm ging, eines Mordes verdächtigt wurde. Ein Mord? Ausgerechnet er? Lächerlich. Aber das Schicksal schreckte vor nichts zurück. Ihm, dem Photohändler Florian Ziegelböck, mischte man diese Schmach ins Glück. Wie bereits die Nachbarn schauten, geschraubte Blicke stachen sie in ihn hinein, als wäre er ein Nadelkissen. Was hat er angestellt, der Spindeldürre? Der wars. Genau so, sagte die Buschenpelz, habe ich mir das vorgestellt. Und die Hornaus, diese Ziege, fragte, Na Burschi, ich weiß nicht, ob dir das gefällt. Sogar der Gerngross applaudierte, schrie ein Hoch auf die Justiz. Bravo. Ausgerechnet der, der es am meisten nötig hatte, der alte Querulant. Und das gerade heute.

Er schloß die Augen, betete und forderte von Gott ein augenblickliches Wunder. Er verlangte, daß auf der Stelle dieser fürchterliche Traum ein Ende hatte. Als er die Augen öffnete, war aber alles unverändert, saß er noch immer neben diesem Scheidewasser im Polizeiwagen.

Als ob das Schicksal Fäden hätte, an denen es gleichzeitig zog, damit die Ereignisse so aufeinanderstießen. Wie kam man denn dazu, murmelte er in seinen Oberlippenbart, ausgerechnet ihn zu verdächtigen. Man konnte doch nur angreifen, was greifbar war. Und er als eleganter Mensch, jemand, der Designeranzüge trug. Weshalb sollte so jemand so etwas nötig haben? Weshalb sollte ausgerechnet er ein kleines Mädchen in den Keller locken, vergewaltigen, erwürgen? Gut, daß er gelegentlich mit kleinen Gören phantasierte, konnte eine Polizei doch gar nicht wissen. Wie sollte sie denn draufgekommen sein, daß er früher auch Aktphotograph gewesen war. In den Sechzigern, zu einer Zeit, wo alles ausgebrochen ist, das Fieber und die Kindergartenmode, man bereits mit einer Jeansjacke als Revoluzzer galt. Wo sogar er, der heute in Bürgerlichkeit gerahmte Ziegelböck, mit Terroristen sympathisierte, mit dem Kommunismus, seinen Revolutionen, Weltverbesserern, die alles im Leben Festsitzende erschütterten, alles im Besitz Hockende aufscheuchten, allem unter der Gloriole der Gleichstromigkeit Stehendem den musizierenden Trafo Jimmy Hendrix anhängten, 380 Volt.

Dabei war Ziegelböck selbst nie wo dabei, nie hatte er wo mitgemacht, sich bloß die Haare wachsen lassen. Und nun empfand er sogar seine Jugend als etwas Fremdes, weit Zurückliegendes. Selbst die Orgien, die man hinterherinitiierte, und sogar die Drogen waren, rückblickend betrachtet, lächerlich, sogar die Studentenrevolten. Alles Humbug. Die sogenannten Revolutionäre bedienten sich doch der gleichen Methoden wie die ihnen so verhaßten Nazis. Nur die Inhalte hatten sie verkehrt. Aus dem Führer machten sie Studentenführer, aus Mitläufern einen Ohnesorg. Aber die Diktion, der Wahrheitsanspruch! Im Grunde waren sie die gleichen engstirnigen Deppen wie ihre Väter. Freudlose, armselige Kreaturen – voller Hoffnung, unbegründet. Aber woher sollte eine Polizei so etwas wissen? Für eine Polizei waren Revolutionen und Drogen niemals lächerlich. Für eine Polizei war nur eines lächerlich, der Zweifel.

Allmächtig, dachte sich Ziegelböck, müßte man sein und diese marode, ungerechte Welt wieder geradebiegen. Das müßte man können. Sein verschleierter Blick hing in die Straße, sah tote Tiere auf ihr liegen, Tauben, Igel. Einen Barockfürsten sah er, von Rokokodamen umschwärmt. Himbeerwappen. Büffel jagende Indianer, sich die Füße waschende Squaws. Fingernägel. Es war ihm, als hingen Sprichwörter in der Luft und er müßte nur danach greifen. Auch müßte man, bevor das Kind zur Welt kam, noch eine Orgie veranstalten, stellte sich Ziegelböck den Schritt der Mademoiselles vor und beschloß bereits, derartiges zu organisieren.

Im Geiste ging er schon die Gäste durch. Die kleine Patricia war auch dabei. Ganz einen wunderbaren Hintern. Sollte es tatsächlich sein, daß er ihn nie wieder sah. Eine Schweinerei so was. Man durfte sich das nicht bieten lassen. So ist es richtig, Ziegelböck, beschwere dich: Ich bin ganz außerstande zu begreifen, warum er mit mir so brüsk umgeht, dieser Polizist. Warum? Ist das die vielgelobte-? Mit unsereinem kann man das ja machen. Bitter ist das, bitter. Er wurde immer aufgebrachter, schrie Zusammenhangloses, etwas von Revolution, Orgien und nackten Ärschen.

– Na bitte, freute sich Scheidewasser. Das ist doch was, so geht es an.

Wie die schon geht? Das kann was werden.

Es sah aus, als hätte sie Quecksilber im Arsch, ein Thermometer in der Kälte. Ihr ganzer Schwachsinn mußte da zusammengelaufen sein. So rund. Dabei war Patricia Herrgott-Wixinger keineswegs so dumm und in den Taubenkörper von Meinrad Kalabresendorfer verliebt, nur war er halt ihr Chef. Und wenn sie keinen Platz mehr zu einer Widerrede hatte, dann weil ihr Mund schon voll war mit einem Gegenargument von ihm. Und wenn sie seinen Taubenschnabel in ihren hölzernen Körper pecken ließ und sogar tat, als schlüge etwas an, gar Resonanz, so nur, weil sie ihre Stellung nicht verlieren wollte, ja so lange von was leben mußte, bis ihr Geigenspiel was brachte. Und bevor sie stempeln ging, war es besser, ein fremdes, taubes Stück Fleisch kroch ihr durch den Mund, den Magen, und kurze Krallen klemmten sich in ihren Stradivari-Hintern.

Der Kalabresendorfer war bekannt dafür, nur hübsche, junge Mädchen in seinem Taubenschlag zu halten. Freilich behielten gerade die, die sich mit ihm einließen, ihre Arbeit niemals lange. Dafür sorgte schon die Frau, der naturgemäß alles gehörte, auch ihr Täuberich, sein ganzer Stall, den sie bei jeder Gelegenheit ausmistete.

So konnte man es sich also aussuchen, wen man zum Feind sich machte, wen zum Verbündeten. Patricia hatte sich für das Promenieren mit der Taube Richtung Stundenhotel entschieden, weil so wenigstens billige Schmuckstücke und Pelzmantelimitate abfielen. Für das Fleisch des Wirts und die Bosheiten seiner Frau hatte sie sich entschieden, für die Kniffe in den Arsch. Und wie sie so dahinschlenderten, er in taubenblauem Tweedanzug mit Weste, einer mauvefarbenen Krawatte über seinem großen tumben Bauch, den leicht gespreizten Beinen, mit Bedacht gesetzt, und einem Lächeln auf den Lippen, das man nach einem Fürzchen hat, vor dem man sich nicht sicher war, ob nicht auch Scheiße ankommt, sehr zufrieden. Er gurrte ihr die unwahrscheinlichsten Versprechungen ins Ohr, reckte dabei seinen Hals, und seine Augen glänzten vor Freude. Sie dagegen strich mehr wie ein Geigenbogen über den Asphalt, gerade in der Stimmung, ihm alles abzunehmen, als ihnen Zdenko Faulhaber entgegenkam.

Der war innerlich bereits auf seine Musterung eingestellt und übte idiotische Grimassen. Eine Himmelangst vorm Bundesheer. Und Zivildienst? Wenn schon Zivildienst, warum dann nicht auch Cunnilingus und Fellatio? Diese dunklen, einsamen Arbeiten, die auch jemand verrichten mußte. Wären dann nicht alle froh? träumte Zdenko, der an Spaß dachte, an eine schöne Gesellschaftsutopie.

– Vielleicht nicht? unterbricht die Pieta.

– Genau, sagt der Ölbergjesus. Ein täglicher Liebesbeweis. Wer wollte dann noch Macht?

– Jetzt seid nicht kindisch, dämpft Pius. Ihr habt nicht ernsthaft über die Folgen von so etwas nachgedacht. Cunnilingus und Fellatio, einsame, düstere Tätigkeiten, die jemand verrichten muß, zugegeben. Aber wozu gibt es denn käufliche Liebe. Zivildiener? Die armen Schweine! Stellt euch bloß einmal vor: Wer geht denn vor allem zum Friseur? Die

Schiachen und die Alten. Und wie würde es weitergehen? Es gäbe bald jemand, der einem für billiges Geld den Hintern leckt, sich in den Mund scheißen läßt – und alles wird hygienisch vor sich gehen, saubere Studios, Fliesenbäder, Spiegel, alles ausgeleuchtet, gnadenlos.

Aber so weit dachte Zdenko natürlich nicht. Wie er in der Ferne das Liebespärchen sah, die daran baumelnde Kunstlederhandtasche, schüttete sich der Gedanke in ihm aus, daß so ein kleiner Raub vielleicht gar nicht so dumm wäre. An der Handtasche würde er ziehen, gräßlich schreien, sie als Sklavenhalter schimpfen, Handtaschenunterjocher, und laufen, laufen. Wenn sie ihn dann anzeigten und er sich fangen ließ, war das der erste Beweis für Störungen in seiner Realität. Wenn das kein Grund war, ihn untauglich zu schreiben.

So würde er es machen. Sie mit dem Ellbogen anrempeln, nach der Tasche greifen und *Sklavenhalter, Feudalisten, Handtaschenbourgeoisie* plärren. Gleich sollte es soweit sein. Immer näher sah er die Gestalten kommen, wachsen und Gesichter bekommen, hörte ihre Schritte, roch schon das Parfüm, den Atem, der sich warm in seinen legte. Diese Frau, das war doch diese Kellnerin, na, um so besser, denn die wußte Bescheid, drei Schritte noch, jetzt sah er ihn, noch zwei, das war der Wirt, der eitle, taubengraue Geck, noch einen, jetzt, das Blut im Körper, danach greifen, doch was? Etwas hielt ihn fest, ließ sie vorübergehen, ein Mädchen, das dem Pärchen folgte, ein Mädchen, das er erst jetzt vor das Gesicht bekam. Was denn für ein Wort? Mädchen? Was denn für ein Blick. Und Zdenko sah die Dinger wippen, läuten fast wie Glocken, sah den Mund, das feste Schreiten, war ein Himmelherrschaftszeiten, etwas nicht von diesen Breiten, zerbrechlich hübsch. Und was die Bewegung anlangte, merkwürdig schamlos und freizügig. Nur in ihren Augen stand ein Traumrest. Doch das sah er nicht. Sein Blick war fest in sie verschweißt. Wie in Hypnose ging er, ging an ihr vorbei, roch ihren Namen, den nassen, gleißenden Flaum in ihrer Achselhöhle, sah die gerippten weißen Söckchen, die daran abgeschnürte ins Bläuliche gestaute Haut. Da griff er sie, griff sie, wie er die Tasche hatte greifen wollen, peckte ihr seine Lippen auf ihren geschlossenen, vor Staunen zugesperrten Mund, die Augen aufgerissen, sie umschlossen, einen Moment nur, schon lief er davon. Lief, weil er vor sich Ponstingl-Ribisl als Kommissar erkannte, lief über die Straße, übersah ein Auto, dieses bremste, quietschte, krachte. Ein Folgendes bremste hinein. Zumutung. Mindestabstand. Zdenko hörte etwas, aber er lief weiter, sprang durch die Hecke eines Parks, spürte etwas Teuflisches, sah kurz in das Gesicht von Hugo Wurznbacher, einen Plastiktotenschädel in der Hand, nach Fräulein roch es, er erkannte auch das vom Schlafmangel geweißte Antlitz der Pepi und lief weiter, wie in Trance, lief durch eine Straße, noch durch eine, eine weitere, lief mitten in Pfarrer Hutwelker, der sich sehr weich anfühlte, freundliche Augen hatte, weiblich irgendwie, ihm verzieh. In spiritu sancto. Sonst sprachen sie kein Wort. Der Pfarrer stellte keine Fragen. Zdenko murmelte für sich: Ich mußte, mußte tun, was ich getan habe.

Was für eine Jugend, für ein Drang. Silentium, hatte der verwirrte Pfarrer ihm nachgerufen. Vergelts Gott. Absolution. Hatte ihn das Bürschchen doch komplett von seinem Gedankenfaden abgetrennt, an dem er gerade mit Laetitia Semmelrath, die eigentlich Klein hieß, diskutierte. Diskussion? In Grund und Boden hatte er sie geredet, ihren Skalp sich umgehängt. Diese herzensgute Frau wollte einen gewissen Gerngross wegen irgendeiner Lappalie verklagen. Oder wurde sie von ihm verklagt? Jedenfalls hatte ihr das Ganze einen Hexenschuß gebracht, den sie, so empfahl er ihr, am besten mit Lourdes-Wasser behandeln sollte. Außerdem forderte er sie im Zuge seiner Gedankenspinnerei auf, Toleranz und Nächstenliebe zu praktizieren. Obwohl er sie schon schimpfen hörte: *Ich bin kein Dienstmensch, den Letzten beißen die Hunde, ich gehe vor Gericht*, sah sie es auf Pfarrer Hutwelkers Gedankenspule doch ein und war sogar bereit nachzugeben. Manchmal war ein Licht in der Welt, ein Mut, eine Hoffnung. Hutwelker ging aber nicht zu ihr, weil er hoffte, die sprichwörtliche Laetitia würde dem Ablauf seiner Spulenlehren folgen, sondern weil er ein großer Verehrer ihres Rindfleisches und ihrer Nasenlöcher war.

Von diesem Faden hatte ihn der Bursch abgetrennt, und wie Hutwelker noch im Fallen danach greifen wollte, erwischte er etwas anderes, den Vatikan. Was für eine feste Schnur. Die gab Halt. Ob er sich wirklich jemals, wie es Klementine während ihrer Eingenommenheit prophezeihte, auf den Leibstuhl setzen dürfe, damit die Kardinäle ihn der Reihe nach ausgriffen, um zu prüfen, ob er männlich war. Damit nicht nochmals eine Päpstin unterlief, die, so behaupteten die Gegner, schwanger geworden war. Oder, so sagte die Kirche, von Ketzern erfunden worden ist. Jedenfalls hatte die angebliche von Ingelheim just im neunten Jahrhundert gelebt. In einer, wie Illig scheinbar nachgewiesen hatte, erfundenen Zeit. Wie überhaupt, dachte sich Hutwelker, die ganze Geschichte möglicherweise erfunden war. Einfach ausgedacht. 40 000 Jahre.

Ob man auch ihm Nudelgerichte servierte, aus Hartweizengrieß geformte Muscheln, von deren Wasserbad der weiße Rauch aufstieg? Gerne wäre er Papst geworden. Amordir hätte er sich dann genannt. Amordir der Erste. Und seine erste Tat wäre es, die geheime Sammlung des Vatikans zu öffnen. Tausende in Stein gehauene Penisse soll sie enthalten, Penisse, die man aus Prüderie im Mittelalter den römischen Statuen abgeschlagen hatte. Die Öffentlichkeit besaß ein Recht darauf, die Trittbeiner zu sehen. Es kam ganz darauf an, von welchem Gesichtspunkt aus man die Sache betrachtete. Das waren doch fließende und schwebende Begriffe.

Da warf sich plötzlich jemand vor seine Füße, gluckste, so

als täte sich ein Schlammloch auf, riß ihm auch dieser Faden ab. Ein Elefantenweib. Gott der Herr straft uns für unsere Missetaten. Das viele Bindegewebe von Ludovica Hasentütl, die um die Seele ihrer Anna flehte. Weil man so einer armen Kinderseele doch eine Leiter beten muß, damit sie nicht verkommt auf ihrem Weg zu Gott. Gewiß, der ist gerecht, aber doch nur denen, die ihn finden und die dann selbst, wenn sie gerecht gewesen sind, Gerechtigkeit erfahren. Aber was kann denn so eine kleine Annaseele dafür, daß ihre Mutter unverheiratet geblieben ist, ohne das heilige Sakrament des Ehestands, weil der Kindsvater, der angeblich heute bei der Polizei arbeitet, sich davongestohlen hat? Und wenn auch das Fleisch der Mutter schwach ist, was kann denn die arme Annaseele da dafür? Und wie soll die Mutter sich verteidigen, wenn doch ihr Fleisch so viel ist und auch noch mit dem Körb-, einen Verbündeten gefunden hat, in dieses Fleisch hineinzustechen, Sünde aus der Unzucht rauszupressen? Was kann denn die kleine Annaseele da dafür, umfaßte sie die Knie von Pfarrer Hutwelker und drückte sich so stark daran, daß der beinahe umfiel. Ist denn die Anna sündhaft, nur weil es eine Mutter gibt? Was kann die Anna denn dafür, wenn das Muttermensch in ihrem großen Körper zergangen ist wie eine Butter und schwach geworden ist wie eine dünne Scheibe Brot. Warum soll denn die Anna deshalb nicht in den Himmel dürfen, weil das Mutterfleisch so aus dem Hafen der Moral gelaufen ist? Wie ein alter Dampfer. Bitte, lieber Hochwürden Hutwelker, Sie, der Sie Einfluß haben da oben und Beziehungen. Ihnen müßte es gelingen, etwas auszurichten, wo meine einfachen Gebete auf einem großen Poststapel enden und vielleicht nie erhört werden, Ihnen müßte es doch möglich sein, drückte sie sich nun so fest ans Hutwelkerknie, daß dieser schon all seine Kraft aufbieten mußte, um sich noch auszubalancieren.

– Schluß jetzt, gute Frau, sagte er mit fester Stimme. Sie machen mir Kummer, dabei habe ich solche Hoffnungen in

Sie gesetzt. Bleiben Sie stark. Ich werde mich persönlich für die Rettung der Annenseele verwenden. Ich werde dafür beten. Nun aber Schluß. Und den kurzen Moment, in dem die Hasentütl selig schnaubte und sein Knie losließ, nützte er und machte sich davon.

Die Hasentütl aber ging, nachdem sie voller Ablaß war, zu ihrem Körberl. Ein kaltes Gefühl hatte sie unter dem Herzen, die Hoffnung auf Körberl machte sie schwindeln. Was konnte sie denn auch dafür, daß ihr Fleisch überall voll Sünde war. Wenn Gott wirklich allwissend war, wie die Herren Bischöfe behaupteten, hätte er auch wissen müssen, daß sie, wenn er sie in dieses viele Fleisch reinwachsen ließ, nicht widerstehen konnte. Das eigentlich Sündhafte war ja nicht das, was man dabei spürte, sondern die Lust, es noch einmal zu tun. Körberl freilich war gar nicht zu Hause, da konnte sie läuten und läuten und läuten, was sie wollte. Den kehrenden Hausbesorger Stangl konnte sie damit nicht irritieren. Aber die Buschenpelz. Das Blechspielzeug. Erst stahl sie einen Blick ums Eck, dann kam sie angewatschelt.

– Der ist, das sehen Sie ja, nicht da, schliff sie ihr ein Stück vom Warten ab. Ich bin ja neugierig, kam es aus dem dünnen Pergamentpapiergesicht, ob wirklich dieser Psst, aber verraten Sie mich nicht, ob wirklich dieser Ziegelböck das kleine Mädchen, das man bei uns gefunden, auf dem Kerbholz hat. Ja, der Ziegelböck vom Photographengeschäft Ziegelböck, stellen Sie sich vor, dem scheinbar alles leichtgefallen ist im Leben. Aber die Leiche, die hätten Sie sehen müssen, oder besser nicht, seien Sie froh, ganz zerstückelt hat die ausgesehen, ganz zermantschelt, ich hab gar nicht hinsehen wollen, aber meine Augen haben müssen. Das ist mir noch nie passiert. Ich war im Kloster. Ich bin etwas gewöhnt. Ausgerechnet hier in diesem Haus muß das passieren, wenn das nicht eine Schande ist, aber bei der Jugend heute, das Mädchen hätten Sie sehen sollen, oder besser nicht, seien Sie froh, und erst die Mutter, die hat ausgesehen, irgendwie wie Sie und doch komplett anders, also da hat man gleich gesehen, daß die nicht zum Erziehen taugt, da hat man gleich gesehen, was für eine Rabenmutter das ist. Da weiß man gleich Bescheid. Aber was haben Sie denn, deswegen brauchen Sie doch nicht zu weinen, Sie wohnen ja nicht hier, Sie wollen nur zum Körberl, auf Ihnen lastet ja die Schande nicht, so wie auf uns. Weil die Angeschmierten, das sind wir, wir Hausbewohner haben einen schlechten Leumund und nicht Sie. Der Hausbesorger. Sehen Sie nur, wie verbissen er kehrt, als wollte er der Schande den Rücken zukehren, alles wegfegen. Wir und in der Zeitung stehen? Wer hätte das gedacht. Und alles wegen dieser Mutter, die sich nicht um ihre Kinder sorgt, jetzt hören Sie schon auf zu weinen, sonst könnte man ja denken, daß am Ende Sie? Sie? Die Buschenpelz erstarrte. Aber der Körberl, wie gesagt, der Körberl ist nicht da. Der hat in der Lotterie gewonnen, was er jetzt im Schluckloch feiern muß.

– Der Körberl? In der Lotterie? Da entstand ein völliges Mischmasch in Ludovicas Hirn, die Tränen liefen wie Bäche über ihr Gesicht, nur einen Satz brachte sie heraus, sinnlos, immer wieder: Das ist zuviel, nein, das ist zuviel. Das überlebe ich nicht.

Freilich, so schnell stirbt die nicht. Bevor es dazu kommt, sind wir noch einmal indiskret und sehen uns die Schlaufen Gudruns an. Knoten richtiggehend. Was verhängen sie. Natürlich, das Diarium:

Da war plötzlich dieses Bürschchen, liebes Tagebuch, und hat sein Gesicht in meines gedrückt. Und bevor ich noch was sagen kann, ist er schon über die Straße gesprungen und verschwunden. Irgendwie hat es mich gegraust, aber andererseits hat es auch gutgetan. Schade, daß es gleich zu Ende war. Wie ein Ritter hat er sein Leben riskiert, nur um zu mir zu kommen, sogar einen Unfall hat er verursacht, sind doch wegen ihm zwei Autos zusammengebumst. Auffahrunfall.

Er aber war weg. Nur sein Geschmack blieb auf meinen Lippen. Ob ich ihn wiederseh? Ach bitte, liebes Tagebuch. So elegant wie Douglas Dünnbier ist er selbstverständlich nicht, aber dafür tut er was, mehr als diese blöden Filme drehen, mich auf die Lippen küssen. Dagegen ist ja nichts zu sagen.

Der Unfall war nicht so besonders schlimm. Im einen Auto war der Onkel Roland, aber dem ist zum Glück fast nichts passiert. Im anderen Auto waren ein Polizist und der Photograph Ziegelböck. Der Polizist war ausgesprochen häßlich, dafür hat er sich auch den Nacken verstaucht. Das hat er jetzt davon, was muß er auch angefahren kommen, wenn mein Küsser über die Straße springt. Dauernd hat er etwas von einer Bussi-Bussi-Frau gemurmelt, daß ich gleich gesehen habe, der spinnt. Gott sei Dank war auch ein Kommissar zur Stelle, Hohnnigl-Weißwiesl oder so ähnlich, der alles aufgenommen hat, auch mich hat er befragt. Woher ich dieses Bürschchen kenne, wieso es mich küßt. Na, der hat vielleicht Augen gemacht, wie ich ihm gesagt hab, daß ich ihn gar nicht kenne. Quadrate hat er in die Luft gemacht. Dann hat mich der Kommissar von oben bis unten angeschaut und hat überlegt, ob das auch stimmt. Ständig hat er was von Richard Wagner gestammelt, einer Walküre. Dann hat er gesehen, wie schön ich bin – und hat mich bewundernd gehen lassen. So ist das gewesen.

Auf dem Heimweg bin ich noch dem Briefträger Körberl über den Weg gelaufen, der mich gleich einladen wollte, weil er im Lotto gewonnen hat. Aber nicht die Millionen, sondern nur, weil er so viel spielt, eine Wochenendreise nach Rom. Weil mit seinem angeblich todsicheren System hat er noch nie etwas gewonnen. Nix. Und so viel Dummheit haben die von der Lottogesellschaft natürlich sofort registriert. Zu Hause hatten wir dann noch Besuch von diesem Pfarrer. Ich weiß nicht, der ist so weibisch, irgendwie. Da haben sie wieder einmal über dieses Verfahren gegen Gerngross debattiert. Aber das sind wir ja gewohnt. Ich hoffe bloß, daß ich nicht heute wieder so schrecklich träume wie in letzter Zeit. Angefangen hat es vermutlich damit, daß ich bei Omas Beerdigung versehentlich aufs Männerklo gegangen bin, und weil nicht abgesperrt war, den Onkel Quasimodo beim Arschauswischen sehen mußte, na, du kannst dir denken, wies mich da geekelt hat, unappetitlich, aber das war, wie du ja weißt, überhaupt kein schöner Tag.

– Aber wer, fragt der Ölbergjesus, wer war dann der Vergewaltiger? Ich dachte –.

– Ja, ich auch.

– Jedenfalls nicht Quasimodo, der war nur am Klo, laut Tagebuch, wo es weiter heißt:

Und dann habe ich geträumt, wie mich der Rauchfangkehrer, der Herr Bohrer, also ausgerechnet der, mich von hinten faßt und streichelt, anfangs lieb, und ich bin überrascht, doch dann merke ich, daß seine ganzen Hände mit so feinen Härchen bewachsen sind, anfangs noch weich, dann aber sehe ich, es sind so Borsten, wie sie auf Kaminkehrerbesen sind – wie Arschhaare, widerlich. Schweißnaß und völlig außer mir bin ich erwacht. Mein Herz ist wild mir durch das Blut gerast, geekelt hab ich mich. Später habe ich mich beruhigt, bin wieder eingeschlafen. Geträumt, daß ich mit der Serviererin vom Kalabresendorfer einkaufen bin. Das Sonderbare war nicht nur, daß ich die überhaupt nicht kenne, sondern daß wir Gemüse wollten, mit dem man sich am besten selbst befriedigen kann. Die Banane, erklärte sie mir, muß noch frühreif sein, weil sie sonst zermantscht da drinnen. Auch geschälte hartgekochte Eier sind empfehlenswert, wir haben uns aber für eine Gurke entschieden, weil die ganz leicht zu handhaben ist. Das war ein Spaß.

Spaß? Abendliche Schatten trieben ihr Spiel. Der schwarze Himmel war wie trockenes Paraffin. Und das kommt vor. Oi, oi, und wie das vorkommt. Es war ja nicht der Schmerz, der Roland auf der Straße stehen ließ wie eine überwunden geglaubte Eigenart, ähnlich den Kindheitswarzen, die nun, 20 Jahre später, wieder aus ihm brachen, nein, es war die Angst vorm Sterben, die Angst, sich nicht entziehen zu können, ausgeliefert zu sein. Das Schicksal, schloß er aus dem Unfall, greift in uns hinein, reißt uns aus der Belanglosigkeit und schmeißt uns fort. Was ist denn schon so ein Mensch im Vergleich zum Weltenlauf? Ein Nichts. Dem ist man ausgesetzt, kann sich nicht wehren. Das Schicksal, wenn es will, pflanzt einen Krebs in uns hinein, trennt uns die Organe durch, vertauscht nur eine Kleinigkeit, und wir sind tot. So zerbrechlich ist das Leben. Die Gewalten, die es umgeben – furchtbar. Das Schicksal ist ein Schwein, kostet sich aus, gibt sich erhaben, so, als könne es nichts tun. Das Schicksal ist eine Sau, griff sich Roland durch sein Fleisch. Man weiß es nie, wenn nur eine Rippe abgesplittert ist, ein Lungenflügel durchgetrennt oder sonst etwas passiert ist, ein Gerinnsel im Gehirn? Ein Bluterguß, an dem man binnen 24 Stunden stirbt? Der Sinn des Lebens ist der Tod. Aber nein, hat doch auch der Kommissar Hirnstingl-Brennessel gesagt, daß nichts passiert sein wird. Andererseits, was weiß denn so ein Kommissar? Birnstengl-Reibeisen? Noch dazu, wenn er ausschaut wie Pius der Neunte? Was gilt denn so ein Polizist im Vergleich zu einem Schicksal. Als ob das etwas ist, was sich entgegenstemmt. Wenn Roland stirbt, dann war der Polizist im Unrecht, und? Was ist die Konsequenz? Nichts! Wenn Roland stirbt, kann er seine Anna nicht mehr aus ihrer Hölle retten, kann er seine Pläne nicht verwirklichen. Wer baut denn dann die dreieckigen Villen, wenn nicht er? Da gab ihm jemand einen Kuß. Eine ekelige, fetttriefende, beleibte Person. Das Leben selbst.

– Weil mein Verlobter in der Lotterie gewonnen hat, mit

einem System, das er sich ausgedacht hat, er allein, und weil, wenn mein Verlobter schon in der Lotterie gewinnt, dann ist es auch kein Pappenstiel. Sehen Sie mich an. Wenn, dann brauchen wir gleich einen ganzen Patzen. Nein, wenn mein Verlobter in der Lotterie gewinnt, dann muß es ein Vermögen sein, dann ist das Grund genug, allen Männern auf der Straße einen Kuß zu geben. Wenn mein Verlobter in der Lotterie gewinnt, dann reicht es aus. Verdrängt den Anna-Schmerz. Weil so ist das. Oder vielleicht nicht?

III

Ecce homo

11

Die Besorgung

Nein. Die kriegen mich nicht. Ich weiß Bescheid, baute sich Zdenko Faulhaber seinen Musterungsbescheid wie eine Wand vor seine Augen, als wollte er prüfen, ob der Stellungskommission nicht doch ein Fehler unterlaufen sei, eine Formallücke, wo er durchschlüpfen könnte, sich davonstehlen. Aber nichts, der Name und das Geburtsdatum waren fest mit seinen restlichen Dokumenten verschraubt. Ich weiß Bescheid. Dabei wußte er, wie schwer es sein würde, auf psychisch labil zu machen, schließlich durfte er keine zu schweren Geschütze auffahren, sonst würde er tatsächlich in einer Anstalt enden, andererseits mußte sein Manöver so ausgehen, daß man beim Bundesheer auf ihn verzichtete. Seine Einberufung wollte er vermeiden, unbedingt, wußte er doch lang Bescheid.

Wenn man mich für tauglich erklärt, war ihm ein Plan aufmarschiert, dann hau ich ab, desertiere, gehe in den Süden. Oder ich laß mich umoperieren, mir doch egal, solange für Frauen keine Wehrpflicht herrscht. Das wäre ja noch schöner, steckte er den Bescheid in seine Tasche und stürmte los in Richtung Feister Fridolin, der auf volljährige Kunden bestand und sicher Glupschaugen machte und blubbernde Geräusche von sich gab, wenn er den Musterungsbescheid zu sehen bekam. Das würde was werden. Zdenko war im Aufrüsten begriffen. Er konnte doch nicht noch einmal davonlaufen. Das war zu lächerlich. Vor dem Militärdienst konnte er davonlaufen, auch vor seinem Land, vor den Frauen aber nicht. Er konnte doch nicht noch einmal einer einen Kuß verpassen und dann einfach flüchten. Und von kleinen Kindern phantasieren ist auch lächerlich, durchmaß er gemessenen Schritts seine Straßen, trat er auf Steinchen, schmierte sich die Sonne ins Gesicht, sah auch einen Toten, kümmerte sich aber nicht, lief nur, weil er an die Lernhilfen dachte, an die vielen nackten Frauen, Fleisch, das atmete wie er, sich bewegte, wie Puzzleteile ineinanderstecken ließ, und ihm ganz nahe kommen könnte, Fleisch mit Öffnungen und langen Beinen. Fleisch mit einer anderen Seele, die darin wohnte. Fleisch in rote Netzhaut eingerollt, wie ein Rollschinken –.

– So paß doch auf, Blindgänger.

Ohne Absicht war er in Ponstingl-Ribisl hineingelaufen. Dieser erkannte ihn nicht wieder, hatte ihn auf keiner Liste stehen, ließ ihn laufen, eine Standpauke trommelte er ihm hinterher. Noch so jung und schon besoffen. Am hellichten Tag. Eine Schande.

Ponstingl-Ribisls Quadrate waren durcheinander. Laufend geschahen Ereignisse, die ihm alles Gefügte durcheinanderbrachten, ständig setzte sich etwas für die Beweisführung des Schicksals ein. Freilich war am Stand der Ermittlungen noch nichts Quadratisches zu sehen, trieben die Rechten Winkel noch ansatzlos, verzettelt rum. Aber ein Täter, ein Motiv? Man konnte immer wieder Figuren aus dem Inventar der Personen fischen und sie durch das Sieb der Fragen rütteln, sehen, was von ihnen übrigblieb, aber ihnen etwas zu beweisen war eine andere Geschichte. Ihren Panzer aufzuknacken war alles andere als leicht. Die Menschen waren geschickt, sie waren verschlagen. *Ja, so sind sie, die Grisetten.* Dachten sich glaubhafte Geschichten aus, die Ermittlungen hinters Licht zu führen. Ganz durchtrieben waren sie, fügten sich in ihre eigenen Quadrate und einen daran an der Nase lang. Aber ein guter Kommissar ließ sich nicht an der Nase herumführen. Ein guter Kommissar nahm die Marmorplatten dieser Lügengärten, zerschlug sie, setzte sie neu zusammen, versuchte einen gültigen Tempel daraus zu bauen, ein Haus der Wahrheit, einen Niebelungenring, zumindest ein Palais. Mit seinen kurzen Fingern kratzte er sich an der rechtwinkeligen Narbe auf seiner Stirn. Alles, was er bisher hatte, war der Entwurf zu einer Laube. Ein Geräteschuppen war sein Tempel, seine Wahrheit war ein Maulwurfsloch.

Florian Ziegelböck hatte er wieder laufen lassen müssen, dabei war ihm gerade der suspekt, schon allein wegen seiner Größe. Diese Giraffenmänner waren Ponstingl-Ribisl immer schon verdächtig, zumindest seit er 1976 in die rechteckigen Zähne des Wieland Brenneis reingelaufen war.

Acht, neun Jahre ist er damals alt gewesen, der Volksschulunterricht nahm sich einen Kreis heraus, eine sogenannte Pause, und während die anderen Kinder beisammen standen, debattierten, Sunkist tranken, Drehunddrink, und ihre Brote aßen, lief der kleine Sixtus nur. Er wollte dem Ponstingl in sich keine Gelegenheit zum Wurzelschlagen geben, um nicht als roter Ribislkopf daran zu blühen. Wie ein Leichtathlet ist er gelaufen, mit kräftigen, klumpfüßigen Bewegungen. Dazu brüllte er. Sirenenton. So rannte er um das Haus, von Ecke zu Ecke und da passierte es, kam Wieland Brenneis langgelaufen. Ebenfalls Sirenenton, nur aus der anderen Richtung. Und zack!, schnalzte es, zack!, bekam er einen Schlag auf den Kopf, als wäre er ein Ei und gegen einen Bratpfannenrand geschlagen. Die Wucht fuhr beiden Läufern in den Schritt wie eine Eisenstange in bewegte Fahrradspeichen. Auf den Boden legte es sie da, jetzt war es still, und für einen Moment leckten sie wohl auch etwas vom Salzblock Tod: Wie Rehe, kurz bevor man sie erschießt.

Als Sixtus wieder zu sich kam, sah er das Blut. Den Schmerz fühlte er, die Schreie, die von Brenneis kamen. Oder kamen sie von ihm? Nein, er spürte nur diesen Stich an seiner Stirn, griff hin und fühlte da etwas stecken, als wüchsen ihm Hörner. Er zog daran, nichts rührte sich. Waren diese Knochenstummel schon mit ihm verwachsen? Erschrocken sah er in einem Fensterglas, daß zwei kleine Zapfen in ihm steckten. Kinder, die herbeigeeilt waren, hörte er kreischen. Eine Lehrerin. Der still gewordene Wieland Brenneis, der sich nun mit seiner Hand den Mund verdeckte, hatte ihm also seine ausgewachsenen Zähne in die Stirn gerammt. Später setzte man ihm eine Brücke ein und vor Jahren, hieß es, hatte er, Brenneis, sich aus Liebeskummer selbst vergast. Angeblich, weil seine Frau eine Affäre mit einem kleinen Mann gehabt hatte. Das, strich sich der Kommissar über die kleine Einbuchtung auf der Stirn, war vielleicht der Grund, warum er umgekehrt große Männer nicht mochte, weil sie wie Brenneis ihre Zähne in ihn stießen, ihn damit aufspießten. Von oben herab.

Trotzdem war Florian Ziegelböck nichts zu beweisen. Mit seiner sanften Schmeichelstimme, seiner eleganten Art, in der von Haus aus etwas unfreiwillig Komisches wohnte, was sogar seine hochnäsige Assistentin, die Krumpl, immer wieder an den Rand befremdlicher Lachausbrüche führte, hatte er sich geschickt herausgewickelt. Daran änderte nicht einmal seine Entschlossenheit etwas, dem ganzen Kommissariat mit Ironie zu begegnen. Vatikan, nannte er das Kommissariat, Nuntiüsser die Assistenten, und für Ponstingl-Ribisl hatte er den Namen Quadrat-Papst übrig. Das Schlimme an diesen Worten war nicht, daß sie irgendwie beleidigend waren, sondern daß sie eigentlich der Wahrheit entsprachen. Trotzdem hatte man ihn gehen lassen müssen. Mitsamt seinen durch die Brillengläser groß und frisch wirkenden Augen, seinem Oberlippenbart, dem lichten Haar am Kopf, seinen kürbisbraunen Schuhen, seinem Kamelhaarmantel hatte man ihn entlassen müssen. Nicht, ohne einen polizeilichen Schatten an ihn zu heften. Bruno Scheidewasser, der ihn auch verhaftet hatte, als irischer Tourist verkleidet, tat sein Bestes. Und was hatte er herausgefunden, was hatte er gesehen? Und hätte er nicht auch zu Protokoll geben müssen, daß er selbst im Ziegelböckgeschäft gestanden war, Photos bekommen hatte, just als man Atnasal Acsal erschossen hatte? Doch verheimlichte Scheidewasser das. Dann hätte er nämlich auch zugeben müssen, daß er 20 Filme nur mit Bussi-Bussi-Frau verknipst hatte, in die er arg verliebt war. Da sagte er lieber nichts. Nur, was er beobachten konnte.

In Richtung Pfarrhaus sah er Ziegelböck marschieren. Aber nicht daß er beim Pfarrer geklingelt und um eine Beichte gebeten hätte, nein, zu seiner Köchin war er gegangen, die, wie eine Überprüfung ergeben hatte, nicht bloß Pfarrersköchin war, sondern einmal jährlich religiöse Ekstasen durchlebte und im restlichen Jahr als Wurstlprater-Medium den Menschen die Zukunft las.

– So einen Quatsch, verkündete Sixtus lauthals, glaubt ein Kommissar mit einem Ponstingl-Ribisl-Format natürlich nicht. Ein Kommissar mit einem Ponstingl-Ribisl-Format glaubt an die Mathematik, an die Logik, an Quadrate, ein Kommissar mit einem Ponstingl-Ribisl-Format glaubt an die Wahrscheinlichkeitsrechnung und an die Oper, aber nicht an die Prädestination. Und an Stigmatisation schon gar nicht. Ein Kommissar mit einem Ponstingl-Ribisl-Format glaubt an die Zusammenhänge. Die Prophezeihung, die ihm selbst das Medium vor nicht allzu langer Zeit gemacht hatte, verschwieg er geflissentlich.

Aber was konnte mit einer als Medium arbeitenden Pfarrersköchin und einem Tatverdächtigen anderes zusammenhängen, als daß sie ihm die Zukunft las? Und was würde sie ihm anderes sagen können, wenn sie tatsächlich Wahrheit schaute, als daß man ihm, dem Kindermörder Ziegelböck, bald auf die Schliche kommt. Wahrscheinlicher freilich war Scharlatanerie, die Ziegelböck in eine frohe Zukunft wiegen, ihn im Glück und in dem zufriedenen Gefühl schunkeln würde, das einem manchmal, wenn man am Kopf gekrault wurde, den Rücken runterlief. Was dem Kommissar nur recht sein konnte. Er solle sich nur suhlen, dieser Giraffenziegelböck, dann wäre es leichter, ihn zu übertölpeln und zu tümpeln. Denn was ist günstiger als ein verschlafener, sich treiben lassender Gegner – und das war Ziegelböck, zweifellos, sein Problem samt Lösung, sein Feind, die Unordnung in persona, das Antiquadrat. Allerdings war Ponstingl-Ribisl mit seiner Theorie alleine, gehörte doch seine Assistentin der Fraktion der Körberl-Linie an.

Dabei war dieser kleine, rothaarige Briefträger der Unverdächtigste überhaupt. Schon die Tatsache seiner Kleinheit entlastete ihn, seine Liaison mit Ludovica Hasentütl war geradezu ein Kronzeuge unter den Entlastungsbeweisen. Denn was wollte denn so ein Mensch, zweifellos schon seiner Kleinheit wegen am Großen interessiert, was wollte der mit einem kleinen Annenkörper tun? Nichts! Nein, der Briefträger Körberl war der Unverdächtigste, den man sich nur denken konnte. Der Kommissar hatte sogar darauf verzichtet, ihn lange zu befragen. Ein Kommissar hatte schließlich auch einen Instinkt. Sonst könnte ja ein jeder kommen.

Warum wurde denn ein Ponstingl, trotz seiner Ribiseln hintendran zum Kommissar? Doch nicht als Artikulationsübung für die Verdächtigen, sondern nur, weil er dieses Etwas hatte, diese Aura. Alleine darum. Er reckte sich, als wäre er aus Gummi. Ponstingl-Ribisl sah keineswegs wie ein Kriminalkommissar aus, nichtsdestotrotz war er einer der besten Wiens. Aber warum? Weil er die Intuition hatte, das Glück. Sonst hätte ja auch ein Knechtl oder eine Krumpl Kommissar werden können, oder vielleicht gar ein Aktenträger Kampl oder ein Bruno Scheidewasser Streifenpolizist. Aber nein, die wurden nicht Kommissar, weil ihnen das gewisse Etwas fehlte, die Aura, das Glück. Immerhin waren sie dazu gut, kleine Verbrecher zu verhaften oder Engländer aufzuspüren, die Kinder kaufen wollten.

Das stelle man sich vor. Die spitznasige Frau mit einer Warzenwange, ihr kleiner, ausgesprochen runder Mann mit einer ins Frustrierte zeigenden Knollennase – so etwas unsympathisch Rundes hatte Ponstingl überhaupt noch nie gesehen. Ganz fasziniert hatte er ihn angesehen. Das also war das andere Extrem, das Runde. Und so etwas wollte sich vermehren, Kinder unter der Fuchtel haben. Obwohl schon die Natur dagegen war. Zweifellos, das Runde war schon obsolet, zum Aussterben bestimmt, eine Vorstufe bloß. Rund waren die Einzeller, die Zwitterwesen, dann ging es bergauf, erhob sich die Schöpfung, wurde eckig, wurde Quadrat. Sprachen Menschen auf offener Straße englisch an, sagten sogar, daß ihnen einer, ein gewisser Weinzwang, Angestellter einer Prothesenwerkstatt, was versprochen habe. Aber den würden sie sich vorknöpfen, diesen unmoralischen Lumpen. Der konnte jetzt schon zittern.

Andererseits konnte Sixtus die Sehnsucht auch verstehen, diese Sehnsucht, sich zu identifizieren, die auch ihn ganz zur Fläche werden ließ, ihn schraffierte, Diagonalen ziehen ließ von Fall zu Fall und ihm die Hoffnung in die Kästchen trug, eines Tages die Wurzel aller Potenzen auszuradieren, die Wurzel alles Bösen. Deshalb war er auch so überzeugt, daß sich hinter der Ziegelböckmaske ein Ziegenbock verbarg, ein Klumpfuß-Teufel, der auch Atnasal Acsal erschossen hatte. Auch den weggelegten Embryo, den man letzten Winter erfroren auf dem Müll gefunden hatte, blau vor Kälte, dichtete er ihm an. Die einzige Besonderheit des Babys war der zufällig in den Röntgenbildern gefundene Ansatz eines sechsten Fingerknochens. Dieses scheinbar unwichtige Detail war dem Kommissar eine wichtige Kerbe, in die er seinen Hebel stecken konnte, vermutete er doch, der er neben dem Runden nichts so sehr verabscheute wie den Aberglauben, Sekten und mystische Attitüden, einen Großzusammenhang, der, so viel ließ sich aus seinem Instinkt bereits herauspressen, etwas mit den Spinnern zu tun hatte, die Zettel mit der Aufforderung zum Stillstand verteilten – wenn auch in zehn Jahren erst.

Diese Verrückten, die derart die Ewigkeit erhofften, Anfangsjäger nannten sie sich, standen sicher in Verbindung mit dem Italiener, den man vor Ziegelböcks Geschäft erschossen hatte. Ponstingl-Ribisl wußte bloß noch nicht das Wie. Die ganze Geschichte, sprühte er sich Mundspray ins Gebiß, war kompliziert wie die Violetta in der Aida, kompliziert wie die Psyche seiner Assistentin Gundula, die, das war ihm aufgefallen, für alles sie Verehrende nur hochnäsige, auftrumpfende Blicke übrig hatte, einen eitlen Ton. Während sie ihr eigenes Begehren auf die Katzen projizierte, Böselkraut und Ferdinand. Furchtbare Viecher, komplett verzogen. Aber die Krumpl war so sehr Tierfreundin, daß sie sogar einer Kommission gegen die Abtreibung der Bandwürmer beigetreten wäre. Und dabei schön wie Botticellis Venus, aber in der Seele eine Nixe, glitschig ungreifbar – wie ihr Unterleib. Und alles wegen ihrer Mutter.

Weil sich Fifi Rudolfine Krumpl ihre Jugend aus dem Körper rausgelebt hatte, es immer mit einem anderen getrieben hatte, der Ehemann ein Spieler war, mit einem italienischen Namen, der zu Mutter und Tochter so lange unanständig war, bis sich die alte Krumpl von ihm scheiden ließ, von seiner ganzen Unanständigkeit, seiner Rüpelhaftigkeit, so daß bloß seine Spielschulden zurückblieben, die Schulden und das Kind. Diese Krumpl also, Rudolfine, hatte ständig Künstler eingeladen, sie aus ihrer Trostlosigkeit zu reißen, ihrer finanziellen Enge. Und Künstler waren da, fast alle.

Ulflein, die ganzen Aktionisten, hatten sich betrunken, vom Tisch geschifft, auf die fetten, gleichfalls besoffenen Frauen gepischt, und alles, was sonst nichts im Mund hatte, hatte sich zugekifft, Spiele wurden dann gespielt, Dechiffrierungen, auch mit der kleinen Gundula, das waren Akte, Aktionen der Befreiung waren das, aber für die kleine Gundula war es ein Gefängnis, ein Ekel, der ihr nun das Feld ihrer Körperbestellung versäuerte, sie einengte wie die Zahnritze eine Rindfleischfaser.

Dabei spürte Ponstingl-Ribisl, daß, gelänge es, sie zu öffnen, ein Vieleck an Sinnlichkeit bräche aus ihr aus, ein Sexeder. Schon die tiefen Mandelaugen, die hochgestellten Nüstern, Speichelecken, Brüste, wenn es bloß gelänge, diesen Schlangenkörper, das Heisere der Stimme in die Erotik einzufädeln, in das Einander-ganz-Verschlingen. Aufgehen würde sie, wild stöhnen. Wie ein warmer Marillenknödel wäre sie, eine zarte, runde Masse, ein aus der Erde brodelndes Köcheln heftigster Natur. Und ein Kneten wäre das, ein Fassen und Umschlingen – wie ein Kampf, bei dem jeder Halt am Gegner, Griffe anzubringen sucht, den anderen erschöpfen, in die Knie zwingen will, ins Fließen.

Derart ins Gehen gebracht, standen Schweißperlen auf Ponstingl-Ribisls Narben-Stirn. Sein Atem kulminierte, und er beschloß, dieser Stimmung ein Salut zu schießen, sein Kanonenrohr in eine dienstliche Angelegenheit zu fahren, die im Arbeitsbericht als Zeugenbefragung der Hausbewohnerinnen Bettina und Martina stehen würde. Die er an ihrem Arbeitsplatz aufsuchen wollte, beim Feisten Fridolin.

Wie ein großer Block stand die Stille in der Stadt. Da. Durch die Gassen fielen Stimmen. Arien scheuerten durch Straßen, Schulkinder preßten ihren Lärm dazu, Vögel lutschten an ihren süßlichen Gesängen, ehe Katzen sie zerrissen. Autos, kurz davor, die Reifen durchzudrehen und in andere zu rasen, herrenlose Schreie, laute Radios, Lautsprecherstimmen hüpften den Lüften auf den Rücken, wollten getragen sein, regieren, als Gesandte des Ministeriums für Lärmbelästigung herumflanieren. Das alles wehte Baruch Weinzwang an.

Er hatte den übertriebenen Oleander vom Fenster genommen, einen großen Flügel aufgemacht, sich eine Zigarette angesteckt, den Stab aus Nikotin, Inhaltsstoffen, frischer Luft in sich hineinzurammen. Die staatliche Prothesenwerkstatt, ein viergeschossiger, altertümlicher Backsteinbau, lag schräg hinter dem Palais Liechtenstein, ganz in der Nähe der Strudlhofstiege, der Heimito von Doderer ein literarisches Denkmal gesetzt hatte. Hinter einem kümmerlichen Vorgarten, den ein schmiedeeisernes Gitter umzäunte, stand eine den

Alchimisten Duchanteau darstellende Statue, der laut Inschrift den Stein der Weisen gefunden haben will. Da aber solche Inschriften kaum je wer bemerkte, war sie auch den Beamten der staatlichen Prothesenwerkstatt unbekannt. So auch Baruch Weinzwang, der vom zweiten Stock heruntersah.

Gerade hatte er gedacht, daß Österreich so wie ein Golfplatz sei. Und Wien, die Hauptstadt, bloß ein Loch. Die Wiener hatten auch den Weitblick von typischen Lochbewohnern. Sie waren unnachgiebig, übersahen nichts, fürchteten Erschütterung. Wie auch er, Baruch Weinzwang, nichts übersah, unnachgiebig war, es an Empfindlichkeit mit einem Seismographen aufnehmen konnte. Vor Aufgeregtheit vibrierte seine Hand, sein ganzer Körper war irgendwie fahrig, zittrig, als hätte er die Unruhe einer großen Uhr verschluckt. Es ärgerte ihn, daß er den Wurznbacher entschuldigen mußte, der sich wieder einmal krank stellte.

Verwirrt klang er, der Hugo, etwas Teuflisches schwang in seiner Stimme, etwas Rauhes, das ihm, dem Weinzwang, so nie aufgefallen war. Es hörte sich so distanziert an, den Dingen entrückt, ja der Sprache selbst, es klang, als wäre er ganz außer sich, gleichzeitig von innen am Verbrennen, als stünde er kurz vor einem Amoklauf. Nicht bloß heute wollte er nicht kommen, nein, gleich eine ganze Woche, mindestens, weil seine Frau, wie er sagte, prügelkrank war und Erholung brauchte. Jetzt müsse er sich um die Kinder kümmern, habe er Erledigungen. Von einer Italienerin hatte er noch was gefaselt, die, wie diese sodomistische Burgschauspielerin Kotletti heiße, und die er unbedingt noch sehen müsse, derentwegen er sich sogar scheiden lassen und nach Rom wolle.

Aber das klang alles so verworren und für Weinzwang völlig unentwirrbar, daß er sich gar nicht weiter darum kümmern wollte. Er hatte eigene Probleme, befand sich selbst in einem Stadium von Angst und Panik, das ihn zittern ließ vor

Leben, Tod und allen Menschen, die nicht er selber waren. Diese ganzen Leute, die es auf die Straßen trieb, als ob es den geringsten Anlaß dazu gäbe, als hätten sie die Sterblichkeit, die Tiefe überwunden und würden an der Oberfläche treiben, abgeschlossen wie ein Insekt im Harz, ausgezupft wie Gras. Doch mitnichten. Dumm und kontextlos. Den Willen auf abscheulich blödes Zeug gerichtet, fest verankert. Dieser Menschheit müßte man die Fröhlichkeit verbieten, den Gesang, das Unerschütterliche.

Am gescheitesten wäre es, das Leben derart einzurichten, daß alle in ihren Golflöchern blieben, leise waren, zitterten und beteten. Was hatten sie denn da herumzugrölen? Man konnte sich ja auf nichts mehr konzentrieren. Was mußte ein Straßenkehrer Opernarien singen? Was hatten diese Schulkinder zu plärren? Nein, das war alles zu verbieten. Weinzwang war überhaupt dafür, die Menschheit zu dezimieren. Schon allein wegen dieser Standhaftigkeit, diesen bunten ausgelassenen Gesichtern, dieser widerlichen Freude, die sofort bereit war, Hinrichtungen beizuwohnen, zu applaudieren, wenn Köpfe rollten, Körper ihr Leben aus dem Galgen ejakulierten, einer erschossen wurde. Sie feierten ihren Sieg, ihr Überleben, feierten ihre Kinder, preßten ihnen ihr Feixen ins Gesicht, drehten ihre Haut wie nasse Wäsche, zogen ihnen die Ohren lang. Merkten gar nicht, wie verfehlt sie waren, wie grundlos und überflüssig.

Weinzwang hatte selbst noch alle Wut des Aufs-Knie-gelegt-Werdens im Kopf. Die Schläge, die ihm sein Vater reingehauen hatte, den Zorn, der ihn aus sich treten, rot und brüllend werden lassen hatte. Der Zorn war Weinzwang bis ins Detail bekannt, bis in den Beigeschmack der Stimme, den er nun in Wurznbacher wiederfand. Wut und Zittern bewirkte das. Wut, die Baruchs Drüsen ihr Sekret absondern ließ, bis er es spürte, als etwas zwischen seinen Zähnen, auf der Zunge den Geschmack, das Selbst, das sich gebildet hatte, ganz aus sich, von ganz allein. Nur aus Wut. Das also war die Welt und was sie für ihn übrig hatte, Spucke, und das gab er ihr zurück. Sammelte es, trieb es mit der Zunge vor sich her, bis es kurz vor den Zähnen war, dann spannte er die Muskulatur, spitzte die Lippen, holte Luft – und spuckte. Und ein großer weißer Speichelfleck flog los, in flachem Bogen aus dem zweiten Stock, weit über Duchanteau, den Zaun hinweg. Er, der mit Briefbombenbastlern, Mikrobiologen und anderen Narren, die Millionen töten wollten, sympathisierte, der insgeheim über jeden Anschlag jubelte, Terroristen beklatschte, selber gerne eine U-Bahn zur Entgleisung gebracht hätte, weil seiner Meinung nach die Menschen alle boshaft waren, spuckte, weil er mehr sich nicht getraute, in die Welt.

Zu sehen, ob er wen getroffen hatte, traute er sich nicht. Statt dessen zog er schnell den Kopf zurück und schloß, indem er die alten, leicht verzogenen Flügel zurück in ihren Rahmen hob, das Fenster. Das schepperte.

Der Himmel war zerzaust, eilte dahin. Die Bäume freudlos, armselig und kahl. Vögel, wenn sie Laune hatten, fingen ihr mechanisch-blechernes Geplärre an. Armselige Katzen schrien. Bestimmt würde etwas geschehen. Denn das gab es ja nicht, daß sich etwas ewig hinzog.

– Wenn die Zeit gekommen ist, gegen das Ende vorzugehen, dann jetzt. Quasimodo Leopold, heute im Pepita-Anzug, war in Fahrt gekommen. Mit heftigen Armbewegungen, die wie eine Nockenwelle die Zylinder seine Hände auf und abstießen, unterstrich er seine Theorie. Giselher Attila und Onkel Otto hatten Mühe, seinem Schritt zu folgen. Wie erst seiner Rede.

Immer wenn der Poldi zu erzählen anfing, neigte er zum Laufen. Und je mehr er sich hineinbiß, desto schneller rannte er. Dabei spielte es keine Rolle, ob die neben ihm Hetzenden noch etwas kapierten oder nicht. Bereits ein kurzes *Mhm*, ja, sogar ein atemloses Keuchen, genügte ihm zur Bestätigung. Stille sogar. Ja, noch extremer, er deutete auch jede Widerrede, jedes Nachfragen oder Sich-Abwenden als Aufforderung, mit seinen Erörterungen fortzufahren. Selbst wenn ihn jemand anbrüllte, er solle endlich Ruhe geben, machte er wie selbstverständlich weiter. Ging es ihm doch weniger um die anderen als vielmehr um ihn selbst. Um eine Entschlackung seiner Argumente, um ein Klären, ein Absichern seiner Festung.

– Die Erinnerung läßt nach, am Wissen frißt die Zeit – und die ist fragwürdig. Ganze Jahrhunderte hat man erdacht. Wir aber sind eingesperrt, kommen nie aus unserer Zeit hinaus, obwohl keiner ein Aufhebens daraus macht, niemand bohrt, die ganze Blase anzustechen, den Zeiteiter herauszudrükken, damit alles sich ergießt. Wir sind die Opfer der Epoche, eingefaßt in ihr, versprochen. Pausenlos im Zeitschlamassel. Sie verklebt uns wie ein Honig, alle Aussicht gibt sich physikalisch. Aber mitnichten, meine Herren. Mitnichten. Ich bin ein Endzeitler. Ein Anstecher. Wir von den Anfangsjägern, dessen Gründer, Präsident und Vorstand ich, Quasimodo Leopold, alleine bin, sind für die Abschaffung der Zeit, ihre Aufhebung. Wir werden sie aus den Angeln heben – uns selber fischen aus dem Teich der Kontinuität. Am 1. März 2009 um 9 Uhr 21, zu diesem von einem anerkannten Medium als günstigster Termin errechneten Zeitpunkt, wird alles angehalten. Nichts, aber auch gar nichts darf sich dann bewegen – so wird es uns gelingen, die Zeit in ein Staunen zu versetzen, in ein Erkennen, eine Reflexion des Selbst. Und da wird die Zeit sich ansehen, sich wundern und wird denken, komisch, komisch, daß ich überflüssig bin, es mich nicht gibt – und zack!, schon ist sie überwunden und verschwunden. Futsch. Wir rutschen in die Ewigkeit. Die Zeit ist tot, sie wird geboren.

Man muß sich das als Leben denken. Noch ist die Zeit im Paradies, in ihrer embryonalen Phase, schwimmt im Fruchtwasser der Kontinuität, in der sie keine Ahnung hat von

Schmerzen oder gar dem Tod. Kennt Sprünge nicht, die großen Sätze. Wenn wir sie aber aus ihrem Kindergarten zur Erkenntnis bringen und zum Ernst des Lebens, sie vom Apfel nascht, dann ist es aus. Dann wird sie erst geboren. Ein neues Zeitalter bricht an. Ein Alter überhaupt. Denn alles, was wir bislang hatten, ist zwar ein Dahindämmern, ein In-uns-Verborgen-Sein, ein In-uns-Verbohren. Darum gehts, das ist unser Ziel. Und daher wollen wir auch dich, mein lieber Otto, in unserer Organisation als Jünger sehen, möchten wir auch dich bei den Anfangsjägern haben.

Onkel Otto, der geahnt hatte, daß so etwas kommen würde, zog an seinem Krawattenknoten, schnappte nach Luft und witzelte ein bißchen. Seine Arschrosette zog sich zusammen.

– Zeit, wer bin ich denn? Erst wenn es Zeit wird, ist es Zeit. Ich bin dafür, mit Sicherheit. Nicht, daß du mich falsch verstehst, ich werde meine Luft anhalten 2009. Ich werde mich ins Zeug legen und mir den Mund trocken reden, aber was mich weit mehr interessiert: Warum kümmern die Politiker sich nicht? Das Recht geht vom Volke aus, betrinkt sich und findet niemals mehr zurück. Eine Kampagne müßte man starten. Propaganda. Aber die Politiker kümmern sich nicht um das, was die Menschen wirklich interessiert. Wir haben ja nur eine Deppendemokratie. Sie krümmen keinen kleinen Finger, wollen den Leuten gar nicht zeigen, was die Liebe ist, was Zufriedenheit. Sie machen Autos und Fabriken, schütteln sich die Hände, sagen, Frieden wollen wir, Gleichberechtigung, und bauen Panzer, Flugzeugträger, Einkaufszentren. Überall werden diese scheußlichen Container aufgestellt. Ist das nicht das wahre Übel dieser Zeit?

– Nein, stemmte Quasimodo Leopold sich dagegen, nicht wenn die Zeit, wie wir sie kennen, bald zu Ende geht.

– Aber wer bin ich denn? Was maßen wir uns an? Otto faßte sich an den Hals. Seine Stirn verknotete sich, und seine buschigen Augenbrauen stürzten zusammen. Ist nicht die

Zeit eine Krawatte, die sich langsam um alle Hälse legt? Und kennt die Zeit nicht alle Knoten, schnürt sie zu – mit bester Seide? Muß man das beschneiden? Bin ich da nicht lieber, wenn es derart steht, ein Jud? Beschnitten. Und vor allem, lieber Poldi, wenn es wirklich dazu kommt, wie sieht es dann aus mit der Egalité, das ist mir nicht egal, sind alle gleich?, oder gibt es wieder die Privilegierten, werden es sich die Mächtigen wieder einmal richten? Sind dann nur die Anfangsjäger an der Macht? Mit ungewohnt flinken Bewegungen nahm er seine Brille ab, hob seinen Mantel hoch, verstaute sie in der Gesäßtasche, kam aber sogleich darauf, daß er so nichts sah, nahm sie also wieder raus, setzte sie sich wieder auf.

– Alle, schrie Quasi Poldi, alle werden gleich betroffen. Da blieb er stehen, als wollte er tief Luft holen, sah streng auf Ottos purpurne, aus der Form gesprungene Alkoholikernase, suchte unter der dunkel getönten Brille die kleinen Augen, fand sie, fixierte die Pechpatzen und deklamierte: Man darf, darf, darf sich dieser Zeit nicht widersetzen. Endlich ist die Stunde gekommen, unsere Verstecke zu verlassen, und hinaus ins Leben zu treten. Anhänger um uns zu scharen. Jünger und Gehilfen. Die Organisation beständig zu vergrößern. Was wir brauchen, ist nun Propaganda, Stauungen von Menschen, Massen, die uns folgen. Solche Chancen darf, darf, darf man nicht leichtfüßig in einem Wortspiel vertreten. Auch wenn wir belächelt werden, ist es doch die Erlösung. Vollenden wir, was Jesus einst begonnen hat.

Sein Gesicht, der Ausdruck von Quasimodo Leopold, war ganz erhaben. Pathetisch spiegelte sich die Sonne in seiner Glatze, glänzte, als ein Speichelpatzen darauf klatschte, zssck, kurz in kleinen Tröpfchen schäumte. Abrupt ging das, als ob es durch den ganzen Quasimodo Leopold vibrierte.

Otto mußte lachen. *Ach du Donner. Seht euch das an.* Giselher trat angeekelt einen Schritt zurück, sah hoch, ob davon noch mehr zu erwarten war. Poldi dachte erst an Taubenkot, griff danach, sah die Spucke, brüllte zum sich schließenden Weinzwang-Fenster hoch: Spuckt ihr ruhig auf uns, macht uns ruhig lächerlich. Es wird sich schon noch zeigen, was gerecht ist, wenn die neue Zeit anbricht. Wird sich schon zeigen, nicht. Als er seinen erbosten Blick wieder nach unten wandte, sah er Frau Hasentütl blöde grinsen. Wie selbstverständlich bekam sie eine Anfangsjägerkarte. Damit wackelte sie dann davon. Otto sah das viele Fleisch, das Stämmige der Waden, ihren Küstenleib. Sie hatte gehörige Schiffslippen, einen Rettungsring von Bauch, nein zwei, nein drei, nein einen ganzen Stapel, und trotzdem diesen Glanz in ihren Augen, als spiegelte sich Meer. Was für ein Weib. Wie Wellen brandete das Fett, schwappte nach bei jedem Schritt. Otto liebte dicke Frauen, konnte Männer nicht verstehen, die den Skeletten nachliefen, diesem gängigen Schwulen-Geschmack: rippige, tittenlose Körper, Waschbretter ohne Arsch. Üppig mußte eine Frau sein, etwas greifen mußte man an ihr können, volle Haltegriffe, wenn sie hatte, war es gut. Bloß nicht diese Dünnen, mit den um die Knochen gezurrten Häuten, durchsichtig wie Pergament-Lampenschirme, das war nichts für ihn. Dick hatten sie zu sein, feist und verdorben. Eine, die beachtet werden wollte und sich nicht versteckte, davon träumte er, einer, der vor ihm nicht grauste, die das Dasein spüren wollte, so wie er.

Die Hasentütl, die die Blicke in sich stecken fühlte und vor Scham auslief, als hätte man allen ihren Rettungsringen das Ventil geöffnet, las mühsam den Anfangsjäger-Zettel, von dem sie so gut wie nichts verstand. Sicher irgendeine Einladung für ein neumodisches Restaurant. Aber das hatte sie jetzt nicht mehr nötig. Jetzt, wo Körberl mit seinem genialen System Millionen gewonnen hatte. Jetzt brauchte man nicht mehr jeden Blödsinn mitzumachen, konnte ganz altmodisch dinieren. In ihrem Zustand war sie auch noch stolz auf sich und wiederholte wie ein Volltrottel mehrmals das

Wort. Lottomillionär! Lottomillionär! Ihr war zumute wie jemandem, der plötzlich in seiner Wohnung eine verborgene Tür findet, hinter der sich eine ganze Reihe wunderbarer Räume versteckt. Ihr war zumute, als hätte sie viel Geld, wäre stinkreich.

Hätte sie ein bißchen gewartet, wäre vermutlich alles ganz anders gelaufen. So aber war sie bereits in einer Boutique gewesen, sich neue Kleider anzusehen, hatte das und dies bestellt, eine Annonce aufgegeben: Wohnung zu verkaufen. Jetzt, wo einem das Geld zu Füßen lag, hatte sie sich selber zugerufen, da mußte man auch standesgemäß gerade stehen, aufrecht, zeigen, was man hatte. Lottomillionär!

Ein Auto hatte sie bereits erstanden, eine Jacht. Das Geld für Annas Beerdigung ausgegeben, das Geld für Ferdls Logopäden. Aber wenn einem das Geld stand, dann mußte man sich danach richten, sich aufrichten daran, das Geld in eine Sache setzen, nicht in einen Sand. Sicher wollte der Körberl sie überraschen. Jetzt hauts dich um, ihr sagen. Dabei würde es umgekehrt passieren, sie die Wohnung dekorieren, Gulaschköche aus Ungarn einfliegen lassen, argentinisches Rindfleisch, daß es ihn umwerfen, er aus dem Gleichgewicht geraten würde. Wenn er nur nicht, fürchtete sie, einer Jüngeren hinterher war, einer Dürren. So als Briefträger. Da wußte man nicht, wie viele Affären der daneben austrug, auch wenn er immer geschworen hatte, sie, sie sei die einzige.

Erst wenn einer Geld hatte, wußte man, worauf er stand. Ohne Verstellung. Oder lief er auf irgendeine Tussi auf, die nur dem Geld nachrannte, sonst nichts? Doch nein. Sie schlug sich auf den Mund, biß sich in die Zunge. Ihr Körberl nicht. Nein, nicht ihr Körberl. Das war ein Guter, einer, der ihr hörig war, ihr gehörte, mit allem an ihm dran. Und war es nicht auch Gerechtigkeit von dieser Vorsehung, daß ihr für die genommene Anna ein Lottomillionär zurückgegeben wurde? War das nicht das mindeste, was man von so einer

Vorsehung erwarten konnte, strich sie die Falten aus ihrem butterfarbenen Rock, warf den Anfangsjägerzettel weg, sah in die Auslage eines Einkaufshauses. Ob sie gleich noch ein paar Betten und Kästen? Ihre Gedanken legten sich ins Zeug. Für sich und Körberl, den Lottomillionär Körberl, ein Bett zu kaufen? Da lief sie gleich rot an und ging mit für ihre Verhältnisse schnellen Schritten weiter. Dachte an das viele Geld, zerrann wie weicher Käse in der Sonne innerhalb dieser Gedanken, schmolz davon.

– Und der Hans schleicht umher, trübe Augen, blasse Wangen, und das Herz ihm befangen, und der Kopf ihm so schwer. Und die Liesl vor der Tür, rotes Mieder, goldene Schnür, schaut hinauf nach dem Himmel und sieht den Hans nicht an, sieht hinauf nach dem Himmel und sieht den Hans nicht an, sang mit leicht sämiger, sauberer Stimme Ladislaus Stangl. Lässig hatte er seine Hausbesorgerkappe in die Stirn gezogen. Seine Legierung bestand aus Kreuzworträtsellösen, Frau Hornaus verführen und Stiegenhaus kehren. Er wußte ganz genau, daß es nach Fleiß aussah, wenn er oft mit dem Besen im Stiegenhaus zu sehen war. Die Mieter trieben ja auch alle ihr Geschäft, und so oder so bestanden die meisten Berufe darin, daß man in der Früh irgendwohin ging und bis zum Abend dort blieb. Nur Ladislaus Stangl und die Hausfrauen waren dann zu Haus. Oder der Bischof, wenn er wieder einmal seine Wohnung inspizierte.

– Gruß mit zwei Wörtern, zog Ladislaus Stangl seine Mütze und sah den Schuhen nach. Komisch, was dieses Synonym für Hühnerarsch hier dauernd wollte? Warum er immer Buben brauchte? Doch egal. Indiskretion war Ladislaus Stangls Sache nicht. Ein Hausbesorger hatte für Ordnung zu sorgen, nicht für Tratsch. Reichte doch schon eine Buschenpelz, die überall dabei sein mußte, oder der Gerngross mit seinem dauernden Beleidigtsein. Da mußte wenigstens er Standhaftigkeit beweisen. Einer mußte ja, wenn alle aus der

Ordnung fielen, stehen bleiben, mußte eine Stange sein, an der man sich anhalten konnte, Festigkeit und Stärke mußte einer sein und eine Mütze, auf der mit goldenen Buchstaben *Hausbesorger* stand, eine Uniform, den Besen in der Hand. Weil, wenn alles mehr und mehr verlotterte, alles zu Geschweiß verkam, einer nötig war, der etwas darstellte, einer, dessen Bart sich sehen lassen konnte, weil er elegant in die Welt sich drehte, ins Stiegenhaus. Und so eine elegante Erscheinung war kein Besenstiel und nicht von Pappe. So eine elegante Erscheinung stand nicht nur vor, die Hausbewohner durch die Epochen diverser Mietzinse zu führen, so ein Hausbesorger führte auch an, stellt auch selbst sich etwas vor, zum Beispiel eine Wurznbacherin, einen kleinen, weißen Körper, der ihn striegelte, mit Küssen wusch, ihn dann mit einem pfirsichroten Busch bestieg und Hoppehoppereiter, wenn er fällt, dann schreit er, über Stock und über Stein, ihm ganz nahe war, zwei Buchstaben, und mit sich wackelte, ihn, den Mund aufmachte und stöhnte, sein Bart sich drehte wie eine Bettfeder, er ihre Knie sah, diese kleinen Hügel oberhalb der flachen Scheiben, und von hinten, wie Hs oder nackte Knochen sah das aus, Adern, die sich vom Wadenende vor bis in die Zehen zogen, alter, abgeblätterter Nagellack. Vier Buchstaben. Das Beinfleisch überhaupt, die Blinddarmkerbe, das Löchlein Nabelschnur, das Feuer aus der Achselhöhle, Schweißperlen daran, das Kinn wie Chippendale, die Nasenlöcher oberhalb, das alles sah er. Sah sie, wie sie seine Stange brauchte, mit der er niemals sparsam war, hatte er sich doch immer als Geländer seiner Mieterinnen angesehen. Mit dieser Vorstellung, die sich in seinen Kopf genistet, das Thermostat in ihm auf Hitze steigen lassen und alles Blut herausgetrieben hatte, klingelte die Natur, die er war, an der Wurznbachertür, in freudiger Erwartung seiner Reiterin. Keß rückte er sich seine Hausbesorgerkappe zurecht und grinste. Den Kopf leicht geneigt. Sein linkes Profil war vorteilhafter als sein rechtes.

– Was ist? war aber nicht die zarte Stute, sondern der Stallausmister an der Tür. Ein kalter Blick, daß dem Hausbesorger alle Festigkeit verging. Der Wurznbacher schwieg. Er schwieg so lange, bis Stangl dieses Schweigen als Mißbilligung empfand. Eine Eiseskälte wehte ihn an. Der viele Bart, das scheunige Gesicht. Kurz war dem Hausbesorger, als könne er zwei Hörner sehen, den Ansatz eines Pferdehufs. Sein ganzer Körper, sah es aus, emaillierte. Dabei war das bloß der Schweiß auf seiner Haut.

– Und, was ist?

Ja, was war? In Teufels Küche hatte er sich begeben.

– Ah, nein, philosophischer Begriff, ich meine sechs Buchstaben, nichts, gedrückt, versehentlich, nur angekommen, waagrecht, drei, der Stangl zitterte, war in eine Gänsehaut gesperrt, eingefallen, schlapp, den Kopf voll Blut. So plötzlich. Das hätte die Frau nicht schneller hingebracht.

– Idiot, haute man ihm mit der Türe seine Vorstellungen zu, daß ihm der *Hausbesorger* auf der Mütze taumelte. Da schlich er weiter, überlegte, ob er wieder einmal das Geheimnis der Frau Hornaus lösen wollte, entschied dann aber, sich lieber gleich ein Rätselheft zu kaufen. Auch wollte er schon lange eine Reise planen, jetzt wo er herrschaftlich verdiente, es sich leisten konnte.

Von Pfarrer Hutwelker bekam er Trinkgelder für seine Diskretion. Auch die Polizisten und Zeitungsjournalisten hatten ihm für seine Auskünfte etwas zugesteckt, sogar von Engländern, die es sich in den Kopf gesetzt hatten, einen kleinen Österreicher zu adoptieren, hatte er ein paar Scheine bekommen. Vielleicht sollte er auf seiner Hausbesorgerkappe auch den Schriftzug *Auskünfte* anbringen lassen, *Diskretion*? Schon sah er sich als Institution in Sachen Fragen und Antworten. Schon fühlte er sich überschwenglich, als zögen ihn die Auskünfte, die er in sich fand, höher und höher, ganz hinauf. An die Spitze der Auskunftgeberei. Ein kleines Hüttchen würde er sich bauen: *Information*. Und später einmal? Wer weiß? Wie hatte ein Brockhaus angefangen, wie ein Meyer? Wozu sonst hatte Stangl die ganzen Rätsel gelöst, doch nur, um sich zu bilden, das stand fest. Für die Weiber hatte er die Stange, aber für die Kerle? Nun hatte er die Antworten. So würde jeder bekommen, was er wollte. Seine Institution würde sich schnell herumsprechen, Ladislaus Stangl, Hausbesorger, Fragenbeantworter, Institution, blies er sich auf, zwirbelte an seinem Bart und verdrängte den kalten Hauch von Wurznbacher, diesen wilden Blick, das Scharren und Schnauben, füllte er sich mit Selbstbewußtsein auf, mit kastenweisem Stolz, Pose und Gehabe, das er gleich dazu benützte, die Tauben und fremden Kinder aus dem Hof zu scheuchen. Er drohte ihnen mit dem Besen, schrie *Husch, husch*, schnitt grimmige Grimassen, bis ihm jemand in die Quere kam, er sich ertappt fühlte und entschuldigend grinste, als wollte er sagen, man unterhält sich, wie man kann.

– Gruß mit zwei Wörtern.

Pfarrer Hutwelker, der einen Buben Richtung Bischof schleppte, murmelte bloß irgend etwas mit *nomine* und *domine*. Komisch, überlegte der Hausbesorger, immer wenn ich diesen Pfarrer sehe, ist mir sonderbar. Als ließe mich das Blut im Stich, verführte eine Versuchung mich, als verlockte mich ein Weihwasserbecken zum Hineinsteigen. Ein Geruch nach Aniskuchen. Schnell, um dem zu widerstehen, schlug er im Namen des Vaters, des Sohnes und des heiligen Geistes drei Kreuze an die Stirn. Dabei fühlte er, wie ein Augenpaar sich in seinen Rücken bohrte, jäh und unvermittelt, drehte sich schnell um, suchte diesem Blick zu entgehen, zurückzuschauen. Da sah er ihn. Ferdinand Ferk. Seinen in trüber Glasigkeit verhangenen Blick, teilnahmslos.

Das also war er, der Beobachter. Ferdinand Ferk sah aus wie Hitler, nur dicker, der Oberlippenbart war breiter. Eine arisch spitze Nase tropfte ihm herunter, keine Lippen, eine Strähne Haar. Straßenbahner von Beruf. Gleicher Zählzwang wie Giselher Attila. Auf Bettina und Martina aus. Gescheitelt war er, als käme er aus der Pußta, aus einer Gegend wenigstens, in der kaum je ein Wind wehte, ein Lüftchen allenfalls. Dabei entstammte Ferdinand Ferk einer alten Wiener Handwerkerfamilie, die aber mit ihrem ganzen Handwerk nichts auszurichten vermochte gegen den Wiener Wind, der noch jede Frisur verweht hatte. Weshalb die Pomade auch in Wien erfunden worden war – von einem gewissen Lorenzo Montibeller, was übrigens auf deutsch soviel heißt wie bellender Berg.

Eigentlich aus dem Tessin stammend, selbst nur mit spärlichem, aber dafür um so länger getragenem Haar gesegnet, war er vom Wiener Wind regelmäßig derart zerzaust worden, daß die ganze Haartracht wie ein an falscher Stelle eingedrungenes und steckengebliebenes Schafottmesser aus ihm stand. Die Perücke war schon aus der Mode, also kam Montibeller auf das Schweineschmalz, das dem Haar auch noch zusätzlichen Glanz verlieh. Er war übrigens auch gut befreundet mit Duchanteau, dem Stein-der-Weisen-Finder, doch davon später. Zurück zu Ferdinand Ferk.

– Servus, sagte er, als ob nichts wäre. Dabei hatte er ein Militärhemd an, abgetretene Stiefel. Servus, sagte er, dabei hatte man in diesem Haus eben erst ein kleines Mädchen umgebracht, und der sagte Servus. Da bröckelte aus Stangl, der Institution gewordenen Hausbesorgerinstanz, sofort Verdacht. Servus sagen kann ein jeder. Aber das ist keine Antwort. Römischer Gruß, salve, ave, auch auguri, aber servus? Das machte ihn verdächtig, wie noch jeden Servussager dieser Gruß verdächtig gemacht hatte. Und Stangl mit seinem von Rätselheften geschulten Menschenverstand wußte gleich, was da gespielt wurde, sofort wußte er Bescheid. Das muß der Mädchenmörder sein, umschlang er seinen Besenstiel, hielt sich daran fest. Sein Herz überfiel ihn mit heftigen Stößen, sein Mund trocknete ihm aus. Na warte, Bürschchen, meiner Institution entgehst du nicht. Kleine Mädchen umbringen kann ein jeder, aber einem Stangl entgehen nicht. Bei mir gibts kein Pardon.

Ferdinand Ferk, der die wilden Hausbesorgerblicke nicht zu deuten wußte, seine Hände zum Schutz erhob und vor dieser ungestüm auf ihn zuschnaubenden Masse zurückwich, wollte sich erklären, dachte, daß auch er, der Hausbesorger, es wohl auf die beiden Polinnen abgesehen hatte, was denn sonst. Vielleicht hatten auch sie, Bettina und Martina, ihn engagiert, mit seinem Besenstiel, seiner Hausbesorgerkappe, damit er, Ferdinand Ferk, endlich Ruhe gab. Aber bevor er etwas sagen konnte, schlug auch schon mit *Da hast, du Monster* ein Haudegen von Besenstiel an seinen Kopf, kam an mit einem solchen Radius, daß es das Holz zerfleischte, es dem Ferk die Knie wegriß, ihn ganz zu Boden warf. Bevor er noch was sagen konnte, versprechen, Bettina und Martina in Ruhe zu lassen, fiel schon sein Kopf auf das Eck der Sandkiste, wurde gespalten und gab alles Hirn, das in ihm war, zum Laufen frei. Sekunden später war er verschlungen von der Kehle, verschluckt von seinem eigenen Tod, zerrissen wie ein Ferkel von einem wilden Tier. Geschlachtet. Die Person Ferdinand Ferk, das Wesen, das man kannte, war verschwunden. Nur sein Blut spritzte in den Sand, bevor es stockte.

Stangl, der Schlächter, stolz auf sich, rief triumphierend gleich die Polizei. Ich. Ich habe ihn erledigt, anderes Wort für umgebracht, ich allein. Er ist mit seinen beiden Greifwerkzeugen auf mich zugekommen, hat mich zum Erwürgen angesehen, wie er auch das Kind angesehen und erwürgt hat, aber, mit einem Stangl, habe ich mir gesagt, mit einem Stangl nicht. Da habe ich, Wort für Notwehr, zugeschlagen, mich gewehrt. Eine Empfindung flog ihn an von etwas Großem, Epochalem, schon sah er *Held* auf seiner Kappe stehen. *Hausbesorger-Held, der alles weiß.*

Wie staunte er, daß niemand ihn bejubelte, man ihn gar nicht feierte, sondern aufs Präsidium mitnahm und dort verhörte. Gundula Krumpl war da unbarmherzig. Dabei, war sich der Hausbesorger sicher, verhörte sie ihn bloß, weil sie später mit ihm stangeln wollte. Mit ihm, dem Helden. Statt, daß sie froh gewesen wäre, diese hochnäsige Person, daß der Hasentütl-Fall nun gelöst war, wollte sie den genauen Tathergang wissen, wollte sie immer wieder wissen, wie es gewesen war, hackte sie sich in den Widersprüchen ein, setzte ihr Gewicht daran, dehnte sie aus, um alles zu verzerren, am Ende gar ein Bild zu haben, das aussah, als hätte er, der rechtschaffene Hausbesorger, Fragenbeantworter und Volksheld, einen Unschuldigen umgebracht. Dieses Trugbild war in demselben Rahmen untergebracht wie jenes, in dem auch Ferdinand Ferk unschuldig war. Blödsinn, wenn sie die Augen gesehen hätte, die Schutz suchenden Hände, also da gab es gar keine Zweifel, behauptete Stangl, der war es gewesen, der hatte die Kleine umgebracht.

– Aber, biß sich die Stimme der Krumpl in ihm fest, der hatte ein Alibi. Der war unschuldig! Und sogar, wenn nicht, es war Mord und Lynchjustiz, auch dafür wurde man eingesperrt. Da war sich die Krumpl in ihrem Gerechtigkeitsempfinden sicher. Das war eindeutig. Und was sagte der Kommissar? *Oh, wie ich es geahnt habe. Für mich war er verdächtig, von Anfang an. Wenn ihr mich fragt, der ist es gewesen. Oi, und wie er es gewesen ist, oi, oi, oi.*

Stangl schluckte, flehte, wurde blaß. Mörder, winselte er, er war kein Mörder. Nein. Eindeutig nicht.

Aber was, verlor sich die Krumpl plötzlich im Privaten, was war noch eindeutig, wenn einem jemand hinterher war, einem ständig Angebote und Geschenke offerierte, wie es mit ihr der Werner tat, der sie jetzt sogar nach Rom einlud. Äußerst lästig. Dabei meinte er es gut, sagte, Rom und die Entspannung würde ihr guttun, aber dabei war es das genaue Gegenteil. Alle Reisen mit Werner waren immer ein Desaster. Immer war das Wetter schlecht, regelmäßig hatten sie die längsten Regenperioden seit Hunderten von Jahren. Lebensmittelvergiftungen, Streiks. Und dann war Werner ja verkrampft, so dünn, weil er nicht wahrgenommen werden wollte, kein Selbstvertrauen, dauernd nur von Preisen und Umberto Eco sprach. Sein Leben bestand nur aus Anweisungen, die er sinnlos sich selbst und anderen gab. *Tu dies. Tu das.* Dann grauste ihm gleich vor allem, schon wenn man mit der Gabel von seinem Teller naschte, ließ er gleich das Essen stehen, es ekelte ihn, und überall sah er nur Staub, den Dreck, das Hintergangenwerden, die Bakterien. Wie sollte so etwas Erholung sein? Mit so einem? Auf alles Fremde schimpfte er. Das Essen machte er schlecht, weil er nicht genießen konnte. Sie sah doch gar nicht ein, warum sie sich mit dem den Vatikan ansehen sollte. Sie hatte die herzlosen Augen einer über alles Geliebten, wußte, des Werner war sie sich für immer sicher, schon alleine deshalb, weil sie ihn nicht liebte.

Ich bleibe ohnehin, warf sie ihre Nase in den Flug ihrer Gedanken, viel lieber zu Hause. Dieses Herumreisen? Als würden alle alles überall suchen, nur nicht in sich. Wie unbefriedigt müssen die sein, daß es sie treibt und treibt, weg von ihrer Identität. Wie wenig können sie gefunden haben, daß sie derart auf der Suche sind, wegmüssen. Da war ja direkt ihre Mutter, Fifi Krumpl, zu bewundern, die es verstanden hatte, bei sich zu Hause Hofstaat zu halten. Die schaffte es, daß alle zu ihr kamen, man ihr alles brachte und sie thronen konnte.

Dabei, wenn Gundula gewußt hätte, daß gerade ihre Mutter, die wegen ihrer Leibesfülle keiner liebte, sich wie wahnsinnig nach Zärtlichkeiten sehnte, eine Anzeige aufgegeben hatte, worin sie einen gutaussehenden Reisebegleiter suchte, der sie auf ihrer als Geschäftsreise getarnten Liebesfahrt begleiten wollte! Schlecht wäre ihr geworden.

12

Im Lachsbecken

Menschen standen auf der Straße, gaben ihrem Schicksal eine Chance – sie rubbelten an Glücksspiellosen. Die Vögel waren unruhig, Lautsprecher fielen mit Politikerreden über sie her. Polizeikontrollen da und dort. Drogentote. Bettler. Der Himmel zeigte sich von seiner grausamsten Seite, hatte graue Position bezogen. Sich.

Karol Knechtl, der den ganzen Tag den größenwahnsinnigen Hausbesorger Stangl verhört hatte, eilte in eines dieser neumodernen Kaffeehäuser, in denen man den Kaffee im Stehen trinken mußte. Aber darum ging es Knechtl nicht. Von seiner Blase angetrieben war er hineingestürzt, sich zu entleeren, nun mußte er anstandshalber auch einen Espresso trinken. Eine Zigarette steckte er sich an, und jemand hielt ihm Feuer hin. Scheiße! Da konnte er nicht widerstehen, färbte er die Luft mit den gleichen Grautönen, die auch sein Anzug hatte, räusperte sich, hustete, bestellte noch, weil ihn der Rotlivrierte fragend ansah, einen Unigum-Likör, schneuzte sich in einer rein technisch schwer nachvollziehbaren Lautstärke, trank den winzigkleinen Kaffee und hörte in seinem Rücken die Probleme einer Schwangeren, der die Füße quollen, weshalb es jetzt gar keinen Sinn machte, neue Schuhe zu besorgen.

– Unglaublich, wie das Kind sich schon bewegt. Als rührt es um in mir, sagte die Schwangere, als wollte es sich aus mir mischen, als wäre ich sein Teig. Unvorstellbar, wie dieses Haselnussi schon gewachsen ist. Ein Wunder, dieses Würmchen, ein Wunder, daß es lebt. Natürlich, sagte sie sehr leise, darf der Pfarrer nichts erfahren, wie er auch nichts von meiner medialen Begabung wissen darf. Sonst, dachte sich die Zitzelfeigler, ist die Hölle los.

Knechtl brauchte sich nicht umzudrehen. Schon ein Blick in den großen Spiegel genügte, die Flanke der Schwangeren zu sehen. Kein interessanter Hintern. Für die Popologie nicht von Belang, viel zu massiv. Um den Rücken ihres Gesprächspartners zu sehen, stand er sich selbst im Weg, sonst hätte er Florian Ziegelböck entdeckt. Aber das war es nicht, auch an den Hausbesorger dachte er nicht, nein, eine beiläufige Bemerkung des Streifenpolizisten Bruno Scheidewasser hatte sich in ihn geschraubt, ihn zu durchbohren, auszusaugen. Wie Abwaschwasser sind Gedanken dann, lösen zuerst das Fett heraus und laufen dann davon, lassen einen innen hohl, nur die Haut zurück. Dabei hatte er doch nur alpin gequietscht, der Streifenpolizist, daß ihm aufgefallen sei, welch große Ausgaben die Hasentütl plötzlich machte. Eine Einrichtung habe sie gekauft, Kleider, Schuhe, eine Robe und elektronisches Gerät. War das nicht sonderbar? Hatte sie vielleicht vom Tod ihres Töchterchens profitiert? Er, der Streifenpolizist Scheidewasser, vermute, daß sie auf ihre Tochter eine Versicherung abgeschlossen habe und nun in der Vorfreude auf das Abkassieren sich nicht mehr halten könne. Er, klopfte sich der Huntzelmensch mit der geschuppten roten Haut auf seine Brust, kenne die Frauen. Erst seine letzte Schickse, gab er vor, die Bussi-Bussi-Frau, hatte keinen Umgang mit dem Geld gekannt. Das sagte er. Dabei entwickelte Scheidewasser, sobald er bloß zwei Brüste sah, einen derartigen Starrblick, daß es nicht auszuhalten war.

Knechtl freilich wußte, daß das Unsinn war, dafür kannte er die Ludovica Hasentütl viel zu gut. Nicht umsonst hatte er während der Ermittlungen das erdrückende Gefühl gehabt, die Kolossin setze sich mit ihren schwimmreifendikken Elefantenrüsseln auf ihn drauf. Keine Luft bekam er mehr, erstickte. Denn von wem waren denn die Hasentütlkinder? Erraten. Von ihm. Und wer war abgetaucht, weil Ludovica im Essen Trost gesucht hatte, etwas satt bekommen wollte, sich über jeden Umfang hinaus aufgepumpt hatte? Er. Derselbe, der nun auch ein Recht auf den Haseltütelschen Lotteriegewinn beanspruchte. Denn wie sonst war ihre plötzliche Kaufwut zu erklären? Immer eine sparsame, ihr Geld beisammenhaltende Frau war sie gewesen, von der bereits die Leibesfülle zeigte, wie ungern sie was ausließ. Ob sie auch ihm, dem Vater ihrer Kinder, etwas geben würde? Anzunehmen war es nicht, strich sich Knechtl sein krauses Haar glatt, das sofort wieder ins Gekräuse wellte. Drahthaar, das auf einen numibischen Ahnen schließen läßt. Wahrscheinlich hatten vor 2000 Jahren ein schwarzer Söldner der römischen Besatzungslegion und eine Einheimische einen Ururururururur-Knechtl gezeugt. Vielleicht war der Numibier auch ein Sklave? Daher der Name Knechtl?

Da bestellte er noch einen Unigum, griff in seine Kunstlederjacke, die er über dem silbergrauen Mohair-Anzug trug, und faltete eine einschlägige Zeitung heraus, faltete sie über die Hasentütl drüber, las Überschriften, blieb im Annoncenteil: Mache alles! Begleiter gesucht, jung und schön. Tanzpartner und Sparringgegner für Matratzensport, unanständige Bilder waren zu sehen, Ärsche, Titten, die hob er sich für später auf, blätterte weiter, blieb bei einer offenen Reisebegleiterstelle hängen. Rom klang erstklassig. Eine füllige Rüstige bot sich an für einen Ritt. Knechtl war noch nie in Rom gewesen, wußte nur, daß dort ein Kolosseum stand, in dem die alten Römer applaudierten, wenn wilde Katzen Christen speisten. Heute wohnte ums Eck der Papst. Rom? Das wäre einmal etwas anderes als diese Hausmeisterei, das hierzulande übliche Raunzertum, dieses Nicht-küssen-Können. Knechtl, ganz darin vergessen, lachte auf. Das klang wie eine Ziege. Zwei Damenaugen scheuchten hoch wie Schmetterlinge, sahen streng zu ihm herüber. Da wars ihm peinlich, und er wurde rot, sah mit seiner schwarzen Jacke, seinem blonden Haar aus wie eine deutsche Fahne. Verlegen nippte er an seiner längst leeren Espressotasse, am Zuckersatz, sah sich aus den Augenwinkeln die Gestrenge an.

Eine Primaballerina. Das war ein anderes Kaliber. Haxen, die aus dem Chaos kommen mußten, aus der Unendlichkeit zusammenliefen, sich justament in ihrem Becken trafen, das eine weißbrotrunde Hüfte leicht betonte. Ein Hintern wuchs als Höhepunkt heraus, phantastisch, stand einer Wespentaille unter, einer sanften Kurve wie von einem Schmetterlingsflügel, mit zwei Knöpfen eingefaßt und Schultern zum Verlieben. Büttenkelchpapier, das man bestempeln möchte. Ein Wunder an Schönheit, das in den Knien kulminierte, den Pobacken, die ihn zurück nach Rom trugen, wo angeblich, hatte ihm ein neapolitanischer Scheckbetrüger und Popologe einmal erklärt, im Petersdom zwei Engel standen, die marmorne Hintern hatten, wunderbar. Das Maß aller Dinge. Das Metermaß im Arsch. Das hier mußte nahe dran sein. Auch gäbe es dort bei den Weihwasserbecken Sumoringer mit Babygesichtern. Rom. Der Gedanke daran ließ ihn sogar darüber hinwegsehen, daß sein Po nun böse schaute, sich verpuppte, aufstand und davonflog. Sogar die spitze, dem Ganzen vorstehende Nase war ihr damit verziehen.

Kathi Gablfrühstück verließ erhobenen Haupts das Lokal, warf das Haar zurück, setzte sich den gleichen Blick in ihr Gesicht, den sie von ihrer Freundin Gundula Krumpl kannte, präventiv.

Dauernd dachten alle Männer, sie tue nichts als warten, bis einer sie anredete, mit Komplimenten einschmierte. Dauernd fühlten sie sich gezwungen, ihr hinterherzufetten. Ihr schweinische Schelmereien zuzuflüstern, sie zu kneifen, alles zu versprechen, weil sie dachten, wenn eine Frau von Liebe hörte, glaubte sie gleich alles. In Ruhe lassen konnten sie sie nicht. Kathis Schönheit behexte die Männer so sehr, daß sie gnadenlos Jagd auf sie betrieben. Sie vergaßen, was für eine zarte Ballerina die Gablfrühstück war, fürs Ballett geschaffen, nicht für grobe Männerfinger. Das war doch eine Idiotie, diese Affen, die meisten ohnedies verheiratet, Väter oft. Aber nein. Ein Blick von Kathi reichte und sie spürten den Glanz der Unerreichbarkeit, merkten, daß es genau das war, was ihnen fehlte, immer gefehlt hatte. Dabei ging es ihnen nur um die Illusion. Einem Trugbild wollten sie nachhecheln. Etwas Unerreichbarem. Einem Schmetterling, den sie nie erwischen konnten. Statt Ruhe zu geben und sie nicht zu beachten.

Was mußten sie ihr immer in die Beine sehen, den Arsch? Warum schminkte sie sich dann noch? Dauernd an ihr riechen? Was konnte denn sie für ihre Haxen? Dabei dachte sie überhaupt an keine Männer, dachte sie überhaupt an keine Sexualität. Sexualität. Das war für sie etwas Abstraktes, etwas, das erst nach der Hochzeit drankam, das man vorher bestenfalls an schwülen Nachmittagen auf dem Bidet erlebte, wenn von unten das Wasser leckte, angenehm kitzelte. Aber dafür brauchte sie keinen Mann, weiß Gott nicht. Einmal, durch Zufall, hatte sie einen Porno gesehen. Das war ein Schock, der sie wochenlang nicht losgelassen hatte. Nun war auch das verschwunden, verloren irgendwo. Sie wurde ja auch so geliebt, hatte allabendlich ihre Ration Applaus, was sollte sie sich da das Leben verkomplizieren. Männer überhaupt, wie die schon aussahen, rochen, ordinär waren. Haare auf der Brust. Schon die Vorstellung, kurze, schwarze Schamhaare im weißen Bettuch. Nein, ein Mann kam für die Gablfrühstück nicht in Frage, nur ein Abziehbild davon. Einer, der sich anzuziehen wußte, der etwas hermachte, sich nicht gehen ließ, sie in keinen Glaskasten spießte. Nicht einer von den Kavalieren, die sie nachts am Bühnenausgang mit Kondomen in der Hand erwarteten, um ihre Eier in ihr lebendes Gablfrühstücksfleisch zu legen, damit die ausschlüpfenden Larven darin lebten wie in einer wandelnden Leberwurst. Die nicht. Einer, dem etwas einfiel, der sich nicht erst lang was ausdenken mußte. Ein kleiner Firmenchef sollte es schon sein, von Feng Shui mußte er was verstehen, und zärtlich durfte er sein, mit großen Händen, ihre Beine zu umfassen. Bloß nicht so ein Bauernlackel ohne Funken von Benehmen.

Ein ganzer Waldbrand bester Manieren sollte er sein, ein Lagerfeuer Höflichkeit, der Uuups, so passen Sie doch auf.

– Verzeihung, tausendmal.

– Flegel.

– Wenn ich Sie dafür zum Essen –.

– Unterstehen Sie sich.

– Wenn ich.

– Mörderpeinlich sind Sie. Schluß. So! Dem hatte sie es gezeigt. Etwas Besseres mußte ihm schon einfallen. Sie einfach so anzurempeln, als ob sie eine Straßenlaterne wäre. Eine Primaballerina war doch kein Hundekot, in den man nach Belieben steigen konnte. Eine Primaballerina wollte verehrt sein, gejagt und umschwärmt, nicht angerempelt. So ein ordinärer Mensch. Und wie häßlich, richtig unansehnlich, keine Haare mehr am Kopf, nur eine große Schnösellocke und die dicke Nase im Gesicht. Um die Augen Lachgrübchen wie die Ruderblätter einer Galeere, breit und eingeschlagen. Gut, er war fein angezogen, zumindest ging es so, auch parfümiert, nicht einmal schlecht, teure Designerschuhe, ja, insgesamt vielleicht sogar ganz ansehnlich. Diese starke Männerbrust und das legere *Verzeihen Sie*, als ob er überhaupt nicht damit gerechnet hätte, als ob er nicht absichtlich in sie gerannt wäre, aber was dachte der denn, sie war doch nicht blöd. Richtig gespürt hatte sies, die große Feder in ihm drin, die ganze Spannung.

Roland seinerseits war, bevor die Gablfrühstück wie ein Ast in ihn geschlagen hatte, wie jener berühmte Pariser Ast in Ödon von Horváth, ganz im Gebüsch der Wurznbacherin verfangen gewesen, hatte sich in den Dornen ihres Mannes verfilzt, von dem sie sich umwuchern ließ und der verteufelt harsch meinte, sie sei fort. Dabei hatte er sie bestimmt mit Schlägen an sich gebunden, mit Strauchwerk, Wurzeln. Aber das, war Roland, bevor er ins Gablfrühstück-Wäldchen lief, überzeugt, mußte nun ein Ende haben. Dieser Dornröschenschlaf. Er selbst, der Architekt Roland Leander Fleck, würde eine Rodung in diesem Urwald durchführen, würde seine Geliebte aus dem Baumhaus dieses gemeinen Waldschrats retten, ihr ein anderes Leben und vielleicht sogar den Kindern eine ordentliche Schule bieten. Nur wußte er noch nicht so ganz das Wie.

Auch war er zeitweise etwas mutlos, fiel für Momente von seiner Befreierleiter in den Graben, worin die Krokodile knurrten, daß er sich in was hineingesteigert, sich verstiegen hatte. Vielleicht war sie ja wirklich, versuchte er sich dann selbst zu überzeugen, in ihrer Ehe glücklich? Vielleicht sollte er sich da nicht einmischen, am Boden bleiben, nicht anfangen, sinnlos herumzuhacken. War es denn normal, um das Haus herumzustreifen? Stundenlang vor der Bolzmanngasse zu stehen? Sich von alten Weibern Ratschläge anzuhören? Daß er aufpassen solle, wenn er weiter hier herumschleiche, weil man schon andere umgebracht habe. Ein Mädchen und einen Straßenbahner. Anna Hasentütl. Ferdinand Ferk.

Da war ihm die Gablfrühstück gerade recht gekommen. Wie durch einen Schleier blickte er sie an. Was für eine Frau, unglaublich lange Haxen. Was für ein Geruch? Ein Duft. Und in seinem Wankelmut, der die Wurznbacher freischlagen wollte, sich jedoch nicht traute, lief er einfach der Gablfrühstück hinterher, sah sich aus gemessener Entfernung ihre Beine an, unglaublich, sah sich sie berühren, alle Stellungen, klebte in den Scharnieren ihrer Knie, dem zarten Schritt, leckte schon, blieb stehen, wenn sie wo stand, zwei Geschäfte weiter hinten, und ging, von ihr förmlich gezogen, weg vom Hain der Wurznbacherin, kam mehr und mehr auf die Wiese der Primaballerina, hing ihr am Flügelschlag, an ihrem gicksenden Gang, immer besorgt, daß sie ihn spüren, sich umdrehen und ihn zur Rede stellen würde. Aber zum Glück waren viele kreischende Kinder unterwegs, die die Spannung seines Blicks zerliefen.

Sonderbar, druckste Zdenko Faulhaber durch das Sortiment beim Feisten Fridolin, irgendwie riecht es hier nach Fisch. Wenigstens war außer dem keuchenden, rosa angezogenen Verkäufer, der tatsächlich Fischfutter knabberte, sicher schwul oder ein Perverser, bloß ein Kunde im Geschäft. Ein kleiner Mann in Briefträgeruniform, der in den Magazinen mit den großen Busen blätterte. Unglaublich aufgeblasene Dinger, richtige Luftballons. Mit seinen Blicken ging er darauf los, als könnte er sie bei den Hörnern packen. Dabei vertrieb sich Körberl bloß die Zeit, wartete, daß eine der beiden Schwestern frei wurde. Von denen wußte Zdenko nichts, ihm reichte schon das Abgebildete.

Unglaublich, was die Photographierten alles taten, welche Säfte auf welche Stellen trafen, welche Körperteile sich womit berührten, wieviele Leiber beieinanderlagen, übereinander, nebenher, welche Verrenkungen der Mensch anstellen konnte, was für Größen, Formen existierten. Zdenko sah sich seinerseits mit der Kaltblütigkeit eines Reptilienforschers die Dinge an und fühlte sich wie eine Sanduhr, in der es rieselt, sobald man sie umdreht. Und wie er noch wartete, daß diese Eindrücke sich legten, in ihm heimisch wurden, trampelte ihn schon der nächste nieder. Wie eine Lagerwiese, wenn die Pfadfinder kamen, wurde er geknickt, als zwei mausgraue ältere Damen, die er schon einmal mit dem *Wachturm* in der Hand gesehen hatte, das Geschäft betraten. Zita und Aurelia.

Sie gingen zu dem fischgesichtigen Transvestiten und wisperten ihm was ins Ohr. Das heißt, nur eine flüsterte, die andere begann wie wild den Verkaufstisch zu streicheln. Als harmlose Geste begann das, doch es wurde schnell geradezu obszön, sie unterlegte ihrem Vorspiel sogar ein leichtes Keuchen. *Hhha*. Hätte Zdenko geahnt, was Aurelia und ihn verband, womöglich wäre alles ganz anders gekommen. Hätte er begriffen, daß das Schicksal hier an mehreren Fäden gleichzeitig zog und mehrere zusammenführte, vieles wäre ihm erspart geblieben.

– Ich muß doch bitten, meine Damen, schnaubte der Fisch, das kann doch gar nicht sein. Unmöglich das, ganz unerhört. Nicht vorstellbar, daß ein Uterus einen DeLuxe verschluckt, doch sollte es tatsächlich sein, gehen Sie bitte in ein Krankenhaus. Und außerdem, Venedig interessiert mich nicht, hat mich nie interessiert. Und wenn Sie es zehnmal vorm Versinken retten wollen, was kann ich dafür? Mich interessieren Flüsse. Flüsse in Sibirien, Flüsse in Kanada, in Norwegen. Flüsse und Fische. Städte nicht!

– So ist das Leben für uns Frauen.

– Und warum so viele Schmerzen fragt man sich.

– Moment. Moment? Ein kalter Wind leckte die Kunden ab, und eine Gänsehaut marschierte über Fridolin. Ein Ton war das und eine Aura, daß sich Schweißtropfen bildeten. Es war, als ritt etwas durch das Geschäft, als stünden 100 Atemzüge gleichzeitig, ganze Dynastien im Raum. Alles geschah, was es an Möglichkeiten gab, nichts wurde ausgelassen, alles nebeneinander, nebenher. Als zögen alle Wolken gleichzeitig vorbei, bliebe das Zeitalter stecken, wäre das ganze Universum wieder auf Menschengröße zurückgeschraubt, in eine muskulös geformte Kraft, in kleine Hörnchen aus dem Kopf, Pferdehuf, fermentierte, feuerrote Haut und einen Schwanz, als wäre alles Böse, alles Unanständige, alles Gewissenlose, Unmoralische hinter dem wilden, krausen Bart versteckt, den angepickten fetten Haaren, woraus an einer linken, einer rechten Stelle Hornhautwülste, Schuppen keimten. Plötzlich stand, als ein gefangener Fisch namens Fridolin aus seiner Dose aufsah, der totale Einsatz Hugo Wurznbachers über ihm. Ein Zorn. Seine holzverletzten, ungehorsamen Kinder hatte er als Neger, Pinocchio und Gurkensalat verkleidet und auf ein Kinderfest gebracht. Nun war er hier, wollte vom Feisten Fridolin einen Vorschuß, um nach Rom zu fahren, die Cornetti sehen. Aber plötzlich! Die Geschichte stellte alles so dar, als hätte es nicht anders kommen können. Dabei, es hing an Zufällen. Verfilzungen.

Zur gleichen Zeit war Kommissar Ponstingl-Ribisl von den beiden Schwestern restlos ausgelaugt, wusch sich und zog sich an, küßte den Damen die Hand und ging, die Rechnung zu begleichen, ins Vorderzimmer, wo der Feiste Fridolin dem Wurznbacher gegenübersaß, Zdenko und Körberl bei den Zeitschriften standen, Zita und Aurelia, denen beim Anblick Wurznbachers fast das Herz versagt hätte.

Ebenfalls zur gleichen Zeit beschloß Roland Leander Fleck, bloß noch zwei Schritte hinter der Gablfrühstück gehend, sie anzusprechen, ihr sanft den Arm von hinten um den Hals zu legen, zu sagen, daß er sie liebe, er alles für sie täte. Da blieb, auch zur selben Zeit, eine fette Passantin wie ein Netz vor der schmetterlingshaft daherflatternden Gablfrühstück stehen. Diese bremste, und auch Roland mußte aufpassen, nicht schnurstracks in die aufgestaute Weiblichkeit zu laufen. Auch er blieb stehen, tat, als ob er in den Boden blicke. Die Luft war dünn. Da ging die Fette, ohne die Ballettänzerin oder ihren Verfolger zu beachten, in ein Geschäft. Die Gablfrühstück, der nun ihr Verehrer aufgefallen war, ging ihr nach, Roland hinterdrein. Die Fette, die wir als Hasentütl kennen, hatte den Körberl hinter Glas gesehen, und war darauf gleich in das Geschäft gestürmt, ohne auf die dort angebotenen Waren zu achten.

Und da sah sie ihn nun stehen, ihren Körberl, leibhaftig, greifbar, aber nicht nur den, auch die halbnackte Bettina und die nicht weniger nackte Martina mußte sie sehen, die, auf Trinkgeld hoffend, dem Kommissar eine Krawatte nachtrugen. Diesen Zusammenhang nicht beachtend, begann die Hasentütl sofort ein Gezeter, wie ein Auspuff, kurz bevor er platzt. Ihre schweren Arme schlug es hin und her. Sie fuchtelte.

In der Lotterie gewinnen und was machen? Auf die gute Ludovica ganz vergessen, das könnte ihm so passen. Sich solche junge Dinger unter den Nagel reißen, das könnte ihm wohl passen. Erst von Liebe, Ludovica reden, dann die nackten Dinger vor sich legen. Das wäre ihm so angenehm. Körberlhund. Und die Dinger selbst, die unanständigen? Gesindel! Unmoralisches. Da bekamen die beiden Polinnen Ohrfeigen, daß es nur so schallte. Beide kreischten. Eine Anna-Tochter hatte man umbringen müssen, aber diese Luder nicht. Diese Luder, die einen Lotteriegewinner verführten, denen es nur um die Millionen ging, nicht um den armen Körberl. Kein Gulasch kochen konnten, da wette sie. Bagage. Eine arme Annatochter hatte man erschlagen müssen, aber diese Luder nicht, die blieben unbestraft, die gingen leer aus mit der Strafe, wollten nur Millionen abkassieren. Und wer ließ das alles zu, und wer verkuppelte das auch noch? Der große Fischgeruch, bekam nun auch der verdutzte Fridolin noch eine rein. Wie ein heftiger Regen stürzte dieses Klagen auf die Unterschlupf suchenden Anwesenden, durchdrang sie alle, machte sie naß.

Aurelia und Zita, die nun vom Boden aufsahen, den guten Menschen fixierten, den großen Lehrmeister der Sünde, den großen Magier der Lust, der sich unter dem banalen Namen Wurznbacher versteckte, hatten andere Theorien. Sie begannen mit ihrer Handtasche auf Fridolin, den Geschäftemacher, einzudreschen. Ihrer Meinung nach war der an allem schuld. Weil Ponstingl-Ribisl daneben stand, bekam auch der was ab. Da konnte er *Ruhe* und *Aber bitte, meine Damen, was ist denn das für eine Operette* brüllen, was er wollte. Auch hatten sich Bettina und Martina von ihren Maulschellen erstaunlich schnell erholt. Ansonsten bloß mit Reizwäsche bekleidet, zogen sie ihre Stöckelschuhe aus und hauten ebenfalls in den sich bildenden Menschenknäuel.

Wo man hingriff, bekam man Haare zu fassen, zog einen Menschen daran hervor. Roland zum Beispiel, der lediglich verstanden hatte, daß man die Anna-Tochter erschlagen hatte, und der kurz die heißen Augen des Wurznbacher sah. Ihm war zumut, als wäre er die letzten Tage nur in warmer Milch geschwommen, die sich kaum erwärmt hatte, nun brodelte sie aber, kochte. Seine Wut, sein Zorn, zum Zerreißen war es in ihm drin. Er hob bloß seinen Zeigefinger und schrie *der, der wars*. Doch bevor er das erklären konnte, hatten sich auch schon Zita, Aurelia und die restliche Meute auf ihn gestürzt. Jawohl. Auch Zdenko, von seiner Lektüre merklich angeregt, ergriff die Chance, den beiden Blonden in der Reizwäsche nahe zu kommen und stürzte sich mit griffbereiten Händen gleich in das Gewimmel. Sekunden später fielen Watschen herunter, waren auch der Kommissar und Fridolin darunter. Der erste ward hineinbugsiert, der zweite hatte mit der Gablfrühstück Plankton zu wittern begonnen, nach ihr gegriffen und sie in den Knäuel herumfliegender Körperteile und diverser nun nicht mehr zu haltender Säfte mit hineingerissen. Der Gablfrühstück war, als drückten sich fettige Finger in den trockenen Staub ihrer Flügel. Als setzten Wespen ihre Eier in sie, als müßte sie an einen anderen, stillen Ort, sich zu verpuppen. Drunter und drüber ging es. Jeder griff jedem wohin. Den Mäusen war plötzlich so quadratisch, der Kommisar fühlte sich wie ein Fischbehälter, Fridolin merkte die Mängel seiner Schwestern, das Polnische, Zdenko nicht. Und Körberl? Ein Schwimmreifen war auf diesen kleinen Mann gefallen, daß er dachte, es sei ein Autoreifenstapel, der ihn da erschlug. Roland hatte seinen Krümmfaktor hochgezogen, war schon ganz krumm vor lauter Wut.

Nur Hugo Wurznbacher, von Hasentütls Proklamation des Annatodes aufgescheucht, stahl sich heimlich fort, noch am selben Abend in den Zug nach Rom zu steigen.

IV

Der Bruderkuß

13

Verpuppungen

Eines Tages werden unsere Augen voller Erde sein, eingeholt von aller Dunkelheit. Nicht ich, der Steinpapst Pius, bin es, der Ende sagt, es ist die Wirklichkeit, die stöhnt. Kinder! Alles drängt sich, stürzt dem Ende zu, in Endes Zeichen steht die Welt. Rita Endres singt den Schlager *Einmal muß ein Schluß auch sein*. Viel herumgeendelt wird, die Pendel schlagen aus in ihre Spitzen, wollen endlich einen Schluß, den Überschlag. Finale kreischt man und genug, es reicht, es endelt, pendelt aus, macht Purzelbaum. Da war es wieder, dieses Brausen in der Welt, das beinahe angerichtet sein. Das plätscherte seit fernen Zeiten. Und Blasen stiegen hoch, zerplatzten wegen ihrer heißen Luft, schwitzten, köchelten über, spuckten Tropfen, denn der Schöpfer rührte noch nicht um. Erfreute, schelmisch grinsend, sich am Brodeln, ließ sein Kommen sein, nicht noch einmal. Joshua, bleib da.

Dreimal, wenn es in 100 Jahren kracht, ist es genug. Und wenn sie noch so Anfang flehen, wenn noch so viele Körper aus den Seelen fahren, in die Vergessenheit, das Nicht-mehr-Sein. Dann reicht oft einer, so ein Freak, fix die Idee in seinen Kopf geschraubt, der alles zum Überlaufen bringt. Einer reicht schon aus, Jüngstes Gericht im Mund, den kleinen Stups zu geben, der aus der Unbeweglichkeit, der viereckigen Starrheit den kleinen Schiefer zieht, der alles noch zusammen hält, bevor es fällt, erbebt, runterdonnert mit Karacho, einstürzt, hin ist, tot.

Ein anderer, bis oben hin mit Bosheit voll, mit Ungerechtigkeit, der das Pendel justament Richtung Inferno drückt, bis aus den Zipfeln des Universums die Enden ausgetrieben sind wie ein überdehntes Gummiband, es aus den Zipfeln aller Existenz ein Schnüren macht, ein Dehnen und, bevor zum Denken etwas bleibt, in ungeheurer, das Licht potenzierender Geschwindigkeit, das ganze Universum in uns niederbrennt, daß ungeheure Hitzeschübe, Drücke in uns stehen, Jahrtausende Vergangenheit wie Blitze uns durchzucken, alles mehr und mehr uns drängt, wir platt wie Kreise erst, dann mit Segmenten zugeschüttet sind, mit Reißverschluß, bis daß sich alles deckt, das Böse Gutes ist – und umgekehrt, die Nippel ineinandergreifen, das Frische ein Verdautes ist, das Häßliche ein Schönes, bis alles alles ist und daher alles nichts, die ganze Welt, alles, was wir noch denken können, ausgelöscht.

Noch ist es nicht soweit, noch dehnt sich alles, geht es weiter im Flanieren der Zeit, denkt sich alles aus, bis es draufkommt, daß es alleine ist, es kein anderes zur Paarung gibt, nur die Bakterien, die groß zu Strukturen organisiert, ihre Planeten bevölkern. Gott sagte, er habe keine Frau. Und Menschen? Er könne nichts mehr mit ihnen anfangen, sie seien falsch wie die Reklame, die sie dauernd schauten. Er fühlte sich einsam, traurig und hatte von dieser Spezies die Nase voll. Menschen? Alles zersiedelten sie. Alles wurde verhüttelt. Gut, beruhigten ihn die Heiligen, wenn das so ist, schau dir einmal ihre Kinder an. Und sei ein Mann, Gott, weine nicht. Weinen hilft nichts.

Kinder? Schlechte Nachahmungen von menschlichen Wesen. Kleine Springteufel. Da hüpften sie herum, als gute Feen, Teufel angezogen, mit einem Plastikzauberstab oder einem Dreizack mit Zuckerl angefüllt, Schminke im Gesicht, große zusammenhanglose Flächen, in das sie Faschingskrapfen preßten, Staubzucker, Marillenmarmelade, trampelten sie sich ihre Ausgelassenheit heraus, ihr Uns-kann-nichts-passieren-Gefühl, sterben tun wir nie. Da waren die feisten Zwillinge im blauen Feenkostüm, die Hände im Konfettisack, andere zu bewerfen. Böse ihre Gesichter, mitleidlos. Dann die Burgfräulein mit gerippten Strumpfhosen, die scheu nicht von der Seite ihrer Eltern wichen. Zirkusreiterinnen gab es, Piraten, Clowns und Zauberer, die über den Confetti- und Lamettaboden tollten, durch die Blitze, die die ungezählten Fotoapparate schnitten, Netze, von den Videokameras gespannt – und mittendrinnen Lorenz, Franzl, Pepi, die, was sie nicht wußten, ihren Vater, ihre Mutter niemals wiedersehen würden, weil jeder für sich bereits vernichtet war, ausgehöhlt, hinter der kindlichen Fassade leer. Alle drei hatten sich an einem Abgrundstück verschluckt, das jedem Laufen in die Beine fallen mußte, allem Vorwärtsdrängen, Davoneilen ein Bremsblock war, jeden Satz ins Stottern brachte. So war ihre Sache von Anfang an verloren, für immer. Verloren bis zum Jüngsten Tag.

Das war, bevor wir sie aus den Augen verlieren, sie hinausschmeißen und wieder zur eigentlichen Geschichte zurückkehren, ihr Lebensweg: Lorenz, der Älteste, Strebsamste, Willensstärkste, wollte sich aus seiner Welt hinausbugsieren, seine Ärmel hochkrempeln und nach einem Besseren greifen. Für sein Alter immens groß, doch am stumpfsinnigen Kräftemessen nie interessiert, lernte er sich zum Vorzugsschüler hoch, blieb dabei aber immer unbeteiligt, sich selber fremd, als sähe er sich selber, seinem eigenen Leben zu. Verhärtet war er, als wäre eine Hornhaut um ihn gewachsen, wie eine Luftblase im Eis war er. Um ihn zu befreien, hätte man alles zerschlagen müssen.

Begabung konnte man ihm nicht nachsagen, eher Fleiß, ein Gegner aller Schäbigkeit mit einer hysterischen Angst vor Lücken, das war Lorenz. Einer mit einem Streben nach Komplettheit, nach allem Wissen dieser Welt, das er versuchte, in sich reinzustopfen, daß er am Ende selbst nur noch Platzhalter war. Er wollte vor allem sicher gehen, möglichst wenig von sich selbst zu erfahren. Und je mehr er sich mit Lernstoff zuschüttete, um so entfernter wurde er sich selbst. Je weiter er sich mit seinem Lernen aus sich selbst entfernte, desto besser ging es ihm. Je ferner er sich kam, desto näher war das Glücklichsein. Immer irgendwelchen Zielen hinterher, die ihn dauernd Reisen machen ließen. Denn wo er auch hinkam, konnte er feststellen, daß es besser als zu Hause war. Hier dachte er genauso wie zehn Jahre zuvor sein Großcousin Roland. Alles war ihm lieber als das Deutsche. Sogar der Emmentaler und das Joghurt waren, von Italienern oder Spaniern gemacht, besser als in Österreich. Die Sitten waren viel gescheiter und die Leute angenehmer, toleranter.

Daneben hatte Lorenz die Begabung, sich in unerreichbare Frauen zu verlieben, denen er dann hinterherlief, ohne die geringste Chance. Da er seine Naivität beinahe obsessiv zur Schau trug und er daher vom anderen Geschlecht konstant nicht wahrgenommen wurde, studierte er Theologie. Priester wurde er, ein guter, betreute die niederösterreichische Pfarre von Großgottfritz, dem Nachbarort von Irnfritz und Göpfritz, und verging sich laufend an kleinen Franzen – das zurückzugeben, was er selbst erlitten hatte.

Was er auch bei Gott um andere Gedanken flehte, um Un-Stand, Trockenheit, weil er ja auch aus Fleisch und Blut, nicht in Asbest gewickelt war, sondern heiße Backen hatte und sich, wenn es kam, nicht wehren konnte. Nein, es nützte alles nichts. Es mußte, mußte raus. Die Kindheit, die dann aus ihm langte, nach den kleinen Körpern griff, alles aus sich herauszuholen, ihnen alles das zu injizieren. Seine ganze Welt samt allem Beten, jeden Weg zu Gott, die ganze Treppe – alles, alles rauszuspritzen. Den Buben war es nichts Spezielles, wurden doch die meisten auch von ihren Vätern, Brüdern, Schwestern auf die gleiche Art gebraucht. Nur ein verhuschtes, ewig errötendes, jeden Augenblick vor Scham zerlaufendes Geschöpf, dessen Schutzbedürftigkeit ihn derart an ihn selbst erinnerte, daß Lorenz es nicht einmal im Traum berührte, lief vor lauter Neid und Eifersucht zu seinen Eltern, gewissen Ziegelböcks, Florian und Klementine, Photographen in Afritz, Städter eigentlich, die die Sache und den Lorenz auffliegen ließen, und versprachen, einen Skandal losdonnern zu lassen. Aber. Diesem Horizont des über ihn hereinbrechenden Sturms war Lorenz nicht gewachsen. Er stürzte sich, bevor der Himmel leckte, vom Stephansdom – zur Belustigung der ihn für eine Einlage haltenden Touristen, die ihn am Kopfsteinpflaster zerplatzen sahen. Die haben Ideen, die Wiener. Gesichter aus Rodelbahn, Sprungschanzen, Schipisten? Harakiripfarrer.

Dagegen Franz, Franzl litt sein Erwachsenenleben als bürgerliche Existenz, hatte ein nichtssagendes, nicht häßlich und nicht schön zu nennendes Geschöpf zur Frau, sogar ein Kind, und wenn er auch nicht wußte, wie, woher, doch immer Geld. Nie zahlte er seine Erlagscheine, beantwortete seine Briefe nicht, sprach nie mit einem Versicherungsagenten, ging nie zu einer Arbeit – und dennoch schien seine Existenz fest in der Welt verankert. Nie hatte er Schwierigkeiten. Nie bekam er Mahnungen, gar Strafen. Alles funktionierte. Nur die Glühbirnen, die noch ganz frisch ausbrannten, zeigten, etwas stimmte nicht. Etwas, das weder seiner Frau noch seinem Kind auffiel, das ihn beunruhigte. Oft ging das Radio alleine los, Gegenstände, ohne daß jemand sie berührte, bewegten sich, fielen herunter. Der Fernseher schaltete sich aus und wieder ein, es kam zu Schwankungen im Licht, Sicherungen brannten durch, beinahe täglich. Verrückte, die man als ungefährlich entlassen hatte, bekamen in seiner Nähe Schreiattacken, Tobsuchtskrämpfe. Herzschrittmacher setzten aus, und Vögel bildeten oft Schwärme über ihm, schrien wie von Sinnen, waren ganz verrückt. Katzen fauchten, wenn er kam, Hunde jaulten, waren nicht mehr zu beruhigen. Und immer öfter fragte er sich, was los sein könnte. Alles schien irgendwie, irgendwie anormal. Er las alle möglichen esoterischen Bücher, aber die erklärten es ihm nicht. Oft hatte er Gedächtnislücken, wußte für Stunden, Tage nicht, wo er gewesen war, was er getan hatte – manchmal ertappte er sich dabei, wie er Hamburger hinunterschlang und Cola schlürfte. Hamburger konnte er nicht leiden, Cola war ihm widerlich. Ein anderes Mal erwachte er in einem Sprachkurs Französisch für Fortgeschrittene. Es war ihm neu, daß etwas in ihm Französisch konnte. Es schien, als ob sein Körper die kleinste Abwesenheit Franzens nutzte, um sein eigenes Leben zu führen, als ob sein Körper Dinge täte, von denen Franzl nichts wußte. Als lebten andere in ihm, wurde er nur toleriert und mitgetragen.

So ging er, als es gar nicht mehr auszuhalten war, zu einem Psychiater, der ihm lange zuhörte und endlich erklärte, daß er gemeinsam mit anderen Personen in seinem Körper lebte. Personen, die für ihn arbeiteten, Aufgaben erfüllten, Teile seines Lebens lebten, die Erinnerung behielten. Sie horteten Vergangenheit. Vergangenheit, die Franzl nicht ertragen hätte, hoben sie ihm auf, verwahrten sie vor ihm. Nur manchmal ahnte er ein Dämmern, fühlte er sich in den Dachboden seiner Kindheit zurückversetzt, sah er die dicken Scheiben Licht durch die schwülstige Wurst von Atmosphäre schneiden.

Auf der Leiter eines Psychotherapeuten stieg er auch noch tiefer. Modergeruch. Die Spinnweben sah er da, die Fäden von der Decke hängen, aufgescheuchte Fledermäuse und dann das alte, abgegriffene, staubbedeckte Leder eines Pferdehalfters, der an einer rostigen Kette von einem Balken hing. Man setzte ihn hinein, zwei große behaarte Hände waren das, die ihm die Hose runterzogen, und dann hörte er *Arschloch* und die Worte: Das wächst nach. Einen Schmerz spürte er in sich bohren, als würde er gepfählt, als würde etwas ihn zusammenstauchen, pressen, ihn für eine Wursthaut halten, füllen. Wie die Schmetterlingsraupe ging es ihm, die von der Wespenlarve aufgefressen wird, von innen her. Und ein Lachen hörte er, was für ein Donner, sah in das zugehörige Hornausgesicht, das vor dem ebenfalls grinsenden Vater kniete, sich in der Mitte seines großen behaarten Körpers zu schaffen machte, und, *Na, ob dem Burschi das gefällt*, an einem steif gedrehten Würmchen zuzelte, sich in den Franzl bohrte, während sein kleiner Kopf mit dem Schrei nach *Zunge raus* in den Hornauskeller gestoßen wurde, in den stacheligen, nach Fisch riechenden Kohlenkeller, daß ihn jeder Muskel schmerzte, in seinem Kopf sich alles drehte. Ob mit dem was anzufangen war? Auch andere sah er nun, er stieg tiefer noch hinunter, alte, faltige Gesichter, eine Alte namens Buschenpelz, der er die glattrasierte Spalte lecken mußte, oder Heinrich Gerngross, der mit einem Stock ihn schlug, und immer wieder, als ob er an einem Kaleidoskop drehte, das teuflisch grinsende Gesicht des Vaters, der sagte, daß er ihn liebe, das Beste wolle, nur das Beste, ihn derart auf das Leben vorbereite, er was lerne. Und Franzl sah, wie sehr er ihn nun haßte. Denn wo er auch schabte und kratzte, nichts als Haß schälte sich heraus. Nichts als Dreck bröckelte herab. Und wo immer seine schaufelförmige Therapie auch hineinfuhr, nichts als Abfall lag darauf, unbeschreiblicher Schmutz. Peinlichkeiten. Unbehagen.

Anders die Pepi. Die hatte schon in frühen Jahren Lust auf dieses tolle, verrückte und unmögliche Etwas, Lust auf Leben, auf Durchdringung, auf Es-willens-Haben, steif und fest. Sie entwickelte sich zu einer hochgewachsenen Brünetten mit kleinen Grübchen neben dem dicklippigen Mund. Ihre Augen waren wie ein Honigtopf, unendlich tief, bernsteinfarben, süß, leicht vorstoßendes Kinn. Sie hatte das, was Männer närrisch macht, weil es ihnen sagt, daß sie für alles ist. Dabei waren es hauptsächlichst die Lippen, die gewölbt waren, als müßten sie sich unbedingt um etwas stülpen. Und dahinter Zähne, weiß wie Schlagobers, aber keinesfalls perfekt. Die obere Reihe war schräg nach vorne stehend, große Zwischenräume, wodurch ihr ansonsten makelloses Gesicht etwas Dümmliches erhielt. Ja, es war sogar ein wenig so, als würde aus dieser traumhaft schönen Frau, die in einem geradezu sensationellen Körper wohnte, worauf Busen und Po wie große Schlagzeilen geschrieben standen, eine Idiotin. Eine Fleisch gewordene Puppe, die zu nichts anderem als zur Fellatio zu gebrauchen war.

Und tatsächlich eilte ihr die Mundpropaganda voraus, sie sauge literweise Männlichkeit, Unmengen Leidenschaft, die ganze Phantasie. Und scharenweise verliebten die Freier sich in sie. Wie eine Spinne in ihrem Netz wartete die Wurznbacherin auf sie, fing sie, schälte sie, spann sie ein, quälte sie zu Tode, langsam, und saugte sie dann aus. Ohne Erbarmen.

Weil ihr ein jeder, auf den sie Gusto hatte, bald ins Netz ging, schwand bald ihr Mitgefühl, wurde sie unter ihrem Panzer wie ein alter Klebstoff trocken. Eine zähe, nach Gummi riechende Masse wurde sie, die einen anfangs zum Herumdrücken noch interessierte, um sie bald darauf doch wegzuwerfen.

So riß sich auch Pepis Leben, hier wie Wäsche an der Leine zur Ansicht ausgestellt, bald von der Kluppe und verflog. Schon der halboffene Wurznbacherkörper wurde elfjährig im Heim schwer erziehbarer Kinder vom Heimleiter, vom Küchenchef und den größeren Kindern derart mit Sünde abgefüllt, daß man mit dem spermazoiden Wesen nichts anderes machen konnte, als es an ein Bordell zu verkaufen, wo es in einer Suite weit weg vom Tageslicht den aufgestauten Tag von Geschäftsmenschen, Betriebsräten und Direktoren hingestottert und auf den Bauch geklatscht bekam. All ihr Lebenssinn bestand scheinbar bloß darin, die großgemachten Würmer wieder klein zu machen. Männer hatten nur Interesse, die aufgestaute Lust hinauszuschleudern, die Triebe tot zu machen, um den Kopf frei zu bekommen für die Realität. Dabei füllten die meisten Freier die Pepi mit ihrem eigenen gescheiterten, im Unsinn versandeten, nur als Kaufkraft dienenden Leben derart an, daß sie zwei Sodaflaschen brauchte, sich das auszuwaschen. So lernte gerade die Pepi auf ihre Art etwas, Dinge über das Leben, die manchem immer ein Geheimnis blieben. Daß jeder Mensch ersetzbar war, ihn niemand liebte um seiner selbst willen, man, wenn erst die Konvention weggeschabt war, nur auf Haß stieß, Neid und Selbstgefälligkeit. Alles, was die Menschheit tat, war falsch, hatte zu Katastrophen nur geführt, zu Killerviren, zum Ozonloch und zu Aids. Alles was erreicht war, war ein Fehler. Sinnlos jeder, überflüssig. Lauter Mißverständnisse.

Pepi, das Spiel von Begehren und Verweigerung, Aufreizen und Rückzug, Sucht und Wahnsinn schnell durchschauend, manipulierte sich bald aus ihrer Austauschbarkeit heraus in die Leitung eines Pornokonzerns hinein. Die Queen.

Sie wurde reich, berühmt und von Schlagzeilen heimgesucht. Bald konnte sie, um von ihren Anbetern sicher zu sein, nur noch hinter vier Meter dicken Mauern leben, in einer Trutzburgvilla, abgeriegelt, weggesperrt vom Leben. Sie, die sie mit dem Slogan »Schlaffes aufzurichten« berühmt geworden war, wurde nun von der ganzen Steifheit um sie her verfestigt. Was blieb, war Langeweile. Bald fand sie nur noch Spaß daran, ihr Leben mit nutzlosen Dingen zu verbringen, andere zu sekkieren. Ein kleines seelenloses Wesen stachelte sie zum Beispiel auf, gegen ihren Bruder, der in der heiligen Firma gelandet war, auszusagen. Ihrem anderen Bruder, der schwer an der Vergangenheit zu tragen hatte, ließ sie Briefe zukommen, die ihn erinnerten, ihm den Vater vor Augen führten, den sie ebenfalls suchte, wenn auch bislang vergeblich, um ihn Franzls Rache auszuliefern. Ihr ganzes Denken war darauf fixiert, ihre Familie auszulöschen, am Ende sogar sich, ihr uneheliches Kind, das sie mit 15 geboren hatte, das nun siewußtenichtwo als Siewußtenichtwas lebte.

Aber das alles ist Zukunftsmusik und hat in dieser Geschichte nichts verloren, das alles kommt erst sehr viel später und ist nur das, was den Wurznbacherkindern einmal passieren wird – zu einer Zeit, wenn alles an sein Ende strebt, das Universum einhält, mit sich eins geworden ist, umkehrt und zusammenbricht in sich. Dem Höhepunkt entgegen.

V

Der Ölberg

14

Die Bussi-Bussi-Frau

SPQR. Rom. Cornetti-Villa. Die Sonne leckte allen über die Gesichter. Durch die völlige Wirrnis betäubter Sinne schwirrte Geplapper. Alles schrie und sang, war guter Laune. Nur einer wirkte sehr abgekämpft: Roland Leander.

– Mein Lieber, wie geht es dir? Ich habe so viel Wunderbares über dich gehört und oft an dich gedacht. Roland war ein Mensch bemerkenswerter Gegenwart. Eine Aura des Vorhandenseins ging von ihm aus, ein imposantes Jetzt. Er trieb auf einer Scholle seiner Gegenwart, von der gelegentlich ein Stückchen abbrach, ohne daß er sich besonders darum scherte. Wie ihm überhaupt alle Vergangenheit bemerkenswert egal, ja meistens peinlich war. Wie auch diese Laura Cornetti, der er gegenübersaß, weil seine Gegenwart ihn zu ihr, ihrem Mann und römischen Luxus getrieben hatte, als er hörte:

– Mein Lieber, wie geht es dir? Ich habe so viel Wunderbares über dich gehört und oft an dich gedacht. Dabei griff die Cornetti ihm ans Knie. Sie gehörte zu den Menschen, die immer zugriffen, berührten, anfaßten, das Bein, den Arm, die Schulter.

Ihre Einrichtung war eine Anhäufung bemerkenswerter Geschmacksverirrung, die ihr Inneres nach Außen kehrte. Obwohl für sich die meisten Stücke gar nicht unschön waren, zeigten sie insgesamt den absoluten Nichtgeschmack, ein lächerliches Protzenwollen. Die den Salon einzäunenden Biedermeierschränke und Vitrinen hatten mit ihrer luftigen, heiteren Art und den gleichzeitigen Bäuchen, als ob sie wäscheschwanger wären, noch etwas Liebliches, Schwebendes.

Leider wurde dieser Eindruck sofort von einer Wandbemalung überrumpelt, die von einem römischen Schickeriamaler angefertigt worden war: Ein breiter roter Streifen, der selbstgefällig durch das Zimmer schritt, war Untergrund für weiße Donauweibchenskizzen. Ungeschlacht gezeichnete Wesen, die weder Geschlecht noch Flügel oder Ausdruck besaßen und höchstens in ein Puff paßten. Auch der sogenannte Designertisch, die tibetanischen Tischlampen, der Nippes, fürchterlich.

Roland, der sich im historischen Zentrum Roms im Excelsior einquartiert hatte, bereute bereits, sich derart willenlos seiner Gegenwart anvertraut zu haben, die ihn in den innenarchitektonischen Blödsinn von Laura Cornetti gespült hatte, wo der brandende Unterkiefer alle Schollen seines Jetzt verschluckte. Auf eine unbestimmte Weise war sie natürlich noch immer schön, doch die Art, wie sie mit ihren Kleinmädchen-Augen immer dann rollte, wenn ihr Unterkiefer eine Pause machte, ihr Gesicht einfror, um zu sehen, wie sie wirkte, ließ Roland einen kalten Eisblock über den Rücken laufen.

Immer wieder schlug sie ein Bein über das andere, um am ohnehin zu kurzen Rock zu ziehen, erst nach unten, dann nach oben. Und dann diese Angewohnheit, ihm wie selbstverständlich ans Knie zu greifen, beiläufig über den Kopf zu fahren. Das alles war Roland widerlich. Unbehaglich war ihm zumut. Er rutschte hin und her, griff ein paarmal sich ans Knie, seine Beine machten Schnörkel in den Sessel, verschnürten ihn und seine Gegenwart, packten ihn ein.

Auch störte ihn das Offensichtliche, daß er augenscheinlich der geduldete Grenzstein war, über den die Laura springen durfte. Denn auch ihr Gatte, der das alles duldete, saß mild lächelnd am Frühstückstisch. Eine schleimig glänzende Nacktschnecke, mit vielen Rillen und statt des Paarungsloches eine römische Nase im Gesicht – auch wenn er Ungar war. Eine triefende, hängende Gestalt, ein Wrack, ganz zerfressen von Wörtern. Schon um zehn Uhr vormittags trank Zwackilein Unigum, bot auch den anderen welchen an, rein rhetorisch. Sein um die Lippen geschmiertes Lächeln war der Karriere zugewandt, und sogar Roland spürte, daß Adrian Zwack die Seitensprünge seiner Frau soweit tolerierte, als sie ihm dabei nicht das Schneckenhaus seiner Karriere zertrat. Roland, Laura, Zwack. Die Stimmung war ein wenig kriegerisch.

In Roland kam eine Flaute auf. Auch wenn ein entlegener Teil seines Unbewußten nicht daran zweifelte, daß er trotz allem in der Leibeszange der Cornetti landen und zum Schluß sogar noch froh sein würde, dort zu ankern, sträubte sich an seiner Oberfläche etwas gegen dieses glatte Geschipper, dieses Fehlen aller Klippen, jeder Aufgabe. Unentschieden, als wollte er einen Sturm heraufbeschwören, wiegte er den Kopf hin und her. Da – mit einem Mal – kam, ebenfalls zum Brunch eingeladen, eine Freundin der Cornetti, nicht Rolands wegen, sondern für Zwackilein. Um, so war es zumindest im Stanitzel der Cornetti gedacht, Roland die Bahn zu legen, die Modalitäten zu besprechen, gemeinsam abzuhauen.

Dem Wiener Architekt aber war es, als triebe ihm ein vor kurzem abgebrochenes hinteres Stück seiner Gegenwart so unverhofft von vorne zu, daß es ihn rammte, ihm den Kopf abschlug, tötete, kam doch da durch die Eingangstür, übrigens ein scheußliches Jugendstilimitat, das, was er am allerallerwenigsten erwartet hatte: Der Himmel selbst, zumindest seine Gesandte: Kathi Gablfrühstück. Jener langbeinige, weizenbäuchige Schmetterling, dem er erst vorgestern selbstvergessen, wie von Sinnen nachgelaufen war, um in der peinlichen Verstrickung einer nach Fischsuppe riechenden Pornohandlung zu enden. Beim Feisten Fridolin.

Was für ein Irrsinn, eine Verrücktheit, die ihn derart durcheinandergebracht hatte, daß er gleich noch einen Fehler machte und auch noch dem Rom-Angebot der Cornetti nachkam. Bloß um sich Gelegenheit zu geben, den verlorenen Faden seiner selbst wieder aufzunehmen, sich aus dem Netz der peinlichen Geschicke zu befreien. Umsonst! Da stand sie also vor ihm. Ein Lachen bis zum Zahnfleisch. Sollte sie ihn nicht mehr kennen? Ehe sie Zeit fand, ihre leicht vernebelten Augen auf so einen Brennpunkt einzustellen, raffte Roland sich auf, ließ seiner Gegenwart die Zügel schleifen.

Den Wiener Vorfall partout umgehend, denn was hatte er in einem Pornoladen zu suchen, was eine Primaballerina, versuchte er seiner Scholle ein Ruder zu montieren, sie durch die engen Maschen der ungeheuren Situation zu steuern. So ließ er den Cornetti-Unterkiefer hängen, riß das Gespräch an sich und baute sich schnell einen Kokon von Sätzen, durch den, so hoffte er, ihn die Gablfrühstück nicht erkennen konnte. Von den Denkwürdigkeiten der ewigen Stadt sponn er sein Garn, die, so Roland, mit Obelisken gepflastert sei, die die Amerikaner der Antike, so nannte er die Römer, durchwegs aus Ägypten gestohlen hatten. Herausragend fand er das Pantheon, dieses geniale Denkmal an die Weiblichkeit, ans Leben generell, diesen quergeschnittenen Uterus. 43,6 Meter im Durchmesser. 6,6 mal 6,6. Da spannte sich wie eine Hängematte zwischen zwei Bäumen ein Lächeln auf die Lippen beider Damen, dieses Wort damit zu wiegen. Uterus. Das war als Wort verkehrt, zuviel. Roland war einen Augenblick lang außerhalb von sich gewesen, hatte seine Hülle allein gelassen, was diese unverschämt sofort zu einer kleinen Spitze genützt hatte, kalt wie eine Infusionsnadel. Wieder eingekehrt in sich, mußte er die Rede wieder weitertreiben, sprach er von Brunnen, die ihn faszinierten. Wunderbares Plätschern. Das fischgesichtige Weib in der Via Giulia, der Trevi-Brunnen, der bei Nacht ein vollendetes Monument des Pompes sei, die Badewannen beim Giordano Bruno oder der Vierströme-Brunnen auf der Piazza Navona, der die Konkurrenz zwischen dem Dom- und dem Brunnenbaumeister exemplarisch zeigte. Borromini und Bernini.

– Wieso?

– Weil sich alle drei Herren, die Nil, Rhein und Donau symbolisieren, von der Kirche der heiligen Agnes abwenden, so, als wollten sie sie ignorieren. Und der vierte, der den Rio de la Plata symbolisierende Affenmensch, hebt, den Hohn zu potenzieren, flehentlich und wie zum Schutz die Hand, was heißt, er hält den Dombaumeister für einen derartigen Stümper, daß ihm sogar der Kirchenturm zusammenkracht.

In diesen Sätzen fühlte Roland sich geschützt. In diesen Themen stand er auf festem Fundament, dick unterfuttert, konnte nichts zusammenkrachen, wie natürlich auch die Kirche immer noch stand, die heilige Agnes trug, die Borromini zwischen seinen Turm und den Affenmensch gestellt hatte, damit sie gütig auf die Piazza Navona blickt. Die heilige Agnes war übrigens. Was war das schnell? Etwas mit Haaren.

– Die Kirche selbst birgt, schleimte Adrian Zwack die Mauern der Rolandschen Festung hinauf, in einem Schrein den Schädel der heiligen Agnes, der freilich, wenn man genau schaut, ein Kinderschädel ist. Früher hat man ja oft Menschen umgebracht, um ihre Gebeine als Heiligenreste zu verkaufen.

– Aber der Vierströme-Brunnen, hatte nun auch die Cornetti ihren Unterkiefer wieder befreit, symbolisiert doch Sexualität. Dabei legte sie ihre Hand wie selbstverständlich auf ein Roland-Knie. Lächelte. Schon allein die Scheidenform des Hauptbrunnens, auf der der Obelisk steht. Was kommt aus ihr? Ein Pferd und ein Löwe. Schaut man genau, sieht man die Schlange und den Fisch, der, als wäre er die Befriedigung persönlich, sich glückselig durch das Wasser suhlt, das Krönchen oberhalb, als obs ein Kitzler wäre, und als Schamhaar eine Palme. Na, und die Nebenbrunnen, wo im ersten die Lust entsteht, als Muschel aufgebrochen wird, damit sie im letzten als Schwan und Tintenfisch getötet wird.

Eindeutiger geht es ja nicht. Im Geist zündete sie sich eine Pfeife an, zog daran, lächelte fettig.

Anders der Schmetterling. Für Kathi Gablfrühstück war gar nichts eindeutig. Hier roch es nach feuchtem Morast, Moos und Schnecken, und sie stand im Regen, wußte nicht, welchen Gesprächsarm sie packen und ins Trockene zerren sollte. Wie die Arme eines Tintenfischs züngelten sie in ihre Richtung, wollten genommen sein und glitten doch stets ab. Die dumpfe Erinnerung an diesen Architekten, der ihr so bekannt vorkam, aber woher? Es fiel ihr nicht mehr ein. Ihr Gedächtnis weigerte sich. So konsequent hatte sie den Feisten Fridolin verdrängt, ihn sich ausgestrichen, weit hinten, in einer anderen Körperlichkeit lag das, in einem Stadium, in dem sie noch als Raupe umhergekrochen ist. Frühere Romaufenthalte fielen ihr ein, während Unterkiefer nach ihr schnappten. Cornetti-Tratsch. Sogar die Unigum-Schnecke mit dem Lebenslauf auf dem Rücken, dem Karrierebuckel, die ihr gleich zu Anfang einen schleimigen Handkuß, der sie an das Gerät zur Behebung einer Kloverstopfung, den Schlmmschlmm erinnerte, aufgestempelt hatte, weshalb sie später den Handrücken heimlich an einem Polster reiben mußte, hatte Fühler nach ihr ausgestreckt, nach und nach seine schneckische Unkörperlichkeit abgelegt und ein Gewand aus Fleisch und Blut übergezogen. Zwack lächelte ihr verbindlich zu, was bedeuten sollte, Schnecke, deine Schleimspur laß mich schlürfen. Doch die Gablfrühstück trippelte primaballerina an all diesen flehenden Fingern vorbei, lächelte ihnen müde zu und plumpste dann, ohne einen Muskel zu verziehen, in ein Loch.

Der Vier-Ströme-Brunnen hatte es ihr angetan, Piazza Navona, wo sie sich gestern abend porträtieren lassen hatte. Ob sie dort den Architekt? Möglich. Jedenfalls hatte sie einen anderen gesehen, war an Wien erinnert worden, an eine dumme Geschichte, wo sie plötzlich, weil ihr ein Kerl hinterhergelaufen und sie Zuflucht gesucht, sich in einem Pornoladen wiedergefunden hatte, und dann, noch bevor sie die Tatsachen in einer Reihe hatte, war sie schon mitten im Knäuel einer Schlägerei, einem Gebrülle und Gekratze, wo sich fremde, ungustiöse Menschen auf sie schmissen, ekelhafte Wohlfahrtsschwestern, eine Dicke, die aussah wie das Michelin-Männchen, ein ungestümer Pubertierender mit gräßlichen, bernsteingelben Pickeln im Gesicht. Ein Alptraum. Für die Sauberkeit und Verhältnisse gewohnte Gablfrühstück war das eine Katastrophe. Plötzlich brach das Chaos los, brüllte ein feister Fischgeruch *Ich ruf die Polizei, ich ruf die Polizei*. Ein anderer *Nein, nicht notwendig*. Ein Briefträger kreischte, und zwei Huren schlugen mit Videokassetten um sich. Dildos, ja, Dildos flogen durch die Luft. Und einer murmelte *Nein, ich hab die Anna gar nicht umgebracht, ich nicht*. Und weil sie ihn, wie er das sagte, ansah, blieb er ihr im Kopf, die ganze Zeit, auch wenn er später, als der Kommissar alles aufnahm, nicht mehr da gewesen ist.

Nein, sie hatte ihn sich nicht eingebildet, ihn ganz genau gesehen. Roter Kopf. Schwarzer Bart. Sehr böse. Teuflisch irgendwie. Als der Kommissar die Namen notiert hatte und die Gründe, die Berufe und die Zeit und ihr alles so furchtbar peinlich gewesen war, war er aber weg. Jedoch gestern abend, als sie sich auf der Piazza Navona porträtieren lassen hatte und sie von Männern, die die Gelegenheit benutzten, ihr unverhohlen ihre Wünsche ins Gesicht zu schauen, angelächelt worden war, ist es plötzlich soweit gewesen, war es wieder da. Das Böse. Das Satanische. Und es hatte gelächelt, was so viel geheißen hatte wie, wenn ich über eine große Leierkastenwalze deine Eingeweide drehe, während langsam das Lied *S brennt, Brüderchen, s brennt* erklingt, ich werde es genießen. Augen waren das gewesen, wie Glut.

Sie, wie angebacken in dem Porträtistensessel, hatte das einzige, was sie bewegen durfte, ihre Augendeckel, zwischen sich und diese Fratze geschlagen. Als sie wieder aufgesehen hatte, war er bereits weg. Zum Glück. Aber jetzt wußte sie natürlich nicht, ob sie schon zu spinnen anfing, oder sich wirklich alles so zugetragen hatte. Sogar der Architekt, bildete sie sich ein, war in Wien dabei gewesen. Aber das konnte doch gar nicht sein. Lauter kleine Abmachungen versammelten sich auf ihrer Stirn, schrien, diskutierten und beschlossen schließlich, diese ganzen Geschehnisse wieder in ihr Raupenleben zurückdrängen, in die Zeit vor ihrem Aufblühen, vor ihrem Schönheitsdasein. Im Grunde waren das ja nur Gemeinheiten, diese Erinnerungen. Man nahm sie viel zu ernst.

Gedankenverloren rührte sie durch den Kaffee, machte unmäßige Geräusche und schleckte, weil drei Augenpaare in ihr steckten, verlegen ihren Löffel ab. Die drei anderen dachten, sie wollte etwas sagen, so heftig, wie sie umrührte und schleckte. Nein, nein, lächelte sie verlegen, nur in Gedanken aufgelöst – wie der Zucker, von dem sie nun aus einer besonders scheußlichen Schale zwei Löffel zuviel genommen hatte, so daß sie den Kaffee, ihre Linie im Genick, kaum noch trinken konnte. Unschuldig ließ sie ihren Daumennagel zwischen den Zähnen knacken.

Wo waren wir gerade? Was? Adrian Zwack hatte die Geschichte von Santopadre erzählt. Eine, wie er meinte, römische Legende, die besagt, daß Gott, allwissend wie er ist, die Geburts-, aber auch die Todestage aller Menschen kennt. Er hat sie selber festgelegt. Nur bei einem, bei Enrico Santopadre, einem Kapuzinermönch, dazu ausersehen, die Geschichte der heiligen Agnes zu erfinden, hat er sich geirrt. Für ihn nämlich war der 10. Oktober 1582 als Todesdatum vorgesehen. Ein Tag, der leider der gregorianischen Kalenderreform zum Opfer fiel, die auf den vierten gleich den fünfzehnten Oktober folgen ließ, um den Kalender wieder dem tatsächlichen Planetenstand anzupassen. Durch dieses göttliche Mißgeschick, so die Legende, ist Santopadre zu ewigem Leben verdammt. Manche meinen, er geistert herum und erschreckt Leute. Andere sagen, er ist ein Engel, hilft, wo er kann. Es gibt aber auch welche, die in ihm das Böse sehen. Jemand, der Seelen tötet, Körper besetzt, etwas ihm Adäquates schafft, Verdammtes will. Verdammtes, nicht von dieser Welt.

Adrian Zwack nahm sich dabei selber schrecklich ernst, große Gesten schnitt er in den Raum, und beinahe hätte er sich trotz all seiner Grandezza an einem Panettonestück verschluckt. Was mache ich hier eigentlich, stand groß in seinem Kopf. Mit seiner ganzen Eleganz und seiner überkommenen, bei jedem anderen faulig aussehenden, bei ihm aber bloß das Schleimige betonenden Art, hatte er schlüpfrige Fühler ausgefahren, sie der Gablfrühstück in den Rock kriechen zu lassen. Mehrfach wies der künftige Botschafter bescheiden auf seine neue Position hin, die er erklettert hatte, um von dort auf seine Karriere zurückzublicken, sich eine vielversprechende Zukunft vorauszusehen.

Das fraß sich sogar bis in die Kernschicht Rolands durch, der sich sein Innerstes aber weder von Rom noch von den Zwackschen Diplomatenanekdoten vermiesen lassen wollte. Für ihn waren Leute, die sich mit ihrer eigenen Bescheidenheit etikettierten, immer die unbescheidensten, am meisten auf sich fixierten. Aber das war noch nicht einmal bis zu seinem Denken durchgedrungen, wurde auch gar nicht so weit gepumpt, sondern schwebte irgendwo zwischen Nieren, Milz und Brust. Der Platz in seinem Denken war damit besetzt, daß ihn die Gablfrühstück augenscheinlich nicht erkannte. Die Verriegelung war zu, eine rote Fläche konnte man sehen, darauf stand *besetzt*. Ein Spülkasten im Rolandkopf wurde gezogen und entleert. Insgesamt war er zufrieden, daß er die festen Klumpen, die seine Probleme bildeten, wegschwemmen konnte.

Wie in eine warme Flut war das Gemisch von Lärm und Strahlenbündel in ihn eingetaucht. Ausschweifungen von Licht. Sturzbäche Helligkeit. Kulissenschieberei. Ein Lächeln blitzte auf, und er war sogar bereit, sich dem Unterkiefer, der ihn zwischenzeitlich in die Enge getrieben hatte, in den Rachen zu werfen und sich Rom zeigen zu lassen. SPQR. Im Endeffekt konnte das nur darauf hinauslaufen, daß ihm der Unterkiefer auch die restliche Cornetti zeigen würde, sie sich die Schleimigkeit von ihrem Mann an ihm abreiben, und ihn, Roland, auskosten würde aus seiner Haut, wie man Liköre aus den Gläsern schleckt.

Zwack hatte trotz aller Primaballerina kleine Touren seiner Karriere zu erledigen, mußte sich entschuldigen.

Die Gablfrühstück war noch nicht ausgependelt, schwankte wie auf einem Randstein stehend zwischen der Straße, wo sie sich mit Roland und Cornetti Rom ansah, und dem Rückzug ins Hotel, um sich auf den abendlichen Auftritt im österreichischen Kulturinstitut einzustimmen. Stille. Während Paolo Grassi, ein in einen eckigen Kinnbart eingefaßter Diener, das Service abräumte, es gleichzeitig am Haustor klingelte, und die Cornetti der Primaballerina das Hotel empfahl, empfand sie Kathi doch als mögliches Gerinnungsmittel, das Flüssige zwischen ihr, der Cornetti, und Roland zu verdicken, reichte dieser ihr den Arm.

– Kommen Sie doch mit, flüsterte Roland. Seien Sie nicht so.

Und die Gablfrühstück hakte darin ein, blöde Kuh. Anstatt zu merken, daß das nur was Aufgesetztes war, bot sie sich gleich an: *Aber störe ich auch nicht?* Und ob sie störte, dumme Ziege, aber was sollte man denn sagen? *Nein*, hörte sich die Cornetti selbst, *ich bitte dich. Aber woher denn?* Und in Roland schaltete sich etwas ein, das brummte. Ein Motor, seine Scholle einem Eiland zuzusteuern, lagen doch die langen Gablfrühstückhaxen genau in seiner Strömung. Ist ihm bei der Nähe und der unerhörten, der noch unerhörten Greifbarkeit dieser aus sich selbst gewachsenen, unglaublich langen, unglaublich weißen Glieder ein Motor angesprungen, der nur ans Ufer dieser knochigen Landschaft wollte, in den großen mit Zahnfleisch bewachsenen Zähnen vollen Mund, die markante Nase, die, wenn sie hochgezogen war, possierliche Fältchen an der Wurzel schlug. Zwischen den Bojen im dreieckigen Gesicht wollte Roland schwimmen, baden in der tiefen Stimme, sich bräunen in dem Blick dieser Erscheinung, die er zum Sprudeln bringen wollte. Gerne hätte er sie unter sich gesehen, große, zum Schreien geformte Atemwolken ausstoßen, *du, nur du*, stöhnend ihre langen Finger in sein Fleisch schlagen, *du, du machst das gut*, mit ihren Flügeln ihn umwickeln, alles von ihm einzusaugen, runterzuschlucken. Das Weiß in seinen Augen als das Weiß auf ihren Wangen. *Du, nur du. Du machst mich wahnsinnig.*

Im selben Moment drückte Hugo Wurznbacher nochmals auf die Klingel. Derselbe Wurznbacher, der seine Frau erschlagen und seine drei mißbrauchten Kinder von einem Kinderfest nicht mehr abgeholt hatte, statt dessen zum Südbahnhof geeilt und mit dem Nachtzug nach Rom gereist war, dem Frühling zu begegnen, der Frau seines Lebens. Er hatte sich das Abteil mit einem unaussprechlich häßlichen Polizisten teilen müssen, der sogar für Wurznbacher ein Vorbote der Hölle war, ein Abgesandter aller Scheusale, eine Horrorfilmfigur.

Eine gigantische, mit kleinen Runzeln beschlagene Nase im verhauenen, rotgeschwollenen Gesicht, in dem zwei große, glasige Augen stockten, ein lichter Bart, der vorgab, das Doppelkinn zu verstecken, und ein bis zur Stirn reichendes, doch schütteres Kopfhaar, das wie bei Fischen öfter das Innere der Haut durchschimmern ließ, welche ebenfalls stark gerötet und von einer Schuppenflechte überzogen war. Diese halslose, an ein Huntzelmännchen erinnernde Erscheinung konnte nur aus einer gebirgigen Gegend stammen, war sie doch selbst, bis zum kleinen Bierbauch und den in geflickten und verschwitzten Socken stehenden Zehen, eine steinige, grobgehauene Erscheinung, die sich sofort in Wurznbachers Bart verfing, dem Gletscher wie Berge zum Hals raushingen.

Doch half es nichts. Die Lawine löste sich. Sofort begann das Huntzelmännchen mit heller, an das Durchschreiten eines ausgetrockneten Bachbettes erinnernder Stimme, loszuscheppern. Daß er, der Polizist, der tatsächlich aus dem Salzburgischen stammte, eigentlich Photograph sei, Kunstphotograph, und nur des Geldes wegen im Polizeidienst, weil man ihn in Kunstkreisen noch nicht wahrgenommen habe, man ihm Unrecht tue, er immer wieder mißverstanden worden, überhaupt sein Leben eine Serie mysteriöser Unglücksfälle, eine Liste von Enttäuschungen sei. Was besonders, sobald es seine Kunst betreffe, eine Unverschämtheit wäre. Wo doch die meisten im sogenannten Kunstbetrieb gezeigten Photographien im Vergleich zu seinen um Klassen schlechter wären. Wie er überhaupt überzeugt sei, zumindest mit zwei Bildern in die Kunstgeschichte einzugehen. Bilder, in denen etwas geglückt und gelungen wäre, aus Zufall zwar, zugegeben, weil man so etwas unmöglich inszenieren könne, Bilder aber, die so völlig und bis ins letzte Detail stimmten, daß man sie nur als photographische Sensation bezeichnen könne, vielleicht vergleichbar mit dem berühmten Porträt von Che Guevara oder jenem Klassiker, wo Marilyn Monroe über dem Luftschacht steht. Nur mit diesen absoluten Höhepunkten der Photographiegeschichte lassen sich seine beiden Meisterwerke vergleichen, vielleicht mit der Relativitätstheorie in der Physik oder mit dem ersten Schisprung über 100 Meter von Bubi Bradl. Aber weil er, Bruno Scheidewasser, so bescheiden sei, wären diese beiden bahnbrechenden Bilder bislang völlig unbekannt geblieben. Ob er sie sehen wolle? Und ohne Wurznbachers Antwort abzuwarten, kramte er auch schon in der Innentasche seiner Jacke, holte zwei Photographien hervor.

– Dauernd wollen die Leute meine Meisterwerke sehen. Ich bin geradezu gezwungen, sie immer griffbereit zu halten.

Wurznbacher hielt zwei Photographien in seinen Händen, auf denen eigentlich kaum etwas zu sehen war. Die eine zeigte eine schlecht verputzte Mauer, eine weiße, nichtssagende Säule, die Schnauze eines alten Postbusses und mehrere, nicht näher definierte Schatten. Aha, staunte er über die Frechheit und das Sich-selber-wichtig-Nehmen dieses Huntzelmännleins. Beeindruckend. Auch im zweiten Bild war eine Wand zu sehen, der letzte Abschnitt einer Treppe, und ein Tor war einen Spaltbreit offen, auf dem Türknauf lag eine Hand. Ein Schatten tat sich auf, und ein Schuh samt dem Ende einer Hose schien aus dem Tor herauszukommen. Wieder alles andere als sehenswert, doch war es Wurznbacher hier, als hätte nicht eine wildfremde Kamera, sondern er selber dieses Bild geradezu durchlebt. Als setzte seine Geschichte so sich fort. Ein wenig zusammenhanglos, unscharf, eine Katastrophe hinter sich, eine andere nicht weit entfernt. Sonderbar. Sehr sonderbar.

– Das war in Rom bei irgend so einer Kirche oder Basilika.

– Und jetzt werden Sie wieder knipsen?

Knipsen? Da spürte Scheidewasser, wie wenig sein Gegenüber die Kunst des Photographierens würdigte. Knipsen? Fingernägel konnte man knipsen, aber seine Kunst doch nicht. Das war ein Auslösen, ein Empfangen, Einfangen. Ein Warten ohne Strategie, ein ritueller, heiliger Akt. Kein Knipsen.

– Aber nein, nein. Diesmal müsse er, Scheidewasser, im Fall des erschossenen Italieners ermitteln. Ein Kriminalkommissar persönlich habe ihn runtergeschickt, damit er Vorbereitungen treffe. Dabei interessierte ihn ja die ganze Geschichte gar nicht. Was gehe denn ihn ein ermordeter Atnasal Acsal an? Wozu gebe es Interpol? Aber der Kommissar wolle es so.

Wurznbacher verschwieg, daß er dabeigestanden war. Scheidewasser verschwieg, daß auch er zum Zeitpunkt des

Erschießens nur durch eine Mauer von dem Opfer getrennt gewesen war.

– Eigentlich war ich, so Scheidewasser, ja dem Mädchenmörder auf der Spur. Bolzmanngasse, haben Sie bestimmt gehört.

Bolzmanngasse, na bitte, arbeitete es in Wurznbacher. Sicher war man ihm schon auf der Spur.

– Das hab ich dem Kommissar auch mitgeteilt, aber der hat nur in sein Quadrat hinein gelächelt und mich nicht ernstgenommen, weil er glaubt, daß er als Kommissar auf mich, den Streifenpolizist nicht hören muß. Statt daß er mich weiterforschen läßt, hat er mich nach Rom geschickt, Idiot, weil zum Vorbereitungen Treffen bin ich gut genug. Dabei wäre ich auch gut genug, den Mädchenmörder zu überführen. Mit dieser Spur.

– Spur? Wurznbacher schwitzte.

– Na, es liegt doch auf der Hand, daß es die Mutter gewesen ist. Die Mutter! Verstehen Sie. Eine Elefantin. Hat ihr Kleines selbst erdrückt. Man müßte sich nur einmal ansehen, was die plötzlich Geld ausgibt. Aber soweit denkt der Kommissar nicht. Bitte. Mir soll es recht sein. Ich bin ja auch froh, daß ich in Rom die Bussi-Bussi-Frau wiedersehe.

– Wen? Wurznbacher konnte sich gar nicht vorstellen, daß dieses Geröll eine Freundin haben konnte.

– Die Bussi-Bussi-Frau. Das ist eine arme Künstlerin, die Bussis geben muß. Eine wunderbare Frau. Das sieht man schon an ihren Titten. Meine Herren! Aber solange mein Italienisch sich nicht bessert. Wie beim letzten Mal, ich habe italienisch gesprochen, und englisch hat man mir geantwortet.

– Eine schwere Sprache?

– Einmal bin ich auf der Piazza Navona gestanden, hab auf meine Bussi-Bussi-Frau gewartet, war ein Volksmarathon. Der ganze Platz war abgesperrt, viel Publikum. Keine Bussi-Bussi-Frau. Kam ein einzelner Mann gelaufen, riefen die Leute *Bravo*. Kam eine Frau, hieß es *Brava*. Kamen mehrere Männer, schrien sie *Bravi*, waren es nur Frauen *Brave*. Na, da schauen Sie, das hätten Sie nicht erwartet von einem Polizist.

– Sind Sie schon lange?

– Nein, früher. Also gelernt habe ich Elektriker. Aber da sind mir so sonderbare Geschichten passiert. Einmal repariere ich eine Steckdose in einem psychiatrischen Krankenhaus. Und ich habe ein komisches Gefühl, die ganze Zeit ein komisches Gefühl, drehe ich mich um, steht ein Verrückter mit einem großen Maurerfäustling direkt hinter mir. Hat schon ausgeholt. Na, mich hat fast der Schlag getroffen.

Dann war ich eine Zeit lang Taxifahrer, aber da sind mir so viele Unfälle passiert, daß ich fast mehr bezahlen mußte, als ich verdient habe. Einmal ist mitten in der Nacht, ich war gerade dabei, das Auto für die Ablöse zu parken, die mit der Hupe verbundene Alarmanlage losgegangen. Worauf, es war mitten in einer Wohngegend, alle Lichter angegangen sind. Ui, war das peinlich. Wie ich noch nach dem Rückstellknopf im Motorblock gesucht habe, war auch die Polizei schon da. Ich habe die Hände auf die Motorhaube legen und mich durchsuchen lassen müssen. Nach einer Weile drehe ich mich um und sage: Burschen, ihr seht ja selbst, es ist nichts. Burschen, was wollt ihr denn von mir? Da hat mich der eine böse angesehen und geschrien: Das machen Sie nie wieder. Hören Sie, nie wieder. Die Hände von der Motorhaube geben. Bei einem anderen Kollegen wären sie jetzt tot. Erschossen! Verstehen Sie. Abgeknallt! Sie Idiot. Da habe ich beschlossen, selbst zur Polizei zu gehen.

Mit solchen kruden Geschichten, die den Wurznbacher alle wenig interessierten, nahm ihn sein Abteilgenosse in Beschlag, und brachte ihn nicht nur um die Nacht, sondern gleich auch um den ersten Tag. Noch beim Frühstück, das aus lauter kleinen Plastikbechern bestand, aus einzelnen cellophanverschweißten Brotschnitten, kleinen, vielfachverpackten Butter- und Käseecken, Marmeladetiegelchen, sülzte er ihn voll.

Am Ende war alles mit Scheidewasser angefüllt, nur im Abteil lagen Plastikmesser, Papptassen und 1000 andere Verpackungsreste – wie nach einer Schlacht. Wurznbacher war derart von diesem Scheidewasser geschlagen, daß ihm sogar dieses Witzfrühstück genügte, er erst einmal einen Tag durch Rom laufen mußte, um dieses polizeiliche, photographische und salzburgerische Gesülze aus sich rauszutreten. Immer wieder stieß es hoch, tropfte ihm runter. Salzburg, hörte er noch die bergige Stimme, wo man seit 1920 für die reichen Ungustln jährlich den *Jedermann* spielt, dieses abgrundschlechte Stück, in dem ein Arschloch doch noch in den Himmel kommt. Aber Photographie? Was verstehen sie davon? Nichts.

Den ganzen Tag war Wurznbacher durch die verwickelten Gassen gelaufen, nur in den Touristenaufläufen gestockt, um dieses Scheidewasser wieder aus sich rauszuwringen, den Scheidewasser-Aussatz auszuschwitzen, dessen kondensierte, sich auf einer Plastikfolie bildende Tröpfchen, die seine Membran beschlugen, abzuwischen. Dabei wollte Wurnbacher seine Frau und seine Kinder aus sich rausbekommen, das Sehnige, mit dem sie ihn durchzogen, ausschneiden, das Runtergeschluckte verdauen, damit er nun beruhigt am Haustor Zwack-Cornetti klingeln konnte.

Er wußte über die Bodenlosigkeit seiner Situation Bescheid. Ahnte von der Nacktheit, der er ausgesetzt war wie ein Mensch, der ohne Kleider über eine rauhe Felswand klettert, sich dabei aufschürft, schindet, einen Sonnenbrand zuzieht. Gestern war er noch überzeugt gewesen, man würde ihm auf die Schliche kommen, ihn in die Enge treiben, erledigen, fertigmachen. Sinnlos war er durch Rom gelaufen, wirr und durchgedreht. Kalt war ihm gewesen.

Bis er plötzlich in einen Hintern starrte, merkte, daß er dem bereits eine ganze Weile nachgelaufen war, sich gewissermaßen daran festhielt. Wie ein Hund einer mit faulem Fleisch gefüllten Tasche war er diesem runden, fülligen, in einer schmutzigen Jeans steckenden, unglaublich prallen Arsch nachgehechelt. Als hätte man zwei Fußbälle in eine Hose gestopft. Dafür standen die Beine verhältnismäßig weit auseinander, so daß man zwischen ihnen pausenlos eine Faust hätte durchschieben können, ohne dabei an einen der beiden muskulösen Oberschenkel anzustreifen. Auch der Rest dieser Erscheinung, der er nun bereits durch engste Gassen folgte, hatte etwas Ordinäres, beinahe Derbes, Hurisches. Irgendwie war es eine gebückte, aus sich selbst herausgespreizte Person, der trotz ihrer zweifellosen Jugend der Körper eingefallen war. Nur der Kopf, der alles in einen Hinterhof lenkte, hatte etwas Feines, Glasiges. Maronigroße, ihn erschreckt ansehende Augen unter festen, dünnen Brauen, über einem spitzen, leicht hängenden, wäßrigen Näschen. Sicher wäre auch der Mund hübsch anzusehen gewesen, wenn nicht der Wurznbacherhand daran gelegen wäre, den sich emporschraubenden Schrei nicht ausfliegen zu lassen. Nein, war er sich in der Brünetten liegend sicher, er würde sich nicht zerbrechen, wegwerfen. Im Gegenteil, sich nehmen, was er braucht. Von niemandem würde er sich Vorschriften machen lassen, keinem mehr nachplappern oder hinterherrennen, folgen, nichts. Er hatte sich schon genug untergeordnet, er war lang genug brav gewesen. Nun würden, wie er seinen Kindern zu sagen pflegte, bevor er in sie schlug, andere Saiten aufgezogen. Nun würde man ihn kennenlernen. In Hotelsuiten würde er sich einquartieren, bei besten Schneidern sich ausstaffieren, Baron würde er sich nennen, Baron von Macher.

Und als er die Vitrine der kleinen Italienerin endgültig eingeschlagen und ihr das letzte Röcheln der Kehle gestohlen hatte, wurde ihm klar, daß nun ein neues Leben anfing, jetzt, wo er bei Zwack-Cornetti klingelte, war er sich sicher. Diese Luxusvilla samt dieser Luxusfrau waren sein

Schicksal, sein Reißverschluß. Dem war er vorbestimmt. Sein Sprungtuch. War er bislang sinnlos in das Leben reingeknotet gewesen, so wurde ihm nun was aufgetan. Die weite Welt. Aber? Der die Tür öffnende Diener erklärte, die Herrschaften seien nicht zu Hause. Sie wären unterwegs, würden Verwandten Sehenswürdigkeiten zeigen, essen gehen und schließlich in der Scala Santa Ablaß beten. Das alles sagte er. Dabei hatte ihm die Cornetti nur aufgetragen, sie in eine Messe zu lügen, weil das bei Italienern oder Diplomaten, und mit einem von beiden rechnete sie, immer gut ankam. Sie dachte, irgendeines von den Diplomatenbürschchen, die man lose kannte und denen man doch immer etwas anzubieten hatte, sei da, sich ein gediegenes Frühstück zu erschnorren. Also ließ sie sich verleugnen. Sonst. Wer weiß. Vermutlich wäre alles anders ausgegangen.

Paolo Grassi, Diener mit dem wohlklingenden Namen, der auf deutsch soviel wie fetter Paul bedeutet, liebte es, der Wahrheit, die hier bereits ein Abfall war, ein Schäuflein Mist hinzuzukehren. Also machte er aus *irgendeiner Kirche* gleich ein ganzes Tagesprogramm, damit der offensichtliche Ausländer gar nicht erst auf die Idee kam zu warten. Daß er die Scala Santa nannte, war bloß dem Umstand zuzuschreiben, daß er, der gar nicht dicke Grassi, gerade an eines seiner ersten erotischen Erlebnisse dachte, das er als Volksschüler justament auf dieser Treppe gehabt hatte.

– Mit wem, will ein Jesus wissen.

– Mit Maya Zarzuela.

– Wem?

– Wir kennen sie als Bussi-Bussi-Frau. Doch davon später. Zurück zu Hugo Wurznbacher.

Der geriet etwas durcheinander, schluckte die Information wortlos und begann sich nach dieser heiligen Stiege zu erkundigen. Freilich ging er zuerst in eines jener unzähligen

Cafés, die neben einer der zahllosen Sehenswürdigkeiten lagen, um sich gleich über den unmäßigen Preis zu ärgern, den man hier den Mut hatte zu verlangen. Alles, was recht ist.

Er saß in Trastevere, und die eigentliche Touristen-Attraktion war nicht erkennbar, dennoch war es so, als säße er am Schraubverschluß einer Zahnpastatube, unentwegt wurden Touristen durchgepreßt. Vor allem Japanerinnen – mit, wie er feststellte, meist gar nicht unhübschen Gesichtern, bloß gehen, sah ihnen Wurznbacher zu, konnten sie nicht. Kein Wunder auch bei diesen Beinen. Dicke Schenkel, Mondgesichter anstatt Knie.

Irgendwie sieht es immer aus, als ob sie in nagelneuen Schuhen stehen, die ihnen derartige Blasen aufgescheuert haben, daß jeder Tritt die Hölle ist. Weinzwang hätte sicher den Namen des entsprechenden Folterwerkzeuges gewußt. Eine Art Eiserne Jungfrau für Füße. Oder kaufen sich die Japanerinnen wirklich alle, kaum sind sie in Europa, neue Schuhe? Vielleicht sehen ja die Füße der Japanerinnen ganz anders aus als die der Europäerinnen? Flacher, breiter. Vielleicht haben sie Überbeine, von denen man nichts weiß? Wer will das sagen, niemand hat sie je gesehen. Es ist der Gang, worüber alle lachen.

Wie plump und peinlich sieht der aus gemessen an den eleganten, an der Oberfläche glänzenden Italienern, die auf eine ganz erstaunliche Weise über die Plätze galoppieren. Nur daß sie dauernd Grimassen schneiden stört. Mit ihren Händen fuchteln die, als ob sie einem Tauben was erklären. Das ist so ziemlich das Gegenteil der österreichischen Art des Redens, wo man die Lippen nicht bewegt, sich nur darauf beschränkt, einen kehligen Nuschellaut zu modellieren. Rom dagegen ist geradezu ein Markt reifer Vokale, in dem die fauligen Laute nur so herumgeschossen und zermanscht werden, daß es eine Freude ist. Daneben grasen noch die Mopeds in den engen mit hautfarbenen Häusern bewachsenen Gassen, scheuchen die Tauben auf, machen Glühwürmchen, nein, indische Straßenhändler auf ihre batteriebetriebenen Spielsachen aufmerksam, um sich bei Stehenbleibenden festzubeißen, sie abzuknabbern, bis die etwas kaufen. Noch das kleinste Interesse eines Opfers ausnützend, verlangen sie Höchstpreise, verkaufen Rosen oder spielen Akkordeon, manche wollen auch in Karten lesen. Heiligenbilder überall, Bilder vom Papst und Fußballern, Postkartenständer, Madonnen, an denen elektrische Lämpchen brennen. Chinesen verkaufen heiße Maroni und junge Liebespaare stehen minutenlang in ihren Küssen eingefroren. Daneben schlagen Nonnen, vorbeihuschend, ihr eisig Kreuz. Schwarz bis auf die Haut.

Wurznbacher sah den Menschen in die Gesichter und versuchte, die Nationalitäten zu erkennen. Das war eines der langweiligsten Spiele, die einem einfallen konnten, half aber, dem Warten das Wasser abzugraben. Die meisten Italiener – Angestelltenwesen, Illustrierten-Menschen – wedelten mit ihren Schemen-Körpern durch die Straßen, aber mehr kam nicht, leere Körper, leere Gesichter. Ohne Utopie, ausgebrannt und ohne Feuer. Ganz das Gegenteil zu ihm. Die Kraft. Die Energie. Und wie er so vor sich hingrinste, entging ihm ganz, daß gerade Pfarrer Hutwelker und Bischof Finocci vorbeidefilierten. Blattlaus und Ameise.

15

Die Anfangsjäger

– Der Schmerz, wenn man ein kleines Steinchen in die Höhe wirft, damit es einem auf den Kopf fällt, dieser tiefgehende Schmerz, diese kleine Beleidigung, das ist etwas anderes, als wenn man sich ein Stück Holz an den Kopf wirft, oder Erde, oder Gras. Aber die Zitzelfeigler, sagte Hutwelker, die ist für mich ein Stein, ein größerer.

Eigenartig, dachte der Bischof, warum mir früher nie dieser Kanalgeruch in die Quere gekommen ist. Und das in Rom? So kurz vor 2000, dem heiligen Jahr. Eine Schande ist das, wirklich eine Schande. Goethe fiel ihm ein: Ich kann sagen, daß ich nur in Rom empfunden habe, was eigentlich ein Mensch sei. Dabei war alles hier verwahrlost. Rausgekippter Dreck, zerfallene Häuser, Mietskasernen, überall Staub. Wäsche hing von den Balkons. Wirklich eine Schande. Auch Hutwelker hatte das Faulige in seiner Nase und bemühte sich, da er wußte, woher es kam, seine Lippen nicht zu öffnen, nicht dreinzureden, wenn ihm der Bischof die Filialen ihrer Firma zeigte, ihm das Geschichtliche erklärte. Beide waren in Zivil, mit eleganten Sportanzügen bekleidet und vor allem da, Hutwelkers Pfarre mit neuen Meßgewändern und Devotionalien zu versorgen. Hinter dem Pantheon gab es die diesbezüglichen Geschäfte. Meßutensilien für Reisen, Kelche, Rosenkränze, Heiligenbilder, angestrahlte Christusse mit elektrischen Girlanden, Soutanen für alle Orden. Kreuze, Kerzen, Nippes, Ringe. Marienstatuen in allen Formen, Farben – sogar als Negerin. Aber eine Maria kam für Finocci nicht in Frage, nicht einmal, wenn sie die Farbe eines alten Kupferpfennigs hatte. Vielleicht ein Christophorus, der einen kleinen Knaben mit gespreizten Beinen auf seinen Schultern sitzen hatte, ihm fest die Unterschenkel faßte und die Kniescheiben mit seinen Daumen streichelte? Auch ein Gregorius, wie er seine Lanze kräftig in den Drachen stach, war dem Bischof recht. Sogar Sebastian, der selig vor Glück die Augen in den Himmel rollte, wenn sich die Pfeile wie das Gestöhn von Knaben durch ihn bohrten.

Aber alles das war protzig, aufgeblasen und wurde in seiner Billigkeit höchstens noch vom italienischen Fernsehen übertroffen, das nichts anderes als Blondinen auf ihren langen Haxen zeigte (von Telepace abgesehen), billig im Vergleich zum heiligen Martin, in dessen Gesicht sich Güte, Warmherzigkeit und Zärtlichkeit spiegelten, wenn er mit einem unvergleichlichen Großmut seinem Geliebten den Mantel reichte, als wäre der ein Bettler. Aber was für ein Mantel war das wohl, wenn nicht der Mantel des Schweigens? Diese in Gips gegossene Szenerie wollte er dem Hutwelker empfehlen. Nicht so einen populären Franz, der, nur weil er vor Vögeln sprach, schon in jeder Pfarre stand. Aber mit diesem Hutwelker konnte er ohnehin machen, was er wollte. Obwohl umgekehrt auch dieser ihn in der Hand hatte, so daß ihre Beziehung aussah wie ein Bild von diesem Perspektivenschwindler, diesem Escher.

– Und was für Herrschaften sind diese Monsignores, die wir nachher treffen? war Hutwelker etwas ängstlich. Wie immer in solchen Situationen hatte er einen Biber im Darm, der ihm am Damm solange nagte, bis daß er brach, nichts mehr zu halten war, die Scheiße floß. Hutwelker binnen Minuten ein Klo finden mußte. Und das hier, wo alle Straßen überfüllt waren. Entsetzlich.

– Vatikanische Beamte, rollte Finocci einfach über eine Weiche auf sein Gesprächsgeleis. Schrecken Sie sich nicht, wenn einigen derbe Bemerkungen entgleisen, aber, das müssen Sie verstehen, der Bischof sah abschätzig an Hutwelker hinab, Ihr breites Becken wird sie auf diesen Zug springen lassen. Überhaupt sind es schwierige Charaktere, aber wer sonst sollte uns nützlich sein. Sie wissen ja, wie wichtig es im Vorfeld einer Konklave ist, die Ladungen zu rangieren. Und jeder neue Papst wird einem neuen Klüngel eine goldene Zeit einläuten. Aber beim nächsten, lieber Hutwelker, beim nächsten, schwöre ich Ihnen, sind wir mit von der Partie. Aber scheißen Sie sich ja nicht an.

– Tja, leichter gesagt als getan.

– Erschrecken Sie vor allem nicht vor Pater Topolino. Ein Albino, stammt aus Kamerun, hat gelbes, krauses Haar, eine rötlich-helle Haut mit schwarzen, krebsverdächtigen Flekken und ist insgesamt, von einem Wiener Polizisten abgesehen, so ziemlich der häßlichste Mensch, den Gott erschaffen hat. Und diese Gnade spielt er leidlich aus. In einem fort macht er derbe, unter die Gürtellinie greifende Witze, die allen die Schamesröte ins Gesicht treibt. Nicht den G'schamsterdiener, Schammesdiener!

Joachim Finocci war ein geradezu leidenschaftlicher Antisemit, den nichts so freute wie Attacken auf jüdisches Kulturgut. Dabei war er gar nicht so blöd, den Juden die Schuld am Tod Jesu anzuhängen, nein, es ging ihm eher darum, seine Umgebung zu provozieren. Wobei er es manchmal sogar selbst erschreckend fand, wie uneingeschränkt seine unsinnigen, aus der Luft gegriffenen Argumente von seiner Umwelt toleriert wurden. Das war in Italien nicht anders als in Österreich, ja auf der ganzen Welt. Der Antisemitismus war etwas Zeitloses, Ortloses und immer Gültiges. Und sicher wäre seine kirchliche Karriere viel zäher verlaufen, wenn er sie nicht mit seinen zum Teil faschistoiden Ansichten geschmiert hätte. Finocci verehrte die Nazis, jeden Führerkult. Diktatoren waren ihm sympathisch. Und würde Ambros Semmelrath tatsächlich seine Tour de Fasch anbieten, Finocci wäre der erste Teilnehmer. Braunau, Auschwitz, Gori, Doria di Predappio, Rheydt, alles würde er besichtigen.

Pfarrer Hutwelker nahm, ohne sie gutzuheißen, diese Einschübe kommentarlos hin. Er wußte längst, daß der Bischof nur diskutieren wollte, und es liebte, über andere sein Kreuz zu schlagen, sie zu bemitleiden. Das Schlimme aber war, daß er irgendwie sogar noch recht hatte. Im Faschismus gab es wenigstens noch Werte und Kultur. Im Kapitalismus aber, dieser Diktatur des Geldes und der sogenannten Mehrheit, gab es nur noch bunte Oberflächen-Warenwelt. Keine Utopie und keinen Gott, auch keinen Trost. Das Leben war zur Klammer degradiert, künstliches Bedürfnis, Klammer auf, Befriedigung, und Klammer zu, und dazwischen Arbeit, Geldverdienen und Verwerten.

Zu einer Verwertungsgesellschaft ist man degradiert. Erkenntnisse existieren nicht mehr. Liebe? Die Menschen verweilen alle in einer Agonie, leben in ihren Vorurteilen und halben Einsichten, in der Hoffnung auf Vorteile und Unterhaltung. Mehr ist es nicht. Ein selbsterhaltendes System. Ein Organismus, dieser Markt, hoch entwickelt, resistent. Früher sandte Gott die Heuschrecken, Pest und Cholera, den Krieg, heute leiden wir die letzte und schlimmste aller Plagen, schlimmer als alle Phantasie in der Johannes-Offenbarung, heute leiden wir den freien Markt. Und das Schlimmste dabei ist, der Glaube an das Gute, Wahre, Positive ist bloß noch eine Farce.

Liebe? Pfarrer Hutwelker hatte ein flaues Gefühl, als stiegen ihm Spinnen durch den leeren Magen. Ob sein Plan nicht doch zu überzeichnet war? Unverschämt? Sein Mesner fiel ihm ein, Severin Roßleimer, den er in seiner biederen, immer einen Obstler trinkenden, grobgehauenen Weinbauernart weit glücklicher und näher bei Gott wähnte als sich selbst, der sich zwar auf dem rechten Weg fühlte, gleichzeitig aber wußte, daß er einem Irrtum aufsaß, vergleichbar jenen Dummen, die bei Zigeunern, wenn sie eine Kugel unter drei Bechern jonglieren, stehenbleiben. So geschickt, daß am Ende sogar der Dumme, von als Passanten getarnten Kompagnons aufgestachelt, glaubt, den Becher zu kennen, unter dem die Kugel liegt. Am Ende ist er sich sogar so sicher, daß er viel Geld darauf verwettet, und es natürlich prompt verliert, was seine Dummheit nur bestätigt. Denn eigentlich ist die Kugel unter keinem Becher. Sie wird während der Dreherei rausgemogelt und erst am Ende in einem für den Dummen nicht existierenden Moment unter den Becher gelegt, wo sie dem Zigeuner den größten Gewinn und dem Dummen den größten Schaden bringt.

Und Hutwelker fühlte genau, daß sein Schicksal so ein Zigeuner und er so ein Dummer war. Nur wieviel hatte er gesetzt? War es der Wurm da in ihm drin?

– Aber, lenkte ihn sein Bischof ab, wie Sie es fertiggebracht haben, daß die Stigmatisierte kein Wasser läßt? Mir können Sie ja erzählen, was Sie wollen, mein lieber Huthalter, und wenn sie tausendmal aramäisch schreit, ich glaube ihr kein Wort. Aber geschickt, mein lieber Hutständer, wirklich geschickt. Wie sie sogar die Universitätsprofessoren, das muß man Ihnen wirklich lassen. Kompliment.

Hutwelker räusperte sich mehrmals, was sich anhörte wie eine elektrische Kaffeemühle. Wie Jesus auf dem Weg zum Kalvarienberg kam er sich vor, der Bischof war sein Kreuz. An der Seite Finoccis durch die geballten, vom Winterschlußverkauf in einen Rausch versetzten Römer zu treiben, machte ihn schwermütig und ängstlich. Immer wieder griff er auf seine vordere Hosentasche, um festzustellen, ob seine Brieftasche auch noch darin steckte, war er doch absolut überzeugt, daß die Italiener ein Volk von Gaunern, Dieben seien, die zwar elegant aussahen, aber eine Neigung zur Hochstapelei hatten. Klauen, Stehlen, Übervorteilen wurde hier noch immer als natürliches Verhalten des Menschen angesehen. Diese Meinung war wie ein Zementblock in ihm versenkt. Die damit begrabene Leiche konnte er noch nicht erkennen. War er es selbst? Parrer Hutwelker hatte das Gefühl, daß sich die um ihn gelegten Schlingen seines Wurms merklich zuzogen, er sich über kurz oder lang darin verfangen, in einem Knäuel verwickeln, und daran ersticken würde. Es war ein Gefühl, als stünde er auf einer Bühne, sähen ihn 1000 Augen an. Dabei lastete nur einen Moment ein einziges Augenpaar auf ihm, ihn aufzubohren, daß seine Säfte wie Luft aus einem löchrigen, unter Wasser gehaltenen Fahrradschlauch ins Freie drängten.

Bodo Keuschnigg gehörte zu dem Augenpaar, er hatte das spitze ungute Gefühl, daß ihn gerade hier in Rom etwas unangenehm Vertrautes einzuholen begann. Hutwelker? Der Bischof? Hier in Rom? Der Würmchenlutscher und sein Kescher. Das war wie ein Zusammenprall. Autohupen. Zehn Minuten lang. Warum sonst mußte er sie sehen? Wenn nur seine Mutter nichts bemerkte von dem Hupkonzert. Aber die war Gott sei Dank damit beschäftigt, sich Nippes anzusehen. Von Geschäftemachern hatte sie ihn, die neben der Peterskirche wie Schimmel auf altem Brot wucherten. Kaum schnitt man wo eine Wunde, gleich kamen sie an wie Würmer, Parasiten.

Karola Keuschnigg war hineingetapst, sie hatte sich fressen lassen. Sie hatte gekauft: Dutzende von schmalztriefenden Karten, die meist Kreuzigungsszenen zeigten, das Letzte Abendmahl, solche, die je nach Betrachtungswinkel mal Jesus, mal Maria zeigten. Rosenkränze, Kreuze, kleine Papstköpfe, Kerzen in Gestalt der heiligen Maria, Dürers Betende Hände, und als Höhepunkt, nach langem Überlegen, hatte sie sich noch einen Michelangelo-Moses gegönnt, der, auf einem Felsen hockend, die Zehn Gebote präsentierte. Doch sonderbar, es war etwas Unbestimmtes, ja geradezu Teuflisches an ihm, was Dampfendes, sah es doch aus, als wüchsen zwei Hörner aus ihm raus, ein Pferdefuß und aus dem Gesäß ein Schwanz. So sah er sehr dem Hugo Wurznbacher ähnlich, den Karola Keuschnigg freilich gar nicht kannte.

Sie kannte die Zehn Gebote und wußte, was im vierten stand: Vater, Mutter sollst du ehren. Also war es nicht zuviel, wenn ihr Sohn sie hier beschützte. War es nicht auch für ihn ein Riesenglück, sie bei der Erfüllung ihres Lebenstraumes zu flankieren? Ihre schräggestellten Augen leuchteten. Sie schwitzte. Das roch nach Rosenöl. Aus ihrer Unterlippe sprang ein Lächeln, das sich gleich zwischen den dritten Zähnen und der behaarten Oberlippe verfing, ein nie verstandenes, fast vergessenes Wort fiel ihr ein, Orgasmus.

Und dabei war es viel mehr, viel intensiver, stärker, was sie hier erleben durfte, so nahe beim Papst zu sein, beim Heiligsten. Die Luft zu atmen, durch die er wehte, in der vielleicht Partikel davon lagen, die er selbst, der heilige Mann, Gottes Stellvertreter, in seinen Lungenflügeln hatte, gar im

Magen-Darm-Bereich. Und das Kopfsteinpflaster berühren, den Stein, den er berührt hatte, den Tiber sehen, wo er ihn gesehen hatte. Das war für Karola Keuschnigg der Höhepunkt von Glück, das Höchste, und alles um diesen Vorteilspreis. Die Busreise nach Rom, das muß man auch bedenken. Den Reiseführer muß man bedenken, der einem Links und Rechts erklärt, das Klo im Bus, auch wenn man es nur in Notfällen benützen soll, das Mittagessen in der Trattoria muß man bedenken, in der es gleich, hat man gesagt, ein typisches einheimisches Nudelgericht gibt. Die vatikanischen Museen, den Petersdom, die Sixtinische Kapelle und alle anderen Ruinen, die man gesehen hat. Nach dem Mittagessen kommen noch die Spanische Treppe, das Pantheon und das Kolosseum dran, wer will, kann dann noch aufs Forum Romanum gehen. Und abends sieht man sich die Piazza Navona und den Trevi-Brunnen an, das muß man alles sehen, und auch die Übernachtung muß man sehen, das morgige, zum Einkauf freigegebene Programm, das muß man alles mitbedenken, wenn man sagt, daß man sich um dieses Geld nicht viel erwarten darf. Denn wie sollte man sich das vorstellen, das Nicht-Erwarten? Auch den Pfarrer Hutwelker hatte sie nicht erwartet und ihn doch, kurz von ihrem Alabaster-Moses aufblickend, gesehen.

– Da, da, da, schrie sie, war das nicht –.

– Was da, da, da? Ihr Lakritze kauender Sohn, der ganz genau wußte, was sie meinte, sah sie mit einem verständnislosen, abweisenden Gesicht an, aus dem wie bei einem Prellbock die Augen als zwei Puffer stierten, jede Frage abprallen zu lassen. Er grinste blöde und spielte den Trottel. *Da, da, da. Was denn da? Ich sehe nichts.* Da beschloß auch seine Mutter, daß sie sich getäuscht hatte. Vielleicht eine Erscheinung? Auch fuhr der Bus, selbst wenn er größtenteils im hupenden Verkehr steckte, immer noch zu schnell, als daß man draußen in den vielen herumtobenden Lichtflecken etwas erkannt hätte – und schon gar nicht jemanden, der hier gar nicht sein konnte. Ein leichtes Unterdruckgefühl entstand in ihrem Ohr, wie bei einer Tunnelfahrt.

Bodo nahm sein Comicheft, und stürmte hinein wie ein Ziegenbock ins Kleefeld. Normalerweise sagte Karola, das sei buchstäblich Unkraut, das müsse man bedenken. Wenn er lesen wolle, solle er in der Jungschar grasen, in der Bibel oder im kleinen Katechismus. Dieser amerikanische Mist durchweiche doch nur die festen, guten Sitten. Nur ausnahmsweise könne man ihn hineinlassen, damit er Ruhe gebe. Es fuhren ja sonst auch keine Kinder mit, mit denen er sich unterhalten hätte können, nur ein unappetitlich dicker Bub saß noch irgendwo. Aber das sah sogar Karola Keuschnigg ein, daß der kein Umgang für ihren Bodo war.

Tatsächlich saß der seine Eltern begleitende Joschi als einziger im ganzen Bus alleine auf einer Doppelbank. Neben sich breitete er seine Mathematikbücher aus, so daß ohnehin kein Platz mehr blieb. Dabei hatte auch er auf eine anregende Reiseunterhaltung gehofft. Ja, kühnste Berechnungen mit Schenkeln angestellt. Nicht seine Gescheitheit, sondern der dicken Kindern oft eigene Blick, in dem Frustration, Gehänseltsein und Neid eine verquirlte Unberechenbarkeit ergaben, hatte andere Reiseteilnehmer davon abgehalten, sich zu ihm zu setzen. Sogar seine Eltern, die sich alles andere als mochten, saßen lieber nebeneinander als bei ihrem alles berechnenden Monster.

Die anderen Reisegäste waren unter anderem Heinrich Gerngross, Meinrad Kalabresendorfer mit Patricia Herrgott-Wixinger, Fifi Krumpl und ihr Casanova Karol Knechtl, der von Ludovica Hasentütl nicht gesehen werden wollte. Die hatte sich mit ihrem Briefträger Körberl wieder ausgesöhnt, war ebenfalls im Bus. Das war, wenn man die Reisenden in zwei Fraktionen teilte, die eine.

Die andere wurde angeführt von der an Rosenkränzen, Päpsten und den Geboten orientierten Karola Keuschnigg, der sich die ebenfalls mitreisenden Frauen einer Linzer

Goldhaubengruppe sowie Tante Laetitia und Gudrun, ihre Tochter, angeschlossen hatten, die gewissermaßen eine Enklave inmitten der grölenden Schnapstrinker bildeten. Noch in Wien hatte man die ersten Flaschen Steinhäger und Jägermeister ausgepackt, und ab Tarviso wurde durchgesungen. *Hoch auf dem gelben Wagen* ebenso wie *Die Fahne hoch. Von den blauen Bergen kommen wir* genauso wie *Ich hatte einen Kameraden*. Man sang so laut, so falsch. Die Gesichter wurden dunkelviolett wie Auberginen. Der Mond bröckelte ab.

In der Mitte dieser beiden Fraktionen wurden zwischen den minzgrünen Rosenkranzbetern einerseits und den schnapsschwülstigen Grölern andererseits wie zwischen zwei Mühlsteinen die beiden farblosen Getreidekörner Werner und Gundula zerquetscht. Reichte nicht Laetitia, die vor Jahren bei einem Preisausschreiben ein Wochenende Helsinki gewonnen, aber so lange intrigiert hatte, bis man ihr Finnland gegen Rom eintauschte? Mußte zu allem Überfluß auch noch dieses Geblöke sein, von dem er, Werner, wußte, wie sehr Gundi es haßte? Doch das war noch keineswegs der Höhepunkt. Etwas gab es, das noch schlimmer war. Unwillkürlich war nämlich auch er bemüht, ein paar Reste Geselligkeit aus sich herauszukramen, wie man die letzten, längst nicht mehr genießbaren Bestände aus einem leeren Kühlschrank kratzt, um dem Hunger doch noch etwas in den Rachen zu schieben.

Einige halblustige Bemerkungen kamen zum Vorschein. Derart unpassend, daß sie übergangen wurden. Er schämte sich dafür. Das war seine Art. Werner schämte sich für alles. Alles ekelte ihn an. Er haßte Schwitzen, mit verschwitzten Körpern in Berührung zu kommen. Alles Nackte, Rohe überhaupt. Menschliche Nähe, ihre Spuren, Dreck. Besonders das WC. Jetzt wußte er auch, weshalb der Bus-Chauffeur gegen die Benutzung war, stank es doch dort nach Blindgänger und Alkoholmaische. Entsetzlich. Die ganze Fahrt erschien ihm dreckig, ein Fiasko. Ja, Rom sogar war nichts als ein mit Dreck gefülltes Loch. Von Liebe keine Spur. Von Wärme nichts. Immer wenn er seine Hand auf Gundis Knie legte, stieß sie ihn weg, lächelte und sagte, *Werner, laß*. Und alles bloß, weil er wieder einmal sparte. Aber eine derart billige Reisegesellschaft! Ein richtiges Proletariat!

Gundula nahm ihre Nase aus dem Buch *Mysterien*, warf sie in die Höhe, war entsetzt. Aber noch mehr entsetzt war sie, wenn sie nach vorne dachte. Da wurden ihr sämtliche Streben ihrer Eitelkeit ruckartig eingehauen, sank sie lieber jäh in sich zusammen, machte sie sich klein wie möglich, hörte sogar Werner zu, der seine Binsenweisheiten so erzählte, als wären sie von ihm – dabei hatte er sie alle bei Umberto Eco gelesen, den er für den größten Schriftsteller aller Zeiten hielt. *Weil der Umberto Eco hat Humor. Der ist intelligent*. Weiter vorne aber saßen welche, die für Gundula viel interessanter waren, fürchterlicher, ja eine Bedrohung, nämlich ihre Mutter Rudolfine und ihr Arbeitskollege Karol Knechtl, der scheinbar die Mutter nicht nur kannte, sondern sie obendrein noch anzuhimmeln schien. Die beiden turtelten, grinsten und benahmen sich auch sonst, als hätten sie nicht mehr alle beisammen – ohne Gundula zu sehen. Diese war voller Befangenheitsgefühl, das eigentlich den beiden anderen gebührte. Sie schämte sich für sie. Stellvertretend.

Ungeheure Angst strömte durch ihren Körper, Angst, daß sie als Sehende gesehen werden könnte. Auch schämte sie sich ihrer eigenen Situation, die aussah, als ob sie dem Werner noch eine Chance gäbe. Denn wie anders wäre diese Romreise zu verstehen gewesen. Dem Werner eine Chance. Dabei war an eine Chance überhaupt nicht zu denken. Vielmehr schwebte ihr etwas Endgültiges vor. Etwas, wonach er endlich Ruhe gibt, ein letzter Strich, ein Aus, das nichts mehr übrig läßt. An einen Streit hatte sie gedacht, an einen Wirbelsturm, damit er endlich das Unübersehbare sieht, das sich Sträubende, Sperrige, weshalb man nicht zusammenpaßt, es sich spießt. Sie waren wie zwei Puzzleteile für weit entfernte Stellen ein und desselben Bildes. Wie man sie auch drehte, zusammen paßten sie nicht.

Dabei tat ihr Werner, der noch so überhaupt nicht zu sich selbst gefunden hatte, auch leid. Andere Menschen, empfand Gundi, die zwischen den Schlieren der Busfenster hindurchsah und plötzlich an Kathi Gablfrühstück erinnert war, andere Menschen waren in ihrer Entwicklung immer einmal stehengeblieben, nicht mehr weitergekommen, ohne daß es ihnen selber aufgefallen wäre. Als Außenstehender merkte man, daß ihr Pegel, der noch in der Schule und der Universität kontinuierlich angewachsen war, irgendwann einmal über einen Punkt nicht mehr hinauskommen konnte – und darauf trieben sie dahin, wartend, bis er mit ihrem Leben langsam versickerte. Unterging.

Bei Werner aber hatte man das Gefühl, seine Entwicklung sei noch gar nicht losgegangen, sein Pegel wäre noch in seiner Ausgangssituation, am Nullpunkt sozusagen. Bei Werner hatte man höchstens das Gefühl, es sei nach hinten losgegangen. Wenn sie an ihr Zusammenleben dachte –. Ganz entsetzlich. Die Wochenenden? Eine Katastrophe. Schon ab Mittwoch diese Angst. Er war autoaggressiv, wollte sich ständig selbst verletzten, aß nichts, sprach nichts, und wenn, dann nur von Tennisspielen, von Goran Ivanisevic, Douglas-Dünnbier-Filmen und Umberto-Eco-Büchern. Das war für Gundula, deren Entwicklung noch im Wachsen war, und die das von oben herab betrachtete, deutlich umrissen. Sie hatten keine Kommunikation, sie hatten Krieg. Erst seit sie ihn haßte, benahm er sich anders, war ihr hinterher. Aber je mehr er sie verehrte, desto mehr verabscheute sie ihn. Einmal hatte er sie gefragt: Und, liebst du mich? Nein, hatte sie geantwortet.

– Empfindest du etwas für mich?

– Nur Mitleid, hatte sie gesagt.

Deshalb hätte sie auch das Reiseangebot wie alle vorhergegangenen ausgeschlagen, wenn sie nicht insgeheim gehofft hätte, in Rom etwas über die Ermordung Atnasal Acsals zu erfahren, ja diesen Fall gleich aufzuklären. Nicht daß sie an Glück geglaubt hätte. Aber wie oft wurden Bilder aufgeklappt. Einzelheiten, mit denen man nichts anzufangen wußte. Doch plötzlich, vielleicht als Ahnung erst, als Traum, ergaben sie ein Ganzes, einen Sinn. Auf so einen Schnipsel hatte sie gehofft. Auf Rom.

Wenn die anderen einkaufen gingen, hatte sie in Wien gemeint, könnte sie sich erkundigen. Aber wo in diesem Gewusel und kompakten Lärm sollte sie hier mit ihren Fragen hineinkommen, gar auf eine dünne Stelle treffen, hinter der Antworten waren? Das schien ziemlich aussichtslos. Und wie sie die Ratschläge von Werner hörte, der ihr einst wie ein buntes Mosaik erschienen war und ihr jetzt wie ein nacktes Zementgerippe vorkam, aus dem die Steine rausgebrochen waren, sie obendrein aus den Augenwinkeln die fleischigen Finger ihrer Mutter durch Karol Knechtls Kaushaar rechen sah, fühlte sie das Blut in ihren Händen, wie es pochte, ja kratzte, sich festbiß in ihre Haut, wie alles rot wurde und zittrig, der Ausschlag ausbrach. Ja, sie hatte das Gefühl, ihr ganzer Körper sei rot, die Kleidung aus Glaswolle, als stünde ihr bereits ein Rot im Gesicht, das sich von ihren rotblonden Haaren so wenig abhob wie ein reifer Kukuruz von seinen Fäden. Schrecklich fühlte sie sich, ganz elendig.

Zittrig griff sie nach der Hautcreme. Der Alchimist Duchanteau ging durch ihren Kopf, von dem in den *Mysterien* sein Forschen nach dem Stein der Weisen stand. Aus alten Büchern wollte der erfahren haben, daß alle Mehoden, dieses Elixier der ewigen Jugend zuzubereiten, darin bestanden, das Untere mit dem Oberen zu vereinen, wobei das Ferment, das Gefäß und der Urstoff sich in demselben Subjekt finden müßten. Dieses geheimnisvolle Subjekt, hatte sich Duchanteau gesagt, bin ich selbst, und jeder andere

Mann, der eine gute Konstitution hat. Man lasse mich nackt in ein Zimmer gehen, und schließe mich darin ein, ohne mir das geringste zu essen und zu trinken zu geben, und ich will nach Ablauf von 40 Tagen mit dem Stein der Weisen aus dem Zimmer treten.

Am 26. Tag hatte er seinen Versuch abbrechen müssen. Sein Urin hatte sich auf die Menge einer halben Tasse verringert, seine Konsistenz war dick, klebrig und dunkelrot, aber von balsamischem Geruch. Kurz darauf war Duchanteau tot. Noch immer überzeugt, daß, wenn er durchgehalten hätte, am 40. Tag der Stein der Weisen aus seinem Glied gekommen wäre.

Seltsam, sinnierte Gundula, ob daran etwas Wahrheit hing? Wenigstens am Prinzip. Dann wäre vielleicht sie das Obere und Werner das Untere? Der Stein der Weisen wäre ein Kind? Sie sah zur Seite, Werner an, der sichs gefallen ließ. Ein schöner Mensch. Dumm wie Duchanteau.

Weiter vorne ein Wetterleuchten, Karol Knechtl wetzte es in seinen Polstersitz. Er hatte das Gefühl, daß vorne seine Knie anstießen, weiterwachsen wollten. Zumal sich der vor ihm sitzende Heinrich Gerngross immer wieder in die Schräge fallen ließ und so den Raum noch enger machte. Knechtl zitterte auch, weil er weiter hinten Ludovica Hasentütl wußte. Von der er keinesfalls gesehen werden wollte. Daher diese Enge. Knechtl hatte Angst, seine Knie würden nach hinten in das Becken wachsen, ihm den Bauch nach oben drücken und so den ganzen Knechtl stauchen. Er hatte das Gefühl, etwas braue sich zusammen. Tatsächlich. Schon regnete es vollmundig fette, zu Kußmündern gespitzte Rudolfine-Lippen. Fifi legte ihren dicken, aufgedunsenen Arm wie ein jugendlicher Liebhaber um ihn. Sie grinste wie ein Schwein, das einen Kukuruzkolben quer ins Maul bekommen hat. Wenigstens war hinter den ganzen Wülsten, Reifen und Rollen ein Glanz zu sehen, wie ihn nur verliebte Augen absondern. Von Ludovica schirmte sie ihn ab. Das war neben dem Geld noch das Erträglichste, war Knechtl eingebildet und unsicher zugleich.

Wenn er an die bevorstehende Nacht dachte, legte sich in seinem Bewußtsein ein Schalter um, der einen unangenehmen Pfeifton ausstieß, so als wollte er *Außer Betrieb* anzeigen. Tatsächlich fühlte er sich beim Gedanken an dieses Mensch gewordene Meer ungeeignet. Die vielen Fettwülste, Gewebewellen, die ihn umspülten, daß er langsam darin unterging, am Ende bloß der blonde Krauskopf wie eine Boje in dem wuchtigen Körper trieb und anzeigte, hier hat ein Knechtl drangehangen. Hier ist er ersoffen. Beruhigend war bloß, daß dieser Untergang ohne seine Mitarbeiter vom Kommissariat geschah. Sie nicht sehen mußten, wie etwas das Übergewicht bekam, und Knechtl, der noch eine Hand nach oben hielt, zerfloß.

Während die Gröler *Nur du allein* anstimmten, knöpfte seine Hand an Fifis Bluse, wollte ihr unter die Brust. Etwas tun für ihr Geld. Doch war da, wo Knechtl gewohnt war, den Brustmugel zu finden, nur ein Überhang, und mit einer unglaublichen Verrenkung gelang es ihm, daran entlangzugleiten, einen Fingerhut darauf zu finden, von einer prallen Dicke, daß er, der Nippel, an etwas Vollgestopftes denken ließ, an einen prallen Fahrradschlauch. Na servus.

Rudolfine, von der Musik, dem Alkohol schon längst in Stimmung, fiel bei Knechtls Rettungsgriff völlig aus dem Zusammenhang, schüttelte sich aus ihrer Form und stürzte wie ein plötzlich aufgepeitschtes Meer über den Knechtlstrand, an dessen Knochen sich zu brechen. Der bekam kaum Luft und schluckte. Auch Gundula roch instinktiv die Brenzligkeit, sah kurz, wie sich die Brüste ihrer Mutter über ihren Arbeitskollegen wälzten, wollte einsacken in sich, beten, daß der Boden sich auftäte, mit kurzem Hops alles verschlänge. Sie hielt, erschrocken über so viel Offenheit, die Luft an. Doch es geschah nichts. Der Boden blieb geschlossen. Da atmete sie wieder ein. Sie war ja froh, wenn es ihrer Mutter besser ging, hatte sie doch erst vor kurzem schwere Durchblutungsprobleme gehabt, keine Stiegen steigen können, hatte immer sitzen müssen, Löcher in den Beinen gehabt, ausgedehnte Venen, Wasser in der Lunge, und ihr ganzer Hofstaat hatte schon gedacht, es gehe ans, wie es heißt, Eingemachte. Sie, die Rudolfine Krumpl, würde bald wie eine reife Frucht vom Baum des Lebens fallen, in Formaldehyd frischzuhalten oder Futter für die Würmer sein.

Alle Kuren waren nutzlos gewesen. Schädlich fast. Sie war zwar immer aufpoliert zurückgekommen, aber schon nach einer Woche war jeder angekneippte Glanz mit den Schlieren ihres alten Trotts verkleistert gewesen. Immer war sie sofort in die schlechten Straßen ihrer Süchte zurückgefahren, hatte geraucht, getrunken und gefressen, was ihre Art, alles Süße, Fette in sich reinzustopfen, noch beschönigt wiedergibt. Im Geist blieb sie die 13jährige, die sich Lügen wie falsche Wimpern an die Augen klebte. Das angeblich Gesunde und die Vitamine, das Passepartout, das sie als eine ans Fett Gemahnte brauchte, um den Rahmen ihrer Form zu füllen. Kalorienbomben täglich. Eintöpfe mit großen Fleischstücken, Gulasch, Schnitzel, riesige Gemüseberge, Schüsseln voll Salat – nicht wie Ambros Semmelrath, der wegen seiner Gemüseallergie ein Leben lang nur Mehl und Fleisch gegessen hatte. Der Alptraum aller Gesundheitsapostel, weil sein gemüse- und obstloses Leben bewies, daß die Vitamine bloß Erfindung sogenannter Ernährungswissenschaftler waren. Wie auch die Nahrungsmittel selbst. Alles geschmacklos, aufgeblasen, reines Attrappenessen. Aber der Fifi schmeckte es trotzdem. Und nach Kuren ganz besonders. Alles stopfte sie dann in sich hinein, weil Essen Liebe war, Heimat, wo sein. Bis zu einem neuen Tiefpunkt fraß sie sich, an dem es ihr jeweils noch ein Stückchen schlechter ging. Wie eine Küstenlandschaft war ihr Leben, während der Ebbe von der Sonne angeschienen, aber bei Flut unter Wasser gesetzt und angefressen. Das ging so lang, bis ihre Landschaft so zerklüftet war, daß sie sich gar nicht mehr bewegen konnte, sie all ihre Arbeit delegieren mußte. Da empfahl ein Arzt ihr ein Beatmungsgerät, das nachts die Luft in ihre Lungen pumpte. Seitdem kippte sie tagsüber nicht mehr in den Schlaf, schlief die Nächte durch und war insgesamt wie 20 Jahre jünger, verkraftete sogar, daß ihr Hofstaat wegzubrechen drohte.

Nicht nur Ludwig, der immer einkaufen und mit den Hunden Gassi gehende Gehilfe aus Brünn, der zuerst Künstler und später Wirt hatte werden wollen, aber doch immer in der Rahmenhandlung Rudolfine Krumpl Gehilfe geblieben war, weil er in Mähren mit dem in Österreich verdienten Geld gut leben hatte können, war nun, weil es sich ergeben hatte, selbständig. Auch der slowenische Kunststudent Haiduk kam, nachdem er es zum Magister artis gebracht hatte, nicht mehr, was auch für Maya und Carla galt. Letztere hatte einen Schriftsteller geheiratet, erstere immer sonderbarere Ideen gehabt. Angeblich arbeitete sie jetzt in Rom, weil dort das Klima besser für ihre Studien im Himbeerdenken war.

Sie alle hatten die Art der Rudolfine durchschaut, die zuerst mit Geschenken ihre Köder auswarf, um dann von ihrem Angelplatz aus die anbeißenden Fische zu dirigieren. Selbst schwang sie wie ein großes Tor an dieser Angel, schmierte mit ihren Beziehungen die Lüfte, damit nichts Abgestandenes um sie herum entstand. Diese frische geistige Luft kam auch ihren Fischlein zu, die sie, wenn auch im Netz ihrer Intrigen lebend, doch liebten. Wie sie es überhaupt wie eine 13jährige verstand, sich Freunde zu angeln. Aber die Ausbürgerung ihres geliebten Aloisi, der wie ein altes Möbelstück in ihr Refugium gehört hatte, konnte selbst sie nicht verhindern.

Aloisi? Der Bilderstürmer? 18 Jahre lang hatte der schwule Kroate als Paraventsticker in Wien gelebt. Angestellt bei Abdulmalek und Söhne, einem Familienbetrieb, auf das Sticken von Goldbordüren in Meßgewänder spezialisiert, hatte er von einem Hungerlohn gelebt. Immerhin eine Aufenthaltsbewilligung und Geld genug, sich monatlich einen neuen Maßanzug anfertigen zu lassen, der seine enorme, wahrhaft cäsarische Nase unterstrich, die auf dem kleinen Männerkörper oberhalb der goldplombierten Zähne thronte. Sein Mund sah aus wie eine zusammengeschnappte Mausefalle, die Augen wie verfaulende Kadaver. So saß er immer eingesunken in einem Eck von Fifi Krumpls Plüschgarnitur, wartete auf Lob für seine Kleidung und ging, sobald man ihn genug gelobt hatte, mit Fifis Hunden Gassi, mitsamt der großen Nase, den goldenen Zähnen und den wunderbaren Anzügen, Maßschuhen. Als wäre er ein Graf aus Siebenbürgen oder Albanien, der einen großen Auftrag zu vergeben hat. Dabei war diese prächtige Erscheinung nur ein kleiner, schwuler Aloisi aus Kroatien, den man nicht die Mausefalle aufspannen lassen durfte, weil sich ihm die Worte mit der Trägheit einer ausgeleierten Feder aus dem Mund bugsierten, daß man glauben konnte, er müsse mit der Zungenspitze nachhelfen, sie aus den Zahnzwischenräumen kramen, einzeln des Mundraums verweisen. Als ob er tote Mäuse aus seiner Falle geben und mit weit vorgestreckten Händen wegwerfen wollte, sehr, sehr, sehr bedächtig.

Doch damit nicht genug, beschloß er eines Tages, seinen Sehnsüchten nachzugeben, den knausrigen Abdulmaleks zu kündigen und sich selbständig zu machen, was zur aloisischen Tragödie führte. Die Welt war voller Fallen, Schlingen, Fangeisen. Erstens verlor er als Arbeitsloser sofort die Aufenthaltsbewilligung, zweitens hatte er als Selbständiger wenig Erfolg, kaufte sich zum Trost noch mehr und noch teurere Maßanzüge, verschuldete sich und wurde schon ein halbes Jahr später abgeschoben, was trotz ihrer Beziehungen nicht einmal Rudolfine verhindern konnte. Es war, wenn die Bürokratie erst einmal ein Auge auf einen geworfen hatte, wie das Einschnappen einer Mechanik, die alle ihre Hebel Rädchen und Federn in Gang setzte, eine Existenz zu vernichten. Restlos. Da spürte der Mensch, wie allein er war.

Wegen der Schulden, die er bei der Sozialversicherung hatte, würde Aloisi, laut internationalem Abkommen auch in Kroatien sofort gepfändet werden, sobald er zu Geld kommen sollte. Kroatien war es wichtig, in die Europäische Union aufgenommen zu werden und mit der österreichischen Krankenkasse gut zu stehen, und nicht mit einem kleinen schwulen Aloisi. Also trieb ihn die Maschinerie zurück zu seinem Bauernhof und den dort lebenden Eltern, vor denen er ursprünglich geflohen war, weil ihn diese wegen seines Schwulseins kaputtzumachen drohten. Nun mußte er, weil ihm sonst nichts mehr geblieben war, in seine Familienhölle zurück. Da konnte Rudolfine an ihrer Angelrute drehen, soviel sie wollte. Da nützte es auch nichts, daß sie den Grund wußte, weshalb Aloisi in der Akademie der bildenden Künste am Schillerplatz in das private Depot des Übermalungskünstlers Einar Ulflein eingedrungen war, übermalte Radierungen, die ursprünglich den Fall Mayerling darstellten, nochmals übermalt hatte.

Die Häscher sind bewaffnet. Auf leisen Sohlen geleiten sie den Kaiser an die Tür. Dahinter spielt es sich ab. Unzucht wird getrieben. Franz Josef selber spannt den Hahn. Lautlos öffnet sich die Tür. Nein, nichts ist los, sie schlafen schon. An ihrer Art, wie sie umschlungen liegen, kann man sehen, züchtig ist das nicht. Die haben sich erkannt. Schon ist das Rohr gesetzt. Der Kaiser ist mitleidlos, was gilt ein einzelner? Was gilt das Blut? Was Wort im Fleisch? Der Sohn? Schon ist er tot. Immer sind es die Mächtigen, die sich durchsetzen, nicht umgekehrt. Immer ist es das System, nie der einzelne. Ein Kronprinz schwul? Das, wenn ruchbar wird. Also ein Mayerling erfunden, eine Mary Vetsera. Einem Leibfiaker Bratfisch, wird befohlen, soll seine Köchin, Wladimira Salten, gestampftes Glas ins Essen tun. Da stirbt er bald. 27 übermalte Bilder. Nochmals übermalt.

Den Übermalungskünstler Ulflein an sich selbst plagiiert. Warum?

– Das, unterbricht sich Pius selbst, wenn ruchbar wird. Nein, das kann ich euch nicht sagen. Er kommt zu uns, kleckst uns mit schwarzer Farbe voll. Wie ein Werk von Jackson Pollock sehen wir dann aus.

– Aber Ulflein, weiß es der Ölbergjesus besser, verwendet doch nur Schwarz.

– Du sei ruhig. Glaubst, hinter deiner Vitrine kann dir nichts passieren?

– Passieren? Wieso? Wir wären echte Kunstwerke. Keine Epigonen, Klassizistik-Kitsch.

– Kunst? Also wenn ihr mich fragt, fehlen ihr die Mittel. Bloß noch Zitatenmist, nichts Ernsthaftes, nur Schlendrian. Kein Kampf. Nichts steht mehr auf dem Spiel, stachelt zum Staunen an. Die ganze Kunst in diesem Jahrhundert? Wo wollte sie denn hin? Sie hat sich ausgelöscht.

– Wie auch immer, räuspert sich Pius. Zurück zu unserer Rahmenmacherin.

Die mußte sich jetzt drehen, vorsichtig, damit der unter ihr zu ersticken drohende Knechtl wieder Luft bekam, der davor sitzende Gerngross nicht aus seinem Sitz gerüttelt wurde. Dem alten Querulanten reichte sein Erbfeind aus. Laetitia Klein. Ausgerechnet in diesem Bus mußte sie sitzen, ihre großbusige Tochter dazu. Aber das machte sie nur, um ihn zu ärgern. Ja, alle Taten der Kleins waren immer nur darauf bedacht, sie, die Gerngross, zu ärgern.

Laetitia war bloß eine angeheiratete Semmelrath. Mit Mädchennamen hieß sie Klein. Ihr Mann, Modest Semmelrath, war kurz nach der Hochzeit auf mysteriöse Weise umgekommen. Doch ist es an dieser Stelle, wo sich die Knoten schon eng um die Knöchel schlingen und die Schnüre kürzer werden, ja der Mittelpunkt, an dem die Figuren alle aufeinanderprallen, schon zu ahnen ist, nicht Zeit, die ganze eingebrockte Semmelrathgeschichte auszulöffeln. Zu schlucken aber bleibt, daß Gudrun keinen Semmelrath zum Vater hatte, sondern in ihre Erbmasse ein Baron von Greifshausen hineingegriffen hatte, der auch bei der Zeugung zahlreicher anderer Bälger etwas im Spiel hatte. Egal. Der Rest ist schnell erzählt.

Die Kleins wie auch die Gerngross waren Besitzer benachbarter Schrebergärten, was so lange kein Problem war, bis Nepomuk Quentin Klein, der Großvater Laetitias, damit begann, einen Geräteschuppen zu bauen. Nach Meinung der Gerngross stand dieser unsägliche Schuppen einen Fuß weit auf ihrem Grundstück und hätte also wieder abgerissen werden müssen. Die Kleins bestritten das. Nach ihrer Meinung hatten die Gerngross den Grenzstein versetzt. Das also war der Kern der Feindschaft, dessen Fruchtfleisch sich zu einem saftigen Aktenstapel auswuchs, voll mit Beleidigungen, kleinen Bosheiten, Schikanen. Angeblich vergifteten die Gerngrossens den Lieblingshund der Kleins, worauf ihnen diese tote Katzen ins Salatbeet legten, was wiederum mit Spülmittel auf dem Gemüse vergolten wurde. Unkraut wurde gesät, Schädlingskolonien eingenistet. Und so ging es hin und her und her und hin, wurden Urkunden entdeckt und den Richtern vorgelegt, die einmal so und einmal so entschieden. Seit 60 Jahren ging das so. Heute wurden zwar die Grundstücke nicht mehr benützt, weil man sie sich gegenseitig unerträglich gemacht hatte, aber solange der Geräteschuppen noch stand, wurde auch gestritten und geklagt. Was sich steigerte, war der Haß. Was sich vertiefte, war dieser Graben, den beide Familien austraten, in dem sie ein *Lebenslänglich* um diesen Bezugspunkt trampelten – wie Ochsen um den Mühlstein.

Dabei hofften beide Seiten insgeheim, daß dieser unnütze Streit endlich ein Ende finde, der Graben zugeschüttet wurde. Aber wie? Man hätte die ganze Familiengeschichte umleiten oder aufstocken müssen, um diesem Zustand zu entrinnen. Die Selbstverständlichkeiten hätten sich zersetzen müssen, um endlich zu verschwinden, damit neue Parameter Klumpen bilden könnten, Formen, die sich setzten. Krachten und Kanäle. Aber das genaue Gegenteil war der Fall, beide Seiten waren vollkommen in ihren eigenen Vorurteilen verstrickt, voller Haß und Unnachgiebigkeit. So sah auch Laetitia für Gerngross immer wie eine verschrumpelte Kartoffel aus, und Gudrun war für ihn nichts als eine austreibende Zwiebel, unansehnlich, daß es einem das Wasser in die Augen trieb. Und diesen verschleierten, verschwommenen Eindruck trug er auch durch Rom, das für ihn ohnehin die Hauptstadt der Katzlmacher war, in der nur ein Idiot jede Pißecke als Altertum bestaunen und jeden Engel für einen Michelangelo oder Raphael halten konnte. Weit und breit kein Qualtinger, kein Hans Moser. Schon Meidling, war Gerngross verbissen, hatte mehr Kultur als dieses Rom mit den nicht auszuhaltenden Spaghettifressern, die nur Verdi hörten, diesen besseren Kapellmeister. Franz Lehar mit seiner *Lustigen Witwe* war tausendmal besser als dieser Verdi in seinen absurden, phantasielosen und unlogischen Anhäufungen von billigen Straßenmelodien, die in jedem Friseursalon zu hören waren. Aber die Menschheit hatte sich immer durch Geschmacklosigkeit hervorgetan. Die Menschheit hatte keine Erziehung, war nicht wie er in der Napola gewesen, Weltmeister im Schuheputzen und Bettenbauen, schätzte Adolf Hitler nicht. Den einzigen Proletarier, der eine Revolution gemacht hatte. Der einzige Oberösterreicher, der in die Weltgeschichte eingegangen ist. Aber das durfte man ja nicht laut sagen, sonst war man gleich verschrien. Für Gerngross aber war es die schönste Zeit in seinem Leben gewesen, das einzige Mal, daß er etwas gegolten hatte. Aber heute? Man nahm das Wort ja nicht mehr ernst, fürchtete es nicht mehr, spielte damit. Die Lieder, die im Bus gesungen wurden, unterstrichen das:

Wenn de Musi si verkült,
s Weanaherz, wenns sumpert und si ploagt,
wann olle lustig san, gehts her,
gibts an Wein glei zum Speim,
hantig wia a Radireim.
Und a oids Brot glei dazu,
Soits und Zwüfe drauf, is aus,
hoidns d Weana nimma aus,
miassns schwanzeln, resch wias san,
oaba des tuans net loang
ohne grauslich weanarischen Gsang:

Was haßt do Emotion,
mi zreißts, i erleb a innerliche Explosion.
I schoam mi bis in Oarsch hinein,
schoam mi, daß i a Weana bin,
andrerseits kunnts schlimmer sein,
is ans mir jo nu bliebn, i sing:

Wenn de Musi si verkült,
s Weanaherz, wenns sumpert und si ploagt,
wann olle lustig san, gehts her,
gibts an Wein glei zum Speim,
hantig wia a Radireim.
Und a oids Brot glei dazu,
Soits und Zwüfe drauf, is aus,
hoidns d Weana nimma aus,
miassns schwanzeln, resch wias san,
oaba des tuans net loang
ohne grauslich weanarischen Gsang.

Laetitia war unentschieden wie ein Lichtschalter mit Wakkelkontakt, ob nun das schnapstrinkende Gegröle oder die Gerngrossnähe das größere Übel darstellte. Alles was in beiden Fällen aufleuchtete, war Haß und Übelwollen, stieß Laetitia wie ein grelles Licht unangenehm entgegen. Dabei war ihre knochige, in Rosenöl getunkte Art nur oberflächlich kantig. Dahinter verbarg sich ein ausgefeilter und zu abgerundetem Denken fähiger Verschliff, ein Sprichwortschatz. Hinter der Kruste der verwitweten Betschwesternschaft verbarg sich eine überaus geschickte Kleptomanin, die so ihre Witwenrente merklich aufbesserte. Denn jeder, wie der Dichter sagt, ist sich selbst der Nächste.

Sie war auch weit weniger gottergeben als zum Beispiel Karola Keuschnigg, wußte ganz genau, welche Schindluder die Kirche trieb und stets getrieben hatte. Da änderte auch ihre Freundschaft mit Pfarrer Hutwelker nichts daran. Aber jeder kehre zuerst vor seiner eigenen Tür. Und Laetitia glaubte ohnehin keinem irgendwas. Für sie war die Menschheit schlecht. Der Glaube an das Gute, Wahre und Echte, sie hatte ihn verloren. Sie hatte das Tagebuch ihrer Tochter gefunden, und darin gelesen, daß das arme Ding vergewaltigt worden war. Erschrocken hatte Laetitia den Mund vor Staunen nicht mehr zugebracht, jeden der mit runder, blumiger Schrift gewachsenen Sätze in sich eingesogen, wie trockene Erde den Regen, sich am Ende um diesen Anlaß herumgekrampft, gewurzelt, ohne zu wissen, ob und wie sie reagieren sollte. Was die beste Lösung war. Was blühte? Da suchte man alles glitschige Ungeziefer zu vermeiden, trachtete ein Leben lang, keine Anlässe auf sich zu ziehen, und dann fuhr einen das Schicksal, wie der Dichter sagt, durch Mark und Bein und machte Effekt. Passierte der Tochter das, was man ihr immer fernzuhalten suchte. Reichte nicht ein Baron von Greifshausen, mußte jetzt auch das passieren? Aber eines schwor sie sich, der würde sie kennenlernen, die Früchte ihrer Rache schmecken, das war sicher. Diese Schlange.

In diesem Garten ihre Runden drehend, merkte sie gar nicht, wie ihre Finger durch das frische Seidenhaar der Tochter strichen, die unbeteiligt, wie ein Pilz auf einem Baumstamm sitzend, beim Fenster raussah. Doch ihre Mutter konnte sie mit diesem bemalten Gatter nicht mehr täuschen, die kannte auch das Hinterland, worin die wilden Stämme noch nicht entwickelter Gefühle lebten. Gefühle mußten das sein, überlegte Laetitia, von einer Unausgegorenheit und einer unzivilisierten Wildheit, daß man die alten Worte erst zerschlagen, häuten und vernichten hätte müssen, um sie bloßzustellen. Die ganze erbärmliche Verlogenheit. Das Falsche überall, das Ungenießbare.

Derart in sich versunken, fiel ihr gar nicht auf, daß der Bus in eine Parklücke gestochen war, alle Insassen wie Hustenzuckerl aus ihm purzelten, um in einer Trattoria vor lauter Freude zu zergehen. Nur Gundula Krumpl stieg nicht aus. Angeblich war ihr schlecht. Tatsächlich aber hatte sie Angst, von ihrer Mutter und Karol Knechtl gesehen zu werden. Essen, räusperte sich Werner umständlich und ausdauernd, Essen ist sowieso ungesund. Also blieb auch er bei ihr, in der Hoffnung auf Versöhnung, Küssen. Insgeheim ärgerte es ihn aber doch, daß er von der Trattoria nichts zu sehen bekam.

Einfache Holztische, mit karierten Papiertischtüchern bespannt. Karaffen mit Wein darauf, was die meisten sofort bewog, nach einem Bier zu rufen. Als sähen sie in einer leeren Landschaft irgendwo das Schild *Schutt Abladen Verboten* und bekämen gerade dadurch Lust darauf. Ein Bier! Der Wein war kalt. Kalter roter Wein? Die etwas zu verstehen glaubten, verzogen wissend das Gesicht, zogen den Ober am Rock, sagten *No caldo vino tinto*, womit sie ihrer Meinung nach adäquat zum Ausdruck brachten, daß sie gewohnt waren, Rotweine in Zimmertemperatur zu trinken, niemals kalt. *Si si*, sagte der Ober. *Beaujolais. Siempre frio.*

Als Vorspeise gab es Bruscetta, was auch nichts anderes war als ein ordinäres Tomatenbrot, grunzte Meinrad Kalabresendorfer, der seine Flammen traditionsgemäß, bevor seine Frau sie ihm ausblies, zu solchen Betriebsausflug genannten Billigreisen einlud. Patricia Herrgott-Wixinger grinste über das ganze Gesicht, so glücklich war sie, auch einmal etwas zu erleben. Da störte nicht einmal die Hand des Täuberichs zwischen ihren Beinen, während ihr die andere zuprostete oder über ihr Gesicht fuhr, sich dieser Jugend zu versichern. Sie hatte, empfand der nicht weit entfernt sitzende, vor dem Ertrinken gerettete Knechtl, ein seltsames Gesicht, das zwischen Häßlichkeit und Schönheit pendelte, niemals aber in der Mitte beim Durchschnitt zu stehen kam. Irgendwie insektenförmig oder auch embryonal, mit weit auseinanderstehenden Augen, was dem ganzen etwas Dreieckiges verlieh. Der Mund, nicht klein und insofern besonders, als die Oberlippe schräg nach vorne wegstand, was auf schiefe, verwachsene Zähne schließen ließ. Doch zeigte sich darin ein gerades, wohlgeformtes Gebiß. Wahrscheinlich war es gerichtet worden. Den Mund immer halb geöffnet, was ihrem Gesicht einen etwas dümmlichen Ausdruck gab. Dennoch war sie, wenn auch bloß mit einem Cupidobogen auf der Brust, alles in allem attraktiv, so daß Karol Knechtl vermutete, sie sei wie er eine bezahlte Begleitperson.

Diese Vorstellung breitete sich in ihm aus, wie sich ein Farbstoff ausbreitet, wenn man ihn in Wasser leert. Wie ein Schläger sofort einen anderen erkennt, glaubte auch er, seinesgleichen zu erkennen. Es ist das Selbst, die eigene Verhaltensweise, die man wiedersieht, und der man ausweicht oder auf sie zustrebt.

Er wollte unbedingt mit ihr ins Reden kommen zwecks eines Erfahrungsaustauschs. Doch für Patricia existierten die Mitreisenden nicht. Sie spielte nur mit ihrem Täuberich. War das Arroganz? Etwas Schläfriges, Gleichgültiges haftete an ihr, als dächte sie immer an Entlegenes. Sogar Laetitia war bei ihrem Anblick der Spruch vom stillen, aber tiefen Wasser eingefallen. Was ja bei Patricia sogar zutreffen mochte. Doch konnte so tief sie nicht einmal selbst tauchen, um hervorzuholen, was sich da verborgen hatte. Da ließ sie sich schon lieber treiben. Es gefiel ihr, wenn grobe Männerhände an ihrem kleinen Violoncellokörper spielten, grobe Finger an ihren Saiten zupften. Dann war es ihr egal, was andere dabei hörten. Wie ein Musikinstrumentenleben war ihr alle Zeit, ein Warten bloß, bis einer kam, die Schnallen aufzumachen, die Riemen zu entfernen, den samtgepolsterten Kasten von ihr zu nehmen, sie zu gebrauchen, zu zupfen, etwas an ihr rumzutun. Dabei war es egal, wer oder was er war, wie er aussah. Oft wußte sie nicht einmal, wie er hieß. Hauptsache, er nahm ihr den Kasten, der nichts als dämpfte und Arbeit für sie hieß, putzen, waschen, Haushalt führen und servieren.

Nun aber, nachdem sie der rote König schon zwei Monate hatte warten lassen, war ihr Geigenspiel trauriger, hatte sie Angst, etwas sei ihr eingepflanzt, etwas, das sie nicht brauchen konnte, sie von innen her auffresse, etwas, dem sie bloß Humus wäre. Ein Wurm. Eine Revolution. Und sie wußte noch nicht einmal, von wem, hoffte aber, daß es, wenn, dann wie der Kalabresendorfer täubisch aussehen würde, weil der von allen ihren Kavalieren noch der reichste war.

Und wenn sie ihm so zusah, wie er in seinen Spaghetti stocherte und immer wieder gurrte, daß dieses Nudelklumpert dem Vergleich mit einem Wiener Schnitzel nicht standhalte, und schon gar nicht mit einem, wie es sein Koch Ladislav Salten zuzubereiten wußte, fand sie ihn gar nicht so häßlich in seiner vogeligen Art. Im richtigen Licht sahen ohnehin alle Menschen attraktiv aus, während sie unter der Mittagssonne alle unansehnlich, voller Schatten waren. Und Patricia hatte schon als Kind vor dem Einschlafen die Menschen ganz besonders empfunden. Mal erschienen ihr alle so dick wie in den Bildern von Botero, daß sie darin einzusinken schien, die Dicken alles überschwemmten. Doch bevor dergleichen passierte, waren sie plötzlich dünn wie Skulpturen von Giacometti, der sich seine knochigen Gerüste von den Etruskern abgeschaut hatte. Dünn wie Spaghetti. Die Künstler kannte sie selbstverständlich nicht, nicht einmal Picasso oder Rubens hätten ihr etwas gesagt, aber die Empfindung blieb dieselbe. Manchmal war sie sich sicher, daß sie das Lebewesen schon in sich spürte, wie es wuchs und sich bewegte. Dann aber hielt sie wieder alles für einen eingebildeten Blödsinn, eine Phantom-Schwangerschaft, und beruhigte sie sich mit der Regelmäßigkeit der Unregelmäßigkeit. Das passierte ja mindestens einmal im Jahr, und dann die Reise jetzt, die Nervosität, da war es einzusehen, wenn der Körper durcheinanderkam, der rote König Verspätung hatte.

Der Kalabresendorfer hätte davon freilich nichts aufpicken dürfen, sonst wäre er gleich flügge geworden und mit seinen lahmen Flügeln davongerannt. Dergestalt, daß er sie rausgeschmissen hätte. Denn das konnte er nicht brauchen. Das nicht. Er liebte seine Frau. Nur das Begehren, der Geruch und das Jugendliche, Straffe, Sich-ein-paar-Jahrzehnte-jünger-Fühlen, interessierte ihn an seiner Kellnerin. Daß andere große Augen machten, wenn sie sie sahen, sich alle Männer, wenn Patricia ein Lokal betrat, gleich Kreuz-hohl geraderichteten, räusperten, ihn ansahen und sich dachten, der hats dick. Das gefiel ihm. Nur der Körper.

Wie man es auch drehte und wendete, bei Männern war es so, daß sich ihnen die sexuelle Anziehungskraft einer Frau mit der Zeit verwischte. Hatte einer eine Dürre, sehnte er sich nach was Fülligem und umgekehrt. Der mit der Hellhäutigen wollte eine Dunkle. Es war das andere, das Neue, dem er hinterher war, aber niemals begehrte er eine ewig. Bestenfalls wurde er vernünftig.

Liebe? Der Kalabresendorfer, ein Mann guten alten Schlages, wußte Bescheid. Also war es ihm auch egal, wenn ihn die Patricia gar nicht wirklich liebte. Wie auch. Ihr Fleisch war noch gehalten, alles an ihr war noch halb und halb und saß noch ohne Schmerzen. Hübsch und fest. Wenn man jung war, wußte man ja gar nicht, was man hatte, war unzufrieden. Erst im Alter erkannte man, wie fruchtbar es früher gewesen war und wie es jetzt bestellt war, hart und dürr, was alles weh tun konnte. Neidisch sah er auf Patricia. Die gähnte und kratzte sich, polierte ihre Fingernägel, sah ihn an und sagte, sie müsse jetzt einmal für kleine Mädchen. Ihre Blase konnte nicht größer als eine Kirsche sein. Sie freilich hatte das Gefühl, das kleine Lebewesen drücke schon darauf. Nein, gurrte der Täuberich, Liebe war es nicht. Aber gelegentlich war alles eingetunkt ins Glück. Etwas Erhabenes. Ein Aufschwingen. Ein Flug. Und auch seine Frau, was sie niemals zugegeben hätte, profitierte von der Zärtlichkeit, die die jungen Kellnerinnen ihr verzinsten. Denn so dumm, daß er wegen einem geilen Arsch die dümmsten Gänse nahm, war der Täuberich ja nicht. Immer hatte er einen gute Hand gehabt, den richtigen Schlag heranzuzüchten, der selber lüstern und doch fleißig war, sich bei Bedarf auch leicht verscheuchen ließ. Nicht das Aussehen war es, das entschied. Zuneigung. Instinkt. Vertrauen. Nie hatte er sich geirrt.

Während Meinrad als Vertreter der Peck-Fraktion es vorzog, seinen Schnabel in die Täubchen zu pecken und so lange auf sie einzuhacken, bis es leise aus ihnen gurrte, bevor er seinen Taubenreis in sie verströmte, saß mit dem Briefträger Körberl auch ein Vorreiter und Vorkoster der Lutsch-Fraktion am Tisch, der es liebte, große Körper mit Vanille abzureiben, Zimt darauf zu streuen und mit Bananen, Orangenspalten das Fleisch zu spicken, auszulutschen, leerzusaugen, alle Körpersäfte zu verzehren. Wollte der Kalabresendorfer hoch hinaus und kannte keine Höhenangst, während er enge, dunkle Höhlen mied, war es bei Körberl das genaue Gegenteil. Nur nie auf einer Höhe sein. In Spalten sich verkriechen, wo es ging.

In der Hauptsache bestand der sagenhafte Lotteriegewinn des Herrn Körberl aus dieser Billigreise nach Rom. Da änderte es auch nichts, wenn Ludovica Hasentütl den angeblichen Elefanten-Gewinn bereits verpraßt hatte, bevor es in dem fischigen Erotikladen des Feisten Fridolin zum uns bekannten Tumult gekommen war, in dessen Folge Ludovica nur aufgrund der sie zudeckenden besonderen Umstände mit einer einfachen Abmahnung davongekommen war, hatte sie doch einem Kriminalkommissar zwei Zähne ausgeschlagen und dem Feisten Fridolin das Schlüsselbein gebrochen. Die Personalien der Raufbolde hatte man aufgenommen, sie vermahnt und gehen lassen, wohingegen es für den Feisten Fridolin eine Verwaltungsstrafe gegeben hatte. Dies alles hatte der Kommissar im Handumdrehen und trotz der fehlenden Vorderzähne selbst gemacht. Eine Art Huntzelmännchen hatte ihn unterstützt. Ein unglaublich häßlicher Streifenpolizist mit knallrotem, gebirgigem Gesicht, der, als er die angebotenen Waren zu Gesicht bekommen, derart zu japsen angefangen hatte, daß er aus einer Mischung aus Freude und Entsetzen nur noch gesprungen war. Es hatte ausgesehen, als hüpfe ihm ein Ochsenfrosch im Bauch herum. Am liebsten hätte er, Scheidewasser, die beiden Schwestern unentwegt unsittlich berührt. Bekanntlich waren ja die Gebirgler eine Gesellschaft für sich. Sie hielten sich zusammen und waren empfindlich wie Spinngewebe. Wobei, wenn man an die Elastizität dieser Klebefäden denkt, Spinngewebe relativ unempfindlich sind. Aber ein durchlaufendes Wildschwein vertragen sie natürlich nicht. So ist es auch mit den Gebirglern, so viel Erotik wird ihnen meist zuviel.

– Ab. Abschieben, hatte er gejauchzt, abschieben muß man die. Ab. Abschieben. Wie die Bussi-Bussi-Frau. Und am liebsten hätte er sie, so wie sie waren, selbst bis Polen verschoben, aber davor hatte ihn der Kommissar, zu Bettinas und Martinas Glück, zurückgehalten.

Aber das alles lag für Körberl und die Hasentütl schon wieder Lichtjahre zurück, als wäre es in einem anderen Leben vorgekommen, in diesem römischen war dafür kein Platz. Dieses Dolce-Vita wurde mit Süßigkeiten angefüllt, mit Espressos, süßem Wein, einem schauderhaften Gitarrespieler, der mit seinen Schnulzen in die tiefsten Löcher bohrte, die dort hausenden Ängste zu verscheuchen. Ängste, die sagten, man hatte gar nicht gelebt, führte bloß ein Attrappenleben, sei einem Automatismus verfallen, einem Stundenplan an Leben, der alles Spontane, alles Lebendige gedrillt und abgetötet habe. Was war Angst? Vorm Einschlafen das Bild eines grauen Bettes zu sehen, das sich in alle Richtungen ausdehnte, spannte und sich plötzlich umstülpte in ein schrundiges, zerklüftetes Korallenrosa – wie die Unterhose einer alten Dame? Männer, die kamen, sagten, man hat nie gelebt? Daß die Seele plötzlich erwachte in einem Körper, der sich nicht mehr rührte, in totem Fleisch noch weiterlebte, ohnmächtig? Diese tiefen deutschen Ängste, die sich unter öliger Geselligkeit verbargen wie Rippenknochen hinter einer Schwarte Speck, wurden von der südlichen Schnulzigkeit aufgemischt, aus ihren Löchern rausgelockt und mit *Marina, Marina, Azurro* und *amore mio* brutalst erschlagen.

Straßenverschmierungen. Parolen, überall leere Zigarettenschachteln, der Boden voller Kondome. Obelisken, Obstkisten überall. Plastikeimer voller Oliven, Nüsse, Bohnen. Im Rinnstein Comics, aufgeweicht, und so wie überall: Hausmeister, die kehrten. Waren nicht auch die Automatismen wichtig? Die Dinge, auf die man sich verlassen konnte, das Antrainierte, die Prinzipien? Der Durchschnitt. Die Welt mußte im Gleichgewicht bleiben. Der schlimmste Feind des Menschen war das Chaos. Die Liebenden, Fanatiker. Onkel Ambros hatte langsam das Kolosseum umrundet und ging nun eine schmale Gasse rauf in Richtung Scala Santa. Er hielt sich so gerade, daß es aussah, als ginge er ein bißchen nach hinten gebeugt. Es war weniger ein vorwärts gerichtetes Gehen, mehr ein Wiegemesserschritt, der ihn langsam vorwärts gleiten ließ.

Für ihn war die Welt in Ordnung, ein aufgeräumter Zustand ging von ihm aus. Ein beruhigender Durchschnitt. Das System seiner Haupt- und Nebenzettel stimmte. Er wußte alle seine Aufzeichnungen im schwarzen Metallkoffer in seiner Hand. Alles paßte mit den Tabellen überein, war innerhalb der Tiroler, nein, der Toleranz. Aber dafür interessierte sich ja die Menschheit nicht. Der Menschheit waren die Ordnungszahlen und Tiroler, nein Toleranzgrenzen egal, ja, sie wollte von Statistiken nichts wissen, war an keiner Reglementierung interessiert. Träge Biernaturen, mit Unpünktlichkeiten überfüllt, nicht diszipliniert. Wofür interessierten sich die Menschen heute? Fürs Tanzen, fürs Baden, fürs Heiraten und Scheiden, fürs Unterhalten und Erholen. Erholen wofür? Erholen wovon?

Für alles interessierten sie sich, nur nicht fürs Ernste, für das Arbeiten, dafür, daß die Welt in ihr Korsett paßte, nicht alles aus dem Rahmen platzte. Aber was war das einzig geeignete Korsett? Natürlich die Statistik. Und wer hatte einen besseren Überblick über ihre diversen Felder als er, der alles im System von Haupt- und Nebenzetteln eingefangen hatte, jederzeit zu überprüfen – gleichzeitig erschreckend, ungewöhnlich schön mit einer absurden, unfaßbaren Tiefe wie die Religion? Sein System, das war das Heiligste.

Es war nach Ambros Semmelraths Dafürhalten unbedingt notwendig, daß die statistischen Ordnungszahlen eingehalten wurden, weil sonst alles aus dem Richtigen ins Falsche und damit ins Chaos fiele. Weil sonst, wenn zu viele Ordnungszahlen überschritten würden, der Jüngste Tag anbräche, der höchste aller Statistiker die Zeit anhielte, sie segnete, und das Universum wieder ineinanderdrückte. Was dann passierte, wäre schrecklich, grauenhaft.

Die Zeit würde rückwärts gehen. Die Menschen würden, wußte Ambros, aus ihren Gräbern ausgegraben werden und im Totenbett erwachen. Was ihnen heute das Alter war, wäre ihnen dann die Jugend. Auch die Verdauung würde andersrum funktionieren, der Geschlechtsverkehr. Frisöre würden Haare auf den Kopf schneiden, Zahnärze Plomben rausbrechen, Verkäufer rauben. Alles ginge verkehrt herum. Und am Ende dieses negativen Lebens würde man die geschrumpften Menschen wieder in ihre Mütter stopfen, in denen sie sich dann zersetzten. Die Menschen würden wieder Affen werden, Saurier würden die Welt regieren. Einzeller, Amöben. Am Ende wäre wieder alles nichts. Ein Kern aus Masse. Energie. Doch so weit durfte es nicht kommen. Immer, war Ambros überzeugt, hatte es welche wie ihn gegeben, die auf die Statistik achteten. Zusahen, daß nicht zu viele Werte überschritten wurden, die Zahlen sich erfüllten. Wozu denn sonst hatten die alten Kulturen Speisen, Tiere, ja Menschen gar geopfert? Die Historiker behaupteten, Gottesopfer seien das gewesen, Blödsinn! Wem anderen als der Statistik hätten diese Opfer gelten sollen? Was waren denn die Hohepriester der Mayas, Inkas, Ägypter, Griechen, Römer, ja sogar die Verfasser des *Hexenhammers*, die Männer der Inquisition, Napoleon oder die Diktatoren der Gegenwart, die die Menschheit für Verbrecher hielt? Die Erhalter der Ordnung waren das! Die Priester der Zahlen und der Qualitäten!

Denn wenn die Zahlen forderten, daß Gepäckstücke verschwinden oder ein Haus abbrennen mußte, dann, wenn man schon die Gnade hatte, das zu erkennen, mußte man es auch wie einen Gottesdienst verrichten. Gegen Fakten konnte man nicht argumentieren. Mit Ordnungen ließ sich nicht diskutieren. Wenn man auserwählt war, hatte man sich zu fügen, spielte es keine Rolle, was man selbst dabei empfand. Man hatte zu tun, was befohlen wurde, mußte sich unterordnen und tun. Man war gesandt. Und Ambros tat, froh, daß ihn die Gesellschaft noch gewähren ließ. Aber wer kam denn auch auf die Statistik als Motiv? Wem fiel schon ein, daß sie es war, die ihn bewogen hatte, die Gudrun zu vergewaltigen, die kleine Anna Hasentütl umzubringen? Weil es die Zahlen gefordert hatten, weil es notwendig gewesen war für das Gleichgewicht der Welt.

Und so, den Koffer mit den Zettelsystemen fest in der Hand und ein leicht zufriedenes Grinsen im Gesicht, schwamm Ambros dahin. Er fühlte sich frei und losgelöst aus allem selbst, sogar sein Körper war nicht wie sonst mit kleinen Schmerzen angefüllt, sondern von der überraschenden Wärme wie gestärkt, wohlig, angenehm. Es brodelte unter seiner Haut. Ein Duft wie Vanille stieg in ihm empor. Von ganz tief unten kam ein Rascheln, ein Dampfen und ein Ächzen, als ob jemand ein Backrohr öffnete und ein Blech voller ofenfrischer Vanillekipferl herauszöge. Mmm. Nicht einmal der Kamelhaarmantel, unter dem er etwas schwitzte, störte ihn, auch nicht der Gedanke, daß in diesem Monat noch eine Katastrophe fällig war, ein inszeniertes Unglück, wenn es nicht von selbst geschah. Im Gegenteil. Eine blendende Verfassung schaute ihm aus den Augen. Selbstsicher ging er die enge, leicht ansteigende Gasse entlang. Wie selbstverständlich wichen die wenigen Entgegenkommenden vor seiner Erscheinung zurück. In einen größeren, stark befahrenen Platz mündete sein Weg. Wie so oft in Rom drehte sich auch hier um den in der Mitte plazierten Obelisken der Verkehr. Selbstsicher, mit erhabenem Gefühl gerüstet, brachte Ambros ihn zum Stehen, ging hindurch, an der Kirche San Giovanni in Laterano vorbei, über Treppen, Randsteine, stand auf einem kleinen Platz, wo Erfrischungen angeboten wurden, Krapfen, sah ein nicht sehr vielsagendes, fleischfarbenes Haus mit einem protzigen Ornament an seiner Backe. Das also war sie, die Scala Santa. Sah wie immer aus. Nochmals überquerte Ambros Semmelrath die Straße, trippelte an einer Bettlerin vorbei, der er im Siegestaumel 1000 Lira in die verschrumpelte Hand drückte, flog beinahe, trippelte die Stufen rauf, preßte seine Hand gegen eine dunkelgrüne, mit Kassetten besetzte Tür, wollte eintreten, doch die Tür war abgesperrt. Nochmals warf er sich dagegen. Nichts. Da erst fiel sein Blick auf das Schild mit den Öffnungszeiten, sah er, daß gerade Mittagspause war. Und jetzt war er verzweifelt, klopft er, wie ihr hört, noch immer, womit wir wieder am Anfang, in der Jetztzeit sind, schließt Pius seine Erzählung. Hier steht es an. Weiter geht es nicht. Fertig. Aus.

– Aber es muß doch, kreischen die anderen. Wie? Was folgt? Wir wissen ja noch nichts von Santopadre und was das Bussi-Bussi-Denken ist. Wer Atnasal Acsal erschossen hat, ob Klementine Zitzelfeigler eine Scharlatanin ist. Warum Pfarrer Hutwelker Bischof Finocci Ministranten bringen muß. Was mit Hugo Wurznbacher wird. Steckt wirklich der Teufel in ihm drin? Ob Roland zu seiner Gablfrühstück kommt. Der Kommissar den Fall auflöst. Und was passiert, wenn Fifi Krumpl und Karol Knechtl Gundula und Werner sehen? Wenn die Hasentütl Knechtl sieht? Was wird aus Bruno Scheidewasser? Wie geht alles aus? Kommt Stangl noch mal aus dem Gefängnis mit elf Buchstaben heraus? Was wird, wenn er das große Zittern kriegt, aus Baruch Weinzwang? Und Aloisi? Ziegelböck? Die Buschenpelz? Und sie wollen keine Ruhe geben, bis sie nicht die Enden gehört haben. Steinstur.

VI

Pius

16

Die große Gleiche

– Meinetwegen, gibt Pius nach wochenlangem Schweigen nach und nimmt den Erzählfaden wieder auf. Er kommt nicht darum herum, das Gezeter ist nicht zu ertragen. Außerdem will er zu einem Ende. Also flink. Der Rest ist schnell erzählt.

Erst aber mußte alles einmal so passieren, wie es passieren mußte, dann erst war es zum Erzählen. Zuerst mußte die Katastrophe, in deren Gewicht alles hing, sich auch verfangen, über den Erzählfaden stolpern und zu Fall kommen. Das Unglück, in das alle Schicksale zu laufen schienen, konnte akkumulieren. Der Ernstfall. Bald sollte klar werden woher, wozu.

Ein erster Wink soll sein, daß sich Zita und Aurelia ebenso in Rom befanden wie die Brüder Quasimodo Leopold und Giselher Attila. Wollen wir aber vor allem auf einen nicht vergessen, der noch eine gewichtige Rolle übernehmen wird, holt Pius tief Luft, nämlich Zdenko Pulpo Faulhaber, der Tintenfisch.

Der hatte noch am Tag, an dem die Geschichte beim Feisten Fridolin passiert war, beschlossen, in den Süden zu emigrieren. Etwas zog ihn an wie eine Tiefe, ein Abgrund, der ihn lockte. *Komm, Zdenkerl, komm.* Eine grundlose, unerklärliche Angst, nicht die Musterungskommission. Die wollte er erst gar nicht abwarten, konnte er sich doch auch so denken, was dabei herauskommen würde. Sein Einberufungsbefehl. Schlosser wollte er nicht werden, lieber das Schloß zum Leben knacken. Er war überzeugt, daß es überall besser sei als in Österreich. Was hatte einer wie er denn hier für

Chancen? Er hatte keinen reichen Vater, keine Ausbildung. Das Geld war knapp. Wie sollte er es da zu etwas bringen, zu einer Frau wie dieser Spargellangen, nach der er beim Feisten Fridolin gegriffen hatte. So eine war doch an ihm nie interessiert, so einer mußte man etwas bieten. Auf solche stürzten sich die reichen Knacker wie die Hühner aufs Maiskorn. Also hatte sich der Entschluß in ihm verfestigt, daß er ins Ausland mußte, in den Süden. Nach Italien.

Also nahm er alle Habseligkeiten, all sein Geld und stellte fest, daß er damit nicht weit kommen würde. Im Mechanismus seiner Willenskraft sprangen Riegel, knackten Hebel, kamen Überlegungen in Gang. Eigentlich kannte er nur einen Menschen, der Geld besaß, Valentina Buschenpelz. Die sollte ein Sparbuch besitzen, hieß es. Etwas Erspartes. So sagte man im Schluckloch, prahlte man, es selbst gesehen zu haben, lachte. Bohumil Bohrer, Ferdinand Ferk, Anton Ansetzer. Denn eines wußte Zdenko ganz bestimmt: Wenn man Geld hatte, war die Welt gleich größer, heller, freundlicher. Also schlich er in das ihm bekannte Haus in der Bolzmanngasse, läutete bei Buschenpelz, sah der Alten ins Gesicht, sah Härchen aus ihrer Warze stehen, gab vor, ihren Stromzähler abzulesen, 2004. Als er die lange Telephonschnur sah, hatte er sie auch schon in der Hand, formte eine Schlinge, 1889, schlich sich an, erwürgte sie, ohne daß er das Buschenpelzige berühren hatte müssen. Die röchelte. oo. In ihre aufgerissenen, erschrocken sich ans Leben klammernden Augen mußte er nicht sehen. Er hörte nur oo, das Röcheln – als liefe Wasser aus der Badewanne, rülpste der Abfluß, wollte danke sagen. Danach durchsuchte er die Wohnung, wühlte durch die Unterwäsche, die Küchenvorräte, grub alles um. Die Laden zog er raus, unter die Matratze sah er, bloß das Sparbuch, das Sparbuch fand er nicht. Doppelnull. Verdammt. Vor lauter Ärger trat er gegen den Körper, den er aus dem Leben rausgerissen hatte. Jetzt konnte ihm die Alte nicht mehr sagen, wo sie ihr Geld versteckt hatte, denn die paar hundert Schilling in ihrer Tasche konnten doch nicht alles sein. Ärgerlich. Ihm war, als drückte die Finsternis die Scheiben ein, flösse in die modrige, nach Medikamenten riechende Wohnung und erstickte ihn wie Tinte. Seine Saugnäpfe lösten sich. Eine Strömung spürte er, eine Tiefe, die ihn anzog. Süden.

Noch in derselben vom Mondlicht zementierten Nacht stand Zdenko Faulhaber als Anhalter auf der Autobahn und wurde von einem Fernfahrer nach Rom gebracht, wo er seitdem herumirrte – wie eine Ameise auf einer Picknickdecke. Noch immer war sein Kopf mit einem Bild besetzt, das seinem Denken den Zugang versperrte. Nicht die erwürgte Buschenpelz, auch nicht die Kathi Gablfrühstück, sondern ein Mann, der seine Zunge in die behaarte Lebensmitte einer gespreizt auf einem Tisch Liegenden spitzte – als lecke er Eis von einem Teller. In einem der Magazine beim Feisten Fridolin hatte er das gesehen. Der Mann hatte den Ausdruck eines Strebsamen, während die mit einer Zigarettenspitze Rauchende eher gelangweilt aussah. Ihre große Nase hing nach unten etwas über, ebenso die Augendeckel, halboffene, gegen die Sonne schützende Baldachine. Das waren Gundula und Werner beim Cunnilingus. Ein Bild, das Zdenko, der beide nicht kannte, ekeln machte, faszinierte und das er vermutlich gerade deshalb nicht mehr aus sich brachte. So etwas als Zivildiener machen. Das wäre es. Der Traum des Tintenfischs. So lange an der Muschel saugen, bis es pfft machte, sie ihn verschlang.

Zdenko tauchte ein in den Bauch des römischen Nachtlebens, in die von Zigarettenrauch, Bierdunst und betrunkenen Skandinaviern schwangere Nacht, in die Giftkloake, in die alle Jugendlichen, kaum der Pubertät entkommen, sich warfen, um mit einem Lebenspartner wieder aufzutauchen. Zdenko Faulhaber vulgo Pulpo kaufte sich einen Borsalino-Hut und investierte alles noch Verbliebene in Bier. Aber statt von einer Frau mit hängenden Augendeckeln gerettet zu werden, polsterten sich nur seine Aufmerksamkeiten, brökkelten mit jedem Bier mehr und mehr leere Stellen aus ihm heraus, bissen ihn kleine Glückseligkeiten ins Genick. Am Ende wurde alles aus ihm rausgeschleudert, drehte sich, sobald er seine Augen schloß, der Bilderregen aus ihm raus, sah er die Buschenpelz, wie sie davonflog, die Stellungskommission ebenso wie die nackte Ausgeschleckte, das Mädchen sah er auch, der er einen Kuß gegeben hatte, dann hörte er die Reifen winseln, stand beim Feisten Fridolin und alle lachten, waren heiter. Nun kam es wieder raus. Das ganze Bier. Acht Liter. Er kotzte. Kotzte auf das Pflaster, das nun immer näher kam. SPQR.

Als er wieder zu sich kam, lag er auf einem Zwischenplateau der Spanischen Treppe und fühlte sich schauderhaft. Kalt war ihm, ein Kribbeln in ihm drinnen, als wären Ameisenhaufen unter seiner Haut. Eine pelzige Zunge, die Nase war voll Rotz, und während er den Inhalt seiner Blase auf ein Hauseck spritzte, ihm der Zigarettenrauch wie ein kalter Herbsttag in die Schleimhaut biß, beschloß er, von der Welt genug zu haben, Bescheid zu wissen und sich umzubringen. Auf irgendeinen Turm wollte er steigen und hinunterspringen. Es war die Tiefe, die ihn anzog, *Zdenkerl* rief, *Zdenkerl, komm*. Ideal wäre der Petersdom. Ein Obelisk. Hoch hinauf. Und runter wie ein Rausch, ein Drehen, Sinken in den Schlaf, den ewigen. Es war wie etwas, das fester war als er, härter, und ihn zu zerbröseln drohte. Zu zermalmen schien es ihn.

Wenn man sich selbst ganz sicher ist, dann erscheint einem alles andere als unsinnig. Wenn man sich selbst ganz sicher ist, ist alles andere ein Stuß. Bei Zdenko aber war es, wie oft bei Selbstmördern, umgekehrt, so daß er die Welt als fest und starr empfand, sich selbst als weich, biegsam und ungeschützt. Da waren die Reichen, die schöne Autos, Kleider hatten und in ihren Frauen, wenn es sie dazu drängte, schlecken durften. Jene, die in Villen lebten, Dachterrassen, Gartenhäuschen, und mit allem Luxus ausgestopft. Daneben Typen wie er, die man zum Militär schickte, die zum

Arbeiten vorgesehen waren, nicht zum Luxus und zum Frauenschlecken. Typen, die nie zu etwas kamen, außer vielleicht zu einem Häuschen, das sie dann ein Leben lang abzahlten. Aber das war für Zdenko nichts. Er fühlte Gier, unbändigen Trieb, die Höhe, doch sah er sich um, stieß er auf größere Tiere, auf Höhere, die alles nahmen, fraßen, was auch ihm gefallen hätte, die ihn wegdrängten, daß ihm nichts mehr blieb. So blätterte alles Gute von seinem Charakter ab, blieb bloß die aus Haß und Neid geschweißte, verrostete Form, die nur noch schemenhaft etwas mit der uns zu Beginn begegneten, zu Unsinn aufgelegten Person des Zdenko Faulhaber gemein hatte. Der Überrest.

Nun war er bereit, sich aus der Welt zu stürzen. Wie eine glücksbringende Verheißung stand ihm der Tod im Sinn. Wer sagte denn, daß er bitter schmeckte? Im Gegenteil! Wie türkischer Honig würde er sein, zwischen den Zähnen kleben, unwahrscheinlich süß, doch so, daß man mehr davon wollte. In diese Gedanken versponnen lief er durch die Stadt. Rastlos. Ohne Ziel. Nur einmal setzte er sich kurz, merkte dabei aber, wie lange er seine Unterhose nicht mehr gewechselt hatte, den resoluten daraus resultierenden Geruch. Gut, daß niemand daran schlecken mußte. Auch die moosige Fäulnis, die in seinen Turnschuhen gedieh, stand vor ihm wie eine Säule. Angeekelt griff er sich an die Nase, drückte beiläufig daran und stellte fest, daß sämtliche Talgdrüsen fleißig gewesen waren, und ihren Zehent abgegeben hatten, sogar die Ohren waren voller Schmalz, die Fingernägel schwarz vor Dreck. Ekelhaft.

Es grauste ihm vor sich selbst, als wäre er ein anderer. Sein Geist wollte woanders sein, wollte mit diesem Körper, der nach Fäulnis aus dem Magen roch, nach Hunger, nichts zu tun haben. Wie ein offenstehendes Tor fühlte er die Ewigkeit vor sich, er mußte bloß noch. Was? Irgendwie schwebte ihm immer vor: er selbst. Nicht selten träumte er davon, daß er wo runterfiel. Ein Tintenfisch, der durch die Luft geschleudert wurde, einem Felsen zu. Vom Aufprall träumte er nie, nicht vom Zergatschen, das klang zu hart. Wenn, dann war es weich, gedämpft. So wie ein Einsinken, etwas Angenehmes, das nur einen Nachteil hatte, nämlich, daß er gleich ein neues Loch entdeckte, in das er fiel. Und also flog er, irrte durch die Stadt.

Da sah er eine Kirche, einen Turm, ging hinein, der übliche pompöse Kitsch, Touristen, Zdenko stahl sich durch, kletterte wo rauf, Holztreppen, blickte sich noch einmal um, sah zwei Staubmantelgesichter, die ihre Frömmelei vor sich hertrugen, weit herausgestreckt, daß er, Zdenko, gleich darüberfiel. Hinunter. Hätte er gewußt, was eine der beiden, wenn auch unbewußt, für ihn getan hatte, er hätte kehrtgemacht, wäre nach Wien zurück.

Gott der Herr straft uns für unsere Missetaten. Die Hölle, sie wird ewig sein. Es sei denn, wir versöhnen uns mit ihm. Zita und Aurelia waren nach Italien gekommen, um Venedig zu retten und so für ihre Sünden zu büßen. Es würde ja alles untergehen, der Markusplatz, die Seufzerbrücke, Donna Leon, die schönste Stadt auf dieser Welt, sie drohte, im Meer zu versinken. Und was machte so ein Meer damit? Wußte es sich damit etwas anzufangen? Nichts. Und die Jugend? Wieso interessierte sich die Jugend nicht? Die lachten über jeden Dreck, wollten nur tanzen, blöde Reden führen, hatten keinen Bezug zu Gott, wußten von Venedig nichts. Kannten nur den großen Hmtadi-Hmpf und Stampf. So lange würden die trampeln, bis von den Medicis nichts mehr übrig wäre, alle Venezianer am Grund des Meeres lägen, die schönste Stadt der Welt verschwunden wäre. Venedig. Schon jetzt stand es da wie jemand, der am Rande eines Schwimmbeckens von hinten einen Stups bekommt, noch mit den Händen rudert, ringt und trotzdem fällt. Deshalb waren sie lieber nicht nach Venedig gefahren. Jetzt, wo es unterging. In Rom, hatten sie gedacht, konnte man mit den Menschen sprechen. In Rom konnte man was tun für Venedig. Sie hatten nur vergessen, daß sie kein Italienisch sprachen, eine Sprache voller Knoten. Vor allen wichtigen Regierungsbauten standen bewaffnete Polizisten, den Eintritt zu versperren. Ein undurchdringliches Netz. Schon was sie wollten, konnten Zita und Aurelia nicht sagen, bloß Venice, Venice. Rettet Venice! Worauf die Wachebeamten jedesmal glaubten, daß sie nach Venedig wollten, und ihnen also den Weg zum Bahnhof beschrieben, aber da wollten sie nicht hin. Also irrten sie herum, sahen sich Kirchen, Basiliken, Kapellen und was sie sonst als Heiliges erahnten, an und debattierten dabei über das, was sie für die Hölle hielten. Bereiteten sich darauf vor. Für Zita war die Hölle eine leere Stelle, ein Herausgebrochensein.

– Die Hölle, deklamierte sie, ist wie ein Familienalbum, in dem plötzlich etwas fehlt, ein einziges Bild, und das ist deine Seele, das bist du. So stelle ich mir Hölle vor, daß man einfach nicht mehr ist, man fehlt. Und niemand fällt es auf.

– Für mich, blickte Aurelia sie wie durch einen Schleier an, ist die Hölle die Angst vor Schmerz. Ihre Augen füllten sich mit Tränen. Die Hölle ist ein Nichterfülltsein, ein Zustand der Leere, eine Feuchtigkeit, die niemand trockenreibt, ein ungutes, prickelndes Gefühl, das muß die Hölle sein. Auch Italien, der viele Lärm, die Lebenslust, die Sünde überall, die nur eine Zwischenstufe auf dem Weg zur Hölle ist. Die Hölle, die ist Wien für mich, das Amt zur Verschickung der Einberufungsbefehle. Dort hatte Aurelia gearbeitet. Nach dem Vorfall mit Wurznbacher und dem Tumult beim Feisten Fridolin war sie aber völlig durchgedreht und hatte wahllos, um ihr Amt zu desavouieren, Daten gelöscht. Darunter die von Zdenko Faulhaber.

– Nach Schätzung eines Jesuiten, ergänzt der Ecce homo, ist das Haus des Teufels 200 Meilen lang und kann zwei Milliarden Seelen aufnehmen. Anderen Berechnungen zufolge besteht die Beelzebubische Bürokratie einschließlich des ausführenden und subalternen Personals aus 7 405 926 Teufel.

– Und laut Johannes-Offenbarung passen nur 144 000 Seelen ins Paradies.

– Aber da, wie wir an uns sehen, die Seelen wandern, sich entwickeln von der niedersten Stufe, den Amöben, rauf zu den Menschen, weiter noch zu Feststoffen, bevor sie endlich Steine werden, muß es zig Trilliarden geben, noch viel mehr.

– Wie sollen alle in die Hölle gehen? Wie ins Paradies?

– Angeblich gibt es eine Apparatur zur Seelenkomprimierung.

– Ich, sagt der Ölbergjesus, habe gehört, daß wir Versteinerten überhaupt ausgeschlossen sind.

– Blödsinn, wehren sich die anderen.

– Stein, belehrt der Bruderkuß, ist das Höchste, das Oberste von allem. Das Beständigste. Wenn es ins Paradies geht, dann sind wir die ersten. Marmor. Heiligenfiguren. Was will man mehr?

– Man sagt, flüstert die Pieta, auch Marmor zerfällt zu Kalk, wird Staub, zerbröckelt.

– Gerüchte!

– Es gibt andere, die sind viel schlimmer dran.

– Wie auch immer, Pius ist wieder an der Reihe.

Zita und Aurelia! Die gingen, weil sie gerade davorstanden, in eine Kirche, San Giovanni in Laterano, und dackelten, ohne viel nach links und rechts zu sehen, Kreuze schlagend, zum Altar. Tuam nescis – deine Stunde kennst du nicht. Zu Boden sahen sie, bewunderten die Marmorplatten, die in den meisten Kirchen ohnehin das Schönste sind. Die meisten lassen sich nur blenden von dem vielen Pomp, dem Gold, holen sich eine Genickstarre dabei. Die wahren künstlerischen Leistungen treten sie wortwörtlich mit den Füßen. Aber Zita und Aurelia waren wieder einmal stur, sie stierten, nahmen nur mit den Augenwinkeln wahr. Die monströse Stukkatur, das wunderbare Mosaik. Nicht einmal die zwölf Apostel sahen sie, die, protzig in Stein gehauen, alle gleich aussahen, bärtig, muskulös, gebaut wie Freistilringer, Raufbolde, Kraftlackel. Sie sahen nur die Wartenden, die vor einem in Neonlicht getunkten Beichtstuhl saßen, der Priester drinnen, das rote Lämpchen für *Besetzt*. Die telephonenähnlichen Automaten daneben, die gegen Münzeinwurf Auskunft gaben: San Giovanni in Laterano, das Haupt aller Kirchen der Stadt und der Welt. Die erste Kathedrale überhaupt war Sitz der Päpste bis ins 14. Jahrhundert. Die ursprüngliche konstantinische Kirche wurde von Francesco Borromini im barocken Stil, so wie wir sie heute sehen, usw., usf.

Zita und Aurelia trippelten daran vorbei, schmuggelten sich, nochmals ein Kreuz schlagend, durch die Ausgangstür, wurden von einer Woge Lärm gepackt, einer Ladung Sonnenschein getroffen, die sie augenblicklich schwitzen machte. Sie hängten sich die Staubmäntel über den Arm und man sah die großmaschigen Pullover. Der eine minzgrün, chemierosa der andere. Beide hatten Perlenkettenimitate um den Hals, gehäkelte Netze auf dem Kopf. Sie gähnten. Das sah im Vorüberfahren der Filmstar Douglas Dünnbier und mußte ebenfalls huha sagen. Dieses Gähnen pflanzte sich in Judith Hopfer fort, die bei der anderen Seite der Luxuslimousine hinausgähnte, dann fing es Ponstingl-Ribisl, der es eine Weile lang im Mund behielt, huha, ihn hatte Hugo Wurznbacher gesehen, der von einer Aussichtswarte aus die Gegend nach Laura Cornetti absuchte. Durch das Münzfernrohr hatte er den Kommissar erkannt und sein Gähnen nachgemacht. Von dort sprang es auf den Mopedfahrer Roberto Benvenuti, der es dem Bischof Joachim Finocci weitergab, von dem es sich auf Pfarrer Hutwelker übertrug, der gerade an einer Außenmauer des Vatikans vorbeimarschierte, als das Gähnen von einem Schweizer Gardisten perlustriert und mit dem Mund festgehalten wurde. Huha. Über eine Spiegelung im offenen Fenster sah das der höchste Vertreter Gottes auf Erden, der eigentlich nur das Schweizer Milchgesicht bewundern wollte, und wurde ebenfalls angesteckt. Huha. So hatten, wenn auch unwissend, Zita und Aurelia dem Papst etwas in den Mund gelegt, das von dort aus noch eine weite Reise antreten und Uhh und Ahh in so manchen Mund gelangen sollte. Huha.

Als Zita und Aurelia ihre Münder wieder geschlossen hatten, standen sie auf einem nichtssagenden Platz. Im Rücken die mächtige Fassade der Basilika San Giovanni in Laterano, vor sich Touristenbusse, hupender Verkehr. Sie hatten das sichere Gefühl, in dieser Stadt zum ersten Mal in ihrem Leben richtig glücklich zu werden. Ein sehr heftiges Gefühl, richtig zum Bangewerden. Und später sollte sich herausstellen, es trog sie nicht. Sie gingen zu einem jener Erfrischungswagen, die wie Tränken das Wild Touristen anzogen. *Bibite* stand in kaffeebraunen Buchstaben auf einer vanillegelben Fläche. Zwei Krapfen kauften sie sich, schlangen sie hinunter und wischten sich mit Erfrischungstüchern die groben Zuckerbrösel von den Wangen. Die fettigen Finger rieben sie an ihren Röcken sauber. Da defilierten zwei stattliche Persönlichkeiten vorüber, eine Statur wie die Apostel in der Basilika. Und wie um die kleinen Italiener zu verhöhnen, hatten sie Bergsteigerhemden an, die Ärmel hochgekrempelt, klobige Trachtenschuhe, massive, knorpelige Gesichter, richtige Barbaren. Aber was das Beste war, beide sprachen Deutsch. Nein, besser noch, österreichisch. Zita und Aurelia fühlten sich augenblicklich hingezogen, waren von diesem sie tangierenden Stück Heimat fasziniert.

Die beiden Anfangsjäger Giselher Attila und Quasimodo Leopold merkten nichts von ihrem Glück. Sie hatten sich eben die Scala Santa angesehen und überlegt, ob das der Ort wäre, das Jüngste Gericht zu sehen, das Zeitliche zu segnen, die große Sein- und Nichtseins-Gleiche. In jedem Fall kam es in Poldis Überlegungen vor, den 1. März 2009 kniend auf der obersten Stufe zu verbringen.

Diese 28 Stiegen, die angeblich in Jerusalem am Tag seiner Verurteilung von Jesus beschritten wurden, die dann 326 von Helena, der Mutter Konstantins, nach Rom gebracht und zur Benützung für Pilger im Lateranspalast aufgestellt wurden, wo sie angeblich über 1200 Jahre standen, bevor ihnen 1585 Domenico Fontana etwas abseits des Lateranpalastes ein eigenes Gebäude errichtete – mit zwei Treppen links, zwei Treppen rechts, dem Santa Sanctorum, der Silvester-Kapelle, der Laurentius-Kapelle und der Sakristei.

– Und uns! Das ist die Pieta.

– Uns hat man erst im vorigen Jahrhundert aufgestellt, belehrt der Pontius sie.

– So spät?

Um zu verhindern, daß die vielen die heilige Treppe hinaufknienden Gläubigen mit ihren Knien alles Heilige abschleifen, ließ Innozenz XIII 1723 die heiligen Treppen mit Nußbaum vertäfeln. In den Ritzen, die sich bald im Holz auftaten, glaubte man Blutspuren Jesu zu erkennen und faßte sie in Gold. Noch heute küssen die Hinaufknienden diese Stellen, schlagen dabei ein Kreuz, flehen um Vergebung, beten Bußgebete: Nimm an, o Herr, dieses kleine Zeichen der Liebe zu Dir, und mache, daß es mir behilflich sei, in diesem Leben Deine Barmherzigkeit und im künftigen die einzige Belohnung zu erlangen.

Poldi war von den Fresken fasziniert, von dieser ruchlosen Gläubigkeit, wie sie sich da massenweise kniend die Stufen raufbetete, beeindruckt. Nur der angrenzende Lateranpalast sah etwas gewöhnlich aus, als wären Büros einer Pensionsversicherungsanstalt darin, daneben aber die Reste des Nero-Aquädukts. Das war alles zu erwägen. Und während Poldi stellvertretend für alle Anfangsjäger erwog, und Hertila, dem der viele Staub zu schaffen machte, hinterhertrottete, umrundeten sie die Basilika, sahen an der Längsseite ein zu Früchten zementiertes Stück Heraldik mit gigantischen Schlüsseln und der Papstkrone darauf.

Komisch, dachten Zita und Aurelia, die unbewußt dem raufzeigenden Poldi-Finger gefolgt waren, doch nicht verstanden, was der Anfangsjäger sagte, die untersten Früchte liegen da wie Penisse samt Hoden. Dutzende. Wie eine Eunuchenernte. Auch auf die Spitze des Obelisken zeigte Poldis Finger. Jetzt waren Zita und Aurelia schon näher und verstanden immerhin, daß die Kreuze auf den Obeliskenspitzen erst nachträglich montiert worden waren, die ägyptische Magie zu bannen. Außerdem war etwas von einem Rosenwasser zu verstehen, das irgendwelcher Bettgeschichten wegen die Ägypterinnen trugen. Angeblich war Kleopatra eine begnadete Bläserin gewesen.

– Klarinette? fragte der andere.

Das Schlimme an Giselher war, daß er über alles, was ihm Poldi sagte, lachte und er grundsätzlich eine andere Meinung hatte.

Und jetzt? Wohin gingen sie? In die Basilika. Zita und Aurelia, wie von unsichtbaren Schnüren gezogen, hinterdrein. Wieder der Altar, Tuam nescis, die Apostel noch einmal, der beleuchtete Beichtstuhl, die Informationsapparate. Und für alles interessierten sich die karierten Hemden, zeigte doch der Finger von dem einen wild herum. Der andere widersprach, machte mehr den Eindruck, als zählte er alles, als gehörte es ihm, und er zählte nach, ob auch noch alles da war. Tatsächlich war Giselher, vom Staub befreit, sofort bereit, die Rosetten in der Stukkatur zu zählen, die Orgelpfeifen und die Kirchenbänke. Zählen war für ihn der Sinn. Einen Zufall gab es nicht, nur Symmetrien. Vom Ende aller Zeiten, das ihm sein Bruder unentwegt auf sein tägliches Brot strich, hatte er schon längst die Nase voll. Die Anfangsjäger? So ein Blödsinn. Schon der Name zeigte, daß es sich dabei um einen Schwachsinn handeln mußte. Nur weil

Poldi älter war, brauchte er lange noch nicht klüger sein. Das bildete er sich nämlich ein. Tatsächlich aber, was würde er machen, wenn die Zeit nach 2009 weiterginge? Schön schauen würde er, seine Schulden zählen könnte er, aber unter Garantie. Verhungern, wenn er seinen Hertilein nicht hätte, der schon jetzt an Patenten arbeitete, die sie bald ernähren würden.

Einen Fahrradsattel hatte er zum Beispiel konstruiert, der die Blutzirkulation nicht abschnitt, die Geschlechtsteile nicht gefährdete, mit dem viel Geld zu machen war. Denn irgendwer würde ja für den Bruder sorgen müssen. Wo war er überhaupt? Und was waren das für Schnepfen mit diesen häßlichen Pullovern? Schämten die sich nicht? Minzgrün, Zuckerlrosa! Fürchterlich. Und dauernd sahen sie her. Aber wo war der Poldi hin? Sicher, erkannte Giselhers detektivisch geschulter Blick, stand er bei den Souvenirs und kaufte sich Postkarten.

Das Leben der Liebenden ist unstrukturiert, das reine Chaos. Anstatt etwas in die Hand zu nehmen, vertrauen sie auf ihren Finger. Der muß kosten, streicheln, befriedigen. Nicht die Hand berührt, es ist der Finger. Roland haßte die Grundanständigkeit auf seiner Gegenwart, die ihm selbst im Wege stand, seine eigene reptilische Kühle, mit der er wie ein hartgekochtes Ei zwischen der Gablfrühstück und der Cornetti lag und darauf wartete, daß man ihn aufschlug, schälte, Mayonnaise auf ihn drückte, verschlang. Da konnte er lange warten. Er saß in seiner runden Gegenwart und wurde zwischen der Gablfrühstück und der Cornetti hin- und hergependelt wie eine Billardkugel zwischen den Banden, ohne daß er wußte, auf welche Drallheit er seinen Enterhaken spitzen sollte. Auf die Gablfrühstück, die immer wieder ihre schwarzbestrumpften dünnen Beine an ihn stieß, so als wollte sie sagen, streichle mich? Oder auf die Cornetti, die im Schatten ihres sprechenden Unterkiefers immer wieder die Hand auf sein Knie legte, gerade lang genug, daß er sich alles dazu denken konnte. Und dabei redete sie so, als wäre nichts. Alles war gesagt. Er sah sie beide an, verglich.

Die Gablfrühstück war so eine Art Spinne mit meterlangen Gliedern, die sie um ihn schlingen konnte, einer rauchig rauhen Stimme, kurzem, schwarzem Haar. Bubikopf. Mit ihrer bläßlich weißen Haut, als hätte sie sich ausschließlich von Kefir-Kulturen ernährt, sah sie aus wie ein Stück Semmel, das in schwarzem Kaffee schwamm, eingebrockt, zerbrechlich.

Demgegenüber hatte die Cornetti etwas Gewöhnliches, etwas jungmädchenhaft Verwöhntes, was sie irgendwie schlampig erscheinen ließ, ihn an Mietskasernen denken ließ, Freibäder, Fitneßcenter. Er konnte gar nicht verstehen, was ihn in Wien für diesen nichtssagenden, gegenwartslosen Menschen so begeistert hatte, was ihn damals derart glücklich gemacht hatte. Natürlich, sie hatte eine ganz unglaubliche Brust, die aussah, als ob unsichtbare Geister unentwegt an ihren Nippeln zögen. Die hatte Zukunft. Auch ihr Gesäß war makellos, muskulös und unfaßbar geformt, ohne überzuschwappen. Was für ein Hintern, das Ideal eines jeden Popologen, wie ein Kürbis. So sehr an den Rand gezüchtet, ölig levantinisch, daß die Kerne nur noch im Allerinnersten zu vermuten waren, abgelagert, schwarz. Doch, er hatte sich entschieden, es sich in ihm. Seine Miene begann sich aufzuweichen, zu zerfließen.

Wie von selbst rann all sein Begehren in Richtung Gablfrühstück, sammelte sich dort, staute sich und schwappte. Kleine Gerinnsel bildeten sich, Löcher mit Begehren ausgefüllt. Senkgruben. Es sickerte der Trieb. Doch weil er höflich bleiben wollte, mußte Roland Dämme bauen, kleine Schleusen, Wälle, Kanäle, um auch den Cornettisee zu speisen, worauf ein Dampfschiff schnaubte, das am liebsten gleich über den Roland drübergefahren wäre. Nur die Gablfrühstück störte sie, die blöde Ziege. Schmetterling? Von wegen. Zum

Erschlagen. Was geiferte die so? Wann sah sie endlich ein, wie sehr sie hier im Weg war?

Sie sah es nicht. Wie immer vor Premieren war sie von einer Unruhe erfüllt, als wäre ihr Bauch voll Maden. Als würde sie sich gleich verpuppen müssen. Alles kribbelte und war mit Nervosität gefüllt, was ihr ganz Rom und alles Schöne dieses Sonnentags wie einen Trichter vorkommen ließ, an dessen Ende sie saß und sich empfand: zögerlich, nervös. Wie würden die Leute reagieren? Wie würde sie ankommen? Das einzige Mittel, das ihr zuverlässig gegen dieses prickelnde Sichselbstauflösen half, war die Lust. Sobald sie sich darauf versteifte, war es wie das Zutagetreten ihrer angestrebten Richtung. Etwas Geflügeltes ging dann mit ihr durch. Ein Flug. Und wenn sie ins Gesicht von diesem Roland sah, die fleischige Nase, das fliehende, doch runde Kinn, der leise Rest von Babyspeck, das Grinsende, mit dem verbliebenen Haar umkränzt, war ihr, als schaute sie ihm in die Eingeweide. Offen saß er vor ihr da wie eines dieser Bilder in den medizinischen Lexika, auf denen man die Innereien sah. Sie brauchte nur mit den Fingern zu schnippen, schon würde er sie von den Schultern abwärts mit Küssen überfluten, daß sie einen Vorrat davon anlegen könnte. Einspeicheln würde er sie mit seiner Gegenwart, ihr alle seine Säfte in den Garten ihres Daseins spritzen, daß sie seine Erde tränke, er die ihre, es zum Blühen käme. Du, nur du. Wie eine Frühlingswiese, nur aus Fleisch. Ihr schlapper Körper wäre dann mit einem Wäschetrockner ähnlichen Gestell gespreizt, aber nicht glatt. Erst die Feuchte des ihr gegenübersitzenden Bügeleisens, das sie auf sich dampfen und in sich gleiten wünschte, würde helfen. Doch noch zischelte das heiße Eisen Wörter, wußte die Primaballerina nicht, wie sie die Cornetti, die immer noch kleine Probleme zerkaute und wie einen Kaugummi aufblies, bis ein großes Nichts ihr ins Gesicht klatschte, dazu bringen könnte, jetzt sofort mit ihr, eventuell auch noch mit diesem Roland, ins Hotel zu fahren.

Das Problem war, daß es für solche Wünsche keine Sprache gab. Da wurden die Welträume erforscht, die Atome gespalten, aber eine vernünftige Sprache für die Triebe gab es nicht. Für eventuelle Außerirdische wurden Botschaften verfaßt, aber wie man einem anderen sagte, daß man ihn schmecken, in ihn tunken wollte, getaucht zu werden wünschte wie ein mürbes Keks in eine heiße, süße Flüssigkeit, ohne daß man gleich zerbröselte, oder schwer, mit Scham getränkt ausbrockte, erforschte niemand.

Kathi fühlte sich unglücklich, eingeklemmt. Sie vermochte nicht, ihr Gespräch in Gang zu bringen. Alle Äußerungen waren bloß ein Zupfen. Sie quälte sich ein Lächeln ins Gesicht. Den ganzen Tag waren sie herumgerannt, zu Mittag hatten sie in Trastevere gegessen, Tintenfisch mit Polenta, Muscheln und so Zeug. Nun saßen sie bereits seit Stunden in den Nachmittag, ließen diese Bar mit dem kleinen rotgesichtigen Ober in sich hängen. Papierservietten. Fußballer. Madonnenbilder. Sogar das Brot war dreieckig wie Gott. Mit Thunfischpaste gefüllt. Bleistiftspitzerrest. Und Sonne überall. Schwer wie eine Tuchent. Kathi trank kleine Kaffees und hörte irgendwo, wie aus weiter Ferne, die aufgeblasenen Geschichten der Cornetti vorübertreiben. Irgendwo in der Karibik sei es eine Spezialität, sich einen Tintenfisch auf den Kopf zu setzen und an seinen Öffnungen zu saugen, bis er tot war. Oder in Chile lasse man sich tatsächlich Spinnen über die Zunge gehen. Wenn sie hinten im Mund angekommen seien, drücke man langsam die Zunge gegen den Gaumen und zerquetsche sie.

– Brrr, schüttelte Roland unwillkürlich den Kopf. So mußte einem zumute sein, der erfuhr, daß ihm gerade sein eigener Hund als Gulasch vorgesetzt worden war. Da streifte ihn ein Gablfrühstückbein, und sofort öffnete sich eine andere Welt, verschwand sein Dasein hinter zugezogenen Vorhängen. Halbschlaf umfächelte ihn. Er entschlief.

Er sah durch die Buchten Sonnenlicht die vielen Beine an

ihm vorbeimarschieren, die meist kurz und dünn waren, ja wie von Kindern oft, von kleinen Mädchen. Und aus allen diesen Haxen, dachte es irgendwo tief in ihm drinnen, würden Blasen platzen, Blut würde fließen, Gewebebrocken, Schnüre, Nachgeburten und neue Haxen würden daraus schlüpfen, immerfort, damit auch die über die Welt marschierten. Augen würden mitgeboren werden, sie zu sehen. Gerade jetzt, wo er wie nebenbei die Fingerspitzen auf das Gablfrühstückknie gleiten ließ, trabten zwei Blondinen vorbei, was aussah wie ein Pferd, ein Haflinger. Warum die hier alle so penetrant auf das Semmelblonde standen, sich wie wild die Haare bleichten? Jedenfalls zog sich das Knie der Gablfrühstück nicht zurück, ja ganz im Gegenteil, es schien sogar, als machte sie den Knochen lang, wollte es ihm noch entgegenwachsen lassen. Aber wie? Wie könnte man sie schnell ins Bett bringen? Bedürfnis war ja gar kein Ausdruck für diesen Wahn, dieses Verlangen. Puzzleteil wollte er sein, was Kongruentes. Gegenwart.

Oder bildete er sich das Knistern, das da immer wieder zwischen ihren Sätzen hervorsprühte, nur ein? Den Blick? Die Anziehung? Aber wenn sie sich erst auszog? Jahreszeit um Jahreszeit. Roland starrte in den Tisch. Unter die Bluse würde er ihr greifen, ihr Kleidungsstück um Kleidungsstück herunterziehen, seine Hand entlang der Haut gleiten, über die Felder ihrer Schenkel lassen, in die Mulden, Tümpel, Weiher, ihr etwas bestellen, und, ehe man es sich versähe, würden Kaninchen aus ihren Verstecken springen, aufgescheucht herumhüpfen, und Schnepfen scheuchten hoch, dann würde es diesen großen, glatten Fisch geben, der in seinen Mund wollte, kleine Täubchen, die gebraten schon nach Hitze brüllten, nur nicht kalt werden, und dann, als Wichtigstes gewissermaßen, würde auf der Morgenwiese frischer Tau liegen, in den er seine Nase stecken, ihn von den kantig schrägen Blättern runterschlecken mußte, damit die Wolken, die am Himmel sich verdichteten, nicht gleich über die Landschaft flossen, nicht das Gewitter unbeherrschter Stöhner niederginge, du, nur du allein, und nicht gleich sich drüberschüttete. Nur du. Erst wenn die Tiere aufgescheucht waren, der Jäger in das Horn gestoßen hatte, und Hunde in die Atmosphäre heulten, dürften schwere dicke Tropfen auf die helle Landschaft niedergehen, waren Rolands Speicheldrüsen angeregt, ihm das Wasser, wie man sagt, zusammen in den Mund gelaufen, ohne das Wozu zu wissen. Gespuckt zu werden? Oder geschluckt? Sein Blick suchte von der Gablfrühstück, der er seine Gedanken gerade in den Mund gewichst hatte, abzusehen.

Auf den Boden sah er, wo zwei klobige, schwarze Schuhe näherkamen, wie Pferdehufe schwer. Ein Schnauben ging von ihnen aus, ein Trieb, ein Horn stand davon weg, der Name Hugo Wurznbacher hing daran, und Roland ging eine Gleichseitigkeit durch den Kopf, ohne recht zu wissen, wo nur hin mit ihr. Woher kannte er ihn nur? Wann hatte er dieses Schnauben schon einmal gehört? Wann haute es zuletzt in ihn hinein, fuhr ihn das Hormonelle an, die Negerstimme, fuhr es als Wirbel runder Brocken in ihn ein, zerlassenes Testosteron.

Und er kramte in sich nach, woher er diese Fratze kannte, und überlegte und unterlegte und schob ein. Da war die Gablfrühstück längst aufgesprungen und in ein Kreischen eingewickelt, *Feister Fridolin! Der Teufel selbst! Der Dauz!* eingewickelt in das Laufen einer Rolle Klopapier, die man wo hinunterwirft, während man ihr Ende hält.

Der Anschnaubende schien die Balleteuse aber überhaupt nicht zu bemerken, stürzte wie Spülwasser schnurstracks auf die Cornetti zu, die wie ein Scheißerest überhaupt nicht wußte, was passierte, hatte sie doch den ihre Hand packenden, pfauchenden Groll, der sie mitreißen wollte, noch nie gesehen. Was wollte dieser Klobesen? Sogar ihr Unterkiefer stockte. Es war, als wäre sie den ganzen Tag auf einem Katapult gesessen, das man nun entsicherte. Sie flog. Es blieb ihr nur, zu staunen und um eine weiche Landung zu beten.

In Roland aber, statt daß er der Gablfrühstück nachgelaufen wäre, erwachten ritterliche Konditionen. Apparaturen setzten sich in Gang, Scharniere und Mechaniken knacksten, als hätte man in einen Automaten Geld geworfen. Das Wort Gerechtigkeit erschien. Er sprang auf und wollte sich entgegenstemmen, eine Grimasse aufgezogen, einen zum Singen verpflichteten Heroismus aufgesetzt. Wie einer von den Rettern sah er aus, voll dümmlichem Siegerglanz. Lachhaft. Da sah er auch schon, das Gefühl der Überlegenheit genießend, den bleikristallenen Aschenbecher näher kommen, auf sich niedergehen. Zschts! Und da war es auch bereits passiert. Rolands Schädel brach wie jener des Ödon von Horváth, als ihn 1938 in Paris ein Ast erschlagen hatte. Gehirn trat aus. Die Ahnung wehte ihn an, daß sich das Gleichgewicht zu seinen Ungunsten verschoben hatte. In eine Formel hatte sein Wesen ihn gebracht, Roland war am Sterben. Wie ein Mosaik, dem mit einem Schlag alle Steine rausgehauen waren, nur die Fugen blieben noch zurück. Es war kurz, als hätte er alles schon einmal erlebt.

1938 befand sich der österreichische Dichter Ödon von Horváth in Paris, wo er auf eine Passage nach Amerika wartete. Eine Wahrsagerin, das Medium genannt, hatte ihn gewarnt, er solle sich in acht nehmen. Ein Monat lang verließ Horvath, der die Drohung sehr ernst genommen hatte, sein Hotel nicht. Dann wurde er leichtsinnig, ging spazieren. Prompt geschah es. Ein Sturm kam auf, und mitten auf den Champs Élysées spaltete ihm ein Ast den Schädel. Sein Hut blieb unbeschädigt. Er war tot. Auf einem häßlichen Friedhof neben der U-Bahn hat man ihn beerdigt. 50 Jahre später wurde er rückgeholt. Um bürokratischen Komplikationen aus dem Weg zu gehen, brachte der Übersetzer Heinz S. Horváths Überreste in einer Schuhschachtel nach Wien zurück. Was ist denn da drinnen, fragte man beim Zoll. Die

Überreste vom Ödon von Horváth, sagte S. Da hat man gelacht, ihn durchgewunken. Mit einer riesigen schwarzen Leichenlimousine wurden der Übersetzer und das Schuhschächtelchen vom Flughafen abgeholt. Ein sprachloser italienischer Pfarrer, der spätere Bischof Finocci, besorgte auf dem Heiligenstätter Friedhof die Einsegnung. Maximilian Bp. Schell hielt eine Leichenrede. Etwas später eröffnete neben dem Friedhof ein Heuriger. Spezialität: Dichterplatte für zwei Personen und einen Ast! Dazu Sturm. Das ist eine wahre Geschichte aus dem Wienerwald. Aber harmlos gegen die Eskapaden, die man von seinem Dichterkollegen Josef Weinheber hört. Der soll so lange sturzbetrunken auf einem Baum gesessen, vulgäre Lieder gesungen und Oden an die Götter deklamiert haben, bis er heruntergefallen ist und sich ein Bein gebrochen hat.

Das Unglück faßt ein weites Spektrum. Der eine bricht sich was, der andere stirbt. Wie Roland. Seine Gegenwart zerschlagen. Seine Krümmfeder entladen. Das Ende vom Rolandslied. Das Ende vom Refrain.

Jetzt kreischte auch die Cornetti, trat vor lauter Angst in Richtung Wurznbachereier, dem augenblicklich schwarz vor Augen wurde. Alle Besinnung flog aus ihm. Als hätte man eine Katze in ein Spatzennest geworfen. Alles war verscheucht. Die Photographie beim Ziegelböck. Die Fahrt nach Rom. Alles weg. Erst langsam, nachdem der Knall versickert, die Katze fort war, kamen die Spatzen wieder. Einer erst, der mutigste. Darauf die anderen, bis endlich wieder alle dagewesen sind. Was zu tun? Nach der Cornetti hackten sie. War das Horn? Der bärtige Kopf des Wurznbachers stieß sich in sie rein. Die blanke Wut. Entsetzen. Faustdick. Die Cornetti sank in sich zusammen, plumpste auf die Hirnfontäne Rolands, lag bei ihm im Blut wie eine Garnele auf Spaghetti Pescatore. Stöhnte. Starb. Der Unterkiefer war erschlagen. Aus war es nun auch mit ihrer Gegenwart. Deine Stunde! Jetzt kennst du sie. Die Wahrheit. Er hat sie dir gezeigt.

Wurznbacher hörte nur den Gablfrühstückton, das unangenehme Schreien, das sich wie das Sirren einer Gelse durch sein Rückenmark bohrte. Er sah sie, lief ihr nach, wollte, daß der Lärm ein Ende hatte, und wenn er sie zerdrücken mußte.

Für sie war er die Leibhaftigwerdung ihrer Erscheinung. Kein Zufall, sondern auf sie zugeschnitten. Der lebendige, personifizierte Wahnsinn, der am Fundament ihrer Normalität rumstemmte, an ihrer Puppenkruste kratzte, alles zum Einsturz brachte. Das Gleichgewicht ihr nahm. Dem lief sie davon. Sie rannte weg vor dieser letzten Wahrheit, diesem Radiergummi, der alles, was ihr heilig war, auszuradieren drohte. Nein, sie wollte nicht. Sie wollte weiterleben wie bisher. Doch da war schon eine Hand an ihrem Schwanenhals, wurde sie gebremst, zurückgehalten, hatte sie das Heft nicht mehr in ihrer Hand. Ein anderer hatte sie aufgeblättert, kritzelte herum in ihr und bog, wie es ihm paßte, Eselsohren in sie rein. Aber, sagte sich die Primaballerina, das gibt es ja in Wirklichkeit alles gar nicht. Das bilde ich mir ein. Es ist ein Traum, sonst nichts. Keine Realität.

Wie sonst könnte es sein, daß der Leibhaftige sie mit sich zerrte. In die Hölle, machte es den Anschein, wollte er sie führen. Einen Mopedfahrer riß er vom Gefährt. Wie sonst sollte sie wissen, daß der mit dem Helm Roberto Benvenuti hieß. Warum auf diese Vespa steigen, sich sogar an den Leibhaftigen anklammern, der die Kupplung viel zu schnell losließ, daß es das Gefährt aufstellte. Nur auf dem Hinterrad ritten sie dahin wie Einradfahrer auf dem Hochseil, jetzt kam ein Bus, der hupte, hupte wie wild, senkrechter Lärm, nein bremste, bremste eine Säule, und Leute kreischten, Menschen, Körper, Körper flogen durch die Luft, sie klammerte sich noch immer an den Leibhaftigen, er flog, flog ihr weg, und alle Vorräte an Geschehen kamen auf sie zu, platzten in sie rein, nein, das mußte sie träumen, konnte nicht wirklich sein, so schwarz wie plötzlich alles wurde. Aus. Vorbei.

– Fühlen Sie sich nicht wohl?

– Natürlich fühle ich mich nicht wohl. Ich bin ja tot.

– Ein Unfall, ein Toter, kreischten die Stimmen aus dem Bus, Menschen liefen aufgescheucht herum. Der Bus? Ja richtig, wir kennen seine Insassen. Erst bremste er so stark, daß Joschis Skripten durcheinanderflogen, alle Gmundner, zwei der Gröler kotzten, und Karola Keuschniggs Alabastermoses fiel zu Boden und zersprang in zehn Teile.

Jetzt steigt das uns bekannte Inventar heraus, rümpft die Nase, hält seine Fingerspitze rein, sie abzuschlecken, festzustellen, das ist Blut. Ein Unfall. Nach Leiche schaut das aus, nach toter Gabelfrühstück. Sicher, war Karol Knechtl überzeugt, hat das auch die Dicke manipuliert. Die manipuliert doch, ohne ihren Arsch zu heben, manipuliert, wie sie es braucht. Ah, warte nur, du kommst auch noch an die Reihe. Du wirst es vielleicht nicht glauben, aber eines Tages bist auch du stillgelegt und kalt.

Schon wenn man sie ansah, wurde der emotionale Sumpf, mit dem sich Fifi Rudolfine Krumpl jahrzehntelang umgeben hatte, deutlich. Fettpolster. Sie benützte die anderen nur, um sich zu motorisieren, weil sie selber keinen Motor hatte. Das hatte Knechtl gleich durchschaut. Und tatsächlich, anfangs liebte man sie, aber hatte man sie einmal durchschaut, kam einem alles wie der Tratsch einer 13jährigen vor. Dabei hatte sich Rudolfine zu organisieren gewußt, sich durchgekämpft, nie resigniert. Also machten ihr auch die Leichen oder Ohnmächtigen nichts. Sollten besser aufpassen, dann gäbe es so etwas nicht. In ihren Augen war soviel Leben wie in zwei verlorenen Eiern.

Sie umarmte Karol Knechtl, strich ihre wurstigen Finger durch sein krauses Haar, gab ihm einen fetten Kuß und hatte kurz die Illusion, den Ex-Freund ihrer Tochter zu sehen, Werner, diesen eleganten, aber dummen Menschen. Die waren ja vier Jahre lang ein Paar gewesen. Und wer, wenn nicht sie, die Fifi Krumpl, hatte dem Werner seinen Posten beim Bezirksgericht verschafft? Und was hatte sie davon? Dieser

Werner, der nicht kommunikativ war, das Leben nicht verstand, bloß daran angebunden war, zu kurz, hatte nicht nur ihre Tochter zwei Jahre lang nicht mehr berührt. Einmal nur in vier Jahren geküßt. Alleine gegessen, nichts gesprochen. Man konnte nur Mitleid haben, weil er selbst ein Opfer war. Aber Therapien lehnte er ab, obwohl er immer litt und sicher auch ahnte, daß etwas nicht mit ihm in Ordnung war. Alle Zärtlichkeiten hatte er auf die Tiere projiziert, auf Böselkraut und Ferdinand. Gundi hatte vier Jahre lang gelitten.

Wie die es fertigbringen konnten, sich für ein Pornomagazin photographieren zu lassen? Nicht zu glauben. Dabei waren sie ja beide schön. Sie mit dem Reiz einer Domina, er wie ein Prinz. Und doch hatten sie bald diese Angst vor Wochenenden, vorm Zusammensein. Eine Spannung wie in einem Transformatorhäuschen zwischen sich. Am Boden hatte er sich gewälzt, getobt. Ein Zwangsneurotiker und eine Depressive, das war die schlimmste Kombination, die man sich vorstellen konnte.

Und für so etwas setzte man sich ein? Dann sollte er gleich die Hände von der Tochter lassen, auch wenn er anfangs ihr geholfen hatte. Sie war ja tablettensüchtig gewesen. Er hatte sie davon weggezogen, gut, aber hieß das gleich, daß er sich nicht mehr um sie kümmern mußte? Einen Scheißdreck hieß das. Aber, radierte sich die Rudolfine Fifi Krumpl allen Werner wieder aus, an den will ich jetzt gar nicht denken, ich lasse mir von diesem Abziehbild doch meinen Urlaub nicht verbauen. Aber? War er das am Ende wirklich? War tatsächlich Fleisch und Blut, was sie für eine Widerspiegelung ihrer Phantasie gehalten hatte? Tatsächlich. Werner! Sonne schien auf ihn. Und wer stand neben ihm? Die Gundi? Wie kamen die da her? Verzieht euch! Ach, du lieber Himmel! Auch Knechtl sah sie, war baß erstaunt, versuchte sich sofort in einer der Rudolfinischen Falten zu verstecken. Gundula Krumpl! Wie kam denn die hierher? Die sollte doch den Hausmeister Stangl verhören. Im Falle Acsal forschen.

Gundula war ganz auf ihren Ausschlag konzentriert gewesen, das Zutagetreten ihrer Aggression. Sie hatte sich zerkratzt. Das Exzem half ihr, Grenzen zu setzen, Egoistisches zu tun. Dann hatte es diesen Krach gegeben, hatten welche aufgeschrien, hatte auch sie die Neugierde gepackt, hinausgespült, war sie über eine Reihe von Weichen gerollt. Nun stand sie da, sah, daß sie auf ihre Mutter vergessen hatte, auf Knechtl. Beide starrten sie an, tellergroße Augen, Taxiererblick, wurden angestarrt von ihr. Gegenseitig wogen sie sich ab, bis in die Zahnfüllungen hinein. Eine unerträgliche Finsternis erfüllte ihre Seelen. Rudolfine räusperte sich. Knechtl räusperte sich. Gundula. Werner. Eisig prallten die Blicke aufeinander, als liefen Bowlingkugeln aufeinander zu, stand in jedem riesengroß die Frage, was wohl der andere denkt. Es ging zu wie bei dem Kinderspiel, in dem man Hände wirft zu Stein, Schere, Papier. Peinlich war es allen vieren. Rudolfine, weil die Tochter sah, wie sie sich mit einem jüngeren Herrn vergnügte. Knechtl, weil er der Arbeitskollege der Tochter war. Gundula, weil sie dachte, Knechtl wüßte, daß Fifi ihre Mutter war, und diese wüßte, daß sie und Knechtl Kollegen waren, sind. Und Werner, weil er von vornherein eine peinliche, zum Sich-Schämen neigende Person war. Vor Verlegenheit kaute er so heftig an seiner Unterlippe, daß sie die Farbe roher Leber bekam.

Alle vier fühlten sich ertappt, als hätte man sie bei Masturbationsübungen erwischt, als würden ihre Beichtgeheimnisse öffentlich gemacht. Und alle vier warteten, bis die anderen auf sie zukamen, sie umarmten, sagten, *Alles ist in Ordnung, komm.* Aber nichts war in Ordnung, niemand kam, ging auf den anderen zu, sagte *Ich liebe dich, verzeihe dir. Alles ist gut.* Nichts dieser Art passierte. Wie angewurzelt schlugen ihre Triebe aus, niedere Natur. Nur traurig anzusehen. Gundula, die Angst vor dem Vertrauen hatte, daher keine Selbständigkeit besaß, was eine gute Domina aus ihr machen hätte können, weil etwas Brodelndes, Unberechenbares in ihr war. Ein Feuer, ein Abgrund und eine hochnäsige, herzlose Art, die imstande war, alles zu fordern, auch das Leben.

Dagegen Werner, ausgelöscht in seinem Keim, vereinsamt in sich selbst, ausgetrocknet wie eine alte ranzige Erdnuß in einem Automaten, an nichts mehr interessiert, sah man vom Wäschefetischismus und vom Umberto-Eco-Lesen ab, hoffnungslos. Beide, der Neurotiker und die Depressive, hatten nie eine Rebellionsphase durchgemacht. Nie war etwas aus ihnen herausgebrochen, im Gegenteil, alles wurde immer nur hineingefressen. Und wenn ihnen wer Ratschläge erteilte und ihnen sagte, macht doch eine Therapie, laßt euch helfen, unternehmt etwas, kapselten sie sich ein und schlossen ab. Ich lebe mein eigenes Leben, sperrten sie dann zu. Und ich bin glücklich. Nur was die von Glück verstanden? Auch wenn Klementine Zitzelfeigler immer predigte, daß das Glück in einem Menschenleben gerecht verteilt sei, weil man nur das als Glück empfinde, was man an Unglück schon erlebt hatte und auch umgekehrt, am Ende etwas Ausgeglichenes herauskomme, eine nivellierte, bei allen Menschen gleiche Glücksbilanz. Ein Patt. Rudolfine Krumpl, wäre sie auf ihre Tochter zugegangen, hätte diesen Glückshaushalt sicher auf den Kopf gestellt, allein, sie war zu stolz dafür, was auch für Karol Knechtl galt, für Werner, Gundula.

Schnüre hatten sich zwischen den vieren gespannt wie Wäscheleinen zwischen gegenüberstehenden Häusern, mit Erwartungen vollbehangen. Aber noch bevor einer daran ziehen konnte, waren schon welche hineingestiegen, hatten sich darin verfangen, ohne was zu spüren.

Karola Keuschnigg, die partout vermeiden wollte, daß ihr Sohn Unfallopfer zu Gesicht bekam. Der dicke Joschi, der an der Wahrscheinlichkeit rechnete, mit der man einen Verkehrsunfall erlebt. Sein Kopf war rosarot, vom vielen Denken trieb es ihm die Augen vor. Ludovica Hasentütl erblickte den Vater ihrer Kinder an der Krumplhand. Schon wieder eine Dicke? Weshalb er dann fortgelaufen war? Da hätte Karol Knechtl gleich bei ihr, dem Ferdl und der Anna bleiben können. Die Anna! Arme Anna. Tränen sammelten sich in ihren kleinen Elefantenaugen. Schuld war nur der Knechtl. Die Hasentütl war entschlossen, ihn und seine neue dicke Freundin zu erschießen. Freilich spürte sie, daß sie dazu den Mut nicht aufbringen würde. Und dann gab es ja auch noch den Körberl. Der aber sah ganz woanders hin, auf ein Paar wunderbarer Brüste, einen Geigenkörper.

Sollte ich schwanger sein, setzte sich ein Gedanke in Patricia Herrgott-Wixingers Hirn, dann bitte, lieber Gott, laß das Kind nicht ganz so aussehen, nur ein wenig vogelig. Meinrad Kalabresendorfer hatte ihr seinen kurzen Taubenarm um die Hüfte gelegt und lenkte sie durch die sich aufdrängenden Schaulustigen. Auch Polizei und Ärzte waren mit wilden Martinshörnern eingetroffen, hatten sich gleich auf den Körper der Gablfrühstück gestürzt, auf den schwarzen Samt im Weiß, abwechselnd eine Mund-zu-Mund-Bearbeitung durchzuführen. Ärzte, Sanitäter, Polizisten, alle wollten es einmal probieren, wollten sie zurück ins Leben küssen. Um Hugo Wurznbacher, der daneben verblutete, kümmerte sich niemand. Alle, die ihn sahen, gingen unwillkürlich einen Schritt zur Seite, änderten vor diesem Zucken, dieser Hitze, diesem Fauchen ihren eingeschlagenen Weg, taten so, als hätten sie ihn nicht gesehen, drängten auf den Gablfrühstückkörper zu.

Dann schwoll ein Donner an, kristallisierte sich aus den vielen herumflirrenden Lärmschichten ein Strahl heraus, mästete den Raum, alle Gespräche, die einander überlagerten wie Schindeln auf den Dächern. Anfangs wurde er als zum Platz gehörig empfunden, dann setzte er beim Obelisk kurz ab, stieg auf, und man merkte, daß er etwas Eigenständiges war. Der ganze Platz San Giovanni in Laterano war davon erfüllt. Es war ein Schrei, der aus dem kleinen rotgesichtigen Kellner lief, nachdem er den Doppelmord entdeckt hatte. Roland, dem Hirn austrat, Gegenwart. Darüber, mit weit aufgerissenen Augen, die Cornetti. Alles voller Blut. Der Kellner hatte sein Tablett fallen lassen und war zu diesem Schrei erstarrt, denn irgend etwas mußte man ja tun. Ein heller Blechton, der etwa die Mitte hielt zwischen einer alternden Jungfrau, die unvorbereitet auf die gehißte Fahne eines Exhibitionisten trifft, und dem Kreischen einer Pubertären, die den verehrten Popstar trifft. Es hörte sich an, als hätte er die Cornetti gekannt und wollte ihr ein Konzert geben.

Wie ruhig war es dagegen bei Roberto Benvenuti, der tot im Schatten der Scala Santa lag. Der Bibite-Souvenirverkäufer, ein Inder, war hingeeilt, wußte aber außer Schütteln und Murmeln nichts zu tun. Ein paar Menschen waren stehengeblieben, zu sehen, was da los war. Auch Kommissar Ponstingl-Ribisl war dabei. Wir kommen gleich auf ihn zurück, schwenken aber vorher nochmals in die Reisegruppe rein, die das andere Ende des Platzes verstopfte.

Es ist ein Platz, diesen Ponstingl-Ribisl-Gedanken nehmen wir noch mit, der eine quadratische Grundform hat, wobei das linke untere Eck von der L-förmigen Basilika besetzt ist. Im Zentrum des großen Platzquadrates steht, ebenfalls ein kleines Quadrat markierend, der Obelisk. Die Scala Santa steht in der Verlängerung der Diagonale, unten im rechten Eck – außerhalb des eigentlichen Platzes, aber daran grenzend. Von rechts oben mündet, direkt in den Obelisken flüchtend, die Via San Giovanni in Laterano in den Platz. Das sonderbare verwackelte Raumgefühl entsteht dadurch, daß die Via eine Seite, die rechte, des Quadrats zeichnend, an der Scala Santa vorbei nach unten links läuft und so ein spitzes S zeichnet, das aussieht wie eine germanische Rune. Obendrein ist dieses S gewölbt, liegt an den Enden tiefer, als hätte es jemand am Bauch gefaßt und in die Höhe gehoben.

Ob man das versteht? Erklären wir es noch einmal. Die obere S-Kurve entspricht der Via San Giovanni in Laterano. Am Bauch liegt der quadratische Platz mit Basilika und Obelisk, und dort, wo der untere S-Teil beginnt, steht die Scala Santa. Und von dort, vom unteren Teil, wo Roberto Benvenuti lag, Ponstingl-Ribisl stand, schwenken wir nun hinauf, am Bauch vorbei, an dessen Nabel Roland L. Fleck und Laura Cornetti lagen, der Kellner schrie, zum oberen Bogen, wo das Bus-Inventar um die tote Gablfrühstück stand, von Wurznbacher absah.

Der Lärm der Stadt war ein derartiges Kontinuum, daß trotz des Kellnerschreis keiner der drei Schauplätze die anderen registrierte. Zwischen Mutter und Tochter Krumpl waren nach wie vor Blicke wie Seile bei einem Flaschenzug gespannt, an deren Ende Knechtl und Werner hingen. Patricia war gerade dabei, ihrem Kalabresendorfer die Schwangerschaft zu gestehen, weil sie dachte, er würde sie dann noch mehr lieben. Laetitia Klein und Heinrich Gerngross gingen sich beharrlich aus dem Weg, Gudrun glaubte kurz, die Gegenwart des Küsserkönigs zu spüren, Mama Keuschnigg zerrte ihren Bodo von der Mund-zu-Mund-Beatmung weg, weil das für einen pubertierenden Knaben noch nichts war, und Briefträger Körberl zwickte seine Ludovica freudig in den massiven Hintern, griff die kleinen Buchten und Einschläge ihres Arsches ab. Doch was war das? Was fühlte sich da an wie eine zweite Männerhand? Körberl sah erschrocken auf und blickte in das Scheidewassergesicht. Bruno! Was wollte dieser Wurzelsepp, dieser Montagsmensch, dieser Gebirgler, den die Natur so zweifellos verpatzt hatte?

Er, Scheidewasser, hatte die schwere Hasentütlhand im Polizeigriff, seine Handschellen um ihr Gelenk gelegt und *Mörderin, Mörderin* gekreischt. Er hatte es gesehen. Und ehe man es sich versah, drehten sich alle zu ihm um und schrien *Mörderin, Mörderin*. Sogar die Italiener skandierten *Morte, morte*. Große Gesichter waren plötzlich da, Zungen wurden ausgestreckt, Hälse langgemacht, Mittelfinger aufgestellt, manche spuckten sie schon an. *Mörderin, Mörderin.* Manche hielten Gehstöcke in der Hand, stichelten damit. Kinder warfen ihr kleine Kieselsteine an den Kopf. Die Hasentütl brüllte etwas, das man nicht verstehen konnte, bekam einen hochroten Kopf, sah aus wie eine Elefantin an der Schlachthoftür, wie eine Mörderin. Wäre sie nicht so dick gewesen, man hätte sie gleich aufgehängt. So aber gelang es den beiden kleingewachsenen Männern, Bruno Scheidewasser aus Gerechtigkeitssinn und Körberl aus verwirrter Zuneigung, die in Todesangst in Spitzen trötende Hasentütl wie eine Stricknadel aus dem Pöbel-Knäuel rauszuziehen. Der wandte sich um, schlug eine Kapriole, erregte sich nun wieder an der Gablfrühstück, applaudierte den Halbstarken, die mit großen Gesten die tote Primaballerina küßten, sich vor der tobenden Menge, die mehr und mehr am Wachsen war, verbeugten.

Die meisten der neu Hinzugekommenen dachten, das sei ein Straßentheater, Romeo und Julia, also schrien und johlten sie ganz ungeniert. Die paar, die vom Unfall wußten, wurden in das tosende Capulet-Couplet hineingespült. Bravo, Brava, Bravi, Brave. Sogar die Sanitäter und Polizisten wurden für Schausteller gehalten, weshalb man sich über ihr Gepfeife und ihre Gesten lustig machte. Im Endeffekt aber waren es die jungen Burschen, Ragazzi, die mit ihrem Geblödel das Geschehen beherrschten, Jugendliche, die mit Buh-Schreien und *Mörderin* beinahe die Hasentütl gelyncht hätten, dann aber doch noch von ihr abließen. Vielleicht bloß, weil Scheidewasser pflichtbewußt die Hand ausstreckte und *Das ist eine Amtshandlung* verkündete. Das verstand zwar keiner, aber weil Bruno Scheidewasser derart häßlich war, wie die Italiener es überhaupt nicht kannten, wirkte er auf sie respekteinflößend. Auch Körberl und die Hasentütl selbst entsprachen lang nicht ihrem Bild von Mensch. So ließen sie sie lieber, ohne sich an ihnen zu beschmutzen, gehen.

Man konnte an Scheidewasser, Körberl und der Hasentütl deutlich sehen, daß bei der deutsch-italienischen Freundschaft der Österreicher dem Rest entspricht, der abgefallen und in den Bergen hängengeblieben ist. Das, was die beiden Kulturvölker bei ihrer Hin-und-her-und-auf-und-ab-Fahrerei an den Alpen abgestreift haben, den Grind, der sich abreibt, wie wenn man ein altes Stück Leder über eine Schneide wetzt, das ist der Alpenmensch, der Österreicher. Scheidewasser sah man es zudem noch an, daß er gerne Kartoffeln aß. Glich er doch einem verschrumpelten, schon Triebe schlagenden Erdapfel. Die Haut blättrig wie Chips und Cornflakes. Da erlahmte dem ästhetikverwöhnten Volk der Römer die Lust, dem dickhäutigen Monstrum das Licht zu löschen, verdampfte das aufgeschaukelte, ordinäre Massesein, das noch vor zwei Jahrtausenden das Kolosseum gefüllt, die ganze Stadt niedergebrannt, gemeuchelt hatte. Es wird immer Große und Kleine geben, Starke und Schwache, das sind Stellenwerte. Einzelne und Massen, Opfer und Täter, immer wird etwas passieren. Aber die Häßlichkeit. Damit rechnet keiner. Die Häßlichkeit der Österreicher war ihr Glück, rettete ihr Leben.

Blenden wir nun wieder zurück zum unteren S-Bogen. Da stand Kommissar Ponstingl-Ribisl noch immer ratlos, war Verlierer. Nichts hatte er herausgefunden, nichts erreicht. Wie oft in seinem Leben war er nahe dran gewesen, hatte es aber doch von sich aus zu keinem Ende gebracht. Er war ein Kaiserschnittling, und vielleicht lag es ja gerade daran, daß er immer auf den rettenden Einschnitt wartete, in den er sich dann flüchten konnte. Insgeheim wartete er immer auf die Hilfe von oben, von außen, auf das ihm Zufallende. Sonst war er verloren. Hin und her hat man ihn geschickt. Kreuz und quer durch Rom. Von einem Amt zum anderen. Und überall gab es Rex-Gildo-Schönlinge, braungebrannt, mit Segelschiffbesitzer-Sakko, goldener Uhr, die auf wichtig taten und doch nur Nummern ausgaben, die Wartenden zu unterteilen. Und so war Ponstingl-Ribisl vor Informationen gesessen, in Ämtern, Stellen, die seine Steuernummer registrierten, seine Versicherungsnummer, seine Krankenkassa, seinen Pin-Code, die Vornamen seiner Eltern, die Vornamen seiner Großeltern, usw. Quer durch die Stadt hatte man ihn gehetzt, zu Vertrauensleuten, neuen Pin-Codes. Und die hatten ihn wieder zu Vertrauensleuten geschickt, die sich auch nur aus der Affäre zogen, indem sie ihn weiter zu wieder anderen Vertrauensleuten und wieder anderen Pin-Codes schickten, usw. Und am Ende wußte er genausoviel wie vorher. Von Giuliano war die Rede, von der Mafia und von Sizilien, von armen, ausgenützten Bauern und reichen Beamten, von Enrico Santopadre, langen Fingernägeln, Bruderschaften und Geheimbünden.

Gerne hätte Ponstingl-Ribisl sich wieder in den Schlaf zurückgezogen, wäre er auf die Scholle der Gegenwart oder den Unterkiefer gesprungen, die da plötzlich herrenlos an ihm vorübertrieben; er fühlte sich überhaupt nicht mit sich selbst identisch, er empfand, wenn er an sich dachte, nichts. Das dumpfe Gefühl allein, kaum mit sich zu tun zu haben, als ginge er sich nur ganz von ferne an, als wäre er besoffen. Es fehlte an Bestimmtheit, an Gerüst. Sosehr er sich auch auf seinen Ehrgeiz konzentrierte, der ihn doch bis zu diesem Punkt im Leben angetrieben hatte, fiel ihm zu diesem Fall nichts ein. Nichts kam heraus. Am liebsten hätte er sich sein Sakko zerfetzt und sich mit einem Pappbecher bettelnd zu den Hippies auf die Ponte Sisto, die einzige Fußgängerbrücke Roms, gesetzt. Ein fatalistisches Gefühl der Wurstigkeit, des Sich-selber-Wegwerfens erfüllte ihn. Auch war da Angst, nicht gut genug zu sein, versagt zu haben und zurückgestellt zu werden, die Angst vor kompletter Sinn- und Ausweglosigkeit, mit der er motorlos im Teich des Lebens trieb, wie ein eingeschlafener Fisch, den jeder fangen konnte. Wenn doch nur, flehte er zum Himmel, ein Zeichen kommen wollte, ein Einschnitt, eine Lösung. Sofort würde er sich bekehren, in die nächste Kirche laufen, 1000 Vaterunser beten. 1000! Und? Nichts. Doch da. Da. Da geschah etwas. Wurde einer von seinem Moped heruntergerissen, auf den Gehsteig hingeworfen, direkt vor Ponstingl-Ribisls Füße. Blut. Der Helm sprang ihm davon. Die Augen offen. Genick gebrochen. Tot. Und während ein indischer Souvenirhändler angelaufen kam, wich Ponstingl-Ribisl zurück. Er hatte genug gesehen, das Zeichen, war verwirrt, hatte doch der Bursch, Roberto Benvenuti, einen Schal, auf dem ganz deutlich, Ponstingl-Ribisl sah zweimal hin, Atnasal Acsal stand. Atnasal Acsal. Das war dem Kommissar zuviel. Er hatte Quadrate in den Augen, lief in das nächste wie eine Kapelle aussehende Gebäude, um hinter dem Vorwand der 1000 Vaterunser seine Überlegungen anzustellen. Ein paar Stufen rauf, durch eine massive dunkelgrüne Tür, und Ponstingl-Ribisl stand in einer Art Vorhalle und war von dem, was er dort sah, beglückt, verblüfft, entsetzt. Als hätte jemand alle diese Stimmungen herausgelöst und eingekocht. Er war erstarrt. Er stand vor uns. Er sah sich, sich selbst. O Jesus Christus, was habe ich verschuldet? Wie komme ich hierher?

So lassen wir ihn noch eine Weile stehen und sehen in der Zwischenzeit, bevor er wieder zu sich kommt, wie Pfarrer Hutwelker und Bischof Finocci die Basilika di San Giovanni in Laterano verlassen. Sie waren weniger in der Basilika als mehr in einem heftigen Disput, der zwischen ihnen hin- und hergeworfen wurde wie ein glühendes Stück Kohle. Jedem der beiden war die eigene Argumentation wie eine Zange, das Heiße in den Griff zu bekommen. Der Bischof, daß er kleine Knaben wollte, sie in die straffe Geistlichkeit zu führen, es Hutwelkers Pflicht war, bei dem, was Finocci für ihn tat, ihm welche zuzuführen. Hier ging es um das Halten innerer und äußerer Positionen, und den linksgeneigten und den rechtsgeneigten Strich, das Kreuz. Wenn ein Hutwelker nicht mehr bereit war, ihm Ministranten zuzuführen, würde ihr ganzes Konstrukt zusammenkrachen, würde er sofort dafür sorgen, daß man diesen falschen Pfarrer mit seinen aufgesetzten Idealen augenblicklich unter Beschuß nahm und ihn aus der Kirche schloß.

Dem specknackigen Hutwelker war sein Rindfleisch zäh. Hatte sich früher für ihn die Welt in Gut und Böse geteilt, wo man die einen am Zölibatsgeruch erkennen konnte, die anderen an ihrem Ehrgeiz, ihrem Streben, so verschwamm ihm dieser Unterschied nun mehr und mehr. Denn Finocci war ein guter Mensch von raumgreifender Herzlichkeit, bekennendes Mitglied im Engelwerk, Rosenkreuzer, in allen möglichen Glaubensverbindungen aktiv, gläubig bis in die innersten Falten seines Herzens. Andererseits hatte er den Wurm in sich, war, was er mit den kleinen Buben anstellte, der Gipfel jeder Schweinerei. Jede Spanne von Pfarrer Hutwelkers Eindrucksfähigkeit war damit gefüllt. Er wollte sich gar nicht vorstellen, was da in der Bolzmanngasse alles passierte. Ihm reichte schon der trübe Schein, das Ungefähr, die Gesichter seiner Ministranten, die dann wochenlang nur schwiegen, wie fauler, angegrünter Schinken um ihn hingen, ihren Geist im Garten ihres Körpers versprühten, als wäre das Fleisch der Köder, der den Schädling lockt. Lange Gesichter zogen sie nach sich, öffneten den Mund nicht mehr, bewegten ihre Lippen nicht. Angeblich wurden die Ausschweifungen in der Bolzmanngasse sogar gefilmt, Videos davon verkauft. Jedenfalls hatte dieses Treiben Pfarrer Hutwelker in eine unglückliche Situation gebracht. Denn wenn er nun seine Ministrantenlieferungen einstellte, war sein ganzer Plan, als erste Frau Papst zu werden, in Gefahr. Ja! Die erste Päpstin!

Wir kommen gleich nochmals hier heraus, wollen aber zuvor noch ein paar Sätze weiter in den Hutwelkerschen Gedanken graben, die eben darauf stießen, daß ihn ein weiteres Beliefern irgendwann, wenn die Ministranten mündig wären, zwangsläufig seine Karriere kosten würde. Es gab also gar keinen Ausweg. Es sei denn, der liebe Gott persönlich werfe dem Bischof Finocci einen Grabstein an den Kopf, räumte Pfarrer Hutwelker seine Kiste restlos aus und fürchtete, daß, ganz egal wie er sich auch entscheiden würde, der Bischof so oder so bald sein Geheimnis lüften müsse, damit es nicht in ihm verfaulte.

Das sogenannte Beichtgeheimnis war doch nichts anderes als ein freiwilliges Sich-inspizieren-Lassen, ein Aufsperren aller Räume, durch die die Autoritäten gehen konnten, die Untergebenen auszuräumen. Und Pfarrer Hutwelker war blöd genug gewesen und hatte seinem Beichtvater Finocci auch noch den Schlüssel in die Hand gedrückt, den Teppich ausgerollt. Ich bin, hatte er im Beichtstuhl gestanden, eigentlich kein Mann, sondern, kommen wir nun wieder beim Loch heraus, in das wir vorhin gegraben haben, eine umoperierte Frau. Sogar das mit dem Kind hatte er erzählt, das er noch als Frau bekommen hatte. Roland hieß es, lebte jetzt als Architekt in Wien. Ein schöner Mann. Bei der Beerdigung der Edelburg Semmelrath hatte er ihn sogar gesehen, gesprochen nicht, das wollte er ihm nicht zumuten. Die Leute wollten nicht die Wahrheit hören. Sie hielten das, was sie hören wollen, für wahr, egal, was man ihnen sagte. Warum sollte ihr Sohn da anders sein?

Sie, Mutter Hutwelker, hatte sich seit jeher mehr als Mann gefühlt, nach der Operation ein Priesterseminar besucht. Nun war das Ziel, Papst zu werden. Päpstin. Das hatte Finocci bei seiner Inspektion alles mitgenommen. Und Hutwelker wußte, daß er es über kurz oder lang, wenn nicht der Herrgott eingriff, auch versteigern würde. Und wenn er schon dabei war, würde er auch sagen, die stigmatisierte Pfarrersköchin sei eine Schwindlerin. Was gar nicht stimmte. Nein, auch Hutwelker glaubte nicht an Wunder. Solche Taschenspielertricks hatte Gott nicht notwendig, aber was jährlich am 15. April mit seiner Köchin geschah? Er konnte es sich nicht erklären. Er war zu realistisch, glaubte es ja selbst nicht.

Ausgerechnet seine Rindfleischköchin sah durch das Prisma der Vereinigung mit Gott? Schaute die Ölbergereignisse, sprach Aramäisch, trug die Wunden Christi? Und der Bischof wollte sie denunzieren. Ein X über sie schlagen, einen Exorzismus als Exempel statuieren? Während man den anderen, den wirklich Bösen unbehelligt lassen sollte? Luipold Nehoda hieß er und mißbrauchte Leichen. Aber das, hatte der Bischof gesagt, kreuzt uns nicht, das übersteigt das Beichtgeheimnis, da kann man nichts tun. Nur die Köchin, diese Zitzelfeigler –.

Da war inmitten der Lärmsuppe wie eine Einlage ein langgedehnter Schrei zu hören, und ehe man zum Himmel sehen konnte, was eigentlich los war, woher das kam, wonach es schmeckte, gab es einen Knall, ein Zischen, und der Bischof wurde in den Boden eingedrückt. Als hätte sich der Schöpflöffel Gottes persönlich herabgelassen, ihn wie einen Leberknödel anzustechen. Als wäre der Hals über den Kopf gekommen, das zunehmende Beben, Fiebern und Vibrieren aus ihm rausgeplatzt, als wären alle Wörter, die ihm vorher wie Gegenstände aus einem Regal gefallen waren und mit Aufdeckung gedroht hatten, gleichzeitig wieder in ihn zurückgesprungen, die sein Leben lang geflohene Mitte zurück ins Selbst gefahren. Er war zerquetscht, zerrissen, tot. Finoccis Haltung war nun platt. Man konnte sehen, wie klein er war. Nun wurde ganz offensichtlich, wie aufgesetzt die Herzlichkeit gewesen war, wie aufgestellt das X.

Aber ach, wie sonderbar, daß aus dieser bischöflichen Hülle, diesem eingedrückten Fleisch ein junger Bursche rausgestiegen war. Verdutzt und etwas wacklig auf den Beinen, wie einer, der sich so lange gedreht hat, bis er hingefallen ist. Das mußte, fuhr es durch Hutwelker, die Summe seiner Ministranten sein, die der Bischof in sich eingenistet hatte. Scheinbar hatten sie sich wie ein Küken ausgewachsen und nun die bischöfliche Schale aufgebrochen, ihn geknackt. Der Pfarrer, noch ganz steif vor Glück, merkte gar nicht, daß der junge Bursche sich nur etwas putzte und gleich wankend das Terrain verließ.

Selber noch nicht wissend, wie er hieß, woher er kam, wankte er um den unteren Bogen von unserem S, den Bauch hinauf, und begegnete beim Obelisken, als würde sich eine alte ägyptische Prophezeihung erfüllen, Gudrun. Sie starrten einander an. Gudrun, von einem ungeheuren Harndrang bewegt, zog es gleich weiter. Zdenko Faulhaber, der dachte, er müsse im Himmel sein, taumelte ihr hinterher. Trunken. Fünf Minuten zuvor hatte sich der Wachtraum, den er jeden Abend vor dem Einschlafen hatte, erfüllt, war er doch auf der Fassade der Basilika gestanden, hinterrücks hinaufgelangt, um wie im Traum den steinernen Jesus kurz zu umfassen, zu küssen und auch schon im Flug zu sein, wo kurz sich alles drehte, er sich rückwärts durch sein Leben schraubte, seinen Schlossermeister sah, den Einberufungsbefehl, das kleine Mädchen in der Sandkiste, die beiden Deppen im Schluckloch, den Kellner, die Kellnerin, ihre Handtasche, wie er danach griff, den Wirt, Gudrun, den Kuß, den Polizisten, quietschende Autos, die Magazine beim Feisten Fridolin, den Tumult, Martina und Bettina, die Titten, die Buschenpelz, das Geldsuchen, den Fernfahrer, das Bier, den Hut, Zita und Aurelia, den Turm, die Anziehung, den schweren Kopf, den Flug, das Schnelle, Schnellere.

Womit er mit einem großen, schmatzenden Dämpfer im Himmel angekommen war. Als hätte er in einer unangenehmen Position geschlafen, waren seine Gelenke eingedickt, verzogen. Noch nicht einmal der Hunger hatte ihn verlassen, der Körpergeruch, der Dreck. Auch sonst war dieser sogenannte Himmel bloß Enttäuschung. Wäre nicht die Gudrun angekommen, er hätte ihn für die Hölle halten können. Er lief ihr hinterher, küßte sie. Da war es Glück.

Himbeeren. Das Denken ist sexuell geprägt: Erforschen, entdecken, aufklären, in die Materie eindringen. Ein Gedanke ist wie Erektion, die Lösung ist Befruchtung, mit dem Denken schwanger gehen. Erkennen meint Begatten, kritzelte der Kommissar sein Rechteck voll. Atnasal Acsal war also ein Verein. Eine Fußballmannschaft oder irgend etwas in der Art. Es war für Ponstingl-Ribisl, als hätte ein neuer Akt in seinen Ermittlungen begonnen, als ginge mit einer Ouvertüre ein neuer Raum auf, ein Quadrat, das dem Fall eine neue Dimension auftäte. Er dankte Gott für diesen Wink, war in dieses Gebäude, das er für eine Kapelle gehalten hatte, geeilt, seine Vaterunser runterzubeten. Tröpfelten doch nacheinander schwarze Witwen heraus, große Portionen Frömmigkeiten im Gesicht.

Und nun stand Ponstingl-Ribisl in dieser kleinen Halle und sah uns. Den Pontius, den Judaskuß, die Kreuzabnahme, den weißhaarigen Aufpasser in seiner Hütte. Dann sah er die Menschen auf der Treppe knien, beten, raufrutschen. Mein Gott. Bevor er diesen Eindruck verarbeiten konnte, traf ihn ein anderes Bild, fuhr in ihn ein, brachte seine ganzen Quadrate durcheinander, schüttelte ihn durch. Es war ein Bild von ihm. Er selbst. Als wäre er bereits versteinert, kniete er an der rechten Front des Raums. Ponstingl-Ribisl war durcheinander, wich zuerst zurück, drängte dann mit großen Schritten hin, griff auf sich selbst, faßte an die Nase und fühlte weißen, béchamelfarbenen Marmor, als wäre die gleichnamige Soße in seine Form gestockt. Jetzt erst sah er, daß es eine Statue von Papst Pius IX war, Papst von 1846 bis 1878. Eine Tafel war dahinter angebracht, auf der in Latein die Umstände beschrieben wurden, der Lebenslauf. Latein konnte der Kommissar nicht. Daß ihm dieser Marmor-Papst so ähnlich sah, reichte, ihn komplett durcheinanderzubringen. Sogar die Narbe auf der Stirn bildete er sich ein zu sehen, die Zähne Wieland Brenneisens. Die gleichen Züge im Gesicht. Ganz Ponstingl, ganz Ribisl. Nur die Kleidung entsprach nicht ganz, habe doch ich, der Piuspapst, einen weiten Purpurmantel um, eine Krone und einen Schlüssel vor mir liegen.

Merkwürdig, war Verwirrung im Kommissarenkopf. Sehr sonderbar. Wenn das kein Zeichen war. Ein Zeichen bloß wofür? Und er spürte, wie nahe er schon war, die Geheimtür, die er suchte, war unmittelbar vor ihm, nur der Mechanismus fehlte noch. Das Sehen. Was sollte das bedeuten? Sesam, öffne dich.

Gedankenverloren blickte er zur Seite, sah die mit Reisnägeln aufgepinnten Photos an der provisorisch aufgestellten Korkwand, daneben das Häuschen des weißhaarigen Alten, der mit seinem Hut und seiner schwarzen Hornbrille in jedem amerikanischen Film Gott hätte spielen können, peniseichelrote Haut, weißer Stoppelbart, leichter Uringeruch. Der Kommissar kaufte sich eine Broschüre mit dem Titel *Die heilige Stiege – Geschichte und Verehrung*, überflog sie. Um zu sich zu kommen, wollte auch er die Stufen hinaufgehen. Gehen? Gehen war verboten, man mußte knien.

Also kniete er. Das Holz war dunkel und abgewetzt. Am oberen Ende war die gemalte Kreuzigung zu sehen. Wie hingehauchte Zuckercreme die feinen Ornamente an der Decke und den Wänden, die steil wie in einem Penis, hoch und halbgewölbt nach außen drängten. Überhaupt hatte Ponstingl-Ribisl das Gefühl, er wäre als Samenzelle ins Katapult seines Abschusses gelangt. Der Judaskuß und Ecce homo standen da wie Hoden, die heilige Stiege – ein Schwanz. Die genetischen Erbgüter schossen hinauf. Das heißt, sie knieten, sprachen jede Stufe ein Gebet. Ja, viele Frauen berührten mit der linken Hand die Jesusfüße, küßten nachher ihre Finger, steckten ihm Gänseblümchen zwischen die Marmorzehen.

Ponstingl-Ribisl wartete auf einen günstigen Moment, auf den Hintern einer hübschen Italienerin. Doch lange Zeit kam keine. Und als endlich eine da war, hatte sie gleich den Panzer von drei Brüdern mitgebracht, sie von solchen wie Ponstingl-Ribisl abzuschirmen. Also kniete der sich einfach so, sah sich das Büchlein an. *Ich komme*, las er in der billig gedruckten Broschüre, *um die blutigen Fußstapfen Deiner heiligen Füße zu verehren, die Du auf dieser heiligen Stiege hinterlassen hast. Laß mich teilnehmen an den Früchten Deiner Leiden, die Du für mich erduldet hast, und laß mich die Ablässe gewinnen, welche die Päpste für diese heilige Übung gewährt haben.*

Nicht, daß Ponstingl-Ribisl besonders gläubig gewesen wäre, ja, im Gegenteil, eher schwor er auf Quadrate und die Oper als auf Gott. Andererseits war da dieses trübe Gefühl der Unsicherheit, das ihm verwehrte, den Dingen auf den Grund zu sehen. Sollte da wirklich etwas sein, es einen Himmel geben, dann hätte Ponstingl-Ribisl sich immer anständig benommen, damit er sich nicht fürchten mußte. Aber für wahrscheinlicher hielt er, daß dem Universum eines Tages der Saft ausging. Es einfach umkippte wie Milch, die sauer wurde, und starb. Entstanden doch auch Menschen aus einer einzigen mikroskopisch kleinen Zelle, wuchsen daraus raus, breiteten sich aus, wurden größer, lebten, um plötzlich kalt zu werden, tot, Hals über Kopf – und dann als Tote langsam zu verfallen. Warum sollte es mit dem Universum anders sein? Wo wäre da ein Platz für Gott? Und doch, Sixtus Ponstingl-Ribisl war damit aufgewachsen, hatte als Kind daran geglaubt und war sich auch jetzt sicher, daß Gott ihm half, seine Ängste durchzustehen, also etwas Positives, eine Lebenshilfe, eine Chance.

Er kniete auf der ersten Stufe, wollte daran glauben, spürte ein Zittern da in sich. *Mein Jesus, um des Schmerzes willen, den Du beim Abschied von Deiner lieben Mutter Maria und Deinen Jüngern fühltest, erbarme Dich meiner.* Und das Zittern wurde ärger, fast ein Beben, als wäre Baruch Weinzwang schon in Rom. Mit einem einfachen Kaugummikauen hatte es begonnen, nun war es eine einzige Vibration, ein wildes Reiben an Geschlechtsteilen, ein heftiges Poltern, Erdquaken. Quak. Von den Adoptierern hatte er Geld genommen, englische Pfund von der Warzenfrau, dem Kugelmann, dann hatte sich die Polizei nach ihm erkundigt, war er, bevor sie ihn erwischten, abgehauen. Quak. *Heilige Mutter, drück die Wunden, die Dein Sohn für uns empfunden hat, tief in meine Seele ein.* Und das Zittern wurde ärger, bebte schon, als stotterte der Bruder der toten Anna Hasentütl noch da-da-da-dazu, als stockte alles Blut, wären die Adern schon quadratisch. Ponstingl-Ribisl robbte auf die zweite Stufe. Just in dem Moment ließ Bruno Scheidewasser seine elefantische Mordverdächtige los und erstarrte, kam ihm doch die Bussi-Bussi-Frau entgegen. Maya Zarzuela, der geballte Himbeerdenken-Stausee, in den der Bergmensch Scheidewasser fiel. Die Himbeere, das war die Vollendung, die perfekte Form. Die Brustwarzen, das Hirn, der Darm, ja, laut jüngsten Berechnungen sogar das Universum selbst, auch die Unendlichkeit, alles hatte Himbeerform. Die Himbeere war der Apfel der Erkenntnis, von der Himbeere hing alles ab. Aus der Himbeere kam das Leben, von ihr stammten die Menschen ab. Man hätte die Himbeere vielmehr ehren müssen, Tempel ihr errichten, sie bewerben. Ritter hätte man losschicken müssen, die Himbeeren im Wappen trugen. Himbeeren überall. Doch Scheidewasser, der nach diesen Himbeeren greifen wollte, bekam eine geknallt. Da zitterten sie beide, so als lägen sie beisammen. *Mein Herr Jesus, um Deiner großen Traurigkeit willen, die Dich im Ölgarten Blut schwitzen ließ, erbarme Dich meiner.* Dritte Stufe. Paolo Grassi kaute an seinem langen Fingernagel, der dem kleinen Finger seiner rechten Hand anekdotisch weggewachsen war. *Mein Jesus, um Deiner Betrübnis willen, die Dir der Verrat des Judas verursacht hat, erbarme Dich meiner.* Vor Bodo und Karola Keuschnigg tat sich der tote Wurznbacher auf – wie eine Säule kalten Zigarettenrauchs. Die Mutter stammelte, wurde rot, spürte, wie ihr Zustand sich verschlimmerte. Wie ihr zerbrochener Moses sah er aus. Die Beine waren zusammen. Schmauchgeruch. Vierte Stufe. Die Knie der Liegenden werden gewinkelt. *Um der Schande willen, die Du tragen mußtest, indem Du wie ein Verbrecher durch die Straßen Jerusalems geführt wurdest, erbarme Dich meiner.* Briefträger Körberl, abseits vom Zittern, entfernt von der Meute, zwickte seine Elefantin in den monströsen Hintern, gab ihr einen Kuß, versprach ihr etwas von einem neuen, todsicheren Lotto-System. Fünfte Stufe. Sie hebt ihr Becken an. Dem Kommissar zitterten die Knie. *Mein Jesus, um der Sanftmut willen, die Du bewahrt hast, als Du im Gerichtshof ins Angesicht geschlagen wurdest, erbarme Dich meiner.* Botschafter. Adrian Zwack ließ es auf der Zunge sich zergehen, Botschafter, während aus der Nase seiner toten Frau ein Blutfaden um ihren Unterkiefer rann. Den Unterkiefer, der nun ruhig war wie ein Blechspielzeug, das sich ausgelaufen hatte. Nur wenn wer ankäme, könnte es noch zwei, drei Rucker ausstoßen. Unvermittelt. Sechste Stufe. Gespaltener Bambus. Roland unter der Cornetti, eine herrenlose Gegenwart. Die Gablfrühstück beim Bus, ein zertretener Schmetterling. Roberto Benvenuti vor der Scala Santa, ein Schal. Und alle tot. Tot. Tot. *Mein Jesus, um der heiligen Geduld willen, mit der Du alle Schmähungen und Mißhandlungen in der Nacht vor Deinem bitteren Leiden und Sterben ertragen hast, erbarme Dich meiner.* Siebtens. Der Geigenkörper Patricia Herrgott-Wixingers gestand ihrem Täuberich, daß sie schwanger war, legte damit beide Beine über seine Schulter. Ihre Brüste schwangen bei jedem Wort, ihr Po vibrierte, hatte eine Gänsehaut – rauf bis zu den Schultern. Meinrad Kalabresendorfer, ein Mann guten alten deutschen Schlags, sagte nicht viel. Er bewegte sich, wie Vögel sich bewegen – mit kleinen ruckartigen Bewegungen, immer wieder zum Standbild gefrierend. Er wußte, es war aus. Entlassen würde er sie müssen. *Mein Jesus, um der Mühe willen, die es Dich kostete, als Du diese Stiege wiederholt auf- und abgeführt wurdest, erbarme Dich meiner.* Achtens. Die Beine auf der Schulter, und er kniet. *Mein Jesus, um des Stillschweigens willen, das Du bewahrt hast, als Dich falsche Zeugen bei Pilatus anklagten, der Dich zum Tode verurteilte, erbarme Dich meiner.* Anna Hasentütl in der Stimme, ich habe sie erwürgt, für die Statistik. Ich bin ihr hinterhergeschlichen, habe sie etwas gefragt, ihr dann die Kehle abgedrückt. Sonst, ein Ungleichgewicht wäre entstanden, eine Katastrophe. Gudrun, vergewaltigen mußte ich sie. Während dem Leichenschmaus, als alle dachten, Leopold wäre ihr gefolgt. Sie hat mich nicht erkannt. Ponstingl-Ribisl stutzte. Da war es wieder, sein Schicksalsquadrat. Ja, so sind sie, die Grisetten. Mitten auf der Treppe die Diagonale, unmittelbar neben ihm, die Beichte, das Geständnis, der Mörder, Ambros Semmelrath, der sich sicher wähnte, nicht mit der statistischen Unwahrscheinlichkeit rechnete, daß ein österreichischer Kommissar hinter ihm herkniete, mitten auf der Scala Santa. Das war es dann! Aber sie waren mitten auf der heiligen Treppe – und alles zitterte. Neunte Stufe. *Mein Jesus, um der tiefen Demut willen, mit der Du Dich wie ein Narr kleiden und verspotten ließest, erbarme Dich meiner.* Der Eintritt halb von hinten. Die beiden Anfangsjäger Quasimodo Leopold und Giselher Attila sehen in der Basilika San Giovanni in Laterano zwei Mäuse zwischen den muskulösen Aposteln hindurchhuschen. Mäuse, die den Brüdern zugehörten. Sie waren aufeinander angelegt, das spürten sie. Die Anfangsjäger brauchten Unterstützung, Sekretärinnen, billige Kräfte für den 1. März 2009. Zehnte Stufe. Aurelia und Zita waren bereit – zum Eintritt ganz von hinten. *Mein Jesus, um des Schmerzes willen, den Du bei der grausamen Geißelung ertragen hast, erbarme Dich meiner.* Elfte Stufe. Den Arsch in der Höhe. *Mein Jesus, um des Schmerzes willen, den du bei der grausamen Geißelung ertragen hast, erbarme Dich meiner.* Sic. Laetitia Klein fiel die Aktentasche wieder ein, die sie eine Woche zuvor einer Leiche gestohlen hatte. Ein Manuskript war darin gewesen. Eine Abhandlung über die langen Fingernägel an den kleinen Fingern, über Palindrome, Gott und Zeit. Nicht halb so interessant wie das Tagebuch ihrer Tochter. Die fühlte sich plötzlich wie auf einer Bühne, wie mitten im Applaus. Etwas berührte sie, fuhr durch sie durch, heizte sie an. Zwölfte Stufe. Zdenko Faulhaber stand ihr gegenüber. Große Augen. Saugnäpfe. Titten hatte die, ganz unglaublich, weich wie der Kopf von einem Tintenfisch, ja wie er selbst. Und eine Zunge. Das muß Liebe sein. Sie sitzt auf ihm. *Mein Jesus, um des großen Leidens willen, das Dein anbetungswürdiges Haupt bei der Durchbohrung mit spitzen Dornen ertrug, erbarme Dich meiner.* Dreizehn. Alles umgekehrt. Sie liegt auf ihm. *Mein Jesus, wegen der Demütigung, die Du ertrugst, als Du mit dem Purpurmantel bedeckt, mit verbundenen Augen als ein Spottkönig gelästert wurdest, erbarme Dich meiner.* Alles bebte. Die Kniescheiben schmerzten den Kommissar. Dennoch, er ließ den Verdächtigen nicht aus den Augen, robbte ihm beharrlich hinterher, auch wenn sich alle möglichen Randfiguren in die rechten polizeilichen Winkel drängten. Ferdinand Ferk, der heute beerdigt wurde. Bohumil Bohrer und Anton Ansetzer. Die Filmstars Dünnbier, Hopfer. Nächste Stufe. Die beiden polnischen Prostituierten Bettina und Martina. Angeblich hießen sie in Wirklichkeit Watscheslawska und Elenora. Man hatte ihnen eine Arbeit als Putzfrau versprochen, ihnen die Reise nach Wien bezahlt, dort die Pässe weggenommen und sie zur Geheimprostitution gezwungen. So war es immer. Üblicher Trick. Sie hatten keine Chance. Man müßte den fetten Goldfischen ihre Aquarien trockenlegen. Aber wie? *Mein Jesus, um der großen Enttäuschung willen, die Du empfandest, als Du dem Volk vorgeführt wurdest, welches Dich des Todes würdig erklärte, erbarme Dich meiner.* Sie sitzt auf ihm verkehrt, was viel Geschick erfordert. Fünfzehnte Stufe. *Mein Jesus, dem Mörder Barabbas gleichgestellt und nachgesetzt, erbarme Dich meiner.* Denn wer kehrt denn jetzt? Wort mit sechs Buchstaben. Fluch aus drei Wörtern, zwanzig Buchstaben. Daß gekehrt wird, ist das wichtigste. Wort mit elf Buchstaben habe ich selbst. Raetselheft. Danke der Nachfrage. Sie liegt auf ihm verkehrt. Na, das Gefängnis, Burschi, ob dir das gefällt? Wer hilft mir denn jetzt rauftragen, wem soll ich was runterholen? Alles, klagte die Hornaus, sieht jetzt anders aus. Die Wurznbachers sind verschwunden, auch der Briefträger ist weg, sogar der Gerngross und die Buschenpelz – seit Tagen nicht mehr gesehen. Weil keiner kehren will. Na ja, ich verstehs. Sechzehnte Stufe. Beide stehen. Die Sanitäter Toselli und Fuentes tragen die Leiche der Buschenpelz hinaus. *Mein Jesus, um der Ergebung willen, mit der Du das Kreuz umarmt und den Kalvarienberg hinaufgetragen hast, erbarme Dich meiner*. Siebzehn. Der Leichenwäscher Luipold Nehoda wird die tote, nach Pharmaprodukten riechende Buschenpelz bald benützen. *Mein Jesus, um des Schmerzes willen, den Du bei der Begegnung mit Deiner betrübten Mutter empfandest, erbarme Dich meiner*. Im Schluckloch sitzen Severin Roßleimer und Onkel Otto, trinken. Hat ohnehin alles keinen Sinn. Ein Bein ist in der Höhe. Achzehnte Stellung. Er hält sie ganz. Knechtl erstickt beinahe in den Falten Fifi Krumpls, so peinlich ist ihm das. Die Mutter seiner hochnäsigen Kollegin. Ausgerechnet. Und die Rudolfine grinst, fällt in das Beben ein, lacht nun lauthals wie von Sinnen. Ganz verrückt. Sie und der Arbeitskollege ihrer Tochter? Was für ein Glück. *Mein Jesus, wegen der großen Müdigkeit, die Du fühltest, als Du das schwere Kreuzholz auf Deiner göttlichen Schulter trugst, erbarme Dich meiner*. Neunzehn. Sie sitzen zueinander. Die Lösung, Ponstingl-Ribisl, er weiß, wer die kleine Hasentütl erwürgt hat. Der Kniende da vor ihm, dieser gutmütig massive Mensch, die Fleisch gewordene Statistik. Aber wer hat den Italiener erschossen? Ziegelböck? *Mein Jesus, um der Güte willen, mit der Du den bitteren Trank von Essig und Galle annahmst, erbarme Dich meiner*. Zwanzig. Sie liegt, er kniet. Schlagen wird sie ihn, und er wird alles tun. Gundula und Werner. Wie gerne hätte sie den Fall geklärt und von der Mutter, von diesem Werner sich gelöst. Aber wie an Gummibändern hingen die, sprangen stets auf sie zurück, rissen sie zu Boden, ließen sie nicht los, zogen sie hinab. Der Stein der Weisen, Duchanteau. Ein Kind? Und Werner? War wie ein Hund, kam nicht los von ihr. Einmal, wenn sie es noch versucht. Zu allem wäre er bereit, sogar zum Kind. Bitte. *Mein Jesus, wegen des großen Schmerzes, den Du erduldet hast, als die Kleider von Deinem heiligen Leib gerissen wurden, erbarme Dich meiner.* Einundzwanzig. *Mein Jesus, wegen der Bereitwilligkeit, mit der Du Dich auf das Kreuz ausstrecken und Hände und Füße mit harten Nägeln durchbohren ließest, erbarme Dich meiner.* Sieben Stufen noch. Das Zittern. Dem Kommissar schmerzten die Knie. Er hatte nicht gedacht, daß Knien so qualvoll war, zu Kopfe stieg. Und der andere, der Mörder, beeilte sich auch nicht. Gestand noch alles mögliche, Ausschläge, Tierquälerei, nur den Mord an Acsal nicht. Atnasal Acsal, da war es dem Kommissar auf einmal klar. Das war überhaupt kein Name, sondern ein Palindrom. Man mußte es nur von hinten lesen, dann kam was heraus? La Scala Santa. Die heilige Stiege, was nichts anderes war als die italienische Fraktion der Popologen. Ihr Erkennungszeichen war der lange Fingernagel am kleinen Finger der rechten Hand, von dem sie nicht verraten wollten, wozu er diente. Einer besonderen Technik beim Liebesspiel? Zum Ohrenputzen? Als Waffe? Zweiundzwanzig. Sie liegt auf ihm, aber auf dem Rücken. *Mein Jesus, um der unendlichen Liebe willen, die Dich bewog, Deinen Kreuzigern zu verzeihen und für sie zu beten, erbarme Dich meiner.* Bischof Finocci war platt, ein X im Kopfsteinpflaster. Dreiundzwanzig. Sechs Stufen noch. Sie treibens seitlich. Es zittert, Gegenwarten flirren rum, gesichtslose Unterkiefer, ein Schmetterling, eine Taube und ein Fisch, Himbeeren, Geröll, Mäuse, Riesentitten, ein Tintenfisch, was Stotterndes, eine Elefantin, Kreuzworträtsel, ein X – und alles wollte in Quadrate gehen. *Mein Jesus, um Deiner großen Freigiebigkeit willen, mit der Du dem reumütigen Schächer das Paradies und dem treuen Johannes Maria als Mutter schenktest, erbarme Dich meiner.* Pfarrer Hutwelker war ohne Bischof wie von einem Bann erlöst. Jetzt kannte niemand mehr sein Geheimnis, mußte er seine Ministranten nicht mehr liefern, konnte er Papst werden, die erste Päpstin. Amorosa, die Lust auf Rindfleisch hatte. Vierundzwanzig. Seine Köchin währenddessen kauert, er sticht sie von oben, sticht sich in sie rein. Nie wieder werden ihre Konvulsionen kommen. Wenn sie am nächsten 15. April sich in der Leibwäsche ins Bett begibt und auf ihre Besetzung wartet, wird nichts mehr passieren. Nichts. Ein Kind wird an ihrer Brust hängen, sie wird ein ganz normales Leben führen und nie erfahren, woher die Stigmatisationen gekommen sind. Alles eingebildet, wird man sagen. Alles Schwindel. Sie aber, Klementine Zitzelfeigler, wird die Wahrheit wissen, glauben, daß es wirklich Jesus war. Fünfundzwanzigste Stufe. Arschgefickt. Enrico Santopadre, den langen Fingernagel am kleinen Finger rechter Hand, verurteilt, durch die Jahrhunderte zu geistern, hatte die Fäden ausgelegt und angezogen, aufgerollt. Einen Logenplatz hatte er sich gesichert, alles zu erleben. Sein Privattheater. Saß er doch als alter, weißhaariger Aufpasser in der Hütte, verkaufte Broschüren der heiligen Stiege und amüsierte sich göttlich. *Mein Jesus, um der großen Qual willen, die Du erlittest, als Du Dich von allen verflucht und verlassen sahst, erbarme Dich meiner.* Sechsundzwanzig. Tittenfick. *Mein Jesus, um der unermeßlichen Liebe willen, von der Du gegen mich entbranntest, als Du Deinen Geist aufgabst, erbarme Dich meiner.* Und Ponstingl-Ribisl wußte es. Joschi, das dicke Kind, von dem das Gmundner-Rätsel war, nein, nicht nur das. Er hatte auch den Italiener vor dem Photogeschäft auf dem Gewissen. Er hatte das angestellt – ohne Motiv, mit dem Ziel, die Kombinationsfähigkeit der Polizei zu prüfen. L'mort pour l'mort. Das Palindrom. La Scala Santa – alles bloß ein Zufall? Nein! Ponstingl-Ribisl ahnte, daß mehr dahintersteckte. Eine Art von Kraft. Etwas Unergründliches, das seit Jahrhunderten gespart hatte, einmal sich zu amüsieren. Etwas, dem er nicht gewachsen war, was viel zu groß war, zu eckig für seine Quadrate. Enrico Santopadre. Dieser Name war in die siebenundzwanzigste und vorletzte Stufe eingeritzt. 69er. Anna Semmelrath war ihm im Sinn. Sein Herzchen, seine rothaarige Tanzpartnerin, die ihn wegen irgendeinem Proleten verlassen hatte. Was hatte sie damit zu tun? Ponstingl-Ribisl wußte es nicht. Ahnte nur. *Mein Jesus, um Deiner Hochherzigkeit willen, mit der Du erlaubtest, daß Dein heiliger Leib mit einer grausamen Lanze durchbohrt wurde, erbarme Dich meiner.* Letzte Stufe. Achtundzwanzig. Letzte Stellung. 36. Sie sitzt ihm im Gesicht, er leckt sie, kriecht zurück, wird wieder Kind. *Mein Jesus, wegen Deiner Herablassung, mit der Du Deinen heiligsten Leib in den Schoß Mariens und dann ins Grab legen ließest, erbarme Dich meiner.* Franzl, Lorenz und die Pepi waren noch immer ihrem Warten ausgesetzt. Der Kommissar griff Ambros Semmelrath, verhaftete ihn. Mehr würde er nicht erfahren. Im Photogeschäft Ziegelböck nahm Florian jenes Frauenbildnis weg, das ihm diesen ungeheuren Besuch eingebracht hatte, das schwere Fauchen, heiße Verlangen nach Namen, Anschrift, weil er sonst, so drohte dieser Teufel, ihn vernichten würde.

Jetzt nahm er das Photo aus dem Rahmen, sah sich die Abgebildete noch einmal an, zerriß es dann und warf es fort. Komisch, wie man so eine schön finden konnte? Aber die allgemeinen Inhalte waren ziemlich kaputt. Die Werte galten nicht mehr. Man glaubte nicht mehr, wollte in den Himmel nicht, und war allein.

Da betrat ein rotgesichtiges, schrundiges Huntzelmännchen das Geschäft, seine Photos abzuholen, zehn Filme voller Bussi-Bussi-Frau. Draußen war etwas. Schnee fiel – und ein Schuß. Menschen versammelten sich gleich und diskutierten. Einer lag da, hingestreckt. Einen Purpurmantel hatte er an, eine Krone neben sich, was Päpstliches. Ein Palindrom eintätowiert. Und einen Zettel eingesteckt, Pius, stand darauf, gestorben, weil er sich an kein Geheimnis hielt, weil er alles einteilen, in Quadrate stopfen mußte – und weil er jedem ein Kapitel zugeordnet hat.

Inhalt

I Gegeißelte

II Die Pieta

III Ecce homo

IV Der Bruderkuß

V Der Ölberg

VI Pius

SERIE PIPER

Radek Knapp

Herrn Kukas Empfehlungen

Roman. 251 Seiten. SP 3311

Ein Reisebus wie ein umgestürzter Kühlschrank, voll mit Wodka und Krakauer Würsten – und mittendrin Waldemar, der sich auf Empfehlung seines Nachbarn Herrn Kuka auf den Weg nach Wien gemacht hat. Was den angehenden Frauenhelden im goldenen Westen erwartet, erzählt der Aspekte-Literaturpreisträger Radek Knapp in seinem Romandebüt so vergnüglich, daß man das Buch nicht aus der Hand legt, ehe man das letzte Abenteuer mit Waldemar bestanden hat.

»Mit hintergründigem Humor erzählt Knapp von erotischen und kapitalistischen Versuchungen, läßt seinen Helden von ›regelmäßigem Steinzeitsex‹ delirieren und in böse Fallen tappen – und zimmert aus den Verwirrungen des Zauberlehrlings Waldemar eines der unterhaltsamsten und durchtriebensten Bücher der Saison.«

Der Spiegel

Franio

Erzählungen. 160 Seiten. SP 3187

Bloß fünfzig Kilometer soll es von Warschau entfernt liegen, doch scheint das kleine Kaff Anin hundert Jahre hinter der Zeit zu sein – sogar die wenigen Züge, die hier halten, werden noch mit Dampf betrieben. Dort leben Franio, der Analphabet und wunderbare Erzähler von Lügengeschichten, der junge melancholische Konditor Julius, außerdem Weiberhelden und Weltverbesserer, die alle dem Leben in Anin einen unverwechselbaren Rhythmus geben. Humorvolle Geschichten voller verrückter Details, überraschender Wendungen und viele Wärme.

»Radek Knapp grundiert seine Erzählungen mit diesem flüsterleisen Humor, der seine Wirkung nicht aus der Fallhöhe bezieht, sondern aus dem Wissen um das Bodenlose.«

Frankfurter Rundschau